# LE SECRET DE LADY AUDLEY

**MARY ELIZABETH BRADDON**

# LE SECRET
# DE LADY AUDLEY

*Traduction de l'anglais par Judith Bernard-Derosne
révisée par Charlotte Robert*

*Préface d'Isabelle Viéville Degeorges*

ARCHIPOCHE

Une collection dirigée par
Isabelle Viéville Degeorges

www.archipoche.com

Si vous souhaitez recevoir notre catalogue
et être tenu au courant de nos publications,
envoyez vos nom et adresse, en citant
ce livre, aux Éditions Archipoche,
34, rue des Bourdonnais 75001 Paris.
Et, pour le Canada, à Édipresse Inc.,
945, avenue Beaumont,
Montréal, Québec, H3N 1W3.

ISBN 978-2-35287-547-5

Copyright © Archipoche, 2013.

## Préface

*Mary Elizabeth Braddon est issue d'une ancienne et respectable famille de Cornouailles. Son père, un homme de loi joueur, dépensier, dandy, désinvolte et indélicat, a épousé Fanny White, une jeune Irlandaise qui venait de perdre son fiancé. À peine installés, ils doivent abandonner aux huissiers leurs cadeaux de mariage et tout le mobilier. Quant à la rente qu'il est censé lui accorder, Henry a menti sur son montant. Incapable de subvenir aux besoins de Maggie, leur première enfant, née en 1824, Henry la confie à sa propre mère. Edward, né en 1829, sera envoyé en pension.*

*À la naissance de Mary Elizabeth, en 1835, Fanny garde sa fille et lui fait même partager son lit jusqu'à l'âge de sept ans. La mère et la fille nouent une relation exclusive et ne se quitteront plus. Lorsque ses parents finissent par se séparer, Mary suit naturellement sa mère. Laquelle, en dépit des preuves innombrables de l'infidélité de son mari, se voit interdire le divorce pour «motif insuffisant» – seule l'infidélité de l'épouse constituant alors un motif recevable.*

*Les déménagements et cohabitations successifs entraînent une éducation chaotique et plus qu'éclectique. Souvent livrée à elle-même, Mary Elizabeth, véritable garçon manqué, aime monter et chasser chez ses grands-parents. Elle découvre dans le giron d'une cuisinière les joies corsées de la littérature populaire:* penny dreadfuls[1]

---

1. Fictions macabres publiées en feuilletons, vendues au prix d'un penny, très populaires dans l'Angleterre du XIXe siècle.

*et comptes rendus sanglants de procès (dont les quatorze auxquels la brave dame a assisté), mais aussi les abrégés des œuvres d'Edward Bulwer-Lytton. Sa gouvernante l'emmène en outre à de nombreuses représentations théâtrales et autres mélodrames populaires.*

*Fanny, sa mère, se charge elle-même de son instruction, entrecoupée de brefs passages dans telle ou telle école de jeunes filles. Elle lui apprend à lire (Shakespeare, Brontë, Austen…), à écrire, à jouer du piano et lui enseigne le français en l'initiant à la littérature des deux pays. L'enfant dévore indifféremment Dumas, Hugo, Scott, Flaubert et Balzac, mais aussi les romans peu recommandables – et bien oubliés de nos jours – de Paul de Kock. C'est une lectrice compulsive, qui écrit déjà et rêve d'être un jour un auteur célèbre.*

*À seize ans, tandis que sa sœur Maggie suit son mari en Italie et que son frère Edward est envoyé à Calcutta chez un oncle paternel qui a fait fortune (il deviendra Premier ministre de Tasmanie), Mary Elizabeth se retrouve dans l'obligation de subvenir à ses propres besoins et à ceux de sa mère. Très musicienne, douée d'une jolie voix, elle répugne à l'idée de devenir gouvernante ou institutrice et décide, à l'ahurissement et la réprobation des siens, de monter sur les planches sous le pseudonyme de Mary Ann Seyton, chaperonnée par sa mère dans ce milieu de perdition. En huit années de carrière, elle connaît un petit succès d'estime, rencontre de nombreux artistes et journalistes et s'initie à tous les arcanes du théâtre; elle apprend l'art de développer une intrigue et de retenir l'attention, s'essaie à l'écriture dramatique, à la poésie, et a même le bonheur de voir certains de ses textes publiés de temps à autre dans les colonnes d'un journal.*

*C'est grâce à John Gilby, son mécène, qu'elle s'affranchit pour la première fois de la scène afin de se consacrer à l'écriture de son premier roman. Par son intermédiaire, elle rencontre John Maxwell, éditeur et propriétaire de magazines aux méthodes aussi controversées que brutales. Orphelin irlandais haut en couleur, celui-ci est séparé de sa femme, Mary Ann Crowley, qui souffre d'instabilité mentale, mais il a la charge de leurs sept enfants. Maxwell détecte aussitôt le potentiel de Mary Elizabeth; il lui fait reprendre intégralement et terminer* Three Times Dead, *qu'il rebaptise* The Trail of the Serpent[1] *(1860). Lorsqu'il apprend que le feuilleton à paraître dans le premier numéro de* Robin Goodfellow, *son nouveau magazine, ne sera pas prêt à temps, Maxwell ne voit d'autre issue que d'en reporter* sine die *la publication. La jeune miss Braddon, devenue sa compagne, se propose de remplacer l'auteur défaillant.*

*— Quand bien même vous seriez assez forte pour occuper cette position, il ne nous reste plus de temps.*
*— Combien de temps me donnez-vous?*
*— Jusqu'à demain matin.*
*— À quelle heure demain matin?*
*— Si la première version se trouve sur la table du petit-déjeuner, réplique Maxwell, signifiant par son ton et ses manières l'absolue impossibilité de la chose, nous serons dans les temps.*

*Le lendemain matin, au petit-déjeuner, l'éditeur trouve sur sa table le premier chapitre du* Secret de Lady Audley[2]. *Si la publication du feuilleton n'empêche pas la prompte disparition du magazine, la pression des lecteurs l'impose dans une autre publication de Maxwell, le* Sixpenny Magazine, *où il sera repris et conduit à son terme. La jeune femme se souvient l'avoir écrit «au fil de la plume, comme un feuilleton, quel que soit l'endroit où je me trouvais: Essex, Brighton, Rouen, Paris, Windsor ou Londres, c'est-à-dire partout et n'importe où, en fait. Les derniers chapitres*

---

1. *La Trace du serpent*, Archipoche n° 226.
2. J. Hatton, cité par Jennifer Carnell, in *The Literary Lives of M. E. Braddon*, The Sensation Press, 2000. Traduit par Isabelle Vieville Degeorges.

*furent achevés alors que les deux premiers volumes étaient sous presse et que l'éditeur me réclamait à grands cris les épreuves du troisième*[1] ». *Il est vrai que, dans le même temps, la romancière écrit cinq autres livres :* The Black Band *et* The Octoroom, *qui paraîtront en 1861, un an avant l'édition complète du* Secret de Lady Audley, *mais aussi* The Captain of Vulture (Le Capitaine du *Vautour*), The White Phantom *et* The Lady Lisle.

*Mary Elizabeth Braddon n'a que vingt-sept ans et vit désormais maritalement avec son éditeur. Elle vient de lui donner un enfant, le huitième de John Maxwell, dont la femme légitime est enfermée dans un asile irlandais, aux soins de sa propre famille. Si son premier roman,* La Trace du serpent, *a connu un véritable succès,* Le Secret de Lady Audley *franchit un pas supplémentaire en installant l'horreur et le crime à l'intérieur du cercle familial, dans les demeures aristocratiques. De son aveu même, elle suit en cela l'exemple fracassant de Wilkie Collins, dont* La Dame en blanc[2], *publié en 1860, vient d'électriser la vieille Albion, inaugurant, contrepartie de la modernité, l'ère du roman à sensation.* « *Wilkie Collins est assurément mon père en littérature. Mon admiration pour* La Dame en blanc *m'inspira l'idée du* Secret de lady Audley *comme un roman de construction et de personnages. Auparavant, mes efforts allaient dans la direction didactique de Bulwer, longues conversations et beaucoup de sentiments*[3]. »

*Ces deux livres, fait nouveau, ont en commun d'être des* page-turners – *histoires que l'on dévore en toute hâte jusqu'à la dernière page –, mais aussi de jouer avec l'image de l'héroïne par excellence de la littérature victorienne : la fraîche et douce vierge enfantine à boucles blondes. Là s'arrête cependant la comparaison. Pragmatique,*

---

1. C. Holland, in *ibid.*
2. Archipoche n° 273.
3. Cité par J. Hatton, in J. Carnell, *op. cit.*

*entreprenante, décidée, imaginative et surtout rompue aux techniques théâtrales, Mary Elizabeth Braddon procède ici d'une façon qui annonce déjà Agatha Christie, la grande reine du crime, qui devait naître en 1890, trente ans plus tard à peine, et qui commence à écrire à peu près à l'époque de la mort de Mary Elizabeth Braddon, en 1915. Cette dernière, en effet, comme plus tard Agatha Christie, utilise tous les stéréotypes sociaux qu'elle pervertit dans tous les sens du mot pour notre plus grand plaisir, instillant une délicieuse sensation de familiarité qui n'en est que plus malmenée par l'horreur de la situation.*

*Dans* Le Secret de Lady Audley, *la jeune et adorable seconde Lady Audley enchante son vieil époux et tous leurs amis, à l'exception d'Alicia, sa belle-fille, véritable garçon manqué, et de Robert Audley, son cousin, aimable célibataire, avocat dilettante, lecteur de romans français (alors considérés comme hautement immoraux) et fumeur de cigares. Ce dernier retrouve un de ses amis, George Talboy, parti faire fortune en Australie et qui, de retour en Angleterre, vient d'apprendre la mort de sa femme chérie. Pour lui changer les idées, Robert l'emmène à la campagne, chez son oncle. Mais rien ne se passe comme prévu, à commencer par la disparition de George. Robert, très attaché à son ami, se pose de nombreuses questions et, au comble de la perplexité, armé d'un carnet et fort de nombreux indices, mène l'enquête avec soin et logique.*

*Meurtres, bigamie, substitution, abandon d'enfant, escroquerie, folie, incendies criminels… Mary Elizabeth Braddon ne se refuse aucun ressort dramatique, enchaînant les péripéties et les rebondissements, entretenant le suspense à loisir et ménageant d'incessants effets de surprise. Surprise et excitation sont au rendez-vous. Tout le monde serait donc susceptible d'avoir «un squelette dans son placard». C'est l'idée nouvelle que véhicule cette littérature à sensation, au grand dam des gardiens de la morale, tel l'archevêque de York qui le dénonce en chaire, tandis que d'autres commanditent des enquêtes afin de mesurer l'impact de cette littérature sur les jeunes filles, car l'autre particularité de cette vague sensationnaliste est bien sûr de réunir les lecteurs de tous les horizons sociaux.*

*Affamés par* La Dame en blanc, *les lecteurs se précipitent sur* Le Secret de Lady Audley. *Les éditeurs Edward et William Tinsley, se doutant de l'énorme potentiel du roman, le rachètent à John Maxwell et, selon Jennifer Carnell, biographe de Mary Elizabeth Braddon, se retrouvent dès septembre 1862 avec un «véritable phénomène éditorial». Le jour suivant la publication, un de leurs employés contacte Mary Elizabeth pour lui annoncer le nombre incroyable des ventes pour les premières vingt-quatre heures. Devant l'ampleur du succès, Mary Elizabeth Braddon obtient de son mentor littéraire, le célèbre Bulwer-Lytton, la permission de lui dédier l'ouvrage. L'œuvre, en trois volumes, ne connaîtra pas moins de huit éditions en trois mois. Un des frères Tinsley ira jusqu'à baptiser sa maison Audley's House, tandis qu'un nombre croissant de petites filles sont baptisées Audley. Mary Elizabeth est consacrée reine des* circulating libraries, *ces bibliothèques de prêt, clubs de lecture et autres circuits nomades qui fleurissent en Angleterre depuis 1780 et permirent aux livres de pénétrer jusque dans les campagnes et de toucher de nouvelles classes de lecteurs. Cette réputation, et les revenus qu'elle suppose, braquent les regards de la société sur l'auteur, seule femme à régner sur ce nouveau domaine littéraire masculin, et la désignent comme cible de toutes les attaques morales. Position extrêmement inconfortable dans sa situation familiale car la femme de Maxwell ne décédera qu'en 1874 et une partie seulement des six enfants du couple adultère donc, seront déclarés ou porteront le nom de leur père. Ce n'est d'ailleurs qu'à la mort de sa femme que le scandale éclatera. C'est probablement dans le contexte peu banal de son enfance et de son éducation qu'elle puise l'énergie et l'aplomb avec lequel elle se défend. Sa meilleure riposte reste sans doute la prolixité et la popularité de sa carrière, ainsi que sa postérité qui verra le genre « littérature à sensation » acquérir ses lettres de noblesse en 1890 avec Conan Doyle, avant de devenir un classique avec Agatha Christie, entre autres consœurs.*

*En 1866, Mary Elizabeth Braddon fonde sa propre revue,* Belgravia, *dont elle dirige la publication. Elle reprendra un temps le* Temple Bar, *autre magazine célèbre.*

*Elle monte à cheval presque quotidiennement et réussit au cours de sa vie, malgré ses treize enfants (en tout), à écrire plus d'une centaine d'œuvres de poésie, essais, fiction, théâtre.*

*À moins de cinquante ans, figure respectée de la littérature, elle connaît même la consécration d'être représentée parmi ses pairs – William E. Gladstone, Robert Browning, Anthony Trollope, Oscar Wilde, etc. – sur un tableau de William Powell Frith exposé en 1883 à la Royal Academy.*

*En mars 1895, à la mort de son mari, elle continue une vie sociale heureuse. Elle s'autoédite désormais et reste extrêmement active et proche de ses enfants et beaux-enfants. Le 3 février 1915, elle s'affaiblit pendant la journée et meurt tôt le lendemain matin à l'âge de soixante-dix-sept ans, à Richmond, dans le Surrey.*

Isabelle Viéville Degeorges

# 1

## Lucy

Une avenue de tilleuls, bordée de prairies, menait à la partie reculée d'une cuvette plantée d'arbres séculaires et couverte de luxuriants pâturages. Surmontant les hautes haies, les troupeaux de bœufs semblaient vous regarder passer avec curiosité, s'étonnant peut-être de votre présence en cet endroit dénué de tout chemin, à moins de vouloir aller au château.

À l'extrémité de l'avenue s'élevait une arche ancienne et un clocher avec une lourde horloge détraquée, dont l'unique aiguille sautait brusquement d'une heure à l'autre, sans parcourir les divisions intermédiaires. Passé ce portique, on entrait dans les jardins du château d'Audley.

Devant vous s'étendait une pelouse unie, parsemée de massifs de rhododendrons, qui poussaient en cet endroit plus magnifiques qu'en tout autre lieu du comté. À droite se trouvaient le potager, l'étang, un verger entouré par un fossé sans eau et un mur en ruine, par endroits plus épais qu'élevé, et entièrement couvert de lierre rampant, d'orpin à fleurs jaunes, et de mousse noirâtre. À gauche s'étendait une large allée de graviers qui, longtemps avant, lorsque la résidence était un couvent, avait servi de promenade à de paisibles nonnes ; et un mur garni d'espaliers, ombragé d'un côté par de gros chênes qui masquaient le fond du paysage sans relief et enveloppaient bâtiments et jardins de leurs épais ombrages.

Le manoir faisait face à l'arche et occupait les trois côtés d'un quadrilatère ; c'était une vieille construction, irrégulière et sans la moindre symétrie. Les fenêtres étaient inégales : les unes avec de lourds meneaux en pierre enrichis de vitraux colorés, d'autres munies de frêles châssis qui remuaient avec fracas à la moindre brise, d'autres plus modernes semblaient avoir été construites la veille. De grandes cheminées surgissaient çà et là sur la crête du toit, si ruinées par le temps et l'usage qu'elles eussent paru prêtes à crouler si elles n'avaient été soutenues par l'enchevêtrement du lierre qui envahissait le mur et la toiture et venait les enlacer. Dans un coin d'une tourelle située dans un angle du bâtiment, une porte étroite avait l'air de se dérober à l'œil des curieux, comme désireuse de garder un secret, une magnifique porte pourtant, en vieux chêne garnie de gros clous de fer à tête carrée, si épaisse que le marteau en retombant lui faisait rendre un bruit sourd et que les visiteurs agitaient une sonnette perdue dans les feuilles de lierre, de crainte que le bruit du marteau ne pût jamais se faire entendre dans la demeure.

C'était une vieille résidence qui ravissait tous ceux qui la visitaient, leur inspirant l'impatient désir de se retirer du monde et l'idée de venir se fixer là pour toujours, à regarder dans les eaux fraîches de l'étang et compter les bulles produites à la surface par les carpes et les gardons. Le calme semblait avoir choisi ce lieu pour asile, étendant sa main apaisante sur les fleurs et les arbres, sur les étangs tranquilles et les paisibles allées, sur les coins obscurs des vieux appartements à l'ancienne mode, les profondes embrasures ménagées derrière les vitraux peints, les prairies basses et les avenues majestueuses, et même sur le puits à l'eau stagnante, frais et abrité selon l'usage d'autrefois et caché dans un bosquet derrière les jardins, avec sa poulie paresseuse qui n'avait jamais tourné et sa corde pourrie qui avait laissé tomber dans l'eau le seau qu'elle ne pouvait plus retenir.

Au-dedans comme au-dehors, c'était une habitation magnifique, dans laquelle on n'aurait pu se hasarder seul sans s'égarer ; une habitation où aucune pièce ne faisait suite à une autre, chacune débouchant dans une pièce adjacente aboutissant à une autre au milieu de la maison, où un escalier étroit et contourné conduisait à une porte menant dans une partie du bâtiment dont on se croyait très éloigné ; une habitation dont le plan n'avait pas été tracé par un architecte, mais était l'œuvre de ce vieil et excellent constructeur, le Temps. Ajoutant une chambre une année, en démolissant une la suivante, renversant une cheminée datant des Plantagenêts, en élevant une de style Tudor, ici jetant bas un pan de mur saxon, là érigeant un arche de style normand, perçant une rangée de hautes fenêtres du règne de la reine Anne et construisant une salle à manger de l'époque de Georges I$^{er}$ de Hanovre à la place du réfectoire datant de la conquête normande, il avait fini, en l'espace de onze siècles, par produire une demeure sans pareille dans tout le comté d'Essex. Dans une telle maison, il existait naturellement des chambres secrètes, dont l'une avait été découverte par la fillette du propriétaire actuel, sir Michael Audley. Un jour qu'elle jouait dans la chambre des enfants, une latte avait résonné sous ses pieds, et ce bruit ayant attiré l'attention, on avait vu qu'elle était mal fixée, on l'avait enlevée. On avait découvert une échelle conduisant à une cachette entre le parquet de la chambre des enfants et le plafond de la pièce inférieure, une cachette tellement étroite que, pour s'y tenir, il fallait ramper sur les mains et les genoux ou s'allonger, et cependant assez grande pour contenir un coffre de vieux chêne sculpté, à demi rempli de vêtements ayant appartenu à un prêtre qui s'était probablement caché dans ces jours cruels où il y avait danger de mort pour qui donnait asile à un prêtre catholique romain, ou faisait dire la messe dans sa maison.

Le large fossé extérieur était sec et couvert d'herbes; les arbres du verger, chargés de fruits, balançaient leurs branches noueuses et désordonnées qui formaient des dessins fantastiques sur la verdure des talus. L'étang était dans cette clôture : c'était une nappe d'eau qui s'étendait sur toute la longueur du jardin et bordait une avenue appelée l'allée des tilleuls, si protégée du soleil et du ciel, rendue si impénétrable à l'œil par la voûte épaisse formée par les arbres, qu'elle semblait un lieu propice aux conciliabules secrets ou aux entrevues dérobées ; un lieu fait pour tramer un complot en toute sécurité, ou pour prononcer des serments d'amour ; pourtant elle était à peine à vingt pas du château.

Cette sombre voûte de verdure se terminait par le bosquet où se trouvait le vieux puits, à demi enseveli sous les branches entrelacées et les mauvaises herbes. Il avait sans doute rendu de grands services autrefois et les nonnes y avaient peut-être puisé de l'eau fraîche avec leurs belles mains ; désormais il était abandonné et nul ne savait au château d'Audley si la source en était tarie ou non. Malgré la solitude et le mystère de cette avenue de tilleuls, je ne pense pas qu'elle ait jamais été le théâtre d'événements romanesques.

Souvent, à la fraîcheur du soir, sir Michael Audley y fumait son cigare en se promenant en long et en large, son chien sur les talons et sa jeune et jolie femme flânant à ses côtés. Mais au bout de dix minutes le baronnet et sa compagne se lassaient du frissonnement des tilleuls, du calme de l'eau cachée sous les larges feuilles des nénuphars et de la longue perspective de verdure avec le puits en ruine au bout ; alors ils retournaient à leur salon où milady jouait de rêveuses mélodies de Beethoven et de Mendelssohn jusqu'à ce que son mari s'endormît dans son fauteuil.

Sir Michael Audley était âgé de cinquante-six ans et il avait épousé sa seconde femme quelques mois auparavant. C'était un homme corpulent, grand et robuste ;

il avait une voix basse et sonore, de beaux yeux noirs et une barbe blanche qui lui donnait un air vénérable bien contre son gré, car il était aussi vif qu'un jeune homme et un des plus intrépides cavaliers du pays. Pendant sept ans, il était resté veuf avec une fille unique, Alicia Audley, âgée maintenant de dix-huit ans, et nullement satisfaite de voir une belle-mère s'installer au château ; car miss Alicia avait eu la haute main dans la maison de son père depuis sa plus tendre enfance ; elle avait gardé les clés, les avait fait sonner dans la poche de son tablier de soie, les avait perdues dans le bosquet, laissées tomber dans l'étang, et avait causé à leur sujet toute espèce de tracas du jour où elle était entrée dans sa treizième année ; elle s'était, à cause de tout cela, illusionnée jusqu'à se croire sincèrement, pendant tout ce temps, l'ordonnatrice de la maison.

Mais aujourd'hui, le règne de miss Alicia était passé et lorsqu'elle demandait la moindre chose à la gouvernante, celle-ci lui répondait qu'elle en parlerait à milady, qu'elle consulterait milady, et que si milady le voulait, elle le lui donnerait volontiers. Aussi, la fille du baronnet, qui montait parfaitement à cheval et avait un joli talent de peintre, passait-elle la plus grande partie de ses journées hors de la maison, chevauchant dans les sentiers bordés de haies, faisant des croquis des enfants des chaumières, des jeunes laboureurs, des troupeaux, et de tout être vivant se trouvant sur son passage. Elle afficha une détermination boudeuse à ne nouer aucune intimité avec la jeune femme du baronnet ; et, malgré toute l'amabilité de cette dernière, il lui fut impossible de surmonter les préventions et l'éloignement d'Alicia ; ou de convaincre l'enfant gâtée qu'elle ne lui avait causé aucun tort en épousant sir Michael Audley.

Lady Audley, à la vérité, en épousant sir Michael, avait fait un de ces mariages de nature à attirer sur une femme l'envie et la haine de son sexe. Elle était venue dans le pays en qualité de préceptrice dans la famille d'un chirurgien qui vivait dans un village voisin du château d'Audley. On ne savait rien d'elle, hormis qu'elle avait répondu à un avis inséré dans le *Times* par Mr Dawson, le chirurgien. Elle venait de Londres et avait renvoyé, pour toutes références, à la directrice d'une institution de Brompton où elle avait précédemment enseigné ; celles-ci avaient été si satisfaisantes qu'on avait cru inutile d'en prendre d'autres, et miss Lucy Graham avait été agréée par le chirurgien comme institutrice de ses filles. Ses qualités, si brillantes et si nombreuses, faisaient paraître étrange qu'elle eût répondu à une annonce offrant une rémunération aussi médiocre que celle proposée par Mr Dawson ; mais miss Graham semblait parfaitement satisfaite de sa position et enseignait aux jeunes filles à jouer les sonates de Beethoven, à copier les dessins d'après nature de Creswick, et traversait un village peu fréquenté et sans attrait trois fois le dimanche, pour se rendre à l'humble petite église, aussi contente que si sa plus haute aspiration dans ce monde était d'agir ainsi le reste de sa vie.

Ceux qui l'observaient s'accordaient à dire que c'était une douce et aimable nature, toujours riante, toujours heureuse et s'accommodant de tout. Partout où elle allait, elle semblait apporter avec elle la joie et la lumière. Dans les chaumières des miséreux, son beau visage brillait comme un rayon de soleil. Elle s'asseyait volontiers un quart d'heure pour causer avec une vieille femme et paraissait aussi heureuse de l'admiration de la mégère édentée que si elle eût écouté les compliments d'un marquis ; elle ne laissait rien en partant (car son modique salaire ne lui permettait pas le plaisir de la charité), et la vieille femme, néanmoins, ne manquait pas de lui témoigner tout son ravissement pour sa grâce, sa beauté et son affabilité, comme elle ne l'avait jamais fait pour la femme du vicaire qui lui donnait des vivres et des vêtements.

Miss Lucy Graham, on le voit, était douée de ce pouvoir de fascination qui permet à une femme de charmer avec un mot ou d'enivrer avec un sourire. Tout le monde l'aimait, l'admirait et faisait son éloge. Le garçon qui ouvrait la barrière sur son passage courait raconter à sa mère avec quels aimables regards et avec quelle douce voix elle l'avait remercié pour ce menu service. À l'église, le bedeau qui lui ouvrait le banc du chirurgien, le vicaire qui voyait ses beaux yeux bleus fixés sur lui pendant qu'il prêchait son simple sermon, le messager qui venait quelquefois lui apporter de la gare du chemin de fer une lettre ou un paquet sans jamais s'attendre à une gratification, son employeur, ceux qui lui rendaient visite, ses élèves, les domestiques, tous, grands ou petits, tombaient d'accord pour déclarer que Lucy Graham était la plus charmante fille qui eût jamais existé.

Ce cri unanime avait-il pénétré jusque dans les appartements silencieux du château d'Audley, ou était-ce simplement l'effet produit par le charmant visage se montrant chaque dimanche matin dans le banc du chirurgien ? Toujours est-il que sir Michael Audley éprouva l'impérieux désir de faire plus ample connaissance avec l'institutrice de Mr Dawson.

Il n'eut qu'à s'en ouvrir au digne docteur, qui s'empressa d'organiser une petite réunion à laquelle furent invités le vicaire et sa femme, le baronnet et sa fille.

Cette unique soirée tranquille décida du sort de sir Michael. La tendre fascination de ces yeux bleus si doux et si touchants, la gracieuse élégance de ce cou svelte et de cette tête penchée, avec ces splendides boucles de cheveux au reflet doré, cette charmante voix qui résonnait comme une suave mélodie, la parfaite harmonie qui régnait dans tous ses charmes et donnait un double attrait aux enchantements de cette femme ; toutes ces séductions enfin le subjuguèrent, il lui fut aussi impossible d'y résister que de se soustraire à sa destinée. Sa destinée ! Vraiment cette femme était sa destinée ! Il n'avait jamais aimé auparavant. Qu'avait été son mariage avec la mère d'Alicia ?

Une affaire ennuyeuse, une espèce de contrat passé pour conserver dans la famille une propriété qui aurait bien pu en sortir sans cela. Qu'avait été son amour pour sa première femme? Une pâle, pitoyable et vacillante étincelle, trop insignifiante pour être éteinte, trop faible pour brûler.

Mais cette fois c'était l'amour, cette fièvre avec ses désirs impatients, cette vague et misérable incertitude, ces terribles craintes que son âge ne fût un obstacle insurmontable à son bonheur, cette maudite barbe blanche qu'il détestait, cette envie effrénée de redevenir jeune, d'avoir une belle chevelure noire et une taille élancée, comme vingt ans avant; ces nuits sans sommeil et ces jours pleins de tristesse, si rayonnants s'il avait le bonheur d'entrevoir la suave figure derrière les rideaux lorsqu'il dépassait la maison du chirurgien, tous ces symptômes révélaient la vérité et disaient trop clairement que sir Michael Audley, à cinquante-cinq ans, était atteint de la terrible fièvre qu'on appelle l'amour.

Je ne pense pas que le baronnet eût compté d'abord sur sa fortune ou sur sa position, lorsqu'il fit sa cour, pour décider de son succès. S'il eut cette pensée, il dut la repousser avec horreur. Il lui était trop pénible de croire un instant qu'une personne aussi aimable et aussi pure pût se donner en retour d'une riche maison et d'un ancien titre de noblesse. Non, il espérait qu'ayant eu une existence toute de travail et de dépendance, et étant très jeune (nul ne connaissait exactement son âge, et elle paraissait avoir un peu plus de vingt ans), elle n'avait dû avoir aucun attachement et que, se trouvant le premier à lui faire la cour, il saurait, par ses attentions délicates, par une généreuse sollicitude, par un amour qui lui rappellerait le père qu'elle avait perdu, par son attention protectrice, se rendre indispensable, gagner son cœur, et obtenir de ce tout premier amour la promesse de sa main. C'était une rêverie très romanesque qui, malgré tout, semblait en bonne voie de se réaliser.

Lucy Graham ne semblait en aucune façon dédaigner les attentions du baronnet ; il n'y avait, dans ses manières, aucun des artifices futiles employés par les femmes qui désirent captiver un homme riche. Elle était si habituée à l'admiration de tous, petits et grands, que la conduite de sir Michael ne l'impressionna guère. De plus, il était resté veuf si longtemps qu'on avait abandonné l'idée qu'il se remarie jamais. À la fin, cependant, Mrs Dawson aborda ce sujet avec l'institutrice. La femme du chirurgien était assise dans la chambre d'étude, occupée à travailler, pendant que Lucy apportait les dernières touches à quelques aquarelles faites par ses élèves.

— Savez-vous, chère miss Graham, dit Mrs Dawson, que vous devez vous considérer comme une fille très heureuse ?

L'institutrice releva sa tête penchée sur son ouvrage et regarda avec étonnement sa maîtresse, en rejetant en arrière une cascade de cheveux, les plus merveilleuses boucles du monde, soyeuses et légères comme du duvet, flottant sans cesse près de son visage et entourant sa tête d'un halo pâle quand le soleil les éclairait.

— Que voulez-vous dire, chère Mrs Dawson ? demanda-t-elle en trempant son pinceau dans le bleu-vert de sa palette qu'elle tint soigneusement suspendu avant de le poser sur la délicate bande de pourpre qui illuminait l'horizon dans l'aquarelle de son élève.

— Oui, ma chère enfant, je dis qu'il ne dépend que de vous de devenir lady Audley et la maîtresse du château d'Audley.

Lucy Graham lâcha le pinceau, devint écarlate jusqu'à la racine de ses beaux cheveux, puis pâle, encore plus pâle que ne l'avait jamais vue Mrs Dawson.

— Ma chère, ne vous troublez pas ainsi, dit doucement la femme du chirurgien, personne ne vous oblige à épouser sir Michael si vous ne voulez pas. Ce serait cependant un magnifique mariage ; il a des revenus considérables et c'est le plus généreux des hommes. Votre position serait élevée et vous pourriez faire beaucoup de bien ; mais, comme je vous le disais, vous devez suivre vos sentiments. Je dois seulement ajouter que si ses attentions ne vous sont pas agréables, il serait réellement peu honorable de votre part de les encourager.

— Ses attentions ! L'encourager ! murmura Lucy, comme désorientée par ces paroles. Je vous en prie, je vous en prie, Mrs Dawson, ne me parlez plus ainsi. Je n'ai aucune idée de tout cela, c'est la dernière chose à laquelle j'aurais pensé.

Elle appuya ses coudes sur la table et entrelaçant ses mains sur sa figure, elle sembla réfléchir profondément pendant quelques minutes. Elle portait autour du cou un étroit ruban noir qui retenait un médaillon, une croix, ou une miniature peut-être, mais cet objet, quel qu'il fût, restait continuellement caché dans ses vêtements. Une fois ou deux, pendant qu'assise elle réfléchissait en silence, elle retira une de ses mains de son visage et saisit le ruban avec un mouvement nerveux, le tirant d'un air à demi énervé et le tordant en tous sens entre ses doigts.

— Je crois qu'il y a des êtres prédestinés au malheur, Mrs Dawson, dit-elle bientôt. Ce serait pour moi une trop grande bonne fortune que de devenir lady Audley.

Elle prononça ces mots avec un tel accent d'amertume que la femme du chirurgien leva les yeux sur elle avec surprise.

— Vous, prédestinée au malheur, ma chère enfant ! s'écria-t-elle, je pense que vous devriez être la dernière personne à parler ainsi, vous, une créature si gaie, si heureuse que chacun prend plaisir à vous voir. Certes, je ne sais trop comment nous ferions si sir Michael vous enlevait de chez nous.

Après cette conversation, elles revinrent souvent sur le même sujet et Lucy ne montra plus aucune émotion en quelque occasion que l'on discutât l'admiration du baronnet pour elle. Il était tacitement convenu dans la famille du médecin que le jour où sir Michael ferait sa demande, l'institutrice l'accepterait volontiers et, en vérité, les candides Dawson auraient taxé d'acte de folie le rejet d'une telle offre de la part d'une fille sans fortune.

Lors d'une soirée brumeuse du mois d'août, sir Michael était assis en face de Lucy Graham, devant une fenêtre du petit salon du chirurgien. La famille étant sortie par suite d'une circonstance quelconque, il profita de l'occasion pour entamer le sujet si cher à son cœur. En quelques mots solennels, il offrit sa main à l'institutrice. Il y avait quelque chose de touchant dans la manière et le ton à moitié suppliants avec lesquels il s'adressa à elle ; pouvant à peine espérer d'être agréé par cette belle jeune fille, il la priait de le repousser, quoique ce refus dût lui briser le cœur, plutôt que d'accepter son offre, si elle ne devait pas l'aimer.

— Je ne pense pas, Lucy, dit-il avec solennité, qu'une femme puisse commettre une plus grande faute que d'épouser un homme qu'elle n'aime pas. Vous m'êtes si chère, ma bien-aimée, que, malgré le profond attachement que j'ai pour vous, et malgré toute l'amertume que me donne la seule pensée d'un refus, je ne voudrais pas vous voir commettre une telle faute au prix de toute ma félicité. Si mon bonheur pouvait résulter d'une telle action, ce qui ne saurait advenir, répéta-t-il avec vivacité, le malheur seul serait le résultat d'un mariage inspiré par tous autres motifs que la sincérité et l'amour.

Lucy Graham ne regardait pas sir Michael, mais elle avait les yeux fixés au-dehors, sur les vapeurs du crépuscule et sur le paysage indistinct qui s'étendait derrière le petit jardin. Le baronnet essaya d'apercevoir son visage, mais elle ne lui présentait que son profil et il ne put saisir l'expression de ses yeux ; s'il avait pu le faire, il eût remarqué un regard intense qui semblait vouloir percer l'obscurité lointaine et distinguer au-delà… bien au-delà, dans un autre monde.

— Lucy, vous m'entendez ?

— Oui, dit-elle gravement, mais sans froideur et ne paraissant en aucune façon offensée par ses paroles.

— Et votre réponse ?

Elle ne détourna pas son regard du paysage enveloppé dans les ténèbres, et resta quelques instants complètement silencieuse ; puis se tournant vers lui avec une passion soudaine qui illuminait son visage d'une nouvelle et merveilleuse beauté que le baronnet aperçut malgré l'obscurité grandissante, elle tomba à ses pieds.

— Non, Lucy, non, non ! s'écria-t-il vivement. Non, pas là, pas là…

— Si, là, là, dit-elle avec une passion étrange qui l'agitait et rendait le son de sa voix aigre et perçant, pas criard, mais d'un éclat surnaturel, là, et pas ailleurs. Que vous êtes bon… Que vous êtes noble et généreux, mon ami ! Certes, il ne manque pas de femmes cent fois meilleures et plus belles que moi qui pourront vous aimer tendrement, mais vous m'en demandez trop. Songez à ce qu'a été ma vie, songez seulement à cela. Dès ma plus tendre enfance je n'ai connu que pauvreté. Mon père était un gentilhomme, instruit, accompli, beau, mais miséreux, réduit à l'état de pauvre hère. Ma mère… mais ne parlons pas d'elle. Je n'ai éprouvé que misère, épreuves, vexations, humiliations, privations de toute sorte. Vous ne savez pas, vous qui vivez parmi ceux dont la vie est si douce et si facile, vous n'imaginez pas tout ce que nous devons endurer. Ne m'en demandez pas trop. Je ne peux pas être désintéressée ; je ne peux pas fermer les yeux sur les avantages d'une telle alliance. Non, je ne peux pas…

Outre sa surexcitation et l'impétuosité de sa passion, il y avait quelque chose d'indéfinissable dans ses manières qui remplit le baronnet d'une vague frayeur. Elle restait à ses pieds sur le parquet, tapie plutôt qu'agenouillée, ses vêtements blancs et légers collés sur elle, sa blonde chevelure ruisselant sur ses épaules, ses grands yeux bleus brillant dans l'ombre, et ses mains crispées sur le ruban noir qui serrait son cou, comme s'il eût dû l'étrangler.

— Ne m'en demandez pas trop, répétait-elle, je me suis montrée intéressée dès mon enfance.

— Lucy, Lucy, expliquez-vous. Avez-vous de l'éloignement pour moi?

— De l'éloignement pour vous! Non, non!

— Mais alors, aimez-vous quelqu'un d'autre?

Elle partit d'un éclat de rire à cette question.

— Je n'aime personne au monde, répondit-elle.

Quoique enchanté de cette réponse, le rire étrange de Lucy et ces quelques mots mirent ses sentiments à l'épreuve. Il garda quelques instants le silence, puis il dit avec un certain effort:

— Bien, Lucy, je ne veux pas trop vous demander. Je suis un vieux fou sentimental; mais si vous n'avez pas d'éloignement pour moi, et si vous n'en aimez pas un autre, je ne vois pas de raisons qui nous empêchent d'être heureux. Sommes-nous d'accord, Lucy?

— Oui.

Le baronnet la souleva dans ses bras, lui donna un baiser sur le front, et après lui avoir tranquillement souhaité une bonne nuit, il sortit tout droit de la maison.

Il sortit sans détour, ce vieux fou, parce qu'une vive émotion s'était emparée de son cœur; ce n'était ni la joie, ni le triomphe, mais quelque chose ressemblant presque à du désappointement, une espèce d'aspiration étouffée et déçue qui pesait lourdement sur son cœur, comme s'il avait porté un cadavre dans son sein. C'était le cadavre de son espoir qui venait d'expirer à la voix de Lucy. Tous ses doutes, toutes ses craintes, toutes ses aspirations timides venaient de finir. Il devait se contenter, comme les hommes de son âge, de se marier pour sa fortune et sa position.

Lucy Graham monta lentement l'escalier qui conduisait à sa petite chambre, en haut de la maison. Elle plaça sur la commode son bougeoir qui répandait une lumière douteuse et s'assit sur le bord de son lit blanc, calme et blanche comme les rideaux drapés autour d'elle.

— Plus de dépendance, plus d'occupation servile, plus d'humiliations, dit-elle, toute trace de ma première existence effacée, tous les indices sur mon identité ensevelis et oubliés, excepté cela, excepté cela.

Sa main gauche n'avait pas abandonné le ruban noir noué autour de son cou. Elle le retira de son sein en prononçant ces paroles et fixa l'objet qui y était attaché.

Ce n'était ni un médaillon, ni une miniature, ni une croix : c'était un anneau enveloppé dans un long carré de papier, moitié imprimé, moitié écrit, jauni par le temps et chiffonné par des plis nombreux.

# 2

# À bord de l'*Argus*

Il lança le bout de son cigare dans l'eau et, s'accoudant au bastingage, il contempla les vagues.

— Ah! qu'elles sont monotones, dit-il, bleues, vertes et opalines; opalines, bleues et vertes. Ma foi, elles sont très belles dans leur genre, mais les voir pendant trois mois, c'est beaucoup trop, surtout…

Il n'essaya pas de terminer sa phrase : sa pensée sembla se perdre au milieu des flots et le transporter à mille lieues ou même plus loin.

— Pauvre chère petite, quelle joie! murmura-t-il en ouvrant son porte-cigares et en examinant nonchalamment son contenu; quelle joie et quelle surprise! Pauvre chère petite! Après trois ans et demi, elle sera bien étonnée.

Celui qui parlait ainsi était un jeune homme d'environ vingt-cinq ans, grand et bien bâti, au visage bronzé par le soleil, aux yeux bruns qui laissaient échapper une tendre expression à travers leurs cils noirs; une moustache et une barbe épaisses couvraient la partie inférieure de son visage. Il portait un ample costume gris et un feutre mou négligemment jeté sur sa chevelure noire. Il s'appelait George Talboys et c'était un des passagers de la cabine arrière du vaisseau *Argus*, chargé de laine d'Australie et faisant le trajet de Sydney à Liverpool.

Les passagers de l'arrière de l'*Argus* étaient peu nombreux. Un vieux négociant en laine qui, ayant fait fortune dans les colonies, retournait dans son pays natal avec sa femme et ses filles ; une gouvernante de trente-trois ans qui rentrait pour épouser un homme auquel elle s'était fiancée quinze ans auparavant ; la fille sentimentale d'un riche marchand de vin d'Australie qu'on envoyait en Angleterre pour y compléter son éducation, et George Talboys ; c'étaient les seuls passagers de première classe.

George Talboys était la vie et l'âme du bâtiment ; nul ne savait qui il était ni d'où il venait, mais chacun l'aimait. À dîner, il occupait le bas de la table et aidait le capitaine à faire les honneurs du repas. Il débouchait les bouteilles de champagne, il levait son verre avec tous ceux qui se trouvaient là ; il racontait des histoires drôles et donnait le signal du rire avec un si joyeux entrain qu'à moins d'être fort revêche on ne pouvait s'empêcher de l'imiter, par pure sympathie. Il organisait aussi les parties de vingt-et-un ou de spéculation[1] et d'autres jeux amusants et faciles qui absorbaient le petit cercle réuni autour de la lampe de la cabine, au point qu'un ouragan aurait pu mugir au-dessus de leurs têtes sans que personne s'en aperçût ; mais il avouait franchement qu'il n'entendait rien au whist et qu'il était incapable de distinguer un cavalier d'une tour sur un échiquier.

De fait, Mr Talboys n'était en aucune façon un personnage lettré. La pâle gouvernante avait essayé de causer avec lui de la littérature en vogue, mais George s'était contenté de caresser sa barbe et de la regarder d'un air maussade, en proférant de temps en temps des « ah, oui, sapristi ! » et « certainement, ah ! ».

La jeune fille sentimentale, qui allait en Angleterre pour perfectionner son éducation, avait voulu le mettre à l'épreuve sur Shelley et Byron ; mais il avait éclaté de rire sans malice, comme si la poésie était une plaisanterie. Le négociant en laine l'avait sondé sur la politique, mais il

---

1. Jeu de cartes populaire à la fin du XVII$^e$ et au début du XIX$^e$ siècle.

ne semblait pas posséder là-dessus des connaissances très profondes ; aussi avait-on pris le parti de le laisser suivre sa fantaisie, fumer ses cigares, causer avec les matelots, flâner sur le pont, regarder l'eau et se rendre agréable à chacun à sa manière. Lorsque l'*Argus* ne fut plus qu'à quinze jours de l'Angleterre, tout le monde remarqua qu'un changement s'opérait chez George Talboys. Il devint remuant et inquiet, tantôt si gai que la cabine retentissait de ses éclats de rire, tantôt morose et pensif. Il finissait par fatiguer les matelots, quoiqu'il fût leur favori, en leur adressant de perpétuelles questions sur le moment probable où l'on toucherait terre. Serait-ce dans dix, onze, douze, ou treize jours ? Le vent était-il favorable ? Combien de nœuds le bâtiment filait-il à l'heure ? Peu après, il était saisi d'un accès de colère, il courait sur le pont, criant que le vaisseau n'était qu'un vieux rafiot branlant, que ses propriétaires l'avaient trompé en lui vantant la rapidité de marche de l'*Argus* au lieu de l'avertir que leur bâtiment n'était pas fait pour transporter des passagers, des créatures vivantes et pressées, des êtres ayant cœur et âme, mais seulement pour charger de lourdes balles de laine qui pouvaient bien pourrir sur mer sans qu'il s'ensuivît grand dommage.

Le soleil disparaissait dans la mer et George Talboys allumait son cigare dans cette soirée d'août dont nous parlons. Dix jours encore, comme les matelots le lui avaient dit dans l'après-midi, et il pourrait apercevoir les côtes d'Angleterre.

— Je veux aborder par le premier bateau que nous rencontrerons, s'écria-t-il, dans une coquille de noix au besoin ; et, par Jupiter, s'il le faut, je nagerai jusqu'à terre.

Ses amis de la cabine arrière, à l'exception de la pâle gouvernante, riaient de son impatience. Elle soupirait en observant le jeune homme qui s'irritait contre la lenteur des heures, repoussait son verre de vin sans y avoir goûté, s'agitait impatiemment sur le sofa de la cabine, montait et descendait l'échelle de coupée, et regardait les vagues.

Comme le disque empourpré du soleil s'éteignait dans l'eau, la gouvernante monta l'escalier de la cabine pour se promener sur le pont, pendant que les passagers restaient à table dans l'entrepont. Elle s'arrêta lorsqu'elle aperçut George et, debout à côté de lui, elle contempla les teintes cramoisies qui s'affaiblissaient à l'occident.

Cette femme, très tranquille et très réservée, prenait rarement part aux jeux de la cabine arrière, elle ne riait jamais et parlait peu. Toutefois George Talboys et elle avaient été bons amis pendant la traversée.

— Mon cigare vous incommoderait-il, miss Morley? dit-il en le retirant de sa bouche.

— Pas le moins du monde, continuez de fumer, je vous en prie. J'étais venue seulement regarder le coucher du soleil. Quelle délicieuse soirée!

— Oui, oui, délicieuse, je l'avoue, répondit-il avec impatience. Mais c'est si, si long, dix interminables jours et dix mortelles nuits avant de débarquer.

— C'est vrai, soupira miss Morley. Voudriez-vous que ce temps fût moins long?

— Si je le voudrais? s'écria George. Oh! certes oui. Et vous, ne le désirez-vous pas?

— Pas vraiment.

— Il n'y a donc personne en Angleterre que vous aimiez? Personne qui attende votre arrivée?

— J'espère que si, dit-elle d'un ton grave.

Ils gardèrent le silence quelques instants, lui, fumant son cigare avec une impatience furieuse, comme s'il avait pu hâter la marche du vaisseau par sa continuelle agitation; elle, regardant la lueur déclinante de ses yeux bleus mélancoliques, des yeux qui semblaient s'être ternis à la lecture de livres aux caractères très petits et sur de délicats travaux d'aiguille, des yeux flétris, peut-être, par des pleurs versés en secret au cours de nuits solitaires.

— Voyez, dit George, indiquant subitement le côté opposé, voilà la nouvelle lune.

Elle leva ses regards sur le pâle croissant, et son visage était presque aussi pâle et blafard.

— C'est la première fois que nous la voyons,

— Nous devons faire un vœu, dit George. Je sais ce que je désire.

— Quoi donc?

— De rentrer vite chez nous.

— Mon vœu est que nous n'y trouvions aucune déception à notre arrivée, répondit la gouvernante avec tristesse.

— Aucune déception!

Il tressaillit comme s'il avait été foudroyé et lui demanda ce qu'elle entendait par déception.

— Je veux dire, répondit-elle en parlant avec rapidité et en agitant ses mains fines, je veux dire qu'à mesure que ce long voyage tire à sa fin, l'espoir s'affaiblit dans mon cœur; une crainte nouvelle s'empare de moi et j'appréhende que tout ne se passe pas bien. Celui que je viens rejoindre peut avoir changé de sentiments à mon égard, ou bien, après avoir conservé jusqu'à ce moment ceux qu'il nourrissait autrefois, il peut les perdre en un instant à la vue de mon pauvre visage flétri. On me disait jolie fille, Mr Talboys, lorsque je m'embarquai pour Sydney, il y a quinze ans. Mais le monde peut l'avoir corrompu, l'avoir rendu égoïste et intéressé, et dans ce cas il me fera bon accueil pour ce que je puis avoir économisé pendant ces quinze années. Ne peut-il pas aussi être mort? Il se pourrait qu'après avoir vécu en bonne forme, il eût attrapé une semaine avant notre arrivée une fièvre qui l'emporte une heure avant que nous jetions l'ancre dans la Mersey. Je pense à tout cela, Mr Talboys; je vois passer toutes ces scènes dans mon esprit, et j'en ressens les angoisses vingt fois par jour. Vingt fois par jour, répéta-t-elle, je pourrais dire mille fois par jour.

George Talboys était resté pétrifié, son cigare à la main, et l'écoutait avec tant d'attention que, comme elle prononçait les derniers mots, ses doigts se relâchèrent et son cigare tomba dans l'eau.

— Je m'étonne, continua-t-elle, s'adressant plus à elle-même qu'à lui, je m'étonne en pensant combien j'étais pleine d'espoir lorsque le vaisseau mit à la voile; il n'était pas question de déception. Je me représentais la joie du retour, les paroles échangées, les exclamations et les regards; mais depuis ce dernier mois de voyage, jour par jour, heure par heure, mon courage s'affaiblit, mes espérances s'évanouissent et je redoute l'arrivée autant que si je revenais en Angleterre pour assister à des funérailles.

Le jeune homme changea brusquement d'attitude et fit face à sa compagne avec un regard alarmé. Elle vit à la lueur de la lune que ses joues avaient pâli.

— Quel idiot, s'écria-t-il en donnant un coup de poing sur le bordage du vaisseau, quel idiot de me laisser effrayer par toutes ces histoires! Pourquoi venez-vous me dire toutes ces choses? Pourquoi bouleverser tous mes sens et me glacer de terreur, lorsque je suis sur le point de rejoindre la femme que j'aime, une femme dont le cœur est aussi pur que la lumière du jour, chez laquelle je ne m'attends pas plus à trouver un changement qu'à voir demain un autre soleil se lever dans le ciel? Pourquoi cherchez-vous à me mettre en tête de telles idées quand je rentre chez moi retrouver ma chère épouse?

— Votre femme, dit-elle, dans ce cas c'est différent. Vous n'avez pas de raisons de partager mes craintes. Je viens en Angleterre retrouver un homme auquel j'étais fiancée il y a quinze ans. Il était trop pauvre alors pour se marier. Une place de gouvernante m'ayant été offerte dans une riche famille d'Australie, je le persuadai de me laisser accepter cette proposition, afin que, restant libre et sans entrave, il pût faire son chemin en Angleterre pendant que j'économiserais pour nous aider lorsque nous commencerions à vivre ensemble. Je ne pensais pas être aussi longtemps absente; mais les choses ont mal tourné pour lui en Angleterre. Voilà mon histoire, et vous pouvez comprendre mes appréhensions. Elles ne peuvent avoir aucune influence sur vous. Mon cas est exceptionnel.

— Le mien aussi, dit George avec impatience, très exceptionnel même, quoique jusqu'à ce moment, je vous le jure, je n'eusse jamais éprouvé la moindre inquiétude sur le résultat de mon retour. Mais vous avez raison, je n'ai que faire de vos appréhensions. Vous avez été absente pendant quinze ans ; toutes sortes de choses peuvent arriver en quinze ans. Quant à moi, il n'y a maintenant que trois ans et demi ce mois-ci que j'ai quitté l'Angleterre. Que pourrait-il être arrivé dans un temps aussi court?

Miss Morley regarda Talboys avec un sourire lugubre, sans lui répondre. Cette ardeur fiévreuse, la franchise et l'impatience de cette nature étaient si étranges et si nouvelles pour elle, qu'elle le contemplait avec un mélange d'étonnement et de compassion.

— Ma jolie petite femme! Mon innocente et bien-aimée petite femme! Savez-vous, miss Morley, dit-il, ayant repris toute son ancienne confiance, que j'ai quitté la pauvre petite pendant qu'elle était endormie, tenant son enfant dans ses bras, ne lui laissant que quelques lignes à peine lisibles pour lui dire pourquoi son fidèle époux l'avait abandonnée?

— Abandonnée! s'écria la gouvernante.

— Oui. J'étais officier dans un régiment de cavalerie lorsque je vis pour la première fois ma chère petite. Nous tenions garnison dans un triste port de mer où elle vivait avec son vieux père, un gueux, un officier de marine en demi-solde, un vieux fourbe de profession, aussi pauvre que Job, l'œil toujours à l'affût d'un coup de fortune. Je vis clair dans ses viles manœuvres afin d'attraper un de nous pour sa jolie fille. Je décelai les pièges pitoyables et grossiers qu'il tendait pour attirer quelque dragon balourd. Je ne me méprenai point sur toutes ses aimables invitations dans un mauvais cabaret du port, sur ses beaux discours sur la noblesse de sa famille, sur sa fierté simulée, sur ses faux airs d'indépendance, et sur ses larmes mensongères qui coulaient de ses vieux yeux chassieux lorsqu'il parlait de son unique enfant. C'était un vieil ivrogne, hypocrite, prêt à vendre ma pauvre petite au plus offrant. Heureusement pour moi, je pus être alors ce plus fort enchérisseur, car mon père a de la fortune, miss Morley, et comme ma chère femme et moi nous nous étions aimés au premier regard, nous nous épousâmes. Mon père cependant n'eut pas plutôt appris que j'étais marié à une petite demoiselle sans le sou, la fille d'un vieux lieutenant en demi-solde adonné à la boisson, qu'il m'écrivit une lettre furieuse où il me signifiait qu'il ne voulait plus avoir de rapports avec moi, et qu'à partir du jour de mon mariage, la pension annuelle qu'il m'allouait était suspendue.

Il n'y avait pas moyen de rester dans un régiment comme le mien sans autre chose que ma paye d'officier pour vivre et entretenir une jeune femme ; aussi vendis-je mon brevet, pensant qu'avant d'en avoir épuisé le prix je pourrais sûrement me caser quelque part. Je partis avec ma chérie pour l'Italie, où nous menâmes grand train de vie aussi longtemps que durèrent mes deux mille livres ; mais lorsque notre trésor se trouva réduit à quelque deux cents livres, nous retournâmes en Angleterre, et ma chère femme ayant eu la fantaisie d'être près de son ennuyeux vieillard de père, nous nous établîmes dans une petite ville d'eaux où il s'était retiré. À peine eut-il appris que j'avais encore deux cents livres qu'il nous témoigna une affection débordante et insista pour que nous installions chez lui. Nous y consentîmes, toujours pour plaire à ma chérie, qui avait à ce moment particulièrement droit à voir satisfaire tous les caprices et toutes les fantaisies de son cœur innocent.

Nous vécûmes donc avec lui et, finalement, il nous dépouilla. Lorsque je parlais de sa conduite à ma petite femme, elle haussait les épaules, me disant qu'elle aimait mieux ne pas mécontenter son « pauvre papa ». Aussi, le pauvre papa dépensa-t-il follement en un rien de temps notre petit pécule. Sentant alors la nécessité de me procurer des ressources, je partis pour Londres et j'essayai de me placer dans un comptoir de négociant, comme commis, caissier, comptable ou quelque chose de ce genre. J'imagine que je portais sur moi l'empreinte d'un dragon obtus, car je ne pus trouver personne qui eût confiance en ma capacité, et je retournai, harassé, découragé, auprès de ma bien-aimée que je trouvai en train de nourrir un fils, héritier de son indigent père. Pauvre petite, elle était bien abattue, et lorsque je lui racontai l'insuccès de mon voyage à Londres, elle fut consternée et éclata en soupirs et en lamentations, me disant que je n'aurais pas dû l'épouser pour ne lui apporter que pauvreté et misère, et que je lui avais fait un tort cruel en la prenant pour femme. Par le ciel, miss Morley, ses pleurs et ses reproches me rendirent presque fou ; j'entrai dans un accès de fureur contre elle, contre moi-même, contre son père, contre le monde entier, et je sortis de la maison en déclarant que je n'y rentrerais plus. Je marchai dans les rues, hors de moi, toute la journée, avec la ferme intention de me jeter à la mer, pour laisser ma pauvre femme libre de contracter un meilleur mariage. « Si je me noie, il faudra que son père prenne soin d'elle, pensais-je ; ce vieil hypocrite ne pourra lui refuser un asile, mais, tant que je vis, elle ne peut rien exiger de lui. »

Je gagnai une ancienne jetée en bois délabrée dans l'idée d'y attendre la nuit et de me laisser alors tomber doucement dans l'eau. Mais, pendant que j'étais assis là, fumant ma pipe et regardant d'un œil indifférent les mouettes, deux hommes survinrent, et l'un d'eux commença à parler des mines d'or d'Australie et des grandes choses que l'on pouvait accomplir dans ce pays. Je compris qu'il était sur le point de s'embarquer dans un ou deux jours et qu'il essayait de persuader son ami de l'accompagner dans son expédition.

J'écoutai ces individus pendant plus d'une heure, les suivant le long de la jetée, ma pipe à la bouche et ne perdant pas un mot de leur dialogue. Après cela, je liai moi-même conversation avec eux et me fis confirmer qu'il y avait un vaisseau partant de Liverpool dans trois jours, sur lequel devait s'embarquer l'un de ces hommes. Il me donna tous les renseignements que je lui demandai et me dit, en outre, qu'un gaillard robuste et vigoureux comme moi ne pouvait pas manquer de réussir dans les mines.

Cette pensée fit jaillir en moi une résolution si soudaine que le rouge et la chaleur me montèrent au visage et que l'exaltation agita tous mes membres. Dans tous les cas, ce parti valait mieux que le suicide. Imaginons que je m'éloigne furtivement de ma bien-aimée, la laissant en sécurité sous le toit paternel, que je parte faire fortune dans le Nouveau Monde et que je revienne un an après pour jeter mes richesses à ses pieds, car à cette époque j'étais si optimiste que je comptais faire fortune en an ou guère plus. Je remerciai l'individu pour les informations qu'il m'avait données et, tard dans la soirée, je rentrai chez moi en flânant. La température était glaciale, mais j'étais trop surexcité pour sentir le froid, et je marchai à travers les rues paisibles, le visage fouetté par la neige, le cœur plein d'espérance et de désespoir en même temps. Mon beau-père était assis dans la salle à manger et buvait du grog ; ma femme, à l'étage, dormait paisiblement avec son enfant sur son sein. Je m'assis et lui écrivis quelques lignes, dans lesquelles je lui disais que je ne l'avais jamais plus aimée qu'à ce moment où je semblais l'abandonner, que j'allais tenter la fortune dans le Nouveau Monde et que, si je réussissais, je lui rapporterais l'aisance et le bonheur ; que, si j'échouais, au contraire, elle ne me reverrait jamais. Je divisai le reste de notre argent – un peu plus, de quarante livres – en deux parts égales ; je lui laissai l'une et je mis l'autre dans ma poche. Je m'agenouillai et je priai pour ma femme et pour mon enfant, la tête appuyée sur la blanche courtepointe qui les recouvrait. Je n'étais pas habitué à prier, mais Dieu sait avec quel cœur je le fis en ce moment. Je déposai un seul baiser sur son front et sur celui de l'enfant, et me glissai doucement hors de la chambre. La porte de la salle à manger était ouverte et le vieillard assoupi sur son journal ; il leva la tête en entendant mes pas dans le corridor et me demanda où j'allais.

— Fumer dans la rue, lui répondis-je.

Et comme c'était mon habitude, il me crut. Trois nuits après j'étais en mer, voguant vers Melbourne, en qualité de passager d'entrepont, avec des outils de mineur pour tout bagage et environ sept shillings en poche.

— Et vous avez réussi ? demanda miss Morley.

— Non sans avoir longtemps désespéré du succès ; non sans avoir eu longtemps la pauvreté pour compagne. Je me suis souvent demandé, en jetant un regard sur ma vie passée, si ce dragon brillant, oisif, extravagant, sensuel, habitué à sabler le champagne, était bien le même homme qui, assis sur la terre humide, rongeait une croûte de pain moisi dans les zones reculées du Nouveau Monde. Je me cramponnais au souvenir de ma bien-aimée ; la confiance que j'avais en son amour et sa fidélité était comme la clé de voûte qui maintenait mon passé, l'unique étoile qui illuminait les épaisses ténèbres de l'avenir. J'étais acoquiné avec des hommes mauvais, au cœur du désordre, de l'ivrognerie et de la débauche, mais l'influence purifiante de mon amour me sauva de tous ces dangers. Maigre, décharné, à demi mourant de faim, je n'étais plus que l'ombre de moi-même. Je m'aperçus un jour dans un fragment de miroir et je fus effrayé par mon aspect. Pourtant je continuai à travailler dur, malgré les désappointements et le désespoir, malgré les rhumatismes, la fièvre et la famine, jusqu'à presque en mourir. Je continuai à travailler durement et à la fin je triomphai.

Il y avait tant de bravoure, d'énergie, de persévérance, de joyeuse fierté du succès dans le récit des difficultés qu'il avait surmontées, que la pâle gouvernante ne put s'empêcher, en le contemplant, d'exprimer son admiration.

— Comme vous avez été courageux! lui dit-elle.

— Courageux! s'écria-t-il avec un joyeux éclat de rire. Est-ce que je ne travaillais pas pour ma chérie! Pendant tous ces cruels temps d'épreuves, sa jolie main blanche ne me montrait-elle pas le bonheur dans l'avenir? Je la voyais sous ma mauvaise tente de toile, assise à mes côtés avec son enfant dans les bras, aussi bien que je l'avais vue dans l'unique et heureuse année de notre vie conjugale. Enfin, par une triste et brumeuse matinée, il y a juste trois mois, trempé jusqu'aux os par une pluie fine, enfonçant jusqu'au cou dans la boue et la terre glaise, mourant de faim, affaibli par la fièvre, engourdi par les rhumatismes, je fis rouler sur le sol, avec ma pelle, une énorme pépite et je devins en un instant l'homme le plus riche d'Australie. Je tombai sur la glaise détrempée, le gros morceau d'or posé dans mon giron, et pour la première fois de ma vie, je pleurai comme un enfant. Je filai à Sydney à toute allure, évaluai ma fortune qui s'élevait à plus de vingt mille livres et, quinze jours plus tard, j'embarquai sur ce navire. Et dans dix jours, dix jours, je vais revoir ma bien-aimée.

— Mais pendant tout ce temps, n'avez-vous jamais écrit à votre femme?

— Jamais, jusqu'à la semaine qui a précédé mon départ de Sydney. Lorsque tout tournait mal, je ne pouvais pas lui écrire pour lui raconter mes luttes contre le désespoir et la mort. J'attendais une meilleure fortune, et lorsqu'elle survint, je lui écrivis que je serais en Angleterre presque en même temps que ma lettre, et je lui donnai mon adresse dans une taverne de Londres où elle pourrait me faire parvenir une réponse et m'apprendre où je la trouverais, quoiqu'il soit peu probable qu'elle ait quitté la maison de son père.

Après ces mots, George devint rêveur et lança quelques bouffées de fumée tout en réfléchissant. Sa compagne ne troubla pas ses méditations. Le dernier rayon de ce jour d'été venait de s'éteindre et la pâle lueur de la lune éclairait seule le ciel.

Tout à coup, Talboys lança au loin son cigare et, se tournant vers la gouvernante, s'écria brusquement :

— Miss Morley, si, en arrivant en Angleterre, j'apprends qu'il est survenu quelque accident à ma femme, je tomberai raide mort.

— Mon cher Mr Talboys, pourquoi penser à ces choses? répondit la gouvernante. Dieu est plein de bonté pour nous, il ne veut pas nous affliger au-delà de nos forces. Je vois peut-être les choses un peu en noir, car la longue monotonie de ma vie m'a laissé trop de temps pour m'appesantir sur mes chagrins.

— Et ma vie, à moi, toute d'activité, de privation, de dur labeur, d'alternatives d'espoir et de désespoir, ne m'a pas laissé le temps de penser aux malheurs qui pouvaient arriver à ma chère petite femme. Quel aveugle insouciant j'ai été! Trois ans et demi et pas une ligne, pas un mot d'elle ou d'une créature qui la connût! Que ne peut-il pas être arrivé!

L'esprit agité, George commença à parcourir en long et en large le pont solitaire, suivi par la gouvernante qui essayait de le calmer.

— Je vous répète, miss Morley, reprit-il, que, jusqu'à notre conversation de ce soir, je n'avais pas eu l'ombre d'une crainte. Maintenant, je sens dans mon cœur ce malaise, cette terreur accablante dont vous me parliez il y a une heure. Laissez-moi seul, je vous en prie, surmonter à ma manière ces mauvaises dispositions.

Elle s'éloigna de lui en silence et s'assit sur le côté du vaisseau, parcourant les flots des yeux.

George Talboys fit les cent pas pendant quelque temps, la tête inclinée sur sa poitrine, ne regardant ni d'un côté ni d'un autre; puis, au bout d'un quart d'heure environ, il revint à l'endroit où la gouvernante était assise.

— J'ai prié, dit-il, j'ai prié pour ma chère adorée.

Il prononça ces mots presque dans un murmure et, à la lumière de la lune, miss Morley put apercevoir sur son visage une expression de calme ineffable.

# 3

## Reliques cachées

Ce même soleil d'août qui avait disparu dans l'immensité de l'océan éclairait de ses lueurs rougeâtres le large cadran de la vieille horloge sur l'arche couverte de lierre menant aux jardins du château d'Audley.

Le couchant était d'un cramoisi ardent. Les fenêtres à meneaux et les carreaux étincelants frappés par ses rayons rougeâtres semblaient en feu ; la lumière affaiblie jouait dans les feuilles des tilleuls de l'avenue et changeait la surface tranquille de l'étang en une plaque de cuivre poli. Dans les obscurs enfoncements de ronces et de broussailles au milieu desquels était caché le vieux puits, la rouge clarté pénétrait par lueurs vacillantes, et les herbes humides, la poulie de fer rouillée, la structure de bois brisée, semblaient tachées de sang.

Le meuglement d'une vache dans les prairies si calmes, le saut d'une truite dans l'étang, les dernières notes d'un oiseau fatigué, le grincement des roues des chariots sur la route éloignée, rompaient de temps en temps le silence du soir et rendaient plus profond le calme qui régnait en ce lieu. Il était presque accablant, ce calme du crépuscule. Ce repos absolu devenait pénible par son intensité et on éprouvait la même sensation que s'il y avait eu un cadavre dans la masse grise des bâtiments couverts de lierre, tant était funèbre la tranquillité alentour.

Comme l'horloge de l'arche sonnait huit heures, une porte s'ouvrit doucement derrière la maison et une jeune fille parut dans les jardins.

La présence même d'un être humain rompit à peine le silence, car la jeune fille avança lentement sur le gazon épais, et pénétrant dans l'avenue par le côté de l'étang, disparut dans l'ombre épaisse des tilleuls.

Ce n'était pas vraiment une jolie fille, mais son apparence était de celles que l'on appelle généralement intéressantes. Intéressante peut-être, parce que, dans sa figure pâle et ses brillants yeux gris, dans ses traits fins et ses lèvres serrées, il y avait quelque chose qui dénotait un pouvoir de répression et d'empire sur soi-même peu ordinaire chez une femme de dix-neuf ou vingt ans. Elle eût été jolie, je pense, n'eût été un défaut dans son frêle visage ovale. Ce défaut était une absence complète de couleur. Pas une teinte d'incarnat ne colorait la blancheur de cire de ses joues, pas une ombre de brun ne réparait la pâle fadeur de ses cils et de ses sourcils, pas un reflet d'or ou d'ébène ne relevait le blond pâle de sa chevelure. Sa toilette même était entachée des mêmes défauts ; la mousseline de sa robe lavande était devenue gris fané et le ruban noué autour de son cou se fondait dans la même teinte neutre.

Sa figure était effilée et mince et, en dépit de son humble costume, elle avait la grâce et la tournure d'une dame ; mais ce n'était qu'une simple paysanne, du nom de Phoebe Marks, qui avait été bonne d'enfants dans la famille de Mr Dawson et que lady Audley avait choisie pour femme de chambre après son mariage avec sir Michael.

Bien sûr, cet événement avait été une étonnante bonne fortune pour Phoebe, qui avait vu ses gages triplés et son travail très allégé dans le service bien organisé du château ; aussi devint-elle autant un objet d'envie parmi ses amies que milady dans les cercles plus élevés.

Un homme, assis sur la boiserie cassée du puits, sursauta en voyant la femme de chambre de milady sortir des ténèbres épaisses des tilleuls et se tenir debout devant lui au milieu des herbes sauvages et des broussailles.

J'ai déjà dit que cet endroit était inculte, situé dans un bosquet bas à l'écart du reste des jardins, et seulement visible des fenêtres du grenier à l'arrière de l'aile occidentale du château.

— Eh bien! Phoebe, dit l'homme en fermant le couteau avec lequel il avait dépouillé de son écorce une branche d'épine noire, tu viens à moi avec si peu de bruit et si subitement que je t'ai prise pour un esprit malin. J'ai passé à travers champs, je suis arrivé ici par l'ouverture dans le fossé, et je prenais un instant de repos avant d'aller à la maison demander si tu étais de retour.

— Je peux voir le puits de la fenêtre de ma chambre à coucher, Luke, répondit Phoebe en montrant un vitrage ouvert à un pignon du toit. Je t'ai vu assis là et je suis descendue pour te parler; il vaut mieux causer ici que dans la maison, où il y a toujours quelqu'un pour vous écouter.

L'homme était un gros rustre, aux larges épaules, à la tournure lourde, d'environ trente-trois ans. Sa chevelure, d'un rouge foncé, tombait sur son front et ses sourcils épais recouvraient une paire d'yeux d'un gris verdâtre; son nez était large et bien proportionné, mais sa bouche avait une forme grossière et une expression bestiale. Avec ses joues colorées, sa chevelure fauve et son cou de taureau, il ressemblait à un des bœufs robustes qui paissaient dans les prairies autour du château.

La jeune fille s'assit familièrement à côté de lui, sur le boisage du puits, et posa sur son large cou une de ses mains blanchies par ses nouvelles et douces fonctions.

— Es-tu content de me voir, Luke? demanda-t-elle.

— Naturellement, je suis content, ma belle, répondit-il d'une façon grossière, en rouvrant son couteau et recommençant à racler sa branche d'épine.

Ils étaient proches cousins, avaient été compagnons de jeu dans leur enfance, et amoureux dans leur jeunesse.

— Tu ne parais pas enchanté, dit la jeune fille ; tu pourrais me regarder, Luke, et me demander si mon voyage m'a fait du bien.

— Il n'a pas mis un brin de couleur sur tes joues, ma fille, dit-il en lui lançant un regard par-dessous ses épais sourcils : tu es aussi blanche que lorsque tu es partie.

— Mais on dit que les voyages rendent distingué, Luke. Je suis allée sur le continent, avec milady, dans les plus curieux endroits ; tu sais que lorsque j'étais enfant, les filles de Mr Horton m'ont appris à parler un peu français, et j'ai trouvé cela bien agréable de pouvoir me faire comprendre des gens à l'étranger.

— Distinguée, s'écria Luke Marks avec un rire dur. Qui a besoin que tu sois distinguée, je te le demande? Pas moi, d'abord ; lorsque tu seras ma femme, tu n'auras pas beaucoup de temps pour la distinction, ma fille! Quant au français, que je sois pendu, Phoebe, mais je suppose que lorsque nous aurons économisé à nous deux assez d'argent pour acheter une ferme, tu n'iras pas tenir de beaux discours aux vaches!

Elle se mordit les lèvres en entendant les paroles de son amant et détourna les yeux. Lui continua de tailler et de couper son bâton pour façonner un manche grossier, sifflant doucement entre ses dents tout le temps et ne jetant pas un seul regard sur sa cousine.

Ils restèrent silencieux pendant quelques instants, mais bientôt elle ajouta, la figure toujours tournée du côté opposé à son compagnon :

— Quelle belle chose pour celle qui était autrefois miss Graham, de voyager avec sa femme de chambre dans une voiture à quatre chevaux, et d'avoir un mari persuadé qu'il n'y a pas un seul endroit sur la terre digne d'être foulé par les pieds de son épouse!

— Oui, c'est une belle chose, Phoebe, d'avoir beaucoup d'argent, répondit Luke, et j'espère que tout cela est un avertissement pour toi, ma belle, d'économiser tes gages pour pouvoir nous marier.

— Et qu'était-elle dans la maison de Mr Dawson, il y a seulement trois mois? continua la jeune fille, comme si elle n'avait pas entendu les paroles de son cousin. Qu'était-elle d'autre qu'une domestique comme moi, recevant des gages et travaillant pour eux plus durement que moi? Si tu avais vu, Luke, ses pauvres robes usées, raccommodées, pleines de reprises, tournées et retournées, et malgré tout cela ayant bon air sur elle, je ne sais comment. Elle me donne plus ici, comme sa femme de chambre, que ce qu'elle a jamais gagné chez Mr Dawson. Oui, je l'ai vue quitter le parloir avec quelques souverains et quelques pièces d'argent dans la main, que venait justement de lui donner son maître pour payer son trimestre, et maintenant, regarde-la.

— Ne t'occupe pas d'elle, dit Luke, occupe-toi de toi-même, Phoebe, c'est tout ce que tu dois faire. Que penserais-tu, par exemple, d'une auberge pour toi et pour moi, ma fille? Il y a beaucoup d'argent à gagner dans une auberge.

La jeune fille ne bougea pas, la figure détournée de celle de son amant, les mains reposant mollement sur les plis de sa robe, ses pâles yeux gris fixés sur les dernières lueurs rouges qui s'éteignaient au loin derrière les troncs d'arbres.

— Il faudrait que tu voies l'intérieur de la maison, Luke, dit-elle; elle a l'air d'une veille ruine au-dehors, mais tu verrais l'appartement de milady, tout or et peintures, avec de grandes glaces qui vont du parquet au plafond, des plafonds ornés de peintures aussi, qui coûtent des centaines de livres, la gouvernante me l'a dit, et tout cela fait pour elle!

— Elle a de la chance, murmura Luke avec indifférence.

— Si tu l'avais vue, lorsque nous étions à l'étranger, une foule de beaux messieurs toujours pendus à ses talons ; sir Michael n'était pas jaloux, mais fier seulement de la voir autant admirée. Si tu l'avais entendue rire et causer avec eux, leur renvoyant leurs compliments et leurs beaux discours, et eux de continuer et de l'en accabler, comme avec des roses. Elle rendait tout le monde fou partout où elle allait. Sa manière de chanter, de jouer, de peindre, de danser, son délicieux sourire et ses boucles dorées, toute sa personne faisait l'unique sujet de la conversation tout le temps de notre séjour.

— Est-elle au château, ce soir ?

— Non, elle est partie avec sir Michael pour aller dîner chez les Beeches. Ils ont sept ou huit *miles* à faire et ils ne doivent être de retour qu'après onze heures.

— Alors, Phoebe, si l'intérieur de la maison est aussi beau que tu le dis, je serais enchanté d'y jeter un coup d'œil.

— Tu le pourras très bien. Mrs Barton, la gouvernante, te connaît de vue, et ne s'opposera pas à ce que je te montre quelques-unes des plus belles pièces.

Il faisait presque nuit lorsque les cousins quittèrent le bosquet et se dirigèrent lentement vers la maison. La porte par où ils entrèrent conduisait dans la salle des domestiques, à côté de laquelle était située la chambre de la gouvernante. Phoebe Marks s'arrêta un instant pour lui demander si elle pouvait faire entrer son cousin dans les appartements ; ayant reçu la permission, elle alluma une chandelle à la lampe de la salle et fit signe à Luke de la suivre dans une autre partie de la maison.

Les longs corridors, lambrissés de chêne noir, étaient plongés dans une obscurité peuplée de fantômes, la lumière portée par Phoebe produisant seulement un petit point lumineux dans les larges passages à travers lesquels la jeune fille conduisait son cousin. Luke regardait de temps en temps avec méfiance par-dessus son épaule, à demi effrayé par le craquement de ses grosses bottes garnies de clous.

— C'est une habitation mortellement triste, Phoebe, dit-il, comme ils débouchaient d'un passage dans le hall principal qui n'était pas encore éclairé ; j'ai entendu parler d'un meurtre commis ici dans le temps jadis.

— Il y a assez de meurtres en ce temps-ci sans parler de celui-là, répondit la jeune femme en montant l'escalier, suivie par le jeune homme.

Elle lui fit traverser un grand salon tendu de satin, avec des moulures dorées, des meubles de Boulle, des armoires incrustées, des bronzes, des camées, des statuettes et des bibelots qui brillaient dans la demi-obscurité ; puis elle le conduisit dans une salle du matin, tapissée de peintures de prix, et de là, dans une antichambre où elle s'arrêta, levant la lumière au-dessus de sa tête.

Le jeune homme regardait autour de lui, bouche bée, les yeux écarquillés.

— C'est une bien belle salle, dit-il, et qui doit avoir coûté force argent.

— Regarde les peintures sur les murs, dit Phoebe, indiquant les panneaux de la chambre octogonale, ornés de Claude et de Poussin, de Wouvermans et de Cuyp. J'ai entendu dire que cela seul valait une fortune. Ceci est l'entrée de l'appartement de milady, autrefois miss Graham.

Elle souleva un lourd rideau vert qui fermait l'entrée, introduisit le paysan ébahi dans un boudoir féerique, et de là dans un cabinet de toilette, dans lequel les portes ouvertes d'une garde-robe et un monceau de vêtements jetés sur un sofa indiquaient assez que tout était resté exactement comme l'avait laissé celle qui l'occupait.

— Je dois ranger toutes ces affaires avant le retour de milady. Tu peux t'asseoir ici, Luke, pendant ce temps ; cela ne sera pas long.

Le cousin jetait autour de lui des regards gauches et embarrassés, stupéfait par les splendeurs de cette pièce. Après quelque hésitation, il choisit le siège le plus imposant et s'assit avec soin sur le bord.

— J'aurais voulu te montrer les bijoux, Luke, dit la jeune fille, mais je ne peux pas, car elle garde toujours les clés sur elle; ils sont là, dans ce coffre, sur la table de toilette.

— Quoi, là-dedans? s'écria Luke, fixant le coffre massif en noyer incrusté de cuivre. Mais il est assez grand pour y serrer tous les habits que j'ai jamais possédés.

— Et il est rempli autant qu'il est possible de diamants, de rubis, de perles et d'émeraudes, répondit Phoebe, occupée, en parlant, à plier les bruissantes robes de soie et à les poser une à une sur les étagères de la garde-robe. Comme elle secouait les plis de la dernière, elle entendit un bruit de clés et mit sa main dans la poche.

— Eh bien! s'écria-t-elle, c'est la première fois que, contre son habitude, milady a laissé les clés dans sa poche. Je peux te montrer les bijoux, si tu veux, Luke.

— Oui, je peux aussi bien y jeter un coup d'œil, ma fille, dit-il en se levant et en tenant la lumière pendant que sa cousine ouvrait le coffret. Il poussa un cri d'admiration lorsqu'il vit les parures étinceler sur les coussins de satin blanc. Il éprouva le besoin de saisir les fragiles joyaux, de les retourner et d'évaluer leur valeur marchande. Peut-être un saisissement d'envie et de désir lui traversa-t-il le cœur en pensant combien il aurait aimé s'emparer de l'un deux.

— Ah! un de ces diamants assurerait notre existence, Phoebe, dit-il en tournant et retournant un bracelet dans ses grosses mains rouges.

— Pose cela, Luke, pose vite cela, s'écria la jeune fille avec un regard de terreur. Comment peux-tu dire de telles choses?

Il remit le bracelet à sa place à contrecœur et en soupirant, puis il continua d'examiner le coffret.

— Qu'est-ce que c'est? demanda-t-il bientôt, montrant un bouton de cuivre dans l'encadrement de la boîte.

En disant ces mots, il le poussa et un tiroir secret tapissé de velours pourpre jaillit de l'écrin.

— Viens donc voir ici, s'écria Luke, enchanté de sa découverte.

Phoebe Marks jeta à terre la robe qu'elle était en train de plier et se pencha sur la table de toilette.

— Ah! je ne connaissais pas ceci, dit-elle, je suis curieuse de voir ce qu'il contient.

Il n'y avait pas grand-chose là-dedans, ni or ni pierreries, mais simplement un petit soulier d'enfant en laine, enveloppé dans un morceau de papier, et une petite boucle de cheveux soyeux d'un blond pâle provenant à l'évidence de la tête d'un petit enfant. Les yeux de Phoebe s'arrondirent en examinant le petit paquet.

— Voilà donc ce que milady cache dans le tiroir secret, murmura-t-elle.

— C'est une singulière guenille à conserver dans un tel meuble, dit Luke négligemment.

Les lèvres minces de la jeune fille se contractèrent en un étrange sourire.

— Tu voudras bien témoigner de l'endroit où j'ai trouvé ceci, dit-elle, en plaçant le petit paquet dans sa poche.

— Quoi, Phoebe, tu ne vas pas être assez folle pour prendre cela! s'écria le jeune homme.

— Je préfère avoir cela que le bracelet de diamants que tu aurais aimé prendre, répondit-elle. Tu auras ton auberge, Luke.

# 4

# À la une du *Times*

Robert Audley était censé être avocat. Il était inscrit en tant qu'avocat dans le Law-List, il avait son appartement dans Fig-Tree Court Temple, et il avait consommé le nombre voulu de dîners, épreuve suprême pour tout aspirant au barreau désireux de gagner réputation et fortune. Si toutes ces conditions peuvent faire d'un homme un avocat, Robert Audley en était vraiment un. Mais il n'avait jamais eu de cause à plaider, ou n'avait jamais essayé, ou même souhaité en avoir une pendant les cinq années entières que son nom était resté peint sur une des portes de Fig-Tree Court. C'était un beau garçon, paresseux, insouciant de tout, d'environ vingt-sept ans, fils unique du plus jeune frère de sir Michael Audley. Son père lui avait laissé quatre cents livres de rente, revenu que ses amis l'avaient engagé à augmenter en embrassant le barreau. Comme il avait trouvé, après mûres considérations, plus d'ennui à s'opposer aux désirs de ses amis qu'à consommer tous ces dîners et prendre un appartement dans le Temple, il avait adopté le dernier parti et, sans rougir, s'intitulait lui-même avocat.

Quelquefois, lorsqu'il faisait très chaud et qu'il s'était épuisé dans le pénible labeur de fumer sa pipe allemande et de lire des romans français, il consentait à aller se promener dans les jardins du Temple, où, s'allongeant en quelque endroit ombragé, pâle et flegmatique, son col de chemise rabattu et un foulard de soie bleu négligemment noué autour du cou, il racontait aux graves membres du barreau qu'il était épuisé par excès de travail.

Les vieux hommes de loi riaient malicieusement à cette fiction plaisante, mais ils convenaient tous que Robert Audley était un brave type, au cœur généreux, et même un curieux garçon, qui cachait une intelligence rusée et un humour discret sous son indolence, sa flânerie, son insouciance et ses manières irrésolues. C'était un homme qui ne ferait jamais son chemin dans le monde, mais incapable de tuer une mouche. En vérité, son appartement était converti en un véritable chenil, par son habitude de donner asile à tous les chiens errants, qu'il attirait par ses regards dans la rue et qui le suivaient, poussés par une affection pitoyable.

Robert passait toujours la saison de la chasse au château d'Audley; non qu'il fût chasseur distingué comme Nemrod, car il aimait mieux trotter à couvert, sur un mauvais cheval bai, pacifique, aux membres solides, et se maintenir à une très respectable distance des cavaliers intrépides, son cheval sachant aussi bien que lui que la chose la plus contraire à ses désirs était d'être exposé à se tuer.

Le jeune homme était le grand favori de son oncle, et sa jolie cousine aux airs de gitane, l'espiègle, gaie et folâtre miss Alicia Audley ne le dédaignait pas le moins du monde. La bonne disposition de la jeune demoiselle, seule héritière d'une très belle fortune, aurait pu sembler à d'autres hommes digne d'être cultivée, mais cette pensée ne vint même pas à l'esprit de Robert Audley. Alicia était une très jolie fille, disait-il, charmante, sans histoires, une jeune fille à remarquer entre mille; mais c'était là le plus haut degré où son enthousiasme pût s'élever. L'idée de faire tourner à son avantage l'inclination de sa jeune cousine n'entra jamais dans son cerveau frivole. Je me demande même s'il eut jamais une notion correcte de la fortune de son oncle et je peux certifier qu'il ne compta jamais un instant sur la chance qu'il pût lui revenir en définitive quelque partie de cette fortune.

De sorte qu'un beau matin de printemps, environ trois mois avant les événements que j'ai rapportés, le facteur lui apporta le faire-part du mariage de sir Michael et de lady Audley, en même temps qu'une lettre très indignée de sa cousine, qui lui racontait comment son père venait d'épouser une espèce de poupée de cire, pas plus âgée qu'elle, avec des boucles filasses et gloussant en permanence ; car je dois bien le dire, l'animosité de Miss Audley la poussait à décrire ainsi le joli rire musical que l'on admirait tant chez l'ex-miss Graham.

Quand, ainsi que je le disais, ces documents furent portés à la connaissance de Robert Audley, ils ne provoquèrent ni étonnement ni tracas dans la nature apathique de ce gentleman. Il lut la lettre irritée et remplie de contrariété d'Alicia sans retirer un instant de ses lèvres moustachues le bout d'ambre de sa pipe allemande.

Lorsqu'il eut terminé la lecture attentive de la missive, pendant laquelle il avait gardé ses sourcils noirs relevés vers le milieu du front (c'était sa seule manière, soit dit en passant, d'exprimer sa surprise), il la jeta d'un air délibéré, ainsi que le faire-part, dans la corbeille à papier et, posant sa pipe, se prépara à l'effort de réfléchir à ce sujet.

— J'ai toujours dit que le vieux fossile se remarierait, murmura-t-il, après environ une demi-heure de réflexion. Alicia et milady, sa belle-mère, vont être à couteaux tirés. J'espère qu'elles voudront bien ne pas se quereller à la saison de la chasse, ou se dire des choses déplaisantes à dîner ; les disputes troublent toujours la digestion.

Vers midi, le jour qui suivit la soirée où se déroulèrent les événements relatés dans mon dernier chapitre, le neveu du baronnet sortit du Temple en se promenant, traversa Blackfriarsward, et se dirigea vers la Cité. Il avait obligé, dans une mauvaise heure, quelque ami nécessiteux en apposant l'antique nom des Audley sur un billet de complaisance; lequel billet n'ayant pas été approvisionné par le signataire, Robert Audley était mis en demeure de payer. Dans ce dessein, il était monté en se promenant à Ludgate Hill, sa cravate bleue flottant dans l'air chaud du mois d'août, et de là était entré dans une banque située, au frais, dans un passage ombragé hors du cimetière Saint-Paul, où il prit les arrangements nécessaires pour vendre des fonds consolidés d'une valeur de deux cents livres.

Il avait terminé cette affaire et flânait au coin du passage, guettant un fiacre pour le ramener au Temple, lorsqu'il fut presque renversé par un homme d'à peu près son âge, qui se précipita aveuglément dans l'étroit débouché.

— Soyez assez bon pour regarder où vous allez, mon ami, dit doucement Robert au passant impétueux, vous devriez avertir les gens avant de les jeter par terre et de marcher sur eux.

L'étranger s'arrêta subitement, regarda fixement l'interlocuteur, et reprit alors haleine.

— Bob, s'écria-t-il, sur un ton exprimant le plus grand étonnement. J'ai touché la terre anglaise seulement à la tombée de la nuit hier, et je vous rencontre ce matin!

— Je vous ai vu quelque part auparavant, mon ami barbu, dit Mr Audley en examinant avec calme le visage animé de l'autre, mais que je sois pendu si je puis me rappeler en quel endroit et à quelle époque.

— Quoi! s'écria l'étranger sur un ton de reproche, allez-vous me dire que vous avez oublié George Talboys?

— Non, je ne l'ai pas oublié, dit Robert avec une énergie qui ne lui était en aucune façon habituelle.

Et accrochant alors son bras à celui de son ami, il le conduisit dans le passage ombragé, et lui dit avec son indifférence accoutumée:

— Et maintenant, George, apprenez-nous tout ce qui s'est passé.

C'est ce que fit George Talboys. Il lui raconta la même histoire qu'il avait exposée, dix jours avant, à la pâle gouvernante, à bord de l'*Argus*, et alors, bouillant et hors d'haleine, il lui dit qu'il avait vingt mille livres environ dans ses poches, et qu'il voulait les mettre en banque chez MM. X., qui avaient été ses banquiers plusieurs années auparavant.

— C'est incroyable, je sors justement de leurs bureaux, dit Robert. Retournons-y ensemble, et nous terminerons cette affaire dans cinq minutes.

Ils parvinrent à l'arranger en un quart d'heure, et Robert Audley proposa alors qu'ils se rendent tout de suite à l'hôtel du Sceptre et de la Couronne à Greenwich, ou à celui du château à Richmond, où ils pourraient manger un morceau et évoquer le bon vieux temps de leurs études ensemble à Eton. Mais George dit à son ami qu'avant d'aller quelque part, avant de se raser ou de rompre son jeûne, avant de se restaurer d'aucune façon après un voyage de nuit de Liverpool par le train express, il devait passer par un certain café de Bridge Street à Westminster, où il s'attendait à trouver une lettre de sa femme.

— Alors, j'irai avec vous, dit Robert. Quelle idée d'avoir une femme, George, quelle absurde plaisanterie !

Comme ils filaient par Ludgate Hill, Fleet Street et le Strand dans un fiacre rapide, George Talboys glissa dans l'oreille de son ami toutes les espérances folles et tous les rêves qui avaient pris un si grand empire sur sa nature ardente.

— Je prendrai une villa sur le bord de la Tamise, Bob, dit-il, pour ma petite femme et pour moi ; et nous aurons un yacht, Bob, mon vieil ami, et vous serez étendu sur le pont à fumer, pendant que ma charmante petite jouera de sa guitare et nous chantera des chansons. Elle est pour tout le monde comme ces femmes, dont je ne sais plus le nom, qui donnèrent tant de tracas à ce pauvre vieil Ulysse, ajouta le jeune homme, dont le savoir classique n'était pas très considérable.

Les garçons du café de Westminster regardèrent fixement cet étranger aux yeux enfoncés, mal rasé, avec ses habits de coupe coloniale, et ses manières bruyantes et agitées : mais il avait été un vieil habitué de l'établissement quand il était dans l'armée, et dès qu'ils apprirent qui il était, ils s'empressèrent de lui offrir leurs bons offices.

Il n'avait pas besoin de grand-chose, juste une bouteille d'eau de seltz et savoir s'il y avait au comptoir une lettre au nom de George Talboys.

Le garçon posa l'eau de seltz devant les jeunes gens qui s'étaient assis dans un box abrité près de l'âtre inutilisé.

— Non, il n'y a pas de lettre à ce nom.

Le garçon dit ces mots avec une parfaite indifférence, en époussetant machinalement la petite table d'acajou.

Le visage de George se couvrit de la pâleur de la mort.

— Talboys, dit-il, peut-être n'avez-vous pas entendu distinctement le nom – T, A, L, B, O, Y, S. Allez regarder encore, il doit y avoir une lettre.

Le garçon haussa les épaules en quittant la salle et revint au bout de trois minutes dire qu'il n'y avait aucun nom ressemblant à celui de Talboys dans la case aux lettres. Il y avait Brown, et Sanderson, et Pinchbek ; seulement trois lettres en tout.

Le jeune homme but son eau de seltz en silence, puis, posant ses coudes sur la table, couvrit sa figure de ses mains. Il y avait quelque chose dans son air qui disait à Robert Audley que ce désappointement, insignifiant en apparence, était en réalité une déception pleine d'une grande amertume. Il s'assit en face de son ami, mais n'essaya pas de lui adresser la parole.

Bientôt George leva la tête et, prenant machinalement dans un tas de journaux, sur la table, un *Times* graisseux du jour précédent, il jeta ses yeux distraits sur la première page.

Je ne puis dire combien de temps il resta assis, fixant d'un air interdit un paragraphe au milieu de la liste des décès, avant que son esprit hébété pût bien en saisir le contenu. Mais après une pause considérable, il tendit le journal à Robert Audley à travers la table, et, avec un visage qui était passé du bronze foncé à une maladive blancheur, crayeuse et grisâtre, avec un calme effrayant, il posa le doigt sur une ligne qui contenait les mots suivants : « Le 24 du courant, à Ventnor, île de Wight, Helen Talboys, âgée de vingt-deux ans. »

## 5

## La pierre tombale à Ventnor

Oui, c'était écrit noir sur blanc: « Helen Talboys, âgée de vingt-deux ans. »

Lorsque George disait à la gouvernante à bord de l'*Argus* que, s'il apprenait quelque mauvaise nouvelle à propos de sa femme, il tomberait mort, il parlait en toute bonne foi. Et cependant il avait devant les yeux la plus mauvaise nouvelle qui pût lui parvenir, et il restait comme paralysé, pâle et impuissant, fixant d'un air hébété la figure bouleversée de son ami.

La soudaineté du coup l'avait étourdi. Dans l'état étrange et confus de son esprit, il commença à se demander ce qui était arrivé et comment il se faisait que cette seule ligne du *Times* pût avoir produit un si terrible effet sur lui.

Alors, par degrés, cette vague conscience de son malheur disparut lentement de son esprit, remplacée par la douloureuse conscience du monde extérieur.

La lumière éclatante du soleil d'août, les vitres poussiéreuses des fenêtres et les persiennes à la peinture miteuse, une rangée d'affiches de théâtre salies par les mouches et fixées au mur, l'âtre triste et éteint, un vieillard au crâne chauve piquant du nez sur le *Morning Advertiser*, le garçon négligé pliant une nappe froissée, et le visage avenant de Robert Audley qui l'examinait d'un air inquiet et compatissant, il sentit que tous ces objets prenaient des proportions gigantesques et se fondaient l'un après l'autre dans des taches noires flottant devant ses yeux. Il entendit comme le bruit assourdissant d'une demi-douzaine de machines à vapeur qui tempêtaient et grondaient dans ses oreilles, puis il ne connut plus rien, excepté que quelqu'un ou quelque chose tombait pesamment sur le sol.

Il ouvrit les yeux dans le soir obscur, dans une chambre fraîche et sombre, dont le silence n'était rompu que par le roulement lointain des voitures.

Il jeta autour de lui des regards étonnés, mais presque indifférents. Son vieil ami Robert Audley fumait, assis à côté de lui. George était étendu sur un lit bas, en fer, en face d'une fenêtre ouverte sur laquelle il y avait des fleurs et deux ou trois oiseaux en cage.

— La pipe ne vous dérange pas, George? demanda tranquillement son ami.

— Non.

Il resta quelques instants à regarder les fleurs et les oiseaux. Un canari chantait un hymne perçant au soleil couchant.

— Les oiseaux vous ennuient-ils, George? Voulez-vous que je les enlève?

— Non, j'aime bien les entendre chanter.

Robert Audley secoua les cendres de sa pipe, posa avec tendresse le précieux fourneau d'écume de mer sur la cheminée et, passant dans la pièce voisine, revint aussitôt avec une tasse de thé fort.

— Prenez ceci, George, dit-il en plaçant la tasse sur une petite table, près de l'oreiller de George; cela vous fera du bien.

Le jeune homme ne répondit pas, mais regarda lentement autour de la chambre, puis le visage grave de son ami.

— Bob, dit-il, où sommes-nous?

— Dans mes appartements, mon cher garçon, au Temple. Vous n'avez pas de logement à vous, ainsi vous pouvez bien rester chez moi pendant que vous êtes à Londres.

George passa deux ou trois fois sa main sur son front; puis, en hésitant, il dit doucement:

— Ce journal, ce matin, Bob, qu'était-ce donc?

— Ne songez plus à cela maintenant, mon vieux, buvez un peu de thé.

— Oui, oui, s'écria George impatiemment, se redressant et le fixant de ses yeux caves. Je me souviens de tout. Helen, mon Helen! Ma femme, ma bien-aimée, mon seul amour! Morte, morte!

— George, dit Robert Audley, en posant doucement sa main sur le bras du jeune homme, la personne dont vous avez lu le nom dans le journal n'est peut-être pas votre femme. Il se peut qu'il y ait une autre Helen Talboys.

— Non, non! s'écria-t-il, l'âge correspond au sien, et Talboys n'est pas un nom très commun.

— Cela peut être une faute d'impression pour Talbot.

— Non, non, non! Ma femme est morte!

Il se débarrassa de la main de Robert qui le retenait et, sautant en bas de son lit, il se dirigea vers la porte.

— Où allez-vous donc? s'écria son ami.

— À Ventnor, voir son tombeau.

— Pas ce soir, George, pas ce soir. J'irai demain avec vous par le premier train.

Robert le reconduisit à son lit et le força doucement à se recoucher. Il lui donna alors un opiacé laissé par le médecin qu'on avait fait appeler au café de Westminster, lorsque George s'était évanoui.

Aussi George Talboys tomba-t-il dans un lourd assoupissement et rêva qu'il arrivait à Ventnor, qu'il trouvait sa femme vivante et heureuse, mais ridée, vieillie et grisonnante, et son fils devenu un grand jeune homme.

Le lendemain, de bon matin, il était assis face à Robert Audley, dans une voiture de première classe d'un express, roulant à travers la jolie campagne qui mène à Portsmouth.

Ils débarquèrent à Ventnor[1] sous le soleil brûlant de midi. Lorsque les deux jeunes gens sortirent du vapeur, les gens sur le quai furent saisis à la vue de George, avec son visage livide et sa barbe en désordre.

— Qu'allons-nous faire, George? demanda Robert Audley. Nous n'avons aucun indice pour trouver les gens que vous souhaitez voir.

Le jeune homme le regarda avec une expression pitoyable et perplexe. Le grand dragon était aussi impuissant qu'un enfant, et Robert Audley, le plus indécis et le moins énergique des hommes, se trouva appelé à agir pour un autre. Il se surpassa et se haussa au niveau des circonstances.

— Ne vaudrait-il pas mieux nous informer de Mrs Talboys à un des hôtels de l'endroit, George?

— Son père s'appelle Maldon, murmura George, il ne peut pas l'avoir laissée mourir seule ici.

Ils ne dirent plus rien, mais Robert entra directement dans un hôtel, où il s'enquit de Mr Maldon.

Oui, lui répondit-on, un gentleman de ce nom s'est arrêté à Ventnor, un certain capitaine Maldon. Sa fille est morte dernièrement. Le garçon allait s'enquérir de son adresse.

L'hôtel était en pleine activité à cette saison. Les gens sortaient et entraient précipitamment, et il y avait un grand remue-ménage de domestiques et de garçons dans les salles.

George Talboys s'appuya contre le montant de la porte avec la même expression sur le visage que celle qui avait tant effrayé son ami dans le café à Westminster.

Le pire était maintenant confirmé. Sa femme, la fille du capitaine Maldon, était morte.

Le garçon revint au bout de cinq minutes, dire que le capitaine Maldon logeait à Landsdowne Cottage, n° 4.

---

1. Station balnéaire sur l'île de Wight.

Ils trouvèrent facilement la maison, un méchant petit cottage aux fenêtres basses donnant sur l'eau.

— Le capitaine Maldon est-il chez lui?

— Non, répondit la propriétaire, il est allé se promener sur la plage avec son petit-fils. Ces messieurs voudraient-ils entrer et s'asseoir un instant?

George suivit machinalement son ami dans le petit salon de devant, couvert de poussière, pauvrement meublé et tout en désordre, avec des débris de jouets d'enfant éparpillés sur le plancher, et une vieille odeur de tabac qui imprégnait les rideaux de mousseline.

— Regardez, dit George, indiquant une peinture accrochée au manteau de la cheminée.

C'était son portrait, peint jadis, alors qu'il était dragon. La peinture, très ressemblante, le représentait en uniforme, avec son cheval en arrière-plan.

Le plus animé des hommes n'aurait guère été un consolateur aussi avisé que Robert Audley. Il n'adressa pas un mot au pauvre veuf et s'assit tranquillement, tournant le dos à George, regardant au-dehors par la fenêtre ouverte.

Pendant quelque temps, le jeune homme erra en tous sens dans la chambre, examinant et touchant parfois les bibelots épars çà et là.

Sa boîte à ouvrage, avec une broderie inachevée, son album rempli d'extraits de Byron et de Moore, dans lesquels il reconnut son propre griffonnage, quelques livres qu'il lui avait donnés et un bouquet de fleurs flétries dans un vase qu'ils avaient acheté en Italie.

— Son portrait était suspendu à côté du mien, murmura-t-il. Je voudrais bien savoir ce qu'on en a fait.

Puis il dit, après être resté silencieux près d'une heure :

— J'aimerais voir la propriétaire de la maison ; je voudrais l'interroger sur…

Il ne put continuer et enfouit sa figure entre ses mains.

Robert appela la propriétaire. C'était une créature bavarde, d'une nature excellente, et accoutumée à voir la maladie et la mort, car plusieurs de ses locataires étaient venus mourir chez elle. Elle raconta tous les détails des dernières heures de Mrs Talboys, comment elle était arrivée à Ventnor, dix jours seulement avant sa mort, au dernier degré de la consomption, et comment, jour par jour, elle avait baissé et succombé inévitablement à la fatale maladie.

— Monsieur est-il un parent? demanda-t-elle à Robert Audley en entendant George pousser un soupir.

— Oui, c'est le mari de cette dame.

— Quoi! s'écria la femme, celui qui l'a abandonnée aussi cruellement et l'a laissée avec son joli petit garçon sur les bras de son pauvre vieux père, comme me l'a raconté si souvent le capitaine Maldon, avec des larmes dans ses pauvres yeux?

— Je ne l'ai pas abandonnée, dit George en se récriant. Et il raconta l'histoire de ses trois années de lutte acharnée.

— A-t-elle parlé de moi? demanda-t-il. A-t-elle parlé de moi au… au… dernier moment?

— Non, elle est partie aussi paisible qu'un agneau. Elle parlait très peu au début, mais le dernier jour, elle ne reconnaissait plus personne, pas même son petit garçon ni son pauvre vieux père, qui s'en affligeait vivement. Une fois, elle devint comme folle et parla de sa mère, et de la cruelle honte de mourir dans un pays étranger ; c'était vraiment pitoyable de l'entendre.

— Sa mère est morte lorsqu'elle n'était qu'une enfant, dit George. Penser qu'elle s'est souvenue d'elle, qu'elle en a parlé, et pas une seule fois de moi!

La femme le conduisit dans la petite chambre à coucher dans laquelle sa femme était morte. Il s'agenouilla à côté du lit et baisa tendrement l'oreiller, ce qui amena des larmes chez la propriétaire.

Pendant qu'il était prosterné, priant peut-être, la face ensevelie dans ce modeste oreiller blanc comme neige, la femme prit quelque chose dans un tiroir. Elle lui donna cet objet lorsqu'il se releva : c'était une longue tresse de cheveux enveloppée dans du papier argenté.

— Je l'ai coupée lorsqu'elle était déjà dans son cercueil, la pauvre enfant.

Il pressa les précieuses boucles sur ses lèvres.

— Voilà, murmura-t-il, la chère chevelure que j'ai baisée si souvent lorsque sa tête reposait sur mon épaule. Mais elle était toujours ondoyante et bouclée alors, et celle-là est plate et raide.

— C'est l'effet de la maladie, dit la dame. Si vous voulez voir où elle repose, Mr Talboys, mon petit garçon vous montrera le chemin du cimetière.

George Talboys et son fidèle ami s'approchèrent du lieu tranquille, où, sous un monticule de terre à peine recouvert de quelques traces de gazon frais, reposait cette femme dont le sourire affable avait tant de fois fait rêver George dans les lointains antipodes.

Robert laissa le jeune homme à côté de la tombe fraîchement recouverte, et, revenant au bout d'un quart d'heure environ, le trouva immobile à la même place.

Il leva bientôt la tête et dit que s'il y avait quelque part aux environs un tailleur de pierre, il désirait lui donner un ordre.

Ils trouvèrent très aisément le marbrier et, s'asseyant au milieu des débris qui encombraient sa cour, George Talboys traça au crayon cette courte inscription pour la pierre tombale de sa femme :

*Consacré à la mémoire de*
HELEN
FEMME TENDREMENT AIMÉE DE GEORGE TALBOYS
*qui quitta cette vie*
*le 24 août 1857, à l'âge de 22 ans,*
*profondément regrettée par son inconsolable époux.*

## 6

## N'importe où, n'importe où hors du monde

Lorsqu'ils retournèrent à Landsdowne Cottage, le vieillard n'était pas encore rentré, aussi descendirent-ils vers la plage pour le rencontrer. Après une courte recherche, ils le trouvèrent assis sur un tas de galets, lisant un journal et mangeant des noisettes. Le petit garçon, à quelque distance de son grand-père, s'amusait à creuser dans le sable avec une pelle de bois. Le crêpe qui entourait le mauvais chapeau du vieillard et la pauvre petite blouse noire de l'enfant frappèrent George au cœur. Partout où il allait, il trouvait confirmé le grand malheur de sa vie. Sa femme était morte.

— Mr Maldon, dit-il, en s'approchant de son beau-père.

Le vieillard leva les yeux et, posant son journal, il se leva avec un salut cérémonieux. Ses cheveux rares et délavés se teintaient de gris. Il avait un nez pincé et crochu, des yeux bleus humides, et la bouche d'une expression irrésolue. Il portait ses vêtements usés avec une affectation de dandy distingué. Un lorgnon pendait sur sa redingote boutonnée jusqu'au cou, et il avait une canne dans sa main dépourvue de gant.

— Juste ciel! s'écria George. Vous ne me reconnaissez pas?

Mr Maldon tressaillit et rougit violemment, avec quelque chose d'effrayé dans le regard, lorsqu'il reconnut son gendre.

— Mon cher ami, dit-il, non, je ne vous ai pas reconnu immédiatement. Cette barbe vous change tellement. Vous trouvez que cette barbe le change beaucoup, n'est-ce pas, monsieur? dit-il en s'adressant à Robert.

— Grands dieux! s'écria George Talboys, c'est ainsi que vous m'accueillez? Je viens en Angleterre pour trouver ma femme morte la semaine avant mon arrivée, et vous commencez par me parler de ma barbe, vous, son père!

— C'est vrai, c'est vrai! murmura le vieillard, essuyant ses yeux injectés de sang; c'est un rude coup, un rude coup, mon cher George. Si seulement vous aviez été là une semaine plus tôt.

— Si j'avais été là, s'écria George dans une explosion de douleur et de passion, j'ai peine à croire que je l'aurais laissée mourir. Je l'aurais disputée à la mort. Oui, oui! Ô Dieu! Pourquoi l'*Argus* ne s'est-il pas englouti avec tous ceux qui étaient à bord avant que je vinsse pour voir ce jour?

Il se mit à parcourir la plage de long en large, son beau-père jetant sur lui des regards désarmés et frottant ses yeux affaiblis avec un mouchoir.

« J'ai la ferme conviction que ce vieillard ne traitait pas trop bien sa fille, pensait Robert en examinant le lieutenant en demi-solde. Il semble, pour une raison quelconque, avoir presque peur de George. »

Pendant que le jeune homme perturbé se promenait de long en large, agité par les regrets et le désespoir, l'enfant courut à son grand-père et se suspendit aux pans de son habit.

— Allons à la maison, grand-papa, allons à la maison, dit-il, je suis fatigué.

George Talboys se retourna au son de la voix enfantine, et regarda l'enfant longuement et avec gravité.

Il avait les yeux bruns et la chevelure noire de son père.

— Mon chéri, mon chéri! dit George, prenant l'enfant dans ses bras, je suis ton père qui a traversé la mer pour te retrouver. Veux-tu m'aimer?

Le petit gaillard le repoussa.

— Je ne vous connais pas, dit-il, j'aime grand-papa et Mrs Monks, à Southampton.

— Georgey a son caractère bien à lui, monsieur, dit le vieillard. Il a été gâté.

Ils regagnèrent lentement le cottage et une fois encore, George Talboys raconta l'histoire de cet abandon qui avait paru si cruel. Il parla aussi des vingt mille livres placées par lui le jour précédent. Il n'avait pas le courage de poser quelque question sur le passé ; son beau-père lui dit seulement que peu de mois après son départ, ils avaient quitté l'endroit où George les avait laissés pour vivre à Southampton, où Helen avait eu quelques élèves pour le piano ; ils s'en sortaient plutôt bien jusqu'au moment où, la santé l'abandonnant, elle tomba dans un état de dépérissement dont elle était morte. Semblable à la plupart des plus tristes histoires, celle-ci était d'une brièveté terrible.

— Cet enfant semble vous aimer, Mr Maldon, dit George après un moment de silence.

— Oui, oui, répondit le vieillard caressant la chevelure bouclée de l'enfant ; oui, Georgey aime bien son grand-papa.

— Alors il vaut mieux qu'il reste avec vous. Mon argent va rapporter à peu près six cents livres par an. Vous pourrez en prendre là-dessus une centaine pour l'éducation de Georgey et laisser le reste s'accumuler jusqu'à ce qu'il soit en âge. Mon ami que voilà sera le curateur, et s'il veut accepter cette charge, je le constituerai tuteur de l'enfant, consentant pour le moment à le laisser à vos soins.

— Mais pourquoi n'en prendriez-vous pas soin vous-même, George ? demanda Robert Audley.

— Parce que je m'embarquerai sur le vaisseau qui partira le plus prochainement de Liverpool pour l'Australie. Je serai mieux dans les mines ou au fond des bois que je ne pourrais jamais l'être ici. De cette heure je renonce à la vie civilisée, Bob.

Les faibles yeux du vieil homme étincelèrent quand George annonça sa détermination.

— Mon pauvre ami, je crois que vous avez raison, dit-il, je crois réellement que vous avez raison. Le changement, la vie sauvage, la... la...

Mr Maldon hésita et s'interrompit, Robert le fixant avec attention.

— Vous semblez bien pressé d'être débarrassé de votre gendre, dit-il gravement.

— Débarrassé de lui, le cher garçon! Oh, non, non! Mais pour son propre bien, mon cher monsieur, pour son propre bien, vous savez.

— Je pense que pour son propre bien il ferait mieux de rester en Angleterre et de veiller sur son fils, dit Robert.

— Mais je vous dis que je ne peux pas! s'écria George; chaque pouce de ce sol maudit est odieux à mon cœur. J'ai besoin de fuir loin de lui comme je le ferais d'un cimetière. Je veux retourner à Londres ce soir, arranger demain matin de bonne heure cette affaire d'argent, et partir pour Liverpool sans retard. Je serai bien mieux lorsque j'aurai mis la moitié du monde entre moi et son tombeau.

Avant de quitter la maison, il s'esquiva chez la propriétaire et lui adressa plusieurs questions sur sa femme.

— Étaient-ils pauvres, demanda-t-il, étaient-ils à court d'argent lorsqu'elle était malade?

— Oh! non, répondit la femme, bien que le capitaine soit mal vêtu, il a toujours sa bourse pleine de souverains. La pauvre jeune dame ne manquait de rien.

George fut soulagé par ces paroles, quoiqu'il fût intrigué de savoir comment cet ivrogne de lieutenant en demi-solde avait pu s'arranger pour trouver l'argent nécessaire à toutes les dépenses de la maladie de sa fille.

Son esprit était trop profondément abattu par l'infortune qui l'avait rendu incapable de penser à la moindre chose, aussi ne lui posa-t-il pas d'autres questions, mais il se dirigea avec son beau-père et Robert Audley vers le bateau sur lequel ils devaient se rendre à Portsmouth.

Le vieillard adressa à Robert un très cérémonieux adieu.

— Vous ne m'avez pas présenté à votre ami, soit dit en passant, mon cher ami, dit-il.

George le fixa du regard, murmura quelques mots confus et descendit l'échelle qui menait au bateau, avant que Mr Maldon pût répéter sa demande. Le vapeur s'éloigna rapidement, laissant derrière lui le soleil couchant et les contours de l'île perdus dans l'horizon, comme ils approchaient du rivage opposé.

— Penser, dit George, qu'il y a deux soirées seulement, à la même heure, j'arrivais à toute vapeur à Liverpool, plein de l'espoir de la serrer sur mon cœur et que ce soir je reviens de son tombeau.

Le document qui désignait Robert Audley tuteur du petit George Talboys fut rédigé dans l'étude d'un avoué le lendemain matin.

— C'est une grande responsabilité, s'écria Robert. Moi, gardien de quelqu'un ou de quelque chose ! Moi qui n'ai jamais pu de ma vie prendre soin de moi-même !

— J'ai confiance en votre noble cœur, Bob, dit George. Je sais que vous prendrez soin de mon pauvre enfant orphelin et que vous surveillerez s'il est bien traité par son grand-père. Je ne prendrai sur la fortune de George que de quoi me ramener à Sydney et alors je me remettrai à mon ancien travail.

Mais il semblait que George fût destiné à être lui-même le tuteur de son fils, car lorsqu'il arriva à Liverpool, il trouva qu'un vaisseau venait justement de prendre la mer et qu'il n'y aurait pas d'autre départ avant un mois. Aussi retourna-t-il à Londres et, une fois encore, il eut recours à l'hospitalité de Robert Audley.

L'avocat le reçut les bras ouverts. Il lui donna la chambre aux oiseaux et aux fleurs et fit dresser pour lui-même un lit dans le cabinet de toilette. La douleur est si égoïste que George ne s'aperçut pas des sacrifices que son ami faisait pour son bien-être. Il savait seulement que, pour lui, le soleil était obscurci et sa vie terminée. Il restait assis tout le long du jour, fumant des cigares, les yeux fixés sur les fleurs et les canaris, s'irritant du temps qu'il fallait passer avant qu'il pût être bien loin en mer.

Mais, alors qu'approchait l'heure du départ d'un bâtiment, Robert Audley vint un jour tout plein d'un grand projet. Un de ses amis, un autre de ces avocats dont la dernière pensée est celle des procès, se proposait d'aller passer l'hiver à Saint-Pétersbourg et demandait à Robert de l'accompagner. Robert ne voulait partir qu'à la seule condition que George viendrait avec eux.

Pendant longtemps le jeune homme résista, mais lorsqu'il trouva que Robert, avec tout son calme, était parfaitement décidé à ne pas partir sans lui, il se rendit et consentit à être de la partie. Que lui importait, disait-il ? Tous les endroits se valaient à ses yeux, pourvu qu'il soit hors d'Angleterre, qu'avait-il besoin de s'en inquiéter ?

Ce n'était pas une façon très réjouissante d'envisager les choses, mais Robert Audley était très satisfait d'avoir enlevé son consentement.

Les trois jeunes gens se disposaient à partir dans les circonstances les plus favorables, munis de lettres de recommandation pour les habitants les plus influents de la capitale de la Russie.

Avant de quitter l'Angleterre, Robert écrivit à sa cousine Alicia pour lui annoncer son départ avec son vieil ami George Talboys, qu'il avait dernièrement rencontré pour la première fois après de longues années, et qui venait de perdre sa femme.

La réponse d'Alicia arriva par le retour de la poste et était ainsi conçue :

*Mon cher Robert,*

*Qu'il est cruel à vous de partir pour cet horrible Saint-Pétersbourg avant la saison de la chasse! J'ai entendu dire qu'on perdait souvent son nez dans ce climat désagréable, et comme le vôtre a une certaine longueur, je ne saurais trop vous conseiller de rentrer avant que le véritable mauvais temps s'installe. Quelle sorte d'individu est ce Mr Talboys? S'il est très aimable, vous pourriez l'amener au château aussitôt que vous serez de retour de vos voyages. Lady Audley me demande de vous prier de lui apporter une parure de zibeline. Vous ne devez pas vous arrêter au prix, mais à ce qu'elle soit positivement la plus belle que vous pourrez trouvez. Papa est parfaitement absurde avec sa nouvelle femme, et elle et moi ne pouvons, en définitive, nous accorder; non qu'elle soit désagréable avec moi, car, bien loin de là, elle se rend, autant que possible, agréable à tout le monde; mais elle est incurablement puérile et sotte.*

*Croyez-moi, mon cher Robert,*
*Votre affectionnée cousine,*

*Alicia Audley*

# 7

## Un an plus tard

La première année du veuvage de George Talboys était écoulée ; le large crêpe de son chapeau était devenu brun et poussiéreux, et tandis que les derniers rayons d'un jour d'un autre mois d'août s'éteignaient, il était assis et fumait ses cigares dans les chambres paisibles de Fig-Tree Court, tout comme il l'avait fait l'année précédente, quand l'horreur de son infortune était encore récente et que chaque objet, insignifiant ou important, semblait saturé de son propre chagrin.

Mais l'ex-dragon avait survécu douze mois à son affliction, et quelque pénible que ce soit à dire, il n'avait pas l'air plus mal pour autant. Le ciel seul savait quel profond changement avait opéré en lui cette amère déception. Le ciel seul savait quelles inutiles souffrances de remords et de reproches avaient torturé le cœur honnête de George pendant les nuits sans sommeil où il pensait à sa femme, qu'il avait abandonnée pour aller à la poursuite d'une fortune qu'elle n'avait jamais pu partager.

Une fois, lorsqu'ils étaient à l'étranger, Robert Audley s'était hasardé à le féliciter sur le rétablissement de son esprit. Il avait éclaté en un rire amer.

— Savez-vous, Bob, dit-il, que lorsque certains de nos camarades furent blessés aux Indes, ils revinrent chez eux avec des balles dans le corps. Ils n'en parlaient pas, ils étaient solides et vigoureux, et ils faisaient peut-être aussi bonne figure que vous et moi. Mais chaque changement de température, même léger, chaque variation de l'atmosphère, même insignifiante, ramenait les anciennes douleurs de leurs blessures aussi vives qu'ils les avaient jamais senties sur le champ de bataille. J'ai reçu ma blessure, Bob, je porte encore ma balle, et je la porterai jusque dans mon cercueil.

Les voyageurs revinrent de Saint-Pétersbourg au printemps et George reprit ses quartiers dans les appartements de son vieil ami, les quittant seulement de temps en temps pour courir à Southampton voir son petit garçon. Il arrivait toujours chargé de jouets et de friandises pour l'enfant. Mais, malgré tous ces présents, Georgey ne devenait pas très familier avec son papa et le cœur du jeune homme se brisait en commençant à craindre que même son enfant ne fût perdu pour lui.

« Que puis-je faire ? pensait-il. Si je le sépare de son grand-père, je lui ferai du chagrin ; si je le laisse, il grandira comme un véritable étranger pour moi, et se souciera plus de ce vieil hypocrite d'ivrogne que de son propre père. Mais que pourrait faire d'un enfant un ignorant et épais dragon comme moi ? Pourrais-je lui enseigner autre chose qu'à fumer des cigares et à flâner tout le long du jour les mains dans ses poches ? »

Le jour anniversaire de ce 30 août, où George avait vu l'annonce de la mort de sa femme dans le *Times*, était revenu pour la première fois, et le jeune homme ôta ses habits noirs et le crêpe fané de son chapeau ; il mit ses vêtements de deuil dans une malle dans laquelle il gardait un paquet de lettres de sa femme et cette mèche de cheveux qui avait été coupée sur sa tête après sa mort. Robert Audley n'avait jamais vu ni les lettres ni la longue tresse soyeuse, et George, en vérité, n'avait jamais prononcé le nom de sa femme morte depuis ce jour ou il avait appris à Ventnor tous les détails de sa maladie.

— J'écrirai aujourd'hui à ma cousine Alicia, George, dit le jeune avocat, ce même 30 août. Savez-vous qu'après-demain c'est le 1ᵉʳ septembre? Je lui écrirai pour lui dire que nous irons tous les deux au château pendant une semaine pour chasser.

— Non, non, Bob, allez-y seul. Ils n'ont pas besoin de moi, et je serai mieux…

— Enseveli tout seul dans Fig-Tree Court, sans autres compagnons que mes chiens et mes canaris! Non, George, vous ne ferez rien de tel.

— Mais je ne me soucie pas de chasser.

— Et supposez-vous que je m'en soucie beaucoup? s'écria Robert avec une charmante *naïveté*. Quoi! mon brave, je ne distingue pas un perdreau d'un pigeon, et ce pourrait bien être le 1ᵉʳ avril au lieu du 1ᵉʳ septembre pour ce que j'en ai à faire. Je n'ai jamais blessé un oiseau de ma vie, mais seulement endommagé mes propres épaules avec le poids de mon fusil. Je ne veux descendre dans l'Essex que pour changer d'air, faire de bons dîners et voir la belle figure de mon digne oncle. Cette fois, en outre, j'ai un autre motif d'attraction, c'est celui de voir ce parangon de blondeur, ma nouvelle tante. Viendrez-vous avec moi, George?

— Oui, si c'est ce que vous voulez.

Le caractère calme qu'avait pris son chagrin après la brève violence du début l'avait laissé aussi soumis qu'un enfant aux volontés de son ami; prêt à aller partout où il voudrait et à faire tout ce qu'il voudrait; ne cherchant pas le plaisir, n'en faisant jamais naître l'occasion, mais participant aux divertissements des autres avec un abattement, un flegme, une silencieuse et paisible résignation propre à sa nature simple. Cependant, le retour de la poste apporta une lettre d'Alicia Audley, qui annonçait que les deux jeunes gens ne pouvaient être reçus au château. En caractères tracés d'une main indignée, la jeune fille écrivait:

*Il y a dix-sept chambres à coucher vacantes, et malgré cela, mon cher Robert, vous ne pouvez venir, car milady a mis dans sa stupide tête qu'elle est trop souffrante pour recevoir des visites (elle n'est pas plus souffrante que moi) et qu'elle ne peut avoir dans sa maison des gentlemen (des grandes brutes d'hommes dit-elle). Daignez faire des excuses à votre ami, Mr Talboys, et lui dire que papa espère le voir avec vous pendant la saison de la chasse.*

— Malgré tout, les minauderies de milady ne nous interdiront pas l'Essex, dit Robert en tordant la lettre pour allumer sa grosse pipe en écume de mer. Voici ce que nous allons faire, George : il y a à Audley une excellente auberge et quantité d'endroits pour pêcher dans le voisinage. Nous allons y passer une semaine d'amusement. La pêche est bien plus agréable que la chasse, il n'y a qu'à rester allongé sur le rivage et regarder sa ligne. On n'attrape rien, mais c'est très agréable.

Il approcha, en parlant, la lettre tordue de quelques faibles étincelles qui brillaient dans l'âtre, et changeant bientôt d'idée, il se mit résolument à dérouler et à lisser avec sa main le papier froissé.

— Pauvre petite Alicia, dit-il d'un air pensif, c'est plutôt méchant de traiter sa lettre aussi cavalièrement. Je vais la garder.

Sur ce, Mr Robert Audley replaça la lettre dans son enveloppe et la jeta ensuite dans une case de son bureau étiquetée « IMPORTANT ». Dieu sait quels merveilleux documents étaient dans cette case particulière, mais je ne pense pas qu'elle eût jamais renfermé quelque pièce d'une grande valeur judiciaire. Si quelqu'un avait dit à ce moment au jeune avocat qu'une chose aussi simple que la courte lettre de sa cousine était destinée à devenir, un jour, un des maillons du terrible enchaînement de preuves qui devait être plus tard lentement reconstruit et former le seul cas criminel auquel il dût jamais s'intéresser, Mr Robert Audley aurait peut-être levé ses sourcils un peu plus haut que d'habitude.

Les deux jeunes gens quittèrent donc Londres, le lendemain, avec un sac de voyage et tout un attirail de pêche, et ils arrivèrent au village écarté d'Audley, avec ses constructions anciennes et presque ruinées, à temps pour commander un bon dîner à l'auberge du Soleil.

Le château d'Audley était environ à trois quarts de *mile* du village, situé, comme je l'ai dit, dans un creux, enfermé dans des arbres touffus. On ne pouvait y arriver que par un chemin de traverse bordé d'arbres et aussi bien entretenu que les avenues du parc d'un domaine. C'était un endroit assez isolé, même dans toute sa beauté rustique, pour une créature aussi brillante que l'ex-miss Lucy Graham. Mais le généreux baronnet avait transformé l'intérieur du vieux manoir grisâtre en un petit palais pour sa jeune femme, et lady Audley paraissait aussi heureuse qu'un enfant entouré de jouets nouveaux et précieux.

Dans sa bonne fortune, comme dans ses anciens jours de dépendance, elle semblait apporter avec elle la lumière et la joie. En dépit du dédain non déguisé de miss Alicia pour la frivolité et l'humeur enfantine de sa belle-mère, Lucy était beaucoup plus aimée et plus admirée que la fille du baronnet. Cette humeur enfantine même avait un charme auquel peu de gens pouvaient résister. L'innocence et la candeur de l'enfance brillaient sur le beau visage de lady Audley et éclataient dans ses grands yeux bleus si limpides. Ses lèvres roses, son nez exquis, la profusion de ses boucles blondes, tout contribuait à conserver à sa beauté le caractère d'une extrême jeunesse et d'une première fraîcheur. Elle avouait vingt ans, mais il était difficile de lui en donner plus de dix-sept. Sa silhouette frêle, qu'elle se plaisait à habiller de robes de velours épais et de soies raides et bruissantes, la faisait ressembler à un enfant attifé pour une mascarade ; elle avait l'air d'une jeune fille qui vient seulement de quitter la chambre des enfants. Tous ses amusements étaient puérils. Elle détestait la lecture et toute étude d'un genre quelconque, et aimait la société.

Plutôt que de rester seule, elle préférait admettre Phoebe Marks dans son intimité, puis, étendue nonchalamment sur un des sofas de son luxueux cabinet de toilette, discuter une nouvelle parure pour quelque prochain dîner, ou jacasser avec la jeune fille, son écrin de bijoux devant elle, en étalant les présents de sir Michael sur ses genoux, pendant qu'elle comptait et admirait ses trésors.

Elle avait paru à quelques bals publics à Chelmsford et à Colchester, et avait été immédiatement proclamée la beauté du comté. Heureuse de sa position élevée et de sa magnifique demeure, voyant chacun de ses caprices satisfait, chacune de ses fantaisies réalisée, aimant son généreux époux, dotée d'une très belle pension pour ses menues dépenses, n'ayant aucun parent pauvre pour la tourmenter et réclamer l'aide de sa bourse ou de sa protection, il eût été difficile de trouver dans le comté d'Essex une créature plus comblée que Lucy, lady Audley.

Les deux jeunes gens s'attardèrent à table dans une salle particulière de l'auberge du Soleil. Les fenêtres étaient grandes ouvertes et l'air frais de la campagne pénétrait jusqu'à eux pendant qu'ils dînaient. Le temps était délicieux ; le feuillage des bois montrait çà et là le léger miroitement des premières teintes de l'automne ; les épis jaunes, encore debout dans quelques champs, tombaient dans d'autres sous les faucilles étincelantes, pendant que l'on rencontrait dans les sentiers étroits de grands chariots traînés par des chevaux de trait au large poitrail, transportant dans les fermes la moisson dorée. Pour qui est resté, pendant les mois brûlants d'été, claquemuré dans Londres, il y a dans la première saveur de la vie des champs une espèce d'enthousiasme voluptueux difficile à décrire. George Talboys éprouva cette sensation délicieuse, et avec elle quelque chose voisin du plaisir qu'il n'avait plus ressenti depuis la mort de sa femme.

L'horloge sonna cinq heures comme ils finissaient de dîner.

— Prenez votre chapeau, George, dit Robert Audley. On ne dîne pas avant sept heures au château. Nous aurons le temps de descendre jusque-là et de voir la vieille demeure et ses habitants.

L'hôtelier, qui était entré dans la chambre avec une bouteille de vin, leva les yeux en entendant les paroles du jeune homme.

— Je vous demande pardon, Mr Audley, dit-il, mais si vous voulez voir votre oncle, vous perdrez votre temps en vous rendant au château maintenant. Sir Michael, milady et miss Alicia sont tous partis pour les courses de Chorley et ils ne seront de retour qu'à la nuit, vers huit heures très probablement. Ils doivent passer par ici pour rentrer chez eux.

Dans ces circonstances, naturellement, il était inutile d'aller au château, aussi les deux jeunes gens se promenèrent-ils dans le village ; ils examinèrent la vieille église et allèrent ensuite reconnaître les ruisseaux dans lesquels ils iraient pêcher le lendemain, et par ces moyens trompèrent le temps jusqu'à sept heures passées. Aux environs de sept heures et quart, ils retournèrent à l'auberge, et s'asseyant devant la croisée ouverte, ils allumèrent leurs cigares, contemplant le paysage tranquille qui était devant eux.

On entend parler tous les jours de meurtres commis dans les campagnes, d'assassinats remplis de trahison et de barbarie ; d'agonies obscures et prolongées causées par le poison administré par la main de quelque proche parent ; de morts soudaines et violentes, par de cruels coups donnés avec un bâton coupé à quelque chêne dont l'ombrage ne promettait que le calme et la paix. Dans le comté dont je parle, on m'a montré une prairie où un jeune fermier, par une tranquille soirée d'un dimanche d'été, avait assassiné une fille qui l'avait aimé et s'était livrée à lui ; pourtant, même avec la tache de cette horrible action, ce lieu respire encore la paix. Il n'est pas de crime commis dans les plus mauvais lieux de Seven Dials qui n'ait été perpétré aussi en face de ce calme rustique pour lequel, malgré tout, nous avons un regard de tendresse, de sympathie à moitié triste, mais toujours accompagné de l'idée de paix.

Le crépuscule tombait lorsque cabriolets et chaises, charrettes et lourds phaétons de fermiers commencèrent à rouler avec fracas dans les rues du village et sous les fenêtres de l'auberge du Soleil. Il s'était encore assombri encore lorsqu'une voiture découverte attelée de quatre chevaux se rangea sous l'enseigne qui se balançait.

C'était la calèche de sir Michael Audley qui s'était arrêtée subitement devant la petite auberge. Le harnais du cheval de volée était cassé et le premier postillon était descendu pour réparer l'accident.

— Mais, c'est mon oncle, s'écria Robert, comme la voiture s'arrêtait. Je vais descendre et lui parler.

George alluma un autre cigare et, abrité derrière les rideaux, il regarda cette petite réunion de famille. Alicia était assise le dos tourné aux chevaux et il put remarquer, même dans le crépuscule, que c'était une jolie brunette ; mais lady Audley étant placée dans la voiture, du côté le plus éloigné de l'auberge, il ne put rien voir de ce modèle de blondeur dont il avait tant entendu parler.

— Quoi, Robert! s'écria sir Michael, comme son neveu sortait de l'auberge ; voilà une surprise.

— Je ne suis pas venu pour m'imposer chez vous, au château, mon cher oncle, dit le jeune homme, tandis que le baronnet lui secouait la main cordialement. L'Essex est mon comté natal, vous le savez, et à cette époque de l'année, j'ai ordinairement un peu le mal du pays ; aussi George et moi sommes-nous descendus à l'auberge pour deux ou trois jours de pêche.

— George... George comment?

— George Talboys.

— Ah! il est venu? s'écria Alicia. J'en suis enchantée, car je meurs d'envie de voir ce jeune et beau veuf.

— Vraiment, Alicia, dit son cousin. Eh bien! alors, je cours le chercher et vous le présenter à l'instant.

L'empire que lady Audley, avec ses façons étourdies de jeune fille, avait gagné sur son idolâtre époux, était maintenant si complet qu'il était extrêmement rare que les yeux du baronnet fussent longtemps détournés de la jolie figure de sa femme. Aussi, lorsque Robert fut sur le point de rentrer dans l'auberge, il suffit à Lucy de relever à peine ses sourcils avec une charmante expression d'ennui et de terreur, pour que son mari comprenne qu'elle ne voulait pas subir une présentation à Mr George Talboys.

— Non, pas ce soir, Bob, dit-il, mon épouse est un peu fatiguée après notre longue journée de plaisir. Amenez votre ami demain à dîner, et Alicia et lui pourront alors faire connaissance. Faites le tour pour saluer lady Audley et nous rentrerons ensuite à la maison.

Milady était si horriblement fatiguée qu'elle ne put donner qu'un doux sourire et tendre une petite main gantée à son neveu par alliance.

— Vous viendrez dîner demain avec nous et vous nous amènerez votre intéressant ami, dit-elle d'une voix basse et brisée.

Elle avait été le principal attrait des courses et était épuisée par les efforts qu'elle avait faits pour fasciner la moitié du comté.

— Il est bien étonnant qu'elle ne vous ait pas accueilli avec son éternel éclat de rire, chuchota Alicia, en se penchant hors de la portière de la voiture pour souhaiter le bonsoir à Robert, mais soyez sûr qu'elle le réserve pour vous subjuguer demain. Je suppose que vous êtes fasciné comme tout le monde, ajouta la jeune demoiselle d'un ton un peu aigre.

— C'est une délicieuse créature, certainement, murmura Robert avec une admiration calme.

— Oh! naturellement. Eh bien! voilà la première femme sur laquelle je vous aie jamais entendu dire un mot agréable, Robert Audley. Je suis fâchée de voir que vous n'avez d'admiration que pour les poupées de cire.

La pauvre Alicia s'était souvent prise de bec avec son cousin à propos de son tempérament qui, en lui permettant d'avancer dans la vie avec un contentement parfait et une jouissance tacite, défendait à ses sentiments toute étincelle d'enthousiasme sur un sujet quelconque.

« Quant à tomber amoureux de quelqu'un, pensait quelquefois la jeune fille, cette idée est trop absurde. Si toutes les divinités de la terre étaient rangées devant lui, attendant qu'il leur jette le mouchoir, il se contenterait de relever ses sourcils jusqu'au milieu du front et de leur dire de se le disputer. »

Mais, pour la première fois de sa vie, Robert était presque enthousiaste.

— C'est la plus jolie petite créature que vous ayez jamais vue de votre vie, George, s'écria-t-il, lorsque la voiture fut partie et qu'il eut rejoint son ami. Quels yeux bleus, quelles boucles, quel ravissant sourire et quel chapeau féerique – un essaim frémissant de pensées et de perles de rosée, sortant d'un nuage de gaze. George Talboys, je me sens comme le héros d'un roman français : je suis en train de tomber amoureux de ma tante.

George se contenta de soupirer et souffler farouchement une bouffée de son cigare par la fenêtre ouverte. Il pensait peut-être à ce temps éloigné, un peu plus de cinq ans, en fait, mais qui lui paraissait un siècle, où il avait rencontré pour la première fois la femme pour laquelle il portait encore un crêpe autour de son chapeau trois jours auparavant. Tous ses anciens souvenirs enfouis et non oubliés reparurent et se représentèrent à lui avec les lieux qui les avaient vus naître. Il se promenait à nouveau avec ses camarades officiers, sur la vieille jetée dans cette ville d'eaux miteuse, écoutant l'insupportable orchestre avec son cornet trop bas d'un ton et demi. Il entendait à nouveau ces vieux airs d'opéra et la voyait venir vers lui d'un pas léger, appuyée sur le bras de son vieux père, et prétendant (avec une dissimulation si charmante, si délicieuse, mi-sérieuse mi-amusée) qu'elle était tout entière à la musique, et complètement ignorante de l'admiration d'une demi-douzaine d'officiers de cavalerie qui la regardaient bouche bée. Il lui revint à l'esprit l'idée qu'il avait eue alors, qu'elle était quelque chose de trop beau pour la terre ou pour la vie de ce monde, et que s'approcher d'elle était entrer dans une atmosphère supérieure et respirer un air plus pur. Depuis lors, elle avait été sa femme et la mère de son enfant. Elle reposait dans le petit cimetière de Ventnor, et il y avait seulement un an qu'il avait commandé pour elle une pierre tombale. Quelques larmes lentes et silencieuses coulèrent sur son gilet, comme il pensait à ces choses dans sa chambre paisible et sombre.

Lady Audley était si fatiguée lorsqu'elle arriva chez elle qu'elle s'excusa de ne pouvoir assister au dîner et se retira tout de suite dans son cabinet de toilette, accompagnée par sa femme de chambre, Phoebe Marks.

Elle était un peu capricieuse dans ses manières envers celle-ci ; parfois très intime, parfois presque réservée, mais elle était une maîtresse généreuse et la jeune fille avait toutes les raisons d'être satisfaite de sa situation.

Ce soir-là, malgré sa fatigue, milady était de belle humeur et fit une description animée des courses et de la compagnie qui y assistait.

— Je n'en suis pas moins exténuée à mourir, Phoebe, dit-elle bientôt. Je crains fort d'être à faire peur, après une journée passée sous un soleil brûlant.

Des bougies étaient allumées de chaque côté de la glace devant laquelle lady Audley se déshabillait. Elle regarda en face sa femme de chambre, en disant ces mots, ses yeux bleus clairs et brillants, et ses lèvres roses et enfantines relevées par un sourire malicieux.

— Vous êtes un peu pâle, milady, répondit la jeune fille, mais vous paraissez aussi jolie que jamais.

— C'est vrai, Phoebe, dit-elle, en se laissant tomber dans un fauteuil et rejetant en arrière ses boucles à sa femme de chambre, qui se tenait debout, la brosse à la main, prête à arranger pour la nuit sa luxuriante chevelure. Savez-vous, Phoebe, que j'ai entendu dire à quelques personnes que nous nous ressemblions?

— Je l'ai entendu aussi, milady, dit tranquillement la jeune fille, mais il faut être vraiment stupide pour dire pareille chose, car milady est une beauté, et moi une pauvre et ordinaire créature.

— Non, pas du tout, Phoebe, dit avec superbe la mignonne dame, vous me ressemblez et vos traits sont très délicats, vous manquez seulement de couleurs. Ma chevelure est d'un blond pâle avec des reflets d'or, la vôtre est terne; mes sourcils et mes cils sont brun foncé, les vôtres sont presque... je voudrais ne pas le dire... mais ils sont presque blancs, ma chère Phoebe. Votre teint est blême, le mien est de carmin et de rose. Mais, avec un flacon de teinture pour les cheveux, comme ceux dont on voit la réclame dans les journaux, et un pot de rouge, vous aurez aussi bonne mine que moi, un de ces jours, Phoebe.

Elle continua ainsi de parler à tort et à travers pendant longtemps, sur cent sujets différents, tournant en ridicule les gens qu'elle avait rencontrés aux courses pour amuser sa femme de chambre. Sa belle-fille vint dans le cabinet de toilette pour lui souhaiter une bonne nuit et trouva servante et maîtresse riant aux éclats à propos d'une des aventures du jour. Alicia, qui n'était jamais familière avec ses domestiques, s'éloigna, pleine de dégoût pour la frivolité de milady.

— Continue de brosser mes cheveux, Phoebe, disait lady Audley, chaque fois que la jeune fille était sur le point de terminer sa besogne, j'aime beaucoup bavarder avec toi.

À la fin, comme elle venait de renvoyer sa femme de chambre, elle la rappela subitement.

— Phoebe Marks, dit-elle, j'ai besoin que tu me rendes un service.

— Oui, milady.

— Je veux que tu ailles à Londres par le premier train demain matin, faire une petite commission pour moi. Tu pourras prendre un jour de congé ensuite, car je sais que tu as des amis dans la capitale, et je te donnerai un billet de cinq livres, si tu exécutes ce que je veux et gardes le secret sur tout cela.

— Oui, milady.

— Regarde si la porte est bien fermée et viens t'asseoir sur ce tabouret à mes pieds.

La jeune fille obéit. Lady Audley caressa la chevelure sans éclat de sa femme de chambre avec sa main potelée et blanche, chargée de bagues, pendant qu'elle réfléchissait quelques instants.

— Et maintenant, écoute-moi, Phoebe. Ce que je te demande de faire est très simple.

C'était si simple que ce fut dit en cinq minutes. Lady Audley se retira ensuite dans sa chambre à coucher et se blottit douillettement sous son édredon. Elle était frileuse et aimait à s'ensevelir dans le satin et les fourrures.

— Embrasse-moi, Phoebe, dit-elle, comme la jeune fille arrangeait les rideaux. J'entends le pas de sir Michael dans l'antichambre, tu le rencontreras en sortant d'ici et tu pourras lui dire que tu pars par le premier train demain matin pour aller chercher ma robe chez Mrs Frederick, pour le dîner de Morton Abbey.

Il était tard dans la matinée lorsque lady Audley descendit le lendemain pour déjeuner, dix heures passées. Pendant qu'elle buvait son café à petites gorgées, un domestique lui apporta un paquet cacheté et un registre pour y apposer sa signature.

— Une dépêche télégraphique! s'écria-t-elle, car le mot télégramme n'avait pas encore été inventé. Quel peut en être le sujet?

Elle leva les yeux sur son mari, la bouche ouverte, le regard terrifié, à moitié effrayée de briser le cachet. L'enveloppe portait l'adresse de miss Lucy Graham, chez Mr Dawson, et avait été renvoyée du village au château.

— Lisez cela, ma chérie, dit-il, et ne vous alarmez pas, ce ne peut être rien de bien important.

Cela venait de chez Mrs Vincent, la maîtresse de pension chez qui elle avait vécu avant d'entrer dans la famille de Mr Dawson. Cette dame était dangereusement malade et suppliait son ancienne élève de venir la voir.

— Pauvre femme! Elle m'a toujours dit qu'elle me laisserait son argent, dit Lucy, avec un douloureux sourire. Elle n'a pas entendu parler de mon changement de fortune. Cher sir Michael, je dois aller la trouver.

— Certainement, ma très chère amie. Si elle a été bonne pour ma pauvre petite dans son infortune, elle mérite de ne jamais être oubliée pendant sa prospérité. Mettez votre chapeau, Lucy; nous aurons le temps de prendre l'express.

— Vous venez avec moi?

— Naturellement, ma chérie. Pouvez-vous supposer que je vous laisserais aller seule?

— J'étais sûre que vous voudriez venir avec moi, dit-elle d'un air pensif.

— Votre amie vous envoie-t-elle une adresse?

— Non, mais elle a toujours habité Crescent Villas, West Brompton, et sans aucun doute elle y vit encore.

Lady Audley eut à peine le temps de prendre précipitamment son chapeau et son châle qu'elle entendit la voiture rouler devant la porte et sir Michael l'appeler du bas de l'escalier. L'enfilade de ses chambres, comme je l'ai dit, débouchant l'une dans l'autre, se terminait par une antichambre octogonale, tapissée de peintures à l'huile. Même dans sa précipitation, elle s'arrêta résolument à la porte de cette pièce, la ferma à double tour et glissa la clé dans sa poche. Cette porte, une fois fermée, coupait tout accès aux appartements de milady.

## 8

## Avant l'orage

Le dîner au château d'Audley était donc ajourné et miss Alicia dut attendre plus longtemps encore qu'on lui présente le beau jeune veuf, Mr George Talboys.

J'ai peur, à dire vrai, qu'il n'y eût une certaine affectation dans l'empressement que la jeune fille exprimait à faire la connaissance de George ; mais si la pauvre Alicia spécula un moment sur la possibilité d'exciter, par cette démonstration d'intérêt, quelque étincelle de jalousie cachée au fond du cœur de son cousin, elle n'était pas si bien renseignée que cela sur le caractère de Robert Audley. Indolent, beau et indifférent, le jeune avocat considérait la vie dans son ensemble comme une duperie assez absurde pour qu'aucun événement, dans son cours idiot, méritât un instant d'être considéré avec sérieux par un homme sensé.

Sa jolie cousine, à la figure de lutin, aurait pu être complètement folle de lui et le répéter en ces termes charmants et détournés qui n'appartiennent qu'aux femmes, cent fois par jour, trois cent soixante-cinq jours par an, qu'à moins d'attendre quelque exceptionnel 29 février et de marcher droit sur lui, en lui disant : « Robert, voulez-vous m'épouser ? », je doute fort qu'il se fût jamais aperçu de l'état de son cœur.

Encore eût-il été amoureux d'elle, je crois que cette tendre passion aurait été, chez lui, un sentiment si confus et si faible, qu'il aurait pu descendre au tombeau avec la vague idée de quelque sensation désagréable, qui pouvait être aussi bien amour qu'indigestion, et sans connaître plus avant ses sentiments.

Aussi était-il parfaitement inutile, pauvre Alicia, de chevaucher dans les chemins autour d'Audley pendant ces trois jours que les deux jeunes gens passèrent dans l'Essex. C'était peine perdue que de porter ce joli chapeau d'amazone orné d'une plume et d'être toujours, par le plus singulier des hasards, sur le chemin de Robert et de son ami. Les noires boucles (pas du tout les boucles légères de lady Audley, mais des cheveux épais et drus qui tombaient sur la gorge brune et svelte), les lèvres rouges et boudeuses, le nez presque retroussé, le teint mat avec de vives rougeurs toujours prêtes à monter comme un signal lumineux dans un ciel sombre lorsque vous voyiez tout à coup votre apathique cousin, toute cette beauté coquette, espiègle de brunette était prodiguée devant les yeux peu clairvoyants de Robert Audley. Vous eussiez fait aussi bien de vous reposer dans le frais salon du château, au lieu d'épuiser votre jolie jument sous le soleil de septembre.

Pêcher à la ligne, excepté pour un disciple fervent d'Izaac Walton[1], n'est pas la plus animée des occupations. On ne s'étonnera donc guère que le lendemain du départ de lady Audley, les deux jeunes gens (l'un incapable par sa blessure au cœur, qu'il portait avec tant de calme, de prendre véritablement du plaisir à rien ; l'autre considérant presque tous les amusements comme une forme d'embêtement et de problème) commencèrent à s'ennuyer de l'ombre des saules penchés sur les sinuosités des ruisseaux autour d'Audley.

— Fig-Tree Court n'est pas gai pendant les longues vacances, dit Robert d'un air réfléchi, mais je pense, dans

---

1. Izaac Whalton (1593-1683), écrivain anglais, auteur du *Parfait Pêcheur à la ligne*.

l'ensemble, qu'on y est mieux qu'ici. En tout cas, on y est près des marchands de tabac, ajouta-t-il en tirant avec résignation des bouffées d'un exécrable cigare fourni par le propriétaire de l'auberge du Soleil.

George Talboys, qui n'avait consenti à l'expédition dans l'Essex que par soumission passive à son ami, n'était en aucune façon porté à s'opposer à leur retour immédiat à Londres.

— Je serai enchanté de rentrer, Bob, dit-il, car je veux faire une visite à Southampton. Je n'ai pas vu le petit depuis plus d'un mois.

Il appelait toujours son fils « le petit » et parlait toujours de lui avec tristesse plutôt qu'optimisme. La pensée de son enfant semblait ne lui apporter aucune consolation. Il expliquait cela en disant que, selon lui, l'enfant n'apprendrait jamais à l'aimer. Et, pire même, il avait un vague pressentiment qu'il ne vivrait pas assez pour voir son petit Georgey atteindre l'âge d'homme.

— Je ne suis pas un homme romanesque, Bob, disait-il quelquefois, et je n'ai jamais lu dans ma vie une ligne de poésie qui fût pour moi autre chose qu'un assemblage de mots et de rimes. Mais, depuis la mort de ma femme, je me sens comme un homme qui serait sur un rivage bas et étendu, où de hideuses falaises jetteraient sur lui des regards menaçants, et où la marée montante envahirait lentement, mais sûrement ses pieds. Elle semble avancer de plus en plus près chaque jour, cette sombre et impitoyable marée, non en se précipitant sur moi avec grand fracas, mais en s'insinuant, en rampant, en glissant furtivement, prête à me submerger quand je m'attendrai le moins à ce dénouement.

Robert Audley fixa son ami dans un silencieux étonnement et, après un instant de réflexion profonde, dit avec solennité :

— George Talboys, je comprendrais ceci, si vous aviez mangé quelque mets lourd. Le porc froid, par exemple, surtout s'il n'est pas assez cuit, peut produire cet effet. Vous avez besoin de changer d'air, mon cher ami, il vous faut les brises rafraîchissantes de Fig-Tree Court et la douce atmosphère de Fleet Street. Ou bien, attendez, dit-il subitement, j'y suis! Vous avez fumé les cigares de notre ami l'hôtelier; cela explique tout.

Ils rencontrèrent Alicia Audley sur sa jument une demi-heure après avoir décidé de quitter l'Essex de bonne heure, le lendemain. La jeune demoiselle fut vraiment surprise et grandement désappointée en apprenant la détermination de son cousin; et, pour cette raison même, se piqua de prendre la chose avec une suprême indifférence.

— Vous êtes bien vite fatigué d'Audley, Robert, dit-elle négligemment, mais c'est tout naturel : vous n'avez pas d'amis ici, excepté vos parents du château, tandis qu'à Londres, sans doute, vous avez la plus délicieuse société et…

— Je trouve du bon tabac, murmura Robert en interrompant sa cousine. Audley est la vieille résidence que je préfère, mais lorsqu'un homme n'a pour fumer que des feuilles de chou desséchées, vous savez, Alicia…

— Alors vous partez vraiment demain matin?

— Absolument, par l'express de dix heures cinquante.

— Dans ce cas, lady Audley sera privée d'être présentée à Mr Talboys, et Mr Talboys n'aura pas l'occasion de voir la plus jolie femme de l'Essex.

— Ah bon… bredouilla George.

— La plus jolie femme de l'Essex n'aurait guère pu susciter l'admiration de mon ami George Talboys, dit Robert. Son cœur est à Southampton, où il a un petit garnement à tête bouclée, pas plus haut que son genou, qui l'appelle « le grand monsieur » et lui demande des bonbons.

— Je vais écrire à ma belle-mère par la poste de ce soir, dit Alicia. Elle me prie spécialement dans sa lettre de lui dire combien de temps vous restez, et si elle pourra revenir à temps pour vous recevoir.

Miss Audley tira, en parlant, une lettre de la poche de son amazone, un mignon et féerique billet, écrit sur du papier glacé d'une curieuse nuance crème.

— Elle dit dans son post-scriptum : « N'oubliez pas de répondre à ma question sur Mr Audley et son ami, évaporée et étourdie Alicia ! »

— Quelle jolie écriture ! s'exclama Robert, pendant que sa cousine repliait le billet.

— Oui, elle est charmante, n'est-ce pas ? Voyez donc, Robert.

Elle mit la lettre dans sa main et il la contempla nonchalamment pendant quelques minutes, tandis qu'Alicia caressait l'encolure de sa jument alezane, qui était inquiète de partir.

— Tout de suite, Atalante, tout de suite. Rendez-moi mon billet, Bob.

— C'est la plus jolie, la plus coquette écriture que j'aie jamais vue. Savez-vous, Alicia, que je n'ai jamais eu confiance en ces individus qui vous demandent la valeur de treize timbres-poste et offrent de vous dire ce que vous n'avez jamais pu découvrir vous-même. Mais, sur ma parole, je crois que si je n'avais jamais vu votre belle-mère, je saurais exactement à quoi elle ressemble par cette petite feuille de papier. Oui, il y a là-dedans les blondes et légères boucles à reflet d'or, les sourcils tracés au pinceau, le nez droit et effilé, l'irrésistible sourire de jeune fille. Tout cela peut être deviné dans ces quelques traits qui montent et descendent. Regardez, George.

Mais, l'esprit absorbé et mélancolique, George Talboys se promenait à l'écart au bord d'un fossé et s'était arrêté, frappant les joncs avec sa canne, à quelques pas de Robert et Alicia :

— Ça ne fait rien, dit la jeune demoiselle avec impatience, car elle n'avait goûté en aucune façon la dissertation sur le petit billet de milady. Donnez-moi cette lettre et laissez-moi partir. Il est huit heures passées et je dois répondre par le courrier de ce soir. Allons, Atalante ! Bonsoir, Robert, bonsoir Mr Talboys. Bon retour à Londres.

La jument alezane partit vivement au petit galop dans l'allée, et miss Audley était hors de vue avant que les deux grosses et brillantes larmes suspendues un moment dans ses yeux ne fussent refoulées dans son sein par l'orgueil qui venait de son cœur en colère.

— N'avoir qu'un cousin au monde, s'écria-t-elle avec passion, mon plus proche parent après papa, et penser qu'il fait autant de cas de moi que d'un chien !

Par le plus simple des accidents, cependant, Robert et son ami ne purent partir par l'express de dix heures cinquante, le lendemain matin, car le jeune avocat se réveilla avec un si violent mal de tête qu'il pria George de lui commander une tasse du plus fort thé vert qui eût jamais été fait dans l'auberge du Soleil, et d'être, en outre, assez bon pour différer leur voyage jusqu'au lendemain. Naturellement, George y consentit et Robert Audley passa l'après-midi dans une chambre aux volets fermés, avec un journal de Chelmsford, vieux de cinq jours, pour se distraire.

— Ce ne peut être que les cigares, répéta George plusieurs fois. Que je sorte d'ici sans voir mon hôtelier ! Car si cet homme et moi nous nous rencontrions, le sang coulerait.

Heureusement pour la tranquillité d'Audley, c'était jour de marché à Chelmsford et le brave aubergiste était parti dans sa carriole pour se procurer des provisions pour sa maison ; entre autres choses, peut-être, un nouveau stock de ces mêmes cigares qui avaient un si funeste effet sur Robert.

Les jeunes gens passèrent une triste journée, ennuyeuse et mortelle, et à la nuit, Mr Audley proposa de descendre au château et de demander à Alicia de leur montrer la maison.

— Cela nous fera tuer un couple d'heures, George, et ce serait grand dommage de vous faire quitter Audley sans vous avoir montré le vieux manoir qui, je vous en donne ma parole, vaut la peine d'être vu.

Le soleil baissait lorsqu'ils coupèrent court à travers les prairies et entrèrent par une clôture dans l'allée conduisant à l'arche. Le soleil couchant était criard, lourd et menaçant. Un calme lugubre régnait et effrayait les oiseaux disposés à chanter, laissant le champ libre à quelques grenouilles coassant dans les fossés. Malgré l'immobilité de l'atmosphère, les feuilles bruissaient avec ce sinistre frémissement qui ne provient d'aucune cause extérieure, mais qui est plutôt un frisson instinctif des frêles branches annonçant un orage. La stupide horloge, qui ignorait le juste milieu et sautait toujours brusquement d'une heure à l'autre, marquait sept heures comme les jeunes gens passaient sous l'arche; pourtant, il était près de huit heures.

Ils trouvèrent Alicia dans l'allée de tilleuls, errant nonchalamment de long en large sous les noirs ombrages des arbres, desquels, de temps en temps, une feuille se détachait et venait lentement tomber sur le sol.

Chose étrange, George Talboys, qui s'intéressait rarement de près à quelque chose, porta une attention particulière à cet endroit.

— Ce devrait être une allée de cimetière, dit-il. Comme les morts dormiraient paisiblement sous ces ombres épaisses! Je voudrais que le cimetière de Ventnor ressemblât à ceci.

Ils avancèrent vers le puits en ruine et Alicia leur raconta quelque vieille légende se rattachant au lieu, quelque lugubre histoire, semblable à celles qui sont toujours liées à une vieille demeure, comme si le passé était une page toute noire de chagrins et de crimes.

— Nous voudrions voir la maison avant qu'il fasse nuit, Alicia, dit Robert.

— Alors, nous devons nous presser, répondit-elle, venez.

Elle entra par une porte vitrée à la française, modernisée quelques années auparavant, et les conduisit dans la bibliothèque, puis dans le vestibule.

Dans le hall, ils passèrent devant la femme de chambre à la figure pâle, qui jeta un regard furtif à travers ses cils blancs sur les deux jeunes gens.

Ils commençaient à monter l'escalier lorsque Alicia se retourna et s'adressa à la jeune fille :

— Après le salon, je désirerais montrer à ces messieurs l'appartement de lady Audley. Est-il en bon ordre, Phoebe ?

— Oui, miss, mais la porte de l'antichambre est fermée à clé, et j'imagine que madame a emporté la clé à Londres.

— Emporté la clé ! Impossible, s'écria Alicia.

— En vérité, miss, je crois qu'elle l'a prise. Je ne puis la trouver, et elle est toujours sur la porte.

— Vraiment, dit Alicia avec impatience, cette lubie idiote ressemble bien à milady. Elle a sans doute eu peur que nous allions dans son appartement fouiller dans ses jolies toilettes et toucher à ses bijoux. C'est très contrariant, car les meilleurs tableaux de la maison sont dans cette antichambre. Il y a là son propre portrait, il est inachevé mais d'une ressemblance prodigieuse.

— Son portrait ! s'écria Robert Audley. Je donnerais n'importe quoi pour le voir, car j'ai seulement une idée imparfaite de sa figure. Il n'y a pas d'autre chemin pour entrer dans la chambre, Alicia ?

— Un autre chemin ?

— Oui, y a-t-il quelque porte, en passant par les autres pièces, par laquelle nous puissions pénétrer dans ses appartements ?

Sa cousine secoua la tête et les conduisit dans un corridor où se trouvaient quelques portraits de famille. Elle leur montra une chambre tendue de tapisseries dont les grands personnages sur le canevas fané avaient l'air menaçant dans la demi-obscurité.

— Ce gaillard, avec sa hache d'armes, a l'air de vouloir fendre en deux la tête de George, dit Mr Audley, montrant un farouche guerrier dont le bras levé apparaissait au-dessus de la noire chevelure de George Talboys. Sortons de cette chambre, Alicia, ajouta nerveusement le jeune homme. Je pense qu'elle est humide et même hantée. En vérité, je crois que tous les revenants sont dus à l'humidité ou à l'indigestion. Vous dormez dans un lit humide, vous vous réveillez en sursaut dans la nuit noire avec un frisson glacé, et vous voyez une vieille dame en costume de cour du temps de George I$^{er}$, assise au pied du lit. La vieille dame, c'est l'indigestion et le frisson glacé, le drap humide.

Des bougies étaient allumées dans le salon. Aucune lampe moderne n'avait fait encore son apparition au château d'Audley. Les appartements de sir Michael étaient éclairés par de bonnes grosses bougies jaunes, placées dans de massifs chandeliers d'argent et dans des candélabres fixés aux murs.

Il y avait peu de choses à voir dans le salon et George Talboys fut bientôt fatigué de regarder les beaux meubles modernes et les quelques peintures, œuvres d'académiciens.

— N'y a-t-il pas un passage secret, un vieux buffet de chêne, ou quelque chose de ce genre, quelque part dans cette demeure, Alicia? demanda Robert.

— Mais oui! s'écria miss Audley, avec une impétuosité qui fit sursauter son cousin, bien sûr! Pourquoi n'y ai-je pas pensé avant? Quelle sotte je fais!

— Comment sotte?

— Parce que si vous n'avez pas peur de ramper sur vos mains et vos genoux, vous pourrez voir les appartements de milady, car le passage en question communique avec le cabinet de toilette. Elle ne doit pas en avoir connaissance elle-même, je crois. Quel étonnement, si quelque bandit masqué de noir, avec une lanterne sourde, surgissait du parquet un soir pendant qu'elle est assise devant sa glace, faisant arranger sa chevelure pour une réception!

— Tâterons-nous du passage secret, George? demanda Mr Audley.

— Oui, si vous voulez.

Alicia les mena dans la pièce qui avait été autrefois sa chambre d'enfant. Elle était maintenant désaffectée et ne servait que dans les très rares occasions où la maison était pleine de monde.

Robert Audley souleva un coin du tapis, conformément à l'indication de sa cousine, et découvrit une trappe grossièrement découpée dans le plancher de chêne.

— Maintenant, écoutez-moi, dit Alicia. Vous devez vous laisser pendre par les mains pour descendre dans ce passage, qui est environ profond de huit pieds. Baissez la tête et marchez droit devant vous jusqu'à ce que vous arriviez à un coude aigu, qui vous conduira à gauche. Tout à fait au bout, vous trouverez une courte échelle sous une trappe comme celle-ci, que devrez ouvrir. Elle aboutit au plancher du cabinet de toilette de milady et n'est recouverte que par un carré de tapis de Perse que vous pouvez soulever aisément. Avez-vous compris?

— Parfaitement.

— Alors, prenez la lumière, Mr Talboys vous suivra. Je vous donne vingt minutes pour examiner les peintures, ce qui fait à peu près une minute par tableau; après ce temps, j'attendrai ici pour vous voir revenir.

Robert lui obéit aveuglément, et George, suivant docilement son ami, se trouva lui-même, au bout de cinq minutes, au milieu de l'élégant désordre du cabinet de toilette de lady Audley.

Elle avait quitté la maison dans la précipitation de son voyage inattendu à Londres, et tous les apprêts de sa brillante toilette reposaient sur le marbre de sa table. L'atmosphère était presque suffocante, les riches parfums en flacons dont les bouchons dorés n'avaient pas été replacés. Un bouquet de fleurs de serre se fanait sur un élégant bureau. Deux ou trois magnifiques robes étaient amoncelées sur le parquet et les portes ouvertes d'une garde-robe laissaient voir les trésors qu'elle contenait. Bijoux, brosses à cheveux à dos d'ivoire, délicieuses porcelaines de Chine étaient disséminés çà et là dans l'appartement. George Talboys aperçut sa face barbue et sa longue figure décharnée dans la psyché et s'étonna de voir combien il semblait déplacé au milieu de ce luxe féminin.

Ils passèrent du cabinet de toilette au boudoir, et du boudoir dans l'antichambre qui renfermait, comme l'avait dit Alicia, environ vingt remarquables peintures, en dehors du portrait de milady.

Le portrait était posé sur un chevalet, recouvert d'une espèce de serge verte, dans le milieu de la chambre octogonale. L'artiste avait eu la fantaisie de la représenter debout dans cette même chambre, et de faire, pour fond du portrait, une fidèle reproduction des murs peints. J'ai bien peur que le jeune homme n'appartînt à l'école des préraphaélites, car il avait consacré un temps déraisonnable aux accessoires du tableau, aux boucles frisées de milady et aux lourds plis de sa robe de velours cramoisi.

Les deux jeunes gens regardèrent d'abord les peintures des murs, gardant le portrait inachevé pour la *bonne bouche.*

Il faisait sombre alors ; la bougie apportée par Robert ne donnait qu'une tache de lumière, pendant que, faisant le tour, il la tenait devant les peintures, l'une après l'autre. La large croisée laissait apercevoir le ciel pâle, teinté des dernières lueurs vacillantes du crépuscule. Le lierre frémissait contre les vitres avec le même frisson lugubre qui agitait chaque feuille dans le jardin, présage de la tempête menaçante.

— Voilà les sempiternels chevaux blancs de notre ami, dit Robert en s'arrêtant devant un Wouvermans. Nicolas Poussin... Salvator... Ah ! hum ! maintenant, le portrait.

Il s'arrêta, une main sur la serge verte, et s'adressa solennellement à son ami :

— George Talboys, dit-il, nous avons à nous deux une seule bougie, une lumière vraiment insuffisante pour regarder une peinture. Si vous y consentez, permettez que nous la regardions l'un après l'autre. Il n'est rien de plus désagréable que d'avoir une personne se faufilant derrière vous et regardant par-dessus votre épaule, quand vous essayez de saisir l'effet d'un tableau.

George se recula immédiatement. Il ne prenait pas plus d'intérêt au portrait de milady qu'à tous les autres ennuis de ce monde fatigant. Il se recula, et, posant son front contre la vitre, il regarda la nuit au-dehors.

Lorsqu'il se retourna, il vit que Robert avait disposé le chevalet très commodément et qu'il s'était assis sur une chaise dans le dessein de contempler la peinture à loisir.

Il se leva lorsque George se retourna.

— Et maintenant, à vous, Talboys, dit-il ; c'est une peinture extraordinaire.

Il prit la place de George à la fenêtre et George s'assit sur la chaise, devant le chevalet.

Certainement, le peintre devait avoir été un préraphaélite. Nul autre qu'un préraphaélite n'aurait peint, cheveu par cheveu, ces masses légères de boucles, avec chaque reflet d'or et chaque ombre de brun pâle. Nul autre qu'un préraphaélite n'aurait ainsi exagéré chaque caractéristique de ce délicat visage, pour donner un éclat lugubre à sa carnation blonde et une étrange et sinistre lumière à la profondeur de ses yeux bleus. Nul autre qu'un préraphaélite n'aurait donné à cette jolie bouche mutine l'expression dure et presque méchante qu'elle avait dans le portrait.

Il était très ressemblant et pourtant très différent. C'était comme si on eût fait brûler des feux de couleurs étranges devant la figure de milady et qu'ils eussent, par leurs reflets, fait surgir de nouveaux traits et de nouvelles expressions qu'on n'avait jamais vues auparavant. Perfection du dessin, éclat des couleurs étaient présents, mais je suppose que le peintre avait tant copié de désuètes monstruosités du Moyen Âge, que son cerveau en était dérangé, car milady, dans son portrait, rappelait l'aspect d'un admirable démon.

Sa robe cramoisie, exagérée comme tout le reste de cette bizarre peinture, tombait autour d'elle en plis qui ressemblaient à des flammes, sa belle tête sortait de cette masse de couleur criarde comme d'une fournaise en furie. En vérité, le cramoisi de la robe, l'éclat de la figure, les reflets de l'or ardent de sa blonde chevelure, le dur écarlate de ses lèvres boudeuses, les couleurs vives de chaque accessoire du fond minutieusement peint, tout se combinait pour que le premier effet rendu par le tableau ne fût nullement agréable.

Aussi étrange que fût la peinture, elle n'avait pas produit une grande impression sur George Talboys car il resta assis devant elle environ un quart d'heure sans prononcer un mot, fixant d'un air absent la toile peinte, sa vigoureuse main droite serrant le chandelier, la gauche pendant mollement à son côté. Il resta si longtemps dans cette pose que Robert finit par se retourner.

— Eh bien, George, je croyais que vous vous étiez endormi?

— Presque.

— Vous avez pris froid en restant dans cette humide chambre aux tapisseries. Je vous le dis, George Talboys, vous avez pris froid; vous êtes aussi enroué qu'un corbeau. Mais allons!

Robert Audley prit la bougie des mains de son ami, et disparut en se glissant à travers le passage secret, suivi par George qui était très calme, mais guère plus que d'habitude.

Ils trouvèrent Alicia qui les attendait dans la chambre des enfants.

— Eh bien ? dit-elle interrogativement.

— Nous avons opéré supérieurement. Mais je n'aime pas le portrait ; il a quelque chose de bizarre.

— En effet, dit Alicia. J'ai une étrange idée à ce sujet. Je pense que quelquefois un peintre est en quelque sorte inspiré, et peut voir à travers l'expression normale du visage une autre expression qui en fait également partie, quoique les yeux ordinaires ne la perçoivent pas. Nous n'avons jamais vu milady telle qu'elle apparaît dans ce portrait, mais je crois qu'elle pourrait avoir cet aspect.

— Alicia, dit Robert Audley d'un air suppliant, ne soyez pas allemande !

— Mais, Robert…

— Ne soyez pas allemande, Alicia, si vous m'aimez. La peinture est la peinture, et milady est milady. Voilà ma façon de voir les choses et je ne suis pas métaphysicien, ne me perturbez pas.

Il répéta cela plusieurs fois avec un air de terreur parfaitement sincère, et après avoir emprunté un parapluie au cas où ils seraient surpris par l'orage menaçant, il quitta le château, emmenant avec lui le passif George Talboys. L'unique aiguille de la sotte horloge avait sauté sur neuf heures lorsqu'ils atteignirent l'arche, mais avant de pouvoir franchir son ombre ils durent se ranger pour laisser passer une voiture. C'était un fiacre venant du village, mais la belle tête de lady Audley apparut à la portière. Noir comme il faisait, elle put voir la silhouette des jeunes gens se dessiner comme des ombres dans l'obscurité.

— Qui est là ? demanda-t-elle, mettant sa tête en dehors. Est-ce le jardinier ?

— Non, ma chère tante, dit Robert en riant. C'est votre très dévoué neveu.

Lui et George s'arrêtèrent près de l'arche, pendant que la voiture se rangeait devant la porte du château et que les domestiques surpris sortaient pour recevoir leur maître et leur maîtresse.

— Je crois que l'orage n'éclatera pas cette nuit, dit le baronnet regardant le ciel, mais, nous l'aurons certainement demain matin.

# 9

## Après l'orage

Sir Michael se trompa dans sa prophétie sur le temps. L'orage ne se maintint pas jusqu'au jour, mais il éclata avec une terrible fureur sur le village d'Audley une demi-heure environ avant minuit.

Robert Audley accueillit le tonnerre et les éclairs avec le même flegme qu'il acceptait tous les autres maux de la vie. Il était étendu sur un sofa dans le salon, lisant ostensiblement le journal de Chelmsford datant de cinq jours et se régalant de temps en temps de quelques gorgées d'un grand verre de punch froid. L'orage produisait un effet tout différent sur George Talboys. Son ami était effrayé lorsqu'il regardait la figure pâle du jeune homme assis en face de la fenêtre ouverte, écoutant le tonnerre et fixant le ciel noir déchiré par intervalles par les éclairs d'un bleu d'acier qui le sillonnaient.

— George, dit Robert après l'avoir examiné pendant quelque temps, êtes-vous effrayé par les éclairs?

— Non, répondit-il sèchement.

— Mais, mon cher ami, certains hommes très courageux en ont peur. C'est à peine si l'on doit appeler cela de la crainte, cela tient au tempérament. Je suis sûr que vous avez peur.

— Non, vraiment.

— Mais, George, si vous pouviez vous voir pâle et hagard, vos grands yeux creux fixés au ciel comme s'ils étaient retenus par un spectre. Je vous le dis, je vois bien que vous êtes effrayé.

— Et moi, je vous dis que non.

— George Talboys, non seulement vous avez peur des éclairs, mais vous vous en prenez à vous-même d'avoir peur, et à moi parce que je vous en parle.

— Robert Audley, si vous me dites un mot de plus, je vous assomme, s'écria George, en colère.

Mr Talboys s'élança hors de la chambre, claquant la porte derrière lui avec une violence qui ébranla la maison. Les nuages d'encre qui recouvraient la terre oppressée comme un toit de fer brûlant répandaient leur noirceur en un déluge soudain au moment où George quittait la chambre. Mais si le jeune homme avait peur des éclairs, il ne craignait certainement pas la pluie car il descendit l'escalier, marcha droit à la porte de l'auberge et sortit sur la grand-route inondée. Il fit les cent pas la pluie battante pendant vingt minutes, et rentrant alors dans l'auberge, il monta à sa chambre à coucher.

Robert Audley le rencontra sur le palier, les cheveux collés sur sa figure pâle, les vêtements trempés.

— Allez-vous vous coucher, George ?
— Oui.
— Mais vous n'avez pas de lumière.
— Je n'en ai pas besoin.
— Regardez donc vos vêtements, mon pauvre ami. Ne voyez-vous pas l'eau qui ruisselle de vos manches ? Grands dieux, qu'est-ce qui peut vous faire sortir par une telle nuit ?

— Je suis fatigué et je veux aller me coucher, ne me tourmentez pas.

— Voulez-vous prendre un grog, George ?

Robert Audley en parlant ainsi barrait le passage à son ami et cherchait à l'empêcher d'aller se coucher dans l'état où il se trouvait. Mais George le repoussa violemment et, en allongeant le pas pour le dépasser, il lui dit avec la même voix rauque que Robert avait remarquée au château :

— Laissez-moi seul, Robert, et ne vous occupez pas de moi si vous pouvez.

Robert suivit George à sa chambre, mais le jeune homme lui ferma la porte au nez, aussi n'eut-il rien de mieux à faire que de laisser Mr Talboys seul se remettre de ses émotions aussi bien qu'il le pourrait.

« Il s'est irrité parce que j'ai remarqué sa frayeur des éclairs », pensa Robert en se retirant placidement pour se reposer, parfaitement indifférent au bruit du tonnerre qui semblait le secouer dans son lit et à la lueur des éclairs se jouant capricieusement sur les rasoirs dans le nécessaire de toilette ouvert.

L'orage s'éloigna en grondant du paisible village d'Audley, et quand Robert se réveilla le lendemain matin, il put voir un brillant soleil et le coin d'un ciel sans nuages apparaître entre les rideaux blancs de sa chambre.

C'était une de ces pures et délicieuses matinées qui succèdent quelquefois à un orage. Les oiseaux chantaient fort et avec entrain, les blés dorés se redressaient dans les vastes plaines et ondulaient fièrement après leur terrible lutte avec l'orage, qui avait fait de son mieux pour courber les lourds épis, aidé par un vent impitoyable et une pluie battante pendant la moitié de la nuit. Les feuilles de vigne autour de la fenêtre de Robert se balançaient avec un joyeux frémissement, faisant tomber en ondée de diamants les gouttes de pluie de chaque vrille et brindille.

Robert Audley trouva son ami qui l'attendait à table pour déjeuner. George était très pâle, mais parfaitement tranquille, voire plus gai qu'à l'ordinaire.

Il secoua la main de Robert avec quelque chose de cette ancienne cordialité que l'on remarquait avant que le seul malheur de sa vie l'eût bouleversé et brisé.

— Pardonnez-moi, Bob, dit-il franchement, pour mon humeur hargneuse d'hier soir. Vous aviez raison, l'orage m'avait bouleversé. Cela a toujours produit le même effet sur moi depuis ma jeunesse.

— Mon pauvre vieux! Partirons-nous de suite par l'express, ou resterons-nous ici pour dîner ce soir avec mon oncle? demanda Robert.

— Pour dire la vérité, Bob, je préférerais ne faire ni l'un ni l'autre. La matinée est magnifique, pourquoi ne pas nous promener tout le jour, faire une autre tentative avec nos lignes, et partir pour Londres par le train de six heures vingt-cinq ce soir?

Robert Audley aurait consenti à une bien plus désagréable proposition plutôt que de prendre la peine de contrarier son ami, aussi la chose fut-elle immédiatement acceptée, et après qu'ils eurent fini leur déjeuner et commandé le dîner pour quatre heures, George Talboys prit sa canne à pêche sur ses larges épaules et sortit de la maison avec son ami.

Mais si le tempérament égal de Mr Robert Audley n'avait pas été troublé par les terribles coups de tonnerre qui avaient ébranlé l'auberge du Soleil jusque dans ses fondations, il n'en avait pas été de même avec la délicate sensibilité de la jeune épouse de son oncle.

Lady Audley avouait qu'elle avait horriblement peur des éclairs. Elle avait fait rouler son lit dans un coin de la chambre et, les épais rideaux hermétiquement fermés autour d'elle, elle s'était couchée, la figure ensevelie dans les oreillers, frissonnant convulsivement à chaque bruit de la tempête. Sir Michael, dont le cœur ferme n'avait jamais connu la crainte, était presque tremblant pour cette fragile créature, qu'il avait l'heureux privilège de protéger et de défendre. Milady ne voulut consentir à se déshabiller que vers trois heures du matin, lorsque le dernier roulement du tonnerre s'affaiblissait et mourait au loin dans les hautes collines. Jusqu'à cette heure elle resta avec la magnifique robe de soie avec laquelle elle avait voyagé, et dont les plis se confondaient en désordre avec ceux des couvertures, levant de temps en temps les yeux, la figure épouvantée, pour demander si l'orage finissait.

Vers quatre heures, son mari, qui avait passé la nuit à veiller à côté de son lit, la vit tomber dans un profond sommeil, dont elle sortit cinq heures plus tard.

Elle arriva pour déjeuner dans la salle à manger à neuf heures et demie passées, en chantant une mélodie écossaise, les joues colorées d'un rose aussi tendre que la pâle nuance de sa robe de mousseline. Tout comme les oiseaux ou les fleurs, elle semblait recouvrer sa beauté et son enjouement avec le soleil matinal. Elle courut d'un pas léger sur la pelouse, cueillant çà et là un bouton de rose d'arrière-saison, une branche ou deux de géranium, et traversa le gazon humide en chantonnant avec une ardeur qui dénotait un cœur parfaitement heureux, et paraissant aussi fraîche et brillante que les fleurs qu'elle tenait dans sa main. Le baronnet la saisit dans ses robustes bras comme elle entrait par la porte vitrée.

— Ma jolie petite femme, dit-il, ma chère, quel bonheur de vous voir redevenue si gaie ! Savez-vous, Lucy, qu'une fois, la nuit dernière, lorsque vous jetiez un regard à travers le sombre vert de vos rideaux de lit, avec votre pauvre pâle figure, vos yeux cernés de rouge, j'ai eu presque de la difficulté à reconnaître ma jolie petite femme dans cette créature défaite, terrifiée, paraissant mourante et maudissant l'orage. Remercions Dieu pour ce soleil du matin, qui a ramené le rose sur vos joues et la vivacité dans votre sourire ! Plût au ciel, Lucy, de ne jamais vous revoir dans le même état que la nuit dernière.

Elle se dressa sur la pointe du pied pour l'embrasser, et là seulement, elle était assez grande pour atteindre sa barbe blanche. Elle lui dit, en riant, qu'elle avait toujours été sotte et peureuse, qu'elle avait peur des chiens, des bœufs, de l'orage, de la mer agitée.

— J'ai peur de tout et de tout le monde, excepté de mon cher, de mon noble et bel époux, dit-elle.

Elle avait trouvé le tapis dérangé dans son cabinet de toilette et avait pris connaissance du mystérieux passage secret. Elle gronda miss Alicia en plaisantant et en riant d'avoir osé introduire deux hommes dans ses appartements.

— Et ils ont eu l'audace de regarder mon portrait, Alicia, dit-elle en feignant l'indignation. J'ai trouvé la toile de serge jetée par terre et un gant d'homme sur le tapis. Voyez.

Elle tint en l'air, en parlant, un gant épais pour monter à cheval. C'était celui de George, qu'il avait laissé tomber pendant qu'il regardait le tableau.

— J'irai à l'auberge du Soleil inviter les jeunes gens à dîner, dit sir Michael comme il quittait le château pour sa promenade matinale autour de sa ferme.

Lady Audley volait de chambre en chambre par ce beau soleil de septembre. Tantôt s'asseyant devant son piano pour fredonner une ballade, ou la première page d'un air de bravoure italien, ou pour faire courir ses doigts rapides dans une valse brillante. Tantôt, se penchant sur une serre de fleurs exotiques, jouant à jardiner avec une paire de ciseaux de fée en argent ciselé. Tantôt flânant dans son cabinet de toilette pour parler à Phoebe Marks et faire arranger ses cheveux pour la troisième ou quatrième fois, car ces boucles se dérangeaient sans cesse, et donnaient beaucoup de tracas à la femme de chambre de lady Audley.

Milady semblait, en ce jour de septembre, dans un état d'inquiétude qui n'était pas celui d'un esprit satisfait, et elle était incapable de rester longtemps à la même place ou de s'occuper à la moindre chose.

Tandis que lady Audley cherchait à se distraire par les procédés frivoles qui lui étaient propres, les deux jeunes gens marchèrent lentement le long d'un ruisseau, jusqu'à ce qu'ils eussent atteint un coin ombragé où l'eau était profonde et calme, et dans laquelle traînaient les longues branches des saules.

George Talboys prit la canne pendant que Robert s'étendait tout de son long sur une couverture de voyage et posait en équilibre son chapeau sur son nez comme un écran pour se garantir du soleil, puis s'endormait promptement.

Oh! Heureux les poissons du ruisseau au bord duquel Mr Talboys était assis! Ils auraient pu se divertir à cœur joie en mordant timidement à l'hameçon de ce gentleman sans compromettre leur sûreté d'aucune manière. George, en effet, fixait l'eau d'un air distrait, tenant sa ligne d'une main insouciante et inattentive, et avait dans le regard quelque chose d'étrange et d'absorbé. Lorsque la cloche de l'horloge sonna deux heures, il jeta sa canne et, s'éloignant à grands pas le long du ruisseau, laissa Robert Audley faire un somme qui, conformément aux habitudes de ce gentleman, allait durer deux ou trois heures. Un quart de *mile* plus loin, George traversa un pont rustique et entra dans les prairies qui conduisaient au château d'Audley.

Les oiseaux avaient tant chanté toute la matinée qu'ils étaient peut-être fatigués à ce moment. Les bœufs paresseux étaient endormis dans les prés, sir Michael n'était pas encore rentré de sa promenade du matin, miss Alicia avait décampé une heure auparavant sur la jument alezane, les domestiques étaient tous à déjeuner dans une partie reculée de la maison, et milady avait pénétré, un livre à la main, dans la sombre avenue des tilleuls. Aussi le vieux manoir grisâtre n'avait-il jamais présenté un aspect plus paisible qu'en cette belle après-midi, lorsque George Talboys traversa la pelouse pour carillonner bruyamment à la lourde porte de chêne garnie de fer.

Le domestique qui répondit à son appel lui dit que sir Michael était sorti et que milady se promenait dans l'avenue des tilleuls.

Il parut un peu désappointé à cette nouvelle et murmura quelque chose, soit qu'il désirait voir milady, soit qu'il allait chercher milady (le domestique ne put pas très bien saisir les mots), puis il s'éloigna rapidement de la porte, sans laisser ni carte ni message pour la famille.

Il s'était écoulé une heure et demie après cet incident lorsque lady Audley rentra à la maison. Elle ne venait pas de l'allée de tilleuls, mais d'une direction tout opposée, portant son livre ouvert dans la main et chantant en marchant. Alicia venait de descendre de sa jument et se tenait debout à l'entrée de la porte au cintre bas, son terre-neuve à côté d'elle.

Le chien, qui n'avait jamais eu de prédilection pour milady, montra les dents avec un sourd grognement.

— Chassez cet horrible animal, Alicia, dit lady Audley avec impatience; cette bête sait que j'ai peur d'elle et elle fait exprès de m'effrayer. Et on dit que ce sont des créatures généreuses et bonnes! Allons, César! Je te déteste et tu me détestes; et si tu me rencontrais la nuit dans quelque passage étroit, tu me sauterais à la gorge pour m'égorger, n'est-ce pas?

Milady, en sûreté derrière sa belle-fille, secoua ses boucles blondes devant l'animal furieux et le défia malicieusement.

— Savez-vous, lady Audley, que Mr Talboys, le jeune veuf, est venu ici demander sir Michael et vous?

Lucy Audley souleva la ligne de ses sourcils.

— Je croyais qu'ils venaient dîner, dit-elle; ma foi, ce sera bien assez de les voir alors.

Elle avait une botte de fleurs sauvages d'automne dans le pan de sa robe de mousseline. Elle était venue à travers champs derrière le château, cueillant les boutons des haies sur son chemin. Elle monta légèrement en courant le large escalier qui conduisait à son appartement particulier. Le gant de George s'étalait sur la table de son boudoir. Lady Audley sonna violemment; ce fut Phoebe Marks qui vint répondre.

— Faites disparaître cette ordure, dit-elle durement.

La jeune fille ramassa dans son tablier le gant, quelques fleurs flétries et des papiers froissés qui étaient sur la table.

— Qu'avez-vous fait ce matin? demanda milady. Vous n'avez pas gaspillé votre temps, j'espère?

— Non, milady; je me suis occupée à retoucher votre robe bleue. Il fait presque sombre de ce côté de la maison; aussi ai-je monté mon ouvrage dans ma chambre et travaillé à la fenêtre.

La jeune fille, en disant cela, se disposait à quitter la chambre; mais elle se retourna et regarda lady Audley comme si elle eût attendu de nouveaux ordres.

Lucy leva la tête au même moment, et les yeux des deux femmes se rencontrèrent.

— Phoebe Marks, dit milady en se jetant dans un fauteuil et jouant avec des fleurs sauvages sur ses genoux, vous êtes une bonne et laborieuse fille, et tant que je vivrai et que je serai prospère, vous ne manquerez jamais d'une amie ou d'un billet de vingt livres.

## 10

## Introuvable

Lorsque Robert Audley se réveilla, il fut surpris de voir la canne à pêche posée sur le sable, la ligne traînant paresseusement dans l'eau, et le bouchon flottant inoffensif de haut en bas sous le soleil de l'après-midi. Le jeune avocat s'étira longuement bras et jambes dans diverses directions, afin de se convaincre, par cet exercice, qu'il était encore en possession de l'usage de ses membres. Puis, dans un effort puissant, il parvint à se lever, et ayant posément roulé sa couverture de voyage de façon à pouvoir la porter sur son épaule, il allongea le pas pour chercher George Talboys.

Une fois ou deux il l'appela d'une voix endormie, à peine assez élevée pour effrayer les oiseaux dans les branches au-dessus de sa tête, ou la truite dans le ruisseau à ses pieds ; mais ne recevant pas de réponse, il se fatigua de cet exercice et continua de se traîner en bâillant, cherchant toujours George Talboys.

Bientôt il sortit sa montre et fut étonné de voir qu'il était quatre heures un quart.

— Eh bien ! le vilain égoïste doit être rentré à l'auberge pour dîner, murmura-t-il en réfléchissant. Quoique cela ne lui ressemble guère, car il se souvient rarement de ses repas, à moins que je ne rafraîchisse sa mémoire.

Même un bon appétit et la certitude que son dîner se ressentirait probablement de ce retard ne purent activer la nonchalance constitutionnelle de Mr Robert Audley, et lorsqu'il entra tranquillement à l'auberge du Soleil, les horloges sonnaient cinq heures. Il croyait si bien trouver George Talboys l'attendant dans le petit salon, que l'absence de ce gentleman sembla donner à l'appartement un aspect lugubre et Robert grommela.

— Voilà qui est fort, dit-il : un dîner froid et personne pour le partager !

L'hôtelier du Soleil vint lui-même s'excuser pour ses plats perdus.

— Une si belle paire de canards, Mr Audley, comme jamais vos yeux n'en ont vu, et tout cela brûlé et réduit en cendres à force de le réchauffer.

— Je me fiche de vos canards, dit Robert impatienté. Où est Mr Talboys ?

— Il n'est pas rentré, monsieur, depuis que vous êtes sortis ensemble ce matin.

— Quoi ! s'écria Robert. Mais, au nom du ciel, que peut avoir fait cet homme ?

Il marcha vers la fenêtre et regarda dehors sur la grande route blanche. Une charrette chargée de bottes de foin avançait péniblement ; les chevaux paresseux et le conducteur, aussi paresseux qu'eux, baissaient la tête avec un air fatigué sous le soleil de l'après-midi. Un troupeau de moutons se traînait sur la route, un chien s'excitant à courir après eux pour les maintenir convenablement. Des maçons revenaient du travail, un rétameur réparait des bouilloires sur le bord de la route ; une charrette transportait le maître piqueur d'Audley à son dîner de sept heures ; une douzaine de tableaux et de bruits villageois ordinaires se mêlaient dans un tumulte confus et plein de gaieté ; mais point de George Talboys.

— De toutes les choses extraordinaires qui me soient jamais arrivées dans le cours de ma vie, dit Mr Robert Audley, celle-ci est la plus incroyable.

L'hôtelier, qui était encore là, ouvrit les yeux lorsque Robert fit cette remarque. Que pouvait-il y avoir de si extraordinaire dans le simple fait d'un gentleman en retard pour son dîner?

— Je pars le chercher, dit Robert, prenant vivement son chapeau et sortant de la maison.

Mais la question était de savoir où le chercher. Il n'était certainement pas près du ruisseau aux truites, aussi était-il inutile d'y retourner. Robert était immobile devant l'auberge, délibérant sur ce qu'il y avait de mieux à faire, lorsque l'hôtelier vint le trouver.

— J'ai oublié de vous dire, Mr Audley, que votre oncle est venu vous demander ici cinq minutes après votre départ, et a laissé la commission de vous prier, vous et l'autre gentleman, d'aller dîner au château.

— Alors je ne suis plus étonné, dit Robert, que George Talboys soit descendu au château pour rendre visite à mon oncle. Cela ne ressemble pas à sa manière de faire, mais il est possible qu'il ait agi ainsi.

Il était six heures lorsque Robert frappa à la porte de son oncle. Il ne demanda à voir personne de la famille, mais s'informa d'abord de son ami.

— Oui, dit le domestique, Mr Talboys était ici à deux heures ou à peu près.

— Et pas depuis?

— Non, pas depuis.

— Êtes-vous sûr que Mr Talboys est venu à deux heures? demanda Robert.

— Oui, parfaitement sûr.

Il se souvenait de l'heure, parce que c'était le moment du dîner des domestiques et qu'il avait quitté la table pour ouvrir la porte à Mr Talboys.

« Tiens, que peut être devenu cet homme? pensa Robert en tournant le dos au château. De deux à six, quatre bonnes heures, et aucun signe de lui! »

Si quelqu'un s'était hasardé à dire à Mr Robert Audley qu'il lui serait possible d'éprouver un fort attachement pour une créature animée, ce cynique gentleman aurait relevé ses sourcils, d'un air de parfait dédain pour cette absurde remarque. Et il était là, angoissé et inquiet, torturant son cerveau par toutes sortes de conjectures sur l'absence de son ami, et contrairement à toutes les facultés de sa nature, marchant vite.

— Je n'ai pas marché aussi vite depuis Eton, murmura-t-il comme il traversait précipitamment une des prairies de sir Michael en direction du village, et le pire de tout, c'est que je n'ai pas la moindre idée de l'endroit où je vais.

Il traversa une autre prairie et, s'asseyant sur une barrière, il resta les coudes sur ses genoux, la figure enfouie dans ses mains, se disposant sérieusement à réfléchir sur l'événement.

— C'est cela! dit-il après quelques minutes de réflexion, la gare du chemin de fer.

Il enjamba la barrière et se lança dans la direction de la petite construction en briques rouges.

On n'attendait pas de train avant une demi-heure et l'employé prenait son thé dans une pièce à côté du bureau, sur la porte de laquelle était écrit en grandes lettres blanches: « PRIVÉ ».

Mais Mr Audley était trop occupé par l'unique idée de chercher son ami pour faire aucune attention à cet avis. Il marcha droit à la porte et, la heurtant avec sa canne, il attira hors de son sanctuaire l'employé à la bouche encore pleine de pain beurré.

— Vous rappelez-vous le monsieur qui est descendu à Audley avec moi, Smithers? demanda Robert.

— Ma foi, à dire bien vrai, Mr Audley, je ne peux pas l'affirmer. Vous êtes arrivés par le train de quatre heures, si vous vous en souvenez, et il y a toujours beaucoup de monde à ce train.

— Vous ne vous souvenez pas de lui, alors?

— Non, pas à ma connaissance, monsieur.

— C'est contrariant. J'aurais besoin de savoir, Smithers, s'il a pris un billet pour Londres après deux heures aujourd'hui. C'est un grand individu, à la poitrine large, avec une grosse barbe brune. Vous ne pourriez pas vous tromper sur lui.

— Il y avait quatre ou cinq messieurs qui ont pris leurs billets pour le départ de trois heures trente, dit l'employé d'une manière assez vague, lançant par-dessus son épaule un regard inquiet à sa femme, qui ne paraissait nullement enchantée de cette interruption dans le service du thé.

— Quatre ou cinq messieurs! Mais l'un d'eux répondait-il à la description de mon ami?

— Eh bien, je crois que l'un d'eux avait une barbe, monsieur.

— Une barbe brun foncé?

— Je ne sais pas, si ce n'est qu'elle tirait sur le brun.

— Était-il habillé en gris?

— Je crois qu'il était en gris; beaucoup de messieurs portent du gris. Il a demandé son billet d'un ton brusque et sec, et lorsqu'il l'eut pris, il est sorti et a gagné directement le quai en sifflant.

— C'est George! dit Robert. Je vous remercie, Smithers, je ne veux pas vous déranger plus longtemps. C'est aussi clair que le jour, murmura-t-il en quittant la gare. Il est tombé dans un de ses sombres accès et est retourné à Londres sans dire un mot. Je quitterai moi-même Audley demain matin; et pour ce soir, eh bien je puis aussi bien descendre au château et faire connaissance avec la jeune femme de mon oncle. Ils ne dînent pas avant sept heures. Si je retourne à travers champs, j'arriverai à temps. Bob, Robert Audley, cela ne va pas aller; vous allez tomber raide amoureux de votre tante.

## 11

## La marque sur le poignet de milady

Robert trouva sir Michael et lady Audley dans le salon. Milady était assise sur un tabouret devant le piano à queue, tournant les pages de quelque nouveau morceau de musique. Elle pirouetta sur le siège pivotant, en produisant un frou-frou avec ses volants de soie, lorsqu'on annonça le nom de Mr Robert Audley. Quittant alors le piano, elle fit à son neveu une révérence comiquement cérémonieuse.

— Je vous remercie beaucoup pour les fourrures, dit-elle en offrant ses petits doigts, tout brillants et étincelants des diamants qu'elle portait, je vous remercie pour ces magnifiques zibelines. Que c'est gentil à vous de me les avoir rapportées !

Robert avait presque oublié la commission dont il s'était acquitté pour lady Audley pendant son excursion en Russie. Son esprit était si plein de George Talboys qu'il se contenta de recevoir les remerciements de milady avec une inclinaison de tête.

— Pourriez-vous croire, sir Michael, dit-il, que mon idiot de camarade est reparti pour Londres en me plantant là ?

— Mr George Talboys est retourné à Londres ! s'écria milady en relevant ses sourcils.

— Quelle effroyable catastrophe ! dit malicieusement Alicia, puisque Pythias[1], dans la personne de Mr Robert

---

1. Damon et Pythias, pythagoriciens, célèbres pour leur amitié, vivaient à Syracuse quatre siècles av. J.-C.

Audley, ne peut exister une demi-heure sans Damon, généralement connu sous le nom de George Talboys.

— C'est un homme bien, dit Robert avec énergie, et, pour tout dire, je suis assez inquiet sur son compte.

Inquiet sur son compte! Milady était presque soucieuse de savoir pourquoi Robert était inquiet sur le compte de son ami.

— Je vais vous dire pourquoi, lady Audley, répondit le jeune avocat. George a subi un coup très douloureux, il y a un an, à la mort de sa femme. Il n'a jamais surmonté ce chagrin. Il prend la vie assez tranquillement, presque aussi tranquillement que moi, mais il parle souvent d'une façon vraiment étrange, et parfois je pense qu'un de ces jours cette affliction sera plus forte que lui et qu'il fera quelque chose d'inconsidéré.

Mr Robert Audley parlait vaguement; mais ses trois auditeurs comprenaient que ce quelque chose d'inconsidéré auquel il faisait allusion était un de ces actes sur lesquels il n'y a pas à revenir.

Il y eut un court moment de silence, pendant lequel lady Audley arrangea ses blondes boucles avec le secours de la glace sur la console en face d'elle.

— En vérité, dit-elle, ceci est vraiment extraordinaire. Je ne croyais pas les hommes capables de ces affections profondes et durables; je croyais qu'un joli visage avait autant de prix pour eux qu'un autre joli visage, et que lorsque la première avec des yeux bleus et des cheveux blonds mourait, ils n'avaient qu'à chercher la deuxième, avec des yeux bruns et une chevelure noire, histoire de changer.

— George Talboys n'est pas un de ces hommes. Je suis persuadé que la mort de sa femme lui a brisé le cœur.

— Quel malheur! murmura lady Audley. Cela semble presque cruel de la part de Mrs Talboys d'être morte et de tant affliger son pauvre mari.

« Alicia avait raison, elle est puérile », pensa Robert en examinant la jolie figure de sa tante.

Milady fut vraiment charmante à dîner; elle déclara de la façon la plus séduisante son incapacité à découper le faisan placé devant elle et appela Robert à son secours.

— Je pouvais découper un gigot chez sir Dawson, dit-elle en riant, mais un gigot, c'est si facile, et je me levais pour le faire.

Sir Michael observait l'impression que faisait milady sur son neveu, rempli d'une orgueilleuse satisfaction de sa beauté et de sa puissance de fascination.

— Je suis si enchanté de voir ma pauvre petite femme à nouveau de bonne humeur comme à son habitude, dit-il. Elle a été vraiment abattue, hier, par la déception qu'elle a éprouvée à Londres.

— Une déception!

— Oui, Mr Audley, et très cruelle, répondit milady. J'ai reçu, l'autre matin, une dépêche télégraphique de ma chère vieille amie et maîtresse de pension, m'annonçant qu'elle était mourante et que si je voulais la revoir, je devais me hâter de me rendre immédiatement auprès d'elle. La dépêche télégraphique ne contenait aucune adresse et, naturellement, cette circonstance même me fit penser que je la trouverais dans la maison où je l'avais laissée il y a trois ans. Sir Michael et moi nous rendîmes immédiatement à Londres et courûmes droit à l'ancienne adresse. La maison était occupée par des personnes étrangères qui ne purent nous donner aucune nouvelle de mon amie. C'est dans un endroit retiré et il y a très peu de marchands aux environs. Sir Michael prit des informations dans les quelques boutiques voisines; mais, après s'être donné beaucoup de peine, il ne put rien découvrir qui nous mît sur la voie des renseignements dont nous avions besoin. Je n'ai pas d'amis à Londres et n'avais, par conséquent, pour m'assister, personne d'autre que mon cher et généreux époux, qui fit tout ce qui était en son pouvoir, mais en vain, pour trouver la nouvelle résidence de mon amie.

— C'était vraiment idiot de ne pas envoyer l'adresse dans la dépêche, dit Robert.

— Lorsqu'on est mourant, il n'est pas si aisé de penser à toutes ces choses, murmura lady Audley en regardant d'un air de reproche Mr Audley de ses doux yeux bleus.

Malgré la fascination de lady Audley et malgré l'admiration absolument inqualifiable qu'il avait pour elle, l'avocat ne pouvait triompher d'un vague sentiment d'inquiétude en cette paisible soirée de septembre.

Tandis qu'il était assis dans la profonde embrasure d'une fenêtre à meneaux, bavardant avec milady, son esprit errait au loin sous les ombrages de Fig-Tree Court, et il pensait au pauvre George Talboys fumant solitairement son cigare dans sa chambre en compagnie des oiseaux et des canaris.

« Je voudrais n'avoir jamais eu aucune amitié pour ce garçon, pensait-il. Je me sens comme un homme qui aurait un fils unique dont la vie serait menacée. Je voudrais que le ciel me permît de lui rendre sa femme et de l'expédier, lui, à Ventnor, pour y finir ses jours en paix. »

Le joli gazouillement musical de milady continuait, toujours aussi gai et aussi incessant que le murmure d'un ruisseau, et toujours les pensées de Robert revenaient, malgré lui, à George Talboys.

Il se le représentait courant à Southampton par le train-poste pour voir son fils ; il se le représentait comme il l'avait vu souvent, lisant dans le *Times* les annonces des départs de vaisseaux, et cherchant un bâtiment pour le ramener en Australie. Une fois, il le vit en frissonnant étendu, froid et raide, au fond d'un ruisseau peu profond, avec son visage de mort tourné vers le ciel ténébreux.

Lady Audley remarqua sa distraction et lui demanda à quoi il pensait.

— À George Talboys ! répondit-il brusquement.

Elle eut un petit frisson nerveux.

— Ma parole, dit-elle, vous me mettez presque mal à l'aise avec votre façon de parler de Mr Talboys.

On pourrait croire que quelque chose d'extraordinaire lui est arrivé.

— Dieu nous en préserve! Mais je ne puis m'empêcher d'être inquiet sur son compte.

Plus tard, dans la soirée, sir Michael demanda un peu de musique et milady se mit au piano. Robert Audley s'empressa de la suivre pour tourner les pages de son cahier de musique, mais elle jouait de mémoire et elle lui épargna la peine que lui aurait imposée sa galanterie.

Il transporta une paire de bougies allumées au piano et les disposa convenablement pour la jolie musicienne. Elle frappa quelques accords, puis se lança dans une rêveuse sonate de Beethoven. C'était une des nombreuses contradictions de son caractère, que cet amour de mélodies sombres et mélancoliques, si opposées à sa nature frivole et enjouée.

Robert Audley s'attardait près d'elle, et comme il n'était pas occupé à tourner les pages de la partition, il s'amusa à observer ses blanches mains chargées de bijoux courant légèrement sur les touches, ses manches de dentelles tombant sur ses poignets gracieusement arrondis. Il examina ses jolis doigts l'un après l'autre, celui-ci avec un cœur brillant de rubis, celui-là entouré d'un serpent d'émeraude, et sur tous, une constellation scintillante de diamants. De ses doigts, ses yeux allèrent à ses poignets : un bracelet d'or uni glissa de son poignet droit sur sa main, comme elle exécutait un passage rapide. Elle s'arrêta brusquement pour l'arranger; mais avant qu'elle eût pu le faire, Robert Audley remarqua une meurtrissure sur sa peau délicate.

— Vous avez été blessée au bras, lady Audley? s'écria-t-il.

Elle se hâta de replacer le bracelet.

— Cela n'est rien, dit-elle. J'ai la malchance d'avoir une peau que meurtrit le plus léger contact.

Elle continua de jouer, mais sir Michael traversa le salon pour examiner la meurtrissure sur le poignet de sa jolie femme.

— Qu'est-ce que cela, Lucy, demanda-t-il, comment est-ce arrivé?

— Vous êtes tous ridicules de vous tracasser pour une chose aussi futile! dit lady Audley en riant. Je suis assez distraite et je m'amusais, il y a quelques jours, à m'attacher un morceau de ruban autour du bras, si serré qu'il a laissé un bleu lorsque je l'ai retiré.

«Hum! pensa Robert, milady raconte de pieux mensonges puérils; la meurtrissure est plus récente que quelques jours, la peau commence seulement à changer de couleur.»

Sir Michael prit le mince poignet dans sa forte main.

— Tenez les bougies, Robert, et regardons ce pauvre petit bras.

Ce n'était pas un bleu, mais quatre marques rouges et distinctes, semblables à celles qu'auraient pu laisser quatre doigts d'une puissante main qui aurait saisi le poignet délicat un peu trop rudement. Un ruban étroit, lié fortement, pouvait avoir produit quelques marques pareilles, il est vrai, et milady protesta une fois de plus qu'autant qu'elle pouvait s'en souvenir, ce devait être ainsi que la chose s'était faite.

En travers d'une des faibles marques rouges il y avait une teinte plus foncée, comme si un anneau porté par l'un de ces doigts vigoureux et cruels s'était incrusté dans cette tendre chair.

«Je suis sûr que milady nous raconte là de pieux mensonges, pensa à nouveau Robert, car je ne puis croire à l'histoire du ruban.»

Il souhaita le bonsoir et une bonne nuit à ses parents vers dix heures et demie, ajoutant qu'il courrait à Londres par le premier train pour chercher George dans Fig-Tree Court.

— Si je ne le trouve pas là, j'irai à Southampton, dit-il, et si je ne le trouve pas à Southampton...

— Eh bien, alors? demanda milady.

— Je croirai que quelque chose d'extraordinaire lui est arrivé.

Robert Audley se sentit découragé en regagnant lentement son logis à travers des prairies couvertes de ténèbres ; plus découragé encore lorsqu'il rentra dans le salon de l'auberge du Soleil, où lui et George avaient flâné ensemble, regardant par la fenêtre et fumant leurs cigares.

— Penser, dit-il en méditant, qu'il est possible de s'attacher autant à un camarade ! Mais, arrive que pourra, je vais en ville à sa recherche dès demain matin et avant d'être rebuté, j'irai jusqu'au bout du monde pour le trouver.

Avec la nature lymphatique de Mr Robert Audley, une résolution était beaucoup plus l'exception que la règle, de sorte que, pour une fois dans sa vie se déterminant à une mesure active, une certaine obstination, opiniâtre et dure comme le fer, le poussait à l'accomplissement de son projet.

Le penchant paresseux de son esprit, qui l'empêchait de penser à une demi-douzaine de choses à la fois et le disposait à réfléchir à une seule à fond, comme le font les gens les plus énergiques, le rendait remarquablement lucide sur chaque point auquel il avait prêté une sérieuse attention.

En vérité, quoique les graves hommes de loi se moquassent de lui et que les avocats en herbe soulevassent leurs épaules sous leurs robes de soie bruissante lorsqu'on parlait de Robert Audley, je suis bien sûr que, s'il eût voulu prendre la peine de conduire un procès, il eût bien plutôt surpris les notables qui sous-estimaient ses talents.

# 12

# Toujours introuvable

Le soleil de septembre étincelait sur la fontaine des jardins du Temple, lorsque Robert Audley revint à Fig-Tree Court de bonne heure le matin suivant.

Il trouva les canaris chantant dans la jolie petite chambre où George avait dormi ; mais l'appartement était dans l'état où la blanchisseuse l'avait laissé après le départ des deux jeunes gens. Pas une chaise déplacée, pas même le couvercle d'une boîte à cigares soulevé, pour témoigner de la présence de George Talboys. Avec un dernier et vague espoir, il chercha sur les manteaux de cheminée et les tables de son appartement, espérant y trouver quelque lettre laissée par George.

« Il peut avoir couché ici la nuit dernière et être parti pour Southampton de bonne heure ce matin, pensait-il. Mrs Maloney est venue ici très probablement pour faire quelque arrangement après son départ. »

Mais comme il était assis, regardant nonchalamment autour de sa chambre, sifflant de temps en temps pour ses canaris ravis, un bruit traînant de savates sur l'escalier au-dehors annonça l'arrivée de cette même Mrs Maloney qui servait les deux jeunes gens.

Non, Mr Talboys n'était pas venu à la maison : elle était entrée de bonne heure, à six heures ce matin, et avait trouvé les chambres vides.

— Serait-il arrivé quelque chose à ce pauvre cher monsieur ? demanda-t-elle, voyant la figure pâle de Robert Audley.

À cette question, il se tourna vers elle avec un air féroce.

Arrivé! Que lui serait-il arrivé? Ils s'étaient quittés à deux heures seulement la veille.

Mrs Maloney lui aurait bien raconté l'histoire d'un pauvre jeune conducteur de machines qui avait logé une fois chez elle et était sorti, après avoir dîné de bon cœur, dans les meilleures dispositions, pour trouver la mort dans un accident entre un train express et un train de bagages; mais Robert reprit son chapeau et sortit de la maison avant que la brave femme irlandaise eût pu entamer sa lamentable histoire.

La nuit commençait lorsqu'il atteignit Southampton. Il connaissait le chemin pour se rendre aux pauvres petites maisons en terrasse, dans une rue bondée qui conduisait au bord de l'eau, et dans laquelle habitait le beau-père de George. Le petit Georgey jouait à la fenêtre ouverte du parloir lorsque le jeune homme descendit la rue.

Cette circonstance, peut-être, et le triste et silencieux aspect de la maison remplirent l'esprit de Robert Audley d'une vague conviction que l'individu qu'il venait chercher n'y était pas. Le vieillard ouvrit lui-même la porte, et l'enfant sortit du parloir pour regarder l'étranger.

C'était un bel enfant, avec les yeux bruns de son père, des cheveux noirs bouclés, et une expression dissimulée qui n'était pas celle de son père et qui envahissait toute sa figure, de manière que, chacun des traits de l'enfant étant conforme à ceux de George, en fait le jeune garçon ne lui ressemblait pas.

Le vieillard était enchanté de voir Robert Audley; il se souvenait d'avoir eu le plaisir de le rencontrer à Ventnor, dans la triste circonstance de... Il essuya ses vieux yeux larmoyants en forme de conclusion pour sa phrase. Mr Audley voulait-il entrer? Robert avança dans le petit parloir. L'ameublement était en mauvais état et sale, et l'endroit empestait le vieux tabac et le grog. Les jouets brisés de l'enfant, les débris des pipes en terre du vieillard et des journaux déchirés et tachés de grog étaient épars sur le tapis malpropre. Le petit Georgey se glissa vers le visiteur en jetant sur lui des regards furtifs de ses grands yeux bruns. Robert prit l'enfant sur ses genoux et lui donna sa chaîne de montre pour jouer pendant qu'il causait avec le vieillard.

— Il est presque inutile de vous demander ce que je venais savoir de vous, dit-il; j'avais l'espoir de trouver votre gendre ici.

— Quoi! Vous saviez qu'il était venu à Southampton?

— Si je savais qu'il venait! s'écria Robert en s'animant. Il est ici, alors?

— Non, il n'est pas ici, mais il y a été.

— Quand?

— La nuit dernière, il est arrivé par le train-poste.

— Et il est reparti immédiatement?

— Il est resté un peu plus d'une heure.

— Bonté du ciel! dit Robert, quelle inquiétude inutile m'a donnée ce garçon! Que peut signifier tout ceci?

— Vous ne saviez rien de ses intentions?

— De quelles intentions?

— Je veux parler de sa détermination d'aller en Australie.

— Je savais qu'il avait toujours eu cela en tête plus ou moins, mais pas plus aujourd'hui précisément que d'habitude.

— Il embarque ce soir à Liverpool. Il est venu ici ce matin, à une heure, pour voir son enfant, m'a-t-il dit, avant de quitter l'Angleterre et peut-être n'y revenir jamais. Il m'a dit qu'il était las du monde et que la vie rude de là-bas était la seule chose qui pût lui convenir. Il est resté une heure, a embrassé l'enfant sans le réveiller, et a quitté Southampton par le train-poste de deux heures un quart.

— Que peut signifier tout ceci? dit Robert. Quel motif a pu lui faire quitter l'Angleterre de cette manière, sans un mot pour moi, son ami le plus intime, sans même changer de vêtements? Car il a laissé tous ses effets dans mon appartement. C'est une conduite vraiment extraordinaire!

Le vieillard paraissait très sérieux.

— Savez-vous, Mr Audley, dit-il en frappant son front d'une manière significative, que je m'imagine quelquefois que la mort de Helen a produit un étrange effet sur le pauvre George ?

— Bah ! s'écria Robert avec mépris ; il a ressenti le coup très cruellement, mais son cerveau est aussi sain que le vôtre ou le mien.

— Peut-être vous écrira-t-il de Liverpool, dit le beau-père de George.

Il paraissait anxieux d'apaiser l'indignation que Robert pouvait éprouver quant à la conduite de son ami.

— Il le doit, dit Robert gravement, car nous avons été bons amis depuis le temps où nous étions ensemble à Eton. Ce n'est pas bien de la part de George de me traiter ainsi.

Mais au moment où il articulait ce reproche, une étrange pointe de remords transperça son cœur.

— Cela ne lui ressemble pas, dit-il, ce n'est pas la façon d'agir de George Talboys.

Le petit Georgey saisit les derniers mots.

— C'est mon nom, dit-il, et le nom de mon papa… le nom du grand monsieur.

— Oui, petit Georgey, et ton papa est venu la nuit dernière, et il t'a embrassé pendant ton sommeil. T'en souviens-tu ?

— Non, dit l'enfant en secouant sa petite tête bouclée.

— Tu devais être très profondément endormi, petit Georgey, pour ne pas avoir aperçu ton pauvre papa.

L'enfant ne répondit pas, mais fixant ses yeux sur le visage de Robert, il dit brusquement :

— Où est la jolie dame ?

— Quelle jolie dame ?

— La jolie dame qui avait coutume de venir, il y a longtemps.

— Il veut parler de sa pauvre maman, dit le vieillard.

— Non! s'écria résolument l'enfant, non pas maman. Maman était toujours à crier ; je n'aimais pas maman.

— Chut, petit Georgey !

— Mais je ne l'aimais pas et elle ne m'aimait pas. Elle était toujours à crier. Je veux parler de la jolie dame qui est si bien habillée et qui m'a donné ma montre en or.

— Il veut parler de la femme de mon vieux capitaine, une excellente créature qui a pris Georgey en grande affection et lui a donné quelques magnifiques présents.

— Où est ma montre en or ? Laissez-moi montrer au monsieur ma montre en or, s'écria Georgey.

— Elle est à nettoyer, Georgey, répondit son grand-père.

— Elle est toujours donnée à nettoyer, dit l'enfant.

— La montre est parfaitement en sûreté, je vous l'affirme, Mr Audley, murmura le vieil homme, en s'excusant.

Et, prenant une reconnaissance du mont-de-piété, il la présenta à Robert.

Elle était faite au nom du capitaine Mortimer : « Une montre sertie de diamants, onze livres. »

— Je suis souvent gêné pour quelques shillings, Mr Audley, dit le vieillard. Mon gendre a été vraiment généreux à mon égard ; mais il y en a d'autres, il y en a d'autres, Mr Audley, et… et… et je n'ai pas été aussi bien traité.

Il essuya quelques pleurs sincères en disant ces mots d'une voix pitoyable et larmoyante.

— Allons, Georgey, il est temps que le brave petit homme aille au lit. Viens avec grand-papa. Excusez-moi pour un quart d'heure, Mr Audley.

L'enfant suivit sans se faire prier. À la porte de la chambre, le vieillard se retourna vers son visiteur et dit de la même voix geignarde :

— C'est une pauvre demeure pour passer la fin de mes jours, Mr Audley. J'ai fait de nombreux sacrifices, et j'en fais encore. Mais je n'ai pas été bien traité.

Laissé seul dans le sombre petit salon, Robert Audley croisa les bras et resta préoccupé, les yeux fixés sur le parquet.

George était donc parti. Il allait recevoir quelque lettre d'explication peut-être, à son retour à Londres. Mais le hasard voulait qu'il ne revoie jamais son vieil ami.

— Et penser que je m'étais attaché à ce camarade, dit-il, soulevant ses sourcils jusqu'au milieu du front.

Puis :

— Cela empeste le vieux tabac comme dans une brasserie, murmura-t-il, il ne peut pas y avoir de mal que je fume un cigare ici.

Il en prit un dans le porte-cigares qui était dans sa poche. Il y avait une étincelle de feu dans la petite grille du foyer et il chercha autour de lui quelque chose pour allumer son cigare.

Un morceau de papier tortillé et à demi brûlé traînait devant le foyer. Il le ramassa et le déplia, afin de mieux le disposer pour allumer son cigare, en le pliant dans l'autre sens du papier. Ce faisant, et en regardant d'un œil distrait les caractères tracés au crayon sur le petit morceau de papier, une partie de nom attira ses yeux : c'était celle d'un nom qui remplissait sa pensée. Il approcha le bout de papier de la fenêtre et l'examina à la lumière déclinante.

C'était un fragment de dépêche télégraphique. La portion supérieure avait été brûlée, mais restait la plus importante, la plus grande partie du message lui-même :

— ... alboys est venu à... la nuit dernière, il est parti par le train-poste pour Londres, se rendant à Liverpool, d'où il doit mettre à la voile pour Sydney.

La date, le nom et l'adresse de l'expédition du message avaient été brûlés avec le haut du papier. Le visage de Robert Audley se couvrit d'une pâleur de mort. Il plia soigneusement le morceau de papier et le mit entre les feuilles de son carnet.

— Mon Dieu ! dit-il, que signifie tout ceci ? J'irai à Liverpool ce soir, pour me renseigner.

# 13

## Sombres rêves

Robert Audley quitta Southampton par le train-poste et entra dans son appartement juste comme l'aube se glissait froide et grise dans les chambres solitaires, et que les canaris commençaient à secouer faiblement leurs plumes avec le jour naissant.

Il y avait plusieurs lettres dans la boîte derrière la porte, mais aucune de George Talboys.

Le jeune avocat était harassé par une longue journée passée à courir d'un endroit à l'autre. Sa vie monotone et paresseuse avait été rompue comme jamais pendant vingt-huit années tranquilles qui s'étaient déroulées sans embarras. Son esprit commençait à devenir confus. Il lui semblait que des mois s'étaient écoulés depuis qu'il avait perdu de vue George Talboys. Il était si difficile de croire qu'il y avait moins de vingt-quatre heures que le jeune homme l'avait laissé endormi sous les saules, sur le bord du ruisseau aux truites !

Ses yeux étaient horriblement fatigués faute de sommeil. Il fouilla l'appartement pendant quelque temps, furetant dans toutes sortes d'endroits impossibles pour trouver une lettre de George Talboys, puis se jeta sur le lit de son ami, dans la chambre aux canaris et aux géraniums.

— J'attendrai la poste de demain matin, dit-il, et si elle ne m'apporte pas de lettre de George, je partirai pour Liverpool sans attendre.

Il était complètement épuisé et tomba dans un lourd sommeil, profond sans être réparateur, car il fut tourmenté tout le temps par des rêves désagréables et pénibles, non parce qu'ils avaient quelque chose d'horrible en eux-mêmes, mais à cause du sentiment vague et accablant de leur confusion et de leur absurdité.

À un moment, il poursuivait des gens bizarres et pénétrait dans des maisons bizarres, s'efforçant de démêler le mystère de la dépêche télégraphique. À un autre, il se trouvait dans le cimetière de Ventnor, examinant la pierre que George avait commandée pour la tombe de sa femme. Une fois, dans les longues divagations de ces rêves mystérieux, il approcha de la tombe et trouva la pierre absente. Il en faisait des remontrances au maçon et l'homme lui disait qu'il avait eu un motif pour enlever l'inscription, motif que Robert connaîtrait un jour.

Dans un autre rêve, la tombe de Helen Talboys était ouverte et pendant qu'il attendait, les cheveux dressés sur la tête de terreur, que la femme morte se lève devant lui, son linceul raidi accroché à ses membres rigides, l'épouse de son oncle sortit du tombeau d'un pas léger et enjoué, vêtue de la robe de velours cramoisi dans laquelle elle avait été peinte, ses boucles éclatantes comme de l'or rouge dans la lumière surnaturelle qui brillait autour d'elle.

Dans tous ces rêves, les endroits qu'il avait vus en dernier et les personnes avec lesquelles il avait eu affaire en dernier étaient vaguement entremêlées : son oncle parfois, ou Alicia, milady le plus souvent, le ruisseau dans l'Essex, l'allée de tilleuls du château... Une fois, il marchait dans les ombres sombres de la longue avenue, lady Audley pendue à son bras, quand soudain ils entendirent un grand coup à distance ; la femme de son oncle noua ses bras sveltes autour de lui, en s'écriant que c'était le jour du Jugement et que tous les secrets affreux allaient être révélés. Lui jetant un regard tandis qu'elle criait dans son oreille, il vit que son visage était devenu blanc comme celui d'un spectre et que ses belles boucles dorées s'étaient changées en serpents qui rampaient lentement sur son cou.

Il se réveilla en sursaut, pour découvrir que quelqu'un frappait vraiment à la porte extérieure de l'appartement.

C'était une matinée triste et humide, la pluie battait contre les fenêtres et les canaris gazouillaient tristement entre eux, se plaignant peut-être du mauvais temps. Robert n'aurait pu dire depuis combien de temps la personne frappait. Il avait entendu le bruit en rêvant et lorsqu'il s'éveilla, il avait seulement à moitié conscience des choses extérieures.

— C'est cette stupide Mrs Maloney, je parie, murmura-t-il. Elle peut frapper encore, je m'en soucie fort peu. Pourquoi ne se sert-elle pas de sa clé, au lieu de tirer de son lit un homme à demi mort de fatigue?

La personne, quelle qu'elle fût, frappa de nouveau et puis cessa, apparemment fatiguée; mais environ une minute après, une clé tourna dans la serrure.

— Elle avait donc sa clé sur elle tout le temps, dit Robert. Je suis vraiment enchanté de ne pas m'être levé.

La porte entre le salon et la chambre à coucher était à demi ouverte et il pouvait voir s'affairer la blanchisseuse, époussetant les meubles et remettant en ordre des objets qui n'avaient pas été dérangés.

— Est-ce vous, Mrs Maloney? demanda-t-il.

— Oui, monsieur.

— Alors pourquoi, Dieu du ciel, faisiez-vous ce tapage à la porte alors que vous aviez votre clé?

— Du tapage à la porte, monsieur?

— Oui, un tapage infernal.

— Pour sûr, je n'ai jamais frappé, Mr Audley, je suis entrée directement avec la clé...

— Qui a frappé alors? Quelqu'un a fait du bruit à cette porte pendant un quart d'heure au moins; vous devez l'avoir rencontré descendant l'escalier.

— Mais je suis plutôt en retard ce matin, monsieur, car j'ai été d'abord dans la chambre de Mr Martin et je suis venue directement de l'étage au-dessus.

— Alors vous n'avez pas vu quelqu'un à la porte ou dans l'escalier?

— Pas âme qui vive, monsieur.

— Fut-il jamais quelque chose d'aussi contrariant? dit Robert. Penser que j'aurai laissé cette personne s'en retourner sans m'inquiéter de savoir qui elle était ou ce qu'elle voulait. Comment faire pour savoir si ce n'était pas quelqu'un porteur d'un message ou d'une lettre de George Talboys?

— Si cela est, monsieur, assurément on reviendra, dit Mrs Maloney, d'un ton apaisant.

— Oui, sans doute, si c'est quelque chose d'important, on reviendra, murmura Robert.

Le fait est que, du moment où il avait trouvé la dépêche télégraphique à Southampton, tout espoir d'entendre parler de George avait quitté son esprit. Il sentait qu'un mystère enveloppait la disparition de son ami, une trahison envers lui-même ou envers George. Pourquoi le vieux beau-père rapace du jeune homme n'aurait-il pas essayé de les séparer en raison du dépôt d'argent placé entre les mains de Robert Audley? Ou pourquoi, puisque même en ces époques civilisées toutes sortes d'horreurs insoupçonnées sont constamment commises, pourquoi le vieillard n'aurait-il pas fait tomber George dans un piège à Southampton, et n'en aurait-il pas fini avec lui, afin d'entrer en possession des vingt mille livres laissées en dépôt à Robert pour l'usage du petit Georgey?

Mais aucune de ces suppositions n'expliquait la dépêche télégraphique, et c'était la dépêche qui avait rempli l'esprit de Robert d'un vague sentiment d'alarme. Le facteur n'apporta pas de lettre de George Talboys, et la personne qui avait frappé à la porte de la chambre ne revint pas entre sept et neuf heures, aussi Robert Audley quitta-t-il Fig-Tree Court, encore une fois à la recherche de son ami. Pour lors, il dit à un cocher de le conduire à la gare d'Euston et au bout de vingt minutes, il était sur le quai du chemin de fer, s'informant des trains.

L'express pour Liverpool était parti une demi-heure avant qu'il atteignît la station et il lui fallait attendre une heure un quart qu'un omnibus l'emmène à sa destination.

Robert Audley s'irrita férocement contre ce retard. Une demi-douzaine de bâtiments pouvaient avoir pris la mer pour l'Australie pendant qu'il errait çà et là le long du quai, heurtant les chariots et les porteurs et pestant contre sa malchance.

Il acheta le *Times* et regarda instinctivement dans la deuxième colonne, avec un intérêt morbide, les annonces sur les gens disparus, fils, frères et maris qui avaient abandonné leurs demeures pour n'y retourner jamais, ou dont on ne devait plus entendre parler.

Une annonce concernait un jeune homme qui avait été trouvé noyé quelque part sur le rivage de la Tamise à Lambeth.

Pourquoi George n'aurait-il pas subi le même sort? Non, la dépêche télégraphique impliquait son beau-père dans le fait de sa disparition, et toute conjecture sur lui devait partir de ce point unique.

Il était huit heures du soir lorsque Robert arriva à Liverpool, trop tard pour faire autre chose que s'enquérir des bâtiments qui avaient fait voile pour les antipodes durant les deux derniers jours.

Un vaisseau d'émigrants était parti à quatre heures cette après-midi, le *Victoria Regia*, en direction de Melbourne.

Le résultat de son enquête se réduisit à ceci. S'il voulait savoir qui s'était embarqué sur le *Victoria Regia*, il devait attendre jusqu'au lendemain matin et se renseigner sur ce vaisseau.

Robert Audley était au bureau le lendemain matin à neuf heures et fut la première personne qui y entra après les employés.

Il fut accueilli avec civilité par l'employé à qui il s'adressa. Le jeune homme consulta ses livres et, suivant avec sa plume la liste des passagers qui étaient montés sur le *Victoria Regia*, dit à Robert qu'il n'y en avait aucun du nom de George Talboys. Il poussa plus loin ses demandes d'information. Se trouvait-il un passager qui eût fait inscrire son nom quelques instants avant le départ du bâtiment?

L'un des employés leva la tête de son pupitre à la question posée par Robert.

— Oui, dit-il. Il se rappelait un jeune homme qui était entré dans le bureau à trois heures et demie de l'après-midi et qui avait payé sa traversée. Son nom était le dernier sur la liste : Thomas Brown.

Robert Audley haussa les épaules. Il ne pouvait pas y avoir de raison plausible pour que George prît un nom d'emprunt. Il demanda à l'employé qui avait parlé le dernier s'il se souvenait de l'apparence de ce Mr Thomas Brown.

— Non, le bureau était encombré à ce moment; le monde entrait et sortait, et je n'ai pas spécialement fait attention à ce dernier passager.

Robert les remercia pour leur obligeance et leur souhaita le bonjour. Comme il allait quitter le bureau, un des jeunes gens le rappela.

— Ah! à propos, monsieur, dit-il, je me rappelle une circonstance sur ce Mr Thomas Brown. Son bras était en écharpe.

Robert Audley n'avait plus rien à faire que retourner à Londres. Il rentra chez lui à six heures le même soir, complètement harassé une fois encore par ses recherches inutiles.

Mrs Maloney lui apporta son dîner et une pinte de vin d'une taverne du Strand. La soirée était froide et humide, et la blanchisseuse avait allumé un bon feu dans le foyer du salon.

Après avoir mangé à peu près la moitié d'une côtelette de mouton, Robert resta assis, son vin intact sur la table devant lui, fumant des cigares et les yeux fixés sur le feu.

— George Talboys n'est pas parti pour l'Australie, dit-il après une longue et pénible réflexion. S'il est vivant, il est encore en Angleterre, et s'il est mort, son corps est caché dans quelque coin de l'Angleterre.

Il resta pendant des heures à fumer et à réfléchir. De confuses et lugubres pensées laissaient sur son visage morose une ombre noire que ne purent dissiper ni la brillante lumière de la lampe à gaz, ni la flamme rouge du feu.

Très tard dans la soirée, il se leva, poussa la table, avança son bureau près du foyer, sortit une feuille de papier et trempa une plume dans l'encre.

Mais après avoir fait tout ceci, il s'arrêta, posa son front sur ses mains et se replongea dans ses réflexions : « Je rédigerai un rapport de tout ce qui est arrivé depuis notre voyage dans l'Essex et ce soir, en commençant par le tout début. »

Il rédigea ce rapport en courtes phrases détachées, qu'il numérotait en les écrivant. Il était ainsi conçu : « Journal des faits se rattachant à la disparition de George Talboys, y compris les faits qui n'ont pas de relations apparentes avec cette circonstance. »

Malgré son état d'esprit troublé, il était plutôt disposé à s'enorgueillir de la tournure officielle de cet en-tête. Il resta quelque temps à le considérer avec tendresse, l'extrémité de sa plume dans sa bouche.

— Ma parole, dit-il, je commence à croire que j'aurais dû poursuivre ma profession au lieu de gaspiller ma vie comme je l'ai fait.

Il fuma la moitié d'un cigare avant d'avoir mis ses idées en ordre convenable, et il commença alors à écrire :

*1. J'écris à Alicia et je lui propose d'amener avec moi George au château.*

2. *Alicia écrit l'opposition faite à cette visite par lady Audley.*

3. *Nous allons dans l'Essex en dépit de cette opposition. Je vois milady. Milady refuse d'être présentée à George ce même soir sous prétexte de fatigue.*

4. *Sir Michael nous invite George et moi à dîner le lendemain.*

5. *Milady reçoit une dépêche télégraphique le lendemain matin, qui l'appelle à Londres.*

6. *Alicia me montre une lettre de milady, dans laquelle elle la prie de lui faire savoir quand moi et mon ami Mr Talboys avons l'intention de quitter l'Essex. À cette lettre est joint un post-scriptum réitérant la prière ci-dessus.*

7. *Nous allons au château et demandons à voir la maison. Les appartements de milady sont fermés à clé.*

8. *Nous pénétrons dans les appartements susdits par un passage secret, dont l'existence est ignorée de milady. Dans l'une des pièces nous trouvons son portrait.*

9. *George est effrayé par l'orage. Sa conduite est excessivement étrange pendant le reste de la soirée.*

10. *George est redevenu lui-même le lendemain matin. Je propose de quitter Audley immédiatement, il préfère rester jusqu'au soir.*

11. *Nous allons à la pêche. George me laisse pour se rendre au château.*

12. *Le dernier renseignement certain que je puis obtenir sur lui dans l'Essex, c'est au château, où le domestique me déclare qu'il croit que Mr Talboys lui a dit qu'il allait chercher milady dans la campagne.*

13. *Je reçois sur lui, à la gare, des renseignements qui peuvent être ou non exacts.*

14. *J'apprends des nouvelles fermes encore une fois, à Southampton, où, suivant son beau-père, il est resté pendant une heure la nuit précédente.*

15. *La dépêche télégraphique.*

Lorsque Robert eut complété ce court rapport, qu'il rédigea avec mûre délibération, en s'arrêtant fréquemment pour réfléchir, changer et raturer, il resta longtemps à contempler la page écrite.

Enfin il la parcourut avec attention, s'arrêtant à quelques-uns des paragraphes numérotés, et en marquant plusieurs d'une croix au crayon ; puis il plia la feuille de papier, se dirigea vers un petit placard du côté opposé de la pièce, l'ouvrit et plaça le papier dans ce même casier dans lequel il avait jeté la lettre d'Alicia, le casier étiqueté « IMPORTANT ».

Ayant accompli tout cela, il retourna à son fauteuil à côté du feu, poussa son bureau et alluma un cigare.

— C'est d'une obscurité complète du début à la fin, dit-il, et le fil du mystère doit commencer à Southampton ou dans l'Essex. Quoi qu'il en soit, ma résolution est prise. J'irai d'abord à Audley, et je chercherai George dans un rayon resserré.

# 14

## Le soupirant de Phoebe

« Mr George Talboys. Toute personne qui aurait rencontré ce gentleman depuis le 7 du mois, ou qui posséderait quelque renseignement postérieur à cette date le concernant, sera récompensée généreusement en les communiquant à A. Z. 14, Chancery Lane. »

Sir Michael Audley lut l'annonce ci-dessus dans la colonne deux du *Times*, alors qu'il déjeunait avec milady et Alicia, deux ou trois jours après le retour de Robert à Londres.

— On n'a donc pas encore eu de nouvelles de l'ami de Robert, dit le baronnet après avoir lu l'avis à sa femme et à sa fille.

— À ce propos, répliqua milady, je ne puis m'empêcher de me demander qui peut être assez stupide pour faire une annonce pour lui. Ce jeune homme était à l'évidence d'un caractère remuant et vagabond, une sorte de Bampfylde Moore Carew[1] contemporain qu'aucune puissance ne pourrait retenir dans un endroit.

Quoique l'avis parût à trois reprises successives, le monde du château attacha très peu d'importance à la disparition de Mr Talboys et, passé cette occasion, son

---

1. Bampfylde Moore Carew (1693-1759) imposteur, vagabond et hors-la-loi, s'était proclamé roi des mendiants. Ses mémoires, *The Life and Adventures of Bampfylde Moore Carew*, parurent en 1745.

nom ne fut plus jamais mentionné ni par sir Michael, ni par milady ou Alicia.

Alicia Audley et sa jolie belle-mère n'étaient en aucune façon meilleures amies après la paisible soirée où le jeune avocat avait dîné au château.

— C'est une petite coquette frivole, vaine et sans cœur, dit Alicia en s'adressant à son terre-neuve César, le seul confident de la jeune fille. C'est une séductrice habile et consommée, César, et non contente d'user de ses boucles blondes et de ses stupides gloussements avec la moitié des hommes de l'Essex, il faut qu'elle s'efforce de captiver l'attention de mon stupide cousin. Je n'ai pas la plus élémentaire patience avec elle.

Pour preuve de cette dernière assertion, miss Alicia Audley traita sa belle-mère avec une impertinence si notoire que sir Michael dut en adresser des remontrances à sa fille unique.

— La pauvre petite femme est si sensible, vous savez, Alicia, dit gravement le baronnet, et elle ressent si vivement votre conduite.

— Je n'en crois pas un mot, papa, répondit Alicia avec fermeté. Vous croyez qu'elle est sensible parce qu'elle a de petites mains blanches et douces, de grands yeux bleus avec de longs cils, et toutes sortes de manières affectées et fantasques que vous autres hommes stupides trouvez fascinantes. Sensible! Eh bien, je l'ai vu faire des choses cruelles de ces doigts blancs et minces, et rire de la douleur qu'elle causait. Je suis vraiment désolée, papa, ajouta-t-elle, un peu adoucie par le regard de détresse de son père, bien qu'elle soit venue s'interposer entre nous, et dérober à la pauvre Alicia l'affection de votre cœur cher et généreux, j'aimerais pouvoir l'aimer pour votre bien; mais je ne peux pas, je ne peux pas et César pas davantage. Elle s'est approchée de lui une fois, ses lèvres rouges entrouvertes laissant voir l'éclat de ses dents blanches, et a caressé sa grosse tête avec sa douce main. Mais si je ne l'avais retenu par son collier, il lui aurait sauté à la gorge et l'aurait saignée. Elle peut ensorceler tous les hommes de l'Essex, mais elle ne sera jamais amie avec mon chien.

— Votre chien sera abattu, répondit sir Michael en colère, si son mauvais caractère met jamais Lucy en danger!

Le terre-neuve roula lentement ses yeux dans la direction de celui qui parlait, comme s'il avait compris chaque mot. Lady Audley entra dans la pièce au même moment et l'animal se blottit près de sa maîtresse avec un grognement sourd. Il y avait dans l'allure du chien quelque chose indiquant la terreur plutôt que la colère, aussi incroyable qu'on pût supposer que César soit effrayé par une créature aussi frêle que Lucy Audley.

Avec sa nature aimable, milady ne pouvait vivre longtemps au château sans découvrir l'antipathie d'Alicia à son égard. Elle n'y fit jamais allusion sauf un jour, lorsque, soulevant ses gracieuses et blanches épaules, elle dit dans un soupir :

— Il m'est vraiment pénible que vous ne puissiez m'aimer, Alicia, car je n'ai pas l'habitude de me faire des ennemis ; mais, puisqu'il semble en être ainsi, je ne puis l'empêcher. Si nous ne pouvons être amies, soyons neutres au moins. Vous n'avez pas l'intention de me faire du tort?

— Vous faire du tort! s'écria Alicia, comment le pourrais-je?

— Vous n'allez pas essayer de m'enlever l'affection de votre père?

— Je ne suis sans doute pas aussi aimable que vous, milady, et je n'ai pas les mêmes doux sourires et les mêmes jolis mots pour tous les étrangers que je rencontre ; mais je ne suis pas capable d'une bassesse méprisable, et quand bien même je le serais, je vous crois si assurée de l'amour de mon père, que rien d'autre que vos propres actes ne pourra jamais vous en dépouiller.

— Quelle sévère personne vous êtes, Alicia, dit milady avec une petite moue. Je suppose que vous voulez insinuer par tout cela que je suis pleine de fourberie. Eh bien, je ne puis m'empêcher de sourire aux gens et de leur parler gentiment. Je sais que je ne suis pas meilleure que le reste du monde, mais je n'y peux rien si je suis plus agréable, c'est dans ma nature.

Alicia ayant ainsi complètement fermé la porte à toute intimité entre lady Audley et elle, et sir Michael étant principalement occupé d'affaires agricoles et de sport qui le retenaient hors de chez lui, il était sans doute assez naturel que milady, d'un caractère éminemment sociable, trouvât une grande ressource dans la société de sa femme de chambre aux cils blancs.

Phoebe Marks était exactement la sorte de jeune fille que l'on fait passer du rang de femme de chambre à celui de compagne. Elle avait suffisamment d'éducation pour comprendre sa maîtresse, quand Lucy voulait bien se livrer à un excès de causerie, une sorte de tarentelle intellectuelle, dans laquelle sa langue s'enivrait du bruit de son propre babil, comme le danseur espagnol du bruit de ses castagnettes. Phoebe connaissait assez de français pour pouvoir se plonger dans les romans à couverture jaune que milady faisait venir de Burlington Arcade, et pour converser avec sa maîtresse sur les points obscurs de ces romans. La ressemblance de la femme de chambre avec lady Audley était peut-être un lien de sympathie entre les deux femmes. Ce n'était pas, à proprement parler, une ressemblance frappante ; un étranger aurait pu les voir ensemble et ne pas en faire la remarque. Mais sous certains éclairages faibles et assombris, regardant Phoebe Marks se glisser lentement à travers les noirs corridors lambrissés de chêne du château, ou sous les avenues couvertes du jardin, vous eussiez pu la prendre pour milady.

Les vents vifs d'octobre balayaient les feuilles des tilleuls dans la longue avenue et les amoncelaient en tas flétris avec un bruit sinistre qui résonnait sur le gravier desséché de la promenade. Le vieux puits devait être à moitié comblé par les feuilles qui s'amoncelaient autour et tournoyaient en tourbillons rapides dans son ouverture noire en ruine. Les mêmes feuilles se décomposaient lentement dans le fonds tranquille de l'étang, mêlées aux herbes entrelacées qui coloraient la surface de l'eau. Tous les jardiniers que sir Michael aurait pu employer ne pouvaient empêcher la main destructrice de l'automne de s'imprimer sur les terres autour du château.

— Comme je déteste ce mois désolé, dit milady, en se promenant dans le jardin toute grelottante sous sa cape de zibeline. Tout tombe en ruine et se flétrit, et le soleil froid et vacillant éclaire la laideur de la terre, comme la clarté d'une lampe éclaire les rides d'une vieille femme. Deviendrai-je jamais vieille, Phoebe? Ma chevelure tombera-t-elle un jour comme les feuilles qui tombent de ces arbres, et me laissera-t-elle défaite et dépouillée comme eux? Que deviendrai-je, lorsque je serai vieille?

Cette pensée la fit frissonner plus que la froide bise d'hiver et, s'emmitouflant étroitement dans sa fourrure, elle marcha si vite que sa femme de chambre avait quelque peine à rester près d'elle.

— Te souviens-tu, Phoebe, lui dit-elle bientôt, modérant son pas, te souviens-tu de cette histoire française que nous avons lue, l'histoire de cette belle femme qui avait commis un crime – j'ai oublié lequel – au zénith de sa puissance et de sa beauté, lorsque tout Paris buvait à sa santé chaque nuit, et que le peuple laissait la voiture du roi pour s'attrouper autour de la sienne et apercevoir son visage? Te souviens-tu comment elle garda le secret sur ce qu'elle avait fait pendant près d'un demi-siècle, passant sa vieillesse dans son château de famille, honorée et chérie par toute la province, comme une sainte non canonisée et la bienfaitrice des pauvres; et comment, ses cheveux blanchis et ses yeux devenus presque aveugles avec l'âge, son secret fut révélé par un de ces bizarres accidents par lesquels de tels secrets sont toujours révélés dans les romans, et comment elle fut jugée, reconnue coupable et condamnée à être brûlée vive? Le roi qui avait porté ses couleurs était mort et oublié ; la cour dont elle avait été l'étoile avait disparu ; les puissants fonctionnaires et les grands magistrats, qui auraient pu la secourir, se décomposaient dans leurs tombeaux ; les jeunes et braves cavaliers qui auraient donné leur vie pour elle étaient tombés sur des champs de bataille éloignés ; elle avait vécu pour voir le siècle auquel elle avait appartenu évanoui comme un rêve ; et elle alla au bûcher, suivie seulement de quelques paysans ignorants, qui avaient oublié toutes ses bontés et la huaient comme une méchante sorcière.

— Je n'ai pas de goût pour des histoires si lugubres, milady, dit Phoebe en frissonnant. On n'a pas besoin de lire des livres effrayants dans cette résidence sinistre.

Lady Audley haussa les épaules et rit de la naïveté de sa femme de chambre.

— C'est une résidence sinistre, Phoebe, dit-elle, quoiqu'il ne faille pas dire cela à mon vieil époux chéri. Bien que je sois la femme de l'un des hommes les plus influents du comté, je ne sais si je n'étais presque pas aussi bien dans la maison de Mr Dawson ; et cependant c'est quelque chose que de porter des zibelines qui coûtent soixante guinées et d'avoir fait dépenser mille livres pour la décoration de mon appartement.

Traitée comme une compagne par sa maîtresse, recevant les gages les plus généreux et des gratifications telles que peut-être aucune femme de chambre n'en avait jamais reçu de semblables, il était étrange que Phoebe Marks aspirât à quitter sa position ; mais il n'était pas moins vrai qu'elle tenait à échanger tous les avantages du château d'Audley contre la perspective peu prometteuse qui l'attendait en épousant son cousin Luke.

Le jeune homme était parvenu à s'associer en quelque manière à la fortune croissante de sa belle. Il n'avait accordé aucun repos à Phoebe, jusqu'à ce qu'elle eût obtenu pour lui, avec l'aide de milady, un emploi de valet d'écurie au château.

Il n'accompagnait jamais Alicia ou sir Michael à cheval, mais dans une de ces rares occasions où milady monta le joli petit pur-sang réservé à son usage, il s'arrangea pour l'escorter dans sa promenade. Il en vit assez dans la première demi-heure qu'ils furent dehors pour découvrir que, aussi gracieuse que pouvait être Lucy Audley dans sa longue amazone bleue, elle était une cavalière timide et totalement incapable de gouverner l'animal qu'elle montait.

Lady Audley démontra à sa femme de chambre la folie qu'elle faisait en voulant épouser le grossier valet.

Les deux femmes étaient assises près du feu dans le cabinet de toilette de milady; le ciel gris cachait le soleil d'après-midi d'octobre, et les noires traînées de lierre obscurcissaient les fenêtres à la française.

— Tu ne peux pas être amoureuse de cette lourde et vilaine créature, n'est-ce pas, Phoebe? demanda durement milady.

La jeune fille était assise sur un tabouret aux pieds de sa maîtresse. Elle ne répondit pas immédiatement à la question de milady, mais elle resta quelques instants à regarder vaguement dans l'abîme incandescent du foyer.

Bientôt elle dit, comme si elle avait pensé tout haut plutôt que répondu à la question de Lucy:

— Je ne pense pas que je puisse l'aimer. Nous avons été ensemble tout enfants et j'ai promis, quand j'avais un peu plus de quinze ans, que je serais sa femme. Je n'ose pas manquer à ma promesse, maintenant. Il y a eu des moments où j'avais composé parfaitement la phrase que j'avais l'intention de lui dire, pour lui déclarer que je ne pouvais pas lui garder ma parole, mais les mots mouraient sur mes lèvres et je restais à le regarder avec l'impression que ma gorge s'étouffait et que je ne pouvais pas parler. Je n'ose pas refuser de l'épouser. Je l'ai souvent examiné et je l'examine encore, assis à l'écart, taillant une branche d'épine avec son grand couteau pliant, et je pense que ce sont justement des hommes comme lui qui ont attiré leurs amoureuses dans des endroits écartés et qui les ont tuées pour avoir manqué à leur parole. Quand il était enfant, il était toujours violent et vindicatif. Je l'ai vu une fois ouvrir ce même couteau dans une querelle avec sa mère. Je vous dis, milady, que je dois l'épouser.

— Tu es une sotte, tu ne dois rien faire de ce genre, répondit Lucy. Tu dis qu'il te tuerait, c'est cela ? Penses-tu, s'il y a du meurtrier en lui, que tu puisses jamais être en sûreté étant sa femme ? Si tu le contraries ou le rends jaloux, s'il veut épouser une autre femme ou s'emparer de quelque pauvre et pitoyable bribe d'argent qui t'appartienne, ne pourrait-il pas te tuer alors ? Je te dis que tu ne peux pas l'épouser, Phoebe. En premier lieu, je déteste cet individu et en second lieu, je ne puis consentir à me séparer de toi. Nous lui donnerons quelques livres et le renverrons à sa besogne.

Phoebe Marks saisit les mains de milady dans les siennes et les serra convulsivement.

— Milady, ma bonne et excellente maîtresse, s'écria-t-elle avec impétuosité. N'essayez pas de me contrarier en ceci, ne me demandez pas de le contrarier. Je vous dis que je dois l'épouser. Vous ne savez pas comment qu'il est ; il travaillera à ma ruine et à la ruine des autres si je manque à ma parole. Je dois l'épouser !

— Très bien alors, Phoebe, répondit sa maîtresse. Je ne peux m'y opposer. Il doit y avoir quelque secret au fond de tout ceci.

— Il y en a un, milady, dit la jeune fille, le visage détourné de Lucy.

— Je serai très fâchée de te perdre, mais j'ai promis d'être ton amie en toutes choses. Que veut faire ton cousin pour vivre quand vous serez mariés ?

— Il désirerait tenir une auberge.

— Alors il tiendra une auberge, et qu'il s'y enivre à se donner la mort, le plus tôt sera le mieux. Sir Michael se rend ce soir à un dîner de garçons chez le major Margrave et ma belle-fille est chez ses amis à La Grange. Tu peux amener ton cousin dans le salon après le dîner, je lui dirai ce que j'ai l'intention de faire pour lui.

— Vous êtes très bonne, madame, répondit Phoebe en soupirant.

Lady Audley était assise, éclairée par l'éclat brillant du feu et des bougies dans le somptueux salon. Les coussins de damas jaune d'ambre du sofa contrastaient avec sa robe de velours violet foncé et avec sa chevelure ondoyante qui tombait sur son cou comme un nuage doré. Tout autour d'elle révélait la fortune et la splendeur, tandis qu'en opposition à cela et à sa propre beauté, le lourdaud de valet était debout, grattant sa grosse tête ronde, pendant que milady lui expliquait ce qu'elle voulait faire pour sa servante et confidente. Les promesses de Lucy étaient très généreuses, et elle s'attendait, grossier comme était le personnage, à ce qu'il exprimerait sa reconnaissance de la façon brutale qui lui était propre.

À sa grande surprise, il resta immobile, fixant le plancher sans articuler un mot en réponse à ces offres. Phoebe se tenait serrée à côté de lui et semblait désolée de sa grossièreté.

— Dis à milady combien tu es reconnaissant, Luke, dit-elle.

— Mais je ne suis pas si reconnaissant que cela, répondit son amoureux avec dureté. Cinquante livres, ce n'est pas beaucoup pour ouvrir une auberge ; vous irez à cent livres, madame.

— Je n'en ferai rien, dit lady Audley, dont les brillants yeux bleus étincelaient d'indignation, et je m'étonne de votre impertinence à me demander une pareille chose.

— Oh! Certainement, vous le ferez malgré tout, répondit Luke avec une calme insolence qui cachait quelque chose. Vous irez jusqu'à cent livres, madame.

Lady Audley se leva, regarda résolument l'homme en plein visage jusqu'à ce que ses yeux insolents s'abaissent devant les siens, et, marchant droit à sa femme de chambre, elle lui dit d'une voix haute et perçante, qui lui était particulière dans ses moments de forte agitation :

— Phoebe Marks, vous avez parlé à cet homme.

La fille tomba à genoux aux pieds de milady.

— Oh! pardonnez-moi, pardonnez-moi, s'écria-t-elle, il m'y a forcé, autrement, jamais, jamais je ne lui aurais dit!

## 15

## Sur le qui-vive

Par une sombre matinée de fin novembre, un brouillard jaune était accroché aux prairies monotones. Les bœufs cherchaient leur chemin à travers l'obscurité douteuse et se heurtaient bêtement contre les noirs buissons sans feuilles, ou trébuchaient dans des fossés qu'on ne pouvait distinguer dans l'atmosphère brumeuse. L'église du village paraissait brunâtre et défraîchie à travers le jour incertain. Chaque sentier et chaque porte de chaumière, chaque extrémité de pignon, chaque vieille cheminée grisâtre, chaque enfant du village et chaque chien errant semblaient avoir un aspect étrange et bizarre dans cette demi-obscurité. Phoebe Marks et son cousin Luke traversèrent le cimetière d'Audley et se présentèrent devant un vicaire grelottant de froid, dont le surplis imprégné du brouillard du matin pendait en plis humides, et dont l'humeur ne s'était pas améliorée pour avoir attendu les fiancés pendant cinq minutes.

Luke Marks, dans ses habits du dimanche mal ajustés, ne paraissait nullement plus beau que dans ses vêtements de chaque jour. Mais Phoebe, vêtue d'une robe de taffetas gris perle, qui avait été portée environ une demi-douzaine de fois par sa maîtresse, ressemblait, selon la remarque de quelques spectateurs, « à une vraie dame ».

Une bien triste et sombre dame, à la silhouette vague et dépourvue de couleurs, les yeux, les cheveux, le teint et la toilette qui se confondaient en ombres si pâles et si incertaines, qu'un étranger superstitieux aurait pu prendre la mariée pour le fantôme de quelque autre mariée morte et ensevelie dans la crypte de l'église.

Luke Marks, le héros de la circonstance, ne se préoccupait pas de tout cela. Il s'était assuré la femme de son choix et l'objet de son ambition de toujours – une auberge. Milady avait fourni les soixante-quinze livres nécessaires pour l'acquisition du fonds de commerce, de l'immeuble et du stock de bières et d'alcools d'une modeste auberge dans le centre d'un petit village solitaire perché sur le sommet d'une colline, appelé Mount Stanning. Ce n'était pas une très jolie maison en apparence. Elle avait dans son aspect quelque chose de délabré et d'érodé, située comme elle était sur un terrain élevé, abritée seulement par trois ou quatre peupliers démesurés et nus, qui avaient poussé trop vite aux dépens de leur vigueur et qui avaient un aspect ruiné et abandonné. Le vent en avait usé à sa guise avec l'auberge du Château, faisant parfois sentir cruellement sa puissance.

C'est le vent qui avait battu et courbé les toitures basses couvertes de chaume des dépendances et des étables, jusqu'à ce qu'elles pendent en équilibre comme un chapeau avachi perché sur le front bas de quelque brute de village ; c'est lui qui avait secoué avec fracas les contrevents en bois devant les fenêtres étroites jusqu'à ce qu'ils pendent brisés et délabrés sur leurs gonds rouillés ; c'est lui qui avait renversé le pigeonnier et détruit la girouette imprudemment installée, pour prouver sa puissance ; c'est lui qui avait fait peu de cas du moindre morceau de treillage en bois, des plantes grimpantes, du minuscule balcon, et de n'importe quelle modeste décoration, et avait arraché et dispersé le tout dans sa fureur dédaigneuse ; c'est lui qui avait laissé des traces moussues sur la surface décolorée des murs de plâtre ; c'est lui, en un mot, qui avait fait voler en éclats, abîmé, crevassé et piétiné la masse chancelante des bâtiments, puis s'était évanoui en mugissant dans le désordre et le triomphe de sa vigueur exterminatrice.

Le propriétaire découragé s'était fatigué de sa longue lutte avec ce puissant ennemi, aussi le vent était-il resté libre d'agir selon ses caprices, et l'auberge du Château tombait lentement en décrépitude. Mais, malgré tout ce qu'elle souffrait en dehors, elle n'en était pas moins prospère à l'intérieur. De vigoureux bouviers s'arrêtaient pour boire au petit comptoir, des fermiers aisés passaient leurs soirées à parler politique dans la salle basse et lambrissée, tandis que leurs chevaux mâchaient quelque mélange suspect de foin moisi et de graines passables dans les écuries en ruine. Quelquefois même, les membres de la chasse d'Audley faisaient halte à l'auberge du Château pour se rafraîchir et faire manger leurs chevaux. Une fois, dans une grande occasion restée inoubliable, un dîner avait été commandé par le chef piqueur pour une trentaine de gentlemen, et le propriétaire était devenu presque fou à la nouvelle de cette importante commande.

Aussi Luke Marks, pour qui la beauté n'était en aucune façon une préoccupation, s'estima très heureux de devenir propriétaire de l'auberge du Château à Mount Stanning.

Une carriole attendait dans le brouillard pour emmener les jeunes mariés dans leur nouvelle demeure et quelques villageois, qui avaient connu Phoebe enfant, s'attardaient près de la porte du cimetière pour la saluer. Ses yeux pâles étaient encore plus délavés par les pleurs qu'elle avait versés et par leurs bords rougis. Le mari était agacé par ces démonstrations d'émotion.

— Qu'as-tu à pleurer comme un veau, ma fille? dit-il durement. Si tu ne voulais pas te marier avec moi, il fallait me le dire. Je ne vais pas te tuer, n'est-ce pas?

La femme de chambre frissonna pendant qu'il lui parlait et serra autour d'elle sa cape de soie.

— Tu as froid dans tout ce bel attirail, dit Luke, les yeux fixés sur sa riche toilette avec une expression qui n'avait rien de bienveillant. Pourquoi les femmes ne peuvent-elles s'habiller selon leur condition ? Ce n'est pas avec mon argent que tu achèteras des robes de soie, je puis te l'affirmer.

Il mit la jeune fille tremblante dans la carriole, l'enveloppa d'un grossier surtout et poussa son cheval dans le brouillard jaune, accompagné par les faibles acclamations de deux ou trois gamins rassemblés près de la porte.

Une nouvelle femme de chambre fut envoyée de Londres pour remplacer Phoebe Marks auprès de la personne de milady – une demoiselle très voyante qui portait une robe de satin noir et des rubans roses sur son bonnet et se plaignait amèrement de la monotonie du château d'Audley.

Mais Noël amena des visites au vieux manoir plein de recoins. Un hobereau et sa grosse épouse occupaient la chambre aux tapisseries. De gaies jeunes filles détalaient dans les longs corridors et des jeunes gens regardaient par les fenêtres à petits carreaux, observant le vent du sud et le ciel nuageux. Il n'y avait pas une place vide dans les vieilles et spacieuses écuries. Une forge improvisée avait été établie dans la cour pour ferrer les chevaux de chasse. Les chiens qui jappaient faisaient retentir le lieu de leurs clameurs continuelles. Des domestiques étrangers étaient entassés dans les combles. Chaque petite fenêtre cachée sous quelque pignon du toit, chaque lucarne de la pittoresque vieille toiture brillait dans la nuit d'hiver de sa propre bougie, de telle sorte que le voyageur ignorant, arrivant soudainement au château d'Audley, trompé par les lumières, le bruit et le vacarme du lieu, aurait pu tomber aisément dans l'erreur du jeune Marlowe et prendre le manoir hospitalier pour une bonne auberge de l'ancien temps, comme celles qui ont disparu de la surface de ce pays depuis que la dernière malle-poste et ses canassons ont fait leur dernier voyage, mélancolique, chez l'équarrisseur.

Entre autres invités, Mr Robert Audley se rendit dans l'Essex pour la saison des chasses, avec une demi-douzaine de romans français, une caisse de cigares, et trois livres de tabac turc dans son bagage.

Les jeunes et honnêtes hobereaux qui discutaient tout le déjeuner de pouliches et de poulains, de brillantes et rudes chevauchées de sept heures à travers trois comtés, et d'une promenade de trente *miles* à minuit pour rentrer sur leurs chevaux de selle, qui quittaient brusquement la table bien servie, la bouche pleine de rosbeef froid, pour examiner un paturon, une entorse de la jambe de devant, ou le poulain qui revenait de chez le vétérinaire, tous considéraient Robert Audley, qui faisait durer sa tartine de pain et de confiture, comme une personne complètement indigne de quelque intérêt.

Le jeune avocat avait amené deux chiens avec lui, et le gentilhomme campagnard qui avait payé cinquante livres pour un chien d'arrêt et fait un voyage de quelques cent *miles* pour examiner trois chiens courants avant de conclure l'affaire se moquait tout haut de ces deux bâtards. L'un avait suivi Robert Audley dans Chancery Lane et la moitié de Holborn, tandis que son compagnon avait été enlevé *manu militari* par le jeune avocat à un marchand de quatre-saisons qui le maltraitait. Et comme Robert, en outre, insistait pour avoir ces deux déplorables animaux sous son fauteuil dans le salon, au grand dam de milady qui, comme nous le savons, détestait toute espèce de chiens, les invités du château d'Audley regardaient le neveu du baronnet comme un maniaque inoffensif.

Lors d'autres visites au château, Robert Audley avait fait piètre figure en se joignant aux divertissements de la joyeuse compagnie. Il avait trotté à travers une demi-douzaine de champs labourés sur un paisible poney gris de sir Michael, et, s'arrêtant essoufflé et haletant devant la porte de quelque ferme, il avait exprimé son intention de ne pas suivre davantage la chasse pendant cette matinée. Il avait même été jusqu'à chausser, à grand-peine, une paire de patins, dans le dessein de faire un tour sur la surface gelée de l'étang, et était honteusement tombé à son premier essai, restant placidement étendu sur le dos, jusqu'au moment où les spectateurs crurent convenable de le relever. Il avait occupé le siège arrière d'une charrette pendant une charmante promenade du matin, protestant vigoureusement contre le fait qu'on l'emmène en haut de la colline, et demandant que le véhicule s'arrêtât toutes les dix minutes pour arranger les coussins. Mais cette année il ne montrait pas d'inclination pour aucun de ces divertissements de plein air. Il passait tout son temps à paresser dans le salon, se rendant agréable, avec sa nonchalance naturelle, à milady et à Alicia.

Lady Audley recevait les attentions de son neveu de cette façon pleine de grâce, quasi enfantine, que ses admirateurs trouvaient si charmante ; mais Alicia était indignée du changement opéré dans la conduite de son cousin.

— Vous avez toujours été un pauvre homme sans vigueur, Bob, dit la jeune fille d'un air de mépris, comme elle s'élançait dans le salon, en costume de cheval, après un déjeuner de chasse auquel Robert n'avait pas assisté, préférant une tasse de thé dans le boudoir de milady. Mais cette année, je ne sais ce qui vous est arrivé, vous n'êtes bon qu'à tenir un écheveau de soie ou à lire Tennyson à lady Audley.

— Ma chère pétulante et impétueuse Alicia, ne vous mettez pas en fureur, dit le jeune homme d'un air suppliant. Ne sautez pas à une conclusion comme vous sautez une barrière, et point n'est besoin de lâcher la bride à votre jugement, comme vous le faites à votre jument Atalante quand vous courez à travers champs sur les talons d'un infortuné renard. Lady Audley m'intéresse, et les amis de mon oncle, pas du tout. Est-ce là une réponse suffisante, Alicia ?

Miss Audley remua la tête avec un petit mouvement rempli de dédain.

— C'est une aussi bonne réponse que celle que je pourrai jamais obtenir de vous, Bob, dit-elle avec impatience, mais je vous en prie, amusez-vous à votre fantaisie. Prélassez-vous dans un fauteuil tout le jour, avec ces deux chiens ridicules endormis sur vos genoux. Abîmez les rideaux de milady avec la fumée de vos cigares, et agacez tout le monde dans la maison avec votre air stupide et inanimé.

Mr Robert Audley ouvrit tout grands ses beaux yeux gris à cette tirade et jeta un regard impuissant sur miss Alicia.

La jeune fille se promenait de long en large, fouettant sa jupe avec sa cravache. Ses yeux lançaient des regards irrités et une lueur rougeur flamboyait sous sa peau brune et diaphane. Le jeune avocat reconnut à ces symptômes que sa cousine était en fureur.

— Oui, répéta-t-elle, votre air stupide et inanimé. Savez-vous, Robert Audley, qu'avec tout votre simulacre d'amabilité, vous faites preuve de suffisance et de dédain ? Vous toisez nos distractions, vous levez les sourcils et haussez les épaules, puis vous vous rejetez dans votre fauteuil, sans vous soucier de nous et de nos plaisirs. Vous êtes un égoïste, un sybarite impitoyable…

— Alicia ! Juste ciel ! Moi !

Le journal du matin s'échappa de ses mains et il resta les yeux fixés sans conviction sur son agresseur.

— Oui, égoïste, Robert Audley ! Vous gardez avec vous des chiens à moitié morts de faim, parce que vous aimez les chiens à moitié morts de faim. Vous vous arrêtez et caressez la tête de chaque bâtard bon à rien dans la rue du village, parce que vous aimez les bâtards bons à rien. Vous remarquez les petits enfants et leur donnez un demi-penny, parce que cela vous plaît d'agir ainsi. Mais vous relevez vos sourcils d'un quart de *yard* lorsque le pauvre sir Harry Towers raconte une histoire ridicule et fixez le pauvre individu jusqu'à lui faire perdre contenance avec votre hauteur nonchalante. Pour ce qui est de votre amabilité, vous laisseriez un homme vous frapper et vous lui diriez merci pour le coup, plutôt que de prendre la peine de le lui rendre; mais vous ne vous écarteriez pas de votre route pour rendre service à votre meilleur ami. Sir Harry vous vaut vingt fois, quoiqu'il écrive pour demander si ma « jumant » Atalante est rétablie de son entorse. Il n'a pas d'orthographe, et ne sait pas lever ses sourcils jusqu'à là racine des cheveux, mais il traverserait le feu et l'eau pour la femme qu'il aime, tandis que vous…

Au moment même où Robert était bien préparé à affronter l'emportement de sa cousine, et où miss Alicia semblait sur le point de diriger sa plus forte attaque contre lui, la jeune fille s'interrompit brusquement et fondit en larmes.

Robert bondit de son fauteuil, culbutant ses chiens sur le tapis.

— Alicia, ma chère Alicia, qu'y a-t-il?

— Il y a… il y a… il y a que la plume de mon chapeau est entrée dans mes yeux, dit en sanglotant sa cousine.

Et avant qu'il pût vérifier cette assertion, Alicia s'était précipitée hors de l'appartement.

Robert Audley s'apprêtait à la suivre lorsqu'il entendit sa voix dans la cour au-dessous, au milieu des piétinements des chevaux et du tumulte causé par les invités, les chiens et les valets. Sir Harry Towers, le plus aristocratique jeune sportif du voisinage, venait de prendre son petit pied dans sa main comme elle s'élançait sur sa selle.

— Bonté du ciel! s'écria Robert, observant la joyeuse troupe de cavaliers jusqu'à ce qu'elle eût disparu sous l'arche, que veut dire tout ceci? Comme elle monte à ravir! Quelle jolie tournure, et quel beau visage candide, brun et rose! Mais s'en prendre à quelqu'un comme cela, sans la moindre provocation! Voilà ce qu'il résulte de laisser une jeune fille suivre les chasses. Elle considère toute chose dans la vie comme elle ferait d'un arbre de six pieds ou une clôture enfoncée ; elle va à travers le monde comme elle va à travers la campagne, droit devant, et saute par-dessus tout. Quelle excellente fille elle eût pu faire si elle avait été élevée à Fig-Tree Court! Si je me marie jamais et que j'aie des filles (possibilité reculée dont le ciel me préserve), elles seront élevées à Paper Buildings, ne prendront de l'exercice que dans les jardins du Temple, et n'iront jamais plus loin que les grilles jusqu'à ce qu'elles soient en âge de se marier, et je les conduirai directement de Fleet Street à l'église de Saint-Dunstan pour les remettre entre les mains de leurs époux.

C'est en faisant de semblables réflexions que Mr Robert Audley trompa le temps jusqu'au moment où milady revint dans le salon, fraîche et rayonnante dans son élégante toilette du matin, ses boucles d'or lustrées par les eaux parfumées dans lesquelles elle s'était baignée, son carnet à dessin recouvert de velours dans les mains. Elle dressa un petit chevalet sur une table près de la fenêtre, s'assit devant, et commença à mêler les couleurs sur sa palette, tandis que Robert l'observait les yeux mi-clos.

— Vous êtes sûre que mon cigare ne vous incommode pas, lady Audley?

— Oh! non, vraiment, je suis tout à fait accoutumée à l'odeur du tabac. Mr Dawson, le chirurgien, fumait toute la soirée quand je vivais dans sa maison.

— Dawson est un brave homme, n'est-ce pas? demanda Robert d'un air détaché.

Milady éclata de rire à sa façon charmante et excessive.

— La meilleure des créatures, dit-elle. Il me donnait vingt-cinq livres par an, rendez-vous compte, vingt-cinq livres par an! Ce qui fait six livres cinq shillings par trimestre. Je me vois encore recevant cette somme, six malheureux souverains ternis et un petit tas d'argent malpropre et crasseux qui venait de la caisse du cabinet. Et comme j'étais contente alors de posséder cet argent! Tandis qu'aujourd'hui, je ne peux m'empêcher de rire en y pensant, ces couleurs que j'utilise coûtent une guinée chacune chez Windsor et Newton, le carmin et l'outremer, trente shillings. J'ai donné à Mrs Dawson une de mes robes de soie, l'autre jour, la pauvre femme m'a embrassée et le chirurgien a emporté le paquet chez lui sous son manteau.

Milady fit entendre de longs et joyeux éclats de rire en y repensant. Ses couleurs étaient mélangées ; elle était en train de copier une aquarelle dans le style de Turner. L'esquisse était près d'être finie et elle n'avait plus qu'à ajouter quelques petites touches cruciales avec le plus fin de ses pinceaux de martre. Elle se préparait délicatement à l'ouvrage en regardant de biais le dessin.

Tout ce temps-là, les yeux de Robert Audley étaient attentivement attachés sur son visage.

— C'est un grand changement, dit-il après un silence si long que milady pouvait avoir oublié ce qui avait été dit précédemment. Un grand changement ! Certaines femmes donneraient beaucoup pour accomplir un changement comme celui-là.

Lady Audley ouvrit ses grands yeux bleus et les fixa subitement sur le jeune avocat. Le soleil d'hiver, tombant sur son visage depuis la fenêtre sur le côté, illuminait l'azur de ses beaux yeux, de sorte que leur couleur semblait incertaine, hésitant entre le bleu et le vert comme varient un jour d'été les teintes opalines de la mer. Le petit pinceau tomba de sa main et couvrit la figure du paysan d'une tache cramoisie qui s'élargissait.

Robert Audley aplanissait délicatement et avec précaution les feuilles émiettées de son cigare.

— Mon ami du coin de Chancery Lane ne m'a pas donné d'aussi bons manilles que d'habitude, murmura-t-il. Si jamais vous fumez, ma chère tante (et je me suis laissé dire que beaucoup de femmes cueillaient la mauvaise herbe cachée sous la rose), faites attention à bien choisir vos cigares.

Milady respira longuement, ramassa sa brosse et pouffa de rire à l'avis de Robert.

— Quel être excentrique vous faites, Mr Audley! Savez-vous que quelquefois vous me déroutez.

— Pas plus que vous ne me laissez perplexe, ma chère tante.

Milady mit de côté ses couleurs et son carnet, puis, s'asseyant dans la profonde embrasure d'une autre fenêtre, à une distance considérable de Robert Audley, se mit à travailler à une grande tapisserie – sur laquelle les Pénélopes d'il y a dix ou douze ans se passionnaient à exercer leur habileté – représentant le temps jadis à Bolton Abbey.

Assise dans l'embrasure de cette croisée, milady était séparée de Robert Audley par toute la longueur de la pièce et le jeune homme pouvait seulement entrapercevoir par intervalles son beau visage entouré de sa brillante auréole de cheveux semblables à une brume dorée.

Robert Audley était depuis une semaine au château et pourtant, ni lui ni milady n'avaient encore prononcé le nom de George Talboys.

Ce matin-là, cependant, après avoir épuisé les habituels sujets de conversation, lady Audley demanda des nouvelles de l'ami de son neveu.

— Ce Mr George… George… dit-elle en hésitant.

— Talboys, suggéra Robert.

— Oui, c'est cela, Mr George Talboys. Un nom assez singulier, à propos, et certainement, à ce qu'on dit, un très singulier personnage. L'avez-vous vu dernièrement?

— Je ne l'ai pas vu depuis le 7 septembre, depuis le jour où il me laissa endormi dans les prairies de l'autre côté du village.

— Mon Dieu! s'écria milady. Quel étrange jeune homme ce doit être que ce Mr George Talboys. Je vous en prie, racontez-moi tout ce que vous savez sur lui.

Robert raconta, en quelques mots, sa visite à Southampton et son voyage à Liverpool, et leurs différents résultats. Milady écoutait avec grande attention.

Afin de mieux faire ressortir les péripéties de cette histoire, le jeune homme quitta son fauteuil et, traversant le salon, prit place en face de lady Audley, dans l'embrasure de la fenêtre.

— Et que concluez-vous de tout ceci ? demanda milady, après un moment de silence.

— C'est un si grand mystère pour moi, répondit-il, que j'ose à peine en tirer quelque conclusion. Mais au milieu de cette obscurité, je crois en tâtonnant être arrivé à deux suppositions qui me paraissent presque des certitudes.

— Et lesquelles ?

— Premièrement, que George Talboys n'est pas allé plus loin que Southampton. Deuxièmement, qu'il n'est pas même allé du tout à Southampton.

— Mais vous y avez trouvé sa trace ; son beau-père l'a vu.

— J'ai mes raisons pour douter de la droiture de son beau-père.

— Juste ciel ! s'écria milady d'un air alarmé. Que voulez-vous dire par tout cela ?

— Lady Audley, répondit gravement le jeune homme, je n'ai jamais exercé comme avocat. J'ai embrassé une profession dont les membres assument de grandes responsabilités et ont des devoirs sacrés à remplir. J'ai toujours fui ces responsabilités et ces devoirs, comme je l'ai fait pour tous les soucis de cette vie pénible. Mais nous sommes quelquefois forcés de faire exactement ce que nous avons le plus évité, et je me suis dernièrement senti obligé de réfléchir à ce sujet. Lady Audley, avez-vous jamais étudié la théorie de la preuve indirecte ?

— Comment pouvez-vous demander à une pauvre petite femme de pareilles choses ? s'écria milady.

— La preuve indirecte, continua le jeune homme, comme s'il eût à peine entendu l'interruption de lady Audley, cette merveilleuse construction, faite de brins de paille ramassés partout, est pourtant assez solide pour servir de potence à un homme. À quels minuscules petits riens est parfois suspendu le secret entier de quelque diabolique mystère, resté inexplicable jusqu'ici aux personnes les plus avisées sur terre. Un bout de papier, un lambeau de vêtement déchiré, un bouton arraché d'un habit, un mot échappé imprudemment d'une bouche trop anxieuse, le fragment d'une lettre, une porte ouverte ou fermée, une ombre sur le store, le moment exact testé par une montre de chez Benson[1], mille circonstances assez insignifiantes pour être oubliées par le criminel, mais maillons d'acier dans cette chaîne miraculeuse forgée par la sagacité de l'enquêteur, et voilà le gibet dressé, la cloche fatale qui tinte dans le petit jour sinistre, la bascule qui crie sous les pieds du coupable, et justice est faite.

De faibles ombres de vert et de cramoisi tombaient sur le visage de milady des écussons peints sur la fenêtre à meneaux près de laquelle elle était assise ; mais toute trace de couleurs naturelles avait disparu de ce visage, ne lui laissant que la pâleur gris cendre des fantômes.

Assise d'un air calme dans son fauteuil, la tête renversée sur les coussins de damas couleur d'ambre, ses petites mains reposant sans force sur ses genoux, lady Audley s'était évanouie.

— L'étau se resserre de jour en jour, dit Robert Audley. George Talboys n'est pas allé à Southampton.

---

1. J. W. Benson, horloger de Ludgate Hill, maison fondée en 1855.

# 16

## Robert Audley reçoit son congé

La semaine de Noël était passée et les invités campagnards abandonnaient un à un Audley Court. Le gros hobereau et sa femme quittèrent la chambre aux tapisseries grises, laissant derrière eux les guerriers aux sourcils noirs qui apparaissaient sur le mur pour regarder d'un air terrible et menaçant de nouveaux hôtes, ou lancer dans le vide des regards vengeurs. Les gaies jeunes filles du second étage rangeaient ou faisaient ranger leurs coffres et leurs malles, et les robes de bal en gaze, venues à Audley dans toute leur fraîcheur, allaient rentrer flétries au logis. Les vieilles charrettes familiales cahotantes, avec leurs chevaux aux fanons non taillés, qui témoignaient de travaux plus durs que des voyages dans le pays, étaient rangées en cercle dans le large espace qui s'étendait devant la sévère porte de chêne, chargées de bagages féminins entassés en désordre. De jolis visages rosis sortaient des portières de la voiture, pour donner en souriant le dernier adieu au groupe qui stationnait à la porte d'entrée, pendant que le véhicule passait avec fracas et secousses sous l'arche couverte de lierre. Sir Michael était demandé partout à la fois, secouant les mains des jeunes gens, embrassant les jeunes filles aux joues roses, étreignant même quelquefois les matrones corpulentes qui venaient le remercier de leur agréable séjour; partout cordial, hospitalier, généreux, heureux et aimé, le baronnet se hâtait de pièce en pièce, de l'antichambre aux écuries, des écuries à la cour, de la cour à la porte cintrée, pour accélérer le départ de ses hôtes.

Les boucles blondes de milady jetaient çà et là des éclats ensoleillés sur ces jours affairés des adieux. Ses grands yeux bleus avaient un joli regard plein de tristesse, en charmant unisson avec la douce pression de sa petite main, et ces mots d'amitié bien qu'assez stéréotypés avec lesquels elle disait à ses invités combien elle était désolée de les perdre, et comment elle ne savait ce qu'elle allait devenir jusqu'au jour où ils reviendraient à nouveau animer le château de leur agréable société.

Mais, quelque désespérée que pût être milady de perdre ses invités, il y avait au moins un hôte dont la société ne devait pas lui manquer. Robert Audley ne montrait aucune intention de quitter la maison de son oncle. Il n'avait pas de devoirs professionnels à remplir, disait-il. Fig-Tree Court était une retraite délicieuse dans la saison chaude, mais c'était un terrible coin, en revanche, où le vent soufflait dans les mois d'hiver, avec tout un cortège de rhumatismes et de grippes. Tout le monde était si bon pour lui au château, qu'il n'avait vraiment aucune envie de s'en aller.

Sir Michael n'avait qu'une seule réponse à tout cela :

— Restez, mon cher ami, restez, mon cher Bob, aussi longtemps que vous voudrez. Je n'ai pas de fils, et c'est ce que vous représentez pour moi. Faites-vous bien voir de Lucy, et faites votre demeure du château aussi longtemps que vous vivrez.

Robert répliquait simplement en serrant fortement la main de son oncle et en murmurant quelque chose comme : « Vous êtes un formidable vieux prince. »

Il faut remarquer qu'il y avait parfois une certaine tristesse vague dans le ton du jeune homme quand il appelait sir Michael « un formidable vieux prince », comme une ombre de regret affectueux qui faisait passer un nuage dans les yeux de Robert, tandis qu'assis dans un coin du salon il regardait d'un air pensif le baronnet à barbe chenue.

Avant le départ du dernier des jeunes chasseurs, sir Harry Towers demanda et obtint une entrevue avec miss Alicia Audley dans la bibliothèque garnie de chêne, entrevue au cours de laquelle le brave et jeune chasseur de renard manifesta une grande émotion, émotion telle, en vérité, et d'un caractère si franc et si honnête, qu'Alicia était assez effondrée en lui disant qu'elle lui conserverait à jamais estime et respect pour son cœur noble et loyal, mais qu'il ne devait jamais, au grand jamais, à moins de vouloir lui causer la plus cruelle peine, lui demander autre chose que cette estime et ce respect.

Sir Harry quitta la bibliothèque par la porte-fenêtre ouvrant sur le jardin de l'étang. Il s'enfonça en flânant dans cette même allée de tilleuls que George Talboys avait comparée à une avenue de cimetière, et sous les arbres sans feuilles livra combat à son brave et jeune cœur.

— Quel idiot je suis de réagir comme cela! s'écriat-il, tapant du pied sur le sol gelé. J'ai toujours su qu'il en serait ainsi, j'ai toujours su qu'elle était cent fois trop bien pour moi. Dieu la bénisse! Quelle noblesse et quelle douceur dans son langage! Qu'elle était belle avec cette rougeur sous sa peau brune, et ces larmes dans ses grands yeux gris, presque aussi belle que le jour où elle franchit la haie, et me laissa accrocher le trophée[1] à son chapeau en chevauchant vers le logis. Dieu la bénisse! Je puis passer sur bien des choses tant qu'elle ne fait pas attention à ce vague homme de loi. Mais je ne pourrais pas le supporter.

Le vague homme de loi, dénomination par laquelle sir Harry faisait allusion à Robert Audley, était planté dans le vestibule, examinant une carte géographique des provinces du centre, lorsque Alicia sortit de la bibliothèque,

---
1. La queue du renard.

les yeux rouges, après son entrevue avec le baronnet chasseur de renards.

Robert, qui avait la vue basse, tenait ses yeux à un demi-pouce de la surface de la carte, quand la jeune fille s'approcha de lui.

— Oui, dit-il, Norwich est dans le Norfolk, et cet imbécile, le jeune Vincent, affirmait que c'était dans le Herefordshire. Ah! Alicia, c'est vous?

Il se retourna pour intercepter Alicia qui se dirigeait vers l'escalier.

— Oui, répliqua brièvement sa cousine, essayant de passer.

— Alicia, vous avez pleuré?

La jeune fille ne daigna pas répondre.

— Vous avez pleuré, Alicia. Sir Harry Towers, de Towers Park, dans le comté de Herts, vient de vous offrir sa main, n'est-ce pas?

— Étiez-vous à la porte à écouter, Mr Audley?

— Non, miss Audley. En principe, je me défends d'écouter, et en pratique, je crois que c'est un procédé très ennuyeux; mais je suis avocat, miss Alicia, et capable de tirer une conclusion par déduction. Savez-vous ce que c'est qu'une preuve par déduction, miss Audley?

— Non, répliqua Alicia, lançant à son cousin un regard pareil à celui qu'une jeune et magnifique panthère lancerait à l'homme assez osé pour la tourmenter.

— Je m'en doutais. Je suppose que sir Harry demanderait si c'est une nouvelle sorte de *horse-ball*. J'ai compris par déduction que le baronnet se préparait à vous faire sa demande en premier lieu, parce qu'il a descendu l'escalier les cheveux coiffés n'importe comment et la figure aussi pâle que la nappe; deuxièmement, parce qu'il n'a rien pu manger à déjeuner et a avalé son café de travers; et troisièmement, parce qu'il a demandé à vous voir avant de quitter le château. Eh bien, que va-t-il advenir, Alicia? Épousons-nous le jeune baronnet, et le pauvre cousin Bob sera-t-il garçon d'honneur à la noce?

— Sir Harry Towers est un noble cœur, dit Alicia, essayant encore d'échapper à son cousin.

— Mais l'acceptons-nous, oui ou non? Allons-nous devenir lady Towers, avec un superbe domaine dans le Herefordshire, des quartiers d'été pour nos chasseurs et un équipage avec des postillons pour nous conduire rapidement dans la résidence de papa, dans l'Essex? Va-t-il en être ainsi, Alicia, oui ou non?

— Que vous importe, Mr Robert Audley! s'écria Alicia avec emportement. Pourquoi vous inquiéter de ce qu'il adviendra de moi ou de qui j'épouserai? Si j'épousais un ramoneur, vous vous contenteriez de lever vos sourcils et de dire: « Voyez-vous cela! Elle a toujours été excentrique. » J'ai refusé sir Harry Towers, mais lorsque je pense à son affection généreuse et désintéressée, et que je la compare à l'indifférence nonchalante, égoïste, dédaigneuse et sans cœur d'autres hommes, j'ai bien envie de courir après lui et de lui dire…

— Que vous vous rétractez et que vous consentez à devenir lady Towers?

— Oui.

— Ne faites pas cela, Alicia, ne faites pas cela, dit Robert Audley, saisissant le petit poignet gracieux de sa cousine et la conduisant en haut de l'escalier. Venez avec moi dans le salon, Alicia, ma pauvre petite cousine, ma charmante, impétueuse, tourmentante petite cousine, asseyez-vous là, près de cette fenêtre, et parlons sérieusement et sans nous quereller, si nous pouvons.

Les cousins avaient le salon à eux seuls. Sir Michael était dehors, milady dans ses appartements et le pauvre sir Harry Towers faisait les cent pas sur le gravier de l'allée assombrie par les ombres vacillantes des branches dépouillées, en cette brillante et froide journée d'hiver.

— Ma chère petite Alicia, dit Robert aussi tendrement que s'il se fût adressé à quelque enfant gâté, pensez-vous que parce que l'on ne porte pas des bottes d'équitation, ou qu'on ne se coiffe pas n'importe comment, ou qu'on ne se conduit pas comme un maniaque bien intentionné qui veut prouver la violence de sa passion, pensez-vous à cause de tout cela, Alicia Audley, que l'on ne puisse être aussi sensible au mérite d'une chère petite jeune fille chaleureuse et affectueuse que tous ceux qui l'entourent ? La vie est une chose si ennuyeuse que, au bout du compte, mieux vaut jouir tranquillement de ses bienfaits. Je ne pousse pas de grandes exclamations parce que je trouve de bons cigares au coin de Chancery Lane et que j'ai une chère et gentille jeune fille pour cousine ; mais je n'en suis pas moins reconnaissant à la Providence de tout cela.

Alicia écarquillait ses yeux gris, fixant son cousin avec un regard perplexe. Robert avait pris le plus vilain et le plus maigre de ses affreux chiens, et lui caressait paisiblement les oreilles.

— Est-ce là tout ce que vous avez à me dire, Robert ? demanda miss Audley avec douceur.

— Eh bien ! oui, oui, répliqua son cousin après une longue délibération. Je crois que voici ce que j'avais besoin de vous dire. Ne prenez pas pour mari le baronnet chasseur de renard, si vous aimez mieux toute autre personne : car si seulement vous vous montrez patiente et prenez la vie du bon côté, si vous essayez de ne plus claquer les portes, de sortir ou entrer avec fracas dans les appartements, de parler continuellement écuries et de galoper à travers le pays, je suis sûr que celui que vous préférez sera pour vous un excellent mari.

— Merci, cousin, dit miss Audley, en rougissant d'une vive indignation jusqu'à la racine de ses cheveux noirs et ondoyants, mais comme vous ne savez pas qui je préfère, je pense que mieux vaut ne pas prendre sur vous de répondre pour lui.

Robert, d'un air rêveur, tira pendant quelques moments les oreilles de son chien.

— Non, assurément, dit-il après un instant, non, sans doute, si je ne le connaissais pas ; mais je crois le connaître.

— Vraiment ! s'écria Alicia.

Et, ouvrant la porte avec une violence qui fit tressaillir son cousin, elle s'élança hors du salon.

— Je dis seulement que je crois le connaître, cria Robert après elle ; puis, se jetant dans un fauteuil, il murmura d'un air pensif : une si gentille fille, si elle n'était pas si emportée !

Cependant le pauvre sir Harry Towers quittait le château d'Audley, l'air triste et vraiment abattu.

Il éprouvait très peu de plaisir à retourner à son magnifique manoir, caché sous l'ombrage des chênes et des hêtres vénérables. L'habitation carrée, de briques rouges, rayonnant à l'extrémité d'une longue voûte d'arbres sans feuilles, était pour lui désormais une demeure désolée, pensait-il, depuis qu'Alicia n'avait pas voulu en devenir la maîtresse.

La centaine d'améliorations qu'il avait imaginées et projetées furent chassées de son esprit comme choses inutiles. Le cheval de chasse que Jim, le dresseur, était en train de dresser pour une dame, les deux jeunes chiens d'arrêt que l'on élevait pour la prochaine saison de chasse, le gros retriever noir qui aurait pu porter le parasol d'Alicia, le pavillon du jardin, abandonné depuis la mort de sa mère, qu'il s'était proposé de faire restaurer pour miss Audley, toutes ces choses n'étaient plus maintenant que vanité et poursuite du vent.

— Quel avantage y a-t-il à être riche, si l'on n'a pas avec soi quelqu'un pour dépenser son argent ! dit le jeune baronnet. On devient un gueux égoïste, et l'on se met à boire beaucoup trop de porto. C'est une cruelle chose qu'une jeune fille puisse refuser un cœur loyal et des écuries pareilles à celles que nous possédons dans le parc ! Cela bouleverse un homme.

En vérité, ce refus inattendu avait complètement brouillé les quelques idées qui formaient le mince contingent de l'esprit du jeune baronnet.

Il était éperdument amoureux d'Alicia depuis la dernière saison des chasses, époque à laquelle il l'avait rencontrée à un bal du comté. Sa passion, qu'il avait chérie pendant tout un été monotone, s'était de nouveau manifestée dans les joyeux mois d'hiver, et la fausse modestie du jeune homme, seule, avait retardé sa demande. Mais il n'avait jamais supposé un instant qu'il pût être refusé. Il était si accoutumé à l'adulation des mères qui avaient des filles à marier, et même à celle des filles ; il avait été si habitué à se sentir le principal personnage dans toute réunion, même si la moitié des beaux esprits du temps se trouvait là, et quoiqu'il ne prononçât jamais que des « oh, certainement ! » et « par Jupiter ! » ; il avait été si gâté par les flatteries des yeux brillants qui regardaient ou semblaient regarder avec plus de feu lorsqu'il approchait, que, alors qu'il n'avait pas une once de vanité personnelle, il en était venu à croire qu'il n'avait qu'à s'offrir à la plus jolie fille de l'Essex, pour se voir immédiatement accepté.

Certes, il aurait pu dire complaisamment à un des flatteurs qui l'admiraient : « Je sais que je suis un bon parti, et je sais pourquoi les jeunes filles me font la révérence. Elles sont vraiment jolies, et sont toutes disposées à accepter un bon garçon, mais je ne me soucie pas d'elles. Elles se ressemblent toutes, elles ne sont bonnes qu'à baisser les yeux et à dire : "Oh ! sir Harry, pourquoi appelez-vous ce chien noir frisé un retriever ?" ou : "Oh ! sir Harry, est-ce que la pauvre jument a réellement une entorse au paturon de sa jambe de devant ?" Je n'ai pas beaucoup d'esprit moi-même, je le sais, aurait pu ajouter le baronnet en se le reprochant, et je n'ai pas besoin d'une femme indépendante, qui écrive des livres et porte des lunettes vertes ; Dieu m'en préserve ! Je préfère une jeune fille qui a du bon sens. »

Aussi, lorsqu'Alicia dit « non », ou plutôt fit ce joli discours sur l'estime et le respect que les filles bien élevées substituent à l'odieuse monosyllabe, sir Harry Towers sentit que tout l'avenir qu'il avait si complaisamment échafaudé volait en éclats et n'était plus qu'un tas de tristes ruines.

Sir Michael lui prit cordialement la main juste avant que le jeune homme montât sur son cheval dans la cour.

— Je suis vraiment désolé, Towers, dit-il ; vous êtes le meilleur garçon qui puisse jamais exister, et vous auriez fait un excellent mari pour ma fille. Mais vous savez qu'il y a un cousin, et je crois que…

— Ne me dites pas cela, sir Michael, interrompit énergiquement le chasseur de renards. Je puis passer par-dessus n'importe quoi, mais pas sur cela. Un individu qui appuie sur le mors comme un forcené (oui, il a mis en pièces la bouche de Cavalier, sir Michael, le jour où vous lui avez laissé monter ce cheval), un individu qui rabat son col de chemise et mange du pain avec de la marmelade ! Non, non, sir Michael, il y a des choses étranges dans le monde, mais je ne puis penser cela de miss Audley. Il doit y avoir quelqu'un dans le paysage, mais ce ne peut être le cousin.

Sir Michael secoua la tête, comme partait le prétendant repoussé.

— Je ne comprends rien à cela, murmura-t-il ; Bob est un excellent garçon, et la jeune fille pourrait faire un plus mauvais choix ; mais il hésite comme s'il ne se souciait pas d'elle. Il y a là quelque mystère… il y a là quelque mystère !

Le vieux baronnet faisait ces réflexions sur ce ton semi-pensif que nous employons pour parler des affaires d'autrui. Les ombres crépusculaires de début d'hiver, se condensant sous le plafond bas du vestibule recouvert de chêne et sous le cintre élégant de la porte d'entrée, entouraient sa belle tête d'une obscurité profonde ; mais la lumière de sa vie en déclin, sa belle et bien-aimée jeune épouse, était près de lui, et il ne voyait plus d'ombres lorsqu'elle était à ses côtés.

Elle traversa en sautillant le vestibule pour venir le trouver et, secouant ses boucles d'or, enfouit sa tête lumineuse dans le sein de son époux.

— Ainsi, le dernier de nos invités est parti, mon cher, et nous voilà tout seuls, dit-elle. N'est-ce pas agréable?

— Oui, chérie, répondit-il tendrement en caressant ses beaux cheveux.

— Excepté Mr Robert Audley. Combien de temps votre neveu doit-il rester ici?

— Aussi longtemps qu'il voudra, ma mignonne; il est toujours le bienvenu, dit le baronnet; puis, se reprenant, il ajouta avec tendresse: à moins, cependant, que sa visite ne vous soit pas agréable, chérie; ou que ses habitudes paresseuses, sa fumée, ses chiens, ou quelque chose en lui ne vous déplaise.

Lady Audley pinça ses lèvres roses, et fixa le sol pensivement.

— Ce n'est pas cela, dit-elle en hésitant, Mr Audley est un jeune homme très agréable et tout à fait honorable. Mais vous comprenez, sir Michael, je suis une tante bien trop jeune pour un tel neveu, et...

— Et quoi, Lucy? demanda brusquement le baronnet.

— La pauvre Alicia est plutôt jalouse de chaque attention que Mr Audley me porte, et... et... je crois qu'il vaudrait mieux, pour son bonheur, qu'il mît un terme à son séjour ici.

— Il partira ce soir, Lucy! s'écria sir Michael. Je suis un idiot aveugle et négligent de ne pas avoir pensé à cela. Ma délicieuse petite chérie, c'était déjà à peine correct pour Bob d'exposer le pauvre garçon à vos charmes. Je le connais pour le garçon le meilleur et le plus loyal qui puisse jamais exister, mais... mais il partira ce soir.

— Mais vous ne serez pas trop brusque, mon cher? Vous ne serez pas rude?

— Rude, non, Lucy. Je l'ai laissé en train de fumer dans l'allée des tilleuls. Je vais aller lui dire qu'il lui faut quitter la maison dans une heure.

Ainsi, dans cette avenue aux arbres dépouillés, sous les ombrages lugubres où George Talboys s'était tenu dans cette soirée orageuse qui précéda le jour de sa disparition, sir Michael Audley dit à son neveu que le château ne pouvait plus l'accueillir, et que milady était trop jeune et trop jolie pour accepter les petits soins d'un beau neveu de vingt-huit ans.

Robert se contenta de hausser les épaules et de lever ses épais sourcils noirs, tandis que sir Michael laissait entendre ces remarques avec délicatesse.

— En effet, je me suis montré prévenant pour milady, dit-il, elle m'intéresse.

Et puis, avec un changement dans la voix et une émotion qui lui était peu habituelle, il se tourna vers le baronnet et, saisissant sa main, s'écria :

— À Dieu ne plaise, mon cher oncle, que j'apporte jamais le chagrin dans un cœur aussi noble que le vôtre! À Dieu ne plaise que la plus légère ombre de déshonneur tombe jamais sur votre tête honorée, et au moins que cela ne soit pas de mon fait.

Le jeune homme prononça ces quelques mots d'une voix faible et entrecoupée que sir Michael ne lui connaissait pas ; puis, détournant la tête, il s'éloigna d'un air abattu.

Il quitta le château à la nuit, mais il n'alla pas loin. Au lieu de prendre le train du soir pour Londres, il monta droit au petit village de Mount Stanning, et, entrant dans l'auberge proprement tenue, il demanda à Phoebe Marks si elle pourrait lui fournir un appartement.

## 17

## À l'auberge du Château

Le petit salon dans lequel Phoebe Marks introduisit le neveu du baronnet était situé au rez-de-chaussée, séparé seulement par une cloison en lattes et en plâtre de la petite pièce occupée par l'aubergiste et sa femme.

Il semblait que l'architecte avisé qui avait présidé à la construction de l'auberge eût pris un soin particulier à ne choisir que les matériaux les plus fragiles et les plus légers, afin que le vent, qui avait une attirance spéciale pour ce lieu inabrité, pût avoir les coudées franches et satisfaire tous ses caprices.

À cette fin, une misérable construction en bois avait été élevée au lieu d'une maçonnerie solide ; les plafonds bancals avaient été posés sur de frêles chevrons et des poutres qui menaçaient à chaque nuit d'orage de tomber sur la tête des personnes au-dessous ; les portes, dont la spécialité était de n'être jamais fermées, battaient toujours violemment ; les fenêtres avaient été construites dans le but particulier de laisser entrer les courants d'air lorsqu'elles étaient fermées, et d'empêcher l'air de s'introduire lorsqu'elles étaient ouvertes. Une main de génie avait imaginé cette solitaire auberge de campagne et il n'y avait pas un pouce de charpente ou une truellée de plâtre employé dans toute cette construction branlante qui ne présentât un endroit particulièrement faible à chaque assaut de son ennemi infatigable.

Robert jeta les yeux autour de lui avec un faible sourire de résignation.

Le changement avec le luxe confortable du château d'Audley était réel, et c'était une assez étrange fantaisie de la part du jeune avocat d'aimer mieux s'attarder dans cette triste auberge de village que retourner à ses confortables appartements de Fig-Tree Court.

Mais il avait emporté ses lares et ses pénates avec lui sous la forme de sa pipe allemande, de son pot à tabac, d'une demi-douzaine de romans français et de ses deux chiens en piteux état, ses favoris, qui se tenaient grelottants devant le petit foyer fumeux, jetant de temps en temps des aboiements courts et aigus, manière de réclamer quelque petit rafraîchissement.

Tandis que Mr Robert Audley examinait son nouveau domicile, Phoebe Marks appela un petit garçon du village qui avait l'habitude de faire ses commissions et, le prenant à part dans la cuisine, lui donna un billet soigneusement plié et cacheté.

— Tu connais le château d'Audley?
— Oui, m'dame.
— Si tu cours jusque-là ce soir avec cette lettre, et si tu réussis à la remettre en toute sécurité entre les mains de lady Audley, je te donnerai un shilling.
— Oui, m'dame.
— Tu comprends? Demande à voir milady; tu peux dire que tu as un message, pas un billet, attention, mais une commission de la part de Phoebe Marks, et quand tu la verras, remets-lui ceci en main propre.
— Oui, m'dame.
— Tu n'oublieras pas?
— Non, m'dame.
— Alors, va-t'en.

L'enfant n'attendit pas un second ordre de départ et il fut en un instant sur la grande route, dévalant la descente rapide qui conduit à Audley.

Phoebe Marks se mit à la fenêtre et suivit au-dehors la forme noire de l'enfant qui se hâtait dans l'obscure soirée d'hiver. « Si sa venue ici cache quelque mauvais dessein, pensait-elle, milady saura la nouvelle à temps, quoi qu'il arrive. »

Phoebe elle-même apporta le plateau à thé soigneusement disposé et le petit plat couvert de jambon et d'œufs, qui avaient été préparés pour son hôte inattendu. Ses cheveux, d'un blond pâle, étaient aussi bien tressés et sa robe gris clair ajustée avec autant de précision qu'autrefois. Les mêmes teintes neutres envahissaient sa personne et son costume ; pas de rubans roses voyants, pas de robe de soie bruissante pour proclamer la prospérité de la femme de l'aubergiste. Phoebe Marks ne perdait jamais de sa personnalité. Silencieuse et contenue, elle semblait tout tenir d'elle-même et n'emprunter aucune couleur au monde extérieur.

Robert l'examinait pensivement alors qu'elle étendait la nappe et tirait la table plus près du feu. « Voilà, songea-t-il, une femme capable de garder un secret. »

Les chiens jetaient des regards plutôt soupçonneux sur le visage calme de Mrs Marks tandis qu'elle glissait doucement dans la pièce, de la théière à la boîte à thé et de la boîte à thé à la bouilloire qui chantait sur la plaque du foyer.

## 18

### Robert reçoit une visite inattendue

Onze heures sonnaient le lendemain matin, trouvant Mr Robert Audley encore installé devant son déjeuner gentiment dressé sur une petite table, avec un chien de chaque côté de son fauteuil, le regardant attentivement bouche béante et guettant un morceau de jambon ou de toast. Robert avait un journal du comté sur les genoux et faisait de temps en temps un faible effort pour lire la première page, remplie d'annonces de fermages, de remèdes de charlatans et autres sujets intéressants.

Le temps avait changé et la neige qui, pendant les derniers jours, se profilait en nuages noirs dans le ciel glacé, tombait en flocons gros comme des plumes contre les croisées et s'accumulait dans le petit jardin.

La longue route solitaire conduisant à Audley paraissait vierge de toute trace de pas tandis que Robert regardait le paysage d'hiver.

— C'est animé, dit-il, pour un homme accoutumé aux enchantements de Temple Bar.

Comme il regardait les flocons de neige tombant à chaque instant plus épais et plus serrés sur la route déserte, il fut surpris d'apercevoir une voiture montant lentement la côte.

— Je me demande quel pauvre diable a l'esprit assez tourmenté pour ne pas rester au logis par une matinée pareille, murmura-t-il en retournant à son fauteuil près du feu.

Il était assis depuis quelques minutes lorsque Phoebe Marks entra dans la pièce pour annoncer lady Audley.

— Lady Audley! Priez-la d'entrer, dit Robert.

Puis, Phoebe ayant quitté la chambre pour y introduire la visite inattendue, il murmura entre ses dents:

— Un faux pas, milady, auquel je ne me serais pas attendu de votre part.

Lucy Audley était rayonnante par cette matinée de janvier neigeuse et glaciale. Le nez des autres aurait été fortement assailli par les doigts cruels de son affreuse majesté la Glace, pas celui de milady; leurs lèvres seraient devenues bleues et pâles sous l'influence glacée de la rude température, mais la bouche de milady, aussi jolie qu'un bouton de rose, conservait ses couleurs les plus brillantes et sa fraîcheur la plus riante.

Elle était enveloppée dans les zibelines que Robert Audley lui avait rapportées de Russie et portait un manchon qui parut au jeune homme presque aussi gros qu'elle.

Elle avait l'apparence d'une petite créature enfantine et sans défense. Robert la considérait avec une nuance de pitié dans les yeux, tandis qu'elle s'approchait du foyer près duquel il se tenait et qu'elle réchauffait ses petits doigts gantés à la flamme.

— Quelle matinée, Mr Audley! dit-elle, quelle matinée!

— Oui, en effet. Pourquoi être sortie par un temps pareil?

— Parce que je désirais vous voir... en particulier.

— En vérité?

— Oui, dit milady, très mal à l'aise, jouant avec le bouton de son gant qu'elle arracha presque dans son agitation, oui, Mr Audley, j'ai pensé que vous n'aviez pas été bien traité, que... vous aviez, en un mot, des raisons de vous plaindre, et qu'on vous devait des excuses.

— Je ne demande aucune excuse, lady Audley.

— Mais vous y avez droit, répondit milady avec calme. Pourquoi, mon cher Robert, être si cérémonieux l'un envers l'autre ? Vous étiez bien à Audley ; nous étions très heureux de vous y avoir. Mais mon cher et stupide mari n'a-t-il pas été mettre dans sa tête insensée qu'il était dangereux pour la tranquillité d'esprit de sa petite femme d'avoir un neveu de vingt-huit ou vingt-neuf ans fumant des cigares dans son boudoir, et voilà ! Notre charmant cercle familial a volé en éclat.

Lucy Audley parlait avec cette vivacité particulière aux enfants qui semblait si naturelle chez elle. Robert regardait presque tristement son visage brillant et animé.

— Lady Audley, dit-il, Dieu nous préserve vous ou moi d'attirer le chagrin ou le déshonneur dans le cœur généreux de mon oncle ! Mieux vaut sans doute que je sois hors de la maison… Et même que je n'y fusse jamais entré.

Milady avait tenu ses yeux fixés sur le feu, tandis que son neveu parlait ; mais, à ses derniers mots, elle releva subitement la tête et lui fit face avec une expression curieuse, un regard fiévreux et interrogateur, dont le jeune avocat comprit toute la signification.

— Oh ! Je vous en prie, ne soyez pas alarmée, lady Audley, dit-il gravement. Vous n'avez à craindre de ma part aucune sottise sentimentale, aucun engouement stupide, empruntés à Balzac ou à Dumas fils. Les magistrats d'Inner Temple[1] pourront vous dire que Robert Audley n'est atteint par aucune de ces épidémies dont les symptômes extérieurs sont les cols de chemise rabattus et les cravates à la Byron. J'affirme que je voudrais n'être jamais entré dans la maison de mon oncle pendant l'année dernière ; mais je donne à cette affirmation une signification beaucoup plus sérieuse que sentimentale.

Milady haussa les épaules.

---

1. L'Honorable Société de l'Inner Temple, l'une des quatre Inns of Court (sorte d'école de droit), se trouve autour du Royal Courts of Justice de Londres.

— Si vous persévérez à parler par énigmes, Mr Audley, dit-elle, vous devez pardonner à une pauvre petite femme si elle refuse d'y répondre.

Robert ne répliqua pas à ce propos.

— Mais dites-moi, ajouta milady en changeant complètement de ton, ce qui peut vous avoir poussé à venir dans ce misérable endroit.

— La curiosité.

— La curiosité ?

— Oui ; je m'intéresse vivement à cet homme au cou de taureau, avec sa chevelure fauve et ses yeux gris méchants. Un homme dangereux, milady, un homme au pouvoir duquel je ne voudrais pas être.

Une altération subite s'opéra sur le visage de lady Audley ; la jolie teinte rosée s'évanouit de ses joues, les laissant blanches comme de la cire, et des étincelles de colère brillèrent dans ses yeux bleus.

— Que vous ai-je fait, Robert Audley, s'écria-t-elle farouchement, que vous ai-je fait pour me que vous me haïssiez de la sorte ?

Il lui répondit avec beaucoup de gravité.

— J'avais un ami, lady Audley, que j'aimais très profondément, et depuis que je l'ai perdu, je crains que mes sentiments envers les autres personnes ne se soient étrangement remplis d'amertume.

— Vous voulez parler de ce Mr Talboys qui est parti pour l'Australie ?

— Oui, je veux parler de ce Mr Talboys dont on m'a dit qu'il était parti pour Liverpool avec le dessein d'aller en Australie.

— Et vous ne croyez pas à son embarquement pour l'Australie ?

— Je n'y crois pas.

— Mais pourquoi pas ?

— Pardonnez-moi, lady Audley, de refuser de répondre à cette question.

— Comme il vous plaira, dit-elle avec insouciance.

— Une semaine après la disparition de mon ami, continua Robert, j'ai envoyé une annonce aux journaux de Sydney et de Melbourne, lui demandant, s'il était dans l'une des deux villes lorsque l'avis paraîtrait, de m'écrire et de me faire savoir ce qui le concernait, et je priais aussi quiconque qui l'aurait rencontré, soit dans les colonies, soit hors des colonies, de me donner tout renseignement sur son compte. George Talboys a quitté l'Essex ou a disparu de l'Essex le 6 septembre dernier. Je devrais recevoir une réponse à cet avis vers la fin de ce mois. C'est aujourd'hui le 27 : le délai est proche.

— Et si vous ne recevez pas de réponse ? demanda lady Audley.

— Si je ne reçois pas de réponse, je penserai que mes craintes n'ont pas été sans fondement et je ferai de mon mieux pour agir.

— Qu'entendez-vous par là ?

— Ah ! lady Audley, vous me rappelez combien je suis impuissant en cette matière. Mon ami peut avoir été assassiné dans cette auberge même, et je peux rester ici douze mois et partir à la fin aussi ignorant de son sort que si je n'avais jamais passé le seuil de cette porte. Que pouvons-nous savoir des mystères qui rôdent dans les maisons où nous entrons ? Si j'allais demain dans ce lieu ordinaire, dans cette maison de huit pièces, dans laquelle Maria Manning et son mari ont égorgé leur invité, je n'aurais aucune terrible intuition de cette horreur passée[1]. Des actes infâmes ont eu lieu sous les toits les plus hospitaliers, d'atroces crimes ont été commis dans les plus beaux endroits, sans laisser de trace. Je ne crois pas à la mandragore, ni aux

---

[1]. Marie Manning (1821-1849), domestique suisse, fut pendue en Angleterre le 13 novembre 1849, après qu'elle et son mari eurent été reconnus coupables du meurtre de son amant Patrick O'Connor, dans l'affaire célèbre de la « Bermondsey Horror ». C'était la première fois depuis 1700 qu'un couple était exécuté ensemble en Angleterre.

taches de sang que le temps ne peut effacer. Je crois plutôt que nous pouvons marcher en toute ignorance dans une atmosphère de crimes, et n'en pas moins respirer librement. Je crois que nous pouvons regarder la figure souriante d'un meurtrier et admirer sa beauté tranquille.

Milady se moqua du sérieux de Robert.

— Vous paraissez avoir un goût marqué pour discuter ces horribles sujets, dit-elle d'un air plutôt dédaigneux, vous auriez dû être enquêteur de police.

— Je pense quelquefois que j'en aurais fait un excellent.

— Pourquoi?

— Parce que je suis patient.

— Mais pour revenir à Mr George Talboys, que nous avons perdu dans votre éloquente discussion, que ferez-vous si vous ne recevez pas de réponse à vos avertissements?

— Je m'estimerai alors fondé à croire que mon ami est mort.

— Oui, et alors?...

— J'examinerai les affaires qu'il a laissées dans mon appartement.

— Vraiment! Et de quoi se composent-elles? De redingotes, de gilets, de bottes vernies et de pipes en écume, je présume, dit lady Audley en riant.

— Non, de lettres... des lettres de ses amis, de ses anciens camarades d'école, de son père, de ses collègues officiers.

— Oui?

— Des lettres aussi, de sa femme.

Milady garda le silence quelques instants, regardant pensivement le feu.

— Avez-vous jamais vu quelqu'une des lettres écrites par feue Mrs Talboys? ajouta-t-elle bientôt.

— Jamais. Pauvre femme! Ses lettres ne sont probablement pas de nature à jeter beaucoup de lumière sur le sort de mon ami. Je suppose qu'elle griffonnait comme la plupart des femmes. Très peu d'entre elles ont une écriture aussi charmante et aussi peu ordinaire que la vôtre, lady Audley.

— Ah! Vous connaissez donc mon écriture?

— Oui, je la connais parfaitement bien.

Milady réchauffa ses mains une fois encore et, prenant le gros manchon qu'elle avait posé à côté d'elle sur une chaise, elle se prépara à partir.

— Vous avez refusé d'accepter mes excuses, Mr Audley, dit-elle, mais j'espère que vous n'en êtes pas moins assuré de mes sentiments à votre égard.

— Parfaitement assuré, lady Audley.

— Alors, au revoir, et laissez-moi vous recommander de ne pas rester longtemps dans cette misérable demeure pleine de courants d'air, si vous ne voulez pas rapporter des rhumatismes à Fig-Tree Court.

— Je retournerai à Londres demain matin pour vérifier si j'ai des lettres.

— Alors, une fois encore, au revoir.

Elle lui tendit la main; il la prit mollement dans la sienne. Il semblait que cette petite main si frêle, il eût pu l'écraser dans sa solide poigne, s'il eût été sans miséricorde.

Il l'accompagna à sa voiture et regarda l'équipage, qui ne partit pas du côté d'Audley, mais dans la direction de Brentwood, qui est à peu près à six *miles* de Mount Stanning.

Une heure et demie environ après cette visite, comme Robert se tenait à la porte de l'auberge, fumant un cigare et regardant tomber la neige dans les champs qu'elle blanchissait en face de lui, il vit la voiture qui revenait, vide cette fois, vers la porte de l'auberge.

— Avez-vous ramené lady Audley au château? dit-il au cocher qui s'était arrêté pour demander un pot de bière chaude épicée.

— Non, monsieur, je reviens à l'instant de la gare de Brentwood. Milady est partie pour Londres par le train de douze heures quarante.

— Pour Londres ?
— Oui, monsieur.
— Milady partie pour Londres ! dit Robert en rentrant dans la petite salle. Alors je veux la suivre par le prochain train, et si je ne me trompe fort, je sais où la trouver.

Il fit son bagage, paya sa note, dont le montant fut reçu avec soin par Phoebe Marks, attacha ses chiens ensemble avec deux colliers en cuir et une chaîne, et monta dans le cab que l'auberge du Château utilisait pour aller à Mount Stanning. Il prit l'express qui partait de Brentwood à trois heures et, s'asseyant confortablement dans un wagon vide de première classe, empaqueté dans un couple d'épaisses couvertures de voyage, il se mit à fumer paisiblement un cigare, sans s'inquiéter des autorités.

« La compagnie peut prendre tous les arrêtés qu'il lui plaira, murmura-t-il, mais je me sentirai libre de jouir de mon petit cigare aussi longtemps qu'il me restera une demi-couronne pour le chef de train. »

## 19

## La méprise du serrurier

Il était quatre heures cinq précises lorsque Mr Robert Audley sortit sur le quai de la gare de Shoreditch, attendant paisiblement que ses chiens et son grand sac soient remis au porteur qui avait appelé son cab et s'était chargé de la conduite générale de ses affaires, avec cette courtoisie désintéressée qui fait infiniment honneur à cette classe de serviteurs, auxquels il est défendu d'accepter l'hommage d'un public reconnaissant.

Robert Audley attendit avec une patience consommée pendant un temps considérable ; mais comme l'express est généralement assez long et qu'il y avait beaucoup de voyageurs du Norfolk avec fusils, chiens de chasse et autres attirails de toute sorte, il fallut longtemps pour satisfaire toutes les réclamations, et même la séraphique indifférence de l'avocat pour les affaires de ce monde fut sur le point de céder.

— Peut-être, lorsque ce gentleman qui fait un tel vacarme pour un chien d'arrêt aux taches brunes aura découvert le chien avec taches qu'il réclame – heureuse combinaison de circonstances qui semble à peine croyable –, consentiront-ils à me donner mes bagages et à me laisser aller. Les rusés coquins ont vu d'un coup d'œil que j'étais né pour être dupe et que, même s'ils me piétinaient à mort sur ce quai, je n'aurais jamais le courage d'intenter une action à la compagnie.

Une idée soudaine sembla le frapper; il laissa le porteur lutter pour recouvrer son bien et fit le tour pour rejoindre l'autre côté de la gare.

Il avait entendu sonner une cloche et, regardant l'horloge, il s'était souvenu que le train descendant à Colchester partait à ce moment. Il savait ce que représentait un but sérieux depuis la disparition de George Talboys et il atteignit le côté opposé de la gare à temps pour voir les voyageurs prendre leurs places.

Une dame, à l'évidence, venait tout juste d'arriver à la gare, car elle s'élançait sur le quai à l'instant même où Robert approchait du train et faillit heurter ce gentleman dans sa grande précipitation.

— Je vous demande pardon, commença-t-elle avec cérémonie; puis, levant les yeux au-dessus du gilet de Mr Audley, qui était à peu près au niveau de son joli visage, elle s'écria:

— Robert! Vous à Londres! Déjà!

— Oui, lady Audley; vous aviez parfaitement raison, l'auberge du Château est une triste résidence, et...

— Vous vous en êtes lassé. Je savais qu'il en serait ainsi. Faites-moi le plaisir d'ouvrir pour moi la portière de la voiture: le train va partir dans deux minutes.

Robert Audley examinait la femme de son oncle avec une expression perplexe. « Que signifie cela? pensait-il. Elle est tout à fait différente de la créature malheureuse et désespérée qui tomba le masque pour un moment et jetait sur moi des regards dignes de pitié, dans la petite chambre de Mount Stanning il y a quatre heures! Qu'est-il arrivé pour opérer ce changement? »

Il lui ouvrit la portière, tout en faisant ces réflexions, et l'aida à s'installer à sa place, étalant ses fourrures sur ses genoux et arrangeant l'immense manteau de velours dans lequel sa gracieuse petite figure était presque cachée.

— Je vous remercie infiniment. Que de bontés vous avez pour moi! dit-elle, tandis qu'il se livrait à ces petits soins. Vous devez me croire vraiment folle de voyager un pareil jour, sans même que mon cher mari le sache ; mais je suis venue à Londres pour acquitter une très formidable note de modiste que je désirais ne pas montrer à mon mari, le meilleur des maris, car, indulgent comme il est, il aurait pu me taxer d'extravagance, et je ne puis supporter de perdre son estime même dans sa pensée.

— Dieu nous préserve que cela arrive jamais, lady Audley, dit Robert gravement.

Elle le regarda un instant avec un sourire qui avait une nuance de défi dans sa gaieté.

— Que Dieu nous en préserve, en vérité, murmura-t-elle. Je ne pense pas que cela arrive jamais.

La cloche sonna pour la seconde fois et le train s'ébranla comme elle parlait. La dernière chose que Robert vit d'elle fut ce sourire éclatant et provocant.

« Quel que soit le dessein qui l'a amené à Londres, elle l'a accompli avec plein succès, pensa-t-il. M'aurait-elle joué par quelque tour bien féminin ? Ne dois-je jamais approcher plus près de la vérité et suis-je destiné à être tourmenté toute ma vie par de vagues doutes et de misérables soupçons au point de me rendre fou ? Pourquoi est-elle venue à Londres ? »

Il se posait encore intérieurement cette question, comme il montait son escalier de Fig-Tree Court, un chien sous chaque bras et sa couverture de voyage sur l'épaule.

Il trouva son logis ordonné comme d'habitude. Les géraniums avaient été soigneusement entretenus et les canaris avaient été abrités pour la nuit sous un carré de serge verte, témoignant des soins de l'honnête Mrs Maloney. Robert jeta un coup d'œil rapide autour du salon, puis, déposant les chiens sur le tapis du foyer, il alla directement vers la petite chambre qui lui servait de cabinet de toilette.

C'est dans cette pièce qu'il mettait les sacs de voyage hors de service, les boîtes du Japon cabossées et autres objets de rebut. C'est là que George Talboys avait laissé ses bagages. Robert enleva un sac de voyage posé sur une grande malle, et se mettant à genoux, une bougie allumée à la main, il examina attentivement la serrure.

Selon toute apparence, elle était exactement dans l'état où George l'avait laissée lorsqu'il avait mis de côté ses vêtements de deuil et les avait placés dans ce pauvre reliquaire avec tous les autres souvenirs de sa défunte femme. Robert passa la manche de son habit sur le couvercle recouvert de cuir usé, sur lequel étaient inscrites les initiales « G. T. » en gros clous à tête de cuivre ; mais Mrs Maloney, la blanchisseuse, avait été la plus soigneuse des ménagères, car ni le sac de voyage ni la malle n'étaient poussiéreux.

Mr Audley dépêcha un enfant pour chercher sa domestique irlandaise et arpenta son salon de long en large en attendant impatiemment son arrivée.

Elle entra au bout de dix minutes environ et, après avoir exprimé le plaisir que lui causait le retour « du maître », elle attendit humblement ses ordres.

— Je vous ai fait venir seulement pour vous demander si quelqu'un est entré ici, c'est-à-dire si quelqu'un s'est adressé à vous pour avoir la clé de mes chambres aujourd'hui… quelque dame ?

— Une dame ? Non, vraiment, votre honneur ; aucune dame n'a demandé la clé, à moins que votre honneur ne veuille parler du serrurier.

— Le serrurier !

— Oui, le serrurier à qui votre honneur a commandé de venir aujourd'hui.

— J'ai commandé un serrurier ! s'écria Robert.

« J'ai laissé une bouteille d'eau-de-vie française dans le buffet, pensa-t-il, et Mrs Maloney en a fait son profit. »

— Certainement, et à qui votre honneur a dit d'inspecter les serrures, répliqua Mrs Maloney. C'est celui qui demeure dans une des petites rues près du pont, ajouta-t-elle en faisant une description très claire de tout ce qui concernait l'homme.

Robert leva ses sourcils dans un muet désespoir.

— Si vous voulez bien vous asseoir et reprendre vos esprits, Mrs M., dit-il – il abrégeait ainsi son nom pour éviter une peine inutile –, peut-être pourrons-nous tout à l'heure nous comprendre mutuellement. Vous dites qu'un serrurier est venu ici?

— Certainement, je l'ai dit, monsieur.

— Aujourd'hui?

— Parfaitement exact, monsieur.

Peu à peu Mr Audley lui arracha les informations suivantes. Un serrurier était passé chez Mrs Maloney cette après-midi, à trois heures, et avait demandé la clé des chambres de Mr Audley, afin de pouvoir inspecter les serrures des portes, qu'il disait être toutes complètement dérangées. Il affirma qu'il agissait d'après les ordres de Mr Audley, qui lui avaient été transmis par une lettre venant du pays où le gentleman passait ses fêtes de Noël. Mrs Maloney, croyant à la véracité de cette déclaration, avait introduit l'ouvrier dans l'appartement, où il était resté environ une demi-heure.

— Mais vous étiez avec lui pendant qu'il examinait les serrures, je suppose, demanda Mr Audley.

— Assurément, j'y étais, monsieur, entrant et sortant tout le temps, comme vous pouvez penser; car je devais nettoyer l'escalier cette après-midi, et j'ai saisi l'occasion du moment pendant lequel cet homme travaillait pour commencer ma besogne.

— Oh! vous entriez et sortiez tout le temps! Si vous pouviez convenablement me faire une réponse précise, Mrs M., je serais enchanté de savoir quel a été le temps le plus long que vous avez passé dehors pendant que le serrurier était chez moi.

Mais Mrs Maloney ne pouvait donner une réponse positive. Peut-être dix minutes, quoi qu'elle ne pensât pas que ce fût autant ; peut-être un quart d'heure, mais elle était sûre que ce n'était pas plus. Pour elle, cela lui avait semblé être au plus cinq minutes.

— Mais ces escaliers, votre honneur...

Et là elle se lança dans une dissertation sur le nettoyage des escaliers en général, et particulièrement des escaliers à l'extérieur des chambres de Robert. Mr Audley poussa un profond soupir de morne résignation.

— Ça ne fait rien, Mrs M., dit-il, le serrurier avait amplement le temps de faire tout ce qu'il voulait, j'imagine, étant donné que vous n'avez pas été très avisée.

Mrs Maloney fixa son maître avec une expression mêlée de surprise et d'alarme.

— Pour sûr, il n'y avait pas grand-chose à voler, votre honneur, en dehors des oiseaux et des géraniums, et...

— Non, non, je comprends. C'est bon, Mrs M. Dites-moi où demeure cet individu et je vais aller le trouver.

— Mais vous prendrez bien quelque chose à dîner d'abord, monsieur ?

— Je veux aller voir le serrurier avant de songer au dîner.

Il prit son chapeau en annonçant sa détermination, et il se dirigea vers la porte.

— L'adresse de l'homme, Mrs M. ?

La femme l'accompagna jusqu'à une petite rue derrière l'église de Saint-Bride, et de là Robert continua tranquillement son chemin dans le bourbier que les bons habitants de Londres appellent de la neige.

Il trouva le serrurier et, au péril de la forme de son chapeau, parvint à entrer, par une porte basse et étroite, dans une petite boutique ouverte. Un jet de gaz brûlait dans la fenêtre sans vitre, et il y avait très joyeuse compagnie dans la petite pièce derrière la boutique. Personne ne répondit au holà de Robert, et la raison en était suffisamment claire. La joyeuse compagnie était si absorbée à se réjouir qu'elle était sourde à toutes les interpellations ordinaires du monde extérieur, et ce fut seulement quand Robert, pénétrant plus avant dans la petite boutique caverneuse, eut assez d'audace pour ouvrir la porte à moitié vitrée qui le séparait de la joyeuse société qu'il réussit à attirer l'attention.

Un tableau plein de gaieté, ressemblant à une peinture de l'école de Teniers, s'offrait à la vue de Robert Audley.

Le serrurier, sa femme et sa famille ainsi que deux ou trois convives du sexe féminin étaient rassemblés autour d'une table ornée de deux bouteilles, pas de vulgaires bouteilles de cet extrait de baies de genièvre incolore, très recherché par le peuple ; mais du porto et du sherry authentiques, un sherry redoutablement fort qui laissait un goût ardent dans la bouche ; un sherry couleur brou de noix, d'un brun s'éloignant de sa couleur naturelle, et un superbe vieux porto, pas ce vin maladif, fade et affaibli par un âge excessif, mais un vin riche, corsé, doux, robuste et coloré.

Le serrurier parlait au moment où Robert Audley ouvrit la porte.

— Et après cela, dit-il, elle s'éloigna aussi gracieuse que possible.

La société fut toute confuse de l'apparition de Mr Audley ; mais il faut observer que le serrurier était plus embarrassé que ses invités. Il posa son verre si précipitamment qu'il répandit son vin et il essuya sa bouche nerveusement, avec le revers de sa main sale.

— Vous êtes venu chez moi aujourd'hui, dit Robert avec calme. Ne vous dérangez pas, mesdames – ces mots étaient à l'adresse des convives –, vous êtes venu chez moi aujourd'hui, Mr White, et…

L'homme l'interrompit.

— J'espère, monsieur, que vous serez assez bon pour passer sur cette méprise, dit-il en balbutiant ; soyez persuadé, monsieur, que je suis très fâché que cela soit arrivé. On m'avait envoyé chercher pour l'appartement d'un autre gentleman, Mr Aulwin, à Garden Court, et le nom échappa de ma mémoire ; et comme j'avais fait autrefois quelques petits travaux pour vous, j'ai pensé que c'était vous qui aviez besoin de moi aujourd'hui ; et je me suis adressé à Mrs Maloney pour me procurer la clé ; mais bientôt, en voyant les serrures de vos chambres, je me suis dit : « Les serrures du gentleman ne sont pas dérangées, le gentleman n'a nullement besoin de faire réparer ses serrures. »

— Mais vous êtes resté une demi-heure.

— Oui, monsieur, parce qu'il y avait une serrure dérangée, à la porte la plus proche de l'escalier, et je l'ai enlevée pour la nettoyer, et ensuite je l'ai remise en place. Je ne vous demande rien pour cet ouvrage, et j'espère que vous serez bon pour passer sur la méprise qui a eu lieu, chose qui ne m'était jamais arrivée depuis treize ans au mois de juillet prochain que je travaille, et...

— Rien de ce genre n'est jamais arrivé auparavant, je suppose, dit Robert gravement. Non, c'est une affaire tout à fait singulière, qui vraisemblablement ne se présente pas chaque jour. Vous prenez du bon temps ce soir, à ce que je vois, Mr White. Je suis prêt à parier que vous avez bien travaillé aujourd'hui, que vous avez eu un coup de chance, et c'est vous qui régalez comme on dit, hein ?

Robert Audley, en parlant, regardait en face l'homme à la figure barbouillée. Le serrurier n'était pas un individu de mauvaise apparence, et son visage n'avait rien dont il dût avoir honte, hormis la saleté, et cela, comme dit la mère d'Hamlet, « c'est le sort commun ». Mais malgré cela, les paupières de Mr White se baissèrent en présence du regard calme et scrutateur du jeune homme, et il balbutia quelques paroles en forme d'excuse sur les messieurs[1] et dames ses voisins, et sur le porto et le sherry, avec autant de trouble que si, lui, honnête artisan d'un pays libre, eût

---

1. *Hamlet*, I, 1.

été obligé de s'excuser envers Mr Robert Audley d'être surpris à se divertir dans son propre salon.

Robert l'interrompit d'un signe de tête nonchalant.

— Ne vous excusez pas, je vous en prie, dit-il, j'aime à voir les gens se divertir. Bonsoir, Mr White, bonsoir, mesdames.

Il tira son chapeau aux messieurs et aux dames, les voisins, qui étaient grandement émerveillés de ses manières aisées et de sa belle tournure, puis il quitta la boutique.

— Donc, murmura-t-il en lui-même tandis qu'il retournait à son appartement, « après cela elle s'éloigna aussi gracieuse que possible ». Qui s'éloignait? Et quelle était l'histoire que le serrurier racontait quand je l'ai interrompu à cette phrase? Oh! George Talboys, George Talboys, réussirai-je jamais à me rapprocher du secret de votre destin? Suis-je en train de m'en approcher aujourd'hui, lentement mais sûrement? Le rayon se raccourcira-t-il de jour en jour jusqu'à tracer un cercle sombre autour de la demeure de ceux que j'aime? Comment tout cela finira-t-il?

Il soupira d'un air fatigué en regagnant lentement son appartement solitaire à travers les cours dallées du Temple.

Mrs Maloney lui avait préparé un dîner de célibataire qui, quoique excellent et nourrissant en lui-même, ne pouvait prétendre au charme spécial de la nouveauté. Elle lui avait fait cuire une côtelette de mouton qui se détrempait entre deux assiettes sur la petite table, près du feu.

Robert Audley poussa un soupir en s'asseyant devant le mets familier, se souvenant de la cuisinière de son oncle avec un vif chagrin plein de regrets.

— Ses côtelettes à la Maintenon ennoblissaient le mouton; une viande sublimée dont on avait peine à croire qu'elle venait d'un mouton à laine! murmura-t-il sentimentalement; et les côtelettes de Mrs Maloney sont capables d'être dures. Mais c'est la vie; qu'importe tout cela?

Il repoussa son assiette avec impatience après avoir mangé quelques bouchées.

— Je n'ai jamais fait un bon dîner à cette table depuis que j'ai perdu George Talboys, dit-il; l'endroit semble aussi lugubre que si le pauvre ami était mort dans la chambre à côté et n'avait jamais été enlevé pour être enseveli. Qu'elle me paraît éloignée cette après-midi de septembre, lorsque je regarde en arrière! Cette après-midi de septembre où je l'ai quitté vivant et en bonne santé! Et je l'ai perdu aussi soudainement et inexplicablement que si une trappe s'était ouverte dans la terre et l'avait englouti pour l'entraîner aux antipodes.

## 20

### Ce qui était écrit sur le livre

Mr Audley se leva de table et se dirigea vers l'armoire dans laquelle il conservait le document qu'il avait rédigé concernant George Talboys. Il ouvrit les tiroirs, prit le papier dans le casier étiqueté « IMPORTANT », et s'assit à son bureau pour écrire. Il ajouta plusieurs paragraphes à ceux qui composaient déjà le document, numérotant les nouveaux avec autant de soin qu'il avait numéroté les anciens.

— Que le ciel nous garde tous, murmura-t-il de nouveau ; ce papier, sur lequel nul procureur n'a jamais mis la main, serait-il destiné à devenir ma première cause ?

Il écrivit pendant une demi-heure environ, puis replaça le document dans le casier et ferma l'armoire. Une fois cela fait, il prit une bougie et alla dans la chambre où se trouvaient ses sacs de voyage et la malle appartenant à George Talboys.

Il prit un trousseau de clés dans sa poche et les essaya l'une après l'autre. La serrure de la vieille malle délabrée était ordinaire, et à la cinquième tentative, la clé tourna facilement.

— N'importe qui pourrait, sans la fracturer, ouvrir une serrure pareille, murmura Robert en levant le couvercle de la malle.

Il la vida lentement, mettant soigneusement chaque objet sur une chaise à côté de lui. Il prenait les objets avec une tendresse respectueuse, comme s'il eût soulevé le cadavre de son ami perdu. Un à un il plaça sur la chaise les vêtements de deuil parfaitement pliés. Il trouva de vieilles pipes en écume, des gants froissés qui étaient sortis frais d'une fabrique parisienne ; de vieux programmes de théâtre, dont les plus grosses lettres formaient les noms d'acteurs qui étaient morts et oubliés ; de vieux flacons à parfums, avec des essences odorantes dont la mode était passée ; des paquets de lettres bien rangées, scrupuleusement étiquetés avec le nom de celui qui les avait écrites ; des fragments de vieux journaux et un petit tas de livres miteux, tombant en lambeaux, dont les feuillets détachés s'éparpillèrent entre les mains imprudentes de Robert comme un paquet de cartes. Mais dans toute cette masse de détritus sans valeur dont chaque débris avait eu dans son temps son utilité, Robert Audley chercha en vain ce qu'il désirait : le paquet de lettres écrites à son ami par sa femme. Il avait entendu George faire plus d'une fois allusion à l'existence de ces lettres. Il l'avait vu un jour sortir ces papiers fanés avec une sorte de vénération et les replacer dans la malle, soigneusement attachés avec un ruban passé qui avait appartenu à Helen, au milieu des vêtements de deuil. Les avait-il retirées plus tard, ou avaient-elles été retirées depuis sa disparition par quelque autre main ? Difficile à dire ; mais elles n'y étaient plus.

Robert Audley poussa un profond soupir, replaçant les objets un à un dans la caisse vide de la même manière qu'il les avait sortis. Il s'arrêta, le petit amas de livres tout déchirés entre les mains, et hésita un instant.

— Je vais les garder dehors, murmura-t-il, il peut y avoir dans l'un de ces débris quelque renseignement qui me vienne en aide.

La bibliothèque de George ne se composait pas d'une très brillante collection d'ouvrages littéraires. Il y avait un Ancien Testament en grec et la grammaire latine d'Eton, une brochure française sur l'exercice du sabre dans la cavalerie, un petit volume de *Tom Jones* dont la moitié de la couverture de cuir ne tenait que par un fil, un *Don Juan* de Byron, imprimé en caractères si fins qu'ils devaient avoir été inventés au profit spécial des oculistes et des opticiens, et un gros volume relié en rouge avec des dorures passées.

Robert Audley ferma la malle à clé et prit les livres sous son bras. Mrs Maloney était occupée à enlever les restes de son dîner quand il rentra dans le salon. Il plaça les livres à l'écart sur une petite table dans un coin à côté de la cheminée et attendit patiemment que la femme de ménage eût terminé son ouvrage. Il n'était même pas en humeur de recourir à sa consolatrice, sa pipe en écume. Les romans à couverture jaune qui étaient sur les rayons au-dessus de sa tête lui semblaient rebattus et sans intérêt. Il ouvrit un volume de Balzac ; mais les boucles dorées de la femme de son oncle voltigeaient et frémissaient, dans un brouillard lumineux, sur la diablerie métaphysique de *La Peau de chagrin* et les hideuses horreurs sociales de *La Cousine Bette*. Le volume tomba de sa main et il resta à observer impatiemment Mrs Maloney relevant les cendres du foyer, regarnissant le feu, tirant les rideaux de damas sombre, approvisionnant les canaris, et mettant son bonnet dans le bureau qui n'avait jamais servi avant de souhaiter une bonne nuit à son maître. Dès que la porte fut fermée sur la vieille Irlandaise, il se leva de sa chaise avec impatience et fit les cent pas dans sa chambre.

— Pourquoi continuer ces recherches, dit-il, quand je comprends qu'elles me conduisent, pas à pas, jour par jour, heure par heure, à cette conclusion que je voudrais éviter entre toutes ? Suis-je attaché à une roue, et dois-je suivre chacune de ses révolutions et me laisser emporter partout où elle voudra ? Ou puis-je m'asseoir ici ce soir et me dire que j'ai fait mon devoir à l'égard de mon ami disparu, que je l'ai cherché avec persévérance, mais en vain ? Aurai-je raison si j'agis ainsi ? Aurai-je raison si je laisse la chaîne que j'ai lentement assemblée, anneau par anneau, se démembrer à ce stade? Ou dois-je ajouter de nouveaux anneaux à cette chaîne fatale jusqu'à ce que le dernier clou soit rivé à sa place et que le cercle soit complet? Je pense et je crois que je ne reverrai plus la figure de mon ami, et qu'aucune tentative de ma part ne pourra jamais être d'aucun avantage pour lui. En un mot, le plus cruel des mots, je crois qu'il est mort. Suis-je tenu de découvrir comment et en quel lieu il est mort? Ou, étant comme je le crois, sur la voie de cette découverte, ferai-je tort à la mémoire de George Talboys en retournant sur mes pas ou en m'arrêtant là? Que dois-je faire? Que dois-je faire?

Il resta les coudes sur ses genoux et la figure enfouie dans ses mains. La seule résolution qui avait lentement surgi dans sa nature insouciante jusqu'à devenir assez puissante pour opérer un changement dans cette nature même fit de lui ce qu'il n'avait jamais été auparavant... un chrétien, ayant conscience de sa propre faiblesse, scrupuleux d'observer la stricte ligne du devoir, effrayé d'affranchir sa conscience de l'étrange tâche qui lui avait été imposée, et se soumettant à une main plus puissante que la sienne lui indiquant le chemin qu'il devait poursuivre. Peut-être prononça-t-il ce soir-là sa première prière sincère, assis à côté du foyer solitaire, en pensant à George Talboys. Lorsqu'il releva la tête après cette longue et silencieuse rêverie, ses yeux avaient un regard brillant et déterminé, et chaque trait de son visage semblait avoir une expression nouvelle.

— Justice pour le mort en premier, dit-il; pitié pour les vivants ensuite.

Il roula son fauteuil vers la table, arrangea la lampe et se disposa à procéder à l'examen des livres.

Il les prit l'un après l'autre et les inspecta attentivement, regardant d'abord la page sur laquelle est ordinairement inscrit le nom du propriétaire, puis recherchant quelque morceau de papier qui eût pu être laissé dans l'intérieur des feuillets. À la première page de la grammaire latine d'Eton, le nom de master Talboys était écrit par la main guindée d'un écolier ; les initiales « G. T. » étaient griffonnées sans soin sur la couverture de la brochure française, de la grosse et lâche écriture de George ; le *Tom Jones* avait à l'évidence été acheté à l'étalage d'un bouquiniste et portait une inscription datée du 14 mars 1788 indiquant que l'ouvrage était un tribut respectueux adressé à Mr Thomas Scrowton par son obéissant serviteur James Anderley ; le *Don Juan* et l'Ancien Testament étaient vierges d'inscription. Robert Audley respira plus librement ; il était arrivé à l'avant-dernier livre sans aucune espèce de résultat, et il ne restait plus que le gros volume relié en rouge avec des dorures fanées à examiner, pour que sa tâche fût finie.

C'était un annuaire de l'année 1845. Les gravures sur cuivre, représentant les charmantes dames qui avaient brillé à cette époque, étaient jaunies et tachées de moisissures ; les costumes étaient exotiques et grotesques, les belles coquettes étaient flétries et communes. Même les petites strophes en vers (dans lesquelles la faible flamme du poète jetait sa clarté blafarde sur les intentions obscures de l'artiste) rendaient un son démodé, comme les accords d'une lyre dont les cordes seraient détendues par l'action humide du temps.

Robert Audley ne s'arrêta pas à lire quelqu'une de ces productions doucereuses. Il parcourut rapidement les feuillets, cherchant un morceau d'écriture ou un fragment de lettre qui aurait pu servir de marque-page. Il ne trouva rien qu'une belle boucle de cheveux dorés, de cette nuance brillante qu'on voit rarement ailleurs que sur la tête d'un enfant, une boucle lumineuse qui s'enroulait naturellement comme une vrille de vigne et était d'une texture très opposée, quoique de nuance semblable, à la tresse lisse et douce que la propriétaire de Ventnor avait donnée à George Talboys après la mort de sa femme.

Robert Audley suspendit son examen et plia cette boucle blonde dans une feuille de papier à lettre, qu'il scella du cachet de sa bague, et la posa à part, avec le mémorandum concernant George Talboys et la lettre d'Alicia dans le casier étiqueté « Important ». Il allait replacer le gros annuaire parmi les autres livres, lorsqu'il s'aperçut que les deux feuillets blancs du commencement étaient collés. Il était si résolu à poursuivre ses investigations jusqu'à la dernière limite qu'il prit la peine de séparer ces feuillets avec l'extrémité tranchante de son coupe-papier, et il fut récompensé de sa persévérance en trouvant une inscription sur l'un d'eux. Cette inscription était en trois parties et de trois écritures différentes. Le premier paragraphe était daté de l'année même où l'annuaire avait été publié, et précisait que le livre était la propriété d'une certaine miss Elizabeth Ann Bince, qui avait obtenu le précieux volume en récompense de ses habitudes d'ordre et de son obéissance aux autorités du couvent de Camford House, Torquay. Le second paragraphe était daté de cinq ans plus tard et était écrit de la main de miss Bince elle-même, qui offrait le livre comme un témoignage d'éternelle affection et d'impérissable estime (miss Bince était à l'évidence d'un caractère romanesque) à sa chère amie Helen Maldon. Le troisième paragraphe, daté de septembre 1853, était de la main d'Helen Maldon, qui donnait l'annuaire à George Talboys ; ce fut à la vue de ce troisième paragraphe que le visage de Mr Robert Audley passa de sa couleur naturelle à une maladive pâleur de plomb.

— Je pensais qu'il en serait ainsi, dit le jeune homme en fermant le livre avec un soupir las. Dieu sait que j'étais préparé au pire, et le pire est venu. Je comprends tout maintenant. Ma prochaine visite sera pour Southampton. Je dois placer l'enfant dans de meilleures mains.

# 21

## Mrs Plowson

Dans le paquet de lettres que Robert Audley avait trouvé dans la malle de George, il y en avait une étiquetée avec le nom du père de l'absent, de ce père qui n'avait jamais été un ami indulgent pour son plus jeune fils et qui avait usé bien volontiers de l'excuse fournie par l'imprudent mariage de George pour abandonner le jeune homme à ses propres ressources. Robert Audley n'avait jamais vu Mr Harcourt Talboys, mais les paroles indifférentes de George sur son père avaient donné à son ami quelque notion du caractère de ce gentleman. Il avait écrit à Mr Talboys immédiatement après la disparition de George, élaborant soigneusement son épître, qui faisait une allusion vague à la crainte chez l'auteur de la lettre que quelque vilain tour eût été joué dans cette mystérieuse affaire. Après un intervalle de plusieurs semaines, il avait reçu une lettre formelle, dans laquelle Mr Harcourt Talboys déclarait expressément qu'il s'était lavé les mains de toute responsabilité dans les affaires de son fils George, depuis le jour du mariage du jeune homme, et que son absurde disparition était en rapport avec son ridicule mariage. L'auteur de cette lettre paternelle ajoutait en post-scriptum que si Mr George Talboys avait eu quelque méprisable dessein d'alarmer ses amis par cette prétendue disparition, et par suite de se servir de leurs sentiments dans le but d'en tirer un avantage pécuniaire, il s'était énormément trompé sur le caractère des personnes auxquelles il avait affaire.

Robert Audley avait répondu à cette lettre par quelques lignes indignées, informant Mr Talboys qu'il était peu croyable que son fils se cachât pour accomplir quelque dessein bassement tramé contre les poches de ses proches, car il avait laissé vingt mille livres dans les mains de son banquier au moment de sa disparition. Après avoir expédié cette lettre, Robert avait abandonné tout espoir de recevoir assistance de l'homme qui, dans l'ordre naturel des choses, aurait dû être le plus intéressé au destin de George. Mais aujourd'hui, alors qu'il avançait chaque jour d'un pas vers la fin qui se présentait si noire devant lui, son esprit retournait à ce Mr Harcourt Talboys indifférent et sans cœur.

— J'irai dans le Dorset après mon départ de Southampton, dit-il, pour voir cet homme. S'il est satisfait de laisser le sort de son fils plongé dans l'ombre et le cruel mystère pour tous ceux qui l'ont connu, s'il est satisfait de descendre dans la tombe, sans certitude sur la fin de ce pauvre ami... Pourquoi essaierais-je de débrouiller l'écheveau emmêlé, d'ajuster les pièces de l'épouvantable puzzle et de rassembler les bribes d'éléments qui, réunis, peuvent former un tout hideux? J'irai le voir pour lui dire franchement mes soupçons les plus terribles. Ce sera à lui de dire ce que je dois faire.

Robert Audley partit par un express matinal pour Southampton. Une couche de neige blanche et épaisse s'étendait sur la charmante campagne qu'il traversait. Le jeune avocat s'était enveloppé dans une si grande quantité d'édredons et de couvertures de voyage qu'il paraissait une masse ambulante d'articles de laine plutôt qu'un membre vivant d'une profession savante. Il regardait tristement par la fenêtre couverte de buée, rendue opaque par sa respiration et celle d'un vieil officier des Indes, son seul compagnon, et considérait le paysage fuyant, qui avait un air fantomatique dans son linceul de neige. Il se drapa dans sa couverture, en frissonnant d'un air maussade, se sentant disposé à chercher querelle au destin qui le forçait de voyager par un train si matinal et par une si impitoyable journée d'hiver.

— Qui aurait jamais pensé que je m'attache ainsi à ce garçon, murmura-t-il, ou que je me sente si seul sans lui? J'ai une confortable petite fortune qui me rapporte dans les trois pour cent, je suis l'héritier présomptif du titre de mon oncle, et je connais une certaine petite jeune fille qui, je crois, ferait de son mieux pour me rendre heureux. Mais je l'affirme, j'abandonnerais volontiers le tout et resterais sans le sou demain, si ce mystère pouvait être éclairci d'une manière satisfaisante et si George Talboys pouvait être à côté de moi.

Il arriva à Southampton entre onze heures et midi, traversa le quai de la gare, la figure fouettée par la neige, et se dirigea vers la jetée du port et l'extrémité de la ville. L'horloge de l'église Saint-Michel sonnait midi comme il traversait le pittoresque quartier où elle s'élevait, cherchant son chemin dans les petites rues qui conduisent au bord de l'eau.

Mr Maldon avait établi ses pénates peu reluisants dans une de ces rues mornes que les spéculateurs aiment bâtir sur quelque misérable terrain vague en bordure d'une cité florissante. Brigsome's Terrace était peut-être un des pâtés de maisons fait de briques et de mortier les plus lugubres depuis que le premier maçon avait manié sa truelle et le premier architecte dessiné son plan. L'entrepreneur qui avait spéculé dans les dix maisons de huit pièces tristes comme des prisons, s'était lui-même pendu derrière la porte du salon d'une taverne voisine, alors que la carcasse n'était pas encore terminée. L'individu qui avait acheté les structures de briques et de mortier avait fait banqueroute pendant que les tapissiers étaient encore occupés dans Brigsome's Terrace et avaient blanchi ses plafonds, et lui-même, simultanément. L'insolvabilité et le malheur étaient attachés à ces misérables habitations. L'huissier et le prêteur sur gages étaient aussi connus que le boucher et le boulanger des enfants bruyants qui jouaient sur le terrain vague en face des fenêtres du salon. Les locataires solvables étaient dérangés à des heures indues par le bruit des fantomatiques charrettes de meubles qui glissaient furtivement par les nuits sans lune. Les locataires insolvables défiaient ouvertement, de leurs forteresses de dix pièces, le percepteur de la taxe sur l'eau et vivaient pendant des semaines entières sans aucun moyen visible de se procurer ce liquide indispensable.

Robert Audley regarda autour de lui en frissonnant alors il revenait du bord de l'eau dans cette localité misérable. Un enterrement d'enfant sortait d'une des maisons au moment où il approchait et il pensa avec un frémissement d'horreur que si le petit cercueil avait contenu le fils de George, il aurait, dans une certaine mesure, été responsable de la mort de l'enfant.

— Le pauvre petit ne dormira pas une nuit de plus dans cet indigent taudis, pensa-t-il tandis qu'il frappait à la porte de la maison de Mr Maldon. Il est le legs de mon meilleur ami, et je dois garantir sa sécurité.

Une jeune servante négligée ouvrit la porte et examina Mr Audley d'un air assez soupçonneux en lui demandant, d'une voix très nasillarde, ce qu'il désirait. La porte du petit salon était entrebâillée et Robert put entendre le cliquetis des couteaux et des fourchettes, ainsi que la voix du petit George qui babillait gaiement. Il dit à la servante qu'il venait de Londres, qu'il voulait voir master Talboys et qu'il s'annoncerait lui-même. Et, passant devant elle sans autre cérémonie, il ouvrit la porte du salon. La fille le fixa, consternée par sa manière d'agir. Puis, comme frappée par quelque conviction soudaine et terrible, elle enleva son tablier et sortit en courant dans la neige. Elle s'élança à travers le terrain vague, plongea dans une allée étroite et ne reprit sa respiration qu'une fois sur le seuil d'une taverne appelée Coach and Horses, très fréquentée par Mr Maldon. La fidèle domestique du lieutenant avait pris Robert Audley pour un nouvel encaisseur de taxes déterminé, rejetant la présentation que le gentleman avait faite de lui comme un adroit mensonge inventé pour la ruine des paroissiens en défaut, et s'était précipitée pour avertir opportunément son maître de l'approche de l'ennemi.

Quand Robert entra dans le salon, il fut surpris de trouver le petit George assis en face d'une femme qui faisait honneur à un méchant repas étalé sur une nappe sale et flanqué d'un pot d'étain rempli de bière. La femme se leva à l'entrée de Robert et lui fit une très humble révérence. Elle semblait avoir une cinquantaine d'années et portait des vêtements de deuil brunâtres. Son teint était clair et insipide, et les deux bandeaux de cheveux lisses sous son bonnet étaient de cette nuance terne et filasse qui accompagne en général des joues roses et des cils blancs. Elle avait été peut-être une beauté campagnarde dans son temps, mais ses traits, quoique passablement réguliers dans leur contour, avaient un air chétif et pincé comme s'ils étaient trop petits pour son visage. Ce défaut était particulièrement remarquable dans sa bouche qui, à l'évidence, n'allait pas avec ses dents. Elle sourit en faisant la révérence à Mr Robert Audley, et ce sourire qui découvrit la plus grande partie de cette rangée de dents carrées, à l'aspect affamé, n'ajouta en aucune façon à la beauté de sa personne.

— Mr Maldon n'est pas au logis, monsieur, dit-elle, avec une politesse insinuante ; mais si c'est pour la taxe sur l'eau, il m'a prié de vous dire que…

Elle fut interrompue par le petit George Talboys qui descendit comme il put de la chaise haute sur laquelle il avait été perché et courut à Robert Audley.

— Je vous connais, dit-il, vous êtes venu à Ventnor avec le grand monsieur, et ici une fois, et vous m'avez donné de l'argent, et je l'ai donné à grand-papa pour qu'il en prenne soin, et grand-papa l'a gardé, comme il le fait toujours.

Robert Audley prit l'enfant dans ses bras et le porta à une petite table devant la fenêtre.

— Mettez-vous là, Georgey, dit-il, je veux vous examiner.

Il tourna la figure de l'enfant à la lumière et repoussa les boucles brunes de son front avec les deux mains.

— Vous ressemblez chaque jour davantage à votre père, Georgey, et vous allez devenir tout à fait un homme comme lui, dit-il. Aimeriez-vous aller à l'école ?

— Oh oui, s'il vous plaît, cela me plairait beaucoup, répondit le petit garçon avec vivacité. J'ai été à l'école de miss Pevins une fois, comme externe, vous savez, au coin de la rue voisine, mais j'ai attrapé la rougeole et grand-papa n'a pas voulu que j'y retourne, car il a eu peur que je l'attrape à nouveau. Grand-papa ne me laisse pas jouer avec les petits garçons dans la rue, parce que ce sont des garçons grossiers ; il dit que ce sont des vauriens, mais que je ne dois pas dire vauriens parce que c'est vilain. Il dit aussi Dieu me damne et le diable m'emporte, mais il dit qu'il a le droit parce qu'il est âgé. Je le dirai aussi quand je serai grand. Et je voudrais aller à l'école, s'il vous plaît, et je peux y aller aujourd'hui si vous le voulez. Mrs Plowson va préparer mes habits, n'est-ce pas, Mrs Plowson ?

— Certainement, master Georgey, si votre grand-papa le désire, répondit la femme, jetant un regard assez mal à l'aise à Mr Robert Audley.

« Qu'est-ce qu'il y a avec cette femme ? pensa Robert, en tournant les yeux vers la veuve aux cheveux pâles, qui se rapprochait lentement de la table sur laquelle le petit George Talboys était debout, causant avec son tuteur. Me prend-elle toujours pour un percepteur de taxes rempli d'intentions hostiles pour ces biens et ces meubles misérables, à moins que la cause de son agitation soit plus profonde ? Ce n'est guère possible, pourtant, car quels que soient les secrets du lieutenant Maldon, il est peu probable que cette femme en ait connaissance. »

Pendant ce temps, Mrs Plowson s'était approchée de la petite table et faisait furtivement descendre le petit garçon, lorsque Robert se retourna brusquement.

— Que voulez-vous faire de l'enfant? dit-il.

— Je voulais seulement l'emmener pour laver sa jolie figure, monsieur, et arranger ses cheveux, répondit la femme, du même ton insinuant avec lequel elle avait parlé de la taxe sur l'eau. Vous ne pouvez pas le voir à son avantage, monsieur, tant que sa charmante figure est sale. Il y en a pour cinq minutes pour le rendre comme un sou neuf.

Ses bras longs et maigres étaient autour de l'enfant, tandis qu'elle parlait, et elle s'apprêtait à le prendre et à l'emporter, quand Robert l'arrêta.

— Je préfère le voir comme il est, je vous remercie, dit-il. Mon séjour à Southampton ne doit pas être long, et je veux entendre tout ce que ce petit bonhomme peut me raconter.

Le petit bonhomme se glissa plus près de Robert et examina avec confiance les yeux gris de l'avocat.

— Je vous aime beaucoup, dit-il. J'avais peur de vous quand vous êtes venu autrefois, parce que j'étais timide. Je ne suis plus timide maintenant, je vais avoir six ans.

Robert caressa la tête de l'enfant d'une manière encourageante, mais il n'avait pas les yeux fixés sur le petit George. Il observait la veuve aux cheveux blonds qui s'était approchée de la fenêtre et regardait dehors la parcelle de terrain vague.

— Vous êtes inquiète à propos de quelqu'un, madame, j'en ai peur, dit Robert.

Son visage se colora vivement au moment où l'avocat fit cette remarque, et elle lui répondit d'une manière embarrassée.

— Je guettais Mr Maldon, monsieur, dit-elle. Il sera si contrarié s'il ne vous voit pas.

— Vous savez qui je suis, alors ?

— Non, monsieur, mais...

L'enfant l'interrompit en tirant une petite montre-bijou de son sein et, la montrant à Robert :

— C'est la montre que la jolie dame m'a donnée, dit-il. Je l'ai maintenant, mais je ne l'ai pas eue pendant un grand moment, parce que le bijoutier qui l'a nettoyée est un paresseux, dit grand-papa, et qu'il la garde toujours longtemps, et grand-papa dit qu'il faudra encore la faire nettoyer à cause des taxes. Il l'emporte toujours pour la faire nettoyer quand il y a des taxes, mais il dit que s'il la perdait, la jolie dame m'en donnerait une autre. Connaissez-vous la jolie dame ?

— Non, George ; mais dites-moi tout ce que vous savez sur elle.

Mrs Plowson fit une autre tentative sur l'enfant. Elle était armée d'un mouchoir de poche cette fois, et déployait une grande inquiétude sur l'état du nez du petit Georgey, mais Robert repoussa l'arme redoutable et tira l'enfant des mains qui le tourmentaient.

— L'enfant ira très bien, madame, dit-il, si vous voulez être assez bonne pour le laisser seul pendant cinq minutes. Maintenant, Georgey, asseyez-vous sur mes genoux et racontez-moi ce que vous savez sur la jolie dame.

L'enfant descendit comme il put de la table sur les genoux de Mr Audley, saisissant sans aucune cérémonie, pour s'aider dans sa descente, le col du manteau de son tuteur.

— Je vais tout vous raconter sur la jolie dame, dit-il, parce que je vous aime beaucoup. Grand-papa m'a dit de n'en parler à personne, mais je vous le dirai à vous, vous savez, parce que je vous aime bien, et parce que vous allez me mettre à l'école. La jolie dame est venue ici un soir, il y a bien longtemps, oh ! bien longtemps, dit l'enfant, secouant sa tête avec un air dont la solennité exprimait une époque prodigieusement reculée. Elle est venue alors que j'étais loin d'être aussi grand qu'aujourd'hui, et elle est venue à la nuit, après que j'étais allé me coucher, et elle est montée dans ma chambre, et elle s'est assise sur le lit et elle a pleuré, et elle m'a laissé la montre sous mon traversin, et elle… Pourquoi me faites-vous de gros yeux, Mrs Plowson? Je peux dire cela à ce monsieur, ajouta Georgey, s'adressant subitement à la veuve, qui était debout derrière Robert.

Mrs Plowson marmotta confusément quelque excuse sur ce qu'elle craignait que master George ne fût ennuyeux.

— Veuillez attendre que je m'en plaigne, madame, avant que de fermer la bouche de mon petit ami, dit Robert Audley durement. Une personne soupçonneuse pourrait penser, d'après vos manières, que Mr Maldon et vous êtes impliqués dans quelque complot et que vous êtes effrayée de ce que ce bavardage de l'enfant pourrait laisser deviner.

Il se leva de sa chaise en disant ces mots, regarda Mrs Plowson en face. Le visage de la veuve était aussi blanc que son bonnet quand elle essaya de lui répondre, et ses lèvres pâles étaient si desséchées qu'elle fut obligée de les humecter avec sa langue avant que les mots puissent sortir.

Le petit garçon vint au secours de son embarras.

— Ne soyez pas fâchée, Mrs Plowson, dit-il; Mrs Plowson est très gentille avec moi. Mrs Plowson est la mère de Matilda. Vous ne connaissez pas Matilda. La pauvre Matilda, elle pleurait tout le temps, elle était malade, elle…

L'enfant fut arrêté par l'apparition soudaine de Mr Maldon qui, debout sur le seuil de la porte du salon, considérait Robert Audley d'un air moitié ivre, moitié terrifié, qui s'accordait difficilement avec la dignité d'un officier de marine en retraite. La jeune servante, essoufflée et haletante, se tenait juste derrière son maître. Quoique la journée ne fût pas avancée, le vieillard avait la langue épaisse et la parole embarrassée en s'adressant durement à Mrs Plowson.

— Vous êtes une drôle de créature de vous dire raisonnable ! dit-il. Pourquoi vous n'emmenez pas l'enfant pour lui laver le visage ? Vous voulez me ruiner ? Vous voulez ma perte ? Emmenez l'enfant ! Mr Audley, je suis très content de vous voir, très heureux de vous recevoir dans mon humble demeure, ajouta le vieillard avec une politesse d'ivrogne, se laissant tomber sur une chaise en parlant, et essayant de garder une contenance digne devant son visiteur inattendu.

« Quels que soient les secrets de cet homme, pensa Robert, tandis que Mrs Plowson poussait le petit George Talboys hors de la pièce, cette femme en sait une partie qui n'est pas sans importance. Quel que puisse être le mystère, il devient à chaque pas plus noir et plus épais. Mais j'essaie en vain de reculer ou de m'arrêter net sur la route, car une main plus forte que la mienne m'indique du doigt le chemin du tombeau ignoré de l'ami que j'ai perdu. »

## 22

## Le petit Georgey quitte son ancien logis

— Je suis venu pour emmener votre petit-fils avec moi, Mr Maldon, dit gravement Robert, tandis que Mrs Plowson se retirait avec l'enfant qui lui était confié.

L'imbécillité produite par l'ivresse chez le vieillard se dissipa lentement, comme les lourdes vapeurs d'un brouillard de Londres que le faible éclat du soleil perce difficilement. Il fallut un temps considérable pour que l'éclat très incertain de l'intelligence du lieutenant Maldon perce les vapeurs brumeuses du rhum mélangé d'eau, mais finalement le rayon vacillant brilla faiblement à travers les nuages, et le vieillard put fixer son pauvre esprit sur le point important.

— Oui, oui, dit-il faiblement, enlever l'enfant à son pauvre vieux grand-père; j'ai toujours pensé que cela arriverait ainsi.

— Vous avez toujours pensé que je vous le retirerais? demanda Robert, cherchant à sonder la contenance de l'ivrogne d'un œil inquisiteur. Pourquoi avez-vous pensé cela, Mr Maldon?

Les fumées de l'ivresse s'épaissirent davantage autour du flambeau de sa raison pendant un moment, et le lieutenant répondit vaguement:

— J'y ai pensé… parce que j'y ai pensé.

Rencontrant le coup d'œil impatient et courroucé du jeune avocat, il fit un nouvel effort et la lumière brilla de nouveau.

— Parce que je pensais que vous ou son père voudriez l'emmener d'ici.

— La dernière fois que je suis venu dans cette maison, Mr Maldon, vous m'avez dit que George Talboys s'était embarqué pour l'Australie.

— Oui, oui, je sais, je sais, répondit le vieillard d'un air troublé, laissant errer ses mains dans ses cheveux rares et grisonnants en les emmêlant. Je sais, mais il aurait pu être revenu… n'est-ce pas? Il était agité et… et… peut-être d'un esprit bizarre quelquefois… Il aurait pu revenir.

Il répéta ces mots deux ou trois fois d'un ton faible et semblable à un murmure, chercha en tâtonnant sur le manteau de la cheminée jonchée d'objets une pipe en terre toute sale. Il la bourra et l'alluma d'une main qui tremblait violemment.

Robert Audley observait ces pauvres doigts desséchés et tremblotants qui laissaient tomber des brins de tabac sur le tapis du foyer, à peine capables d'enflammer une allumette à cause de leur agitation. Ensuite, arpentant deux ou trois fois de long en large la petite pièce, il laissa le vieillard prendre quelques bouffées de sa grande consolatrice.

Peu de temps après, il se retourna subitement vers le lieutenant en demi-solde, son beau visage assombri par un air solennel.

— Mr Maldon, dit-il lentement, observant l'effet de chaque syllabe qu'il prononçait, George Talboys n'a jamais embarqué pour l'Australie, j'en suis certain. Plus encore, il n'est pas venu à Southampton, et ce mensonge que vous m'avez fait le 8 septembre dernier vous était dicté par une dépêche télégraphique que vous avez reçue ce jour-là.

La pipe de terre salie s'échappa de sa main tremblante et vint se briser contre le garde-feu en fer, mais le vieillard ne fit aucun effort pour en trouver une nouvelle. Il s'assit, tremblant de tous ses membres en regardant Robert Audley, Dieu sait de quel air pitoyable.

— Le mensonge vous était dicté et vous avez répété la leçon. Mais vous n'avez pas plus vu George Talboys ici, le 7 septembre, que je ne le vois dans cette pièce en ce moment. Vous avez cru brûler la dépêche télégraphique, mais vous n'en avez brûlé qu'une partie, le reste est en ma possession.

Le lieutenant Maldon était complètement dégrisé, maintenant.

— Qu'ai-je fait? murmura-t-il au désespoir. Mon Dieu! Qu'ai-je fait?

— À deux heures, dans la journée du 7 septembre dernier, continua la voix accusatrice et sans pitié, George Talboys a été vu, vivant et bien portant, dans une maison du comté d'Essex.

Robert s'arrêta pour voir l'effet de ces paroles. Elles n'avaient produit aucun changement chez le vieillard: il tremblait toujours de la tête aux pieds, avec ce regard fixe et hébété de quelque misérable sans espoir dont tous les sens s'engourdissent graduellement de terreur.

— À deux heures de ce jour, répéta Robert Audley, mon pauvre ami a été vu vivant et bien portant dans la maison dont je parle. À partir de ce moment jusqu'à aujourd'hui, je n'ai jamais pu apprendre qu'il ait été vu par une créature vivante. J'ai fait toutes les démarches qui auraient dû me procurer des renseignements sur son compte, me dire s'il était vivant. J'ai accompli tout cela scrupuleusement, avec persévérance, et même en premier lieu avec beaucoup d'espoir. Maintenant je comprends qu'il est mort!

Robert Audley s'était attendu à quelque agitation extraordinaire dans les manières du vieillard, mais il n'était pas préparé à la terrible détresse, à la terreur affreuse qui bouleversa la figure défaite de Mr Maldon lorsqu'il prononça les derniers mots.

— Non, non, non, non, répéta le lieutenant d'une voix glapissante à demi criarde, non, non! Pour l'amour de Dieu, ne dites pas cela! Ne pensez pas cela, ne me laissez pas penser cela! Ne me laissez pas en rêver!... Il n'est pas mort, n'importe quoi, mais pas mort! On le retient caché, peut-être, on l'a soudoyé pour le tenir à l'écart, peut-être : mais il n'est pas mort, non, non!

Il prononça ces paroles en criant, comme une personne hors d'elle-même, frappant de ses mains sa tête grise et se balançant d'arrière en avant sur sa chaise. Ses mains débiles ne tremblaient plus, elles étaient fortifiées par quelque vigueur convulsive qui leur donnait une puissance nouvelle.

— Je crois, dit Robert, de la même voix solennelle et implacable, que mon ami a quitté l'Essex, et je crois qu'il est mort le 7 septembre dernier.

Le misérable vieillard, frappant toujours sa rare chevelure grise, glissa de sa chaise sur le plancher et s'accroupit aux pieds de Robert.

— Oh! non, non... pour l'amour de Dieu, non! criat-il d'une voix rauque, non, vous ne savez pas ce que vous dites, vous ne savez pas ce que signifient vos paroles!

— Je ne connais leur poids et leur valeur que trop bien, aussi bien que je vous vois, Mr Maldon. Que Dieu nous garde tous!

— Oh! que dois-je faire, que dois-je faire? murmura le vieillard d'une voix faible.

Puis, se relevant avec effort, il se dressa de toute sa hauteur et, d'une manière qui était nouvelle chez lui et qui n'était pas sans une certaine dignité personnelle – cette dignité qui doit toujours être attachée à une ineffable misère, sous quelque forme qu'elle puisse paraître –, il dit gravement :

— Vous n'avez pas le droit de venir ici terrifier un homme qui est ivre et qui ne se possède pas lui-même. Vous n'avez pas le droit de faire cela, Mr Audley. Même le... l'officier de police, monsieur, qui... qui...

Il ne bégayait pas, mais ses lèvres tremblaient si fort, que ses mots semblaient être mis en pièces par leur mouvement.

— L'officier de police, je répète, monsieur, qui arrête un... un voleur, ou un...

Il s'arrêta pour essuyer ses lèvres et pour les calmer, s'il le pouvait, en faisant cela, mais il n'y réussit pas.

— Un voleur, ou un meurtrier...

Sa voix mourut subitement sur le dernier mot, et ce n'est que par le mouvement de ses lèvres tremblotantes que Robert comprit ce qu'il disait.

— Il l'avertit, monsieur, un avertissement juste, qu'il ne doit rien dire qui puisse le compromettre lui-même ou... d'autres personnes. La... la... loi, monsieur, a ce langage de miséricorde pour un... un... être que l'on soupçonne d'un crime. Mais vous, monsieur, vous... vous venez dans ma maison et vous venez dans un moment où... où... contrairement à mes habitudes ordinaires... qui, comme on vous le dira, sont des habitudes de sobriété... vous saisissez l'opportunité de... m'effrayer... et cela n'est pas bien, monsieur... cela est...

Quel que soit ce qu'il voulait dire, ses paroles moururent en halètements inarticulés qui semblaient l'étouffer et, s'affaissant sur une chaise, il laissa tomber sa tête sur la table et pleura à chaudes larmes. Dans toutes les tristes scènes de misère domestique qui se sont passées dans ces pauvres et sinistres maisons, dans toutes les basses infortunes, les hontes brûlantes, les chagrins cruels, les amères disgrâces qui reconnaissent pour mère commune la pauvreté, il n'y en a peut-être pas eu de semblable à celle-ci... Un vieillard cachant sa face de la lumière du jour et sanglotant tout haut dans sa détresse. Robert Audley contemplait ce spectacle pénible, le visage rempli de désespoir et de pitié.

« Si je m'étais attendu à cela, pensa-t-il, je l'aurais épargné. Il aurait mieux valu, peut-être, l'avoir épargné. »

La pièce miteuse, la saleté, le désordre, l'aspect du vieillard, avec sa tête grise sur la nappe souillée, parmi les débris en désordre d'un méchant dîner, devinrent flous sous les yeux de Robert Audley tandis qu'il pensait à un autre homme, aussi âgé que celui-là ; mais ô combien différent en tout de celui-ci ! Qui pourrait arriver un jour à éprouver les mêmes douleurs, voire une plus grande angoisse, et verser, peut-être, des larmes encore plus amères ! Les larmes montèrent à ses yeux, obscurcissant la pitoyable scène qu'ils contemplaient, pendant suffisamment longtemps pour le ramener dans l'Essex et lui montrer l'image de son oncle, frappé par le chagrin et le déshonneur.

« Pourquoi poursuivre cette affaire ? pensa-t-il. Pourquoi suis-je impitoyable ? Pourquoi suis-je inexorablement poussé en avant ? Ce n'est pas moi, c'est la main qui me fait signe d'avancer de plus en plus loin sur la route sinistre à la fin de laquelle je n'ose pas songer. »

Telles étaient ses pensées, et cent fois plus nombreuses, tandis que le vieillard restait la figure toujours cachée, luttant avec ses angoisses, mais sans pouvoir les dompter.

— Mr Maldon, dit Robert Audley après un instant de silence, je ne vous demande pas de me pardonner pour ce que j'ai attiré sur vous, car, j'en suis intimement persuadé, cela devait vous arriver tôt ou tard… sinon par mon entremise, du moins celle de quelqu'un d'autre. Il y a…

Il s'arrêta un instant, hésitant. Les sanglots ne cessaient pas, tantôt bas, tantôt forts, éclatant avec une nouvelle violence ou mourant pendant un instant, mais ils ne s'arrêtaient pas.

— Certaines choses, comme on dit, ne peuvent rester cachées. Je pense qu'il y a du vrai dans ce dicton courant qui remonte à la vieille sagesse du monde recueillie par le peuple à travers l'expérience et non les livres. Si… si j'avais pu laisser mon ami reposer dans sa tombe inconnue, il est peu vraisemblable que quelque étranger n'ayant jamais entendu le nom de George Talboys, puisse tomber par le plus extraordinaire accident sur le secret de sa mort. Demain, peut-être, ou dans dix ans, ou dans une autre génération, quand la… la main qui lui a fait du tort sera aussi froide que la sienne. Si je pouvais en rester là ; si… si je pouvais quitter pour jamais l'Angleterre et, de propos délibéré, éviter la possibilité de jamais rencontrer quelque indice concernant le secret, je le ferais… je le ferais volontiers, avec soulagement, mais je ne puis ! Une main plus forte que la mienne me fait signe d'aller de l'avant. Je ne veux tirer aucun indigne avantage de vous, moins que de quiconque ; mais je dois avancer, je dois avancer. S'il vous désirez donner quelque avertissement à quelqu'un, faites-le… Si le secret que je poursuis de jour en jour, d'heure en heure, implique quelqu'un à qui vous vous intéressez, que cette personne fuie avant que j'arrive au terme. Qu'ils quittent ce pays, qu'ils quittent tous ceux qui les connaissent… tous ceux dont la paix peut être mise en danger par leur vilenie. Qu'ils partent… on ne les poursuivra pas. Mais si on fait peu de cas de votre avertissement… si on essaye de conserver la position qu'on occupe actuellement, comme un défi à ce que vous aurez pu dire… qu'on prenne garde à moi ; car, lorsque l'heure sera venue, je jure de n'épargner personne.

Le vieillard releva la tête pour la première fois, et essuya son visage ridé avec un foulard de soie déchiré.

— Je vous déclare que je ne vous comprends pas, dit-il. Je vous le déclare solennellement, je ne comprends pas, et je ne crois pas que George Talboys soit mort.

— Je donnerais dix années de ma propre vie si je pouvais le voir vivant, répondit tristement Robert. Je suis désolé pour vous, Mr Maldon. Je suis désolé pour nous tous.

— Je ne crois pas que mon gendre soit mort, dit le lieutenant, je ne crois pas que le pauvre garçon soit mort.

Il s'efforçait faiblement de prouver à Robert Audley que son extravagante explosion de douleur avait été causée par le chagrin qu'il éprouvait de la perte de George Talboys, mais ce prétexte était lamentablement inconsistant.

Mrs Plowson revint au salon, conduisant le petit Georgey, dont le visage brillait de ce poli éclatant que le savon jaune et le frottement peuvent produire sur la figure humaine.

— Bonté divine! s'écria Mrs Plowson, que peut-il être arrivé au pauvre vieux gentleman? Nous l'entendions depuis le corridor sangloter terriblement.

Le petit Georgey grimpa sur son grand-père et caressa le visage ridé, mouillé de pleurs, de sa main potelée.

— Ne pleurez pas, grand-papa, dit-il, ne pleurez pas. Je vous donnerai ma montre à faire nettoyer, et le brave bijoutier vous prêtera de l'argent pour payer le monsieur de la taxe tandis qu'il nettoiera la montre... Cela m'est égal, grand-papa. Allons chez le bijoutier... le bijoutier dans High Street, vous savez, qui a des globes dorés peints sur sa porte, pour montrer qu'il vient de Lombar... Lombarshire, dit l'enfant en faisant une pause pour trouver le nom. Venez, grand-papa.

Le petit bonhomme prit le bijou dans son sein, et se dirigea vers la porte, fier d'être en possession d'un talisman qui avait si souvent rendu de si grands services.

— Il y a des loups à Southampton, dit-il, faisant un signe de tête plutôt triomphant à Robert Audley. Mon grand-papa dit, quand il prend ma montre, qu'il fait cela pour tenir le loup éloigné de la porte. Y a-t-il des loups où vous vivez?

Le jeune avocat ne répondit pas à la question de l'enfant, mais l'arrêta comme il entraînait son grand-père vers la porte.

— Votre grand-papa n'a pas besoin de la montre aujourd'hui, Georgey, dit-il gravement.

— Pourquoi a-t-il du chagrin, alors? demanda Georgey naïvement... Quand il a besoin de la montre, il est toujours triste et il frappe son pauvre front ainsi – l'enfant s'interrompit pour imiter l'action avec ses petits poings... Et il dit qu'elle... la jolie dame, je crois qu'il parle d'elle, qu'elle le traite bien durement et qu'il ne peut tenir le loup éloigné de la porte. Et alors je dis : « Grand-papa, prenez la montre. » Et alors il me prend dans ses bras et dit : « Mon ange béni ! Comment puis-je voler mon ange béni ? » Et puis il pleure, mais pas comme aujourd'hui... pas tout haut, vous savez, seulement des larmes qui coulent sur ses pauvres joues ; non pas comme aujourd'hui que vous pouviez l'entendre dans le corridor.

Le babil de l'enfant, tout pénible qu'il était pour Robert Audley, semblait une consolation pour le vieillard. Il ne parut pas écouter le caquetage de l'enfant, mais se promena deux ou trois fois en long et en large dans la petite chambre, lissa ses cheveux ébouriffés et se laissa arranger sa cravate par Mrs Plowson, qui paraissait très soucieuse de découvrir la cause de son agitation.

— Pauvre cher vieux monsieur, dit-elle, jetant les yeux sur Robert. Qu'est-il arrivé, pour le mettre ainsi hors de lui ?

— Son gendre est mort, répondit Mr Audley, en fixant ses yeux sur le visage plein de sympathie de Mrs Plowson. Il est mort un an et demi à peu près après la mort de Helen Talboys, qui est ensevelie dans le cimetière de Ventnor.

Le visage sur lequel il tenait son regard attaché changea très légèrement ; mais les yeux qui étaient fixés sur lui se détournèrent tandis qu'il parlait et Mrs Plowson, une fois de plus, fut obligée de passer sa langue sur ses lèvres pâles pour les humecter avant de lui répondre.

— Ce pauvre Mr Talboys est mort, dit-elle, voilà vraiment une mauvaise nouvelle, monsieur.

Le petit Georgey lança un regard plein d'intelligence du côté de son tuteur, pendant que ces paroles étaient prononcées.

— Qui est mort, dit-il, George Talboys est mon nom, qui est mort ?

— Un autre individu dont le nom est Talboys, Georgey.

— Pauvre homme ! Est-ce qu'on le mettra dans le trou ?

L'enfant avait cette idée ordinaire de la mort que les judicieux parents donnent généralement aux enfants, et qui les conduit toujours à penser à l'ouverture de la fosse, mais porte rarement leurs esprits à pousser plus avant.

— Je voudrais le voir mettre dans le trou, remarqua Georgey, après un moment de silence.

Il avait accompagné plusieurs convois d'enfants du voisinage, et était considéré comme un pleureur important à cause de son aspect intéressant. Il en était venu, par conséquent, à considérer la cérémonie d'un enterrement comme une réjouissance solennelle dans laquelle gâteaux, vins et voitures étaient les principaux événements.

— Vous n'avez pas d'objections à ce que j'emmène Georgey avec moi, Mr Maldon? demanda Robert Audley.

L'agitation du vieillard s'était beaucoup calmée pendant ce temps. Il avait trouvé une autre pipe cachée derrière le cadre en toc de la glace et tentait de l'allumer avec un morceau de journal tordu.

— Vous ne vous y opposez pas, Mr Maldon?

— Non, monsieur, non. Vous êtes son tuteur et vous avez le droit de l'emmener où il vous plaira. Il a été pour moi une très grande consolation dans ma vieillesse abandonnée, mais j'ai été préparé à le perdre. J'ai… je… peux n'avoir pas toujours rempli mon devoir envers lui, monsieur, sous… sous le rapport de l'instruction et… et des bottines. Le nombre de bottines que peuvent user les enfants de son âge est difficile à imaginer pour l'esprit d'un jeune homme comme vous. Il est resté éloigné de l'école, peut-être, à l'occasion, et il lui est arrivé de porter des bottines abîmées, quand nos fonds étaient bas. Mais il n'a pas été maltraité. Non, monsieur, vous pourriez le questionner durant une semaine, je ne crois pas que vous puissiez apprendre que son pauvre vieux grand-père lui ait jamais dit une parole dure.

Sur ces entrefaites, Georgey, remarquant la détresse de son vieux protecteur, poussa un cri terrible, et déclara qu'il ne le quitterait jamais.

— Mr Maldon, dit Robert Audley d'un ton mi-triste, mi-compatissant, quand j'ai considéré ma position, la nuit dernière, je ne pensais pas que je pourrais jamais en arriver à la croire plus pénible qu'alors. Je ne peux dire qu'une chose... que Dieu ait pitié de nous tous. Je crois de mon devoir d'emmener l'enfant, mais je le conduirai directement de votre maison à la meilleure école de Southampton, et je vous donne ma parole d'honneur que je n'essayerai pas d'extorquer à son innocente simplicité rien qui puisse en aucune façon... Je veux dire, s'interrompit-il brusquement, je suis sincère... Je ne chercherai pas à avancer d'un pas vers le secret par son entremise. Je... je ne suis pas un policier, et je ne pense pas que le policier le plus accompli aimerait obtenir ses informations d'un enfant.

Le vieillard ne répondit pas ; il restait assis, la figure cachée par une main et sa pipe éteinte entre les doigts inertes de l'autre.

— Emmenez l'enfant, Mrs Plowson, dit-il après un instant, emmenez-le et mettez-lui ses affaires. Il doit aller avec Mr Audley.

— Ce que j'affirme, c'est que ce n'est pas aimable de la part de ce gentleman d'enlever son mignon chéri à son pauvre grand-papa, s'écria Mrs Plowson subitement, avec une indignation pleine de respect.

— Paix, Mrs Plowson, répondit le vieillard d'un ton pitoyable, Mr Audley est le meilleur juge. Je... je n'ai pas beaucoup d'années à vivre, et je ne serai plus longtemps un embarras pour personne.

Les pleurs filtraient lentement à travers les doigts sales qui cachaient ses yeux injectés de sang, tandis qu'il parlait.

— Dieu sait que je n'ai jamais fait de tort à votre ami, monsieur, dit-il, quand Mrs Plowson et George eurent quitté la pièce, ni ne lui ai jamais souhaité aucun mal. C'était un bon gendre pour moi, meilleur que beaucoup de fils. Je ne lui ai jamais causé de préjudice avec intention, monsieur... J'ai... j'ai dépensé son argent, peut-être, mais je le regrette, je le regrette vraiment aujourd'hui. Mais je ne crois pas qu'il soit mort, non, monsieur, non, je ne le crois pas, s'écria le vieillard en retirant sa main de ses yeux, et en regardant Robert Audley avec un regain d'énergie. Je... je ne le crois pas, monsieur! Comment... comment serait-il mort?

Robert ne répondit pas à ces questions pressantes. Il secoua la tête avec tristesse et, s'approchant de la petite fenêtre, regarda dehors, à travers une rangée de géraniums mal entretenus, le morceau de terrain vague désolé où jouaient les enfants.

Mrs Plowson revint avec le petit Georgey emmitouflé dans un manteau et une couverture de voyage, et Robert prit la main de l'enfant.

— Dites bonsoir à votre grand-papa, Georgey.

Le petit garçon s'élança vers le vieillard et, se cramponnant à lui, baisa les larmes sales de ses joues fanées.

— Ne vous chagrinez pas pour moi, grand-papa, dit-il; je vais aller à l'école pour apprendre à devenir un homme savant, et je reviendrai à la maison pour vous voir et Mrs Plowson aussi, n'est-ce pas? ajouta-t-il en se tournant vers Robert.

— Oui, mon cher enfant, de temps en temps.

— Emmenez-le, monsieur, emmenez-le, s'écria Mr Maldon, vous me brisez le cœur.

Le petit garçon trottina d'un air joyeux à côté de Robert. Il était enchanté à l'idée d'aller en pension, quoiqu'il eût été assez heureux chez son vieil ivrogne de grand-père, qui avait toujours montré une affection larmoyante pour le joli petit garçon et avait fait de son mieux pour gâter Georgey, en lui laissant faire sa volonté en toute chose. La conséquence de cette indulgence, c'est que master Talboys avait pris goût à veiller tard, aux soupers chauds les plus indigestes qui soient, et à boire de petites gorgées de rhum et d'eau dans le verre de son grand-papa.

Il communiqua ses idées sur beaucoup de sujets à Robert Audley, tandis qu'ils se dirigeaient vers l'hôtel du Dauphin ; mais l'avocat ne l'encourageait pas à parler.

Ce n'était pas chose difficile que de trouver une bonne école dans un endroit comme Southampton. Robert Audley fut envoyé à une jolie maison entre la Porte et l'Avenue. Il confia Georgey aux soins d'un garçon d'hôtel accommodant, qui semblait n'avoir autre chose à faire que de regarder par la fenêtre, et d'enlever la poussière invisible sur le poli brillant des tables. L'avocat monta vers Hight Street en direction de l'institution pour jeunes gentlemen dirigée par Mr Marchmont.

Il trouva dans Mr Marchmont un homme très sensé et il croisa une file de jeunes gentlemen bien alignés qui se rendaient en ville escortés de deux accompagnateurs, au moment où il entrait dans la maison.

Il dit au professeur que le petit George Talboys avait été laissé à sa charge par un de ses meilleurs amis, qui s'était embarqué quelques mois auparavant pour l'Australie, et qu'il croyait mort. Il confia l'enfant aux soins particuliers de Mr Marchmont, et il le pria en outre de n'admettre aucun visiteur à voir le petit garçon, à moins qu'il ne fût autorisé par une lettre de lui. Après avoir arrangé l'affaire en quelques mots, comme une transaction commerciale, il revint à l'hôtel chercher Georgey.

Il trouva le petit bonhomme en grande intimité avec le garçon paresseux qui avait attiré l'attention de master Georgey sur différents objets dignes d'intérêt dans High Street.

Le pauvre Robert avait autant idée des besoins d'un enfant que de ceux d'un éléphant blanc. Il avait acheté des vers à soie, des cochons d'Inde, des loirs, des canaris et des chiens en quantité durant sa jeunesse, mais il n'avait jamais été appelé à pourvoir aux besoins d'une jeune créature de cinq ans.

Il retourna en arrière de vingt-cinq années et essaya de se rappeler ce qu'il mangeait à l'âge de cinq ans.

« J'ai un vague souvenir d'avoir eu une grande quantité de pain avec du lait et du mouton bouilli, pensa-t-il, et un autre vague souvenir que je n'aimais pas cela. Je me demande si cet enfant aime le lait avec du pain et le mouton bouilli. »

Il se tint debout pendant quelques minutes, tirant son épaisse moustache et fixant l'enfant d'un air pensif avant d'aller plus loin.

— Je suis sûr que vous avez faim, Georgey, dit-il à la fin.

L'enfant fit signe que oui, et le garçon ôta quelque poussière très invisible de la table, comme disposition préparatoire pour étaler une nappe.

— Peut-être aimeriez-vous déjeuner ? suggéra Mr Audley en tirant toujours sa moustache.

L'enfant éclata de rire.

— Déjeuner, cria-t-il, pourquoi ? C'est l'après-midi, et j'ai déjà déjeuné.

Robert Audley se sentit de nouveau plongé dans l'embarras. Quel rafraîchissement pouvait-il donner à un enfant pour qui trois heures était l'après-midi ?

— Vous aurez un peu de pain et de lait, Georgey, dit-il après un instant. Garçon, du pain et du lait, et une pinte de vin du Rhin.

Master Talboys fit la grimace.

— Je ne mange jamais de pain avec du lait, dit-il, je n'aime pas cela. Je préfère ce que grand-papa appelle quelque chose de savoureux. J'aimerais mieux une côtelette de veau. Grand-papa m'a raconté qu'il avait dîné ici une fois, et que les côtelettes de veau étaient délicieuses, grand-papa l'a dit. Est-ce que je peux avoir une côtelette de veau, s'il vous plaît, avec de l'œuf et de la chapelure, et un peu de jus de citron, vous savez ? ajouta-t-il au garçon. Grand-papa connaît le cuisinier d'ici. Le cuisinier est un gentil monsieur, et il m'a donné une fois un shilling, quand grand-papa m'a amené ici. Le cuisinier porte de plus beaux habits que grand-papa… plus beaux même que les vôtres, dit master Georgey, indiquant du doigt le grossier pardessus de Robert avec un signe de dédain.

Robert Audley le regarda, atterré. Comment devait-il agir avec cet épicurien de cinq ans, qui refusait du pain avec du lait et demandait des côtelettes de veau?

— Je vais vous dire ce que je vais faire, petit Georgey, s'écria-t-il au bout d'un instant, je vais vous faire servir à dîner.

Le garçon acquiesça vivement.

— Ma parole, monsieur, dit-il d'un air d'approbation, je crois que le petit gentleman saura le manger.

— Je vais vous donner à dîner, Georgey, répéta Robert : une petite julienne, de l'anguille à l'étuvée, un plat de côtelettes, un oiseau rôti et un pudding. Que dites-vous de cela, Georgey?

— Je ne pense pas que le jeune gentleman s'oppose à ce menu lorsqu'il le verra, monsieur, dit le garçon : anguille, julienne, côtelettes, oiseau, pudding. Je vais avertir le cuisinier, monsieur. À quelle heure, monsieur?

— Eh bien, disons six heures, et master Georgey ira à sa nouvelle école pour l'heure du coucher. Vous allez vous arranger pour amuser l'enfant cette après-midi, j'en suis sûr. J'ai quelques affaires à terminer, et je ne pourrai pas le promener. Je coucherai ici cette nuit. Au revoir, Georgey, prenez garde à vous, et tâchez d'avoir bon appétit pour six heures.

Robert Audley laissa l'enfant à la charge du garçon paresseux et descendit du côté de l'eau, choisissant cette rive déserte qui conduit jusque sous les murs tombant en poussière de la ville, dans la direction du petit village situé près de la partie plus étroite de la rivière.

Il avait fui délibérément la société de l'enfant, et il marcha à travers un léger amas de neige jusqu'à ce que la première obscurité l'atteignît.

Il retourna à la ville, et s'informa à la gare des trains pour le Dorset.

« Je partirai de bonne heure demain matin, pensa-t-il, pour voir le père de George avant la tombée de la nuit. Je lui dirai tout... tout, excepté l'intérêt que je prends à... à la personne soupçonnée, et il décidera ce qu'il convient de faire ensuite. »

Master Georgey fit parfaitement honneur au dîner que Robert avait commandé. Il but de la bière légère en telle quantité qu'il alarma grandement le garçon chargé de le distraire, et se divertit formidablement, faisant montre d'un goût pour le faisan rôti et la sauce à la mie de pain bien au-dessus de son âge. À huit heures une voiture fut mise à son service et il partit très bien disposé, avec un souverain dans sa poche et une lettre de Robert à Mr Marchmont, renfermant un billet de banque pour le trousseau du jeune gentleman.

— Je suis enchanté d'avoir des habits neufs, dit-il en faisant ses adieux à Robert, car Mrs Plowson a raccommodé les vieux si souvent qu'elle peut s'en servir maintenant pour Billy.

— Qui est Billy? demanda Robert en riant du bavardage de l'enfant.

— Billy est le petit garçon de la pauvre Matilda; c'est un enfant commun, vous savez. Matilda était commune, mais elle...

Mais le cocher faisait claquer son fouet à ce moment, le vieux cheval partit au trot et Robert Audley n'entendit plus rien sur Matilda.

## 23

## Au point mort

Mr Harcourt Talboys vivait dans un beau manoir carré, en briques rouges, à un *mile* d'un petit village appelé Grange Heath, dans le Dorset. Le manoir s'élevait au centre de beaux terrains carrés, à peine assez étendu pour que ce soit un parc, trop grands pour qu'on les nomme autrement : ainsi ni le manoir, ni les terrains n'avaient de nom et la propriété était simplement désignée par ces mots : le domaine du *squire* Talboys.

Mr Harcourt Talboys était peut-être bien la dernière personne dans ce monde à laquelle on pouvait associer le titre simple, chaleureux, agreste, le vieux titre anglais de *squire*. Il ne chassait ni ne cultivait. Il n'avait jamais porté de sa vie les couleurs cramoisies ou les bottes à revers. Un vent du sud et un ciel nuageux lui étaient complètement indifférents tant qu'ils n'intervenaient en aucune sorte dans son propre bien-être si précieux ; il ne se souciait de l'état des récoltes que dans la mesure où cela rendait aléatoires certains loyers qu'il recevait pour les fermes de son domaine. C'était un homme d'environ cinquante ans, grand, raide, osseux et anguleux, avec une figure carrée et pâle, des yeux gris clair et de rares cheveux noirs, ramenés de chaque oreille sur une couronne chauve, ce qui donnait à sa physionomie une faible ressemblance avec celle d'un terrier, un terrier à tête dure, brusque et intransigeant, un terrier que le plus habile voleur de chiens qui se soit jamais distingué dans sa profession n'aurait jamais pris.

Personne ne se souvenait d'avoir jamais aperçu ce qu'on appelle communément le défaut de la cuirasse d'Harcourt Talboys. Il ressemblait à sa maison construite en carré, face au nord et que rien n'abritait. Il n'y avait dans sa nature aucun recoin ombragé où l'on aurait pu se glisser pour se mettre à l'abri de sa dure clarté. Il n'était que lumière. Il considérait toute chose avec le même regard ouvert de son intelligence lumineuse et n'aurait supporté aucune ombre adoucissante qui aurait pu altérer les durs contours des événements cruels, et les adoucir pour les rendre beaux. Je ne sais si je me fais comprendre en disant qu'il n'y avait pas de courbes dans son caractère ; que son esprit ne suivait que des lignes droites, sans jamais dévier d'un côté ou de l'autre pour arrondir leurs angles inflexibles. Avec lui le vrai était vrai, et le faux était faux. Il n'avait jamais admis, dans son impitoyable et consciencieuse existence, l'idée que les circonstances pussent mitiger la gravité d'un tort ou affaiblir la force du droit. Il avait chassé son fils unique parce qu'il lui avait désobéi, et il était prêt à chasser sa fille unique en cinq minutes pour la même raison.

Si cet homme carré et pragmatique pouvait être atteint d'une faiblesse telle que la vanité, il tirait à coup sûr vanité de sa dureté, de son intelligence nette et inflexible qui faisait de lui la plus désagréable créature qui existât, ou de cette obstination inébranlable qui n'avait jamais dévié de son but impitoyable sous l'influence de l'amour ou de la pitié ; il tirait vanité de la force négative d'une nature qui n'avait jamais connu la faiblesse des affections ou l'énergie qui peut prendre naissance dans cette même faiblesse.

S'il avait regretté le mariage de son fils et la rupture, par son fait, avec George, sa vanité avait été plus puissante que ses regrets et l'avait rendu capable de les dissimuler. En vérité, aussi invraisemblable qu'il paraisse au premier abord qu'un tel homme puisse être vaniteux, je suis sûr que la vanité était le centre d'où rayonnaient tous les traits de caractère déplaisants de Mr Harcourt Talboys. Je suppose que Junius Brutus[1] était rempli de vanité et qu'il fut heureux de l'approbation de Rome saisie d'une respectueuse crainte lorsqu'il ordonna l'exécution de ses fils. Harcourt Talboys aurait chassé le pauvre George de sa présence entre les faisceaux renversés des licteurs et aurait farouchement savouré sa propre douleur. Le ciel seul sait combien cet homme dur peut avoir ressenti amèrement la séparation d'avec son fils unique, ou à quel point l'angoisse infligée par cet inflexible amour-propre qui en cachait la torture avait pu être terrible.

— Mon fils m'a causé un tort impardonnable en épousant la fille d'un indigent ivrogne, répondait Mr Talboys à quiconque avait la témérité de lui parler de George, et depuis, je n'ai plus de fils. Je ne lui souhaite aucun mal. Il est simplement mort pour moi. J'ai du chagrin pour lui, comme j'en éprouve pour sa mère qui est morte il y a dix-neuf ans. Si vous me parlez de lui comme vous le feriez d'un mort, je suis prêt à vous entendre. Si vous me parlez de lui comme vous le feriez d'un vivant, je dois refuser d'écouter.

Je crois que Harcourt Talboys se félicitait de la sombre grandeur romaine de ce discours et qu'il aurait aimé porter une toge et se draper sévèrement dans ses plis en tournant le dos à celui qui intercédait en faveur du pauvre George. Ce dernier n'avait jamais fait personnellement aucune tentative pour adoucir le verdict de son père. Il le connaissait assez bien pour comprendre que le cas était désespéré.

— Si je lui écris, il pliera ma lettre et mettra l'enveloppe dans l'intérieur et la classera avec mon nom et la date de son arrivée, disait le jeune homme, et il prendra à témoin

---

[1]. Lucius Junius Brutus, fondateur légendaire de la République romaine

toute la maisonnée qu'elle n'aura provoqué ni souvenir ému, ni pensée de pitié. Il restera attaché à sa résolution jusqu'au jour de sa mort. J'imagine, si la vérité pouvait être connue, qu'il est content que son fils unique l'ait offensé, lui donnant l'occasion de faire parade de ses vertus romaines.

George avait répondu en ces termes à sa femme quand elle et son père l'avaient pressé de demander assistance à Harcourt Talboys.

— Non, ma chérie, avait-il dit pour conclure. Il est bien dur sans doute d'être pauvre, mais nous le supporterons. Nous n'irons pas avec des visages à faire pitié devant un père sévère, lui demander le vivre et le couvert, uniquement pour qu'il refuse, en faisant de longues phrases dans le style de Johnson[1], et qu'il s'en serve servir d'exemple auprès du voisinage. Non, ma jolie petite, mourir de faim est aisé, mais s'humilier est difficile.

La pauvre Mrs George n'a probablement pas été entièrement d'accord avec la première de ces deux propositions. Elle n'avait pas grande envie de mourir de faim et elle se désola piteusement quand les jolies bouteilles de champagne, aux bouchons marqués Cliquot et Moët, se changèrent en pintes d'*ale* à six pence, apportées de la brasserie voisine par une domestique en savates. George avait dû porter son propre fardeau et prêter une main secourable à celui de sa femme, qui n'avait pas idée de cacher ses regrets et ses déceptions.

— Je croyais que les dragons étaient riches, disait-elle de mauvaise humeur. Les jeunes filles veulent toutes épouser des dragons, les marchands être leurs fournisseurs, les hôteliers les veulent en pension chez eux, et les directeurs de théâtre les avoir pour mécènes. Qui aurait pu s'attendre à ce qu'un dragon boive de la bière

---

1. Samuel Johnson (1709-1784), un des principaux écrivains britanniques du siècle des Lumières. Ses bons mots, commentaires et réflexions lui ont valu d'être l'auteur anglais le plus cité après Shakespeare.

bon marché, fume du mauvais tabac, et laisse porter à sa femme un chapeau miteux?

S'il se manifestait des sentiments égoïstes dans de semblables discours, George Talboys ne les avait jamais découverts. Il avait aimé sa femme et avait eu confiance en elle de la première à la dernière heure de sa courte vie d'homme marié. L'amour qui n'est pas aveugle n'est peut-être qu'une fausse divinité après tout; car lorsque Cupidon laisse tomber le bandeau de ses yeux, cela indique à coup sûr qu'il est prêt à déployer ses ailes pour s'envoler. George n'avait jamais oublié l'heure où pour la première fois il avait été fasciné par la jolie fille du lieutenant Maldon, et malgré le changement qui pouvait s'être opéré en elle, l'image qui l'avait charmé alors n'était pas changée et se présentait toujours la même à son cœur.

Robert Audley quitta Southampton par un train qui partit avant le jour, et atteignit la gare de Wareham de bonne heure dans la matinée. Il loua un véhicule à Wareham pour le conduire à Grange Heath.

La neige avait durci sur le sol et le jour était pur et froid; chaque objet du paysage se dessinait en lignes dures sur le fond d'un ciel bleu glacé. Les sabots des chevaux résonnaient sur la route encombrée de glaces, les fers frappant sur le sol qui était presque aussi dur qu'eux. Ce jour d'hiver avait quelque ressemblance avec l'homme qu'il allait voir. Comme lui, il était acéré, glacial, rigoureux; comme lui, il était sans pitié pour la détresse et impénétrable à la douce influence du soleil. Il n'acceptait d'autres rayons que ceux d'un soleil de janvier suffisants pour éclairer le pays morne et nu sans l'inonder de lumière. Ainsi était Harcourt Talboys, prenant le côté le plus austère de chaque vérité et déclarant haut et fort au monde incrédule qu'il n'y avait jamais eu et qu'il ne pouvait jamais y avoir d'autre côté à considérer.

Le courage de Robert Audley s'affaiblit au moment où le mauvais véhicule de louage s'arrêta devant une barrière de sévère apparence ; le cocher descendit pour ouvrir une large grille en fer qui tourna sur ses gonds à grand bruit et fut saisie par un grand crochet de fer planté dans le sol, qui happa le barreau du bas comme s'il eût voulu le mordre.

Cette grille en fer ouvrait sur une maigre plantation de sapins aux branches droites qui poussaient en rangées et secouaient leur vigoureux feuillage d'hiver d'un air de défi au souffle mordant de la brise glacée. Un chemin de gravier pour les voitures courait tout droit entre ces arbres raides et à travers une pelouse unie et bien entretenue qui menait à une habitation carrée en briques rouges, dont chaque fenêtre étincelait sous l'éclat d'un soleil de janvier comme si elle venait d'être nettoyée par quelque infatigable servante.

Je ne sais si Junius Brutus fut une plaie dans sa propre maison, mais parmi les vertus romaines dont Mr Talboys se targuait, il avait une aversion extrême pour le désordre et était la terreur de tous ses domestiques.

Les fenêtres étincelaient et les marches du perron de pierre scintillaient au soleil ; les principales allées du jardin étaient si fraîchement couvertes de gravier qu'elles donnaient à ce lieu un aspect sablonneux et roux, rappelant une désagréable chevelure de couleur rouge. La pelouse était ornée principalement de noirs arbustes d'aspect funéraire, plantés en plates-bandes qui ressemblaient à des formules d'algèbre, et le perron en pierre conduisant à la porte carrée à demi vitrée du vestibule était bordé de caisses en bois vert foncé contenant les mêmes vigoureux arbustes à feuilles persistantes.

« Si l'homme a quelque ressemblance avec sa maison, pensa Robert, je ne m'étonne pas que le pauvre George et lui se soient séparés. »

À l'extrémité d'une maigre avenue, le chemin pour les voitures faisait un angle droit (il eût été tracé en courbe sur le terrain de tout autre individu) et passait devant les fenêtres inférieures de la maison. Le cocher mit pied à terre devant le perron, monta les marches et sonna, à l'aide d'une poignée de cuivre qui rentra dans son emboîture avec un bruit de ressort irrité, comme si le contact plébéien de la main de cet homme lui avait été un affront.

Un domestique en pantalon noir et veste de toile rayée qui sortait à l'évidence depuis peu des mains de la blanchisseuse ouvrit la porte. Mr Talboys était à la maison. Le gentleman voulait-il lui faire remettre sa carte?

Robert attendit dans le hall que sa carte fût portée au maître de la maison.

Ce vestibule était spacieux, élevé, pavé de pierre. Les panneaux de lambris de chêne brillaient du même poli rigoureux que chaque objet à l'intérieur et à l'extérieur de l'habitation en briques rouges.

Certaines personnes ont assez de faiblesse d'esprit pour aimer les peintures et les statues. Mr Harcourt Talboys était bien trop pratique pour donner dans des fantaisies aussi absurdes. Un baromètre et un porte-parapluies étaient les seuls ornements de son vestibule.

Robert examina ces meubles pendant que l'on soumettait son nom au père de George.

Le domestique revint bientôt. C'était un homme carré, au visage pâle, de quarante ans à peu près, et qui avait l'air d'avoir survécu à toute émotion à laquelle l'humanité peut être sujette.

— Si vous voulez venir par ici, monsieur, dit-il, Mr Talboys vous recevra, quoiqu'il soit à son petit-déjeuner. Il m'a prié de déclarer qu'il pensait que tout le monde dans le Dorset était au courant de l'heure de son déjeuner.

Ces mots étaient dits dans l'intention de lancer un reproche solennel à Mr Robert Audley. Ils eurent toutefois très peu d'effet sur le jeune avocat. Il leva simplement les sourcils, manifestant une placide réprobation de lui-même et des autres.

— Je n'habite pas le Dorset, dit-il. Mr Talboys aurait pu le savoir, s'il m'avait fait l'honneur d'exercer sa puissance de raisonnement. Conduisez-moi, mon ami.

L'homme impassible jeta sur Robert Audley un froid regard d'horreur absolue. Il ouvrit une des lourdes portes en chêne et l'introduisit dans une vaste salle à manger meublée avec la simplicité sévère d'un appartement prévu pour y manger et non y vivre. Au bout d'une table qui aurait pu accueillir dix-huit personnes, Robert Audley aperçut Mr Harcourt Talboys.

Mr Talboys était vêtu d'une robe de chambre d'étoffe grise, serrée à la taille par une ceinture. C'était un vêtement à l'aspect sévère, peut-être, ce qui pouvait se rapprocher le plus de la toge dans les costumes modernes. Il portait un gilet de couleur chamois, une cravate de batiste raidie par l'amidon, et un col de chemise irréprochable. Le gris froid de sa robe de chambre était presque le même que celui de ses yeux, et le beige pâle de son gilet, aussi pâle que son teint.

Robert Audley n'avait pas imaginé qu'Harcourt Talboys soit complètement semblable à George dans ses manières et son caractère, mais il s'était attendu à trouver quelque air de famille entre le père et le fils. Il n'y en avait aucun. Imaginer quelqu'un plus dissemblable que George de l'auteur de ses jours relevait de l'impossible. Robert ne s'étonna plus de la lettre cruelle qu'il avait reçue de Mr Talboys quand il en vit l'auteur. Un tel homme pouvait difficilement avoir écrit autrement.

Une seconde personne se trouvait dans la vaste pièce, vers qui Robert lança un coup d'œil, après avoir salué Harcourt Talboys, incertain de la manière dont il devait procéder. C'était une femme, assise à la dernière des quatre fenêtres qui se suivaient; elle était occupée à un ouvrage d'aiguille, de la couture simple, et avait à côté d'elle une grande corbeille en osier remplie de calicot et de flanelle.

Toute la longueur de la pièce séparait cette dame de Robert, mais il put voir qu'elle était jeune et qu'elle ressemblait à George Talboys.

« Sa sœur, pensa-t-il dans le court moment durant lequel il quitta le maître de la maison des yeux pour jeter un regard vers le visage féminin près de la fenêtre, sa sœur, sans aucun doute. Il l'aimait beaucoup, je le sais. Elle n'est certainement pas complètement indifférente à son sort! »

La dame se leva à demi de son siège, faisant tomber de ses genoux, dans son mouvement, son ouvrage qui l'encombrait et laissant échapper une bobine de coton qui roula au loin sur le chêne poli du parquet au-delà du bord du tapis de Turquie.

— Asseyez-vous, Clara, dit la voix dure de Mr Talboys.

Ce gentleman ne semblait pas s'adresser à sa fille et n'avait pas tourné la tête de son côté quand elle s'était levée. C'était comme s'il avait su ce qui se passait par quelque magnétisme social qui lui était propre. On aurait dit, comme ses domestiques étaient disposés à le remarquer irrévérencieusement, qu'il avait des yeux derrière la tête.

— Asseyez-vous, Clara, répéta-t-il, et gardez votre coton dans votre boîte à ouvrage.

La dame rougit à ce reproche et se baissa pour chercher le coton. Mr Robert Audley, nullement intimidé par l'air sévère du maître de maison, s'agenouilla sur le tapis, trouva la bobine et la rendit à sa propriétaire. Harcourt Talboys considéra cette manière d'agir avec une expression d'étonnement absolu.

— Peut-être, monsieur... Mr Robert Audley, dit-il, en jetant les yeux sur la carte qu'il tenait entre le pouce et l'index, peut-être, quand vous aurez fini de chercher des bobines de coton, voudrez-vous être assez bon pour me dire ce qui me vaut l'honneur de cette visite?

Il fit avec sa main bien faite un geste qu'on eût pu admirer chez John Kemble[1], et le domestique, comprenant le geste, avança une lourde chaise garnie de maroquin rouge.

---

1. John Philip Kemble (1757-1823), tragédien britannique qui connut un succès prodigieux, triomphant notamment dans *Hamlet*.

Il agit avec tant de lenteur et de solennité que Robert avait d'abord pensé que quelque chose d'extraordinaire allait s'accomplir. Mais la vérité se fit jour à la fin, et il se laissa tomber sur le siège massif.

— Vous pouvez attendre, Wilson, dit Mr Talboys, comme le domestique se disposait à se retirer ; Mr Audley prendra peut-être du café.

Robert n'avait rien mangé le matin ; mais il jeta un coup d'œil sur la longue étendue de la triste nappe, sur le service à thé et à café en argent, sur la splendeur austère et le peu de chance de quelque substantielle chère, et il refusa l'invitation de Mr Talboys.

— Mr Audley ne prend pas de café, Wilson, dit le maître de maison ; vous pouvez vous retirer.

L'homme s'inclina et sortit, ouvrant et fermant la porte avec autant de précaution que s'il se fût permis une grande liberté en agissant ainsi, ou que le respect dû à Mr Talboys exigeât qu'il disparût directement à travers le panneau de chêne comme un fantôme dans un conte allemand.

Mr Harcourt Talboys était assis, ses yeux gris fixés sévèrement sur son visiteur, les coudes appuyés sur le maroquin rouge des bras de son fauteuil et les extrémités de ses doigts réunies. C'était l'attitude dans laquelle, eût-il été Junius Brutus, il se fût assis au procès de ses fils. Si Robert Audley avait été facile à embarrasser, Mr Talboys y serait parvenu ; mais comme le jeune homme aurait pu rester assis en toute quiétude sur un baril de poudre à canon à allumer son cigare, il ne fut pas le moins du monde ému en cette occasion. La dignité du père lui paraissait bien peu de chose quand il pensait aux causes possibles de la disparition du fils.

— Je vous ai écrit il y a quelque temps, Mr Talboys, dit-il avec calme, quand il vit que celui-ci attendait qu'il entamât la conversation.

Harcourt Talboys s'inclina ; il savait que c'était de son fils perdu que Robert allait parler. Fasse le ciel que son stoïcisme glacé soit l'affectation mesquine d'un homme vaniteux plutôt que le manque complet de cœur auquel pensait Robert. Il fit une inclination de tête à son visiteur derrière le bout de ses doigts. Le procès avait commencé et Junius Brutus était content de lui.

— J'ai reçu votre communication, Mr Audley, dit-il. Elle est classée parmi d'autres lettres d'affaires ; il y a été répondu dans les formes.

— Cette lettre concernait votre fils.

Il y eut un petit frôlement à la fenêtre où était assise la dame au moment où Robert dit ces mots. Il regarda de son côté presque instantanément, mais elle ne semblait pas avoir remué ; elle ne travaillait pas et elle était parfaitement calme. « Elle est aussi insensible que son père, j'imagine, quoiqu'elle ressemble à George », pensa Mr Audley.

— Si votre lettre concernait la personne qui fut autrefois mon fils, peut-être, monsieur, dit Harcourt Talboys, dois-je vous prier de vous souvenir que je n'ai plus de fils.

— Vous n'avez aucune raison de me le rappeler, Mr Talboys, répondit gravement Robert, je ne m'en souviens que trop bien. Une raison fatale me pousse à croire que vous n'avez plus de fils. J'ai tout lieu de penser qu'il est mort.

Il se peut que le teint de Mr Talboys fût passé à une nuance d'un beige plus pâle tandis que Robert prononçait ces paroles ; mais il s'était contenté d'élever ses sourcils gris et broussailleux, et de secouer doucement la tête.

— Non, dit-il, non, je vous assure, non.

— Je crois que George Talboys est mort en septembre.

La jeune fille qui avait été interpellée sous le nom de Clara était assise, son ouvrage soigneusement plié sur ses genoux, les mains serrées reposant sur son travail et ne bougea pas tout le temps que Robert parla de la mort de son ami. Il ne pouvait voir distinctement son visage, car elle était à quelque distance de lui et elle tournait le dos à la fenêtre.

— Non, non, je vous assure, reprit Mr Talboys ; vous êtes dans une fâcheuse erreur.

— Vous croyez que je suis dans l'erreur en pensant que votre fils est mort ? demanda Robert.

— Très certainement, répliqua Mr Talboys avec un sourire qui exprimait le calme de la sagesse, très certainement, mon cher monsieur. Disparaître a toujours été un subterfuge habile, sans aucun doute, mais pas suffisamment pour me tromper. Vous devez me permettre de comprendre cela un peu mieux que vous, Mr Audley, et vous devez aussi me permettre de vous assurer de trois choses. Premièrement, votre ami n'est pas mort. Deuxièmement, il se tient caché à l'écart dans le dessein de m'alarmer, de se jouer de mes sentiments en tant que… que celui qui fut autrefois son père, et d'obtenir au bout du compte mon pardon. En troisième lieu, il n'obtiendra pas ce pardon, aussi longtemps qu'il lui plaira de se tenir caché, et il agirait donc prudemment en retournant sans délai à sa résidence ordinaire et à ses occupations.

— Alors vous pensez qu'il se cache de tous ceux qui le connaissent, dans le dessein de…

— Dans le dessein de m'influencer, s'écria Mr Talboys qui, puisant son jugement dans sa propre vanité, considérait chaque événement de la vie depuis ce point de vue unique, et refusait obstinément de l'examiner d'un autre point de vue. Dans le dessein de m'influencer. Il connaît l'inflexibilité de mon caractère ; il en a été familier à un certain degré, et il sait que toutes les tentatives pour adoucir ma décision ou ébranler en moi le but que je me suis fixé dans la vie échoueraient. Il a donc essayé les moyens extraordinaires, il s'est tenu caché à l'écart afin de m'alarmer et quand, après un temps convenable, il s'apercevra qu'il ne m'a pas inquiété, il reviendra à ses lieux de prédilection. Quand il agira ainsi, dit Mr Talboys en s'élevant au sublime, je lui pardonnerai. Oui, monsieur, je lui pardonnerai ; et je lui dirai : « Vous avez essayé de me tromper, et je vous ai montré qu'on ne me trompait pas; vous avez voulu m'effrayer, et je vous ai convaincu qu'on ne me fait pas peur; vous n'avez pas voulu croire à ma générosité, je vous montrerai que je puis être généreux. »

Harcourt Talboys débita ces superbes phrases de façon étudiée, montrant qu'elles avaient été soigneusement élaborées depuis longtemps.

Robert Audley poussa un soupir en entendant cela.

— Fasse le ciel que vous puissiez avoir l'occasion de dire ces paroles à votre fils, monsieur, répondit-il tristement. Je suis très heureux d'apprendre que vous êtes disposé à lui pardonner, mais je crains que vous ne puissiez jamais le revoir sur cette terre. J'ai beaucoup de choses à vous dire sur ce... ce triste sujet, Mr Talboys, mais je préférerais vous les dire à vous seul, ajouta-t-il en jetant un regard à la dame assise près de la fenêtre.

— Ma fille connaît mes idées à ce sujet, Mr Audley, dit Harcourt Talboys; il n'y a aucune raison qui l'empêche d'entendre ce que vous avez à dire. Miss Clara Talboys, Mr Robert Audley, ajouta-t-il avec un geste de la main majestueux.

La jeune fille inclina la tête en réponse au salut de Robert.

« Qu'elle entende donc, pensa-t-il. Si elle a assez peu de sensibilité pour ne montrer aucune émotion à ce triste sujet, qu'elle entende le pire que j'aie à raconter. »

Il y eut quelques minutes de silence, durant lesquelles Robert tira des papiers de sa poche; parmi eux se trouvait le document qu'il avait rédigé immédiatement après la disparition de George.

— Je réclamerai toute votre attention, Mr Talboys, dit-il; car ce que j'ai à vous dévoiler est d'une nature pénible. Votre fils était mon ami le plus cher, cher pour plusieurs raisons. Peut-être parce que je l'ai vu et connu au moment du grand chagrin de sa vie et qu'il restait relativement seul dans le monde... rejeté par vous qui auriez dû être son meilleur ami, privé de la seule femme qu'il eût jamais aimée.

— La fille d'un indigent ivrogne, remarqua en passant Mr Talboys.

— S'il était mort dans son lit des suites de son chagrin, comme j'ai parfois pensé que cela lui arriverait, continua Robert Audley, je l'aurais pleuré très sincèrement, même si j'avais fermé ses yeux de ma propre main et l'avais vu couché dans son paisible lieu de repos. J'aurais éprouvé du chagrin pour mon vieux camarade de collège et pour le compagnon qui m'avait été si cher. Mais cette peine aurait été bien peu de chose comparée à celle que je ressens aujourd'hui, car je ne suis que trop fermement convaincu que mon pauvre ami a été assassiné.

— Assassiné !

Le père et la fille répétèrent simultanément cet horrible mot. Le visage du père se couvrit d'une pâleur livide. La tête de sa fille tomba sur ses mains serrées et ne se releva plus pendant tout le temps de l'entrevue.

— Mr Audley, vous êtes fou, s'écria Harcourt Talboys, vous êtes fou, ou bien, vous ayez été envoyé par votre ami pour vous jouer de mes sentiments. Je proteste contre ce procédé comme étant un complot, et je… je reviens sur mes intentions de pardon pour la personne qui fut autrefois mon fils.

Il redevint lui-même en disant ces paroles. Le coup avait été rude, mais ses effets n'avaient été que momentanés.

— Il est très loin de ma pensée de vous alarmer sans nécessité, monsieur, répondit Robert. Fasse le ciel que vous puissiez avoir raison et que j'aie tort. Je prie pour cela, mais je ne peux le croire… je ne peux même pas l'espérer. Je suis venu à vous pour avoir un avis. Je veux vous exposer simplement et sans passion les circonstances qui ont éveillé mes soupçons. Si vous me dites que ces soupçons sont absurdes et sans fondement, je suis prêt à me soumettre à votre jugement plus sage que le mien. Je quitte l'Angleterre et j'abandonne la poursuite d'une preuve qui manque pour… pour confirmer mes craintes. Si vous me dites poursuivez, je poursuivrai.

Rien ne pouvait être plus flatteur pour la vanité de Mr Harcourt Talboys que cet appel. Il déclara qu'il était prêt à écouter tout ce que Robert pouvait avoir à dire et à l'assister de tout son pouvoir.

Il prononça avec emphase ces derniers mots d'assurance, rabaissant la valeur de ses avis avec une affectation qui était aussi transparente que son amour-propre lui-même.

Robert Audley rapprocha sa chaise du fauteuil de Mr Talboys et commença un récit minutieusement détaillé de tout ce qui était arrivé à George depuis le moment de son arrivée en Angleterre jusqu'à l'heure de sa disparition, ainsi que de tout ce qui s'était passé depuis sa disparition et ne touchait en aucune manière à ce sujet particulier. Harcourt Talboys l'écouta avec une attention manifeste, l'interrompant de temps en temps pour lui adresser quelque question d'ordre légal. Clara Talboys ne releva jamais sa tête de ses mains jointes.

Les aiguilles de la pendule marquaient onze heures un quart quand Robert commença son histoire. Midi sonnait comme il finissait.

Il avait soigneusement supprimé les noms de son oncle et de la femme de son oncle en relatant les circonstances dans lesquelles ils étaient impliqués.

— Maintenant, monsieur, dit-il une fois l'histoire racontée, j'attends votre décision. Vous avez entendu mes raisons conduisant à cette terrible conclusion. Quelle impression ces raisons ont-elles produit sur vous?

— Elles ne me détournent nullement de ma première opinion, répondit Mr Harcourt Talboys avec l'orgueil déraisonnable d'un homme obstiné. Je crois encore, comme auparavant, que mon fils est vivant et que sa disparition est un complot contre moi. Je refuse de devenir la victime de ce complot.

— Et vous me dites de m'arrêter? demanda Robert d'un ton solennel.

— Je ne vous dis que ceci: si vous poursuivez, faites-le pour votre satisfaction et non pour la mienne. Je ne vois rien dans ce que vous m'avez raconté de propre à m'alarmer pour la sécurité de… votre ami.

— Qu'il en soit ainsi, alors! s'écria Robert subitement. À partir de maintenant, je me lave les mains de cette affaire et le but de ma vie sera de l'oublier.

Il se leva en disant ces mots et prit son chapeau sur la table où il l'avait posé. Il jeta un regard sur Clara Talboys. Son attitude n'avait pas changé depuis qu'elle avait laissé tomber sa tête dans ses mains.

— Bonne journée, Mr Talboys, dit-il gravement, Dieu veuille que vous ayez raison et que j'aie tort. Mais j'ai peur que vienne le jour où vous aurez sujet de regretter votre indifférence sur le sort prématuré de votre fils unique.

Il s'inclina avec gravité devant Mr Harcourt Talboys et devant la jeune fille dont le visage était toujours caché dans ses mains.

Il s'arrêta un instant à regarder miss Talboys, pensant qu'elle lèverait les yeux, qu'elle ferait un signe ou témoignerait le désir de le retenir.

Mr Talboys sonna le domestique impassible qui conduisit Robert à la porte du vestibule avec une solennité qui eût été parfaitement en harmonie s'il l'eût accompagné à son exécution.

« Elle est comme son père, pensa Mr Audley en regardant pour la dernière fois la tête inclinée. Pauvre George, vous aviez besoin d'un ami dans ce monde, car vous avez eu fort peu de cœurs pour vous aimer. »

## 24

## Clara

Robert Audley trouva le cocher endormi sur le siège de son lourd véhicule. Il avait été régalé d'une bière assez forte pour occasionner une asphyxie temporaire chez le buveur assez hardi pour l'absorber, et il fut très content d'accueillir le retour de son client. Le vieux cheval blanc, qui semblait avoir été poulain l'année où la voiture avait été construite, paraissait, comme celle-ci, avoir survécu à la mode ; il était aussi profondément assoupi que son maître et se réveilla avec un sursaut au moment où Robert arrivait au bas des marches du perron, raccompagné par son bourreau qui attendit respectueusement que Mr Audley fût entré dans le véhicule et eût disparu au détour de l'allée.

Le cheval, réveillé par le claquement du fouet de son conducteur et par une secousse des rênes délabrées, avança à moitié endormi, et Robert, son chapeau complètement rabattu sur les yeux, pensait à son ami absent.

Il avait joué dans ces jardins austères, sous ces sapins lugubres des années auparavant, peut-être… si tant est que la plus espiègle jeunesse ait pu jouer sous le feu des sévères yeux gris de Mr Harcourt Talboys. Il avait joué sous ces arbres au feuillage sombre, peut-être, avec la sœur qui avait entendu parler de son triste sort aujourd'hui sans verser une larme. Robert Audley jeta les yeux sur la froideur maniérée de ce terrain méthodiquement rangé, s'étonnant que George eût pu grandir dans une semblable résidence et devenir l'ami franc, généreux, insouciant qu'il avait connu. Comment avait-il pu, ayant son père perpétuellement sous les yeux, ne pas grandir sur le modèle déplaisant de ce père et ne pas devenir un tourment pour ses camarades? Comment cela s'était-il fait? Parce que nous devons remercier un Être, plus élevé que nos parents, pour notre âme qui fait que nous sommes grands ou petits; et parce que, tandis que les nez et les mentons peuvent se transmettre par une succession régulière de père en fils, de grand-père en petit-fils, comme les formes des fleurs fanées d'une année sont reproduites dans les boutons qui poussent l'année suivante, l'esprit, plus subtil que la brise qui souffle parmi ces fleurs, indépendant de toute règle terrestre, ne reconnaît d'autre pouvoir que la loi harmonieuse du Créateur.

« Dieu merci, pensait Robert Audley, Dieu merci, c'en est fini! Mon pauvre ami doit reposer dans sa tombe inconnue et je n'aurai pas la douleur d'attirer l'infortune sur ceux que j'aime. Cela arrivera peut-être, tôt ou tard, mais pas par mon entremise. La crise est passée, et je suis libre. »

Il trouva dans cette pensée une ineffable consolation. Sa nature généreuse répugnait au rôle auquel il s'était trouvé entraîné, celui d'un espion, amené à recueillir des faits accusateurs qui conduisaient à des conséquences horribles.

Il poussa un long soupir, un soupir de soulagement pour cette délivrance. C'était entièrement fini maintenant.

La voiture avançait lentement par la porte de la plantation d'arbres comme il pensait à cela et il se leva dans le véhicule pour jeter un regard en arrière sur les tristes sapins, les allées couvertes de gravier, la pelouse unie et la grande maison en briques rouges, à l'aspect désolé.

Il fut surpris à la vue d'une femme qui courait, qui volait presque, le long du chemin par lequel il était venu et agitait un mouchoir dans sa main.

Il considéra cette singulière apparition pendant quelques instants, dans un étonnement silencieux, avant d'être capable d'exprimer sa stupéfaction par des mots.

— Est-ce à moi qu'en veut cette femme qui semble voler ? s'écria-t-il à la fin. Vous feriez mieux d'arrêter je crois, ajouta-t-il au cocher. C'est une époque d'excentricité, une ère anomale de l'histoire du monde. Elle peut avoir besoin de moi. Très probablement j'ai oublié mon mouchoir, et Mr Talboys a envoyé cette personne me le rapporter. Peut-être ferais-je mieux de descendre et d'aller à sa rencontre. C'est un geste poli de renvoyer mon mouchoir.

Mr Robert Audley descendit résolument de la voiture et marcha lentement vers la forme féminine qui courait si vite et qui l'atteignit bientôt.

Il avait assez mauvaise vue et ce ne fut que lorsqu'elle arriva tout près de lui qu'il la reconnut.

— Bonté divine ! s'écria-t-il, c'est miss Talboys.

C'était miss Talboys, rouge et hors d'haleine, avec un châle de laine sur la tête.

Robert Audley voyait maintenant clairement son visage pour la première fois et il remarqua qu'elle était très jolie. Elle avait des yeux bruns, comme ceux de George, un teint pâle (elle avait pris des couleurs quand elle s'approcha de lui, mais elles s'évanouirent dès qu'elle eut recouvré sa respiration), ses traits étaient réguliers, avec une mobilité d'expression qui réfléchissait tout changement de sentiments. Il vit tout cela en quelques instants, et ne fit que s'étonner davantage du stoïcisme de sa conduite durant son entrevue avec Mr Talboys. Il n'y avait pas de larmes dans ses yeux, mais ils brillaient d'un éclat fiévreux, d'un éclat terrible et sec, et il pouvait voir que ses lèvres tremblaient lorsqu'elle s'adressa à lui.

— Miss Talboys, dit-il, que puis-je... pourquoi?...

Elle l'interrompit soudain, saisissant son poignet de sa main libre et tenant son châle de l'autre.

— Oh! laissez-moi vous parler, s'écria-t-elle, laissez-moi vous parler, ou je deviendrai folle. J'ai tout entendu. Je crois ce que vous croyez et je deviendrai folle si je ne peux pas faire quelque chose... quelque chose pour venger sa mort.

Pendant quelques instants, Robert Audley fut trop abasourdi pour répondre. De toutes les choses possibles, celle-ci était la dernière à laquelle il se fût attendu.

— Prenez mon bras, miss Talboys, dit-il. Calmez-vous, je vous en prie. Retournons sur le chemin de la maison et exprimez-vous tranquillement. Je n'aurais pas parlé comme je l'ai fait devant vous si j'avais su...

— Si vous aviez su que j'aimais mon frère? dit-elle avec calme. Comment auriez-vous pu savoir que je l'aimais? Comment quelqu'un aurait-il pu penser que je l'aimais, quand je n'ai jamais eu le pouvoir d'obtenir pour lui un bon accueil sous ce toit, ou un mot bienveillant de son père? Comment aurais-je osé trahir mon affection pour lui dans cette maison quand je savais que même l'affection d'une sœur tournerait à son désavantage? Vous ne connaissez pas mon père, Mr Audley; moi, si. Je savais qu'intercéder pour George aurait ruiné sa cause. Je savais que laisser les choses dans les mains de mon père et faire confiance au temps était ma seule chance de revoir mon cher frère. Et j'attendais, j'attendais patiemment, espérant toujours, car je savais que mon père aimait son fils unique. Je remarque votre sourire méprisant, Mr Audley, et je conçois bien qu'il est difficile pour un étranger de croire que, sous ce stoïcisme affecté, mon père cache quelque degré d'affection pour ses enfants. Non pas un attachement très vif peut-être, car il a dirigé toute sa vie avec la stricte loi du devoir. Arrêtez, dit-elle subitement en posant la main sur son bras et regardant derrière elle à travers l'avenue de sapins. Je suis sortie en courant par l'arrière de la maison. Papa ne doit pas me voir en train de vous parler, Mr Audley, et il ne faut pas qu'il voie la voiture stationner près de la porte. Voulez-vous aller sur la grande route et dire au cocher de faire avancer sa voiture jusqu'au bout du chemin? Je sortirai par une petite porte qui est plus loin en montant, et je vous rejoindrai sur la route.

— Mais vous allez attraper froid, miss Talboys, observa Robert, la regardant d'un air inquiet, car il voyait qu'elle était toute tremblante. Vous grelottez maintenant.

— Ce n'est pas de froid, répondit-elle; je pensais à mon frère George. Si vous avez quelque pitié pour l'unique sœur de votre ami perdu, faites ce que je vous demande, Mr Audley. Il faut que je vous parle… il faut que je vous parle… avec calme, si je le puis.

Elle posa la main sur son front comme si elle essayait de rassembler ses idées, puis elle montra du doigt la grille. Robert la salua et la laissa. Il dit au cocher d'avancer lentement vers la gare et continua son chemin à pied le long de la barrière goudronnée qui entourait la propriété de Mr Talboys. À une centaine de mètres environ après l'entrée principale, il arriva à une petite porte en bois dans la barrière et attendit là miss Talboys.

Elle le rejoignit bientôt, son châle encore sur la tête, ses yeux toujours brillants et secs.

— Voulez-vous marcher avec moi à couvert? dit-elle, nous pourrions être observés sur la grande route.

Il s'inclina, passa la porte et la ferma derrière lui.

Quand elle prit le bras qu'il lui offrait, il s'aperçut qu'elle tremblait encore… très violemment.

— Je vous prie, je vous supplie de vous calmer, miss Talboys, dit-il, il se peut que je me sois trompé dans l'opinion que j'ai formée; j'ai pu…

— Non, non, non, s'écria-t-elle, vous ne vous êtes pas trompé, mon frère a été assassiné. Dites-moi le nom de cette femme, de la femme que vous soupçonnez être intéressée à sa disparition, à son assassinat...

— Je ne puis faire cela jusqu'à ce que...

— Jusqu'à quand?

— Jusqu'à ce que je sois certain qu'elle est coupable.

— Vous disiez à mon père que vous vouliez abandonner toute idée de découvrir la vérité. Que vous vouliez vous tenir tranquille en laissant le sort de mon frère rester à l'état d'horrible mystère jamais éclairci sur cette terre; mais vous n'allez pas agir ainsi, Mr Audley, vous n'allez pas manquer à la mémoire de votre ami. Vous voulez voir punir ceux qui l'ont tué. Vous allez faire cela, n'est-ce pas?

Une ombre de tristesse s'étendit comme un voile noir sur le beau visage de Robert Audley. Il se rappelait ce qu'il avait dit la veille à Southampton: « Une main plus forte que la mienne me fait signe du doigt d'avancer sur la route sinistre. »

Un quart d'heure auparavant, il avait cru que tout était fini et qu'il était délivré du terrible devoir de découvrir le secret de la mort de George. Maintenant cette jeune fille, insensible en apparence, se faisait entendre et le pressait de continuer la poursuite de sa destinée.

— Si vous saviez dans quel malheur je peux être impliqué en découvrant la vérité, miss Talboys, dit-il, vous voudriez à peine me demander de faire un pas de plus dans cette affaire.

— Mais je vous le demande, répondit-elle avec une passion contenue. Je vous le demande. Je vous demande de venger la mort prématurée de mon frère. Voulez-vous le faire, oui ou non?

— Si je réponds non?

— Alors je le ferai moi-même! s'écria-t-elle en le fixant de ses yeux bruns éclatants. Je suivrai moi-même la piste de ce mystère; je trouverai cette femme... oui, bien que vous refusiez de me dire dans quelle partie de l'Angleterre mon frère a disparu. Je voyagerai d'une extrémité du monde à l'autre pour découvrir le secret de son sort, si vous refusez de le découvrir pour moi. Je suis majeure, responsable, riche, car j'ai de l'argent que m'a laissé une de mes tantes. Je pourrai payer ceux qui m'aideront dans mes recherches et je le ferai pour qu'ils aient intérêt à bien me servir. Choisissez entre ces deux options, Mr Audley. Qui trouvera le meurtrier, vous ou moi?

Il la regarda en face et vit que sa résolution n'était pas le fruit d'une exaltation passagère typiquement féminine qui céderait sous la main de fer de l'adversité. Son expression rigide donnait à ses admirables traits, naturellement sculpturaux dans leurs nobles contours, l'aspect du marbre. Le visage qu'il regardait était celui d'une femme que seule la mort pouvait faire dévier de ses projets.

— J'ai grandi dans une atmosphère d'oppression, dit-elle avec calme. J'ai refoulé et étouffé les sentiments naturels de mon cœur, au point de les rendre peu naturels dans leur intensité ; on ne m'a autorisé ni amis ni amants. Ma mère est morte quand j'étais très jeune. Mon père a toujours été pour moi ce que vous l'avez vu être aujourd'hui. Je n'ai personne que mon frère. Tout l'amour que mon cœur peut contenir s'est concentré sur lui. Vous étonnez-vous, alors, que lorsque j'apprends que sa jeune existence a été tranchée traîtreusement, je désire voir la vengeance s'appesantir sur le coupable? Oh! mon Dieu, s'écria-t-elle, en joignant subitement les mains et en levant les yeux vers le ciel d'hiver glacé, conduisez-moi au meurtrier de mon frère et laissez ma main venger sa mort prématurée.

Robert Audley resta immobile devant elle, la regardant avec une admiration respectueuse. Sa beauté s'était élevée jusqu'au sublime par la tension de sa passion contenue. Elle ne ressemblait à aucune des femmes qu'il eût jamais vues. Sa cousine était jolie, la femme de son oncle était ravissante, mais Clara Talboys était belle.

Le visage de Niobé[1], embelli par la douleur, pouvait à peine montrer une beauté plus purement classique que le sien. Sa toilette même, puritaine dans la simplicité de sa couleur grise, l'embellissait plus que n'aurait pu le faire une toilette plus magnifique sur une femme moins admirable.

— Miss Talboys, dit Robert après un instant, votre frère ne restera pas sans vengeance. Il ne sera pas oublié. Je ne pense pas que l'assistance quelconque d'un professionnel que vous pourriez vous procurer vous mènerait aussi sûrement que je pourrai le faire au secret de ce mystère, si vous êtes patiente et si vous me faites confiance.

— J'aurai confiance en vous, répondit-elle, car je vois que vous voulez m'aider.

— Je crois qu'il est dans ma destinée d'agir ainsi, dit-il d'un ton solennel.

Dans tout le cours de sa conversation avec Harcourt Talboys, Robert Audley avait soigneusement évité de tirer aucune déduction des événements qu'il avait relatés au père de George. Il avait simplement raconté son histoire, à partir de l'heure de son arrivée à Londres jusqu'à celle de sa disparition, mais il s'aperçut que Clara Talboys était arrivée à la même conclusion que lui et qu'ils se comprenaient tacitement.

— Avez-vous des lettres de votre frère, miss Talboys ? demanda-t-il.

— Deux. Une, écrite peu de temps après son mariage, l'autre, de Liverpool avant qu'il ne s'embarque pour l'Australie.

---

[1]. Niobé, reine de Phrygie et mère de quatorze enfants (sept fils et sept filles), les Niobides, eut l'insolence de se comparer à la déesse Léto et de se vanter de lui être supérieure, celle-ci n'ayant eu que deux enfants, Apollon et Artémis. La déesse, irritée, les chargea de sa vengeance : ils tuèrent à coups de flèches tous les enfants de Niobé, dont la douleur fut si grande que Zeus, exauçant ses vœux, la changea en rocher d'où jaillit une source alimentée par ses larmes abondantes.

— Voulez-vous me permettre de les voir?

— Oui, je vous les enverrai si vous me donnez votre adresse. Vous m'écrirez de temps en temps, n'est-ce pas, pour me dire si vous approchez de la vérité? Je serai obligée d'agir secrètement ici, mais je vais quitter la maison dans deux ou trois mois et je serai parfaitement libre alors d'agir comme il me plaira.

— Vous n'allez pas quitter l'Angleterre? demanda Robert.

— Oh! non. Je dois seulement aller rendre une visite depuis longtemps promise à quelques amis dans l'Essex.

Robert tressaillit si violemment à ces mots de Clara Talboys, qu'elle le regarda soudain en face. L'agitation visible sur sa figure trahissait une partie du secret.

— Mon frère George a disparu dans l'Essex, dit-elle.

Il ne put la contredire.

— Je suis fâché que vous en ayez découvert autant, répliqua-t-il. Ma position devient chaque jour plus compliquée, chaque jour plus pénible. Au revoir.

Elle lui donna machinalement sa main quand il tendit la sienne, mais cette main était plus froide que le marbre et resta inanimée dans celle de Robert, puis retomba comme un morceau de bois lorsqu'il l'abandonna.

— Je vous en prie, ne perdez pas de temps pour retourner au logis, dit-il avec sérieux. J'ai peur que vous ne soyez souffrante après cette matinée chargée.

— Souffrante! s'écria-t-elle avec dédain, vous me parlez de souffrance, quand le seul être au monde qui m'ait jamais aimé a été enlevé dans la fleur de la jeunesse. Peut-il y avoir désormais pour moi autre chose que de la souffrance? Qu'est le froid pour moi? dit-elle, en rejetant son châle en arrière et en exposant sa magnifique tête à la bise amère. Je marcherais d'ici à Londres nu-pieds dans la neige, sans jamais m'arrêter en chemin, si je pouvais le ramener à la vie. Que ne ferais-je pas pour le ramener à la vie? Que ne ferais-je pas?

Ses paroles finirent par un gémissement de douleur violente, et joignant les mains sur son visage, elle pleura pour la première fois de la journée. L'impétuosité de ses sanglots ébranlait son corps frêle et elle fut obligée de s'appuyer contre le tronc d'un arbre pour se soutenir.

Robert la regardait d'un air de tendre compassion ; elle était si bien le portrait de l'ami qu'il avait aimé et perdu, qu'il lui était impossible de la considérer comme une étrangère, impossible de se souvenir qu'ils s'étaient vus le matin pour la première fois.

— Je vous en prie, je vous en prie, calmez-vous, dit-il. Il faut espérer contre toute espérance. Nous pouvons nous tromper l'un et l'autre, il se peut que vote frère soit vivant.

— Oh ! si seulement c'était possible, murmura-t-elle avec ardeur, si seulement !

— Essayons de garder l'espoir que ce soit possible...

— Non, répondit-elle, le regardant à travers ses larmes, n'espérons rien que le venger. Au revoir, Mr Audley. Attendez : votre adresse.

Il lui donna sa carte qu'elle mit dans la poche de sa robe.

— Je vous enverrai les lettres de George, dit-elle, elles peuvent vous être de quelque secours. Au revoir.

Elle le laissa à demi bouleversé par l'énergie passionnée de ses manières et la noble beauté de son visage. Il l'observa comme elle disparaissait parmi les troncs droits des sapins, puis il sortit lentement des arbres.

« Que le ciel assiste ceux qui se dressent entre moi et le secret, pensa-t-il, car ils seront sacrifiés à la mémoire de George Talboys. »

## 25

## Les lettres de George

Robert Audley ne revint pas à Southampton, mais il prit un billet pour le premier train montant qui quittait Wareham et atteignit Waterloo Bridge une heure ou deux après la tombée de la nuit. La neige, qui était dure et craquante dans le Dorset, était une fange noire et grasse dans Waterloo Road, fondue par les lampes brillantes des tavernes et le gaz flamboyant dans les boucheries.

Robert Audley haussa les épaules, en regardant les rues miteuses dans lesquelles le faisait passer le fiacre, le cocher choisissant – avec ce délicieux instinct qui semble inné chez les conducteurs de voitures de louage – les passages noirs et hideux totalement inconnus du piéton ordinaire.

« Quelle agréable chose que la vie, pensait l'avocat, quel ineffable bienfait, quelle suprême grâce ! Que chaque homme fasse un calcul de son existence, soustrayant les heures pendant lesquelles il a été foncièrement heureux… réellement et entièrement à son aise, sans une arrière-pensée pour gâter son bonheur, sans le plus petit nuage pour assombrir l'éclat de son horizon. Qu'il fasse cela et, à coup sûr, il rira l'âme complètement emplie d'amertume quand il inscrira la somme de sa félicité et découvrira la pitoyable petitesse du total. Il aura passé une semaine ou dix jours agréablement en trente ans, peut-être. En trente années de mornes mois de décembre, de mars tempétueux, d'avril pluvieux et de ciels sombres de novembre, il aura peut-être eu sept ou huit resplendissantes journées d'août pendant lesquelles le soleil aura brillé d'un éclat sans nuages, où des brises d'été auront embaumé sans relâche. Avec quelle tendresse nous nous souvenons de ces jours de plaisir isolés, espérant leur retour et cherchant à recréer les circonstances qui leur avaient donné leur éclat, arrangeant, préméditant, jouant les diplomates avec le sort pour que renaisse l'allégresse dont nous avons gardé la mémoire. Comme si une joie pouvait naître de l'accumulation des éléments qui la constituent! Comme si le bonheur n'était pas accidentel par essence, un oiseau migrateur éblouissant, complètement erratique dans ses migrations, avec nous un jour d'été, parti pour jamais loin de nous le jour suivant! Prenons les mariages, par exemple, réfléchissait Robert, qui était aussi méditatif dans le véhicule cahotant pour lequel il devait payer six pence par *mile*, que s'il avait chevauché un mustang dans les vastes prairies solitaires. Prenons le mariage! Qui peut dire quel sera le seul choix judicieux sur neuf cent quatre-vingt-dix-neuf méprises? Qui discernera au premier regard sur la créature visqueuse laquelle doit être la seule anguille dans l'énorme sac de serpents? Cette jeune fille sur le bord du trottoir là-bas, qui attend pour traverser la rue que ma voiture soit passée, est peut-être la seule femme dans toutes les créatures féminines de ce vaste univers qui pourrait faire de moi un homme heureux. Cependant je passe à côté d'elle, je l'éclabousse avec la boue de mes roues, dans mon ignorance impuissante, dans ma soumission aveugle à la main redoutable de la Fatalité. Si cette jeune fille, Clara Talboys, était arrivée cinq minutes plus tard, j'aurais quitté le Dorset, la croyant froide, dure, dépourvue des qualités féminines, et je serais descendu dans la tombe cette erreur faisant partie intégrante de mon esprit. Je la prenais pour un automate majestueux et sans cœur. Je sais maintenant qu'elle est une noble et admirable femme. Quelle différence incalculable cela peut faire dans ma vie. Quand j'ai quitté cette maison, je suis sorti par ce jour d'hiver bien déterminé à ne plus penser au secret de la mort de George. Je la vois et elle me force à avancer dans le chemin qui me répugnait, le chemin détourné et tortueux de la vigilance et du soupçon. Comment pouvoir dire à la sœur de mon cher ami mort : "Je crois que votre frère a été assassiné ! Je crois savoir par qui, mais je ne ferai aucune démarche pour endormir mes soupçons ou confirmer mes craintes !" Je ne puis dire cela. Cette femme connaît mon secret à moitié ; elle sera bientôt en possession du reste et alors, alors… »

Le cab s'arrêta au milieu de la méditation de Robert Audley, et il dut payer le cocher et se soumettre à tous les gestes mécaniques et monotones de la vie, qui sont les mêmes, que nous soyons contents ou tristes, que nous soyons destinés au mariage ou à la potence, à nous élever jusqu'au plus haut poste de la Chambre des lords ou à être radiés par nos collègues hommes de loi sur quelque imbroglio mystérieux d'erreurs, qui est une énigme sociale pour ceux qui ne font pas partie du *forum domesticum* de Middle Temple.

Nous sommes portés à nous mettre en colère contre cette cruelle dureté de nos vies, cette régularité sans faille des plus petits rouages et des plus minuscules mécanismes de la machine humaine, qui ne s'interrompt ni ne s'arrête jamais bien que la pièce maîtresse soit définitivement manquante et que les aiguilles pointent au hasard sur un cadran cassé.

Qui n'a éprouvé dans la première fureur du chagrin une rage déraisonnable contre le mutisme des chaises et des tables, l'immuable forme carrée des tapis de Turquie, l'obstination inflexible du dispositif extérieur de la vie ? Nous voudrions déraciner des arbres gigantesques dans une forêt vierge, arracher et séparer leurs énormes branches dans notre étreinte convulsive ; et le plus que nous pouvons faire pour soulager notre passion, c'est de taper sur un fauteuil ou de briser un objet de quelques shillings de la manufacture de Mr Copeland[1].

Les asiles d'aliénés sont vastes et ne sont que trop nombreux. Il est pourtant étrange qu'ils ne soient pas plus vastes encore si l'on pense aux nombreux pauvres diables qui doivent lutter sans relâche contre la persistance de l'ordre du monde extérieur, comparé à la tempête, à l'orage, à la confusion et à l'émeute qui règnent en eux ; ou si l'on se souvient de combien d'esprits vacillent sur la frontière étroite entre raison et déraison, un jour fous, sains d'esprit le lendemain, ou l'inverse.

Robert avait ordonné au cocher de le descendre au coin de Chancery Lane, et il monta l'escalier brillamment éclairé conduisant à la salle à manger du London. Il s'assit à une des tables confortables avec un vague sentiment de vide et de lassitude, plutôt qu'avec l'agréable sensation d'appétit d'un homme bien portant. Il était venu dîner dans ce luxueux restaurant parce qu'il était fallait bien manger quelque chose quelque part, et qu'il était bien plus facile d'avoir un très bon dîner de Mr Sawyer qu'un très mauvais de Mrs Maloney, dont l'imagination n'allait pas au-delà du steak et des côtelettes, avec une légère variante de soles grillées ou de maquereaux bouillis. Le garçon empressé essaya en vain de susciter chez le pauvre Robert la façon correcte d'aborder la solennelle question du dîner. Celui-ci murmura quelque chose à seule fin que l'individu lui apporte ce qu'il voudrait, et le garçon obligeant, qui connaissait Robert pour un habitué des petites tables, s'en alla dire à son maître avec une figure désolée, que Mr Audley, de Fig-Tree Court, était à l'évidence déprimé. Robert mangea son dîner et but une pinte de vin de Moselle, mais il goûta peu l'excellence des viandes et le délicat arôme du vin. Le monologue mental

---

[1]. Manufacture de porcelaine fondée en 1770.

continuait et le jeune philosophe de l'école moderne débattait la question au goût du jour du néant de toutes choses, et de la folie de prendre trop de peine à marcher sur une route qui ne conduit nulle part, ou d'achever un travail qui ne veut rien dire.

« J'accepte la domination de cette pâle jeune fille, avec ses traits de statue et ses yeux bruns et calmes, pensait-il. Je reconnais le pouvoir d'un esprit supérieur au mien, et je lui cède, je m'incline devant lui. J'ai agi malgré moi et pensé malgré moi pendant les quelques derniers mois, et je suis fatigué de cette besogne contre nature. J'ai été infidèle au principe de toute ma vie, et j'ai expié ma folie. J'ai trouvé deux cheveux gris sur ma tête la semaine dernière, et un oiseau impertinent a posé la trace légère de sa patte sous mon œil droit. Oui, je suis en train de vieillir ; et pourquoi, pourquoi en serait-il ainsi ? »

Il repoussa son assiette et leva ses sourcils, les yeux fixés sur les miettes de pain éparses sur le damassé luisant, tandis qu'il examinait cette question.

« Que diable suis-je allé faire dans cette galère ? se demandait-il. Mais j'y suis maintenant et ne puis en sortir ; aussi vaut-il mieux me soumettre à la jeune fille aux yeux bruns et faire ce qu'elle me dira avec patience et fidélité. Quelle prodigieuse solution à l'énigme de la vie il y a dans le gouvernement du jupon ! L'homme peut mentir à la face du soleil, manger le lotus[1] de l'oubli et imaginer que c'est « toujours l'après-midi[2] » si sa femme le lui permet ! Mais elle ne voudra pas, bénis soient son cœur impulsif et son esprit actif ! Elle sait mieux ce qu'il faut faire. Qui a jamais entendu parler d'une femme prenant la vie comme elle doit l'être prise ? Au lieu de la supporter comme un ennui inévitable, qui ne se rachète que par sa brièveté, elle la parcourt comme si c'était un spectacle historique

---
1. Référence à Ulysse.
2. Référence à un poème d'Alfred Tennyson (1809-1892).

ou une procession. Elle s'habille pour elle, elle minaude, elle sourit, elle gesticule pour elle. Elle pousse ses voisins et lutte pour avoir une meilleure place dans la marche funèbre; elle joue des coudes, se démène, elle foule aux pieds et se pavane, à seule fin de faire le plus de misère qu'elle peut. Elle se lève de bonne heure et se couche tard, elle est bruyante et remuante, tapageuse et impitoyable. Elle traîne son époux sur les plus hauts degrés du pouvoir ou le pousse à entrer au Parlement. Elle le mène tête la première vers la chère machine paresseuse du gouvernement, et le frappe et le soufflette pour le lancer dans les roues, les manivelles, les vis et les poulies, jusqu'à ce que quelqu'un, pour sa tranquillité, le transforme en ce qu'elle voulait. Voilà pourquoi des hommes incapables occupent quelquefois des places élevées et viennent interposer leurs pauvres intelligences embrouillées entre les affaires à régler et les gens capables de le faire, produisant une confusion universelle dans l'innocence sans défense de l'incapacité bien placée. Des hommes carrés sont poussés dans des trous ronds par leurs épouses. Le potentat d'Orient qui a dit que les femmes se trouvent à la base de tout le mal aurait dû aller un peu plus loin et voir pourquoi il en est ainsi. C'est que les femmes ne sont jamais paresseuses. Elles ne savent pas ce que c'est que d'être en repos. Elles sont Sémiramis, Cléopâtre, Jeanne d'Arc, la reine Élisabeth I$^{re}$ ou Catherine la Grande, et se déchaînent dans les batailles, les meurtres, les cris et le désespoir. Si elles ne peuvent agiter l'univers et jouer à la balle avec les hémisphères, elles font de leurs taupinières domestiques une montagne de guerre et de tourment, et soulèvent des tempêtes sociales dans les tasses à thé de leur ménage. Empêchez-les de pérorer sur l'indépendance des nations et les torts de l'humanité, et elles chercheront querelle à Mrs Jones sur la forme d'un manteau ou le caractère d'une petite servante. Les appeler le sexe faible, c'est se moquer affreusement. Les femmes sont le sexe le plus fort, le plus bruyant, le plus persévérant, le plus assuré. Elles veulent la liberté de penser, avoir des occupations variées, n'est-ce pas? Qu'on leur donne tout cela. Qu'elles soient juristes, docteurs, prédicateurs, professeurs, soldats, législateurs – ce qu'elles voudront –, mais qu'elles restent tranquilles – si elles y arrivent. »

Mr Audley passa ses mains dans la masse luxuriante de ses cheveux raides et noirs qu'il releva dans son désespoir.

« Je déteste les femmes, pensa-t-il sauvagement. Ce sont des créatures intrépides, impudentes, abominables, inventées pour contrarier et détruire leurs supérieurs. Voyez ce qui est arrivé au pauvre George! C'est entièrement l'ouvrage d'une femme, du commencement à la fin. Il épouse une femme, et son père l'abandonne sans le sou et sans profession. Il apprend la mort de cette femme, et son cœur se brise, son cœur bon, honnête, viril, valant un million des perfides blocs d'égoïsme et de calculs intéressés qui battent dans la poitrine des femmes. Il se rend chez une femme, et on ne le revoit plus vivant. Et maintenant, je me trouve moi-même acculé dans un coin par une autre femme, dont je ne savais même pas qu'elle existait jusqu'à ce jour. Et... et puis, songeait Mr Audley assez hors de propos, il y a aussi Alicia. C'est un autre problème. Elle voudrait que je l'épouse, je le sais, et elle y réussira, je suppose, avant d'en avoir fini avec moi. Mais je préférerais ne pas en arriver là, quoiqu'elle soit une chère, pétulante et généreuse personne : béni soit son pauvre petit cœur! »

Robert paya sa note et récompensa généreusement le garçon. Le jeune avocat était très porté à distribuer son confortable petit revenu entre les gens qui le servaient, car il étendait son indifférence à toutes choses dans l'univers, même en matière de livres, de shillings et de pence. Peut-être en cela était-il plutôt une exception, car vous pouvez souvent remarquer que le philosophe qui parle de la vie comme d'une illusion creuse est extrêmement pointilleux dans le placement de son argent, et reconnaît la nature palpable des obligations de l'Inde, des certificats espagnols et des actions égyptiennes, par contraste avec la pénible incertitude d'un moi ou d'un non-moi en métaphysique.

Les chambres douillettes de Fig-Tree Court, dans leur quiétude ordonnée, semblèrent tristes à Robert Audley ce soir en particulier. Il n'avait nulle inclination pour ses romans français, quoiqu'il y eût un paquet de livres non coupés, histoires sentimentales ou comiques, commandés un mois auparavant et qui attendaient son bon plaisir sur une des tables. Il prit sa pipe d'écume favorite et se laissa tomber en soupirant dans son fauteuil préféré.

« C'est confortable, mais cela me semble diablement solitaire ce soir. Si le pauvre George était assis en face de moi, ou… ou même la sœur de George – elle lui ressemble beaucoup –, l'existence pourrait être un peu plus supportable. Mais quand un garçon a vécu seul pendant huit ou dix ans, il commence à être de mauvaise compagnie. »

Il partit bientôt d'un éclat de rire bruyant, comme il finissait sa pipe. « Quelle idée de penser à la sœur de George, se dit-il. Quel absurde idiot je fais ! »

Le lendemain, la poste lui apporta une lettre écrite d'une main ferme, mais féminine, qui lui était étrangère. Il trouva le petit paquet posé sur la table du déjeuner à côté du petit pain français chaud enveloppé dans une serviette par les mains soigneuses et tant soit peu sales de Mrs Maloney. Il contempla l'enveloppe pendant quelques minutes avant de l'ouvrir, non qu'il s'interrogeât sur son correspondant, car la lettre portait le cachet de la poste de Grange Heath, et il savait qu'une seule personne était susceptible de lui écrire de cet obscur village, mais dans cet état d'esprit songeur et indolent qui faisait partie de son caractère.

— De Clara Talboys, murmura-t-il à voix basse, comme il examinait d'un œil critique les lettres nettement formées de son nom et de son adresse ; oui, de Clara Talboys, sans hésitation : je reconnais la ressemblance de sa main féminine avec l'écriture de son pauvre frère, plus nette que la sienne et plus décidée, mais la même, la même.

Il retourna la lettre et examina le cachet qui portait le timbre familier de son ami. « Je me demande ce qu'elle peut me dire ? pensa-t-il. C'est une longue lettre, j'imagine ; elle est du genre à écrire une longue lettre, une lettre qui me pressera d'aller de l'avant, de m'arracher à moi-même, je n'en doute pas. Mais on ne peut empêcher cela... Allons ! »

Il déchira l'enveloppe avec un soupir de résignation. Elle ne contenait que deux lettres de George et quelques mots écrits sur le rabat : « Je vous envoie les lettres, faites-moi le plaisir de les conserver et de me les renvoyer. C. T. »

La lettre écrite de Liverpool ne disait rien de la vie de son auteur, excepté sa détermination soudaine de partir pour le Nouveau Monde afin de reconquérir la fortune qu'il avait dissipée dans l'ancien. La lettre, rédigée presque immédiatement après le mariage de George, contenait une description complète de sa femme – une description que seul un homme ayant fait un mariage d'amour trois semaines avant pouvait écrire – où chaque trait était minutieusement enregistré, chaque forme gracieuse ou chaque beauté de physionomie tendrement soulignées, chaque agrément de manières amoureusement dépeint.

Robert Audley lut la lettre trois fois avant de la reposer. « Si George avait pu savoir à quoi allait servir cette description quand il l'écrivait, pensa le jeune avocat, pour sûr sa main se serait paralysée d'horreur et aurait été impuissante à former une seule syllabe de ces tendres mots. »

# 26

## Enquête rétrospective

Janvier, ce mois lugubre à Londres, tirait à sa triste fin. Les dernières traces ténues de la période de Noël avaient été balayées, et Robert Audley s'attardait encore dans la capitale, passant ses soirées solitaires dans son paisible salon de Fig-Tree Court, errant nonchalamment dans les jardins du Temple par les matinées de soleil, écoutant, l'esprit absent, le babil des enfants et considérant paresseusement leurs jeux. Il avait de nombreux amis parmi les habitants des vieilles et pittoresques maisons qui l'entouraient ; il avait d'autres amis au loin, dans de charmantes résidences de campagne, avec des chambres d'amis toujours à la disposition de Bob et des cheminées chaleureuses flanquées de fauteuils confortables spécialement réservés à son usage. Mais il semblait avoir perdu toute espèce de goût pour la société, toute sympathie pour les plaisirs et les occupations de son monde habituel depuis la disparition de George Talboys. Les hommes de loi âgés se permettaient des observations facétieuses sur la figure pâle du jeune homme et sur ses manières maussades. Ils suggéraient la probabilité de quelque attachement malheureux, de quelque mauvais traitement dû à une femme, comme cause secrète du changement opéré en lui. Ils lui recommandaient de faire bonne chère, et l'invitaient à des soupers où des messieurs qui versaient une larme en portant un toast buvaient à « la femme aimable, avec tous ses défauts, que Dieu la protège » et devenaient larmoyants et malheureux après avoir vidé leurs verres lorsqu'approchait la fin du repas. Robert n'avait aucun penchant pour les excès de vin et pour la confection du punch. Il était habité par une seule idée. Il était l'esclave enchaîné d'une seule pensée sinistre, d'un horrible pressentiment. Un sombre nuage était suspendu sur la maison de son oncle et c'était sa main qui devait donner le signal au tonnerre et à la tempête le signal qui allait détruire cette noble existence.

« Si elle pouvait seulement accepter l'avertissement et s'enfuir, se disait-il quelquefois ! Dieu sait que je lui ai offert une chance honnête. Pourquoi n'en profite-t-elle pas et ne prend-elle pas la fuite ! »

Il avait des nouvelles tantôt de sir Michael, tantôt d'Alicia. Les lettres de la jeune fille renfermaient rarement plus de quelques courtes lignes, pour l'informer que son père se portait bien et que lady Audley était de très belle humeur, se distrayant selon ses habitudes frivoles et avec son habituel dédain pour tout le monde.

Une lettre de Mr Marchmont, le professeur de Southampton, informa Robert que le petit Georgey allait très bien, mais qu'il était en retard pour son éducation et n'avait pas encore franchi le Rubicon intellectuel des mots de deux syllabes. Le capitaine Madlon s'était présenté pour voir son petit-fils, mais ce privilège lui avait été refusé, selon les instructions de Mr Audley. Le vieillard avait envoyé, en outre, un gâteau et des sucreries pour le petit garçon, et on avait aussi refusé le tout, sous le prétexte que ces denrées étaient indigestes et avaient des tendances bilieuses.

Vers la fin de février, Robert reçut une lettre de sa cousine Alicia qui le précipita d'un pas vers sa destinée, en l'obligeant à retourner à la maison d'où il avait été en quelque sorte exilé à l'instigation de la femme de son oncle.

*Papa est très malade*, écrivait Alicia, *pas dangereusement, Dieu merci, mais il est retenu dans sa chambre par une fièvre modérée qui a succédé à un rhume violent. Venez le voir, Robert, si vous avez quelque considération pour vos plus proches parents. Il a parlé de vous à plusieurs reprises, et je sais qu'il sera enchanté de vous avoir près de lui. Venez de suite mais ne dites rien de cette lettre.*
*De votre affectionnée cousine,*

*Alicia*

Une fiévreuse et mortelle terreur glaça le cœur de George comme il lisait cette lettre, une vague et terrible crainte qu'il n'osait matérialiser sous aucune forme définie.

« Ai-je bien fait ? pensait-il, dans les premières angoisses de sa nouvelle horreur, ai-je bien fait d'interférer avec la justice et de garder le secret de mes soupçons, dans l'espoir de préserver ceux que j'aime du chagrin et du déshonneur ? Que ferai-je si je le trouve malade, très malade, mourant peut-être, sur son sein ! Que ferai-je ? »

Une voie se présentait nettement devant lui, et le premier pas dans cette voie était un voyage rapide à Audley. Il fit son sac de voyage, grimpa dans un cab et atteignit la station du chemin de fer dans l'heure qui suivit la réception de la lettre d'Alicia, arrivée par la poste de l'après-midi.

Le village obscur laissait vaciller faiblement ses lumières à travers l'obscurité grandissante, quand Robert Audley arriva à Audley. Il laissa son sac au chef de gare et traversa sans se hâter les sentiers qui conduisent à la retraite calme du château. Les arbres formant une voûte déployaient leurs branches sans feuilles au-dessus de sa tête, nues et fantastiques dans la demi-obscurité. Un vent mugissant tristement balayait les prairies sans relief et secouait en tous sens les branches raboteuses sur le fond sombre et gris du ciel. On aurait dit des spectres menaçants dans le glacial crépuscule d'hiver, gesticulant pour qu'il se hâte sur son trajet. La longue avenue, si brillante et si délicieuse lorsque les tilleuls parfumés éparpillaient leurs fleurs légères sur le sol, et que les feuilles des églantiers flottaient dans l'atmosphère d'été, était terriblement sinistre et désolée dans le morne intervalle qui sépare les réjouissances chaleureuses de Noël de la pâle aurore du printemps naissant, un temps d'arrêt engourdi dans l'année, pendant lequel la Nature semble prise dans un sommeil léthargique, attendant le merveilleux signal pour que les arbres bourgeonnent et que les fleurs s'épanouissent.

Un pressentiment plein de tristesse se glissa dans le cœur de Robert Audley comme il se rapprochait de la maison de son oncle. Chaque contour changeant dans le paysage lui était familier ; il connaissait chaque inflexion des arbres, chaque caprice des branches sans entraves, chaque ondulation dans les haies d'aubépines nues, d'où émergeaient des marronniers d'Inde nains, des saules rabougris, des noisetiers et des cassis.

Sir Michael avait été un second père pour le jeune homme, un ami généreux et noble, un conseiller sérieux et avisé ; et le sentiment le plus fort du cœur de Robert était probablement l'amour qu'il portait au baronnet à la barbe grise. Mais son affectueuse reconnaissance faisait si bien partie de lui-même qu'elle se manifestait rarement par des discours, et jamais un étranger n'aurait soupçonné la force du sentiment qui existait à l'état de courant profond et puissant sous la surface stagnante du caractère de l'avocat.

« Qu'adviendrait-il de cette résidence si mon oncle venait à mourir ? pensa-t-il, tandis qu'il atteignait l'arche couverte de lierre et les étangs paisibles, aux eaux grises et froides dans la pénombre. D'autres personnes vivraient-elles dans la vieille maison et s'asseoir sous les bas plafonds de chêne, dans les appartements familiers et accueillants ? »

L'incroyable pouvoir d'évocation, si intimement entrelacé aux fibres des cœurs les plus endurcis, remplit celui du jeune homme d'une douleur prophétique tandis que lui revenait en mémoire que, tôt ou tard, le jour viendrait où les volets de chêne seraient fermés pour longtemps, chassant le soleil de la maison qu'il aimait. Il lui était pénible même de songer à cela, comme il est toujours pénible de songer à la brièveté du bail accordé aux plus grands sur terre pour profiter de leurs magnificences. Est-il donc si surprenant que des voyageurs tombent endormis sous les haies, se souciant à peine de peiner dans un voyage qui conduit à une maison qui ne durera pas ? Faut-il s'étonner qu'il y ait eu dans le monde des quiétistes[1] depuis que la religion du Christ a été prêchée pour la première fois sur terre ? Est-il étrange qu'il existe des êtres d'une patience courageuse et d'une résignation tranquille, qui attendent avec calme ce qui doit arriver sur l'autre rive du fleuve aux ondes noires ? N'y a-t-il pas plutôt lieu de s'étonner que quiconque se soucie jamais d'être grand pour l'amour de la grandeur, pour aucune autre raison que pure conscience, simple fidélité de domestique ne veut pas « laisser ses talents déposés dans un linge », sachant que l'indifférence est bien près de la malhonnêteté. Si Robert Audley avait vécu à l'époque de Thomas a Kempis[2], il se serait très probablement construit un petit ermitage au milieu de quelque forêt solitaire, passant sa vie dans la paisible imitation du célèbre auteur de *L'Imitation*.

Tel qu'il était, Fig-Tree Court était un charmant ermitage dans son genre, et j'avoue à ma grande honte que le jeune avocat substituait Paul de Kock et Dumas fils aux bréviaires et aux livres d'heures. Mais ses péchés étaient

---

1. Le quiétisme est une doctrine religieuse qui vise à un état de quiétude « passive » et confiante avant la mort.
2. Thomas von Kempen, ou Thomas Hemerken (1380?-24 juillet 1471), moine chrétien du Moyen Âge, à qui l'on attribue *L'Imitation de Jésus-Christ*.

d'un ordre négatif si simple, qu'il lui aurait été vraiment facile de les abandonner pour des vertus négatives.

Une seule lumière isolée était visible dans la longue rangée irrégulière des fenêtres faisant face à l'arche, quand Robert passa sous l'ombre lugubre du lierre bruissant et agité par le vent glacé et gémissant. Il reconnut la grande fenêtre en saillie éclairée de la chambre de son oncle. La dernière fois qu'il avait vu la vieille habitation, elle retentissait de la gaieté des invités, chaque fenêtre brillait comme une étoile basse dans l'obscurité; aujourd'hui sombre et silencieuse, elle se dressait dans la nuit d'hiver comme un triste manoir enfoncé dans la solitude des bois.

Le domestique qui ouvrit la porte au visiteur inattendu s'illumina en reconnaissant le neveu de son maître.

— Sir Michael sera bien content de vous voir, monsieur, dit-il en introduisant Robert Audley dans la bibliothèque où flambait un bon feu, et qui semblait désolée, le fauteuil du baronnet restant vide sur le large tapis du foyer. Vous apporterai-je quelque chose à dîner ici, monsieur, avant que vous montiez à l'appartement? demanda le domestique. Milady et miss Audley dînent de bonne heure depuis la maladie de mon maître, mais je puis vous servir tout ce que vous voulez, ajouta-t-il.

— Je ne prendrai rien avant d'avoir vu mon oncle, répondit Robert précipitamment, c'est-à-dire si je puis le voir de suite. Il n'est pas malade au point de ne pas me recevoir, je suppose? ajouta-t-il d'un air inquiet.

— Oh! non, monsieur, il n'est pas trop malade, un peu affaibli seulement, monsieur. Par ici, s'il vous plaît.

Il fit monter à Robert le court escalier en chêne conduisant à la chambre octogonale dans laquelle George Talboys était resté si longtemps, cinq mois auparavant, son regard absent fixé sur le portrait de milady. Le tableau était terminé maintenant et était accroché à la place d'honneur en face de la fenêtre, au milieu des œuvres du Lorrain, de Poussin et de Wouvermans, dont les teintes moins brillantes étaient écrasées par le vif coloris de l'artiste moderne. Le visage lumineux ressortait sur le fouillis de cheveux dorés, à la façon des préraphaélites, avec un sourire moqueur, tandis que Robert s'arrêtait un instant pour jeter un coup d'œil sur le portrait bien présent à son souvenir. Quelques instants après, il avait traversé le boudoir de milady et son cabinet de toilette et se tenait sur le seuil de la chambre de sir Michael. Le baronnet reposait d'un sommeil calme, son bras étendu sur le lit et sa vigoureuse main serrée par les doigts délicats de sa jeune femme. Alicia était assise sur une chaise basse auprès de la large ouverture du foyer, dans lequel des bûches énormes flambaient dans l'atmosphère glaciale. L'intérieur de cette luxueuse chambre à coucher eût pu fournir un sujet saisissant pour le pinceau d'un artiste. L'ameublement massif, de couleur sombre et sévère, dont l'austérité était rompue et relevée çà et là par des ornements dorés et des masses de couleur éclatante ; l'élégance de chaque détail, où la richesse s'effaçait derrière la pureté du goût ; et enfin, point le plus important, les gracieuses silhouettes des deux femmes et l'aspect noble du vieillard auraient formé une étude intéressante pour un peintre.

Lucy Audley, la chevelure en désordre comme une pâle vapeur d'or autour de son visage pensif, les lignes flottantes de sa robe de chambre en mousseline légère tombant en plis droits jusqu'à ses pieds et serrées à la taille par une étroite ceinture d'anneaux en agate, aurait pu servir de modèle pour une sainte du Moyen Âge dans une de ces petites chapelles cachées dans les enfoncements et les recoins d'une vieille cathédrale grise, épargnée par la Réforme ou par Cromwell. Et quel saint martyr médiéval aurait offert un aspect plus vénérable que l'homme dont la barbe grise reposait sur la sombre couverture de soie de ce lit imposant ?

Robert s'arrêta sur le seuil, craignant d'éveiller son oncle. Les deux femmes avaient entendu son pas, quoiqu'il eût été plein de précaution, et levèrent la tête pour le regarder. Le visage de milady veillant le vieillard malade était empreint d'une angoisse et d'un sérieux qui l'embellissaient; mais ce visage, en reconnaissant Robert Audley, perdit de son éclat délicat et parut effrayé et livide à la clarté de la lampe.

— Mr Audley, s'écria-t-elle d'une voix faible et tremblante.

— Chut, murmura Alicia avec un geste d'avertissement, vous allez réveiller papa. Que c'est bien à vous d'être venu, Robert, ajouta-t-elle avec le même chuchotement, en faisant signe à son cousin de prendre une chaise vide auprès du lit.

Le jeune homme s'assit sur le siège indiqué au pied du lit, en face de milady qui se tenait près du chevet. Il examina longtemps et attentivement le visage du dormeur, plus longtemps et plus attentivement celui de lady Audley, qui reprenait lentement ses couleurs naturelles.

— Il n'a pas été très malade, n'est-ce pas? demanda Robert en mettant sa voix au diapason de celle d'Alicia.

Milady répondit à cette question.

— Oh! non, pas dangereusement malade, dit-elle, sans quitter des yeux le visage de son mari, mais cependant nous avons été inquiètes, très, très inquiètes.

Robert ne cessa pas un instant d'examiner ce visage pâle.

« Elle me regardera, pensait-il, je la forcerai à rencontrer mes yeux, et je lirai dans les siens comme je l'ai déjà fait. Elle saura combien sont inutiles ses artifices avec moi. »

Il s'arrêta pendant quelques minutes avant de reprendre la parole. La respiration régulière du dormeur, le tic-tac de la montre en or suspendue à la tête du lit et le craquement des bûches étaient les seuls bruits rompant le silence.

— Je n'ai aucun doute sur votre inquiétude, lady Audley, dit Robert après un moment de silence, fixant les yeux de milady qui erraient furtivement sur lui. Il n'y a personne pour qui la vie de mon oncle puisse être d'une plus grande valeur que vous. Votre bonheur, votre prospérité, votre sécurité, dépendent entièrement de son existence.

Le ton sur lequel il articula ces mots était trop bas pour parvenir à l'autre côté de la chambre où Alicia était assise.

Les yeux de milady rencontrèrent ceux de Robert et brillèrent d'une lueur de triomphe.

— Je sais cela, dit-elle, ceux qui veulent m'atteindre doivent passer sur lui pour cela.

Elle indiqua le dormeur en disant ces mots, le regard toujours fixé sur Robert Audley. Elle le défiait de ses yeux bleus, dont l'éclat était accru par un air de triomphe. Elle le défiait avec son sourire calme, un sourire de beauté fatale, plein de pensées dissimulées et de voies mystérieuses, le sourire que l'artiste avait exagéré dans son portrait.

Robert se détourna du charmant visage et cacha ses yeux avec sa main, plaçant ainsi une barrière entre milady et lui, un écran qui déjoua sa pénétration et provoqua sa curiosité. L'examinait-il encore, ou était-il en train de réfléchir ? Et à quoi réfléchissait-il ?

Robert Audley resta assis à côté du lit pendant plus d'une heure avant que son oncle ne se réveille. Le baronnet fut enchanté de la visite de son neveu.

— C'est très aimable à vous d'être venu, Bob, dit-il. J'ai beaucoup pensé à vous depuis que je suis malade. Vous et Lucy devez être bons amis, savez-vous, Bob ; et vous devez apprendre à la considérer comme votre tante, monsieur ; quoiqu'elle soit jeune et belle, et… et… et vous comprenez, n'est-ce pas ?

Robert saisit la main de son oncle, mais il baissa gravement les yeux en répondant :

— Je vous comprends, monsieur, dit-il avec calme, et je vous donne ma parole d'honneur que je suis cuirassé contre les fascinations de milady. Elle le sait aussi bien que moi.

Lucy Audley fit une petite moue avec ses jolies lèvres.

— Bah ! Vous êtes ridicule, Robert, s'écria-t-elle, vous prenez tout au sérieux. Si j'ai pensé que vous étiez plutôt trop jeune pour un neveu, c'était seulement dans la crainte des absurdes commérages des étrangers, non de quelque…

Elle hésita un instant et évita de conclure sa phrase grâce à l'intervention à point nommé de Mr Dawson, son dernier employeur, qui entra dans la chambre pour sa visite du soir alors qu'elle parlait.

Il tâta le pouls du malade, posa deux ou trois questions, déclara une amélioration constante dans l'état du baronnet, échangea quelques lieux communs avec Alicia et lady Audley et se disposa à quitter la chambre. Robert se leva et l'accompagna à la porte.

— Je vais vous éclairer dans l'escalier, dit-il, en prenant une bougie sur une des tables et l'allumant à la lampe.

— Non, non, Mr Audley, ne vous dérangez pas, je vous en prie, répliqua le chirurgien, je connais très bien le chemin en vérité.

Robert insista et les deux hommes quittèrent ensemble la chambre. Comme ils entraient dans l'antichambre octogonale, l'avocat s'arrêta et ferma la porte derrière lui.

— Voulez-vous vérifier que cette porte est fermée, Mr Dawson ? dit-il, en indiquant celle qui ouvrait sur l'escalier. Je désire avoir quelques minutes d'entretien particulier avec vous.

— Avec grand plaisir, répondit le chirurgien, accédant à la demande de Robert, mais si vous êtes un tant soit peu alarmé de l'état de votre oncle, Mr Audley, je puis mettre votre esprit en repos. Il n'y a aucun motif d'avoir la moindre inquiétude. S'il eût été malade tout à fait sérieusement, j'eusse envoyé immédiatement une dépêche télégraphique au médecin de la famille.

— Je suis certain que vous auriez fait votre devoir, monsieur, répondit Robert gravement. Mais je ne viens pas vous parler de mon oncle. Je désire vous adresser deux ou trois questions sur une autre personne.

— Vraiment!

— La personne qui a vécu autrefois dans votre famille en qualité de miss Lucy Graham, la personne qui est maintenant lady Audley.

Mr Dawson leva la tête, son visage calme affichant une expression de surprise.

— Pardonnez-moi, Mr Audley, répondit-il, vous pouvez difficilement espérer que je réponde à des questions sur la femme de votre oncle sans la permission expresse de sir Michael. Je ne puis comprendre quel motif peut vous pousser à m'adresser de telles questions... aucun motif convenable au moins.

Il lança un regard sévère au jeune homme, comme pour lui dire: « Vous êtes tombé amoureux de la jolie femme de votre oncle, et vous voulez me faire intervenir dans quelque perfide amourette, mais je n'y consentirai pas, monsieur, je n'y consentirai pas. »

— Je l'ai toujours respectée en tant que miss Graham, monsieur, dit-il, et je l'estime doublement depuis qu'elle est lady Audley, non parce que sa position a changé, mais parce qu'elle est la femme de l'un des hommes les plus nobles de la chrétienté.

— Vous ne pouvez respecter mon oncle ou l'honneur de mon oncle plus sincèrement que moi, répondit Robert. Je n'ai nul motif indigne pour vous adresser ces questions, et vous devez y répondre.

— Vous devez..., lui fit écho Mr Dawson d'un air outré.

— Oui, vous êtes l'ami de mon oncle. C'est dans votre maison qu'il a rencontré la femme qui est maintenant son épouse. Elle se disait orpheline, je crois, et fit jouer en sa faveur sa pitié aussi bien que son admiration. Elle lui a dit qu'elle était seule au monde, n'est-ce pas? Sans amis et sans famille. C'est tout ce que j'ai pu jamais apprendre de ses antécédents.

— Quelle raison avez-vous de désirer en connaître davantage? demanda le chirurgien.

— Une bien terrible raison, répondit Robert Audley. Depuis quelques mois je lutte avec des doutes et des soupçons qui ont assombri ma vie et sont devenus plus forts chaque jour. Ils ne se calmeront pas au moyen des sophismes ordinaires et des arguments superficiels dont les hommes usent pour tenter de se leurrer, plutôt que de croire ce que, entre toutes choses, ils craignent le plus. Je ne pense pas que la femme qui porte le nom de mon oncle soit digne d'être son épouse. Je puis me tromper sur son compte. Dieu veuille qu'il en soit ainsi. Mais si je suis dans l'erreur, jamais un fatal enchaînement de preuves ne fut aussi étroitement lié à une personne innocente. Je veux faire cesser mes doutes ou… ou confirmer mes craintes. Il n'y a qu'une manière d'agir pour arriver à ce but, je dois remonter en arrière et suivre les traces de sa vie, minutieusement et avec attention, depuis ce soir jusqu'à six ans auparavant. C'est aujourd'hui le 24 février 1859. J'ai besoin de connaître chaque détail de sa vie entre ce soir et février 1853.

— Et votre motif est honorable?

— Oui, je désire l'innocenter d'un affreux soupçon.

— Qui existe seulement dans votre esprit?

— Et dans celui d'une autre personne.

— Puis-je vous demander qui est cette personne?

— Non, Mr Dawson, répondit Robert d'un ton décisif, je ne peux rien révéler de plus que ce que je viens de vous dire. Je suis un homme très indécis, très hésitant dans beaucoup de choses. En cette affaire je suis forcé d'être déterminé. Je vous répète une fois de plus que je dois connaître l'histoire de la vie de Lucy Graham. Si vous refusez de m'aider pour la partie en votre pouvoir, je trouverai d'autres personnes qui m'aideront. Quelque pénible que cela puisse être pour moi, je demanderais à mon oncle les informations que vous me refuseriez plutôt que d'échouer au début de mon enquête.

Mr Dawson resta silencieux quelques minutes.

— Je ne saurais exprimer combien vous m'avez étonné et alarmé, Mr Audley, dit-il. Je peux vous dire si peu de chose sur les antécédents de lady Audley, que ce serait pure obstination de vous refuser la faible somme d'informations que je possède. J'ai toujours considéré l'épouse de votre oncle comme la plus aimable des femmes. Je ne peux me résoudre à l'imaginer autrement. Ce serait déraciner une des plus fermes convictions de mon existence si j'étais forcé de changer d'avis. Vous désirez remonter le cours de sa vie, de l'heure présente jusqu'à l'année cinquante-trois?

— Oui.

— Elle s'est mariée avec votre oncle il y a eu un an au mois de juin dernier, pendant l'été 1857. Elle avait vécu chez moi un peu plus de treize mois. Elle devint un membre de ma maisonnée le 4 mai 1856.

— Et elle vint chez vous…?

— En sortant d'une institution de Brompton, une institution dirigée par une dame du nom de Vincent. Ce fut la vive recommandation de Mrs Vincent qui m'engagea à recevoir miss Graham dans ma famille sans aucune autre connaissance particulière de ses antécédents.

— Avez-vous vu cette Mrs Vincent?

— Non. J'avais passé une annonce pour une gouvernante et miss Graham y a répondu. Dans sa lettre, elle donnait pour répondant Mrs Vincent, propriétaire d'une institution dans laquelle elle était alors en qualité de seconde sous-maîtresse. Mon temps est toujours si complètement occupé que je fus enchanté d'échapper à la nécessité de perdre un jour en allant à Londres, pour me renseigner sur les qualifications de cette jeune fille. Je cherchai dans l'annuaire le nom de Mrs Vincent, je le trouvai, je conclus qu'elle était une personne responsable et je lui écrivis. Sa réponse fut parfaitement satisfaisante: Miss Lucy Graham était assidue et consciencieuse, aussi bien que tout à fait qualifiée pour la situation que j'offrais. J'acceptai cette recommandation et je n'ai pas eu sujet de regretter ce qui aurait pu être une imprudence. Et maintenant, Mr Audley, je vous ai dit tout ce qu'il est en mon pouvoir de vous dire.

— Voudrez-vous être assez bon pour me donner l'adresse de cette Mrs Vincent? demanda Robert, sortant son carnet.

— Certainement. Elle demeurait alors au n° 9 de Crescent Villas, Brompton.

— Ah, bien sûr, murmura Mr Audley, un souvenir du dernier mois de septembre éclairant subitement sa mémoire tandis que le chirurgien parlait. Crescent Villas... oui, j'ai entendu l'adresse précédemment de lady Audley elle-même. Cette Mrs Vincent a envoyé une dépêche télégraphique à la femme de mon oncle au commencement début septembre. Elle était malade, mourante, je crois, et demandait à voir milady, mais elle avait quitté son ancienne demeure et on ne put la trouver.

— Vraiment? Je n'ai jamais entendu lady Audley mentionner cette circonstance.

— Probablement pas. Cela s'est passé pendant mon séjour ici. Je vous remercie, Mr Dawson, pour le renseignement que vous m'avez donné de si bonne grâce et avec tant d'honnêteté. Il me fait ressaisir deux ans et demi dans l'histoire de la vie de milady, mais j'ai encore une lacune de trois ans à remplir avant de l'exonérer de mon terrible soupçon. Je vous souhaite le bonsoir.

Robert donna une poignée de main au chirurgien et retourna à la chambre de son oncle ; il avait été absent environ un quart d'heure. Sir Michael s'était endormi encore une fois, et les tendres mains de milady avaient tiré les lourds rideaux et voilé la lumière de la lampe à côté du lit. Alicia et l'épouse de son père prenaient le thé dans le boudoir de lady Audley, pièce mitoyenne de l'antichambre dans laquelle Robert et Dawson s'étaient assis.

Lucy Audley leva les yeux des fragiles tasses de porcelaine de Chine et observa Robert avec une certaine anxiété pendant qu'il allait doucement à la chambre de son oncle et retournait ensuite au boudoir. Elle paraissait vraiment jolie et innocente, assise derrière l'ensemble gracieux de délicate porcelaine de Chine couleur d'opale et d'étincelante argenterie. Une jolie femme assurément ne semble jamais plus jolie que lorsqu'elle fait le thé. La plus féminine et la plus domestique de toutes les occupations ajoute une harmonie magique à chacun de ses mouvements, un charme à chacun de ses regards. La buée vaporeuse au-dessus du liquide en ébullition dans lequel elle infuse les feuilles apaisantes, dont les secrets sont connus d'elle seule, l'enveloppe d'un nuage de vapeur embaumée, à travers lequel elle semble la fée de la réunion, fabriquant des philtres puissants avec le gunpowder et le bohéa[1]. À la table à thé, elle règne, omnipotente et inabordable.

Que connaissent les hommes au mystérieux breuvage ? Lisez comment le pauvre Hazlitt[2] faisait son thé, et frissonnez à son affreuse barbarie. Avec quelle maladresse ces misérables créatures essayent d'assister la magicienne qui préside au thé ; de quel air désespéré ils saisissent la bouilloire, comme ils compromettent sans cesse les tasses fragiles, les soucoupes et les mains effilées de la prêtresse. Éloigner une femme de la table à thé, c'est lui dérober son empire légitime. Envoyer deux ou trois hommes balourds circuler parmi vos invités pour distribuer une boisson fabriquée dans la chambre de la gouvernante de la maison, c'est réduire la plus sociale et la plus amicale des cérémonies à une distribution formelle de rations.

Mieux vaut la charmante influence des tasses à thé et des soucoupes maniées par la main d'une femme que tout le pouvoir arraché à la pointe de la plume au sexe fort, peu

---

1. Variétés de thés.
2. William Hazlitt (1778-1830), écrivain irlando-britannique, souvent considéré comme le plus grand critique littéraire anglais de son temps après Samuel Johnson.

disposé à cela. Imaginez si toutes les femmes d'Angleterre s'élevaient au niveau élevé de l'intelligence masculine, supérieures à la crinoline, à la poudre de perle, ne se souciant plus de souffrir pour être belles, ni des tables à thé ou de ces commérages férocement scandaleux et plutôt satiriques dont même les hommes robustes se régalent! Et quelle existence triste, utilitaire, laide devrait mener le sexe fort.

Milady n'était en aucune façon indépendante. Les diamants étoilés sur ses doigts blancs scintillaient çà et là parmi le service à thé, et elle courba sa jolie tête sur la merveilleuse boîte à thé indienne en bois de santal et en argent avec autant d'attention que si la vie n'avait pas de but plus élevé que l'infusion du bohéa.

— Prendrez-vous une tasse de thé avec nous, Mr Audley? demanda-t-elle, s'arrêtant, la théière dans la main, pour lever les yeux sur Robert qui était debout près de là porte.

— S'il vous plaît.

— Mais vous n'avez pas dîné, peut-être? Dois-je sonner pour vous faire apporter quelque chose de plus substantiel que des biscuits et des tartines transparentes?

— Non, je vous remercie, lady Audley. J'ai pris une légère collation avant de quitter Londres. Je ne veux vous déranger que pour une tasse de thé.

Il s'assit à la petite table et regarda de l'autre côté sa cousine Alicia, un livre sur ses genoux, l'air très absorbée par sa lecture. Le teint éclatant de la brunette avait perdu son vif cramoisi, et l'animation des manières de la jeune fille avait disparu, en raison de la maladie de son père, sans aucun doute, pensa Robert.

— Alicia, ma chère amie, dit l'avocat après avoir contemplé à loisir sa cousine, vous n'avez pas l'air bien.

— Peut-être pas, répondit-elle d'un air dédaigneux. Qu'importe cela? Je deviens adepte de votre philosophie, Robert Audley. Qu'importe? Qui se met en peine de savoir si je suis bien portante ou malade?

« Quelle soupe au lait ! », pensa Robert. Il savait toujours si sa cousine était fâchée quand, s'adressant à lui, elle l'appelait Robert Audley.

— Vous n'avez pas besoin de vous en prendre à un ami parce qu'il vous fait une question polie, Alicia, dit-il d'un ton de reproche. Quant à dire que personne ne se soucie de votre santé, c'est une absurdité. Je m'en soucie.

Miss Audley leva les yeux avec un brillant sourire.

— Sir Harry Towers aussi.

Miss Audley revint à son livre le sourcil froncé.

— Que lisez-vous là, Alicia ? demanda Robert après un moment de silence pendant lequel il était resté pensif à remuer son thé.

— *Hasards et Changements*.

— Un roman ?

— Oui.

— De qui ?

— De l'auteur de *Folies et Fautes*, répondit Alicia, poursuivant sa lecture.

— Est-ce intéressant ?

Miss Audley fit la moue et haussa les épaules.

— Non, pas précisément, dit-elle.

— Alors je crois que vous pourriez faire mieux que le lire quand votre cousin germain est assis en face de vous, observa Mr Audley avec une certaine gravité, surtout lorsqu'il ne vient vous faire qu'une courte visite en passant et qu'il partira demain matin.

— Demain matin ! s'écria milady, levant soudain les yeux sur lui.

L'expression réjouie sur le visage de lady Audley fut aussi rapide que la lumière d'un éclair dans un ciel d'été, toutefois elle n'échappa pas à Robert.

— Oui, dit-il, je suis obligé de remonter à Londres demain matin pour affaire ; mais je serai de retour le jour suivant, si vous le permettez, lady Audley, et je resterai ici jusqu'à ce que mon oncle soit rétabli.

— Mais vous n'êtes pas sérieusement inquiet pour lui, n'est-ce pas? demanda milady avec anxiété. Vous ne pensez pas qu'il soit très malade?

— Non, répondit Robert. Grâce au ciel, il n'y a pas le plus léger motif de crainte.

Milady resta silencieuse pendant quelques instants, regardant les tasses vides avec un visage gracieusement pensif, un visage sérieux revêtant l'innocente gravité d'un enfant songeur.

— Vous êtes resté enfermé pendant si longtemps avec Mr Dawson, il n'y a qu'un moment, dit-elle après ce court silence. J'étais assez alarmée de la longueur de votre conversation. Avez-vous parlé de sir Michael tout le temps?

— Non, pas tout le temps.

Milady baissa de nouveau les yeux sur les tasses à thé.

— Tiens! Que pouviez-vous avoir à dire à Mr Dawson ou que pouvait-il avoir à vous dire? demanda-t-elle après un autre instant de silence. Vous êtes presque étrangers l'un à l'autre.

— Et si Mr Dawson voulait me consulter sur quelque matière de droit?

— Était-ce cela? s'écria vivement lady Audley.

— Ce serait assez peu professionnel de vous le dire si c'était le cas, milady, répondit Robert avec gravité.

Milady mordit ses lèvres et retomba dans le silence. Alicia lâcha son livre et observa l'air préoccupé de son cousin. Il lui parlait de temps en temps depuis quelques minutes, mais il faisait un effort évident pour sortir de sa rêverie.

— Ma parole, Robert Audley, vous êtes une très agréable société, s'écria enfin Alicia; son fonds de patience assez limité se trouvait presque à bout après deux ou trois essais avortés de conversation. La prochaine fois que vous viendrez au château, vous serez peut-être assez bon pour venir avec votre esprit. Votre apparence inanimée actuelle pourrait me donner à penser que vous avez laissé votre intelligence, pour ce qu'elle vaut, quelque part dans le Temple. Vous n'avez jamais été un être des plus aimables ; mais depuis peu, vous êtes devenu presque insupportable. Je suppose que vous êtes amoureux, Mr Audley, et que vous êtes occupé à penser à l'objet privilégié de vos affections.

Il pensait à la noble figure de Clara Talboys, sublime dans son ineffable douleur ; à son langage passionné, qui résonnait à ses oreilles aussi clairement que le jour où il l'entendit pour la première fois. Il la voyait encore le regarder avec ses brillants yeux bruns. Il entendait encore cette question solennelle : « Est-ce vous qui trouverez le meurtrier de mon frère ou moi ? » Et il était dans l'Essex, dans le petit village d'où il croyait fermement que George Talboys n'était jamais parti. Il était sur les lieux où finissait le journal de la vie de son ami, aussi soudainement qu'une histoire se termine quand le lecteur ferme le livre. Et pouvait-il maintenant se retirer de l'enquête dans laquelle il se trouvait impliqué ? Pouvait-il s'arrêter ? Selon quelle considération ? Non, mille fois non ! Pas avec l'image de ce visage affligé de douleur imprimée dans son esprit. Pas avec les accents de cet appel fervent qui résonnait à ses oreilles.

## 27

## Jusque-là et pas plus loin

Le lendemain, Robert partit d'Audley par le premier train du matin et arriva à Shoreditch un peu après neuf heures. Il ne rentra pas chez lui. Il prit une voiture et se fit conduire tout droit à Crescent Villas, West Brompton. Il se doutait bien qu'il ne réussirait pas mieux que son oncle à trouver la dame qu'il allait chercher à cette adresse, mais il croyait pouvoir obtenir quelques indices sur la nouvelle demeure de la maîtresse de pension, bien que les efforts de sir Michael eussent été déjoués quelques mois auparavant.

« Mrs Vincent était à son lit de mort d'après la dépêche télégraphique, se disait Robert. Si je la trouve, je saurai au moins si la dépêche n'était pas fausse. »

Il découvrit Crescent Villas avec quelque difficulté. Les maisons étaient grandes, mais elles étaient à moitié enfoncées dans le chaos des chantiers de construction tout autour. De nouvelles rangées de maisons, de nouvelles rues, de nouvelles places menaient au milieu d'épouvantables tas de pierres et de plâtre. La boue s'attachait aux roues de la voiture et couvrait entièrement les fanons du cheval. La désolation, cet aspect affreux d'inachèvement et d'inconfort qui envahit tout nouveau quartier en cours de construction avait apposé son sceau sur les rues environnantes qui s'étaient élevées et bien établies autour de Crescent Villas. Robert perdit quarante minutes à sa montre, quarante-cinq à celle du cocher, à monter et descendre des rues inhabitées, essayant de trouver les villas dont les cheminées noires et vénérables, au-dessus de lui, faisaient grise mine parmi le plâtre immaculé préservé du temps et de la fumée.

Ayant finalement réussi à atteindre son but, Mr Audley descendit du cab, demandant au cocher de l'attendre à un tournant, et se prépara à son voyage de découverte.

« Si j'étais un conseiller de la reine[1], pensait-il, je ne pourrais me permettre pareille chose. Mon temps vaudrait environ une guinée la minute, et j'en serais empêché par la grande affaire de Hoggs contre Boggs qui se juge aujourd'hui devant un jury particulier à Westminster Hall. Mais dans ma position, je peux me permettre d'être patient. »

Il s'informa de Mrs Vincent au numéro que Mr Dawson lui avait donné. La servante qui vint ouvrir n'avait jamais entendu le nom de cette dame. Elle alla rendre compte à sa maîtresse et revint dire à Robert que Mrs Vincent avait effectivement habité la maison, mais qu'elle l'avait quittée deux mois avant l'arrivée des nouveaux locataires. Elle ajouta énergiquement que sa maîtresse occupait le logement depuis quinze mois.

— Et vous ne pouvez me dire où elle est allée se loger en partant d'ici? demanda Robert découragé.

— Non, monsieur ; ma maîtresse croit que cette dame a fait faillite et qu'elle est partie brusquement, et qu'elle ne voulait pas qu'on connaisse son adresse dans le voisinage.

Mr Audley se sentit à nouveau au point mort. Si Mrs Vincent était partie avec des dettes, évidemment elle avait dû cacher avec soin son changement de domicile. Il y avait donc peu d'espoir d'apprendre son adresse auprès des commerçants. Et pourtant, d'un autre côté, il pouvait se faire que certains parmi ses créanciers

---

1. Avocat nommé par la couronne.

les plus âpres aient voulu découvrir la retraite de la mauvaise payeuse.

Il chercha autour de lui les boutiques les plus proches, et aperçut à quelques pas un boulanger, un papetier et un marchand de fruits. Trois boutiques prétentieuses qui avaient l'air vide, avec des vitrines de verre poli, cherchant sans espoir à paraître raffinées.

Robert s'arrêta devant le boulanger, qui s'affublait du titre de pâtissier, et exhibait dans sa devanture des spécimens de boudoirs durs comme pierre dans des bocaux et des tartes avec un glaçage recouvertes d'une gaze verte.

« Elle a forcément acheté du pain, se disait Robert en réfléchissant devant la boutique, et il est probable qu'elle allait au plus commode. Essayons la boulangerie. »

Le boulanger était derrière son comptoir, en train de disputer les articles d'une note avec une jeune femme pauvre mais digne. Il ne se dérangea pas pour s'occuper de Robert Audley avant d'avoir clos la contestation, mais il leva la tête en encaissant la note et demanda à l'avocat ce qu'il désirait.

— Pourriez-vous me donner l'adresse d'une Mrs Vincent qui habitait le n° 9, à Crescent Villas, il y a environ dix-huit mois ? demanda Mr Audley d'un ton poli.

— Non, je ne peux pas, répondit le boulanger, devenant très rouge et parlant beaucoup plus fort que nécessaire. Et qui plus est, je le regrette. Cette dame me doit plus de onze livres pour du pain, et je ne peux pas me permettre de perdre autant. Je serais très obligé à qui pourrait me dire où elle reste.

Robert haussa les épaules et souhaita le bonjour au boulanger. Il comprit que la découverte du domicile de cette dame lui donnerait plus de peine qu'il n'avait cru. Il pouvait recourir à l'annuaire des Postes et y chercher le nom de Mrs Vincent, mais très certainement une dame qui était en si mauvais termes avec ses créanciers n'allait pas leur fournir un moyen aussi facile de la trouver.

« Si le boulanger ne peut la découvrir, comment y parviendrai-je moi-même ? se demandait-il avec désespoir. Si un gaillard résolu, optimiste et actif comme ce boulanger échoue, comment un misérable lymphatique comme moi peut-il espérer réussir ? Quelle folie absurde ce serait pour moi de m'y essayer. »

Mr Audley s'abandonnait à ces tristes réflexions en revenant lentement à l'endroit où il avait laissé la voiture. À mi-chemin environ, il fut arrêté par une femme qu'il entendit marcher derrière lui et qui lui demanda de l'attendre. Il se retourna et se trouva face à face avec la femme qui réglait son compte chez le boulanger.

— Eh bien ? lui dit-il d'un air vague. Puis-je faire quelque chose pour vous, madame ? Mrs Vincent vous doit-elle aussi de l'argent ?

— Oui, monsieur, répondit-elle d'une manière assez raffinée tout à fait en harmonie avec la pauvreté et la dignité de ses vêtements. Mrs Vincent est ma débitrice, mais ce n'est pas là ce qui m'occupe, monsieur, je… je désire savoir, s'il vous plaît, quelles affaires vous avez à traiter avec elle, parce que… parce que…

— Vous pouvez me donner son adresse, si vous le voulez, madame. C'est ce que vous cherchez à me dire, n'est-ce pas ?

La femme hésita un instant et regarda Robert avec une certaine méfiance.

— Vous n'avez rien de commun avec… avec les gens du crédit, n'est-ce pas, monsieur ? lui dit-elle après avoir examiné l'aspect de Robert pendant quelques instants.

— Les… quoi, madame ? s'écria le jeune avocat, dévisageant son interlocutrice d'un air consterné.

— Je vous demande pardon, monsieur, reprit la jeune femme s'apercevant qu'elle venait de commettre quelque terrible erreur. Je pensais que vous auriez pu en faire partie, vous savez. Certains de ces messieurs qui encaissent pour les boutiques à crédit sont très bien mis, et je sais que Mrs Vincent doit beaucoup d'argent.

Robert Audley posa sa main sur le bras de la jeune femme.

— Chère madame, lui dit-il, je ne veux rien savoir des affaires de Mrs Vincent. Loin d'avoir quelque chose de commun avec ce que vous nommez les affaires de crédit, je n'ai pas la moindre idée de ce que cela signifie. C'est peut-être une conspiration politique, ou bien encore un nouveau genre d'impôt. Mrs Vincent ne me doit rien, quels que soient ses démêlés avec ce terrible boulanger. Je ne l'ai jamais vue de ma vie, et si je la cherche aujourd'hui, c'est pour lui adresser quelques simples questions au sujet d'une jeune fille qui a jadis vécu chez elle. Si vous savez où elle demeure et que vous me donnez son adresse, vous me rendrez un grand service.

Il sortit un porte-cartes et tendit une de ses cartes à la jeune femme, qui l'examina attentivement avant de reprendre la parole.

— Monsieur, vous m'avez tout l'air d'un gentleman, dit-elle après un moment d'arrêt, et j'espère que vous m'excuserez si je me suis montrée méfiante. La pauvre Mrs Vincent a eu bien des ennuis, et je suis la seule personne des environs à qui elle ait confié son adresse. Je suis couturière, monsieur, et j'ai travaillé pour elle pendant plus de six ans. Elle ne m'a pas payée très régulièrement, mais elle me donne quelque argent de temps en temps, et je fais de mon mieux pour vivre. Je peux donc vous dire où elle habite? Vous ne m'avez pas trompée, n'est-ce pas?

— Sur mon honneur, non.

— Eh bien, monsieur, reprit la couturière baissant la voix comme si elle craignait que le pavé ou les barreaux des grilles en fer devant les maisons aient des oreilles pour l'entendre, c'est à Acacia Cottage, Peckham Grove. J'y ai porté hier une robe pour Mrs Vincent.

— Merci, dit Robert, écrivant l'adresse sur son carnet. Je vous suis très obligé et vous pouvez compter sur ma parole : Mrs Vincent ne sera pas tourmentée à cause de moi.

Il souleva son chapeau, salua la petite couturière et retourna vers la voiture. « J'ai battu le boulanger quand même, se dit-il. En route maintenant pour la deuxième étape de mon voyage à rebours dans la vie de milady. »

De Brompton à Peckham Road la distance est considérable, et Robert Audley eut amplement le temps de réfléchir entre Crescent Villas et Acacia Cottage. Il songea à son oncle malade et affaibli dans sa chambre à coucher d'Audley. Il songea aux beaux yeux bleus qui veillaient sur le sommeil de sir Michael, aux douces mains blanches qui le servaient quand il s'éveillait, à la voix musicale et enchanteresse qui charmait sa solitude, égayait et consolait ses vieux jours. Quel ravissant tableau c'eût été pour lui, s'il avait pu le contempler sans être informé, sans y voir autre chose que ce qu'y voyaient les étrangers ! Mais avec le nuage noir qu'il voyait s'étendre sur lui, quelle mascarade achevée, quelle désillusion diabolique il devenait.

Peckham Grove – assez agréable en été – offre un aspect plutôt triste par une sombre journée de février, avec les arbres privés de leurs feuilles et les petits jardins désolés. Acacia Cottage ne justifiait que très peu son nom. Ses murs de stuc se dressaient sur la route, abrités par deux maigres peupliers. Ce qui annonçait que cette maison était Acacia Cottage était une petite plaque en cuivre incrustée dans l'un des montants de la grille, et cette indication suffit aux bons yeux du cocher. Il arrêta sa voiture devant la petite porte et Mr Audley sonna.

Acacia Cottage était beaucoup plus bas dans l'échelle sociale que Crescent Villas, et la petite servante qui vint parlementer avec Mr Audley à travers les barreaux en bois était évidemment habituée à rencontrer des créanciers intraitables à travers cette faible barrière.

Elle marmonna la fiction domestique habituelle comme quoi elle n'était pas sûre que sa maîtresse soit là, et dit à Robert que s'il voulait bien lui donner son nom et la raison de sa visite, elle irait voir si Mrs Vincent était chez elle.

Mr Audley présenta sa carte et écrivit au crayon au-dessous de son nom : « Une connaissance de miss Graham. »

Il recommanda à la servante de remettre cette carte à sa maîtresse et attendit tranquillement le résultat.

Au bout de cinq minutes, la servante revint avec la clé de la grille. Elle dit à Robert que Mrs Vincent y était et le recevrait avec plaisir.

Le salon carré dans lequel Robert fut introduit offrait dans tous ses ornements et dans chaque meuble les marques incontestables de l'espèce de pauvreté qui est la plus incommode, parce qu'elle n'est pas stationnaire. L'ouvrière qui meuble son petit salon avec six chaises en rotin, une table Pembroke, une horloge hollandaise, un minuscule miroir, un berger et une bergère en terre cuite, et un ensemble japonisant de plateaux à thé en métal aux couleurs criardes, tire le meilleur parti du peu qu'elle possède et s'arrange pour en obtenir un peu de confort. Mais la dame qui perd les beaux meubles de la maison qu'elle est forcée d'abandonner et campe dans un logement plus petit avec les restes miteux, rachetés par un ami charitable à la vente de ses affaires, amène avec elle cette espèce de désolation raffinée et de dénuement sordide qui n'est pas comparable à la misère que la pauvreté peut assumer.

La pièce que Robert Audley étudiait était meublée avec les débris les plus pitoyables que l'imprudente maîtresse de pension de Crescent Villas avait emportés au moment de sa ruine. Un petit piano droit, une commode six fois trop grande pour la pièce, d'une splendeur décadente avec ses moulures dorées qui étaient ébréchées ou cassées, et une table de jeu placée au milieu étaient les principaux meubles. Un morceau de tapis mécanique élimé couvrait le milieu de la pièce, formant une oasis de roses et de lis sur le désert vert miteux de la carpette. Les fenêtres étaient garnies de rideaux au crochet et des corbeilles en fil de fer tressé y étaient suspendues. Elles contenaient des plantes affreuses du genre cactus qui poussaient vers le bas, comme quelque espèce végétale folle, dont les membres armés de piquants ressemblant à des pattes d'araignées auraient eu envie de se tenir sur la tête.

La table de jeu couverte de tissu vert était ornée d'albums aux reliures voyantes et de livres de beauté placés à angles droits, mais Robert ne mit pas à profit ces distractions littéraires. Il s'assit sur une des chaises bancales et attendit patiemment l'arrivée de la maîtresse de pension. Dans la salle à côté, il entendait le murmure d'une demi-douzaine de voix et les harmonies cliquetantes d'une série de variations sur un duo de Norma jouées sur un piano dont chaque corde était à l'évidence en fin de course.

Il attendait depuis environ un quart d'heure, lorsque la porte s'ouvrit et livra passage à une dame en grande toilette, dont la beauté n'avait plus que le faible éclat d'un soleil couchant.

— Mr Audley, je suppose, dit-elle en faisant signe à Robert de se rasseoir, s'asseyant elle-même sur un fauteuil en face de lui. Vous me pardonnerez de vous avoir fait attendre si longtemps ; mes devoirs…

— C'est moi qui dois m'excuser de venir vous déranger, répondit Robert poliment ; mais comme le motif qui m'amène chez vous est très sérieux, il me servira d'excuse. Vous souvient-il de la dame dont j'ai écrit le nom sur une carte ?

— Très bien.

— Puis-je vous demander ce que vous avez appris de son histoire depuis qu'elle a quitté votre maison ?

— Pas grand-chose, et à vrai dire presque rien. Je crois que miss Graham est entrée comme institutrice chez un chirurgien du comté d'Essex. C'est même moi qui l'ai recommandée à ce monsieur. Depuis lors je n'ai plus eu de ses nouvelles.

— Mais vous avez été cependant en rapport avec elle.
— Pas du tout.

Mr Audley garda le silence pendant quelques instants, et l'ombre de pensées lugubres envahirent son visage.

— N'auriez-vous pas, début septembre, envoyé une dépêche télégraphique à miss Graham pour lui annoncer que vous étiez dangereusement malade et que vous désiriez la voir?

Mrs Vincent sourit à la question de son visiteur.

— Je n'ai pas eu occasion d'envoyer pareil message: jamais de ma vie je n'ai été dangereusement malade.

Robert Audley s'arrêta avant de poursuivre ses questions et griffonna quelques mots sur son carnet.

— Si je vous pose quelques questions directes sur miss Lucy Graham, me feriez-vous, madame, la faveur d'y répondre sans me demander pour quel motif?

— Certainement. Je ne connais rien qui soit au désavantage de miss Graham et je n'ai pas lieu de faire un mystère du peu que je sais.

— Alors dites-moi, s'il vous plaît, à quelle date cette jeune fille est entrée chez vous?

Mrs Vincent sourit et secoua la tête. Elle avait un joli sourire, le sourire franc d'une femme habituée à être admirée et qui est trop sûre de plaire pour que les revers de fortune lui enlèvent tout courage.

— Il est tout à fait inutile de me demander pareille chose, Mr Audley. Je suis l'être le plus insouciant du monde et je n'ai jamais pu me rappeler les dates, quoique je fasse mon possible pour convaincre mes élèves de l'importance qu'elles doivent attacher, dans l'intérêt de leur avenir, à la date précise du règne de Guillaume le Conquérant et à beaucoup d'autres du même genre. Je n'ai pas la moindre idée de l'époque à laquelle miss Graham est entrée chez moi. Je sais seulement que cela fait des années, car c'était l'été où j'avais ma robe de soie rose pêche. Mais nous allons consulter Tonks. Tonks doit avoir la date dans la mémoire.

Robert Audley se demanda ce que pouvait être ce ou cette Tonks ; un journal peut-être ou un agenda. Mrs Vincent sonna, et la servante qui avait introduit Robert parut.

— Dites à miss Tonks de venir, j'ai à lui parler en particulier.

En moins de cinq minutes, miss Tonks se montra. Elle avait l'air froid et même assez gelé, et on aurait dit qu'elle apportait un courant d'air dans les plis de sa robe de lainage sombre. Elle n'avait pas d'âge et semblait n'avoir jamais été plus jeune ou ne devoir jamais vieillir. Elle paraissait vouée à rester pour toujours dans son étroit sillon, allant d'avant en arrière, comme une sorte de machine à instruire les jeunes filles.

— Ma chère Tonks, lui dit Mrs Vincent sans cérémonie, monsieur est un parent de miss Graham. Vous souvient-il à quelle époque elle est arrivée à Crescent Villas ?

— Elle est venue en août 1854. Je crois que c'était le 18, ou peut-être le 17, mais je suis sûre que c'était un mardi.

— Merci, Tonks, vous êtes bien précieuse ma chère, s'écria Mrs Vincent avec son plus doux sourire.

C'était peut-être parce que les services de miss Tonks étaient si précieux qu'elle n'avait pas reçu d'appointements depuis trois ou quatre ans. Mrs Vincent avait sans doute hésité à payer d'un grand mépris une rétribution si pitoyable comparée aux mérites de l'enseignante.

— Y a-t-il encore quelque chose que Tonks ou moi puissions vous dire, Mr Audley ? reprit la maîtresse de pension. Tonks a bien meilleure mémoire que moi.

— Savez-vous d'où venait miss Graham quand elle est arrivée chez vous ? demanda Robert.

— Pas précisément, répondit Mrs Vincent. Je me souviens vaguement d'avoir entendu miss Graham parler du bord de la mer sans désigner l'endroit. Ou si elle l'a fait, je l'ai oublié. Tonks, miss Graham ne vous aurait-elle pas dit d'où elle venait ?

— Oh, non! répondit Tonks secouant sa tête sinistre d'un air entendu. Miss Graham ne m'a rien dit, elle était bien trop rusée pour cela. Elle savait garder ses secrets malgré ses airs innocents et ses cheveux bouclés, ajouta miss Tonks avec méchanceté.

— Vous croyez donc qu'elle avait des secrets? demanda Robert presque impatiemment.

— Je sais qu'elle en avait, répliqua Miss Tonks d'un air glacial et décidé, et de toutes sortes. Ce n'est pas moi qui l'aurais reçue comme institutrice adjointe sans un seul mot de recommandation de qui que ce fût.

— Vous n'avez donc eu aucun renseignement sur miss Graham? dit Robert à Mrs Vincent.

— Aucun, répondit celle-ci un peu gênée. J'y ai renoncé, et miss Graham a renoncé à la question du salaire. Elle m'a dit qu'elle s'était querellée avec son père et qu'elle voulait vivre loin de toutes les personnes qu'elle avait connues. Elle souhaitait en être complètement coupée. Elle avait beaucoup souffert et désirait éviter les problèmes. Comment, en pareil cas, insister pour avoir une recommandation, surtout en voyant que c'était une véritable dame? Vous savez, Tonks, que Lucy Graham était tout à fait comme il faut, et ce n'est pas gentil de votre part dire des choses aussi cruelles sur le fait que je l'aie engagée sans références.

— Quand on veut avoir des favorites, on s'expose à être trompée par elles, répondit miss Tonks d'un ton glacé et sentencieux et sans se préoccuper des paroles de Mrs Vincent.

— Elle n'a jamais été ma favorite, Tonks. Vous êtes une jalouse, dit Mrs Vincent avec reproche. Je n'ai jamais dit qu'elle m'était aussi utile que vous, vous le savez bien.

— Oh! non, dit Miss Tonks très froidement, jamais. Elle ne servait que d'ornement à montrer aux visiteurs; et à jouer des fantaisies sur le piano du salon.

— Alors vous ne pouvez me donner aucune indication sur les antécédents de miss Graham? demanda Robert, interrogeant de l'œil les deux femmes.

Il voyait clairement que miss Tonks gardait une vive rancune à miss Graham et que sa rancune ne s'était pas calmée avec le temps.

« Si cette femme sait quelque chose de préjudiciable à lady Audley, elle me le dira, songeait-il, et même trop volontiers. » Mais miss Tonks ne savait rien d'autre, sauf que miss Graham s'était posée plusieurs fois en victime, qu'elle était déçue par la bassesse des gens, et qu'elle avait souffert sans raisons ce qui l'avait réduite à la pauvreté et aux privations. Mais ses renseignements se bornaient là, et bien qu'elle les utilisât de son mieux, Robert sonda rapidement leur faible profondeur.

— Je n'ai plus qu'une question à vous poser, ajouta-t-il. Miss Graham n'a-t-elle rien oublié chez vous lorsqu'elle a quitté votre établissement, des livres, des babioles, n'importe quoi?

— Rien que je sache, dit Mrs Vincent.

— Si, s'écria miss Tonks sèchement, elle a laissé un carton qui est en haut chez moi; il renferme un de mes vieux chapeaux. Voulez-vous le voir, monsieur?

— Si cela ne vous dérange pas, j'aimerais beaucoup le voir.

— Je vais le chercher, il n'est pas bien gros.

Avant que Mr Audley l'eût remerciée, miss Tonks était sortie de l'appartement.

« Comme ces femmes sont sans pitié les unes pour les autres, se disait Robert en l'absence de l'institutrice. Miss Tonks devine très bien que mes questions cachent un danger quelconque. Elle flaire le problème qui menace son ancienne compagne, elle s'en réjouit et fera tout pour m'aider. Quel monde, et comment ces femmes prennent vie à son contact? Helen Maldon, lady Audley, Clara Talboys, et maintenant miss Tonks, rien que des femmes du début à la fin. »

Miss Tonks rentra pendant que Robert méditait sur l'infamie de ses pareilles. Elle apportait un carton à chapeau tout démantibulé, qu'elle soumit à l'inspection de Robert.

Mr Audley s'agenouilla pour examiner les restes d'étiquettes de voyage et d'adresses collés sur le carton. Il avait été trimballé sur de nombreuses lignes de chemins de fer et avait beaucoup voyagé, ce carton. Beaucoup d'étiquettes avaient été déchirées, mais il en restait des fragments, et sur un bout de papier jaune, Robert lut les lettres : « Turi. »

« Ce carton est allé en Italie, pensa-t-il. Voilà les quatre premières lettres du mot "Turin" et l'étiquette est étrangère. »

La seule adresse qui n'avait pas été effacée ou déchirée était la dernière ; elle portait le nom de miss Graham se rendant à Londres. En regardant attentivement cette étiquette, Robert s'aperçut qu'elle était collée par-dessus une autre.

— Voulez-vous avoir l'obligeance de me faire apporter un peu d'eau et une éponge ? dit-il. Je veux enlever l'adresse du dessus. Croyez bien que j'ai mes raisons d'agir de la sorte.

Miss Tonks s'empressa d'aller chercher une cuvette d'eau et une éponge.

— Dois-je enlever l'adresse ? dit-elle.

— Non, merci, répondit Robert froidement, je le ferai moi-même.

Il mouilla à plusieurs reprises l'étiquette avant de pouvoir décoller les bords, et après deux ou trois tentatives prudentes, il réussit à l'enlever sans déchirer l'adresse du dessous.

Miss Tonks ne put parvenir à lire cette adresse par-dessus l'épaule de Robert, malgré toute l'habileté qu'elle déploya dans ce but.

Mr Audley recommença l'opération pour l'adresse inférieure, la détacha du carton, et la glissa soigneusement entre deux feuilles blanches de son carnet.

— Il est inutile que je vous dérange plus longtemps, mesdames, dit-il quand il eut fini. Je vous suis très obligé des renseignements que vous m'avez fournis, et j'ai l'honneur de vous saluer.

Mrs Vincent sourit, salua, et murmura quelques paroles polies sur le plaisir que lui avait procuré la visite de Mr Audley. Miss Tonks, plus observatrice, remarqua avec étonnement le changement visible qui s'était opéré sur la figure du jeune homme depuis qu'il avait détaché la dernière adresse.

Robert s'éloigna lentement d'Acacia Cottage. « Si ce que j'ai trouvé aujourd'hui n'est pas une preuve pour un jury, se dit-il, cela suffira certainement pour prouver à mon oncle qu'il a épousé une femme calculatrice et méprisable. »

# 28

# En commençant par l'autre bout

Robert Audley marchait lentement sous les arbres sans feuilles dans l'atmosphère grise de février, songeant à la découverte qu'il venait de faire.

« Ce que j'ai dans ma poche, calculait-il, est le chaînon qui rattache la femme dont George Talboys a lu la mort dans le *Times* à celle qui est maintenant toute-puissante dans la maison de mon oncle. L'histoire de Lucy Graham finit brusquement au seuil de l'établissement de Mrs Vincent. Elle est entrée chez la maîtresse de pension au mois d'août 1854. Mrs Vincent et miss Tonks n'ont pu me dire d'où elle venait, ni me fournir un seul renseignement sur les secrets de sa vie depuis le jour de sa naissance jusqu'au moment de son arrivée. Il m'est impossible d'aller plus loin dans cette recherche rétrospective des antécédents de milady. Que faut-il donc que je fasse si je veux tenir la promesse que j'ai faite à Clara Talboys ? »

Il fit quelques pas en agitant cette question dans son esprit. Les ombres du soir qui descendaient lentement sur sa figure ajoutaient encore à l'expression douloureuse de sa physionomie. Son cœur se serrait sous le poids du chagrin et de la crainte.

« Mon devoir est tout tracé, songeait-il, pas si aisé pourtant, car il me conduit fatalement à porter la ruine et la désolation chez ceux que j'aime. Il faut que je commence par l'autre bout... oui, il faut que je découvre l'histoire de Helen Talboys depuis le départ de George jusqu'au jour des funérailles dans le cimetière de Ventnor. »

Mr Audley héla une voiture qui passait et se fit reconduire chez lui. Il arriva à Fig-Tree Court à temps pour écrire quelques lignes à miss Talboys et mettre sa lettre à la poste de Saint-Martin-le-Grand avant six heures.

« Ce sera un jour de gagné », se dit-il en se rendant à la poste principale avec cette courte lettre.

Il avait écrit à Clara Talboys pour lui demander le nom du petit port de mer où George avait rencontré le capitaine Maldon et sa fille ; car, malgré l'intimité qui existait entre George Talboys et Robert, ce dernier ne connaissait que quelques détails sur la vie de son ami pendant son bref mariage.

Depuis le moment où George Talboys avait lu dans le *Times* la nouvelle de la mort de sa femme, il avait évité toute allusion à l'histoire de son mariage, qui s'était terminé si brusquement, et à des souvenirs qui s'effaçaient devant une si terrible réalité.

Cette courte histoire renfermait tellement de souffrances ! Rappeler le souvenir de sa désertion, qui avait dû sembler si cruelle à celle qui l'attendait et le guettait à la maison, c'était lui rappeler trop de reproches amers ! Robert Audley le comprenait, et le silence de son ami ne l'avait pas étonné. Tous deux avaient évité tacitement ce sujet douloureux et Robert ignorait aussi complètement l'histoire de cette malheureuse année, dans la vie de son camarade de collège, que s'ils n'avaient jamais vécu en amis dans sa retraite du Temple.

La lettre écrite à miss Talboys par son frère George au cours du mois suivant son mariage était datée d'Harrowgate. C'était donc à Harrowgate, concluait Robert, que le jeune couple avait passé sa lune de miel.

Robert Audley avait prié Clara Talboys de répondre par le télégraphe, pour éviter de perdre un jour dans l'accomplissement de la promesse qu'il avait faite.

La dépêche télégraphique parvint à Fig-Tree Court le lendemain avant midi.

Le nom du port de mer était Wildernsea, Yorkshire.

Une heure après la réception de ce message, Mr Audley arriva à la gare de King's Cross et prit son billet pour Wildernsea. Le train express partait à deux heures moins un quart.

La locomotive grinçante l'emporta dans son voyage monotone vers le nord, à travers des prairies mornes et désertes et des champs de blés dénudés, à peine teintés par de jeunes pousses vertes. Cette route vers le nord était étrange et peu familière au jeune avocat, et il frissonnait en voyant la vaste étendue du paysage hivernal dans sa solitude désolée. Le but de son voyage gâchait la vue de tout objet sur lesquels ses yeux posaient un regard absent, pour s'en détourner et revenir au tableau bien plus sombre que son esprit anxieux lui présentait.

Il faisait nuit quand le train arriva au terminus de Hull ; mais Robert Audley n'était pas au terme de sa course. On le conduisit, ahuri et à moitié endormi, à travers la cohue de porteurs et de bagages incongrus et hétérogènes dont les voyageurs se surchargent, jusqu'à un autre train qui devait l'amener par une ligne secondaire à Wildernsea en longeant la mer du Nord.

Une demi-heure après avoir quitté Hull, Robert sentit sur son visage la fraîcheur des embruns dans la brise qui entrait par une fenêtre ouverte, et au bout d'une heure le train s'arrêta dans une gare isolée bâtie au milieu d'un désert de sable et habitée par deux ou trois fonctionnaires moroses, dont l'un fit sonner à toute volée la cloche qui annonçait le train.

Mr Audley fut le seul voyageur qui descendit à cette triste gare. Le train continua sa marche vers d'autres coins de terre plus riants avant que l'avocat fût revenu à lui et eût ramassé son sac de voyage, découvert avec peine au fond d'un wagon plein de bagages et éclairé par une seule lanterne.

« Est-ce que les colons des régions inexplorées d'Amérique se trouvent aussi dépaysés et solitaires que je le suis ce soir ? », se demanda-t-il en essayant de voir clair dans les ténèbres.

Il appela un des employés et lui montra son sac de voyage.

— Voulez-vous me porter cela à l'hôtel le plus proche, lui dit-il, c'est-à-dire, si je peux y trouver un lit.

L'homme se mit à rire en soulevant le sac de voyage.

— Vous aurez trente lits sans problème, si vous voulez, répondit-il. On n'est pas très occupé à Wildernsea, à cette époque de l'année. Par ici, monsieur.

Le porteur ouvrit une porte et Robert Audley se trouva sur une large pelouse. Elle entourait un immense bâtiment carré qui surgissait presque menaçant dans la nuit d'hiver, et dont la masse sombre n'était éclairée que par deux fenêtres très éloignées l'une de l'autre, qui émettaient dans l'obscurité une lueur rouge telles des balises.

— Voici l'hôtel Victoria, monsieur, lui dit le porteur. Vous n'imaginez pas le monde que nous avons en été.

En voyant la pelouse privée de sa verdure, les alcôves en bois désertes et les sombres fenêtres de l'hôtel, il était en effet difficile de s'imaginer que la gaieté pût jamais régner en pareil endroit et que des gens joyeux se distraient dans le brillant soleil d'été ; mais Robert Audley écouta de bonne grâce ce qu'il plut au facteur de lui dire et suivit humblement son guide vers une petite porte du grand hôtel. Elle menait à un bar confortable où les visiteurs peu fortunés trouvaient, en été, les rafraîchissements qu'ils désiraient prendre sans devoir affronter le garçon en livrée qui se tenait à l'entrée principale.

L'hôtel avait très peu de clients en ce mois de février lugubre, et c'est le propriétaire lui-même qui introduisit Robert dans une pièce encombrée de tables d'acajou cirées et de fauteuils rembourrés de crin qu'il appela pompeusement le salon.

Mr Audley s'assit près du grand garde-feu métallique et allongea ses jambes de chaque côté du foyer, tandis que le propriétaire enfonçait le tisonnier dans un amas de charbon, faisant jaillir une flamme rougeoyante qui gronda dans la cheminée.

— Si vous préférez un salon particulier, monsieur, commença le propriétaire.

— Non, merci, dit Robert sur un ton indifférent, celui-ci me paraît suffisamment privé pour l'instant. Je vous serais obligé de me commander une côtelette de mouton et une pinte de sherry.

— Tout de suite, monsieur.

— Je vous serais encore plus obligé si vous vouliez m'accorder quelques instants de conversation avant cela.

— Mais avec plaisir, monsieur, répondit le propriétaire avec bonhomie. Nous voyons si peu de monde à cette saison, que nous sommes bien aises de contenter les personnes qui nous arrivent. Désirez-vous des renseignements sur les environs de Wildernsea et ses attraits, ajouta-t-il, citant, sans même s'en rendre compte, un petit guide de la station thermale qu'il vendait au comptoir... Je serais très heureux de...

— Ce ne sont pas les environs de Wildernsea qui m'intéressent, interrompit Robert, protestant faiblement contre la volubilité du propriétaire. Je veux vous poser quelques questions sur des personnes qui ont vécu ici autrefois.

L'homme s'inclina en souriant d'un air qui témoignait de toute sa bonne volonté à débiter la biographie de tous les habitants du petit port de mer, si cela pouvait plaire à Mr Audley.

— Depuis combien de temps habitez-vous ici? demanda Robert, sortant son agenda de sa poche. Cela vous ennuie-t-il si je prends des notes sur vos réponses?

— Pas le moins du monde, monsieur, reprit le propriétaire enchanté de la tournure solennelle que Robert donnait à l'affaire. Il semble que toute information que je peux vous fournir a une grande valeur...

— Oui, merci, murmura Robert en interrompant ce flux de paroles. Vous êtes ici depuis...

— Six ans, monsieur.

— Depuis 1853 ?

— Depuis novembre 1852. J'étais à Hull avant cette époque. Cette maison n'était finie que depuis octobre quand j'y entrai.

— Vous souvenez-vous d'un lieutenant de marine qui était, je crois, en demi-solde à cette époque et se nommait Maldon.

— Le capitaine Maldon, monsieur ?

— Oui, on l'appelait ainsi d'habitude. Je vois que vous vous en souvenez.

— Oui, monsieur. C'était un de nos meilleurs clients. Il passait toutes ses soirées dans ce salon, quoique les murs fussent humides à cette époque car nous n'avons pu faire poser les papiers peints qu'un an plus tard. Sa fille épousa un jeune officier qui était venu avec son régiment vers Noël de 1852. Le mariage eut lieu ici et ils voyagèrent six mois sur le continent et revinrent ensuite. Mais le mari partit pour l'Australie en laissant sa femme une semaine ou deux semaines après qu'elle fut devenue mère. L'affaire fit grand bruit dans Wildernsea, et Mrs... Mrs... j'ai oublié son nom.

— Mrs Talboys, suggéra Robert.

— C'est cela même, Mrs Talboys. On la plaignit beaucoup dans Wildernsea, car elle était très jolie et savait se faire aimer de tout le monde par ses façons charmantes.

— Combien de temps Mr Maldon et sa fille sont-ils restés à Wildernsea après le départ de Mr Talboys ? demanda Robert.

— Eh bien, monsieur, répondit le propriétaire après avoir hésité un instant, je ne pourrais vous le dire au juste. Je sais que Mr Maldon avait l'habitude de s'asseoir ici et racontait à qui voulait l'entendre comment sa fille avait été traitée par un jeune homme en qui il avait toute confiance ; mais je ne peux pas vous dire combien de temps c'était avant qu'il quitte Wildernsea. Mrs Barkamb vous le dirait certainement, ajouta-t-il vivement.

— Mrs Barkamb ?

— Oui, Mrs Barkamb, la propriétaire du n° 17, North Cottages, où habitaient Mr Maldon et sa fille. C'est une brave femme, polie, maternelle et je suis sûr qu'elle vous racontera tout ce que vous lui demanderez.

— Merci, j'irai voir Mrs Barkamb demain. Attendez, encore une question. Reconnaîtriez-vous Mrs Talboys, si vous la voyiez ?

— Sans doute, monsieur, aussi bien qu'une de mes filles.

Robert Audley inscrivit l'adresse de Mrs Barkamb sur son carnet, mangea son dîner solitaire, but quelques verres de sherry, fuma un cigare puis se retira dans son appartement où un bon feu avait été allumé.

Il s'endormit promptement, épuisé par la fatigue des deux jours précédents à se déplacer de lieu en lieu. Mais son sommeil ne fut pas profond. Il entendait le vent gémir sur la vaste étendue de sable et le bruit monotone des vagues s'écrasant sur la plage. Ces sons lugubres, joints aux pensées mélancoliques que son triste voyage avait engendrées, se répétaient sans cesse dans le chaos de son cerveau engourdi, transformés en visions d'objets fantastiques n'ayant jamais existé, ni pu exister, et qui avaient cependant un vague rapport avec les événements réels dont il se souvenait.

Dans ces rêves pénibles, il vit le château d'Audley arraché aux verts pâturages et aux haies ombragées du comté d'Essex, se dressant sans protection sur cette plage du nord déserte, menacé par les vagues turbulentes qui montaient et semblaient prêtes à engloutir la maison qu'il aimait. Tandis que les vagues déferlaient de plus en plus près de la maison, le dormeur aperçut une figure pâle au milieu de l'écume argentée, et il reconnut milady, transformée en sirène, qui attirait son oncle vers l'abîme. Au-delà des eaux, de gigantesques nuées plus noires que l'encre et plus épaisses que la nuit la plus profonde descendaient sous les yeux du rêveur ; mais pendant qu'il regardait cet horizon lugubre, ces nuages précurseurs de la tempête disparurent, et un rayon de lumière sortit d'une brèche dans la noirceur au-dessus des vagues hideuses, qui se retirèrent lentement, très lentement, laissant le vieux manoir hors de danger et fermement ancré dans le rivage.

Robert s'éveilla avec le souvenir de ce rêve et une sensation de soulagement physique, comme si le poids immense qui oppressait sa poitrine toute la nuit venait d'être enlevé.

Il se rendormit et ne s'éveilla pas avant que le soleil d'hiver ne brille au-dessus des persiennes. La voix aiguë d'une servante vint retentir à sa porte en annonçant qu'il était huit heures et demie. À dix heures moins le quart, il avait quitté l'hôtel Victoria et cheminait sur une plateforme solitaire en face d'une rangée de maisons sans ombre qui se dressaient face à la mer.

Ces maisons carrées, rudes, pleines de raideur, s'étendaient jusqu'au petit port dans lequel deux ou trois cargos et deux transports de charbon se trouvaient à l'ancre. Au-delà du port se profilait sur l'horizon froid et hivernal une caserne minable, séparée de Wildernsea par une crique qu'enjambait un pont-levis en fer. L'habit rouge de la sentinelle qui faisait les cent pas entre deux canons postés aux angles du mur était la seule tache de couleur qui relevât la teinte grise des maisons de pierre et de la mer plombée.

D'un côté du port, une longue jetée s'avançait loin dans la cruelle solitude de la mer. On l'aurait crue bâtie pour quelque Timon[1] moderne, trop misanthrope pour se contenter de la retraite de Wildernsea et désireux de s'éloigner plus encore de ses semblables.

---

1. Timon d'Athènes, citoyen athénien à la misanthropie légendaire.

C'était sur cette jetée que George Talboys avait rencontré sa femme pour la première fois sous un soleil d'été resplendissant, avec la musique du régiment qui déchirait les oreilles. C'était là que le jeune joueur de cornet s'était laissé aller pour la première fois à cette douce illusion qui avait ensuite exercé sur sa vie une si fatale influence.

Robert contempla d'un air hargneux la ville d'eaux solitaire et le port médiocre.

« Et dire, pensa-t-il, qu'un pareil endroit peut conduire un homme vigoureux à sa ruine ! Il vient ici le cœur intact et heureux, et sans plus d'expérience des femmes qu'on ne peut en acquérir à une exposition florale ou dans un bal. Il n'est pas plus familier avec elles qu'avec les satellites éloignés des planètes les plus reculées. Il sait vaguement que ce sont de petites toupies qui tourbillonnent en robe bleu ou rose ou une sorte d'automates gracieux qui servent de mannequin pour les modistes. Il arrive dans un endroit comme celui-ci, et l'univers se rétrécit tout à coup à quelques acres ; toute la création est comprimée dans une petite boîte de carton. Les créatures lointaines qu'il a vues flotter autour de lui, belles et indistinctes, sont là sous ses yeux, et avant qu'il n'ait le temps de revenir de son égarement, ô miracle, le charme opère, le cercle magique l'entoure, les sortilèges sont à l'œuvre, toutes les puissances de la sorcellerie sont en jeu, et la victime ne peut pas plus s'échapper que le prince aux jambes de marbre dans le conte oriental. »

En ruminant de la sorte, Robert atteignit la maison qui lui avait été désignée comme celle de Mrs Barkamb. Il fut introduit aussitôt par une servante âgée et guindée qui le fit entrer dans un salon à son image. Mrs Barkamb, une matrone prospère d'une soixantaine d'années, se tenait dans un fauteuil devant un feu vif. Un vieux terrier, dont le pelage noir et feu se marquait de gris, dormait sur ses genoux. Tout dans ce salon tranquille et vieillot respirait l'ordre et le confort, annonçant le calme extérieur.

« J'aimerais vivre ici, se dit Robert, et contempler la mer qui roule ses flots gris sous ce ciel calme et sombre. J'aimerais vivre ici pour réciter mon rosaire, me repentir et me reposer. »

Il s'assit dans un fauteuil en face de Mrs Barkamb sur l'invitation de cette dame, et posa son chapeau par terre. Le terrier quitta les genoux de sa maîtresse et aboya après le chapeau pour témoigner l'ennui qu'il lui causait.

— Je suppose, monsieur, que vous désirez louer un... sois sage, Dash!... un des cottages, dit Mrs Barkamb, dont l'esprit n'allait pas au-delà d'un cercle très étroit et dont la vie, depuis vingt ans, ne tournait qu'autour des locations.

Robert Audley expliqua le but de sa visite.

— Je viens vous poser une seule question, dit-il en conclusion. Je veux savoir la date précise où Mrs Talboys a quitté Wildernsea. Le propriétaire de l'hôtel Victoria dit que vous êtes la plus à même de me renseigner.

Mrs Barkamb réfléchit quelques instants.

— Je puis vous donner la date du départ de Mr Maldon, dit-elle, car il a quitté le n° 17 en me devant beaucoup d'argent, et j'ai tout cela par écrit ; quant à Mrs Talboys...

Mrs Barkamb s'arrêta un moment avant de continuer.

— Vous savez que Mrs Talboys est partie précipitamment ? demanda-t-elle.

— Je l'ignorais.

— Ah, oui ! Elle est partie précipitamment, la pauvre petite femme ! Elle avait essayé de gagner sa vie, après la fuite de son mari, en donnant des leçons de musique. C'était une très bonne pianiste, et elle réussissait assez bien, je crois. Mais je pense que son père prenait son argent et le dépensait à l'auberge. Quoi qu'il en soit, ils eurent un soir une explication sérieuse, et le lendemain, Mrs Talboys quittait Wildernsea en laissant son enfant qui était en nourrice dans les environs.

— Et vous ne sauriez me dire la date de son départ ?

— Je crains bien que non. Cependant, attendez. Le capitaine Maldon m'a écrit le jour même du départ de sa fille. Il était bouleversé, le pauvre homme, et il venait toujours à moi quand il avait des problèmes. Si je trouve sa lettre, elle est peut-être datée, n'est-ce pas?

Mr Audley répondit que c'était probable.

Mrs Barkamb se dirigea vers un secrétaire d'acajou à côté de la fenêtre, couvert d'une feutrine verte. Il était bourré de papiers qui s'échappaient en tout sens des casiers. Des lettres, des reçus, des notes, des inventaires étaient entassés pêle-mêle, et ce fut parmi ces documents que Mrs Barkamb tenta de retrouver la lettre du capitaine Maldon.

Mr Audley attendit patiemment en suivant de l'œil les nuages grisâtres qui couraient dans le ciel et les navires qui sillonnaient la mer.

Après dix minutes de recherche et beaucoup de froissements, de bruits de papiers dépliés et repliés, Mrs Barkamb poussa un cri de triomphe.

— J'ai la lettre, dit-elle, et elle renferme un billet de Mrs Talboys.

La figure pâle de Robert Audley se colora d'une vive rougeur alors qu'il tendait la main pour recevoir ce document. « Ceux qui ont volé les lettres d'amour de Helen Maldon qui se trouvaient chez moi, dans la malle de George, auraient pu s'épargner cette peine », songea-t-il.

La lettre du vieux lieutenant n'était pas longue, mais presque tous les mots en étaient soulignés.

*Ma généreuse amie*, écrivait le capitaine (Mr Maldon avait abusé de la générosité de cette dame pendant son séjour dans sa maison, lui payant rarement son loyer sans être menacé des huissiers), *je suis au désespoir. Ma fille m'a quitté. Vous pouvez imaginer ma douleur! Nous avons eu quelques mots hier soir à propos d'argent, un sujet qui a toujours amené des désagréments entre nous, et ce matin, en me levant, je me suis vu abandonné! Le billet de Helen ci-inclus m'attendait sur la table du salon.*

*À vous dans ma douleur et mon désespoir,*

*Henri Maldon*

*North Cottages, 16 août 1854.*

Le billet de Mrs Talboys était encore plus concis. Il commençait ainsi sans préambule :

*Je suis fatiguée de la vie que je mène ici, et je souhaite, si je peux, en changer. Je vais par le monde après avoir brisé tous les liens qui me rattachent à un passé odieux, chercher un autre foyer et une autre position. Pardonnez-moi mes caprices, mes bouderies. Vous devez me pardonner, car vous savez pourquoi j'ai agi de la sorte. Vous connaissez le secret qui explique ma vie.*

*Helen Talboys*

Ces lignes avaient été écrites par une main que Robert connaissait trop bien.

Il resta assis pendant longtemps, réfléchissant en silence à la lettre de Helen Talboys. Que signifiaient les deux dernières phrases : « Vous devez me pardonner, parce que vous savez pourquoi j'ai agi de la sorte. Vous connaissez le secret qui explique ma vie » ?

Il se creusa le cerveau pour trouver un sens à ces deux phrases. Il ne se rappelait rien, il n'imaginait rien qui pût lui en donner l'explication. Le départ de Helen, d'après la lettre du capitaine Maldon, datait du 16 août 1854. Miss Tonks avait déclaré que Lucy Graham était entrée à Crescent Villas le 17 ou le 18 août de la même année. Entre la fuite de Helen Talboys de chez son père et l'arrivée de Lucy Graham à l'école de Brompton, il ne s'était pas écoulé plus de quarante-huit heures. C'était un anneau bien petit dans la chaîne de preuves, mais c'était pourtant un anneau et qui tenait convenablement sa place.

— Mr Maldon a-t-il reçu des nouvelles de sa fille après son départ de Wildernsea ? demanda Robert.

— Je crois que oui, répondit Mrs Barkamb, mais je ne vis plus guère le vieux capitaine après ce mois d'août. Je fus obligée de faire saisir ses effets en novembre, le pauvre diable, car il me devait le loyer de quinze mois, et ce ne fut qu'en vendant ses quelques pauvres meubles que j'ai pu le déloger de chez moi. Nous nous sommes séparés bons amis bien que je lui aie envoyé les huissiers, et le capitaine est parti à Londres avec l'enfant, qui avait tout au plus un an.

Mrs Barkamb n'avait plus rien à dire et Robert plus rien à demander. Il obtint la permission de garder les deux lettres et quitta la maison en les emportant dans son portefeuille.

Il revint tout droit à l'hôtel où il demanda un horaire des trains. Un express pour Londres partait à une heure un quart. Robert envoya son sac de voyage à la gare, paya sa note et se promena sur la plateforme en face de la mer en attendant le départ du train.

« J'ai retracé l'histoire de Lucy Graham et de Helen Talboys autant que faire se pouvait, pensait-il. Il me reste maintenant à découvrir celle de la femme qui est enterrée dans le cimetière de Ventnor. »

## 29

## Le secret de la tombe

À son retour de Wildernsea, Robert Audley trouva chez lui une lettre de sa cousine Alicia :

*Papa va beaucoup mieux, écrivait la jeune fille, et il désire vous voir au château. Pour un motif que je ne m'explique pas, ma belle-mère s'est mis en tête que votre présence était nécessaire ici et me fatigue de ses questions frivoles sur tous vos mouvements. Venez donc sans retard pour faire cesser ces inquiétudes.*
*Votre cousine affectionnée,*

*A. A.*

« Ainsi donc, mes mouvements préoccupent milady, se dit Robert, broyant du noir et fumant au coin de son feu solitaire. Elle est inquiète et questionne sa belle-fille avec ses jolies manières enfantines qui ont un air d'innocente frivolité si séduisant. Pauvre petite créature, pauvre malheureuse pécheresse à la chevelure dorée, la lutte entre nous semble terriblement injuste. Pourquoi ne fuit-elle pas pendant qu'il est encore temps ? Je l'ai pourtant avertie loyalement. Je lui ai montré mes cartes et j'ai joué franc jeu dans cette affaire. Pourquoi ne s'enfuit-elle pas ? »

Il se répétait cette question, encore et encore, tout en remplissant et vidant sa pipe d'écume, s'entourant de fumée bleuâtre jusqu'à ressembler à quelque magicien moderne dans son laboratoire.

« Pourquoi ne fuit-elle pas ? Je ne veux pas apporter la honte sans nécessité sur cette maison, moins que sur toute autre. Je veux seulement remplir mes devoirs envers mon ami disparu et envers cet homme brave et généreux qui a donné sa confiance à une femme indigne. Le ciel m'est témoin que je ne désire pas le châtiment. Je ne suis pas né pour être un redresseur de torts et pour persécuter les coupables. Je ne demande qu'à remplir mon devoir. Je l'avertirai une fois encore, clairement et loyalement, et puis… »

Ses pensées s'envolèrent vers ce sombre avenir où pas un rayon de lumière ne brillait au sein des ténèbres qui l'entouraient de toutes parts, lui fermant toute issue, recouvert d'un épais rideau, où l'espérance ne pouvait pénétrer. Il serait à jamais hanté par la vision des angoisses de son oncle, à jamais torturé par l'idée de cette ruine et de cette désolation qui, parce qu'il aurait été l'instrument qui les apporterait, sembleraient être son œuvre. Mais au milieu de tout cela, la main de Clara Talboys, d'un geste impérieux, l'attirait vers la tombe inconnue de son frère.

« Irai-je à Southampton, se demanda-t-il, essayer d'apprendre l'histoire de la femme qui est morte à Ventnor ? Agirai-je par ruse en corrompant les misérables impliqués dans ce vil complot, jusqu'à ce que je trouve le fil qui me guidera vers la principale coupable ? Non ! Pas avant d'avoir cherché la vérité à l'aide d'autres moyens. Irai-je voir ce misérable vieillard et l'accuser d'avoir trempé dans l'infâme duperie dont je pense que mon ami a été victime ? Non ! je ne veux plus torturer ce malheureux complètement terrorisé comme je l'ai fait il y a quelques semaines. Je m'adresserai à la grande conspiratrice et j'arracherai ce beau voile sous lequel elle cache sa vilenie. Elle sera forcée de me livrer le secret du sort de mon ami et je la bannirai à jamais de cette maison qu'elle a souillée par sa présence. »

Il partit le lendemain de bonne heure pour le comté d'Essex et arriva à Audley avant onze heures.

Bien qu'il fût matin, milady était déjà sortie. Elle était allée à Chelmsford faire des emplettes avec sa belle-fille. Elle avait plusieurs visites à faire dans les environs de la ville et ne reviendrait que vers l'heure du dîner. La santé de sir Michael s'était améliorée et il descendrait dans l'après-midi. Mr Robert pouvait le voir dans sa chambre si cela lui plaisait.

Non. Robert ne se souciait pas de rencontrer ce généreux parent. Qu'aurait-il à lui dire? Comment lui adoucir les souffrances qui allaient l'atteindre? Comment diminuer la force du coup qui allait briser ce cœur noble et confiant?

« Si je pouvais lui pardonner ses torts envers mon ami, se disait Robert, je la détesterais encore pour la douleur que son crime va causer à l'homme qui a eu confiance en elle. »

Il dit au domestique de son oncle qu'il allait faire un tour dans le village et qu'il reviendrait à l'heure du dîner. Il s'éloigna lentement du château et se promena sans but et avec indifférence dans les prairies qui séparaient l'habitation de son oncle du village. Les noirs soucis qui troublaient sa vie se lisaient sur son visage et dans son allure. « Je vais entrer dans le cimetière, se dit-il, et contempler les pierres tombales. Rien ne peut me rendre plus triste que je le suis. »

Il se trouvait dans ces mêmes prairies qu'il avait traversées en courant à la gare, en cette journée de septembre où George Talboys avait disparu. Il regarda le sentier qu'il avait suivi ce jour-là, se souvenant de la rapidité inhabituelle de sa course et du vague sentiment de terreur qui s'était emparé de lui en ne retrouvant pas son ami.

« D'où provenait cette terreur? pensait-il. Pourquoi ai-je vu du mystère dans la disparition de George? Était-ce un pressentiment ou une idée fixe? Et si je me trompais, après tout? Si toutes ces preuves que j'amasse une à une ne provenaient que de ma folie ? Si cet édifice d'horreur et de soupçons n'était qu'un assemblage de bizarreries suggérées par l'hypocondrie ? Mr Harcourt Talboys ne trouve aucune signification à tous ces événements dont j'ai fait un affreux mystère. Je lui ai montré un à un les anneaux de ma chaîne, et il a refusé de reconnaître qu'ils s'agençaient parfaitement. Il est incapable de les relier. Ô mon Dieu, si c'était moi le seul coupable ! Si... » Il sourit avec amertume et secoua la tête. « J'ai en poche, continua-t-il, un écrit qui est la preuve du complot. Il me reste à découvrir le côté le plus sombre du secret de milady. »

Il évita le village et suivit le chemin de la prairie. L'église se trouvait un peu en arrière de la rue principale. Une porte en bois grossièrement façonnée débouchait du cimetière sur un grand pré que bordait un ruisseau d'eau vive et qui descendait en pente douce dans un vallon où des troupeaux étaient disséminés.

Robert gravit à pas lents le sentier étroit à flanc de colline qui menait à la porte du cimetière. Le calme monotone de ce paysage était en harmonie avec sa tristesse. Un vieillard qui clopinait vers une barrière à l'autre bout du pré était le seul être humain que le jeune avocat aperçut. La fumée qui s'échappait des cheminées des maisons éparpillées le long de la grande rue était la seule preuve visible de vie humaine. Le mouvement des aiguilles de la vieille horloge au clocher de l'église témoignait seul que le cours de la vie rustique ne s'était pas totalement arrêté dans le village d'Audley.

Il y avait toutefois un autre signe de vie. Pendant que Robert ouvrait la porte du cimetière et entrait d'un air absent dans le petit enclos, il entendit tout à coup le son d'un orgue qui arrivait jusqu'à lui par une fenêtre entrouverte dans le clocher.

Il s'arrêta et écouta l'harmonie d'une mélodie rêveuse qui ressemblait à une improvisation par un exécutant accompli. « Qui aurait jamais cru que l'église d'Audley pût se vanter d'un orgue pareil ? pensa Robert. La dernière fois que je suis venu ici, le maître d'école qui accompagnait le chant des enfants ne m'avait pas fait soupçonner que cet instrument fût si bon. »

Il demeura immobile auprès de la porte, ne voulant pas rompre le charme opéré en lui par la monotone mélancolie du jeu de l'organiste. La voix de l'instrument, tantôt enflant à sa pleine puissance, tantôt descendant à la douceur du murmure, flottait vers lui sur l'atmosphère brumeuse de l'hiver et exerçait une influence qui semblait adoucir son trouble.

Il ferma doucement la grille et traversa le chemin caillouteux qui s'étendait devant la porte de l'église, laissée entrouverte sans doute par l'organiste. Robert l'ouvrit entièrement et entra sous le porche carré d'où partait un étroit escalier en pierre qui menait à l'orgue et au beffroi. Mr Audley ôta son chapeau et ouvrit la porte de communication entre le porche et l'intérieur de l'église. Il marcha doucement dans le lieu saint qui sentait l'humidité et le moisi. Il descendit l'allée étroite vers la balustrade du chœur, et de là, il examina l'église en tout sens. La petite galerie où se trouvait l'orgue était en face de lui, mais les rideaux verts qui masquaient l'instrument étaient tirés, et il ne put apercevoir l'exécutant.

La musique continuait toujours. L'organiste venait de se lancer dans un air de Mendelssohn dont la tristesse rêveuse allait droit au cœur de Robert. Il s'attarda dans les coins et recoins de l'église, examinant les monuments funéraires délabrés de personnes presque complètement oubliées tout en écoutant cette musique.

« Si mon pauvre ami George Talboys était mort dans mes bras, et que je l'eusse enseveli dans cette église tranquille, dans un des caveaux que je foule aux pieds aujourd'hui, que d'angoisses, que de tourments et d'hésitations je me fusse épargné, pensait Robert en déchiffrant les inscriptions à moitié effacées des tablettes de marbre sans couleur. Sa destinée m'aurait été connue, j'aurais su où il reposait. Ah! combien cela aurait compté pour moi. C'est cette misérable incertitude et ces horribles soupçons qui empoisonnent ma vie. »

Il regarda sa montre. « Une heure et demie, murmura-t-il. Il faudra que j'attende quatre ou cinq mortelles heures avant que milady ne soit de retour de ses visites du matin, ses charmantes visites protocolaires ou amicales! Grand Dieu, quelle comédienne que cette femme! Quel escroc de premier ordre! Quelle habile trompeuse! Mais elle ne jouera pas plus longtemps la comédie sous le toit de mon oncle. Je me suis montré assez diplomate. Elle a dédaigné un avertissement indirect. Ce soir, je parlerai clairement. »

La musique cessa et Robert entendit que l'on fermait l'instrument. « Il faut que je voie ce nouvel organiste qui peut se permettre d'enterrer son talent à Audley et de jouer les plus belles fugues de Mendelssohn pour quinze ou seize livres par an. »

Il se planta au milieu du porche, attendant que l'organiste descende l'escalier tortueux. Dans sa situation d'esprit troublée, et avec la avec le projet de traverser les heures à venir du mieux qu'il pouvait, Robert était bien aise de trouver une distraction, même futile. Il se laissa donc aller librement à sa curiosité au sujet du nouvel organiste.

La première personne qui parut sur les marches inégales de l'escalier fut un enfant en pantalon de velours et blouse sombre, qui descendait les escaliers en traînant les pieds et en faisant claquer ses souliers ferrés, la figure encore toute rouge de la fatigue que lui avait valu le soin de gonfler le soufflet du vieil orgue. Juste derrière cet enfant venait une jeune femme vêtue très simplement d'une robe de soie noire et d'un grand châle gris. À la vue de Robert Audley, elle tressaillit et pâlit.

Cette jeune femme était Clara Talboys.

C'était justement la seule personne au monde que Robert ne souhaitait pas voir. Elle lui avait dit qu'elle allait rendre visite à quelques amis qui habitaient le comté d'Essex, mais le comté est grand et le village d'Audley un des plus reculés et des moins fréquentés. Que la sœur de son ami perdu soit là, où elle pouvait surveiller tous ses mouvements et en arriver à savoir ce qui le préoccupait en secret, en remontant jusqu'à l'objet de ses doutes, c'était pour lui une difficulté nouvelle à laquelle il ne s'attendait guère. Cette complication lui remit en mémoire ce moment où, convaincu de son impuissance, il s'était écrié : « Une main plus forte que la mienne me fait signe d'avancer sur la sombre route qui mène à la tombe ignorée de mon ami. »

Clara Talboys fut la première à parler.

— Vous êtes surpris de me voir ici, Mr Audley ? dit-elle.

— Très surpris, en effet.

— Je vous ai dit que j'allais dans le comté d'Essex. Je suis partie avant-hier, quelques instants après l'arrivée de votre dépêche télégraphique. L'amie chez qui je demeure est Mrs Martyn, la femme du nouveau pasteur de Mount Stanning. Je suis descendue ce matin pour voir l'église et le village, et comme Mrs Martyn avait à visiter l'école avec le vicaire et son épouse, je me suis arrêtée ici et me suis amusée à essayer le vieil orgue. J'ignorais, avant de venir ici, qu'il y avait un village portant le nom d'Audley. Je suppose que ce nom vient de votre famille.

— Je crois que oui, répondit Robert émerveillé du calme de la jeune fille en face de son embarras. Je me rappelle vaguement avoir entendu conter l'histoire de quelque ancêtre qui se nommait Audley d'Audley, sous le règne d'Édouard IV. La tombe qui se trouve dans le chœur appartient à l'un des chevaliers d'Audley ; mais je n'ai jamais pris la peine de m'informer de ses exploits. Est-ce que vous attendez vos amis ici, miss Talboys ?

— Oui, ils reviendront me prendre ici après leur tournée.

— Et vous rentrez avec eux à Mount Stanning cette après-midi?

— Oui.

Robert tenait son chapeau à la main et regardait, sans les voir, les pierres tombales rangées contre le mur bas du cimetière. Clara Talboys examinait sa figure pâle et défaite par la tension continuelle de son esprit.

— Vous avez été malade depuis que je vous ai vu, Mr Audley, dit-elle d'une voix basse qui avait la même tristesse mélodieuse que l'orgue sous ses doigts.

— Non, seulement j'ai été vivement préoccupé par des doutes, des incertitudes fatigantes.

Il réfléchissait tout en lui parlant : « Jusqu'où vont ses suppositions? Où s'arrêtent ses soupçons? »

Il lui avait raconté l'histoire de la disparition de George et ce que lui soupçonnait, en ne supprimant que les noms des personnes impliquées dans le mystère; peut-être que cette jeune fille voyait clair dans toute cette trame et avait découvert seule ce qu'il n'avait pas jugé à propos de lui dire.

Les yeux pensifs de Clara Talboys étaient fixés sur lui et il comprit qu'elle cherchait à pénétrer ses plus secrètes pensées.

« Que suis-je dans ses mains? se dit-il. Que suis-je pour cette femme qui a la physionomie de mon ami perdu et les manières de Pallas Athéna? Elle voit mon âme pitoyable et hésitante, elle extirpe les pensées de mon cœur à l'aide du charme magique de ses yeux bruns solennels. Le combat ne peut être égal entre nous, et je ne serai jamais vainqueur en luttant contre sa beauté et sa pénétration. »

Mr Audley se préparait, en toussant légèrement, à dire adieu à sa belle compagne et à fuir sa présence qu'il redoutait, en regagnant la prairie solitaire, lorsque Clara Talboys l'arrêta pour lui parler précisément de ce qu'il voulait éviter le plus.

— Vous m'avez promis de m'écrire, Mr Audley, si vous découvriez quelque chose qui pût éclairer le mystère de la disparition de mon frère. Vous ne m'avez pas écrit. Je suppose donc que vous n'avez rien découvert.

Robert Audley resta un moment silencieux. Comment répondre à cette question directe?

— La chaîne qui unit la destinée de votre frère à la personne que je soupçonne se compose d'anneaux bien légers, répondit-il après une pause. Je crois que j'ai ajouté un autre anneau à cette chaîne depuis que je vous ai vue dans le Dorset.

— Et vous refusez de me faire part de votre découverte?

— Tant que je n'en saurai pas plus long.

— J'ai supposé, d'après votre dépêche, que vous vous étiez rendu à Wildernsea.

— C'est vrai.

— Vraiment! Serait-ce là que vous avez trouvé quelque chose?

— Oui. Vous devez vous rappeler, miss Talboys, que tous mes soupçons ne s'appuient que sur l'identité de deux personnes qui n'ont aucun rapport apparent, l'une qui passe pour morte, l'autre qui est vivante. Le complot dont votre frère a, je crois, été la victime repose là-dessus. Si son épouse, Helen Talboys, est morte quand les journaux l'ont annoncé, si la femme qui est enterrée au cimetière de Ventnor est réellement celle dont le nom est gravé sur la pierre, je n'ai plus de cas à régler, je n'ai plus d'indice pour éclaircir le mystère qui entoure le sort de votre frère. Je vais tenter d'en avoir le cœur net prochainement. Je crois que je suis à même d'agir avec beaucoup d'audace, et que j'arriverai bientôt à connaître la vérité.

Il parlait à voix basse et d'un ton solennel qui laissait percer son émotion. Miss Talboys lui tendit sa main dégantée et la plaça dans la sienne. Le contact de cette main froide et fine le fit tressaillir des pieds à la tête.

— Vous ne voudrez pas que la mort de mon frère reste à tout jamais un mystère, Mr Audley, dit-elle tranquillement. Je sais que vous accomplirez votre devoir envers votre ami.

La femme du pasteur et ses deux compagnons entrèrent à ce moment dans le cimetière. Robert Audley serra la main qui était dans la sienne et la porta à ses lèvres.

— Je suis un être indolent et bon à rien, miss Talboys, mais si je pouvais ramener votre frère George à la vie et au bonheur, je me préoccuperais fort peu du sacrifice de mes sentiments. Je crains que le plus que je puisse faire, c'est d'élucider le secret de sa destinée, et pour cela, il me faudra sacrifier ce que j'ai de plus cher au monde.

Il mit son chapeau et disparut par la porte de la prairie à l'instant où Mrs Martyn apparaissait sous le porche.

— Qui est ce beau jeune homme que j'ai surpris en tête-à-tête avec vous, Clara? lui demanda-t-elle en riant.

— C'est Mr Audley, un ami de mon pauvre frère.

— Ah! C'est sans doute quelque parent de sir Michael Audley?

— Sir Michael Audley?

— Mais oui, ma chère, le personnage le plus important de la paroisse. Nous irons le voir dans quelques jours, et je vous présenterai au baronnet et à sa charmante jeune épouse.

— Sa jeune épouse! répéta Clara Talboys, regardant son amie d'un air sérieux. Est-ce que sir Michael est marié depuis peu?

— Oui. Il est resté veuf pendant seize ans et a épousé, l'année dernière, une institutrice qui n'avait pas un sou vaillant. C'est tout à fait romanesque, et lady Audley est regardée comme la beauté du comté. Mais venez, ma chère Clara. Le cheval est fatigué d'attendre, et nous avons une longue course à faire avant dîner.

Clara Talboys prit place dans le petit char à bancs qui attendait à la porte du cimetière, sous la garde de l'enfant qui avait actionné le soufflet de l'orgue. Mrs Martyn s'empara des rênes, et le robuste petit cheval partit au trot en direction de Mount Stanning.

— Racontez-moi ce que vous savez de cette lady Audley, Fanny, dit miss Talboys après une longue pause. Je veux tout savoir sur elle. Connaissez-vous son nom de jeune fille ?

— Oui, elle se nommait miss Graham.

— Et est-elle très jolie ?

— Oui, très jolie. Pourtant c'est une beauté enfantine. Elle a de grands yeux bleu clair et des cheveux blond pâle et bouclés, qui retombent avec légèreté sur ses épaules.

Clara Talboys gardait le silence. Elle n'adressa plus d'autres questions au sujet de milady.

Elle songeait à un passage d'une lettre que George lui avait écrite pendant sa lune de miel, où il disait : « Ma petite femme, qui n'est qu'une enfant, regarde par-dessus mon épaule pendant que j'écris ceci. Ah ! combien je voudrais que tu la voies, Clara. Ses yeux sont bleus et clairs comme le ciel par un beau jour d'été, et ses cheveux tombent autour de son visage et l'entourent d'une pâle auréole semblable à celle d'une madone dans un tableau italien. »

## 30

## Dans l'allée des tilleuls

Robert Audley se promenait sur la vaste pelouse située devant le château d'Audley, au moment où la voiture ramenant milady et Alicia passa sous l'arche et vint s'arrêter à la porte basse de la tourelle. Mr Audley eut le temps d'accourir pour aider les dames à descendre.

Milady était fort jolie avec son élégant chapeau bleu et les zibelines que son neveu avait achetées pour elle à Saint-Pétersbourg. Elle parut très contente de voir Robert, et lui adressa un sourire charmant en lui tendant sa petite main gantée.

— Ainsi vous êtes de retour, déserteur! lui dit-elle en riant. Eh bien! maintenant que nous vous tenons, nous vous garderons prisonnier. N'est-ce pas, Alicia, qu'il n'aura pas de sitôt la clé des champs?

Miss Audley fit un mouvement de tête plein de dédain, qui agita ses boucles épaisses sous son chapeau d'amazone.

— Je n'ai rien à voir avec les actions d'un être aussi fantasque, dit-elle. Depuis que Robert Audley s'est mis en tête de se conduire comme le héros d'une histoire pleine de fantômes, je renonce à le comprendre.

Mr Audley regarda sa cousine avec un air perplexe, mi-sérieux mi-comique. « C'est une charmante jeune fille, pensa-t-il, mais elle m'ennuie. Je ne sais pas pourquoi, mais elle me paraît plus ennuyeuse qu'avant. »

Il tordit sa moustache d'un air méditatif en considérant cette question, et pendant un instant son esprit oublia le grand trouble de sa vie pour s'occuper de ce sujet moins important. « Oui, elle est aimable, c'est une noble jeune fille qui a bon cœur et respire la santé, et pourtant… »

Il se perdit dans un océan de doutes et de perplexités. Il y avait en lui quelque chose qu'il ne pouvait comprendre, un changement qui ne tenait pas à la disparition de George, qui l'inquiétait et le déroutait.

— Voudriez-vous nous dire où vous avez passé vos deux dernières journées, Mr Audley ? demanda milady pendant qu'elle attendait avec sa belle-fille que Robert s'écartât du seuil pour qu'elles puissent passer.

Le jeune homme tressaillit à cette question, et regarda aussitôt milady. Quelque chose dans l'aspect de cette jeune beauté brillante, quelque chose dans son expression d'innocence enfantine semblait le frapper au cœur et il pâlit atrocement pendant qu'il la contemplait.

— Je suis allé dans… le Yorkshire, dans le petit port de mer qu'habitait à l'époque de son mariage mon pauvre ami George Talboys.

Seule, la pâleur sur le visage de milady montra qu'elle avait entendu. Elle essaya de sourire et tenta de passer devant le neveu de son mari.

— Il faut que je m'habille pour dîner, dit-elle, je dois me rendre à une invitation ; laissez-moi entrer, Mr Audley.

— Accordez-moi une demi-heure d'entretien, répondit Robert à voix basse, je ne suis venu ici que pour vous parler.

— À quel propos ? demanda milady.

Elle était remise de l'émotion violente qu'elle venait d'éprouver quelques instants avant, et ce fut d'un ton naturel qu'elle posa cette question. Sa figure exprimait plutôt la perplexité mêlée à la curiosité d'une enfant déconcertée que la surprise sérieuse d'une femme.

— Que pouvez-vous avoir à me dire, Mr Audley ? répéta-t-elle.

— Je m'expliquerai quand nous serons seuls, répondit Robert, jetant un regard sur sa cousine qui se tenait un peu en arrière et surveillait ce petit dialogue confidentiel.

« Il est amoureux de ma belle-mère et de sa beauté de poupée de cire, pensa Alicia, et c'est à cause d'elle qu'il est devenu si abattu. C'est tout à fait le genre de garçon à tomber amoureux de sa tante. »

Miss Audley se dirigea vers la pelouse en tournant le dos à son cousin et à milady. « Le malheureux est devenu blanc comme un linge quand il l'a vue, se dit-elle. Il peut donc être amoureux, après tout. Ce muscle lent et apathique qu'il appelle son cœur est capable de battre une fois en un quart de siècle. Il semble que, seule, une poupée aux yeux bleus peut le mettre en mouvement. Il y a longtemps que j'aurais renoncé à lui si j'avais su que son idéal de beauté pouvait se rencontrer dans un magasin de jouets. »

La pauvre Alicia traversa la pelouse et disparut du côté opposé de la cour, où se trouvait une porte gothique qui communiquait avec les écuries. J'ai le regret de dire que la fille de sir Michael Audley alla chercher des consolations auprès de son chien César, et de sa jument alezane Atalante qui recevait chaque jour les visites de sa maîtresse.

— Voulez-vous venir dans l'allée des tilleuls, lady Audley? dit Robert pendant que sa cousine quittait le jardin. Je désire vous parler sans crainte d'être interrompu ou observé, et je ne pense pas qu'il y ait d'endroit plus sûr que celui-ci. Voulez-vous me suivre?

— Comme il vous plaira, répondit milady.

Mr Audley s'aperçut qu'elle tremblait et qu'elle regardait de tous côtés comme quelqu'un qui cherche à s'échapper.

— Vous frissonnez, lady Audley? dit-il.

— Oui, j'ai très froid. J'aimerais autant remettre cet entretien à un autre jour. Demain, si vous voulez. Je dois m'habiller pour dîner et voir sir Michael que j'ai quitté ce matin à dix heures. Remettez cela à demain, voulez-vous?

Le ton de milady était péniblement plaintif. Dieu sait à que point il peinait le cœur de Robert. Dieu sait quelles images horribles se présentaient à son esprit en regardant cette tête jeune et belle, et en songeant à la tâche qu'il devait accomplir.

— Il faut que je vous parle, lady Audley. Si je suis cruel, c'est à cause de vous. Vous pouviez échapper à cette épreuve, vous pouviez m'éviter, je vous avais avertie loyalement. Vous avez préféré me défier, et c'est votre folie qu'il faut blâmer si je ne vous épargne plus. Venez, je vous répète qu'il faut que je vous parle.

La détermination froide qui perçait dans ces paroles fit taire les objections de milady. Elle le suivit sans mot dire jusqu'à une petite porte en fer qui communiquait avec le jardin en longueur derrière la maison ; là, se trouvait un petit pont rustique par lequel on arrivait à l'allée des tilleuls, de l'autre côté de l'étang.

Le crépuscule d'hiver, qui vient de si bonne heure, commençait à tout envahir, et les branches des arbres, enchevêtrées comme une armature qui surplombait le chemin isolé, se dessinaient en noir sur le ciel gris et froid. L'allée des tilleuls ressemblait à un cloître dans cette lumière incertaine.

— Pourquoi m'amenez-vous dans cet horrible endroit où j'ai peur ? dit milady d'un ton maussade. Vous savez bien que je suis nerveuse.

— Vous êtes nerveuse, milady ?

— Oui, affreusement. Je suis une vraie fortune pour le pauvre Mr Dawson. Il passe sa vie à m'expédier du camphre, des sels volatils, de la lavande rouge et toutes sortes de mixtures abominables, mais il n'arrive pas à me guérir.

— Vous rappelez-vous ce que Macbeth dit à son médecin, milady ? demanda Robert gravement. Mr Dawson a beau être plus habile que le médecin écossais, même lui ne peut rien contre un esprit malade.

— Qui vous a dit que mon esprit était malade ?

— C'est moi qui le dis. Vous m'avouez que vous êtes nerveuse et que tous les remèdes que vous prescrit votre médecin ne vous font aucun effet. Laissez-moi être le médecin qui frappera le mal à sa racine, lady Audley. Le ciel m'est témoin que je ne suis pas impitoyable. Je vous épargnerai autant qu'il sera en mon pouvoir en rendant justice aux autres, mais il faut que justice soit faite. Voulez-vous que je vous dise pourquoi vous êtes nerveuse dans cette maison, milady ?

— Si vous pouvez, répliqua-t-elle avec un petit rire.

— Parce que pour vous cette maison est hantée.

— Hantée !

— Oui, hantée par l'esprit de George Talboys.

Robert Audley entendait la respiration précipitée de milady ; il lui sembla même qu'il entendait les battements rapides de son cœur pendant qu'elle marchait à côté de lui, frissonnant de temps en temps, son manteau de fourrure étroitement drapé autour d'elle.

— Que voulez-vous dire ? s'écria-t-elle tout à coup après quelques instants de réflexion. Pourquoi me tourmentez-vous au sujet de ce George Talboys qui s'est mis en tête l'idée de vous fuir depuis quelques mois ? Êtes-vous fou, Mr Audley et me choisissez-vous pour victime de votre obsession ? Qu'est donc pour moi ce George Talboys pour que vous me poursuiviez de son nom ?

— Vous était-il complètement étranger, milady ?

— Bien sûr ! Que pouvait-il être d'autre pour moi qu'un étranger ?

— Dois-je vous raconter l'histoire de la disparition de mon ami telle que je la comprends, milady, demanda Robert ?

— Non. Je ne veux rien savoir de votre ami. S'il est mort, j'en suis fâchée ; s'il vit, je ne veux ni le voir ni entendre parler de lui. Laissez-moi aller voir mon mari, Mr Audley, sauf si vous avez l'intention de me retenir dans cet endroit sinistre jusqu'à me faire mourir de froid.

— J'ai l'intention de vous retenir jusqu'à ce que j'aie tout dit, lady Audley, répondit résolument Robert ; je ne prendrai que le temps nécessaire. Quand j'aurai parlé, vous saurez ce que vous avez à faire.

— Très bien, alors ; ne perdez pas de temps et dites-moi ce que vous avez à me dire, reprit milady avec insouciance. Je vous écoute patiemment.

— Lorsque mon ami George Talboys revint en Angleterre, commença gravement Robert, la pensée qui le préoccupait le plus était celle de sa femme.

— Qu'il avait abandonnée, dit milady avec vivacité. Je crois, du moins ajouta-t-elle après réflexion, que vous nous avez dit quelque chose de ce genre en nous parlant de votre ami.

Robert Audley ne releva pas cette interruption.

— La pensée qui le préoccupait le plus était celle de sa femme, répéta-t-il. Son plus grand espoir était de la rendre heureuse et de lui prodiguer la fortune qu'il avait gagnée à la force de ses bras dans les mines d'or d'Australie. Je le vis quelques heures après son débarquement en Angleterre, et je fus témoin de toute sa joie et de sa fierté à l'idée de son retour auprès de son épouse. Je fus témoin aussi du coup violent qu'il reçut en plein cœur, et qui le transforma aussi complètement en un autre être qu'un homme peut être différent d'un autre. Le coup qui opéra ce cruel changement fut l'annonce de la mort de sa femme donnée par le *Times*, Je crois maintenant que cette nouvelle était un horrible mensonge.

— Vraiment ! Et quelle raison pouvait-on avoir pour annoncer la mort de Mrs Talboys, si elle était encore vivante ?

— Mrs Talboys elle-même avait des raisons pour cela.

— Lesquelles ?

— Ne pouvait-elle avoir profité de l'absence de George pour trouver un mari plus riche ? Et puisqu'elle était remariée, ne devait-elle pas souhaiter que son ancien mari, mon pauvre ami, perdît sa trace ?

Lady Audley haussa les épaules.

— Vos suppositions sont passablement absurdes, Mr Audley, il faut espérer que vous vous appuyez sur quelque chose de sensé.

— J'ai parcouru un à un tous les journaux publiés à Chelmsford et Colchester, répondit Robert sans s'arrêter à cette question. J'ai trouvé dans un journal de Colchester, en date du 2 juillet 1857, parmi de nombreuses bribes d'informations venant d'autres journaux, un bref entrefilet annonçant que Mr George Talboys, un gentleman anglais arrivé à Sydney avec de la poudre d'or et des pépites pour un montant de vingt mille livres, avait réalisé sa fortune et pris passage pour Liverpool sur le clipper *Argus*. Cette annonce, lady Audley, n'est sans doute pas grand-chose ; mais elle suffit à prouver que toute personne résidant dans le comté d'Essex, en juillet 1857, pouvait être informée du retour de George Talboys. Suivez-vous mon raisonnement ?

— Pas très bien. Qu'ont de commun les journaux d'Essex avec la mort de Mrs Talboys ?

— Nous allons y arriver petit à petit, lady Audley. Je crois, ai-je dit, que l'avis de décès du *Times* était faux et faisait partie du complot formé par Helen Talboys et le lieutenant Maldon contre mon pauvre ami.

— Un complot !

— Oui, un complot tramé par une femme rusée, qui avait spéculé sur la mort probable de son mari et s'était assuré une position très belle au risque de commettre un crime ; une femme audacieuse, qui a cru pouvoir remplir son rôle jusqu'au bout sans être découverte ; une femme méchante, qui n'a pas songé à toute la douleur de l'honnête homme qu'elle trahissait, mais une femme imprudente pour qui la vie n'est qu'un jeu de hasard où elle se figurait que le gagnant serait celui qui posséderait les meilleures cartes, oubliant que la Providence veille sur les malheureux spéculateurs et que leurs secrets immondes ne restent longtemps cachés. Si la femme dont je parle n'avait jamais commis de crime plus noir que celui de la fausse annonce dans le *Times*, je la regarderais déjà comme la plus méprisable de son sexe, la plus impitoyable et la plus calculatrice de toutes les créatures humaines. Ce mensonge cruel était un coup bas et lâche, le coup de poignard déloyal d'un infâme assassin.

— Mais comment savez-vous que l'annonce était fausse? Vous nous avez dit être allé à Ventnor avec George Talboys, voir la tombe de sa femme. Qui donc est mort et enterré à Ventnor, si ce n'est pas elle?

— Ah! lady Audley, dit Robert, voilà une question à laquelle seules deux ou trois personnes peuvent répondre et, avant peu, il faudra bien que l'une d'elles m'avoue ce secret. Je vous déclare, milady, que je suis résolu à éclaircir le mystère de la mort de George Talboys. Croyez-vous donc que les atermoiements et les tromperies d'une femme me dissuaderont? Non! J'ai relié peu à peu toutes les preuves, il ne manque plus qu'un anneau pour que la terrible chaîne soit complète. Croyez-vous que je me laisserai bafouer, que j'échouerai à découvrir ce qui me manque? Non, lady Audley, je n'échouerai pas, car je sais où chercher! Il y a dans Southampton une femme aux cheveux blonds, une femme nommée Plowson, qui connaît certains secrets du beau-père de mon ami. J'ai idée qu'elle m'aidera à découvrir l'histoire de la femme enterrée à Ventnor, et je ferai tout pour y parvenir, à moins que…

— À moins que… quoi? demanda lady Audley avec empressement.

— À moins que la femme que je veux sauver de la honte et du châtiment accepte ma miséricorde, et profite de mes avertissements pendant qu'il en est temps encore.

Milady haussa gracieusement les épaules et ses beaux yeux bleus lancèrent un regard de défi.

— Il faudrait qu'elle fût bien niaise pour se laisser influencer par de pareilles absurdités, répondit-elle. Vous êtes hypocondriaque, Mr Audley, et vous devriez prendre du camphre, ou des sels, ou de la lavande rouge. Qu'y a-t-il de plus ridicule que l'idée qui s'est logée dans votre tête? Vous perdez votre ami George Talboys d'une façon un peu mystérieuse ou, pour mieux dire, il plaît à ce monsieur de quitter l'Angleterre, sans vous en avertir. Et alors? N'avez-vous pas avoué vous-même que la mort de sa femme l'avait changé? Il était devenu excentrique et misanthrope, il était complètement indifférent à ce qui se passait autour de lui. Pourquoi, dès lors, la vie civilisée ne l'aurait-elle pas dégoûté au point de fuir pour les mines d'or sauvages et y chercher une distraction à sa douleur? Ce serait une histoire assez romanesque, mais sans rien d'extraordinaire. Au lieu de vous contenter de cette simple interprétation de la disparition de votre ami, vous inventez une absurde théorie sur un complot qui n'a jamais existé que dans votre cerveau en délire. Helen Talboys est morte. Le *Times* l'a annoncé. Son père vous l'a déclaré. La pierre tombale du cimetière de Ventnor porte la date de son enterrement. De quel droit, s'écria milady, élevant la voix à ce diapason criard qui indique chez elle une vive émotion, de quel droit, Mr Audley, venez-vous me tourmenter au sujet de George Talboys? De quel droit osez-vous affirmer que sa femme est encore vivante?

— À cause des preuves, lady Audley, répondit Robert, ces preuves qui désignent comme coupable la personne qu'on était bien loin de soupçonner tout d'abord.

— Quelles preuves?

— Celles du temps et du lieu. Celles de l'écriture. Lorsque Helen Talboys quitta la maison de son père à Wildernsea, elle a laissé derrière elle une lettre, dans laquelle elle avouait être lasse de la vie qu'elle menait et qu'elle voulait chercher ailleurs une famille nouvelle et la fortune. Cette lettre est en ma possession.

— Vraiment!

— Faut-il vous dire à quelle écriture celle de Helen Talboys ressemble si bien que l'expert le plus habile ne verrait aucune différence entre les deux?

— Une ressemblance entre deux écritures féminines n'a rien d'extraordinaire de nos jours, répondit milady avec indifférence. Je pourrais vous montrer des autographes d'une demi-douzaine de mes correspondantes et vous défier d'y voir grande différence.

— Mais si l'écriture n'était pas ordinaire, si elle offrait des particularités qui peuvent la faire reconnaître entre mille?

— Alors la coïncidence serait assez curieuse; mais ce serait une simple coïncidence. Vous ne pouvez pas nier la mort de Helen Talboys parce que son écriture ressemble à celle d'une personne vivante.

— Et si une série de coïncidences du même ordre conduisaient au même résultat? Helen Talboys a quitté la maison de son père, au dire de sa lettre, parce qu'elle était fatiguée de sa vie d'autrefois et qu'elle voulait en commencer une nouvelle. Savez-vous ce que je conclus de cela?

Milady fit un mouvement d'épaules.

— Je n'en ai pas la moindre idée, répondit-elle. Vous m'avez retenue dans cet endroit lugubre pendant près d'une demi-heure, je dois vous demander de me libérer et de me laisser rentrer pour m'habiller.

— Non, lady Audley, reprit Robert avec une froide sévérité qui lui était si étrangère qu'elle le transformait en quelqu'un d'autre, l'incarnation impitoyable de la justice, l'instrument cruel du châtiment; non, lady Audley, je vous ai dit que vos manœuvres étaient inutiles, je vous répète maintenant que vous ne gagnerez rien à me braver. J'ai agi loyalement avec vous, je vous ai avertie honnêtement il y a deux mois du danger que vous couriez.

— Que voulez-vous dire? demanda soudain milady.

— Vous n'avez pas voulu profiter de cet avertissement, lady Audley, poursuivit Robert, et le moment est venu où je dois vous parler sans détours. Pensez-vous que vos talents à vous jouer de la chance vous sauveront du châtiment? Non, milady, votre jeunesse, votre beauté, votre grâce et votre élégance ne rendront que plus horrible le secret de votre vie. Je vous déclare qu'il ne me manque plus qu'une preuve pour vous faire condamner, et cette preuve, je l'aurai. Helen Talboys n'est jamais retournée chez son père. Quand elle abandonna son pauvre vieux père, elle annonça clairement son intention de fuir à tout jamais les ennuis du passé. Que font généralement les gens qui veulent prendre un nouveau départ dans la vie, en se débarrassant des entraves qui les gênaient dans leur première carrière ? Ils changent de nom, lady Audley. Helen Talboys quitta son fils tout enfant ; elle s'enfuit de Wildernsea avec l'intention bien arrêtée de détruire son identité. Elle disparut en tant que Helen Talboys, le 16 août 1854, et le 17 du même mois elle reparut sous le nom de Lucy Graham, la jeune fille sans amis qui consentit à travailler presque pour rien, à condition qu'on ne la questionne pas.

— Vous êtes fou, Mr Audley, s'écria milady, vous êtes fou et mon mari me protégera de votre insolence. Cela prouve-t-il quelque chose que je sois entrée dans une pension le lendemain du jour où Helen Talboys avait abandonné sa famille ?

— Le fait en lui-même ne prouve pas grand-chose, mais quand on le rattache à d'autres preuves...

— Quelles autres preuves ?

— Celles de deux étiquettes collées l'une sur l'autre sur un carton laissé par vous chez Mrs Vincent. La première portait le nom de miss Graham, et celle de dessous celui de Mrs George Talboys.

Milady se taisait. Robert ne pouvait voir son visage dans l'obscurité, mais il distinguait très bien ses deux petites mains serrées convulsivement sur son cœur et il comprit que le coup avait porté.

« Que Dieu lui vienne en secours, pensa-t-il, pauvre, misérable créature. Elle sait maintenant qu'elle est perdue. Les juges de mon pays éprouvent-ils les mêmes émotions que moi quand ils mettent leur toque noire et condamnent à mort le malheureux coupable tremblant qui ne leur a jamais fait aucun mal ? Est-ce qu'ils ressentent une ferveur héroïque ou une indignation vertueuse ? Ou bien cette angoisse sourde qui me ronge en face de cette femme sans défense ? »

Il marcha pendant quelques minutes, sans mot dire, à côté de milady. Ils avaient monté et descendu l'avenue obscure, et se trouvaient maintenant tout près d'un bosquet sans feuillage, à un bout de l'allée des tilleuls, le bosquet où se cachait le puits en ruines sous l'amas de ronces entrelacées.

Un sentier tortueux, complètement négligé et à moitié obstrué par les mauvaises herbes, conduisait à ce puits. Robert abandonna l'allée et prit ce sentier. Il faisait plus clair dans le bosquet que dans l'avenue, et Mr Audley voulait voir la figure de milady.

Il ne dit pas un mot jusqu'à ce qu'ils fussent arrivés à une parcelle d'herbe folle à côté du puits. Les briques de la construction en ruines étaient tombées çà et là, et des fragments de maçonnerie étaient enfouis sous les ronces et les mauvaises herbes. Les poteaux qui avaient soutenu la chaîne étaient encore debout, mais la barre en fer qui les reliait avait été arrachée et jetée à quelques pas du puits, rouillée, décolorée, à l'abandon.

Robert Audley s'appuya contre un des poteaux couverts de mousse et regarda le visage de milady, fort pâle dans le froid crépuscule d'hiver. La lune venait de se lever, son croissant lumineux apparaissait dans le ciel gris, et sa lumière faible et fantomatique se confondait avec les ombres brumeuses du jour qui déclinait. Le visage de milady ressemblait à celui de la sirène que Robert avait vue en rêve surgir des flocons d'écume blanche sur la mer verte et entraîner son oncle à sa perte.

— Ces deux étiquettes sont en ma possession, reprit-il. Je les ai enlevées du carton laissé par vous à Crescent

Villas, en présence de Mrs Vincent et de miss Tonks. Avez-vous quelque chose à dire contre cette preuve ? Vous me déclarez que vous êtes Lucy Graham et que vous n'avez rien de commun avec Helen Talboys. En ce cas, vous produirez des témoins qui justifieront de vos antécédents. Où habitiez-vous avant de vous montrer à Crescent Villas ? Vous devez avoir des parents, des amis, des connaissances qui pourront comparaître et témoigner en votre faveur. Eussiez-vous été la femme la plus abandonnée de toute la terre, il vous serait toujours possible de faire constater votre identité par quelqu'un.

— Oui, s'écria milady, si j'étais au banc des accusés, je produirais des témoins qui réfuteraient vos absurdes accusations. Mais comme je n'y suis pas, Mr Audley, je me contente de rire de votre folie ridicule. Je vous le déclare, vous êtes fou ! Si cela vous plaît de proclamer que Helen Talboys n'est pas morte et que je suis Helen Talboys, ne vous gênez pas. Si vous trouvez bon d'aller partout où j'ai vécu et où a vécu Mrs Talboys, allez. Mais je vous préviens que de pareilles fantaisies ont plus d'une fois conduit des personnes, en apparence aussi raisonnables que vous, à être enfermé pour toujours dans un asile d'aliénés.

Robert Audley tressaillit et recula de quelques pas au milieu des broussailles en entendant milady parler ainsi. « Elle est capable de commettre n'importe quel crime pour se mettre à l'abri des conséquences du premier, se dit-il. Elle pourrait bien user de son influence sur mon oncle pour m'envoyer dans une maison d'aliénés. »

Je ne dis pas que Robert Audley fût un poltron, mais je dois admettre qu'un frisson d'horreur, semblable à de la peur, lui glaça le sang en lui remettant en mémoire tous les forfaits commis par des femmes depuis le jour où Ève fut créée pour servir de compagne à Adam au jardin d'Éden. Et si l'infernal talent de dissimulation de cette femme allait être plus fort que la vérité et le briser lui aussi ? Elle n'avait pas épargné George Talboys quand il s'était trouvé sur son chemin, la menaçant d'un péril certain. Allait-elle l'épargner, lui qui la menaçait d'un danger bien plus terrible? Les femmes ont-elles autant de pitié, d'amour, ou de bonté que de grâce et de beauté? N'a-t-il pas existé un certain Mazers de Latude qui, ayant eu le malheur d'offenser la belle Mme de Pompadour, expia par un emprisonnement à vie cette indiscrétion de sa jeunesse? Il s'évada deux fois de prison et y fut ramené deux fois. En comptant sur la générosité tardive de sa belle ennemie, il s'était livré à un démon implacable. Robert Audley regarda la figure pâle de la femme qui était à côté de lui. À la vue de ses beaux yeux bleus dont l'ardeur avait quelque chose de dangereux, il se rappela une foule d'histoires sur la perfidie des femmes et tressaillit en reconnaissant que peut-être la lutte ne serait pas égale entre lui et la femme de son oncle.

« Je lui ai montré mes cartes, se dit-il, et je n'ai pas vu les siennes. Le masque qu'elle porte sera difficile à arracher. Mon oncle me croira fou avant de la croire coupable. »

La pâle figure de Clara Talboys, ce visage grave et sérieux, d'un caractère si différent de la beauté fragile de milady, se dressa devant lui. « Quel poltron je suis de penser à moi et au danger que je cours! pensa-t-il. Plus je vois cette femme, plus je redoute son influence sur ceux qui l'entourent. C'est une raison de plus pour l'éloigner d'ici. »

Il regarda autour de lui dans le clair-obscur. Le jardin isolé était aussi calme qu'un cimetière solitaire entouré de murs et caché bien loin du monde des vivants.

« C'est quelque part dans ce jardin qu'elle a rencontré George Talboys le jour où il disparut. Je me demande où cette rencontre a eu lieu. Je voudrais bien savoir en quel endroit il a fixé ses yeux sur cette figure cruelle et lui a reproché sa fausseté. »

Milady, la main légèrement appuyée sur le poteau opposé à celui contre lequel s'adossait Robert, soulevait avec son pied les longues herbes autour d'elle, mais surveillait attentivement son ennemi.

— C'est donc un duel à mort entre nous, milady, dit Robert d'un ton solennel. Vous refusez mon avertissement. Vous ne voulez pas fuir et vous repentir ailleurs de votre crime, loin du généreux gentleman que vous avez trompé et berné par vos charmes mensongers. Vous préférez rester ici et me défier.

— Oui, répondit lady Audley, levant la tête et regardant bien en face le jeune avocat. Ce n'est pas ma faute si le neveu de mon mari devient fou et me prend pour victime de son obsession.

— Qu'il en soit donc ainsi, milady. Mon ami George Talboys a été vu pour la dernière fois entrant dans ce jardin par la petite porte en fer que nous avons empruntée ce soir. Il demandait à vous voir. Il est entré ici et nul ne l'en a vu sortir. Je crois qu'il a trouvé la mort dans ce coin de terre et que son cadavre est caché ici dans une eau dormante ou dans quelque recoin oublié. Je ferai faire des recherches. La maison sera renversée, les arbres déracinés, et je découvrirai la tombe de mon ami assassiné.

Lady Audley poussa un long cri gémissant, leva ses bras au-dessus de sa tête dans un geste de désespoir sauvage, mais ne répondit pas à l'atroce charge de son accusateur. Ses bras retombèrent lentement, et elle demeura immobile, les yeux fixés sur Robert. Sa figure blanche luisait dans l'obscurité et ses yeux dilatés flamboyaient.

— Vous ne vivrez pas assez longtemps pour cela, dit-elle. Je vous tuerai auparavant. Pourquoi m'avez-vous tourmentée de la sorte? Pourquoi ne m'avez-vous pas laissée tranquille? Quel mal vous ai-je fait, à vous, pour que vous me persécutiez et que tous mes mouvements, mes regards soient surveillés par vous? Voulez-vous me rendre folle? Savez-vous ce que c'est que de lutter avec une démente? Non, s'écria milady en riant, vous ne le savez pas, sans cela vous ne voudriez pas…

Elle s'arrêta brusquement et se releva soudain de toute sa hauteur. Ce mouvement fut exactement le même que celui que Robert avait vu faire au vieux lieutenant à moitié ivre. Il avait la même dignité, l'élévation d'une souffrance intense.

— Allez-vous-en, Mr Audley, dit-elle, vous êtes fou, vous êtes fou…

— Je m'en vais, milady, répondit tranquillement Robert. Par pitié pour votre douleur, je vous eusse pardonné vos crimes. Vous avez refusé ma compassion. Je souhaitais montrer de la pitié pour les vivants. Dorénavant je ne me souviendrai plus que de mon devoir envers les morts.

Il s'éloigna du puits solitaire et se dirigea vers l'allée des tilleuls. Milady le suivit lentement le long de la sombre avenue et sur le pont rustique jusqu'à la grille. Au moment où il la passait, Alicia sortit de la salle à manger par une porte qui ouvrait de plain-pied à l'un des angles de la maison, et rencontra là son cousin.

— Je vous ai cherché partout, Robert, lui dit-elle; papa est descendu à la bibliothèque et vous verra avec plaisir.

Le jeune homme tressaillit au son de la voix fraîche et jeune de sa cousine. « Ciel! se dit-il, ces deux femmes sont-elles de la même argile? Cette jeune fille au cœur franc et généreux, qui ne peut maîtriser aucune impulsion de sa nature innocente, est-elle de chair et d'os comme cette misérable dont l'ombre s'allonge derrière moi? »

Son regard se reporta sur lady Audley qui se tenait près de la grille, attendant qu'il se pousse pour la laisser passer.

— Je ne sais ce qu'a votre cousin, ma chère Alicia, dit milady, il est si distrait et si excentrique que je ne le comprends pas.

— Vraiment! s'écria miss Audley. Pourtant, si j'en juge par la longueur de votre tête-à-tête, vous avez fait votre possible pour cela.

— Oh! oui, dit Robert avec calme, nous nous comprenons à merveille, milady et moi. Mais il se fait tard, mesdames, et je vous souhaite le bonsoir. Je passerai la nuit à Mount Stanning, où j'ai quelque chose à faire, et demain je descendrai voir mon oncle.

— Comment, Robert, vous n'allez pas partir sans voir papa?

— Si, ma chère cousine. Je suis préoccupé par une affaire désagréable qui me tient à cœur, et je préfère ne pas voir mon oncle. Bonsoir, Alicia, je viendrai demain, ou j'écrirai.

Il serra la main de sa cousine, s'inclina devant lady Audley, et se mit en route sous les ombres de l'arche et dans l'avenue tranquille au-delà du château.

Milady et Alicia le suivirent de l'œil aussi longtemps qu'elles purent l'apercevoir.

— Au nom du ciel, qu'a donc mon cousin Robert? s'écria miss Audley avec impatience tandis qu'il disparaissait. Que signifient tous ces va-et-vient absurdes? Une affaire désagréable qui le préoccupe? Allons donc! Sans doute que le malheureux s'est vu imposer un cas par un avocat mal intentionné, et la faible conscience de sa propre incompétence l'a plongé dans cet état d'imbécilité.

— Avez-vous étudié le caractère de votre cousin, Alicia? demanda milady d'un ton sérieux après un temps d'arrêt.

— Étudié son caractère? Ma foi, non! Pourquoi? Il n'est pas nécessaire de l'étudier longtemps pour s'apercevoir que c'est un paresseux, un sybarite égoïste, qui ne se soucie de rien au monde, excepté de son bien-être.

— Ne l'avez-vous jamais jugé excentrique?

— Excentrique? répéta Alicia relevant ses lèvres vermeilles d'un air de dédain et haussant les épaules, peut-être bien. C'est l'excuse dont on se sert d'habitude pour les personnes de ce genre. Je pense donc que Robert est excentrique.

— Je ne vous ai jamais entendue parler de son père et de sa mère. Vous les rappelez-vous?

— Je n'ai jamais vu sa mère. C'était une miss Dalrymple, une éblouissante jeune fille qui se fit enlever par mon oncle et perdit ainsi une très jolie fortune. Elle est morte à Nice quand le pauvre Bob n'avait que cinq ans.

— Vous ne savez aucun détail sur elle?

— Qu'entendez-vous par « détail »?

— Avez-vous entendu dire qu'elle était excentrique, ce qu'on appelle bizarre?

— Oh, non! dit Alicia en riant. Ma tante avait bien toute sa raison, bien qu'elle eût fait un mariage d'amour. Mais je n'étais pas née lorsqu'elle est morte, je n'ai jamais été fort curieuse à son propos.

— Mais vous vous souvenez de votre oncle, je suppose.

— Mon oncle Robert? Oh, oui. Je m'en souviens très bien, vraiment.

— Était-il excentrique? Je veux dire avait-il, comme votre cousin, des habitudes spéciales?

— Oui, je crois que Robert a hérité de son père toutes ses idées absurdes. Mon oncle était aussi indifférent que mon cousin pour tous ses semblables, mais personne ne le contrariait là-dessus, parce qu'en somme il était bon père, bon mari et bon maître.

— Mais il était excentrique.

— Oui, c'était du moins ce qu'on pensait de lui.

— Ah, dit milady gravement. Je m'en doutais. Savez-vous, Alicia, que la folie se transmet plus souvent de père en fille, et de mère en fille que de mère en fils? Votre cousin Robert Audley est fort bel homme et a, je crois, un bon cœur, mais il faut qu'on le surveille, Alicia, car il est fou.

— Fou! s'écria miss Audley avec indignation. Vous rêvez, à coup sûr... ou... ou... ou bien vous voulez m'effrayer, ajouta la jeune fille alarmée.

— Je veux seulement vous mettre en garde, Alicia. Mr Audley n'est peut n'être que simplement excentrique, comme vous dites, mais il m'a parlé ce soir de manière à m'effrayer, et je crois qu'il devient fou. J'en causerai sérieusement avec sir Michael dès ce soir.

— En parler à papa, s'exclama Alicia ! N'allez pas lui faire de la peine en lui faisant entrevoir un pareil malheur.

— Je me contenterai de le mettre en garde, Alicia.

— Il ne vous croira pas, cette idée le fera rire.

— Non, Alicia, il croira tout ce que je lui dirai, répondit Milady avec un sourire plein de douceur.

## 31

## Préparer le terrain

Lady Audley passa du jardin dans la bibliothèque, une pièce lambrissée de chêne, agréable et accueillante, où sir Michael aimait à lire, écrire et régler les affaires de son domaine avec son intendant, un solide campagnard moitié agriculteur, moitié notaire, qui louait une petite ferme à quelques *miles* du château d'Audley.

Le baronnet était assis dans un grand fauteuil auprès du feu. La flamme brillante du foyer s'élevait et retombait, mettant en relief tantôt les saillies luisantes des étagères de chêne sombre, tantôt les reliures rouge et or des ouvrages, quelquefois même faisant miroiter le casque athénien d'une Pallas de marbre ou le portrait de sir Robert Peel[1].

La lampe qui était sur la table n'avait pas encore été allumée, et sir Michael était assis à la lueur du foyer, attendant l'arrivée de sa jeune épouse.

La pureté de son amour généreux, son affection aussi tendre que celle d'une jeune mère pour son premier-né, aussi noble et chevaleresque que la passion héroïque de Bayard pour sa suzeraine, étaient indicibles.

---

1. Robert Peel (1788-1850), politicien britannique. Premier ministre du Royaume-Uni de 1834 à 1835 et de 1841 à 1846, il favorisa le libre-échange.

La porte s'ouvrit pendant qu'il songeait à sa femme bien-aimée et, levant les yeux, le baronnet aperçut sa forme gracieuse debout sur le seuil.

— Comment, ma charmante ! Vous arrivez seulement ? s'écria-t-il pendant que sa femme fermait la porte derrière elle et s'avançait vers son fauteuil. Je songe à vous et je vous attends depuis une heure. Où avez-vous été et qu'avez-vous fait ?

Milady, debout dans l'ombre, s'arrêta quelques instants avant de répondre à ces questions.

— Je suis allée à Chelmsford, dit-elle, faire des emplettes, et…

Elle hésitait, roulant les rubans de son chapeau entre ses doigts blancs et délicats d'un air d'embarras tout à fait ravissant.

— Et qu'avez-vous fait, ma chère, depuis votre retour de Chelmsford ? J'ai entendu une voiture s'arrêter à la porte il y a une heure. N'était-ce pas la vôtre ?

— Oui, je suis revenue il y a une heure, répondit-elle, toujours avec le même air mal à l'aise.

— Et comment avez-vous employé votre temps depuis votre retour ?

Sir Michael Audley adressa cette question sur un ton légèrement empreint de reproche. La présence de sa jeune femme était le soleil de sa vie, et quoiqu'il ne voulût pas l'enchaîner à ses côtés, il souffrait à l'idée qu'elle pouvait passer son temps loin de lui à quelque occupation frivole.

— Qu'avez-vous fait depuis votre retour ici, répéta-t-il. Qu'est-ce qui vous a retenue si longtemps loin de moi ?

— J'ai causé avec… avec… Mr Robert Audley.

Elle roulait et déroulait toujours entre ses doigts les rubans de son chapeau, et sa pose embarrassée n'avait pas changé.

— Robert ! s'écria le baronnet, Robert est-il ici ?
— Il y était tout à l'heure.
— Et il y est toujours, je suppose ?

— Non, il est parti.

— Parti! s'écria sir Michael. Que voulez-vous dire, ma chère?

— Je veux dire que votre neveu est venu au château cette après-midi. Alicia et moi nous l'avons trouvé errant dans les jardins. Il y a un quart d'heure, il me parlait encore, puis il est parti sans autre explication que quelques mots d'excuse à propos d'une affaire à Mount Stanning.

— Une affaire à Mount Stanning! Quelle affaire peut-il avoir dans cet endroit écarté? Il est allé y coucher alors?

— Il me semble qu'il a annoncé quelque chose de ce genre.

— Ma parole, je crois que ce garçon est à moitié fou.

La figure de milady était tellement dans l'ombre que sir Michael n'aperçut pas le changement subit qui s'opéra sur sa pâleur maladive quand il fit cette observation si anodine. Un sourire de triomphe illumina son visage et ce sourire disait, à ne pas s'y méprendre: « Il y vient... il y vient; je le manœuvre comme je veux. Je puis lui présenter du noir et lui dire que c'est du blanc, il me croira. »

Mais sir Michael Audley, en disant que l'esprit de son neveu était dérangé, se servait d'une expression bien connue pour avoir très peu de portée. Le baronnet n'avait pas, il est vrai, en bien grande estime l'habileté de Robert pour les affaires de la vie quotidienne. Il regardait depuis longtemps son neveu comme une personne insignifiante, douée d'un bon cœur, un homme auquel la nature n'avait refusé aucune des qualités généreuses qu'elle peut prodiguer, mais dont le cerveau avait été oublié, lors de la distribution des talents de l'esprit. Sir Michael faisait là une erreur très commune chez ces observateurs complaisants et aisés qui n'ont pas l'occasion d'aller plus loin que la surface. Il prenait l'indolence pour l'incapacité. Il croyait que parce que son neveu était nonchalant, il était forcément stupide, et il concluait que si Robert ne brillait pas, c'était parce qu'il ne le pouvait pas.

Il oubliait les Milton[1] sans gloire qui meurent inconnus et sans avoir publié leurs poèmes faute de cette persévérance obstinée, de ce courage aveugle que tout poète doit posséder pour trouver un éditeur. Il oubliait les Cromwell qui voient le beau vaisseau de l'État ballotté sur une mer de confusion et sombrer dans une tempête de perplexité bruyante, sans pouvoir atteindre le gouvernail ni même envoyer un bateau de secours au navire en train de sombrer. Assurément, c'est une erreur de juger le potentiel d'un homme d'après ce qu'il a déjà accompli.

Le Walhalla du monde est un lieu proche, et peut-être que les plus grands hommes sont ceux qui succombent silencieusement loin de son portail sacré. Peut-être que les esprits les plus purs et les plus brillants sont ceux qui reculent devant l'agitation du champ de course, le tumulte et la confusion de la mêlée. Le jeu de la vie ressemble un peu à celui de l'écarté, où les meilleures cartes restent parfois au talon.

Milady ôta son chapeau et s'assit aux pieds de sir Michael sur un tabouret recouvert de velours. Il n'y avait rien d'affecté ou d'étudié dans cette attitude de petite fille. C'était si naturel chez Lucy Audley d'être enfantine, que personne n'aurait souhaité la voir autrement. Il eût été aussi absurde d'attendre de cette sirène à la chevelure d'ambre la réserve digne ou la gravité d'une femme, que de demander des notes basses aux trilles aigus de l'alouette.

Elle s'assit en détournant du feu sa figure pâle et en nouant ses deux mains autour de l'accoudoir du fauteuil de son mari. Elles étaient bien fiévreuses, ces deux mains blanches et effilées. Lady Audley entrelaça ses doigts ornés de bagues en parlant à son époux.

— Je voulais vous voir dès mon retour, mon ami, lui dit-elle, mais Mr Audley a insisté pour que je l'écoute.

---

[1]. John Milton (1608-1674), poète et pamphlétaire anglais, auteur du célèbre *Paradis perdu*.

— Et à propos de quoi, mon aimée ? demanda le baronnet. Qu'est-ce que Robert pouvait avoir à vous dire ?

Milady ne répondit pas à cette question. Sa belle tête s'appuya sur le genou de son mari et ses cheveux bouclés cachèrent sa figure.

Sir Michael releva cette tête charmante et força sa femme à le regarder. La lueur du foyer, donnant en plein sur cette figure pâle, fit briller les larmes qui aveuglaient ses grands yeux bleus si doux et si beaux.

— Lucy, Lucy ! s'écria le baronnet, qu'est-ce que cela signifie ? Ma chérie, ma chérie ! Qu'est-il arrivé qui vous chagrine de la sorte ?

Lady Audley essaya de parler, mais les mots expirèrent sur ses lèvres tremblantes. Une sensation d'étouffement semblait étrangler dans sa gorge ces paroles fausses et plausibles qui étaient sa seule arme contre ses ennemis. Elle ne pouvait parler. L'angoisse qu'elle avait endurée silencieusement dans la lugubre avenue des tilleuls avait été trop forte pour elle, et elle éclata en sanglots hystériques. Ce n'était pas une douleur simulée qui faisait tressaillir son corps gracieux et la lacérait, comme une bête fauve qui met en lambeaux avec une force affreuse le morceau de viande qu'on lui a jeté. C'était un ouragan de souffrance réelle, de terreur, de remords et de désespoir. C'était la protestation véhémente où la nature plus faible de la femme surpasse l'art de la sirène.

Ce n'était pas ainsi qu'elle avait eu l'intention de soutenir la terrible lutte engagée entre elle et Robert Audley. Ce n'étaient pas ces armes qu'elle voulait utiliser, mais peut-être qu'aucune des ruses qu'elle aurait échafaudée n'aurait pu la servir mieux que cette explosion de douleur sincère. Son mari en fut ébranlé jusqu'au fond de l'âme. Il en fut abasourdi et terrifié, et sa solide intelligence d'homme fut réduite à une confusion et une perplexité désarmée. Il fut frappé au point faible de sa nature d'homme bon, l'affection qu'il éprouvait pour son épouse.

Ah! que Dieu protège la tendre faiblesse de l'homme fort pour la femme qu'il aime. Que le ciel le prenne en pitié quand la créature coupable l'a trompé, et vient tout en larmes se jeter à ses pieds pour implorer son pardon, en le torturant par le spectacle de ses angoisses, déchirant son cœur de ses sanglots, lacérant son sein avec ses gémissements, décuplant ses souffrances jusqu'à lui causer une angoisse insupportable, jusqu'à dépasser la capacité d'endurance d'un homme brave. Que le ciel lui pardonne si, rendu fou par cette douleur cruelle, il hésite un instant et s'avoue prêt à tout oublier et à reprendre dans son cœur la misérable que la voix sévère de l'honneur l'exhorte à ne pas absoudre. Plaignez-le! Le remords le plus poignant d'une femme, quand elle se tient sur le seuil de la maison, où peut-être elle n'entrera plus jamais, n'est pas à la hauteur de la douleur du mari qui referme la porte sur cette figure familière et implorante. L'angoisse de la mère qui ne verra peut-être plus jamais ses enfants est moins violente que le tourment du père qui doit annoncer à ces mêmes enfants : « Pauvres petits, dorénavant vous n'avez plus de mère. »

Sir Michael Audley quitta son fauteuil, tremblant d'indignation et prêt à se battre immédiatement avec quiconque avait chagriné sa femme.

— Lucy, dit-il, Lucy, j'insiste pour que vous me disiez qui vous a fait de la peine. Parlez : le coupable, quel qu'il soit, me rendra compte de sa conduite. Venez, mon amour, dites-moi de suite ce que c'est.

Il se rassit et se pencha sur la figure inclinée à ses pieds. Il cherchait à calmer sa propre agitation pour adoucir la douleur de sa femme.

— Dites-moi ce que c'est, ma chère, murmura-t-il tendrement.

Le paroxysme avait cessé. Milady leva la tête. La lumière étincelait dans les pleurs qui mouillaient encore ses yeux, et les lignes de sa bouche rosée, ces lignes dures et cruelles que Robert Audley avait remarquées dans le portrait préraphaélite, étaient clairement visibles à la lueur du foyer.

— Je suis stupide, mais réellement, il m'a rendue hystérique.

— Qui? Qui vous rendue hystérique?

— Votre neveu… Mr Robert Audley.

— Robert! s'écria le baronnet. Expliquez-vous, Lucy.

— Je vous ai dit que Mr Audley avait insisté pour me conduire dans l'allée des tilleuls. Il voulait me parler, disait-il. J'y ai consenti, et il m'a raconté des choses si horribles, que…

— Quelles choses horribles, Lucy?

Lady Audley frissonna et ses doigts se cramponnèrent à la main qui reposait affectueusement sur son épaule.

— Qu'a-t-il dit, Lucy?

— Oh! cher ami, comment vous le redire? Je sais que cela vous bouleversera. Ou bien vous rirez de moi, et alors…

— Rire de vous? Non, Lucy.

Lady Audley garda le silence un moment. Elle contemplait le feu qui brûlait devant elle, et sa main ne quittait pas celle de son mari.

— Mon cher époux, dit-elle lentement, hésitant entre les mots, comme si elle se dérobait devant eux, avez-vous jamais – j'ai si peur de vous contrarier –, avez-vous jamais pensé que Mr Audley fût un peu… un peu…

— Un peu quoi, ma chérie?

— Un peu déséquilibré? balbutia lady Audley.

— Déséquilibré! s'écria sir Michael. À quoi pensez-vous, ma chère fille?

— Vous avez dit, il y a un instant, que vous le croyiez à moitié fou.

— Vraiment? reprit le baronnet en riant. Je ne m'en souviens pas, et ce n'était qu'une façon de parler sans aucune signification. Robert est peut-être un peu excentrique, un peu sot même, il n'est pas accablé par l'intelligence, mais je ne lui crois pas assez de cervelle pour devenir fou. Ce sont généralement les grandes intelligences qui deviennent dérangées.

— Mais la folie est parfois héréditaire. Mr Audley a peut-être hérité…

— La folie ne lui est pas venue de la famille de son père. Les Audley n'ont jamais peuplé les asiles d'aliénés ou fait vivre les médecins qui s'occupent d'eux.

— Et la famille de sa mère?

— Non plus, que je sache.

— C'est un secret qui, d'habitude, est gardé soigneusement. La folie existait peut-être dans la famille de votre belle-sœur?

— Je ne crois pas. Mais, au nom du ciel, Lucy, dites-moi ce qui vous a mis de pareilles idées en tête.

— J'ai essayé de justifier la conduite de votre neveu, et je n'ai pas trouvé d'autre manière de l'expliquer. Si vous aviez entendu ce qu'il m'a dit ce soir, sir Michael, vous l'auriez cru fou, vous aussi.

— Mais que vous a-t-il dit, Lucy?

— Je peux à peine vous le répéter. Jugez par là de mon étonnement et de mon épouvante. Je crois qu'il a vécu seul trop longtemps dans son logement du Temple. Peut-être a-t-il trop lu ou trop fumé. Vous savez que les médecins disent que la folie est une simple maladie du cerveau, une maladie à laquelle tout le monde est sujet, qui est produite par certaines causes et guérie par des moyens donnés.

Les yeux de lady Audley étaient toujours fixés sur les charbons enflammés qui brûlaient dans l'immense grille. Elle parlait comme si elle discutait un sujet déjà beaucoup débattu par elle. Elle parlait comme si son esprit s'était quasiment dégagé de la pensée du neveu de son mari pour envisager la question de la folie d'une façon abstraite.

— Pourquoi ne serait-il pas fou? reprit milady. Certaines personnes sont atteintes de démence pendant des années et des années avant qu'on s'en aperçoive. Ces gens savent qu'ils sont fous, mais ils gardent le secret sur leur état, et parfois leur secret meurt avec eux. Il arrive aussi qu'une crise les saisisse, alors ils se trahissent en un moment maléfique. Ils peuvent aussi commettre un crime. L'horrible tentation d'un moment favorable s'empare d'eux, le couteau est dans leurs mains et leur victime à leur côté, ne se doutant de rien. Ils peuvent aussi dompter le démon qui les agite sans cesse, alors ils s'éloignent et meurent sans commettre de crime. Mais ils peuvent aussi céder à l'horrible tentation, au désir insatiable qui les pousse à la violence et à l'horreur. Alors, ils sont perdus.

La voix de lady Audley devenait de plus en plus forte en traitant cette effroyable question. L'excitation hystérique dont elle était à peine remise avait laissé sa trace en elle. Mais elle se contint et parla d'un ton plus calme quand elle reprit son propos.

— Robert Audley est fou, dit-elle d'un ton décisif. Quel est un des plus curieux diagnostics de la folie ? Le premier signe effrayant de l'aliénation mentale ? C'est la stagnation de l'esprit, du cerveau. Son flux régulier est interrompu, et la faculté de penser se réduit à une voix monocorde. De même que les eaux croupies d'un marais se putréfient, l'esprit devient trouble et se corrompt faute d'action, et la réflexion perpétuelle sur un même sujet se change en obsession. Robert Audley est atteint de monomanie. La disparition de son ami George Talboys l'a chagriné et l'a bouleversé. Il s'est accroché à cette idée, au point d'en perdre la faculté de penser à autre chose. À force de l'examiner sans cesse, cette idée a été défigurée dans son esprit. Dites vingt fois de suite un mot très simple, et avant la vingtième répétition, vous vous serez déjà demandé si ce mot que vous répétez est réellement celui que vous voulez prononcer. Robert Audley a pensé à la disparition de son ami jusqu'à ce que cette idée eût accompli son œuvre malsaine et fatale. Il observe un fait ordinaire avec une vision malade et le déforme en quelque chose d'horrible créé par son obsession. Si vous ne voulez pas que je devienne aussi folle que lui, empêchez-moi de le revoir. Il m'a déclaré ce soir que George Talboys avait été assassiné ici, et qu'il déracinerait les arbres du jardin, et mettrait à bas chaque brique de la maison dans ses recherches du...

Milady s'arrêta. Les mots expirèrent sur ses lèvres. L'étrange énergie avec laquelle elle avait parlé l'avait épuisée. Cette beauté frivole et enfantine s'était transformée en femme forte pour argumenter sa cause et plaider sa défense.

— Démolir cette maison! s'écria le baronnet. George Talboys assassiné au château d'Audley! Robert a-t-il dit cela, Lucy?

— Oui, quelque chose de ce genre... quelque chose qui m'a beaucoup effrayée.

— Alors, c'est qu'il est fou, dit sir Audley, l'air grave. Je suis tout éberlué de ce que vous m'annoncez. A-t-il vraiment dit cela, ou bien l'avez-vous mal compris?

— Je... je... ne crois pas m'être trompée, balbutia milady, vous avez vu combien j'étais effrayée quand je suis arrivée. Je n'aurais pas été aussi agitée s'il n'avait rien dit d'horrible.

Lady Audley s'était servie de l'argument le plus fort en faveur de sa cause.

— Sans doute, ma chère, sans doute. Mais qui a pu loger cette malheureuse idée dans la cervelle du pauvre Robert? Ce Mr Talboys, un étranger pour nous, assassiné à Audley! J'irai ce soir à Mount Stanning voir Robert. Je le connais depuis son enfance, et je ne me tromperai pas sur son compte. Si quelque chose ne va pas, il ne pourra pas me le cacher.

Milady haussa les épaules.

— Ce n'est pas si sûr. C'est généralement un étranger qui, le premier, constate ces particularités psychologiques.

Ces grands mots sonnaient étrangement dans la bouche mignonne de milady, mais sa sagesse d'emprunt toute neuve avait quelque chose de ravissant aux yeux de son mari.

— Il vous est impossible d'aller à Mount Stanning, reprit-elle tendrement. Souvenez-vous que le docteur vous a défendu de sortir jusqu'à ce que le temps s'adoucisse, et que le soleil éclaire ce triste pays cerné par les glaces.

Sir Michael Audley retomba dans son large fauteuil avec un soupir résigné.

— C'est vrai, Lucy ; il faut obéir à Mr Dawson. J'espère que Robert viendra me voir demain.

— Oui, je crois qu'il viendra.

— Alors nous attendrons jusqu'à demain. Je ne peux pas croire que ce pauvre garçon ait la cervelle détraquée... cela me paraît inconcevable, Lucy.

— Comment donc expliquer son extraordinaire délire au sujet de Mr Talboys ? demanda milady.

Sir Michael secoua la tête.

— Je ne sais pas, Lucy, je ne sais pas. C'est toujours très difficile de croire que les malheurs qui frappent à chaque instant nos voisins puissent nous atteindre. Je n'arrive pas à me faire à l'idée que l'esprit de mon neveu est dérangé, je ne peux pas. Je l'amènerai à demeurer auprès de nous et je l'observerai attentivement. Je vous répète, ma chère, que s'il y a quelque chose qui ne va pas chez lui, je le découvrirai à coup sûr. Je ne saurais être trompé par un jeune homme qui a toujours été pour moi comme un fils. Mais ma chère, pourquoi les paroles violentes de Robert vous ont-elles effrayée à ce point ? Elles ne vous touchaient en rien.

Milady poussa un soupir plaintif.

— Vous me prenez donc pour une femme de tête, sir Michael, l'air presque blessée, si vous vous imaginez que je peux entendre de pareilles choses avec indifférence. Je sais que de ma vie, je ne pourrai revoir Mr Audley.

— Et vous ne le reverrez pas, ma chère, vous ne le reverrez pas.

— Mais vous venez de dire que vous le retiendriez ici, murmura lady Audley.

— Je m'en garderai bien si sa présence vous est pénible. Grands dieux! Lucy, pouvez-vous supposer un seul instant que j'aie d'autre désir que celui de vous rendre heureuse? Je consulterai quelque médecin de Londres au sujet de Robert, et ce sera à lui de découvrir s'il y a vraiment un problème avec le fils de mon pauvre frère. Vous ne serez pas contrariée, Lucy.

— Vous devez penser que je ne suis pas gentille, mon cher, et je sais que sa présence ne devrait pas m'être odieuse. Mais il semble vraiment s'être mis en tête des idées absurdes sur mon compte.

— Sur votre compte? Lucy.

— Oui, mon cher. Il a l'air de me relier d'une vague façon – à laquelle je ne comprends rien – à la disparition de ce Mr Talboys.

— Impossible, Lucy, vous vous êtes méprise.

— Je ne crois pas.

— Alors, c'est qu'il est fou... Il faut qu'il le soit. J'attendrai qu'il rentre à Londres, et j'enverrai quelqu'un lui parler chez lui. Mon Dieu! Quel mystère que cette affaire!

— Je crains de vous avoir fait de la peine, mon ami, murmura lady Audley.

— Oui, chère enfant, je suis très affligé par ce que vous m'avez révélé, mais vous avez agi sagement en me racontant cette terrible affaire avec franchise. Je dois réfléchir, très chère, et décider du meilleur parti à prendre.

Milady se leva du siège sur lequel elle était assise. Le feu s'était presque éteint et la chambre n'était plus éclairée que par une faible lueur rouge. Lucy Audley se pencha sur le fauteuil de son mari et appuya ses lèvres sur son large front.

— Comme vous avez été bon pour moi, lui dit-elle de sa voix douce. Vous ne laisserez jamais personne vous influencer contre moi, n'est-ce pas, mon ami?

— M'influencer contre vous! reprit le baronnet. Non, ma bien-aimée.

— C'est que, vous savez, il y a dans le monde des gens méchants aussi bien que des fous, et qu'il pourrait se rencontrer des personnes qui auraient intérêt à me faire du tort.

— Elles feront mieux de ne pas essayer, sinon elles se mettront dans une position dangereuse.

Lady Audley éclata d'un rire argentin et triomphant qui vibra dans le calme de la pièce.

— Je sais que vous m'aimez, mon très cher, dit-elle, je le sais. Et maintenant il faut que je m'en aille, car il est plus de sept heures. J'avais promis d'aller dîner chez Mrs Montford, mais je vais envoyer un valet avec un message d'excuse. Mr Audley m'a rendue bien incapable d'être en société. Je resterai ici à vous soigner. Vous vous coucherez de bonne heure, n'est-ce pas, et vous aurez bien soin de votre santé.

— Oui, ma chère enfant.

Milady sortit pour donner ses ordres à propos du message à porter. Elle s'arrêta un moment pendant qu'elle fermait la porte de la bibliothèque, elle avait besoin de comprimer les battements précipités de son cœur.

« J'ai eu peur de vous, Mr Robert Audley, se dit-elle, mais peut-être le temps viendra où ce sera à vous de me craindre. »

## 32

## La requête de Phoebe

Le désaccord entre lady Audley et sa belle-fille n'avait rien perdu de sa force dans les deux mois qui s'étaient écoulés depuis la célébration de la fête de Noël au château d'Audley. Il n'y avait pas guerre ouverte entre les deux femmes, mais seulement une neutralité armée, interrompue de temps en temps par de brèves escarmouches féminines et d'éphémères passes d'armes en paroles. Je dois dire qu'Alicia aurait de beaucoup préféré une bonne bataille en règle à cette mésentente silencieuse et peu démonstrative ; mais ce n'était pas facile de se disputer avec milady. Elle savait répondre avec douceur pour désamorcer la colère. Elle usait de son sourire charmeur face à l'irritabilité de sa belle-fille et riait aux éclats de sa mauvaise humeur. Peut-être, si elle eût été moins aimable et d'un caractère dans le genre de celui d'Alicia, leur inimitié se serait-elle terminée par quelque terrible querelle, et elles n'auraient plus jamais, par la suite, pu se montrer affectueuses et aimables.

Mais Lucy Audley ne voulait pas la guerre. Elle mettait de côté toute son aversion, la maintenant à un niveau stable en attendant que la brèche qui s'élargissait chaque jour davantage soit devenue un gouffre infranchissable pour les colombes portant le rameau d'olivier. Il ne pouvait y avoir réconciliation là où la guerre ouverte n'existait pas. Il fallait une bataille, une mêlée bruyante avec drapeaux au vent et canons tonnants avant d'en venir au traité de paix et aux poignées de main enthousiastes. L'union entre la France et l'Angleterre doit peut-être toute sa force au souvenir des victoires et des défaites réciproques d'autrefois. Les deux nations se sont détestées cordialement, se sont battues et se sont expliquées, comme on dit. Elles peuvent maintenant s'embrasser et se jurer une amitié et une fraternité éternelles. Espérons que lorsque les Yankees du Nord auront décimé et été décimés, Jonathan[1] le fanfaron se précipitera dans les bras de ses frères du Sud, pour pardonner et être pardonné.

Alicia Audley et la ravissante épouse de son père avaient toute la place nécessaire dans le vieux manoir pour laisser libre cours à leur aversion. Milady avait ses appartements, comme on le sait, appartements somptueux, où avaient été réunis tous les raffinements imaginables pour le confort de son occupante. Alicia avait les siens aussi dans une autre partie du bâtiment. Elle avait sa jument favorite, son terre-neuve, tout son attirail de dessin, et elle était assez heureuse. Elle ne l'était pourtant pas complètement, cette jeune fille franche, au cœur généreux, car elle avait un peu de mal à se sentir complètement détendue dans l'atmosphère contrainte du château. Son père avait changé ; ce père chéri sur lequel elle avait régné en despote avec l'autorité sans limites d'une enfant gâtée s'était soumis à un autre pouvoir, à une dynastie nouvelle. Petit à petit, le pouvoir mesquin de milady avait fait son chemin dans cette petite famille, et Alicia avait vu son père attiré pas à pas à travers le gouffre qui séparait lady Audley de sa belle-fille, jusqu'à ce qu'enfin ce gouffre lui-même fût franchi et que sir Michael n'eût plus pour sa fille, restée seule sur l'autre rive, qu'un regard plein de froideur.

---

1. Le général sudiste Thomas Jonathan Jackson (1824-1863), surnommé Stonewall (« Mur de pierre »), réputé pour son audace.

Alicia sentait que son père était perdu pour elle. Les sourires radieux de milady, ses mots victorieux, ses regards rayonnants et sa grâce enchanteresse avaient opéré leur charme, et sir Michael en était venu à regarder sa fille comme une jeune personne obstinée et capricieuse qui, de propos délibéré, se conduisait très mal envers la femme qu'il aimait.

La pauvre Alicia voyait tout cela et le supportait du mieux qu'elle pouvait. Il lui semblait pénible d'être une belle héritière aux yeux gris, d'avoir des chiens, des chevaux et des serviteurs, et de ne pas trouver dans le monde une seule personne à qui confier ses chagrins.

« Si Bob était bon à quelque chose, pensait-elle, je lui avouerais combien je suis malheureuse ; mais pour la consolation que j'en retirerais, autant conter mes ennuis à mon chien César. »

Sir Michael Audley obéit à sa jolie garde-malade et se mit au lit un peu après neuf heures par cette morne soirée de mars. La chambre à coucher du baronnet était sans doute la plus agréable retraite qu'un invalide aurait choisie en cette saison froide et déprimante. Les rideaux en velours vert foncé étaient tirés devant les fenêtres et autour du lit massif. Le feu rougeoyait dans la vaste cheminée. La lampe posée sur une mignonne petite table au chevet de son lit était allumée, et un amas de revues et de journaux avaient été arrangé par les jolies mains de milady pour le plaisir du malade.

Lady Audley demeura environ dix minutes assise à côté du lit, discutant sérieusement l'étrange et terrible question de la folie de Robert Audley. Au bout de ce temps, elle se leva et souhaita une bonne nuit à son mari. Elle abaissa l'abat-jour en soie verte, l'ajustant avec soin pour ne pas fatiguer les yeux du baronnet.

— Je vous quitte, mon ami, lui dit-elle. Si vous pouvez dormir, ce sera tant mieux ; si vous voulez lire, les livres et les journaux sont près de vous. Je laisserai les portes ouvertes, et j'entendrai si vous m'appelez.

Lady Audley traversa son cabinet de toilette et entra dans son boudoir, où elle était restée avec son mari depuis le dîner.

Tous les raffinements féminins étaient réunis dans cet élégant boudoir. Son piano ouvert était recouvert de partitions et d'ouvrages magnifiquement reliées, qu'aucun maître n'aurait dédaigné d'étudier. Sur son chevalet, posé près de la fenêtre, une aquarelle du château et de ses jardins témoignait du talent artistique de Lucy. Des dentelles et des mousselines féeriques, des soieries couleur d'arc-en-ciel et des lainages aux teintes délicates jonchaient le parquet de la pièce luxueuse, et les glaces, habilement placées aux encoignures de l'appartement par un adroit tapissier, multipliaient l'image de milady, reflétant le plus bel objet de cette chambre magique.

Au milieu de toutes ces lumières, ces dorures, ce luxe et cette beauté, Lucy Audley s'assit sur un siège bas près du feu, et s'abandonna à ses réflexions.

Si Mr Holman Hunt[1] avait pu jeter un coup d'œil dans ce joli boudoir, je crois que ce tableau aurait été photographié par son cerveau, et qu'il n'aurait eu qu'à le reproduire sur une toile pour la plus grande glorification des préraphaélites. Milady était à demi allongée, son coude appuyé sur un genou, et son menton parfait dans la main, les riches draperies retombant en longs plis onduleux de sa silhouette exquise, enveloppée par la lueur rose du feu d'une brume floue sur laquelle tranchait le scintillement doré de ses cheveux. Elle était belle en elle-même, mais le magnifique cadre qui ornait le sanctuaire de sa beauté la rendait encore plus stupéfiante. Il renfermait des coupes d'or et d'ivoire ciselées par Benvenuto Cellini ; des petits meubles de Boulle ; des porcelaines portant le chiffre de Marie-Antoinette d'Autriche

---

1. De son vrai nom William Hobman Hunt (1827-1910), peintre britannique.

entouré de boutons de roses, de nœuds, d'oiseaux, de papillons, de cupidons, de bergères, de déesses; des statuettes en marbre de Paros et en biscuit de Chine; des corbeilles dorées remplies de fleurs de serre; des coffrets indiens en filigrane; de fragiles tasses à thé en porcelaine bleue, ornées des médaillons en miniature de Louis XIV et Louis XV, de Louise de La Vallière, Mme de Montespan et Mme du Barry. Chevalets et miroirs dorés, satins chatoyants, dentelles diaphanes, tout ce que l'or peut acheter ou l'art inventer avait été rassemblé pour embellir ce boudoir où milady était assise, écoutant les plaintes du vent et le frémissement des feuilles de lierre contre ses fenêtres, et regardant l'abîme rougeoyant du feu.

Je recommencerais un sermon éculé et je rabâcherais un sujet rebattu si je profitais de cette occasion pour me déclarer contre l'art et la beauté, parce que milady était plus malheureuse dans cet appartement élégant qu'une pauvre couturière affamée dans sa triste mansarde. La blessure dont elle souffrait était trop profonde pour que des remèdes tels que le luxe et la richesse puissent la soulager. Mais sa détresse n'était pas d'une nature anormale, et je ne vois pas pourquoi j'exploiterais son malheur comme un argument en faveur de la misère et de la pauvreté contre le bien-être et l'opulence. Les sculptures de Benvenuto Cellini et les porcelaines de Sèvres ne pouvaient rien pour son bonheur, elle était sortie de leur sphère. Elle n'était plus innocente, et comme les plaisirs que l'art et la beauté nous procurent sont innocents, ils n'étaient plus à sa portée. Six ou sept ans avant, elle eût été bien heureuse de posséder ce petit palais d'Aladin; mais elle s'était égarée hors du cercle des créatures insouciantes en quête de plaisirs pour errer dans le labyrinthe de la culpabilité et de la trahison, de la terreur et du crime, et tous les trésors accumulés pour elle ne pouvaient plus lui donner aucun plaisir, sauf celui de les fouler aux pieds et de les briser dans la rage du désespoir.

Il y avait pourtant plusieurs choses qui auraient pu encore lui inspirer une joie atroce, un plaisir horrible. Si Robert Audley, son impitoyable ennemi, son persécuteur infatigable, avait été étendu mort dans la chambre voisine, elle aurait volontiers dansé sur son cadavre.

Quels plaisirs restèrent à Lucrèce Borgia et à Catherine de Médicis, lorsqu'elles eurent franchi la terrible limite qui sépare l'innocence du crime, et qu'elles se trouvèrent isolées de l'autre côté ? Les joies de la vengeance et de la trahison, c'est tout ce qu'il restait à ces femmes misérables. Avec quel dédain elles devaient contempler les vanités frivoles, les déceptions mesquines, et les peccadilles dérisoires des délinquants ordinaires ! Elles étaient peut-être fières de l'énormité de leur malignité et de ce « génie du mal » qui faisait d'elles les plus grandes pécheresses.

Milady, broyant du noir près du feu de sa chambre solitaire, ses grands yeux bleu clair fixés sur les gouffres béants, d'un rouge macabre, dans les flammes du charbon, était peut-être bien loin de songer à la terrible lutte silencieuse où elle était engagée. Elle songeait peut-être à ces années lointaines d'innocence, de bêtises et d'égoïsmes enfantins, de péchés féminins frivoles où sa conscience n'avait à porter qu'un léger fardeau. Dans cette rêverie rétrospective, elle revoyait les premiers temps où elle s'était regardée dans une glace et avait vu qu'elle était belle. Cette époque fatale où elle avait commencé à se dire que sa beauté était un droit divin, un bien inestimable plus fort que toutes ses erreurs de jeune fille et qui contrebalancerait tous ses péchés de jeunesse. Se souvenait-elle du jour où ce cadeau merveilleux de la beauté lui avait pour la première fois enseigné à être égoïste et cruelle, indifférente à la joie et au chagrin d'autrui, froide et capricieuse, avide de louanges, exigeante et autoritaire avec cette tyrannie des femmes mesquines qui est pire que le despotisme ?

Faisait-elle remonter chaque péché de sa vie à sa source véritable ? Et avait-elle découvert la fontaine empoisonnée dans sa propre exagération de la valeur d'un joli visage? Assurément, si elle revenait par la pensée aussi loin dans le courant de sa vie, elle devait se repentir amèrement et désespérer d'avoir cédé ce premier jour à l'empire funeste des grandes passions de sa vie, où ces trois démons, la vanité, l'égoïsme et l'ambition, avaient uni leurs mains et s'étaient écriés : « Cette femme est notre esclave, voyons ce qu'elle fera sous notre domination. »

Comme ces premières erreurs de jeunesse semblaient petites à milady, qui se les rappelait pendant cette longue rêverie dans son boudoir. Que de vanités insignifiantes, que de cruautés sans importance! Une victoire sur une camarade de pension, un peu de coquetterie avec le soupirant d'une amie, pour s'assurer du droit divin conféré à des yeux bleus et à une chevelure dorée et chatoyante. Mais comme ce sentier étroit s'était agrandi terriblement, pour devenir la grande route familière du crime où elle avait marché d'un pas rapide!

Milady enroula ses doigts dans ses boucles souples couleur d'ambre, et les serra comme si elle avait voulu les arracher de sa tête. Mais même en ce moment de désespoir muet, la beauté lui fit sentir son empire inflexible; elle lâcha les pauvres boucles emmêlées et les laissa former une auréole à la faible lueur du foyer.

« Je n'étais pas mauvaise quand j'étais jeune, se dit-elle en fixant le feu, j'étais seulement inconséquente. Je ne faisais jamais le mal, du moins intentionnellement. Ai-je réellement été mauvaise? Je me le demande. Mes pires méfaits étaient le résultat d'impulsions violentes et non de plans secrets. Je ne suis pas comme ces femmes dont j'ai lu l'histoire, étendues nuit après nuit dans une obscurité et une immobilité affreuses, préparant leurs perfidies et arrangeant tous les détails du crime projeté. Souffraient-elles ces femmes, souffraient-elles comme…? »

Ses pensées s'égarèrent dans un dédale de confusion épuisant. Tout à coup, elle se redressa avec un geste de fierté et de défi, et l'éclat de ses yeux ne venait pas seulement des reflets de la flamme du foyer.

— Vous êtes fou, Mr Robert Audley, s'écria-t-elle, vous êtes fou, et vos lubies sont celles de la démence. Je connais la démence et ses symptômes, et je proclame que vous êtes fou.

Elle porta la main à sa tête comme si elle songeait à quelque chose qui la rendait confuse et perplexe, et qu'il lui était difficile d'envisager avec calme.

— Oserai-je le défier, murmura-t-elle, l'oserai-je? S'arrêtera-t-il après être allé si loin? S'arrêtera-t-il par peur? Pourrai-je l'effrayer, alors que la pensée de ce que son oncle souffrira ne l'a pas arrêté? Y a-t-il quelque chose qui puisse lui barrer le chemin... excepté la mort?

Elle prononça ces dernières paroles dans un affreux chuchotement, la tête penchée en avant, les yeux dilatés, les lèvres restées entrouvertes après avoir prononcé le dernier mot: « la mort », son regard vide fixant le feu.

— Je ne puis tramer d'horribles complots, reprit-elle un instant après, mon cerveau n'est pas assez fort, ou je ne suis pas encore assez mauvaise ou courageuse. Si je rencontrais Robert dans ce jardin désert comme j'ai...

Le courant de ses pensées fut interrompu par un coup frappé discrètement à la porte. Elle se leva d'un bond, effrayée de ce bruit qui troublait le silence de son boudoir. Elle se jeta dans un fauteuil bas près du feu, renversant sa belle tête sur les coussins et prit un livre sur la table à côté d'elle.

Cette action insignifiante en elle-même en disait bien long. Elle trahissait ses craintes sans cesse renaissantes, la nécessité fatale du secret, d'un esprit pris dans des angoisses silencieuse, toujours sur le qui-vive, à cause des apparences. Elle disait plus clairement que toute autre chose que milady était devenue une actrice achevée pour satisfaire aux exigences de sa vie.

Le coup discret frappé à la porte du boudoir se renouvela.

— Entrez, s'écria lady Audley d'une voix pleine d'entrain.

La porte s'ouvrit avec ce bruit respectueux dû à la main d'une servante bien dressée. Une jeune femme mise simplement et apportant dans les plis de sa robe une bouffée de vent froid franchit le seuil et s'arrêta, en attendant qu'on lui permît d'arriver jusqu'au fond de la retraite de milady.

C'était Phoebe Marks, la femme de l'aubergiste de Mount Stanning.

— Je vous demande pardon, milady, de venir vous déranger sans permission, mais j'ai cru pouvoir m'aventurer jusqu'ici sans y être autorisée.

— Pourquoi pas, Phoebe, pourquoi pas ? Ôtez votre chapeau, vous avez l'air gelée, et asseyez-vous ici.

Lady Audley désigna du doigt le tabouret sur lequel elle était assise elle-même quelques minutes auparavant. La soubrette avait souvent occupé cette place autrefois pour écouter le babillage de sa maîtresse, alors qu'elle était sa confidente et qu'elle lui tenait compagnie la plupart du temps.

— Asseyez-vous ici, Phoebe, répéta lady Audley, asseyez-vous et causons. Je suis réellement contente que vous soyez venue, je m'ennuyais toute seule dans ce triste boudoir.

Milady frissonna, et regarda autour d'elle le bric-à-brac brillant, comme si les Sèvres et les bronzes, les marqueteries et les dorures avaient été les ornements délabrés de quelque vieux château en ruine. Le triste état de ses pensées se communiquait à tous les objets qui l'entouraient, et leur donnait la couleur sombre de sa lassitude intérieure et de la secrète angoisse renfermée dans son sein. Elle avait dit la vérité en annonçant que la visite de sa soubrette lui était agréable. Sa nature frivole s'accrocha à ce frêle répit dans ce moment de craintes et de souffrances. Elle avait de la sympathie pour cette jeune femme qui lui ressemblait au moral aussi bien qu'au physique, et qui était comme elle égoïste, froide, cruelle, désireuse d'un sort meilleur, avide d'opulence et d'élégance, mécontente de son sort et lasse d'être dépendante. Milady détestait Alicia, à cause de son caractère franc, passionné, généreux et hardi ; elle détestait sa belle-fille et s'attachait à cette pâle soubrette, aux cheveux clairs qu'elle supposait ni meilleure ni pire qu'elle.

Phoebe Marks obéit aux ordres de son ancienne maîtresse et ôta son chapeau avant de s'asseoir sur le tabouret, aux pieds de lady Audley. Le vent froid de mars n'avait pas dérangé ses bandeaux soigneusement lissés, et sa robe terne avec son col de lin, confectionnée par elle, était aussi nette que si elle venait à peine d'arranger sa toilette.

— J'espère que sir Michael va mieux, milady.

— Oui, Phoebe, beaucoup mieux. Il dort. Fermez cette porte, ajouta lady Audley, faisant un signe de tête pour désigner la porte de communication laissée ouverte.

Mrs Marks exécuta cet ordre et revint prendre sa place.

— Je suis bien malheureuse, Phoebe, dit milady avec agitation, et bien tourmentée.

— Au sujet du... secret ? demanda Mrs Marks en chuchotant.

Milady ne prit pas garde à la question, et continua sur le même ton plaintif. Elle était bien aise de pouvoir se plaindre, même à cette femme de chambre. Elle maintenait ses peurs enfouies et avait souffert si longtemps en secret, que c'était pour elle un soulagement indicible de pouvoir se plaindre tout haut de son sort.

— Je suis cruellement persécutée, Phoebe Marks, je suis poursuivie et tourmentée par un homme auquel je n'ai jamais fait aucun mal, ni même souhaité en faire. Il ne me laisse pas un instant de repos, et je...

Elle s'arrêta et contempla de nouveau le feu comme lorsqu'elle était seule. Elle se perdit de nouveau dans le dédale de ses pensées sans qu'il lui fût possible d'arriver à tirer de ce chaos confus une conclusion quelconque.

Phoebe Marks regarda son ancienne maîtresse d'un œil inquiet, et ne cessa de l'examiner que lorsque les regards des deux femmes se rencontrèrent.

— Je crois savoir de qui vous parlez, milady, dit-elle après une pause. Je crois savoir qui est si cruel avec vous.

— Oh! c'est probable, répondit milady avec amertume; mes secrets appartiennent à tout le monde, et vous savez tout sans doute.

— Cette personne est un gentleman, n'est-ce pas milady?
— Oui.
— Un gentleman qui est venu à l'auberge du Château il y a deux mois, à l'époque où je vous avertis de…
— Oui, oui, répondit milady avec impatience.
— Je m'en doutais. Ce même gentleman est arrivé ce soir dans notre auberge.

Lady Audley bondit de son fauteuil, comme si son désespoir l'eût poussée à quelque chose d'inattendu, mais elle retomba aussitôt avec un soupir las et geignard. Comment pouvait-elle, faible créature, lutter contre la destinée? Quelles ressources lui restait-il, sinon courir en zigzaguant comme le lièvre traqué jusqu'à ce qu'elle trouve son chemin pour revenir au point de départ de cette cruelle poursuite, et là être foulée aux pieds par ses poursuivants?

— Dans votre auberge! s'écria-t-elle. J'aurais dû m'en douter. Il n'y est allé que pour arracher mon secret à votre mari. Imbécile! ajouta-t-elle, se retournant tout à coup vers Phoebe Marks dans un accès de colère. Vous voulez donc ma perte, puisque vous avez laissé ces deux hommes ensemble.

Mrs Marks joignit les mains piteusement.

— Je ne suis pas venue de ma propre volonté, milady… Personne ne pouvait être moins désireux que moi de quitter la maison ce soir. J'ai été envoyée ici.
— Par qui?
— Par Luke, milady. Vous ne pouvez pas imaginer combien il peut se montrer dur quand je lui résiste.

— Pourquoi vous a-t-il envoyée?

La femme de l'aubergiste baissa les yeux sous les regards coléreux de lady Audley et hésita avant de répondre.

— Je ne voulais pas venir, milady, dit-elle en balbutiant. J'ai fait observer à Luke que c'était mal de vous ennuyer en vous demandant une faveur, puis une autre sans vous laisser en paix plus d'un mois; mais il s'est rué sur moi en se déchaînant et m'a ordonné de venir.

— Bien, bien, je sais cela, s'écria milady impatiemment. Pourquoi êtes-vous venue?

— Eh bien, vous savez, milady, répondit Phoebe un peu réticente, Luke est très dépensier et malgré tout ce que je peux lui dire, je n'arrive pas à le rendre plus prudent ou posé. Il n'est pas sobre, et lorsqu'il boit en quantité avec des paysans rustres, peut-être plus qu'eux, il n'a pas les idées claires pour faire ses comptes. Sans moi, nous serions ruinés depuis longtemps, mais malgré tous mes efforts, je n'ai pas pu maintenir la ruine à distance. Vous souvenez-vous, milady, de m'avoir donné de l'argent pour acquitter la note du brasseur?

— Oui, très bien, répondit lady Audley avec un rire amer, car j'avais besoin de cet argent pour payer mes fournisseurs.

— Je le sais, milady, et c'était très mal de venir vous le demander après tout ce que vous aviez fait déjà. Mais ce n'est pas le pire: Luke m'envoie implorer de nouveau vos secours. Il ne m'a jamais dit que le loyer de Noël n'a pas encore payé. Mais c'est le cas, milady, et l'huissier est venu chez nous ce soir, et tout doit être vendu demain, à moins que…

— À moins que je ne paye votre loyer, n'est-ce pas? J'aurais dû m'en douter.

— Vraiment, milady, je ne voulais pas vous demander, s'écria Phoebe Marks en sanglotant, mais il m'a obligée à venir.

— Oui, oui, il vous a forcée à venir, et il vous y forcera chaque fois qu'il voudra et qu'il aura besoin d'argent pour satisfaire ses vices grossiers, et je vous verserai une pension tant que je vivrai ou qu'il me restera de l'argent, car j'imagine que lorsque ma bourse sera vide, ou mon crédit épuisé, vous et votre mari vous en prendrez à moi et me vendrez au plus offrant. Savez-vous, Phoebe Marks, que j'ai à moitié vidé mon coffre à bijoux pour répondre à vos prétentions? Savez-vous que l'argent de mes menus plaisirs, qui me paraissait d'un montant princier à l'époque de mon mariage et quand je n'étais qu'une pauvre gouvernante chez Mr Dawson – le ciel me garde! –, cet argent est dépensé six mois à l'avance pour satisfaire vos exigences? Que puis-je faire pour vous calmer? Faut-il que je vende mon meuble Marie-Antoinette, mes porcelaines Pompadour, mes pendules en bronze doré de Leroy[1] et Benson, ou bien mes fauteuils en tapisserie des Gobelins? Comment vous contenterai-je ensuite?

— Oh! milady, ne soyez pas cruelle avec moi, vous savez bien que ce n'est pas moi qui veut abuser de vous.

— Je ne sais rien, excepté que je suis la plus malheureuse des femmes. Laissez-moi réfléchir, s'écria-t-elle en imposant silence d'un geste impérieux aux murmures réconfortants de Phoebe. Tenez votre langue et laissez-moi réfléchir à cette affaire si je puis.

Elle porta les mains à son front et l'étreignit de ses doigts effilés, comme si elle avait voulu contrôler son cerveau par cette pression convulsive.

— Robert Audley est avec votre mari, dit-elle lentement, se parlant à elle-même plutôt qu'à la soubrette. Ces deux hommes sont ensemble, l'huissier est chez vous, et votre brutal de mari est probablement ivre à cette heure, entêté et féroce dans son ivresse. Si je refuse de lui donner

---

1. Le Roy, dynastie d'horlogers français, célèbres aux XVIIe et XIXe siècles.

de l'argent, sa férocité sera démultipliée. Il est inutile de discuter cette question. Il faut que je donne de l'argent.

— Mais si vous payez, milady, dit Phoebe d'un ton sérieux, j'espère que vous ferez comprendre à Luke que c'est la dernière fois, tant qu'il demeure dans cette maison.

— Pourquoi? demanda lady Audley, laissant retomber ses mains sur ses genoux et regardant attentivement Mrs Marks.

— Parce que je veux qu'il quitte l'auberge du Château.

— Et pour quel motif?

— Oh! pour une foule de raisons. Il n'est pas fait pour tenir une auberge. Je l'ignorais à l'époque de notre mariage, sinon je m'y serais opposée et je l'aurais persuadé de devenir fermier. Il n'aurait peut-être pas renoncé à son envie car il est très têtu, vous le savez, milady. Il n'est pas fait pour ce métier. Dès qu'il fait nuit il est ivre, et quand il est ivre il devient furieux et ne sait plus ce qu'il fait. Nous l'avons échappé belle deux ou trois fois déjà.

— Échappé belle! Qu'est-ce que cela signifie?

— Oui, nous avons failli être brûlés vifs dans notre lit à cause de son imprudence.

— Brûlés vifs! Mais comment cela? demanda milady avec indifférence.

Elle était trop égoïste et trop absorbée par ses propres ennuis pour s'intéresser beaucoup au danger qu'avait pu courir son ancienne soubrette.

— Vous savez, milady, que c'est une étrange maison que cette auberge, toute construite en bois délabré et en poutres vermoulues. La compagnie d'assurances de Chelmsford ne veut pas l'assurer, car elle prétend que si elle prenait feu par une nuit de vent, elle flamberait comme du petit bois et que rien ne pourrait la sauver. Luke sait tout cela, et le propriétaire l'a averti plusieurs fois, car il loge à côté de nous et surveille attentivement tous les mouvements de mon mari. Mais quand Luke est éméché, il ne sait plus ce qu'il fait. Il y a une semaine environ, il a laissé une chandelle dans un hangar, et la flamme a gagné l'une des poutres du toit. Si je ne m'en étais pas aperçue, en faisant ma ronde de chaque soir avant de me coucher, nous étions perdus. C'est la troisième fois depuis six mois que nous sommes là que pareille chose arrive, et vous ne pouvez pas imaginer combien j'ai peur, milady.

Milady ne s'était rien imaginé. Elle n'avait pas songé à tout cela et avait à peine écouté tous ces détails. À quoi bon se soucier des dangers et des ennuis de cette aubergiste de basse extraction? N'avait-elle pas ses propres terreurs et ses poignantes inquiétudes, qui accaparaient toutes les pensées de son cerveau?

Elle ne fit aucune remarque sur ce que la pauvre Phoebe venait de lui dire. C'est à peine si elle avait compris, jusqu'à ce que la fille eut fini de parler. Les mots prirent alors tout leur sens.

— Brûlés vifs! répéta-t-elle enfin. Quelle bonne chose pour moi si cette chère créature, votre mari, avait trouvé la mort dans son lit dans une de ces occasions.

Une image nette avait surgi pendant qu'elle parlait. L'image de cette fragile maison de bois, l'auberge du Château, devenue un immense chaos à ciel ouvert de plâtras et de bois, vomissant des flammes par sa gueule noire et crachant des étincelles embrasées vers le ciel.

Elle soupira avec lassitude comme pour chasser cette idée de son cerveau en ébullition. Elle ne serait guère plus avancée si cet ennemi se taisait pour toujours. Elle avait un autre adversaire bien plus dangereux, qu'il lui était impossible de corrompre ou de soudoyer, même si elle avait été aussi riche qu'une impératrice.

— Je vous donnerai l'argent pour renvoyer cet huissier, dit milady après un moment de silence. Le dernier souverain que renferme ma bourse doit forcément être à vous, car je ne peux vous le refuser.

Lady Audley se leva et prit la lampe allumée sur la table.

— L'argent est dans mon cabinet de toilette, dit-elle; je vais le chercher.

— Oh! milady, s'écria tout à coup Phoebe, j'ai oublié quelque chose; je suis tellement préoccupée de notre affaire que je n'y ai plus songé.

— À quoi?

— À une lettre qu'on m'a chargée de vous remettre au moment où je partais de chez nous.

— Quelle lettre?

— Une lettre de Mr Audley. Il a entendu mon mari parler de ma visite chez vous et m'a priée d'apporter cette lettre.

Lady Audley remit la lampe sur la table et tendit la main pour recevoir le papier. Phoebe Marks ne put s'empêcher de remarquer que cette petite main couverte de bagues tremblait comme une feuille.

— Donnez-la-moi... donnez-la-moi! cria milady, que je voie ce qu'il a encore à me dire.

Dans son impatience, elle arracha presque la lettre des mains de Phoebe. Elle déchira l'enveloppe et la jeta loin d'elle; elle pouvait à peine déplier la feuille de papier tant elle était agitée.

La lettre était très courte et ne renfermait que ces mots:

*Si Mrs George Talboys n'est réellement pas morte, comme l'ont dit les journaux et comme l'indique la pierre tombale du cimetière de Ventnor, et si elle vit sous le nom de la dame soupçonnée et accusée par celui qui écrit ceci, il ne sera pas difficile de trouver quelqu'un qui pourra et voudra l'identifier. Mrs Barkamb, la propriétaire de North Cottages, à Wildernsea, consentira sans doute à jeter quelque lumière sur ce sujet, soit pour dissiper une illusion, soit pour confirmer mes soupçons.*

*Robert Audley*

*3 mars 1859*
*Auberge du Château, Mount Stanning.*

## 33

## Une lueur rouge dans le ciel

Milady écrasa la lettre dans sa main avec violence et la jeta au feu. « S'il était là devant moi en ce moment et que je puisse le tuer, murmura-t-elle intérieurement, je le ferais… oui, je le ferais ! »

Elle saisit la lampe et se précipita dans le cabinet de toilette. Elle tira la porte derrière elle. Elle ne pouvait accepter la présence d'un témoin de son horrible désespoir ; tout lui était insupportable, ce qui l'entourait comme elle-même.

La porte entre le cabinet de toilette de milady et la chambre à coucher dans laquelle reposait sir Michael avait été laissée ouverte. Le baronnet dormait tranquillement, et sa noble tête se voyait à la lueur affaiblie de la lampe. Sa respiration était lente et régulière, et sur ses lèvres se jouait un léger sourire, un sourire de bonheur tendre qui lui était familier quand il regardait sa jolie épouse, le sourire du père indulgent qui admire son enfant chéri.

Une lueur de compassion féminine adoucit le regard de lady Audley quand ses yeux se posèrent sur ce visage endormi. Pendant un instant, l'horrible préoccupation de sa souffrance fit place à un tendre sentiment de compassion pour quelqu'un d'autre. Cette tendresse était sans doute pour moitié de l'égoïsme, où la pitié qu'elle éprouvait pour elle était aussi forte que celle qu'elle ressentait pour son mari ; mais pour une fois, ses pensées avaient quitté le cercle étroit de ses terreurs et de ses ennuis pour s'appesantir avec une douleur prémonitoire sur le chagrin qui allait en frapper un autre.

« Si on parvenait à le persuader, comme il serait malheureux! », se dit-elle. À cette pensée vint s'en mêler une autre, celle de sa jolie figure, de ses manières ravissantes, de son sourire espiègle, et de son rire léger et musical, qui ressemblait au tintement argentin des cloches dans une vaste prairie ou au murmure d'une rivière par une soirée d'été embrumée. Elle songeait à tout cela, et le fugace tressaillement de triomphe qu'elle éprouva domina sa terreur.

Si sir Michael vivait centenaire, quoi qu'il puisse apprendre sur son compte, quelque mépris qu'elle puisse lui inspirer, serait-il pour autant capable de la dissocier de ces attributs? Non, mille fois non. Jusqu'à la dernière heure de sa vie, sa mémoire la lui présenterait sous ses traits aimables et enchanteurs qui avaient conquis son admiration enthousiaste et son affection dévouée. Ses pires ennemis ne pourraient lui enlever cet avantage de la beauté qui avait eu sur son esprit frivole une influence si désastreuse.

Elle arpentait son cabinet de toilette à la lueur argentée de la lampe, réfléchissant sur la lettre étrange qu'elle avait reçue de Robert Audley. Il lui fallut quelque temps avant de raffermir ses idées, avant de pouvoir rassembler toutes les forces de son intelligence limitée sur l'important sujet de la menace renfermée dans la lettre de l'avocat.

— Il le fera, dit-elle les dents serrées, il le fera, à moins que je ne le fasse entrer auparavant dans une maison de fous, ou à moins que…

Elle n'acheva pas sa pensée en paroles, elle ne l'acheva pas même en esprit, mais les pulsations de son cœur épelèrent une à une toutes les syllabes de la phrase en frappant contre sa poitrine.

Cette pensée était celle-ci: « Il le fera, à moins que quelque malheur extraordinaire ne lui arrive et ne le rende muet pour toujours. » Le sang afflua vers la figure de milady et la colora d'un fugace reflet rougeâtre qui brilla comme une flamme, puis s'éteint soudainement, la laissant plus blanche que la neige. Ses mains, qu'elle avait serrées convulsivement, se séparèrent et retombèrent inertes. Elle cessa de faire les cent pas, s'arrêtant comme la femme de Loth après ce fatal regard jeté en arrière sur la cité détruite, en sentant son pouls s'affaiblir, son sang se glacer dans ses veines, et tout son corps se transformer lentement en une statue inanimée.

Lady Audley resta environ cinq minutes dans cette attitude étrange, la tête droite et les yeux fixés droit devant elle, bien au-delà des limites étroites des murs de cette pièce, sur le danger et l'horreur qu'elle entrevoyait au loin.

Elle abandonna bientôt cette pose rigide, presque aussi abruptement qu'elle l'avait prise. Elle sortit de cette demi-léthargie, marcha rapidement vers sa table de toilette, s'assit, écartant les flacons à bouchons dorés et les délicates boîtes de senteurs en porcelaine qui l'encombraient, et se regarda dans un grand miroir ovale. Elle était très pâle, mais sa figure enfantine ne portait pas d'autres traces visibles d'agitation. Les lignes de sa bouche, au dessin exquis, étaient si belles, que seul un observateur attentif pouvait remarquer qu'elles étaient un peu plus tendues que d'habitude. Elle s'en aperçut elle-même et essaya de chasser cette rigidité à l'aide d'un sourire ; mais ses lèvres roses refusèrent de lui obéir. Elles étaient fermement serrées et n'étaient plus esclaves de sa volonté et de son bon plaisir. Toute sa force de caractère latente se concentrait dans ce trait de son visage. Elle pouvait commander à ses yeux, mais elle ne pouvait pas contrôler les muscles de sa bouche. Elle se leva de sa table de toilette, prit un manteau en velours sombre et un chapeau dans un coin de sa garde-robe, puis s'habilla pour sortir. La petite pendule en bronze doré qui ornait sa cheminée sonna onze heures un quart pendant qu'elle était encore occupée. Cinq minutes après, elle rentra dans le boudoir où elle avait laissé Phoebe Marks.

La femme de l'aubergiste était assise devant le feu presque dans la même position que son ancienne maîtresse plus tôt dans la soirée. Phoebe avait alimenté le feu et remis son châle et son chapeau. Il lui tardait de rentrer chez elle auprès de ce mari brutal qui ne savait que trop bien profiter de son absence pour commettre quelque imprudence. Elle leva la tête quand lady Audley entra, et poussa un cri de surprise en voyant sa maîtresse en tenue de marche.

— Vous n'avez pas l'intention de sortir à cette heure, milady ? s'écria-t-elle.

— Si, Phoebe ! répondit lady Audley, très calmement. Je vais à Mount Stanning avec vous pour voir cet huissier, le payer et le renvoyer moi-même.

— Mais, vous oubliez l'heure, milady. Vous ne pouvez pas sortir si tard.

Lady Audley ne répondit pas. Elle réfléchissait, la main posée sur le cordon de la sonnette.

— Les écuries sont toujours fermées et les employés couchés à dix heures quand nous habitons le château. Pour avoir une voiture, il faudrait faire beaucoup de bruit. Je crois pourtant que quelque domestique pourrait me la préparer sans qu'il y eût du vacarme.

— Mais pourquoi sortir ce soir, milady ? demanda Phoebe Marks. Demain, cela suffira. Dans huit jours même, si vous voulez. Notre propriétaire renverra l'huissier s'il a votre promesse de régler la dette.

Lady Audley ne prêta pas l'oreille à cette interruption. Elle retourna dans son cabinet de toilette, enleva à la hâte son manteau et son chapeau et reparut dans le boudoir avec son costume du dîner, les cheveux négligemment repoussés.

— Maintenant, Phoebe, écoutez-moi, dit-elle en saisissant la soubrette par le poignet et lui parlant à voix basse et sérieuse, mais d'un ton qui n'admettait pas de réplique et exigeait l'obéissance. Écoutez-moi, Phoebe, je vais ce soir à l'auberge. Qu'il soit tard ou de bonne heure, peu m'importe. Je suis décidée à y aller, et j'irai. Vous m'avez demandé pourquoi, et je vous l'ai dit. J'y vais pour payer cette dette moi-même et m'assurer que l'argent que je donne est employé comme il doit l'être. Il n'y a rien là de bien extraordinaire. Je fais ce que font bon nombre d'autres femmes dans ma position. Je vais rendre service à ma soubrette favorite.

— Mais il est près de minuit, milady.

Lady Andley fronça le sourcil impatiemment à cette interruption.

— Si ma visite chez vous pour payer cet homme venait à être connue, continua-t-elle, tenant toujours le poignet de Phoebe, je saurais me justifier; mais je préférerais qu'elle reste ignorée. Je crois pouvoir quitter cette maison sans être vue de personne, si vous faites ce que je vous dis.

— Je ferai ce que vous voulez, milady, répondit Phoebe docilement.

— Eh bien! vous allez me souhaiter une bonne nuit tout à l'heure, quand ma femme de chambre va venir, et vous vous laisserez reconduire par elle hors de la maison. Vous traverserez la cour et vous m'attendrez dans l'avenue de l'autre côté de l'arche. Je ne pourrai peut-être pas vous rejoindre avant une demi-heure, car je ne pourrai sortir que lorsque tout le monde sera couché, mais vous prendrez patience. Je vous rejoindrai, quoi qu'il arrive.

La figure de lady Audley n'était plus pâle. Un éclat surnaturel brillait dans ses grands yeux bleus. Elle parlait avec une rapidité anormale. Elle avait l'air et les manières de quelqu'un qui subit l'influence d'une émotion violente. Phoebe Marks la regardait, muette d'étonnement. Elle commençait à craindre que son ancienne maîtresse devienne folle.

La sonnette que fit retentir lady Audley amena la femme de chambre de milady, qui portait des rubans couleur de rose, une robe en soie noire et d'autres parures tout à fait inconnues des gens humbles, qui s'asseyaient au bas bout de la table, dans ce bon vieux temps où les serviteurs portaient des habits en tiretaine.

— Je ne savais pas qu'il était si tard, miss Martin, dit milady avec cette douceur qui lui gagnait toujours les bons offices de ceux qui lui étaient inférieurs. J'ai oublié les heures en causant avec Mrs Marks. Je n'aurai plus besoin de vous ce soir. Ainsi, vous pouvez aller vous coucher.

— Merci, milady, répondit la femme de chambre, qui paraissait avoir grande envie de dormir et ne retenait qu'avec peine un bâillement en présence de sa maîtresse, car le service dans cette maison se terminait habituellement très tôt. Ne ferais-je pas bien de reconduire Mrs Marks avant de me mettre au lit?

— Sans doute ; reconduisez-la. Les autres domestiques sont-ils déjà couchés?

— Oui, milady.

Lady Audley se prit à rire en regardant la pendule.

— Nous avons été très dissolues, Phoebe. Bonne nuit, et dites à votre mari que le loyer sera payé.

— Merci beaucoup, milady, et bonne nuit, murmura Phoebe en sortant de la pièce, suivie de la femme de chambre.

Lady Audley écouta à la porte jusqu'à ce que le bruit assourdi de leurs pas eût cessé dans la chambre octogonale et sur le tapis de l'escalier.

— Martine couche en haut de la maison, dit-elle. C'est très loin d'ici. Dans dix minutes, je pourrai m'échapper sans crainte.

Elle revint dans son cabinet de toilette, et remit pour la seconde fois son chapeau et son manteau. La rougeur n'avait pas disparu de ses joues et ses yeux brillaient toujours d'un éclat surnaturel. L'excitation qui la dominait agissait comme sous un sort si puissant qu'elle ne ressentait aucune lassitude, ni de corps ni d'esprit. Aussi prolixe que puisse être ma description de ses sentiments, je ne pourrai jamais décrire qu'à peine un dixième de ses pensées et de ses souffrances. Les angoisses qu'elle endurait, cette affreuse nuit, rempliraient des volumes de milliers de pages imprimés en caractères très fins. Elle subissait des torrents d'angoisse, de doute et de perplexité. Tantôt elle répétait encore et encore les mêmes chapitres de ses tourments, tantôt elle feuilletait très vite des centaines de pages de ses malheurs sans une pause, sans respirer. Elle était debout près du pare-feu dans son boudoir, les yeux sur les aiguilles de la pendule, attendant le moment de quitter la maison en sécurité.

— J'attendrai dix minutes, dit-elle, pas un moment de plus avant de m'engager dans ce nouveau péril.

Elle écouta le mugissement du vent qui semblait avoir redoublé dans le calme et les ténèbres de la nuit.

Les aiguilles parcoururent leur chemin jusqu'au chiffre lui indiquant que dix minutes s'étaient écoulées. À minuit moins le quart, milady prit une lampe et sortit sans bruit de sa chambre. Son pas était aussi léger que celui d'un gracieux animal sauvage, et elle n'avait pas à craindre d'éveiller le moindre écho dans cette maison livrée au sommeil, en marchant sur les tapis des corridors et de l'escalier. Elle ne s'arrêta que lorsqu'elle fut arrivée au vestibule du rez-de-chaussée. On sortait par plusieurs portes de ce vestibule octogonal comme l'appartement de milady. L'une de ces portes menait à la bibliothèque, et ce fut celle-ci que lady Audley ouvrit avec précaution.

C'eût été folie que de tenter une sortie secrète par l'une des portes principales, car la gouvernante elle-même surveillait leur fermeture sur le devant et sur l'arrière. Le secret des verrous, des barres, des chaînes et des sonnettes qui protégeaient ces portes pour mettre à l'abri la pièce où était rangée la vaisselle de sir Michael, dont la porte était blindée, ce secret n'était connu que des domestiques qui les manœuvraient. Mais, malgré toutes ces précautions à l'endroit des entrées principales de la citadelle, la porte vitrée qui donnait accès de la salle à manger sur la pelouse n'était défendue que par un volet en bois et une barre de fer qu'un enfant pouvait soulever sans peine.

C'était par là que lady Audley voulait s'échapper de la maison. Elle pouvait facilement soulever le volet et la barre de fer, et elle pouvait prendre le risque de laisser la fenêtre ouverte pendant son absence. Il n'était guère à craindre que sir Michael ne s'éveille de sitôt. Il avait le sommeil lourd en début de nuit, et dormait encore plus profondément depuis sa maladie.

Lady Audley traversa la bibliothèque et ouvrit la porte vitrée de la salle à manger. Cette pièce avait été construite tout récemment. Elle était simple et gaie, avec ses murs tapissés d'un papier aux couleurs vives et ses meubles en érable. Alicia l'habitait plus souvent que quiconque. Les mille riens qui révélaient les occupations favorites de la jeune fille étaient éparpillés dans la salle : matériel à dessin, morceaux de travaux en cours, écheveaux de soie emmêlés, et une foule d'autres objets attestant la présence d'une insouciante demoiselle. Le portrait de miss Audley – jolie esquisse au crayon qui la représentait avec son charmant visage de garçon manqué, en tenue d'amazone – était accroché au-dessus de la cheminée ornée de porcelaines Wedgewood désuètes. Milady regarda ces objets familiers, ses yeux bleus remplis d'une haine méprisante.

« Elle serait tellement contente si la honte s'abattait sur moi, dit-elle. Comme elle se réjouirait, si j'étais chassée d'ici. »

Lady Audley posa la lampe sur une table, près de la cheminée, et se dirigea vers la porte. Elle enleva la barre métallique et le volet de bois puis ouvrit la porte vitrée. La nuit était froide et noire, une bouffée de vent s'engouffra par l'ouverture, remplissant la pièce d'un air glacé qui éteignit la lampe.

— Peu m'importe, murmura milady, je ne l'aurais pas laissée allumée. Je trouverai mon chemin dans la maison quand je reviendrai, toutes les portes sont ouvertes.

Elle marcha rapidement sur le sentier de graviers et referma la porte vitrée. Elle craignait que le vent ne la trahisse en soufflant par la porte de la bibliothèque. Elle était maintenant dans le parterre, exposée au vent froid qui l'enveloppait et faisait tournoyer autour d'elle sa robe de soie, dans un froissement strident, comme le sifflement d'une forte brise sur la voile d'un yacht. Elle traversa le parterre et se retourna, regardant pendant un moment la clarté du feu qui brillait à travers les rideaux roses de son boudoir, et la faible lueur de la lampe à travers les fenêtres à meneaux de la chambre où dormait sir Michael.

« Je me sens comme quelqu'un qui s'évade au cœur de la nuit pour ne plus jamais reparaître et être oublié, se disait-elle. Peut-être ferais-je mieux de fuir, de profiter de l'avertissement de cet homme et de lui échapper pour toujours. Si je disparaissais comme George Talboys? Mais où aller? Que devenir? Je n'ai pas d'argent, mes bijoux valent tout au plus une centaine de livres, à présent que j'ai vendu les plus beaux. Que pourrais-je faire? Il me faut recommencer la vie d'autrefois, cette vie cruelle de misère, de souffrance et d'humiliation. Je dois m'exposer de nouveau aux fatigues de la lutte, et mourir, comme mourut ma mère, peut-être! »

Milady demeura quelque temps immobile entre le parterre et l'arche, à débattre cette question. Sa tête était baissée, ses mains jointes. Son attitude révélait l'état de son esprit; elle exprimait l'irrésolution, la perplexité. Tout à coup, un changement se fit en elle, et elle releva la tête d'un air de défi et de détermination.

— Non, monsieur Robert Audley, dit-elle tout haut d'une voix claire et basse, je ne retournerai pas en arrière. Si cette lutte entre nous est un duel à mort, ma main ne lâchera pas l'arme qu'elle tient.

Elle avança sous l'arche d'un pas ferme et rapide. En passant sous cette construction massive, il lui sembla qu'elle disparaissait dans quelque gouffre sombre, béant pour la recevoir. L'horloge stupide sonna minuit, et chaque coup pesant fit vibrer l'arche, alors que lady Audley arrivait de l'autre côté et rejoignait Phoebe Marks qui l'attendait tout près de la grille du château.

— Il y a trois *miles* d'ici à Mount Stanning, n'est-ce pas, Phoebe ? lui dit-elle.

— Oui, milady.

— Alors, nous pouvons les faire en une heure et demie.

Lady Audley ne s'était pas arrêtée en parlant ; elle marchait vite le long de l'avenue et Phoebe suivait à ses côtés. Quoique faible et délicate en apparence, elle était très bonne marcheuse. Elle avait pris l'habitude des longues promenades avec les enfants de Mr Dawson, et une distance de trois *miles* ne l'effrayait pas.

— Votre aimable mari vous aura sans doute attendue, Phoebe, dit-elle en traversant un champ qui servait de raccourci entre le château et la grande route.

— Oh ! oui, milady, il est sûrement encore debout. Il se sera mis à boire avec cet homme.

— Quel homme ?

— Le propriétaire, milady.

— Oh ! C'est probable, dit milady Audley avec indifférence.

Il était étrange que les problèmes domestiques de Phoebe soient si loin de sa pensée au moment même où elle tentait une démarche si extraordinaire pour aller arranger les affaires de l'auberge du Château.

Les deux femmes traversèrent le champ et gagnèrent la grande route. Le chemin qui menait à Mount Stanning était montueux et d'un aspect fort triste à cette heure avancée de la nuit. Mais milady marchait avec un courage désespéré, qui n'était pas inhérent à sa nature sensuelle et égoïste, mais lui venait de sa profonde détresse. Elle ne dit pas un mot à sa compagne jusqu'au moment où elles arrivèrent au sommet de la colline et aperçurent quelques lueurs annonçant le village. L'une de ces lueurs, rougeoyant à travers un rideau cramoisi, indiquait la maison où probablement Luke, piquant du nez sur son verre, attendait l'arrivée de sa femme.

— Il n'est pas couché, Phoebe, dit impatiemment milady, et comme je ne vois pas d'autre lumière, je suppose que Mr Robert Audley est au lit et endormi.

— Oui, milady, je suppose.

— Êtes-vous sûre qu'il devait rester cette nuit à votre auberge ?

— Certainement, avant de partir, j'ai aidé la servante à préparer sa chambre.

Le vent, violent partout ailleurs, était plus strident et impitoyable à l'approche du sommet de la colline où s'élevaient les murs branlants de l'auberge. Les rafales cruelles se déchaînaient sauvagement sur la fragile construction. Elles s'ébattaient dans le pigeonnier en ruines, sur la girouette brisée, les tuiles disjointes et les cheminées bancales. Elles secouaient les carreaux des fenêtres, sifflaient dans les fissures, ridiculisaient le faible bâtiment des fondations jusqu'au toit, le battant, le frappant et le tourmentant de leurs étreintes féroces jusqu'à ce qu'il tremble et soit secoué par la force de leurs jeux éprouvants.

Mr Luke Marks ne s'était pas donné la peine d'assujettir la porte de sa maison avant de se mettre à boire avec l'homme qui avait provisoirement la possession de ses biens. Le propriétaire de l'auberge du Château était une brute paresseuse et sensuelle qui ne songeait qu'à ses plaisirs et haïssait quiconque l'empêchait de s'y abandonner librement.

Phoebe ouvrit la porte et entra, suivie de milady. Le gaz était allumé au comptoir et enfumait le plafond bas. La porte de la salle derrière le comptoir était entrouverte, et lady Audley entendit le rire bestial de Marks en franchissant le seuil de l'auberge.

— Je vais lui dire que vous êtes ici, milady, murmura Phoebe à son ancienne maîtresse. Il doit être éméché, et je vous supplie de ne pas vous offenser s'il vous dit quelque grossièreté. Vous savez que je ne voulais pas que vous veniez.

— Oui… oui, dit lady Audley agacée, je sais cela. Que m'importe sa grossièreté! Qu'il dise ce qu'il voudra.

Phoebe Marks poussa la porte de la salle, laissant milady derrière elle. Luke était assis, les jambes étendues sur les chenets. Il tenait d'une main un verre de gin, et de l'autre le tisonnier dont il se servait pour remuer les charbons et livrer passage à la flamme.

Quand sa femme parut, il retira brusquement le tisonnier et fit un mouvement d'ivrogne un peu menaçant en la voyant.

— Vous vous êtes enfin décidée à revenir, madame, je vous croyais partie pour toujours.

Sa langue était épaisse et avinée et il parlait d'une façon peu intelligible. Il avait plongé dans l'alcool jusqu'au cou. Ses yeux étaient larmoyants, ses mains tremblantes, et sa voix était assourdie et étouffée par la boisson. Brutal à jeun, au mieux de sa forme, il l'était dix fois plus en état d'ébriété lorsque les quelques contraintes qui le retenaient étaient balayées pas l'imprudence et l'indolence de l'ivresse.

— Je… je suis restée plus longtemps que je ne pensais, répondit Phoebe de son ton le plus conciliant ; mais j'ai vu milady, et elle a été très bonne pour nous, et… elle réglera cette affaire.

— Très bonne, vraiment? marmonna Marks avec un rire d'ivrogne. Merci bien! J'la connais, sa bonté. Elle s'rait pas si bonne, j'crois bien, si elle était pas obligée.

L'homme qui avait les meubles en sa possession, qu'un tiers de la liqueur engloutie par Marks avait plongé dans un état d'ivresse à moitié inconsciente et un peu sentimentale, regarda vaguement étonné l'aubergiste et sa femme. Il était assis près de la table. Pour dire vrai, il y avait planté ses coudes pour ne pas glisser dessous, et il faisait de vains efforts pour allumer sa pipe à une chandelle de suif qui gouttait près de lui.

— Milady a promis de régler cette affaire, répéta Phoebe, sans s'occuper des remarques de Luke.

Elle connaissait assez la nature entêtée de son mari pour savoir qu'il était inutile de chercher à l'empêcher de parler ou d'agir quand il s'était mis en tête de le faire.

— Elle est venue ici pour cela ce soir même, Luke, ajouta-t-elle.

Le tisonnier s'échappa des mains de l'aubergiste et tomba avec fracas dans les cendres du foyer.

— Lady Audley est venue ici ce soir! s'écria-t-il.

— Oui, Luke.

Milady parut sur le seuil au même instant.

— Oui, Luke Marks, dit-elle, je suis venue payer cet homme et le renvoyer.

Lady Audley prononça ces mots d'une façon étrange, presque mécanique, comme si elle les avait appris par cœur et les répétait sans savoir ce qu'elle disait.

Marks grommela indistinctement et posa son verre vide sur la table avec un geste d'impatience :

— Vous auriez pu donner l'argent à Phoebe ; elle l'aurait apporté aussi bien que vous. Nous ne voulons pas de belles dames par ici, pour fureter et fourrer leur précieux nez partout.

— Luke, Luke…, protesta Phoebe, alors que milady a été si bonne…

— Au diable sa bonté! C'est son argent qu'il nous faut, ma fille, pas sa gentillesse. Et j'irai pas la r'mercier en pleurnichant. Ce qu'elle fait pour nous, c'est parce qu'elle y est forcée, sinon elle s'en garderait bien.

Dieu sait combien de temps Luke Marks aurait continué si milady ne s'était tout à coup retournée vers lui, et ne l'avait rendu muet par l'éclat surnaturel de sa beauté.

Ses cheveux légers comme des plumes, qui avaient été balayés de son visage, se répandaient comme une masse enchevêtrée qui entourait son front d'une flamme dorée. Il y avait une autre flamme dans ses yeux, une lueur verdâtre comme celle qui pourrait illuminer les yeux pers d'une sirène en courroux.

— Taisez-vous, dit-elle, je ne suis pas venue ici pour écouter vos insolences. Combien devez-vous?

— Neuf livres.

Lady Audley tira sa bourse, un bijou en ivoire, argent et turquoise, et en sortit un billet de banque et quatre souverains qu'elle déposa sur la table.

— Je veux un reçu de cet homme avant de partir, dit-elle.

Il fallut un moment avant qu'il n'ait atteint le niveau de conscience suffisant pour pouvoir remplir cette tâche très simple, et ce ne fut qu'en lui mettant entre les doigts une plume pleine d'encre qu'il finit par comprendre que sa signature était nécessaire au bas du reçu écrit par Phoebe Marks. Dès que l'encre fut sèche, lady Audley prit le papier et quitta la salle; Phoebe la suivit.

— Vous ne vous en retournerez pas seule, milady, dit-elle. Laissez-moi vous accompagner.

— Oui, oui, vous m'accompagnerez.

Les deux femmes se trouvaient près de la porte de l'auberge pendant que milady parlait. Phoebe regardait sa bienfaitrice avec étonnement. Elle s'était attendue à ce que lady Audley soit pressée de repartir après avoir réglé l'affaire dont elle avait voulu si capricieusement s'occuper, mais il n'en fut pas ainsi. Milady était appuyée contre le montant de la porte et regardait dans le vide. Mrs Marks eut peur de nouveau que des soucis récents eussent rendu folle sa maîtresse.

Une petite horloge hollandaise placée derrière le comptoir sonna deux heures, pendant que lady Audley demeurait ainsi, indécise et complètement irrésolue. Elle tressaillit à ce bruit et commença à trembler violemment.

— Je crois que je vais m'évanouir, Phoebe, dit-elle. Où pourrais-je trouver de l'eau froide ?

— La pompe est dans le lavoir ; je cours vous chercher un verre d'eau fraîche, milady.

— Non, non, dit milady, retenant Phoebe par le bras, au moment où elle allait sortir, j'irai moi-même. Il faut que je me plonge la tête dans une cuvette d'eau pour ne pas m'évanouir. Dans quelle chambre couche Mr Audley ?

Il y avait si peu d'à-propos dans cette question, que Phoebe resta médusée devant sa maîtresse avant de répondre.

— J'ai préparé le n° 3, milady, la chambre à côté de la nôtre, sur le devant, répliqua-t-elle après un silence d'étonnement.

— Donnez-moi de la lumière, dit milady, je vais monter chez vous et mettre de l'eau dans une cuvette pour me baigner la tête. Restez ici, ajouta-t-elle d'un ton autoritaire, voyant que Phoebe Marks allait lui montrer le chemin. Restez là et veillez à ce que votre brute de mari ne me suive pas !

Elle saisit la bougie allumée par Phoebe des mains de la jeune femme, et monta l'escalier en bois vermoulu qui menait à l'étroit corridor à l'étage. Cinq chambres à coucher donnaient sur le couloir au plafond bas qui sentait le renfermé. Chacune d'elles portait un numéro peint en lettres noires sur la porte. Lady Audley était venue à Mount Stanning examiner la maison lorsqu'elle avait acheté le fonds à Luke Marks et elle savait se diriger dans cette vieille demeure délabrée. Elle savait où était la chambre de Phoebe, mais elle s'arrêta devant la chambre qui avait été préparée pour Mr Robert Audley.

Elle s'arrêta et regarda le numéro sur la porte. La clé était dans la serrure et sa main s'appuya dessus comme par mégarde. Puis elle se mit à nouveau à trembler, comme quelques minutes avant lorsque l'horloge avait sonné. Elle resta ainsi tremblante quelques instants, la main toujours sur la clé. Ensuite sa figure revêtit une horrible expression et elle tourna deux fois la clé dans la serrure, fermant ainsi la porte à double tour.

Aucun bruit ne venait de l'intérieur. Celui qui occupait la chambre ne donna aucun signe attestant que le grincement menaçant de la clé dans la serrure rouillée était parvenu à ses oreilles.

Lady Audley entra précipitamment dans la chambre à côté. Elle posa la bougie sur la table de toilette, ôta son chapeau, et le mit sur son bras. Elle alla au meuble de toilette et remplit d'eau la cuvette. Elle y plongea dans cette eau sa chevelure dorée et revint se placer pendant quelques instants au milieu de la chambre, regardant autour d'elle, le visage sérieux et pâle, fixant impatiemment chaque objet du maigre ameublement qui l'entourait. La chambre à coucher de Phoebe était certes très pauvrement meublée. Elle avait été forcée de mettre les plus beaux objets dans les chambres réservées aux voyageurs que le hasard pouvait amener à l'auberge du Château. Mais Mrs Marks avait fait de son mieux pour compenser le manque de meubles par une abondance de draperies. Des rideaux de chintz bon marché étaient accrochés au cadre du lit, des draperies festonnées de la même étoffe recouvraient l'étroite fenêtre, masquant la lumière du jour et offrant un plaisant abri à des légions de mouches et d'araignées prédatrices. Même le miroir, ce malheureux morceau de verre qui faisait grimacer toute figure assez hardie pour s'y mirer, était posé sur un autel de mousseline empesée et de calicot rose brillant, orné de fanfreluches de dentelles au crochet.

Milady sourit à l'aspect de tous les festons et de tous les falbalas qui partout frappaient l'œil. Elle avait raison, sans doute, de sourire en se rappelant l'élégance coûteuse de ses appartements. Mais il y avait dans ce sourire une expression sardonique qui annonçait autre chose qu'un mépris naturel pour les tentatives de décoration de la pauvre Phoebe. Elle s'approcha de la table de toilette, essuya ses cheveux mouillés devant la glace, puis elle remit son chapeau. Elle dut poser la chandelle très près de l'amas de dentelle sous le miroir, si près que la mousseline amidonnée semblait aspirer la flamme comme si le fragile tissu avait eu sur elle un pouvoir d'attraction.

Phoebe attendait avec impatience à la porte de l'auberge que milady revienne. Elle regardait s'écouler les minutes sur la petite horloge hollandaise, s'étonnant de leur lenteur. Il n'était que deux heures dix lorsque lady Audley reparut. Elle avait remis son chapeau sur ses cheveux encore humides, mais elle ne rapportait pas la bougie.

Phoebe s'inquiéta aussitôt de cette bougie absente.

— Vous avez laissé la lumière là-haut, milady, dit-elle.

— Le vent l'a éteinte au moment où j'allais sortir de chez vous et je l'ai laissée dans votre chambre, répondit tranquillement milady.

— Dans ma chambre !

— Oui.

— Était-elle bien éteinte ?

— Oui, je vous l'ai dit. Pourquoi m'ennuyez-vous avec cette bougie ? Il est deux heures passées, venez.

Elle prit le bras de Phoebe et l'entraîna, moitié de gré, moitié de force, hors de la maison. La pression convulsive de sa main frêle la maintenait aussi fermement qu'un étau de fer. Le violent vent de mars claqua la porte de l'auberge et les deux femmes se trouvèrent dehors. La longue route noire s'étendait morne et désolée devant elles, à peine visible entre les rangées d'arbres dépouillés.

Une promenade de trois *miles* sur une route déserte, entre deux et quatre heures du matin, par un froid matin d'hiver, est loin d'être un divertissement pour une femme délicate, pour une femme qui aime le luxe et le confort. Mais milady n'en courait pas moins sur la route dure et sèche, entraînant sa compagne comme si elle était poussée par une force démoniaque terrible que rien n'abattait. Par cette nuit noire qui les enveloppait – avec ce vent sauvage hurlant autour d'elles, balayant une vaste étendue de terrain caché, soufflant comme s'il s'était levé simultanément des quatre points cardinaux et se déchaînant avec toute sa violence sur elles –, les deux femmes descendirent la colline sur laquelle s'élevait Mount Stanning, le long d'un *mile* et demi de terrain plat. Elles gravirent une autre colline au flanc de laquelle le château d'Audley s'étalait, dans cette vallée abritée qui semblait le confiner loin du tumulte et des clameurs du monde.

Milady s'arrêta au sommet pour reprendre haleine et étreindre son cœur à deux mains dans l'espoir vain d'en étouffer les battements douloureux. Elles n'étaient plus maintenant qu'à trois quarts de *mile* du château. Il y avait environ une heure qu'elles avaient quitté l'auberge.

Lady Audley, pendant cette halte, tourna la tête vers le but de sa course. Phoebe Marks s'arrêta aussi, très heureuse de ce moment d'arrêt dans leur course précipitée, et jeta ses regards en arrière sur cette triste auberge où elle était si malheureuse. Elle poussa alors un cri d'horreur et s'accrocha frénétiquement au manteau de sa compagne.

Les ténèbres n'étaient plus aussi sombres. Une tache de lumière vive brillait dans l'obscurité épaisse.

— Milady, milady! s'écria Phoebe, lui montrant cette lueur. Vous avez vu?

— Oui, je vois, répondit lady Audley en essayant de dégager son manteau des mains qui le serraient. Que se passe-t-il?

— C'est le feu, milady, le feu!

— Il me semble, en effet. C'est à Brentwood sans doute. Lâchez-moi, Phoebe, cela ne nous concerne pas.

— Oh! milady, c'est plus près que Brentwood, bien plus près; c'est à Mount Stanning.

Lady Audley ne répondit pas. Elle tremblait de nouveau, de froid peut-être, car le vent avait arraché son manteau de ses épaules et tout son corps frêle était exposé aux bourrasques.

— C'est à Mount Stanning, milady! s'écria Phoebe Marks. C'est l'auberge qui brûle! Je le sais, je le sais! J'ai songé au feu toute la soirée, et j'étais nerveuse et mal à l'aise, car je savais qu'un jour ou l'autre cela arriverait. L'auberge ne m'inquiète guère, mais il y va de la vie de plusieurs personnes... Il y va de la vie de plusieurs personnes, sanglota la jeune femme avec égarement. Luke est ivre et ne pourra se sauver tout seul, et Mr Audley est endormi...

Phoebe Marks s'arrêta tout à coup en prononçant le nom de Robert. Elle se jeta à genoux et levant les mains vers lady Audley:

— Mon. Dieu! s'écria-t-elle, dites-moi que ce n'est pas vrai, dites-le-moi, c'est trop horrible, trop horrible!

— Qu'est-ce qui est trop horrible?

— La pensée qui me vient à l'esprit... la terrible pensée que j'ai en ce moment.

— Que voulez-vous dire, ma fille? cria milady avec férocité.

— Que Dieu me pardonne si je me trompe, s'écria la jeune femme agenouillée, en phrases entrecoupées. Dieu veuille que je me trompe! Pourquoi êtes-vous venue à l'auberge ce soir? Pourquoi avez-vous résisté à toutes mes objections, vous qui en voulez tant à Mr Audley et à Luke, que vous saviez réunis ce soir sous ce toit? Oh! dites-moi que je fais une cruelle erreur. Dites-le-moi... Car aussi vrai qu'il y a un Dieu au-dessus de nos têtes, je crois que vous n'êtes venue que pour mettre le feu à l'auberge. N'est-ce pas que je me trompe, milady, que je fais une monstrueuse erreur?

— Je n'ai rien à vous dire, sinon que vous êtes folle, répondit lady Audley d'un ton sec et dur. Relevez-vous. Peureuse, idiote, lâche! Votre mari est-il donc une si bonne affaire que vous ayez lieu de gémir et de vous lamenter pour lui? Que vous est-il ce Robert Audley, pour que vous agissiez comme une folle parce que vous pensez qu'il est en danger? Comment savez-vous que le feu est à Mount Stanning? Vous voyez une tache rouge dans le ciel et vous vous écriez aussitôt que votre piètre masure est en flammes, comme s'il n'y avait pas sur terre d'autre maison qui pût brûler. Le feu peut être à Brentwood ou plus loin, à Romford, ou plus loin encore; de l'autre côté de Londres. Relevez-vous, espèce de folle, et retournez chez vous pour veiller sur vos biens, sur votre mari et sur votre locataire. Relevez-vous et partez, je n'ai plus besoin de vous.

— Oh! milady, milady, pardonnez-moi, sanglota Phoebe. Rien de tout ce que vous pourrez me dire ne sera assez dur pour l'injure que je vous ai faite, même en pensée. Je ne prends pas garde à vos paroles cruelles. Tout m'est égal, si j'ai tort.

— Retournez voir par vous-même, répondit lady Audley sèchement, je vous répète que je n'ai plus besoin de vous.

Lady Audley s'éloigna, laissant Phoebe Marks toujours agenouillée sur la route dans sa posture de suppliante. La femme de sir Michael reprit le chemin de la maison où dormait son mari, pendant que les lueurs du feu éclairaient l'immensité du ciel derrière elle et que, devant elle, s'étendait l'obscurité de la nuit.

## 34

## Le porteur de nouvelles

Il était très tard le lendemain matin quand lady Audley sortit de son cabinet de toilette. Elle portait un charmant négligé en mousseline, garni de dentelles délicates et de broderies, mais son visage était très pâle et ses yeux étaient cernés d'une ombre violacée. Elle donna pour excuse qu'elle avait lu très tard dans la nuit.

Sir Michael et sa jeune femme déjeunèrent dans la bibliothèque, sur une table ronde, confortablement installée au coin d'un bon feu. Alicia fut obligée de partager ce repas avec sa belle-mère, même si elle pouvait éviter sa compagnie dans le long intervalle entre le petit-déjeuner et le dîner.

La matinée était maussade et sombre. La pluie fine qui tombait sans relâche donnait au paysage une teinte obscure et effaçait la distance. Il n'y avait que quelques lettres au courrier du matin, et comme les journaux n'arrivaient pas avant midi, et que l'aide qu'ils apportaient à la conversation faisait défaut, la causerie n'était pas très animée à la table du déjeuner.

Alicia regardait les gouttes de pluie qui venaient battre contre les vitres.

— Impossible de sortir à cheval aujourd'hui, dit-elle, et pas la moindre chance de voir des visites pour nous égayer, à moins que ce ridicule Bob n'affronte la boue et la pluie pour venir de Mount Stanning.

Avez-vous jamais entendu parler de quelqu'un, dont vous savez qu'il est mort, d'une manière légère et détendue par une autre personne qui ignore la nouvelle ? Il aurait fait ci ou ça, exécuté une tâche quotidienne triviale, tandis que vous savez, vous, qu'il a disparu pour toujours de la surface de la terre, et qu'il y a, entre lui et les vivants et leurs occupations quotidiennes, la terrible solennité de la mort. Ces allusions accidentelles, quelque insignifiantes qu'elles soient, produisent une sensation désagréable dans l'esprit. Ces remarques ignorantes affectent péniblement votre hyper-sensibilité nerveuse, le roi des frayeurs est désacralisé par ce manque de respect involontaire. Quelle était la raison secrète de milady pour qu'elle ait une telle sensation de révulsion en entendant soudain le nom de Robert ? Dieu seul le sait, mais sa figure blêmit maladivement quand Alicia parla de son cousin.

— Oui, il viendra peut-être sous la pluie, continua la jeune fille, son chapeau luisant comme s'il avait été frotté avec du beurre frais. Une vapeur blanche s'échappera de ses vêtements et le fera ressembler à un génie maladroit sortant de sa lampe. La boue de ses bottes salira votre tapis, milady, il s'assiéra sur vos tapisseries des Gobelins dans son manteau mouillé ; il s'offusquera si vous protestez et vous demandera pourquoi avoir des fauteuils si ce n'est pas pour s'asseoir dessus, et pourquoi ne vivez-vous pas à Fig-Tree Court, et…

Sir Michael Audley regardait sa fille d'un air pensif pendant qu'elle parlait de son cousin. Il arrivait souvent à Alicia de ridiculiser Robert et de l'invectiver en termes peu mesurés. Mais le baronnet pensait peut-être à une certaine Béatrice qui traitait très durement un gentleman du nom de Benedict[1], mais qui, sans aucun doute, l'aimait de tout son cœur.

---

1. Héros de *Beaucoup de bruit pour rien*, de Shakespeare.

— Que pensez-vous, Alicia, de ce que m'a dit le major Melville durant sa visite d'hier? demanda tout à coup sir Michael.

— Je n'en ai pas la moindre idée, répondit Alicia avec dédain; il vous a dit peut-être que nous aurions une autre guerre avant peu ou bien un nouveau ministère, parce que les ministres actuels ne font rien qui vaille, et qu'à force de réformer ceci, cela, nous finirons par ne plus avoir d'armée du tout; rien qu'une bande de garçons bourrés jusqu'aux yeux d'absurdités débitées par les maîtres d'école, et portant des blousons et des casques de toile. Oui, monsieur, ils se battent en Inde avec des casques de toile, en ce moment même, monsieur.

— Vous êtes une impertinente friponne, mademoiselle, reprit le baronnet. Le major Melville ne m'a rien dit de tout cela: il m'a seulement raconté qu'un de vos très dévoués admirateurs, sir Harry Towers, avait déserté sa résidence du Hertfordshire et renoncé à ses chevaux de chasse pour aller faire un tour d'une année sur le continent.

Miss Audley rougit brusquement en entendant le nom de son ancien adorateur, mais elle se reprit très vite.

— Il est parti pour le continent! dit-elle avec indifférence. Il m'avait annoncé que c'était là son intention si… s'il ne réussissait pas dans ses projets. Pauvre garçon! C'est une chère et stupide créature, qui a bon cœur et vaut vingt fois mieux que ce glaçon ambulant, Mr Robert Audley.

— Je voudrais, Alicia, que vous ne trouviez pas tant de plaisir à ridiculiser Bob, dit sir Michael gravement. C'est un bon garçon et je l'aime comme un fils. Il m'a mis très mal à l'aise récemment. Il n'est plus le même depuis quelques jours, il s'est mis en tête des idées absurdes, et ma femme m'a alarmé à son propos. Elle croit…

Lady Audley interrompit son mari en secouant la tête d'un air grave.

— Il vaut mieux, dit-elle, ne pas trop parler de cela pour le moment. Alicia sait ce que je crois…

— Oui, répondit miss Audley, vous croyez qu'il devient fou, mais je sais à quoi m'en tenir : Robert n'est pas du genre à devenir fou. Comment la mare d'eau dormante de son esprit pourrait-elle engendrer une tempête ? Il continuera à se mouvoir toute sa vie dans un tranquille état de semi-imbécillité, ne comprenant qu'à peine qui il est, où il va et ce qu'il fait, mais il ne deviendra jamais fou.

Sir Michael ne répliqua pas. Sa conversation de la veille avec sa femme l'avait beaucoup inquiété et il n'avait pas cessé de débattre en silence sur ce pénible sujet.

Son épouse – la femme qu'il aimait le plus au monde et qui avait toute sa confiance – lui avait exposé, avec toutes les apparences du regret et de l'agitation, sa conviction de la folie de son neveu. Il essayait en vain d'arriver à la conclusion qu'il désirait de tout son cœur ; il essayait en vain de croire qu'elle s'était trompée et que son opinion n'avait rien de sérieux. Mais alors, à nouveau, il lui venait soudainement à l'esprit que s'il croyait cela, il arrivait à une conclusion encore pire en transférant l'affreux soupçon de son neveu sur son épouse. Elle semblait convaincue que Robert était atteint de démence. Mais si elle avait tort, c'est qu'il y avait quelque faiblesse dans son propre esprit.

Plus il réfléchissait à ce problème, plus il était harassé et perplexe. Il était certain que Robert avait toujours été excentrique. Il avait du bon sens, était assez intelligent, il avait de l'honneur et les sentiments d'un gentleman, quoiqu'il fût peut-être un peu insouciant dans l'accomplissement de certains devoirs de société d'ordre mineur. Mais il existait quelques légères différences difficiles à définir qui le séparaient des autres jeunes gens de son âge et de sa position. Il est vrai, encore, qu'il avait bien changé depuis la disparition de George Talboys. Il était devenu lunatique et pensif, mélancolique et distrait. Il fuyait la société, passait plusieurs heures de suite sans parler, ou bien il s'échauffait par boutades et discutait avec animation des sujets tout à fait en dehors de sa sphère. Puis, il y avait encore un autre motif qui semblait donner de la force au dossier de milady contre ce malheureux jeune homme. Il avait été élevé dans la fréquentation répétée de sa cousine Alicia, sa jolie et sympathique cousine, que l'intérêt, et ce qu'on pouvait penser être de l'affection, désignaient naturellement comme la femme qu'il lui fallait. Plus encore, la jeune fille lui avait montré, avec toute la franchise d'une nature sans dissimulation, que de son côté du moins l'affection ne manquait pas. Pourtant, malgré tout cela, il était resté distant et avait laissé le champ libre à d'autres prétendants qui avaient été refusés, et il n'avait pas fait un geste.

Mais l'amour est une essence tellement subtile, une merveille métaphysique si difficile à définir, que sa puissance si terrible pour celui qui aime, n'est jamais bien comprise par ceux qui ne la subissent pas et qui se demandent comment il se fait que la fièvre commune ait des conséquences si désastreuses. Sir Michael se disait qu'Alicia étant une charmante jeune fille, il était extraordinaire que Robert ne soit pas dûment tombé amoureux d'elle. Il trouvait étrange, lui, qui n'avait rencontré qu'à soixante ans la femme qui, entre toutes, avait pu faire battre son cœur, que Robert n'ait pas attrapé cette fièvre au premier souffle de contagion qu'il avait respiré. Il oubliait qu'il y a des hommes qui traversent impunément des légions de femmes belles et généreuses et qui succombent enfin devant quelque affreuse virago qui connaît le secret du philtre enivrant. Il oubliait qu'il y a des hommes qui vieillissent sans avoir rencontré la femme choisie pour eux par Némésis et meurent vieux garçons peut-être, tandis que, de l'autre côté du mur mitoyen, la femme qui leur était destinée dépérit. Il oubliait que l'amour, qui est une folie, un fléau, une fièvre, une illusion, un piège, est aussi un mystère que ne peuvent déchiffrer ceux qui n'en subissent pas les tortures. John, qui est amoureux fou de miss Brown et passe la nuit dans l'angoisse, sans dormir, jusqu'à haïr son oreiller confortable et jeter à bas ses draps réduits à l'état de loques toutes tordues, comme s'il était un prisonnier voulant s'évader avec des cordes improvisées ; ce même John qui regarde Russell Square comme un endroit magique parce que celle qu'il adore y vit, qui pense que les arbres et le ciel y sont plus verts et plus bleus qu'ailleurs, et qui ressent une douleur, oui, une vraie douleur où se mêlent l'espoir, la joie, l'attente et la terreur quand il sort de Guildford Street pour descendre des hauteurs d'Islington, dans cet arrondissement sacré, ce même John est dur et sans cœur pour les tourments de Smith, qui adore miss Robinson, et ne peut comprendre ce que ce garçon épris trouve chez la jeune fille. Il en était ainsi de sir Michael Audley. Il regardait son neveu comme un échantillon d'une très grande catégorie de jeunes gens, et sa fille comme un échantillon d'une non moins grande catégorie de jeunes filles, et ne voyait pas pourquoi ces deux échantillons ne feraient pas un mariage très respectable. Il ignorait qu'il existe dans les natures des différences infinitésimales, qui changent la nourriture saine pour l'un en poison mortel pour l'autre. Comme il est difficile de croire parfois qu'un homme puisse ne pas aimer tel ou tel de nos plats favoris.

Si à un dîner, un invité d'aspect docile refuse de manger du saumon et des concombres, ou des petits pois en février, nous le regardons aussitôt comme un pauvre convive que ses instincts mettent en garde contre ces plats coûteux. Si un conseiller municipal déclarait qu'il n'aime pas la tortue verte, on le considérerait aussitôt comme un martyr social, un Marcus Curtius[1] de la table, s'immolant pour le bénéfice de ses semblables. Ses collègues croiraient à n'importe quoi plutôt qu'à un dégoût hérétique pour ce que la ville envisage comme l'ambroisie des sou-

---

1. Ce jeune Romain, selon la légende, se voua aux dieux infernaux (*devotio*) pour sa patrie.

pières. Mais il y a des gens qui n'aiment pas le saumon, la petite friture, le caneton, tous ces mets fins dont la réputation est bien établie ; d'autres personnes qui ont un faible pour les plats excentriques, ignobles, généralement qualifiés de dégoûtants.

Hélas, charmante Alicia, votre cousin ne vous aime pas ! Il admire votre bonne figure anglaise toute rose et ressent pour vous une tendre affection, qui, avec le temps, serait peut-être devenue assez vive pour le pousser à vous épouser, à contracter avec vous cette espèce d'union banale et quotidienne, qui ne demande pas un dévouement bien passionné, sans l'obstacle soudain rencontré dans le Dorset. Oui, l'affection grandissante de Robert Audley pour sa cousine, cette plante si lente à pousser, il faut bien en convenir, avait été arrêtée tout à coup dans sa croissance et s'était rabougrie dans cette froide journée de février où il avait causé avec Clara Talboys sous les pins. Depuis, le jeune homme éprouvait une sensation désagréable en songeant à la pauvre Alicia.

Il la regardait comme un obstacle à la liberté de ses pensées ; il était hanté par la crainte de lui être tacitement promis ; il lui semblait qu'elle avait sur lui un droit qui lui défendait de penser à une autre femme. C'était probablement l'image de miss Audley, envisagée sous ce point de vue, qui occasionnait les sorties violentes que le jeune avocat se permettait quelquefois contre les femmes. Cependant l'honneur parlait haut chez lui, tellement haut qu'il eût préféré se sacrifier sur l'autel de la vérité et épouser Alicia plutôt que de lui porter le moindre tort, dût cette peine assurer son bonheur à lui.

« Si la pauvre enfant m'aime, se disait-il, et qu'elle pense que je l'aime, induite en cela par une de mes paroles ou un de mes actes, il est de mon devoir de la laisser le croire jusqu'à la fin des temps, et je suis prêt à tenir la promesse tacite que j'ai peut-être faite inconsciemment. J'ai pensé autrefois, j'ai eu l'intention de demander sa main dès que l'horrible mystère de la disparition de George Talboys aurait été éclairci et que tout serait rentré dans l'ordre, mais maintenant… »

Arrivées à ce point, ses pensées vagabondaient et l'entraînaient où il ne voulait pas aller, sous les pins du Dorset où il se retrouvait de nouveau face à la sœur de son ami disparu. C'était généralement un voyage très pénible qui le ramenait à l'endroit où il se perdait dans ses réflexions. C'était chose si difficile pour lui de s'arracher à la pelouse rabougrie et aux pins.

« Pauvre petite fille ! continuait-il en revenant à Alicia, comme c'est bien à elle de m'aimer et combien je devrais me montrer reconnaissant de sa tendresse. Combien de jeunes gens penseraient qu'un cœur généreux, aimant comme le sien, serait la faveur la plus précieuse qu'ils pussent obtenir sur terre. Sir Harry Towers est au désespoir d'avoir été refusé. Il me donnerait la moitié de ses biens, tous ses biens, et même le double s'il le pouvait, pour être à la place que je veux déserter avec tant d'ingratitude. Pourquoi ne puis-je l'aimer ? Pourquoi, la sachant jolie, pure, bonne et pleine de franchise, je ne l'aime pas ? Son image ne me hante pas, sauf sous forme de reproches. Je ne la vois jamais dans mes rêves, je ne m'éveille jamais en sursaut au milieu de la nuit pour voir ses yeux brillants me contempler, pour sentir sa chaude haleine sur ma joue ou la pression de ses doigts mignons sur ma main. Non, je ne l'aime pas, je ne peux pas tomber amoureux d'elle ! »

Il enrageait et se révoltait contre son ingratitude. Il essayait de se convaincre de ressentir un attachement passionné pour sa cousine, mais il échouait lamentablement, et plus il s'efforçait de songer à Alicia, plus il songeait à Clara Talboys. Les sentiments que je décris maintenant dataient de la période écoulée entre son retour du Dorset et sa visite à Grange Heath.

Sir Michael s'assit au coin du feu après déjeuner, en ce triste matin pluvieux, et passa son temps à écrire ou à lire les journaux. Alicia s'enferma chez elle pour achever le troisième volume d'un roman. Lady Audley ferma la porte de la chambre octogonale et erra toute la matinée dans la longue enfilade de ses appartements.

Elle avait fermé la porte à clé pour se prémunir contre une visite inattendue qui l'aurait prise à l'improviste, ne lui donnant pas le temps de composer assez bien sa figure pour défier l'observation. Elle pâlissait de plus en plus à mesure que la matinée s'écoulait. Un petit coffret à médicaments était ouvert sur sa table de toilette, et des fioles de chloroforme, de lavande rouge, de chlorodyne et d'éther étaient éparpillées. Une fois milady s'arrêta devant ce coffret et en tira les fioles qui y restaient, à moitié distraite sans doute, jusqu'à ce qu'elle en rencontre une pleine d'un liquide noir et épais, qui était étiquetée : « OPIUM - POISON ».

Elle joua longtemps avec cette fiole, la tenant devant la lumière, et la déboucha même pour respirer le liquide mortel. Mais elle la déposa tout à coup en tressaillant,

— Si je pouvais ! murmura-t-elle, si je pouvais seulement le faire ! Et pourtant, pourquoi le ferais-je, maintenant ?

Ses petites mains se crispèrent à ces derniers mots, elle courut à la fenêtre d'où l'on apercevait la grande arche tapissée de lierre, sous laquelle devait passer quiconque viendrait de Mount Stanning au château d'Audley.

Il y avait d'autres portes plus petites dans les jardins, qui ouvraient sur la prairie derrière Audley ; mais en revenant de Mount Stanning ou de Brentwood, il fallait passer par l'entrée principale.

L'aiguille de l'horloge au-dessus de l'arche marquait une heure et demie quand milady la regarda.

— Comme le temps passe lentement, dit-elle avec lassitude ; qu'il est lent, lent. Est-ce que je vais vieillir comme cela, chaque minute de ma vie me paraissant longue comme une heure ?

Elle demeura quelques instants immobile, les yeux fixés sur l'arche, mais personne ne parut, et elle s'éloigna impatiemment de la fenêtre pour recommencer sa promenade lasse dans ses appartements.

La nouvelle de l'incendie, quel qu'il soit, qui avait jeté la nuit précédente une si vive lueur sur le ciel sombre, n'était pas encore parvenue à Audley. La journée était triste, il pleuvait et il ventait, autant dire le dernier jour où l'oisif ou le bavard le plus affirmé oserait à peine s'aventurer au-dehors. Ce n'était pas jour de marché, il y avait donc peu de passage sur la route entre Brentwood et Chelmsford, et aucune nouvelle du feu qui avait eu lieu au plus profond de cette nuit d'hiver n'était arrivée au village d'Audley, et du village au château.

La femme de chambre aux rubans roses vint prévenir sa maîtresse qu'il était l'heure du déjeuner, mais lady Audley entrouvrit seulement sa porte et déclara qu'elle n'avait pas l'intention de descendre.

— Je souffre horriblement de la migraine, miss Martin, dit-elle, et je vais m'étendre jusqu'au dîner. Vous viendrez m'habiller à cinq heures.

Lady Audley dit cela avec l'intention bien arrêtée d'être prête à quatre heures pour se passer de ses services. Parmi les espions privilégiés, la femme de chambre est la mieux placée. C'est elle qui baigne à l'eau de Cologne les yeux de lady Theresa[1] après une querelle avec le colonel ; c'est elle qui administre des sels à miss Fanny après que le comte Beaudesert, des Royal Horse Guards, l'a plaquée. Elle a une foule de moyens pour découvrir les secrets de sa maîtresse. Elle devine à la manière dont elle secoue la tête sous la brosse ou s'irrite sous la caresse du peigne, les tourments qui lui déchirent la poitrine, les incertitudes qui l'inquiètent. Cette assistante bien élevée sait interpréter les plus obscurs diagnostics de toutes les maladies morales qui peuvent affliger sa maîtresse. Elle sait le moment où s'achète et se paye le teint d'ivoire, quand

---

[1]. Lady Elizabeth Theresa Boyle, née Pepys (1837-1897).

les dents qui ressemblent à des perles sont l'œuvre du dentiste, quand les tresses luisantes sont des reliques des morts plutôt que la propriété des vivants; et elle connaît encore d'autres secrets plus précieux que ceux-là. Elle sait quand le doux sourire est encore plus faux que les émaux de Mme Levison et qu'il durera moins; quand les mots lâchés par la barrière de perles d'emprunt sont plus faux et dissimulés que les lèvres qui les forment. Quand la reine du bal rentre chez elle, après les longues festivités de la nuit, jette son grand manteau et son bouquet fané, dépose son masque et, comme Cendrillon perd sa pantoufle de vair dont le lustre l'a fait remarquer, pour reprendre ses haillons crasseux, la femme de chambre est là pour assister à la transformation. Le valet appointé par le prophète de Khorazim a dû voir quelquefois son maître dévoilé, et rire sous cape de la bêtise des adorateurs de monstres.

Lady Audley n'avait pas fait de sa nouvelle femme de chambre sa confidente et, ce jour-là plus que les autres, elle voulait être seule.

Elle se jeta avec lassitude sur le luxueux sofa du cabinet de toilette, enfouit sa tête dans les oreillers et essaya de dormir. Dormir! Elle avait presque oublié ce qu'était le sommeil, qui savait réparer en douceur les fatigues du corps. Il n'y avait guère que quarante-huit heures qu'elle n'avait pas dormi, mais cela lui semblait une éternité. La fatigue de la nuit précédente et son excitation contre nature l'avaient brisée. Elle sombra dans un sommeil lourd qui ressemblait à de la torpeur. Elle avait pris quelques gouttes d'opium dans un verre d'eau avant de chercher le repos.

La pendule sonnait quatre heures moins le quart quand elle s'éveilla tout à coup et sursauta, le front couvert d'une sueur froide. Elle avait rêvé que tous les habitants du château vociféraient à sa porte, impatients de lui annoncer l'épouvantable incendie de la nuit.

Elle n'entendit pas d'autre bruit que celui des feuilles de lierre frappant contre la vitre, le craquement du bois qui brûlait dans le foyer et le mouvement régulier de la pendule. « Ces rêves affreux vont-ils me poursuivre jusqu'à ce qu'ils m'aient tuée? », se dit-elle.

La pluie avait cessé et un faible rayon de soleil brillait par la fenêtre. Lady Audley s'habilla rapidement, mais avec soin. Je ne veux pas dire que, même au moment où ses angoisses étaient les plus poignantes, elle fût encore fière de sa beauté. Non, sa beauté était une arme à ses yeux, et elle sentait qu'elle avait doublement besoin d'être bien armée. Elle mit sa robe de soie la plus somptueuse, une large robe d'un bleu argenté étincelant, qui lui donnait l'air d'être parée de rayons de lune. Elle secoua ses cheveux qui retombèrent comme une cascade d'or brillant et, jetant sur ses épaules un châle de cachemire blanc, elle descendit dans le vestibule.

Elle ouvrit la porte de la bibliothèque et jeta un coup d'œil. Sir Michael était endormi dans son fauteuil. Au moment où milady refermait doucement la porte, Alicia descendait de chez elle. La porte de la tourelle était ouverte et le soleil brillait sur la pelouse humide du parterre. Le sol durci du chemin avait quasiment séché, la pluie ayant cessé de tomber depuis plus de deux heures.

— Voulez-vous faire un tour avec moi dans le parterre? demanda lady Audley à sa belle-fille.

La neutralité armée entre les deux femmes autorisait de temps en temps quelque politesse de ce genre.

— Oui, si vous voulez, milady, répondit Alicia d'un air plutôt indifférent. J'ai bâillé toute la matinée sur un roman stupide et je ne serais pas fâchée de respirer un peu d'air frais.

Je plains le romancier dont miss Audley avait lu le roman avec soin, s'il n'a pas de critiques plus scrupuleux que la jeune fille. Elle avait parcouru le volume sans savoir ce qu'elle lisait, et l'avait mis plusieurs fois de côté pour épier à la fenêtre l'arrivée du visiteur qu'elle avait attendu avec tant de confiance.

Lady Audley passa la première sous le porche et gagna le chemin de graviers par lequel les voitures arrivaient au château. Elle était encore très pâle, mais sa toilette brillante et ses boucles dorées, légères comme la plume, attiraient l'œil et l'empêchaient de se fixer sur sa figure pâle. Le chagrin, avec quelque raison, s'associe dans notre esprit à des vêtements en désordre, à des cheveux défaits et à une apparence tout à fait opposée à celle de milady.

Pourquoi, par ce pâle soleil de mars, était-elle venue se promener avec sa belle-fille qu'elle détestait, sur ce chemin monotone? Parce qu'elle ne pouvait rester en place et attendre dans l'intérieur de la maison une nouvelle qu'elle savait devoir arriver. Elle avait d'abord souhaité que cette nouvelle ne puisse venir, que quelque convulsion de la nature l'en empêche, que le messager qui l'apportait soit tué par la foudre ou que la terre s'entrouvre sous ses pieds qui se hâtaient, et que des gouffres infranchissables séparent le lieu d'où devaient venir la nouvelle de celui où elle serait apportée. Elle avait désiré que la Terre cesse de tourner et que les éléments paralysés ne s'acquittent plus de leurs fonctions naturelles, que la marche du temps s'arrête et que le jour du Jugement dernier arrive pour la faire comparaître devant Dieu et ainsi échapper à la honte et la misère d'un jugement sur terre. Dans l'état confus où était son cerveau, elle avait eu le temps de réfléchir à chacune de ses pensées, et pendant qu'elle dormait sur le sofa de son cabinet de toilette, elle avait rêvé à toutes ces choses et à cent autres portant sur le même sujet. Elle avait rêvé qu'un ruisseau, un petit filet d'eau lorsqu'elle l'avait vu la première fois, débordait sur la route entre Mount Stanning et Audley, se gonflant peu à peu en une rivière, puis en un vaste océan, jusqu'à ce que le village de la colline s'estompe au loin hors de vue et que seule, une vaste étendue de flots roulait là où il était auparavant. Elle avait rêvé qu'elle voyait le messager, une personne, puis une autre, mais jamais quelqu'un de vraisemblable, entravé par cent obstacles, tantôt effrayant et horrible, tantôt ridicule et grossier, mais jamais naturel ni probable, et quand elle était descendue, la mémoire encore remplie de ces rêves, elle avait été étonnée de voir que la maison était si calme et qu'aucune nouvelle n'était encore parvenue.

Un changement complet se fit alors dans son esprit. Elle ne désira plus retarder cette redoutable nouvelle. Elle souhaita que la douleur, quelle qu'elle fût, soit passée et que le soulagement survienne. Il lui semblait que cette journée insupportable n'allait jamais cesser et que la marche du temps était arrêtée, ainsi qu'elle l'avait voulu un moment dans sa folie.

— Comme la journée a été longue! s'écria Alicia, abondant dans le même sens que milady. Rien que la pluie, le vent, le brouillard. Et maintenant qu'il est trop tard pour sortir, il fait beau, ajouta la jeune fille d'un air contrarié.

Lady Audley ne répondit pas. Elle regardait l'aiguille solitaire de l'horloge, et attendait ce messager qui devait infailliblement arriver d'un moment à l'autre, qui ne pouvait pas manquer de venir très vite.

« Ils ont eu peur de lui annoncer, pensait-elle, ils ont eu peur de tout dire à sir Michael. Qui va s'en charger? Le recteur de Mount Stanning peut-être ou bien le médecin. En tout cas, ce sera une personne notable.

Si elle avait pu aller dans l'avenue déserte ou sur la grande route, si elle avait pu aller jusqu'à cette colline où elle avait renvoyé Phoebe, elle l'aurait fait volontiers. Elle aurait préféré n'importe quelle douleur à cette attente cruelle, cette anxiété qui la rongeait, cette corruption métaphysique dans laquelle son cœur et son esprit semblaient se décomposer dans d'atroces souffrances. Elle essaya de causer et parvint péniblement à prononcer quelques lieux communs. En toute autre circonstance, sa compagne aurait remarqué son embarras, mais miss Audley était trop absorbée par ses propres contrariétés pour ne pas désirer le silence autant que sa belle-mère. Cette promenade monotone sur le chemin caillouteux convenait à l'état d'esprit d'Alicia. Je crois même qu'elle prenait un malin plaisir à caresser l'idée qu'elle s'enrhumait, et que son cousin Robert était responsable du danger qu'elle courait. Si elle avait pu, en s'exposant ainsi au vent glacé, gagner une bonne pleurésie, ou amener quelque rupture de vaisseau, je pense qu'elle aurait trouvé quelque satisfaction mélancolique dans ses souffrances.

« Peut-être Robert s'occuperait-il de moi si j'étais malade, se disait-elle. Il ne dira plus que je fanfaronne ; les gens qui fanfaronnent ne sont pas sujets aux pleurésies. »

Je pense qu'elle se voyait au dernier stade la consomption, soutenue par ses oreillers dans un grand fauteuil, et regardant par la fenêtre les rayons du soleil, avec ses médicaments, une grappe de raisins et une bible posés sur une table à côté, et Robert rempli de regret et de tendresse, convoqué pour recevoir ses adieux et sa bénédiction. Elle le sermonnait longtemps en lui faisant ses adieux, plus longtemps que son état n'aurait dû le permettre, appréciant vivement cette fantaisie un peu morbide. Grâce à cette humeur sentimentale, miss Audley ne s'occupait guère de sa belle-mère, et l'aiguille avait atteint six heures quand Robert eut enfin reçu sa bénédiction.

— Grands dieux ! s'écria-t-elle tout à coup, déjà six heures passées et je ne suis pas encore habillée !

La demi-heure sonna dans la coupole du toit pendant qu'Alicia parlait.

— Il faut que je rentre, milady. Venez-vous aussi ?

— Tout à l'heure, je me suis habillée avant de descendre, comme vous voyez.

Alicia s'éloigna, mais la femme de sir Michael s'attarda dans le parterre ; attendant toujours ces nouvelles si lentes à venir.

Il faisait presque nuit. Les brumes bleutées du soir s'élevaient lentement du sol. Au-dessus des prairies flottait une vapeur grise, et un étranger aurait pu imaginer que le château d'Audley se dressait au bord de la mer. Sous l'arche, les ombres du soir rôdaient comme des conspirateurs attendant une occasion de se glisser furtivement dans la cour. On distinguait à peine, de l'autre côté de l'arche, la faible lueur d'un coin de ciel bleu strié de vives traînées rouges, éclairé par le léger scintillement d'une étoile d'hiver. Il n'y avait personne dans la cour, excepté cette femme inquiète, qui faisait les cent pas dans le sentier, guettant le pas qui frapperait son âme de terreur. Enfin, elle l'entendit! Un pas dans l'avenue de l'autre côté de l'arche. Était-ce un bruit de pas? Son ouïe, décuplée par l'excitation, lui révéla que c'était celui d'un gentleman, pas celui d'un marcheur avachi, au pas lourd, dans ses chaussures cloutées, mais le pas ferme et vif d'un gentleman.

Ce bruit glaça le sang dans les veines de milady. Il lui fut impossible d'attendre, elle ne put se contenir. Tout son empire sur elle-même disparut en ce moment, et elle se rua vers l'arche.

Elle s'arrêta dans l'ombre, car l'étranger était à quelques pas d'elle. Elle le vit à travers l'obscurité, ô Dieu! Son cœur cessa de battre, sa tête s'égara. Elle ne poussa aucun cri de surprise, aucune exclamation de terreur, mais elle chancela et s'appuya contre l'arche recouverte de lierre. Sa silhouette frêle tapie dans l'angle formé par le contrefort de l'arche et le mur, elle attendit ainsi le nouveau venu sans le quitter des yeux.

À mesure qu'il approchait, ses jambes se dérobèrent sous elle et elle tomba à genoux sur la terre. Elle ne s'évanouit pas, elle garda même toute sa connaissance, ainsi agenouillée dans l'angle du mur, comme si elle voulait faire sa tombe dans cet abri de briques.

— Milady! s'écria Robert, car le nouveau venu, c'était lui, lui dont la chambre avait été fermée à double tour dans l'auberge du Château, dix-sept heures auparavant.

— Qu'avez-vous? reprit-il d'un ton étrange où perçait la contrainte. Relevez-vous et laissez-moi vous conduire à la maison.

Il l'aida à se relever et elle lui obéit très docilement. Il prit son bras et la guida à travers la cour, vers le vestibule éclairé. Elle frissonnait comme jamais Robert n'avait vu femme frissonner, mais elle n'essayait pas de lui résister.

## 35

## Milady avoue la vérité

— Y a-t-il une pièce où je puisse vous parler en tête à tête ? demanda Robert Audley, regardant le vestibule d'un air dubitatif.

Milady inclina la tête pour toute réponse. Elle poussa la porte de la bibliothèque, qui avait été laissée entrouverte. Sir Michael était monté chez lui s'habiller pour le dîner après un jour de paresse, bien légitime chez un malade. La salle était vide et seulement éclairée par le feu comme la veille au soir.

Lady Audley entra et Robert la suivit, en ayant soin de refermer la porte. La malheureuse femme, toute tremblante, se dirigea vers la cheminée et s'agenouilla devant le feu, comme si la chaleur du foyer pouvait chasser le froid qu'elle ressentait. Robert s'approcha d'elle et se posta devant l'âtre, appuyant son coude sur la cheminée.

— Lady Audley, dit-il d'un ton glacé qui détruisait tout espoir de tendresse ou de compassion, je vous ai parlé franchement hier soir et vous avez refusé de m'entendre. Ce soir, je serai plus franc encore et il faudra bien que vous m'écoutiez.

Milady, tassée devant le feu, la figure cachée dans ses mains, laissa échapper un sanglot sourd, presque un gémissement, mais elle ne fit aucune réponse.

— Il y a eu un incendie à Mount Stanning la nuit dernière, lady Audley, continua Robert, impitoyable.

L'auberge du Château, la maison où je dormais, a entièrement brûlé. Savez-vous comment j'ai échappé à la mort ?

— Non.

— Par le plus miraculeux concours de circonstances, et ce miracle est bien simple. Je n'ai pas dormi dans la chambre qui avait été préparée pour moi. Elle semblait affreusement humide et la cheminée fumait horriblement quand la servante tenta d'allumer le feu. Je l'ai persuadée de me préparer un lit sur le sofa, dans la petite pièce du rez-de-chaussée où j'étais resté toute la soirée.

Il s'arrêta un moment pour regarder la silhouette recroquevillée. Sa tête était encore plus inclinée et ce fut le seul changement qu'il remarqua dans son attitude.

— Dois-je vous dire, milady, qui a manigancé la destruction de l'auberge du Château ?

Pas de réponse.

— Dois-je vous le dire ?

Toujours le même silence obstiné.

— Lady Audley, s'écria Robert tout à coup, l'incendiaire, c'est vous. C'est votre main criminelle qui a fait partir ce feu. C'est vous qui pensiez par cet acte trois fois horrible, vous débarrasser de moi, votre ennemi et votre dénonciateur. Que vous importait le sacrifice de plusieurs vies ? Si, à l'aide d'un second massacre de la Saint-Barthélemy, vous aviez pu me faire disparaître, vous auriez immolé toute une armée de victimes. Le jour de la pitié et de la faiblesse est passé. Je n'éprouve plus aucune compassion pour vous. J'irai aussi loin dans la miséricorde que je le pourrai en préservant ceux qui devront souffrir de votre disgrâce, mais pas au-delà. S'il existait un tribunal secret devant lequel il fût possible de vous traduire, je n'aurais aucun scrupule à être votre accusateur ; mais je veux épargner le gentleman généreux et au noble cœur dont le nom serait souillé par l'infamie qui s'attacherait au vôtre.

Sa voix s'adoucit en faisant cette allusion et baissa un instant, mais il fit un effort sur lui-même et continua :

— Personne n'a perdu la vie dans l'incendie de la nuit passée. Je dormais légèrement, milady, car mon esprit était troublé, comme il l'est, depuis longtemps, par le malheur qui plane sur cette maison. C'est moi qui ai découvert le feu à temps pour donner l'alarme et sauver la servante ainsi que le malheureux ivrogne, qui a été sérieusement brûlé malgré tous mes efforts. Il est maintenant à la ferme de sa mère, dans un état critique. C'est par lui et son épouse que j'ai su qui était venu à l'auberge au milieu de la nuit. La femme était presque hagarde quand elle m'a vu et j'ai appris d'elle tous les détails de la nuit dernière. Dieu sait quels autres de vos secrets elle détient, milady, que je pourrais lui extorquer sans peine si je souhaitais qu'elle m'aide ; mais je n'en ai que faire. Mon chemin est tout tracé. J'ai juré de traîner devant la justice l'assassin de George Talboys et je serai fidèle à mon serment. Je déclare que c'est par vous que mon ami a trouvé la mort. Je me suis parfois demandé, et c'était tout naturel, si je n'étais pas sous l'empire de quelque horrible hallucination. Comment croire, en effet, qu'une femme jeune et charmante fût capable de commettre un crime aussi perfide et déloyal ? Mais, aujourd'hui, il n'y a plus de doute possible. Après ce qui s'est passé à l'auberge du Château, aucun forfait que vous pourriez commettre, aussi grand et contre nature qu'il soit, ne saurait m'étonner. Pour moi, vous n'êtes plus une femme coupable, qui a gardé au plus profond de sa cruauté un peu de capacité à souffrir, vous êtes désormais l'incarnation démoniaque du mal. Vous ne souillerez pas plus longtemps cette maison de votre présence. À moins que vous ne confessiez qui vous êtes et ce que vous avez été en présence de l'homme que vous avez trompé si longtemps, et que vous n'acceptiez la pitié que nous pouvons juger convenable de vous témoigner, je vais réunir les témoins qui constateront votre identité et, au risque d'attirer la honte sur moi et sur ceux que j'aime, vous recevrez la punition juste et terrible de vos crimes.

Milady se releva tout à coup, et se dressa devant lui d'un air résolu ; elle avait rejeté ses cheveux en arrière et ses yeux étincelaient.

— Faites venir sir Michael, s'écria-t-elle, faites-le venir, et je confesserai tout, oui, tout ! Peu m'importe ! J'ai lutté assez longtemps contre vous et déployé assez de patience : mais vous êtes vainqueur, Mr Robert Audley ! C'est un beau triomphe, n'est-ce pas ? Une grande victoire ! Vous avez employé votre esprit froid, brillant et calculateur à un noble projet ! Vous avez vaincu une folle !

— Une folle ! s'écria Mr Audley.

— Oui, une folle ! Quand vous dites que j'ai tué George Talboys, vous ne dites que la vérité, mais quand vous dites que je l'ai traîtreusement assassiné, vous mentez ! Je l'ai tué parce que je suis atteinte de démence, s'écria-t-elle ; parce que mon intelligence penche un peu plus du côté de la folie que de la raison ; parce que, lorsque George Talboys m'a harcelée de reproches et menacée comme vous l'avez fait, mon esprit, qui n'a jamais été équilibré, a basculé et je suis devenue folle. Faites venir sir Michael, et au plus vite. S'il doit savoir quelque chose, qu'il sache tout, qu'il apprenne en entier le secret de ma vie !

Robert Audley sortit pour aller chercher son oncle. Il se mit en quête de ce digne parent la mort dans l'âme, car il savait qu'il allait détruire le rêve de sa vie. Découvrir que nos rêves n'ont jamais été la réalité pour laquelle nous les avons pris ne rend pas leur perte moins douloureuse, il le savait bien. Mais malgré tout le chagrin qu'il éprouvait pour sir Michael, il ne pouvait s'empêcher de songer aux dernières paroles de milady : « le secret de ma vie ». Il se souvenait de ces lignes qui l'avaient si fort déconcerté dans la lettre écrite par Helen Talboys à son père la veille de son départ de Wildernsea. Il se souvenait de ces deux phrases intrigantes : « Vous devez me pardonner, car vous savez pourquoi j'ai agi de la sorte ; vous connaissez le secret qui explique ma vie. »

Il trouva sir Michael dans le vestibule. Il ne chercha pas à préparer le baronnet à la terrible révélation qu'il allait entendre. Il l'amena dans la bibliothèque et là, pour la première fois, il lui adressa la parole d'un ton calme :

— Lady Audley a une confession à vous faire, mon oncle, une confession qui vous sera bien douloureuse et qui vous surprendra cruellement. Mais pour votre honneur aujourd'hui, pour votre paix dans l'avenir, il faut que vous l'entendiez. Elle vous a trompé indignement, je dois le dire, mais il est de toute justice que vous écoutiez les excuses qu'elle peut alléguer. Que Dieu vous adoucisse la violence du coup, dit le jeune homme dans un sanglot, moi, je ne le puis.

Sir Michael leva la main, comme pour imposer silence à son neveu, mais cette main retomba impuissante. Il était debout au milieu de la salle, inflexible et inébranlable.

— Lucy ! cria-t-il d'une voix pleine d'angoisse qui résonnait désagréablement aux oreilles, comme le cri d'un animal blessé peine ceux qui l'entendent. Lucy, dites-moi que cet homme est fou ! Dites-le-moi, ma bien-aimée, ou bien je le tuerai !

Sa voix devint furieuse quand il se tourna vers Robert. On aurait dit qu'il voulait réellement terrasser de son bras puissant l'accusateur de sa femme. Mais milady tomba à ses pieds, s'interposant entre lui et son neveu, qui se tenait appuyé sur le dos d'un fauteuil et cachait sa figure dans ses mains.

— Il vous a dit la vérité, lui dit-elle, et il n'est pas fou. Je vous ai envoyé chercher pour vous faire ma confession. Je vous plaindrais si je le pouvais, car vous avez été bon, très bon pour moi, meilleur que je ne le méritais. Mais je ne peux pas, je ne peux pas, je ne sens rien que mon propre malheur. Je vous ai dit, il y a longtemps, que j'étais égoïste. Je le suis toujours, et plus que jamais quand je souffre. Les gens heureux et prospères peuvent s'apitoyer sur le sort des autres. Moi, je ris des souffrances d'autrui. Que sont-elles à côté des miennes?

Quand milady était tombée à genoux, sir Michael avait essayé de la relever en protestant. Mais à mesure qu'elle parlait, il se laissa tomber sur une chaise qui se trouvait près de l'endroit où elle était agenouillée. Les mains jointes, la tête inclinée pour ne pas perdre une syllabe de ses effroyables paroles, il écoutait comme si toute sa vie s'était concentrée dans le sens de l'ouïe.

— Il faut que je vous raconte l'histoire de ma vie, pour que vous compreniez comment je suis devenue cette malheureuse femme à laquelle il ne reste plus d'autre espoir que celui de fuir, si on le lui permet, et de se cacher dans quelque coin désert. Il faut que je vous raconte l'histoire de ma vie, répéta milady, mais ne craignez pas que je m'étende trop longtemps. Cette histoire est trop triste pour que je souhaite m'en souvenir. Quand j'étais enfant, je me rappelle avoir souvent posé une question toute naturelle, Dieu me garde! Je demandais où était ma mère. J'avais le vague souvenir d'un visage, semblable au mien aujourd'hui, qui me regardait, à l'époque où j'étais toute petite. Cette figure m'avait manqué tout à coup et je ne l'avais plus jamais vue. On me répondit qu'elle était partie. Je n'étais pas heureuse, car la femme qui me gardait chez elle était déplaisante et l'endroit que nous habitions était un village solitaire sur la côte du Hampshire, à sept *miles* environ de Portsmouth. Mon père, qui était dans la marine, venait de temps en temps me voir, et j'étais entièrement sous la dépendance de cette femme qui, n'étant pas payée régulièrement, passait sa colère sur moi quand mon père était en retard pour ses versements d'argent. Vous voyez donc que j'ai su de bonne heure ce que c'était que d'être pauvre.

Plus que des élans d'affection pour ma mère, c'est l'insatisfaction de cette vie triste qui me poussait à demander si souvent où elle était. Je recevais toujours la même réponse : « Elle est partie. » Si je voulais savoir pour quel endroit, on me disait que c'était un secret. Quand je fus assez âgée pour comprendre ce que signifiait le mot mort, je demandai si elle était morte. « Non, me dit-on, elle n'est pas morte, elle est malade, elle est partie » ; et lorsque je demandais depuis combien de temps, on me répondait qu'elle était malade depuis quelques années, depuis que j'étais un bébé.

Finalement, le secret me fut révélé. Je fatiguai ma nourrice de la même question un jour où les arriérés de ma pension étaient plus élevés que jamais, sa patience était à bout. Elle se mit en colère et m'avoua que ma mère était démente et enfermée dans une maison à quarante *miles* du village. À peine eut-elle fini, qu'elle se repentit et me dit que ce n'était pas vrai, qu'il ne fallait pas la croire, ni raconter qu'elle m'avait parlé de cela. Je sus plus tard que mon père lui avait fait promettre de ne jamais m'avouer ce terrible secret.

Je ressassais des pensées terribles sur la folie de ma mère. Cette idée me hantait jour et nuit. Je me représentais toujours la malheureuse folle, faisant les cent pas dans une cellule et vêtue d'une hideuse camisole qui entravait ses membres torturés. Je m'exagérais l'horreur de sa position. Je ne savais rien des différents degrés de la démence, et l'image qui me poursuivait était celle d'une créature violente et hallucinée qui se jetterait sur moi pour me tuer si je m'approchais d'elle. Cette idée s'empara de moi et je pris l'habitude de m'éveiller la nuit en hurlant de terreur, parce que je rêvais que les mains glacées de ma mère m'avaient saisie à la gorge et que ses délires me déchiraient les oreilles.

Lorsque j'atteignis ma dixième année, mon père vint me chercher. Il paya tout ce qu'il devait à la femme qui me gardait et m'envoya en pension. N'ayant pas d'argent, il m'avait laissée dans le Hampshire plus longtemps qu'il n'aurait voulu. Là encore, je ressentis le goût amer de la pauvreté. Je courais le risque de rester ignorante parmi ces petits campagnards frustes, parce que mon père était indigent.

Milady s'arrêta pour reprendre haleine. Elle parlait vite. On voyait qu'il lui tardait d'en avoir fini avec cette histoire qui lui était odieuse. Elle était toujours agenouillée et sir Michael ne cherchait pas à la relever.

Il était immobile et silencieux sur sa chaise. Quelle était cette histoire qu'il écoutait? De qui s'agissait-il et où allait-elle aboutir? Ce ne pouvait pas être sa femme. Il avait entendu le récit de sa jeunesse et l'avait cru comme parole d'évangile. Elle avait évoqué d'abord l'orphelinat, puis une enfance interminable, terne et tranquille, dans un pensionnat anglais.

— Je racontai à mon père ce que j'avais appris. Il fut vivement affecté quand je lui parlai de ma mère. Il n'était pas ce que l'on appelle généralement un homme bon, mais j'ai su plus tard qu'il avait tendrement aimé sa femme, et qu'il aurait volontiers sacrifié sa vie pour elle en s'instituant son gardien, s'il n'avait pas été forcé de travailler pour subvenir aux besoins de la démente et de son enfant. J'étais à nouveau confrontée à l'acharnement de la misère. Ma mère, qui aurait pu être soignée par un mari dévoué, était confiée aux soins d'infirmières.

Avant d'entrer en pension à Torquay, mon père me mena voir ma mère. Cette visite chassa du moins les idées qui m'avaient si souvent effrayée. Je n'entendis pas de hurlements, je ne vis pas de camisole de force ni de geôliers zélés. Une femme aux cheveux blonds, aux yeux bleus, qui semblait aussi légère qu'un papillon, sautilla vers nous, ses boucles ornées de fleurs des champs, et nous salua d'un sourire radieux et gai, sans cesser de bavarder. Mais elle ne nous reconnut pas. Elle aurait parlé de la même façon avec n'importe quel étranger qui aurait franchi les portes de l'établissement où elle était recluse. Sa folie était une maladie héréditaire que lui avait transmise sa mère, morte folle. Ma mère avait eu sa raison, ou l'apparence de la raison, jusqu'à ma naissance, mais depuis ce moment, son intelligence avait décliné jusqu'à devenir la personne que j'avais vue.

Je m'éloignai de la maison d'aliénés après avoir appris ces détails et j'emportai avec moi la certitude que le seul héritage que j'eusse à attendre de ma mère, c'était la démence. J'emportais encore autre chose : un secret à garder. Je n'avais que dix ans, mais je sentis tout le poids de ce fardeau. Il me fallait garder le secret de la folie de ma mère, car ce secret pouvait plus tard me causer beaucoup de tort. Je ne devais pas l'oublier.

Je m'en souvins et ce fut là peut-être ce qui me rendit égoïste et sans cœur, car je ne crois pas avoir de cœur. En grandissant, j'appris que j'étais jolie, belle, aimable, charmante. D'abord, j'entendis tout cela avec indifférence, mais peu à peu j'écoutai avec avidité et je me pris à songer que, malgré le secret de ma vie, il se pouvait que mon sort ici-bas fût plus heureux que celui de mes compagnes. J'avais appris ce qu'apprend tôt ou tard toute jeune fille en pension, j'avais appris que mon bonheur dépendait du mariage que je ferais, et j'en conclus qu'étant plus jolie que mes amies, je devais faire un plus beau mariage.

Je quittai la pension avant d'avoir atteint mes dix-sept ans, avec cette idée en tête, et j'allai vivre à l'autre bout de l'Angleterre avec mon père qui avait quitté le service et s'était établi à Wildernsea, pensant que c'était un endroit élégant et bon marché. L'endroit était élégant, en effet, et je n'y étais pas depuis un mois que je savais déjà que la plus jolie fille n'y trouverait pas de sitôt un mari fortuné. Je passe rapidement sur cet épisode de ma vie. J'étais très méprisable, c'est certain. Vous et votre neveu, sir Michael, vous avez été riches toute votre vie, et le mépris vous est facile ; mais moi, je savais jusqu'à quel point la pauvreté peut influer sur une existence, et je redoutais une vie affectée de la sorte. Le prétendant riche parut enfin ; le prince charmant se montra.

Elle s'arrêta un moment et frissonna convulsivement. Il était impossible de voir s'il s'opérait quelque changement sur sa physionomie, car sa tête était obstinément baissée vers le parquet. Tant que dura sa longue conférence, elle ne la releva pas, et pas un sanglot n'étouffa sa voix. Ce qu'elle avait à dire, elle le disait d'un ton froid et dur, comme un criminel endurci qui se confesse à l'aumônier de la prison.

— Le prince charmant se montra, répéta-t-elle, il se nommait George Talboys.

Pour la première fois depuis que sa femme avait entamé son récit, sir Michael tressaillit. Il commençait à comprendre. Une foule de remarques ignorées et d'incidents oubliés, qui lui avaient semblés trop insignifiants pour être notés, lui revinrent tout à coup à l'esprit et reparurent aussi vivement que s'ils avaient été les principaux événements de son passé.

— Mr George Talboys était officier dans un régiment de dragons. C'était le fils unique d'un riche gentilhomme campagnard. Il tomba amoureux de moi et m'épousa trois mois après que j'eus atteint ma dix-septième année. Je crois que je l'aimais autant qu'il m'était possible d'aimer quelqu'un, pas plus que je vous ai aimé, sir Michael, pas autant même ; car, en m'épousant, vous m'avez élevée à une position qu'il n'aurait jamais pu me donner.

Le rêve avait volé en éclats. Sir Michael Audley se rappela cette soirée d'été deux ans auparavant, où il avait fait sa déclaration à l'institutrice de Mr Dawson. Il se souvint de la sensation pénible de regret et de déception qu'il avait éprouvée ce soir-là, et il comprit qu'il avait en quelque sorte pressenti l'angoisse qui le torturait en ce moment.

Mais je ne crois pas que, même dans son malheur, il ressentait cette surprise totale et sans mélange, ce dégoût profond qui s'empare d'un mari lorsque son honnête épouse s'égare et devient une créature perdue qu'il doit répudier pour son honneur. Je ne crois pas que sir Michael ait jamais réellement donné toute sa confiance à sa femme. Il l'avait aimée et admirée ; sa beauté et ses charmes l'avaient ensorcelé ; mais cette impression qu'il lui manquait quelque chose, ce sentiment vague de perte et de déception qui l'avait frappé au cœur le soir de sa demande en mariage, étaient restés en lui plus ou moins distinctement depuis cette époque. Je ne crois pas qu'un honnête homme, quelque simple et confiante que soit sa nature, puisse jamais être trompé réellement. Sous la confiance qui se donne volontairement se cache une méfiance involontaire que la volonté ne peut détruire.

— Nous nous mariâmes, continua milady, et je l'aimais assez pour me trouver heureuse avec lui, tant que dura son argent, tant que nous voyageâmes sur le continent, menant grande vie dans les meilleurs hôtels. Mais lorsque nous revînmes à Wildernsea vivre avec mon père, il ne restait plus d'argent. George est devenu malheureux et maussade, obsédé par ses ennuis, et il avait l'air de me négliger. J'étais très malheureuse et je me dis que ce beau mariage ne m'avait en somme procuré qu'une année de distraction et de prodigalité.

Je suppliai George de faire appel à son père, mais il refusa. Je le persuadai de chercher un emploi, il ne réussit pas. Il nous était né un fils, et la crise qui avait été si fatale à ma mère se profilait pour moi. J'échappai au danger mais, après ma convalescence, je fus plus irritable encore et moins disposée à mener la dure bataille du monde, plus encline à me plaindre des privations et du laisser-aller. Un jour je me lamentai amèrement et avec force. Je reprochai à George Talboys sa cruauté pour avoir associé à sa misère une pauvre jeune fille sans défense. Il se mit en colère et quitta la maison. En m'éveillant le lendemain, je trouvai sur ma table de nuit une lettre dans laquelle il m'annonçait qu'il allait chercher fortune en Australie, et qu'il ne reviendrait que lorsqu'il serait riche.

Je considérai ce départ comme une désertion. J'en éprouvai une vive rancune et me mis à détester l'homme qui me laissait sans protecteur, hormis un père faible, enclin à la boisson, et avec un enfant à nourrir. Il me fallait travailler dur pour gagner ma vie et chaque heure de ce labeur – quoi de plus fastidieux que l'esclavage d'une institutrice ? – m'apparaissait comme un tort supplémentaire que me faisait George Talboys. Son père était riche, sa sœur menait une vie respectable dans le luxe, et moi, son épouse, la mère de son enfant, j'étais corvéable, réduite à la mendicité et à l'anonymat. Les gens me plaignaient et je les haïssais pour cela. Je n'aimais pas mon enfant : c'était un fardeau qui pesait sur mes bras. La tache héréditaire que je portais en moi ne s'était encore manifestée d'aucune manière, mais à cette époque je devins sujette à des accès de désespoir et de violence.

Ce fut alors que mon esprit bascula pour la première fois et que je traversai cette ligne invisible qui sépare la raison de la folie. Je vis mon père fixer sur moi ses regards alarmés et horrifiés. Il me caressait comme on caresse les enfants et les fous pour les calmer, et je m'irritais de ses subterfuges insignifiants. Je lui en voulais même de son indulgence. À la longue, ces accès de désespoir enfantèrent une résolution désespérée. Je me décidai à fuir cette maison misérable dont j'étais le soutien par le travail auquel j'étais asservie. Je résolus d'abandonner mon père qui me craignait plus qu'il ne m'aimait et d'aller à Londres pour me perdre dans ce grand chaos de l'humanité.

J'avais vu une annonce dans le *Times* pendant que j'étais à Wildernsea, et je me présentai sous un faux nom chez Mrs Vincent, la personne qui avait fait insérer l'annonce. Elle m'accepta sans me questionner sur mes antécédents. Vous connaissez le reste. Je vins ici et vous avez demandé ma main, m'offrant, si j'acceptais votre proposition, la situation que je convoitais depuis que j'avais été en pension et que l'on m'avait dit pour la première fois que j'étais jolie.

Trois années s'étaient écoulées depuis le départ de mon mari, et je n'avais eu aucun signe de lui. Je me disais que s'il était rentré en Angleterre, il m'aurait retrouvée sous n'importe quel nom et n'importe où. Je connaissais assez bien son caractère énergique pour savoir à quoi m'en tenir à ce sujet. Je me disais que j'avais le droit de le croire mort ou de supposer qu'il voulait se faire passer pour tel, et que son ombre ne devait pas se dresser entre la prospérité et moi. Telles furent mes réflexions, et je devins votre femme, sir Michael, avec la résolution d'être pour vous une aussi bonne épouse qu'il était dans ma nature de l'être. Les tentations vulgaires qui assaillent certaines femmes et les perdent ne m'effrayaient nullement. Je serais restée fidèle et pure jusqu'à la fin de ma vie quand bien même une légion de tentateurs auraient juré ma perte. Cette folle sottise que le monde appelle l'amour n'est jamais entrée pour rien dans ma folie, et les deux extrêmes en se touchant ont du moins fait d'un vice une vertu. Le manque de cœur a garanti ma fidélité.

Je fus très heureuse de mon premier triomphe et de la grandeur de ma nouvelle position, très reconnaissante envers celui qui m'y avait élevée. Le bonheur me fit sentir, pour la première fois de ma vie, un peu de compassion pour les souffrances des autres. J'avais été pauvre moi-même, et maintenant que j'étais riche, je pouvais secourir mes voisins indigents. Je pris plaisir à être bonne et généreuse. Je découvris l'adresse de mon père et je lui envoyai de fortes sommes sans déclarer mon nom, car je ne voulais pas qu'il découvre ce que j'étais devenue. Je profitai sans scrupule des avantages que me procurait votre libéralité. Je prodiguai le bonheur partout. Je me vis aimée autant qu'admirée, et je crois que j'eusse continué à être bonne jusqu'à la fin de mes jours, si le destin me l'avait permis.

Je pense que durant cette période mon esprit retrouva son équilibre. Je m'étais observée avec soin depuis mon départ de Wildernsea et je m'étais contrôlée. Souvent je m'étais demandé, pendant que j'étais assise dans le petit salon paisible du docteur, si Mr Dawson avait jamais eu le moindre soupçon de mon infirmité héréditaire. Le sort ne voulut pas me permettre d'être bonne. Ma destinée me força à être une misérable. Un mois après mon mariage, je lus, dans un des journaux du comté d'Essex, la nouvelle du retour d'Australie d'un certain Mr Talboys, chercheur d'or qui avait fait fortune.

Le navire était en route à l'époque où je lus la nouvelle. Que fallait-il faire ? Je vous ai dit que je connaissais l'énergie du caractère de George. Je savais que l'homme qui était allé aux antipodes chercher fortune pour sa femme remuerait ciel et terre pour la retrouver. Me cacher était sans espoir. À moins qu'il ne me crût morte, il me chercherait sans répit. Mon cerveau fut hébété à l'idée du danger que je courais. L'équilibre fut de nouveau ébranlé, je franchis une seconde fois la limite, je redevins folle.

Je me rendis à Southampton où mon père habitait avec l'enfant. Vous vous souvenez que je donnai pour excuse à ce voyage précipité une maladie de Mrs Vincent, et que je m'arrangeai pour n'emmener avec moi que Phoebe Marks. Je la laissai à l'hôtel pendant que j'allais voir mon père. Je lui confiai le secret du danger auquel j'étais exposée. Il ne fut pas très choqué par ce que j'avais fait, car la pauvreté avait probablement émoussé en lui le sens de l'honneur et des principes, mais il eut peur et promit de faire tout ce qui était en son pouvoir pour m'aider.

Il avait reçu pour moi une lettre de George adressée à Wildernsea, que l'on avait fait suivre au nouveau domicile de mon père. Cette lettre avait été écrite quelques jours avant le départ de l'*Argus*, et elle annonçait la date probable de l'arrivée du navire à Liverpool. C'était pour nous une indication sur laquelle nous devions régler notre conduite. Nous prîmes à l'instant même une décision. Le jour de l'arrivée probable de l'*Argus*, ou quelques jours plus tard, le *Times* publierait la nouvelle de ma mort. Ce plan n'était pas sans difficulté. Il fallait, en annonçant ma mort, indiquer l'endroit et la date. George accourrait certainement, quelle que fût la distance, et découvrirait le mensonge. Je connaissais suffisamment son tempérament optimiste, son courage et sa détermination, sa capacité à espérer malgré tout, pour savoir que tant qu'il n'aurait pas vu la tombe sous laquelle je reposais, et mon acte de décès, il ne croirait pas que j'étais perdue pour lui.

Mon père fut complètement abasourdi et impuissant. Il ne pouvait que verser des larmes de désespoir et de terreur, comme un enfant, et il me fut complètement inutile dans cette crise. N'ayant aucun espoir de sortir de cette difficulté, je m'en rapportai aux événements, et je me berçai de l'idée que parmi bien d'autres coins obscurs de la terre, Audley ne serait jamais découvert par mon mari. J'étais assise auprès de mon père dans un taudis misérable, prenant le thé et jouant avec l'enfant, très content de mes bijoux et de ma toilette, sans se douter que j'étais pour lui autre chose qu'une étrangère. Le petit garçon était dans mes bras, lorsqu'une femme qui s'occupait de lui entra.

Elle venait le chercher pour le mettre en état de paraître plus convenablement devant la dame, comme elle disait. J'étais anxieuse de savoir comment l'enfant était traité, et je fis causer la femme pendant que mon père somnolait au-dessus de la table. Elle avait la figure pâle, les cheveux cendrés, et paraissait environ quarante-cinq ans. Elle semblait très contente de pouvoir causer avec moi aussi longtemps que je voudrais, et délaissa bientôt le sujet de l'enfant pour me parler de ses propres chagrins. Elle était dans un très grand embarras, me dit-elle ;

sa fille aînée avait été forcée par la maladie de quitter sa place, et le médecin disait qu'elle était poitrinaire. C'était pénible, pour une pauvre veuve qui avait connu des jours meilleurs, d'avoir une fille malade à entretenir, tout autant qu'une famille de jeunes enfants.

Je laissai la femme s'étendre un long moment sur ce sujet et me raconter les souffrances de sa fille, son âge, sa piété, les remèdes du médecin, et bien d'autres choses encore. Mais mon esprit était ailleurs ; je ne l'écoutais pas, je ne l'entendais que d'une manière vague, comme le bruit de la rue ou le murmure de l'eau qui coulait à son extrémité. Que m'importaient les soucis de cette femme ? N'avais-je pas les miens, bien pires que tout ce que sa nature grossière devrait jamais endurer ? Ces sortes de gens ont toujours des maris malades, des enfants alités, et s'attendent à être secourus par les riches dans tous leurs embarras. Il n'y avait rien là qui sortît du commun. Je songeais à tout ceci, et j'étais sur le point de la renvoyer avec un souverain pour sa fille malade, lorsqu'une idée me traversa le cerveau avec tant de promptitude que tout mon sang reflua à ma tête et fit battre mon cœur avec la violence que j'éprouve lorsque je suis démente.

Je lui demandai son nom. Elle s'appelait Plowson et tenait une petite boutique où elle vendait de tout, disait-elle, et qu'elle quittait de temps en temps pour venir voir Georgey et vérifier que la jeune servante de mon père s'en occupait. Sa fille malade se nommait Matilda. Je lui adressai plusieurs questions sur cette fille Matilda, et j'appris qu'elle avait vingt-quatre ans, qu'elle avait toujours été atteinte de consomption, et qu'en ce moment, comme disait le docteur, elle déclinait rapidement. L'homme de l'art déclarait même qu'elle ne passerait pas la quinzaine. Le navire qui amenait George Talboys devait jeter l'ancre dans la Mersey dans trois semaines. Il est inutile de m'appesantir plus longtemps sur ces détails. Je rendis visite à la jeune fille. Elle était blonde et mince. Sa description rapide pouvait correspondre à peu près à la mienne, bien qu'elle ne me ressemblât en rien, excepté pour ces deux particularités.

Je lui fus présentée comme une dame riche qui désirait lui être utile. Je corrompis la mère, qui était pauvre et cupide, en lui donnant plus d'argent qu'elle n'en avait jamais vu et elle consentit à tout ce que je voulus. Deux jours après avoir rencontré cette Mrs Plowson, mon père se rendit à Ventnor et loua un appartement pour sa fille malade et son enfant. Le lendemain matin, il emmena Matilda mourante et Georgey qu'on avait convaincu de l'appeler maman. Elle entra dans la maison en qualité de Mrs Talboys ; un médecin la soigna comme Mrs Talboys, et quand elle mourut, elle fut inscrite sur le registre sous le nom de Mrs Talboys. La nouvelle fut insérée dans le *Times*, et deux jours après, George Talboys arrivait à Ventnor et faisait placer la pierre tombale qui rappelle le souvenir de sa femme, Helen Talboys.

Sir Michael Audley se leva lentement et avec peine. On aurait dit que la douleur morale avait raidi tous ses membres.

— Je ne puis en entendre davantage... murmura-t-il d'une voix rauque. S'il reste quelque chose à dire, il m'est impossible de l'écouter. Robert, c'est vous qui avez découvert tout cela. Je ne veux rien savoir de plus. Pouvez-vous prendre sur vous et vous occuper du salut et du bien-être de cette femme que je croyais être la mienne ? Souvenez-vous, dans tout ce que vous ferez, que je l'ai aimée réellement et tendrement. Je ne puis lui dire adieu et je ne le dirai pas jusqu'à ce que je puisse songer à elle sans amertume, jusqu'à ce que je puisse avoir pitié d'elle, comme je prie Dieu de la prendre en pitié ce soir.

Sir Michael sortit lentement de la bibliothèque sans jeter un seul regard sur sa femme agenouillée. Il n'osait pas regarder une dernière fois celle qu'il avait aimée. Il se rendit dans son cabinet, sonna son valet de chambre et lui ordonna de préparer son sac de voyage et de prendre tous les arrangements nécessaires pour accompagner son maître par le dernier train.

## 36

## Le calme après la tempête

Robert Audley suivit son oncle dans le vestibule, après que sir Michael eut prononcé ces quelques mots calmes qui sonnaient le glas de son espoir et de son amour. Dieu sait combien le jeune homme avait redouté l'arrivée de ce jour. Il était là, et bien qu'il n'y ait eu aucune explosion de désespoir, aucun ouragan de chagrin, aucune tempête d'angoisses et de larmes, Robert n'était pas rassuré par ce calme contre nature. Il comprenait que sir Michael emportait avec lui la flèche acérée que la main de son neveu avait dirigée contre son cœur.

Il savait que ce calme étrange et glacial était l'engourdissement d'un cœur frappé par un chagrin si inattendu qu'il ne pouvait le comprendre. Il savait que lorsque cette stupeur aurait cessé, lorsque peu à peu, un à un, chaque affreux élancement de souffrance deviendrait plus présent, l'orage éclaterait en sanglots déchirants, qui briseraient comme un coup de tonnerre ce cœur généreux.

Robert avait entendu raconter que des hommes de l'âge de son oncle avaient enduré le premier choc d'un grand malheur avec un calme étrange, s'éloignant de ceux qui voulaient les consoler, lesquels étaient rassurés par ce flegme, pour s'écrouler et mourir du coup qui n'avait fait que les étonner tout d'abord. Il se souvenait d'attaques de paralysie et d'apoplexie survenues en pareil cas chez des hommes aussi forts que son oncle, et il s'attardait dans le vestibule, se demandant s'il n'était pas de son devoir d'être auprès de sir Michael, et de ne pas le quitter pour être à même de le secourir promptement.

Et pourtant, était-ce prudent d'imposer sa présence au vieillard dans ce moment cruel où il venait de s'éveiller d'un rêve, celui d'une vie sans tache, et de s'apercevoir qu'il avait été la dupe d'une figure trompeuse et le jouet d'une folle qui, par nature, était trop froidement cupide et sans cœur pour prendre conscience de son infamie.

« Non, pensa Robert, je ne vais pas m'imposer à l'angoisse de ce cœur blessé. L'humiliation se mêle à son chagrin amer et il vaut mieux qu'il soit seul. J'ai fait ce que je regardais comme un devoir sacré, mais je ne dois pas m'étonner si je lui suis devenu odieux. Il vaut mieux qu'il lutte seul. Je ne peux rien faire pour rendre le combat moins terrible, et il vaut mieux que personne ne l'assiste. »

Pendant que le jeune homme était debout, la main encore sur la porte de la bibliothèque, se demandant s'il suivrait son oncle ou s'il rentrerait dans la pièce où se trouvait la misérable créature qu'il avait démasquée, Alicia Audley ouvrit la salle à manger où l'on voyait la longue table couverte de beau linge damassé et tout étincelante de verrerie et d'argenterie.

— Papa vient-il dîner? demanda miss Audley, je me sens en appétit et la pauvre Tomlins a envoyé prévenir trois fois que le poisson ne vaudrait rien. Ce doit être une espèce de bouillie à cette heure, je suppose, ajouta la jeune fille, en entrant dans le vestibule, le *Times* à la main.

Elle avait lu le journal au coin du feu en attendant que ses aînés la rejoignent pour dîner.

— Oh! c'est vous, Mr Robert Audley, remarqua-t-elle avec détachement. Vous dînez avec nous, n'est-ce pas? Allez donc chercher papa. Il est près de huit heures et d'habitude, nous dînons à six.

Mr Audley répondit à sa cousine d'un ton sévère. Ses manières frivoles l'agaçaient et il oubliait que miss Audley ne savait pas le premier mot du terrible drame qui s'était longuement joué sous ses yeux.

— Votre père vient d'éprouver un très grand chagrin, Alicia, dit le jeune homme gravement.

La figure rieuse de la jeune fille devint tout à coup inquiète. Alicia Audley aimait tendrement son père.

— Un chagrin! s'écria-t-elle. Oh! qu'est-il arrivé, Robert?

— Je ne peux rien vous dire pour le moment, Alicia, répondit Robert à voix basse.

Il prit sa cousine par la main et l'emmena tout en parlant dans la salle à manger. Il referma soigneusement la porte et ajouta ensuite:

— Puis-je avoir confiance en vous, Alicia?

— Pour quoi faire?

— Pour consoler votre père et lui servir d'amie dans l'affliction qui vient de fondre sur lui.

— Oui! s'écria Alicia avec vivacité. Comment pouvez-vous me poser pareille question? Croyez-vous que je ne ferais pas tout au monde pour adoucir sa peine? Que je ne suis pas prête à n'importe quelle souffrance pour soulager la sienne?

Les larmes vinrent aux yeux de miss Audley pendant qu'elle parlait.

— Oh! Robert, Robert! Comme vous m'avez mal jugée si vous croyez que je ne vais pas tout tenter pour réconforter mon père, dit-elle d'un ton de reproche.

— Non, non, ma chère, répondit calmement le jeune homme, je n'ai jamais douté de votre affection, c'est votre discrétion qui m'inquiète. Puis-je compter sur vous?

— Vous le pouvez, Robert, dit résolument Alicia.

— Très bien, j'aurai confiance en vous, ma chère fille. Votre père va quitter Audley, pour quelque temps du moins. Le chagrin qu'il vient d'éprouver – chagrin inattendu, je vous le rappelle – doit sans doute lui faire détester cette résidence. Il s'en va, mais il ne faut pas qu'il parte seul, n'est-ce pas, Alicia.

— Seul? Non, non! Mais je pense que lady Audley…

— Lady Audley n'ira pas avec lui, dit Robert gravement, elle va être séparée de votre père.

— Pour quelque temps?

— Non, pour toujours.

— Séparée de lui pour toujours! s'écria Alicia. Alors ce chagrin…

— C'est lady Audley qui est la cause de la douleur de votre père.

Le visage d'Alicia, resté pâle jusque-là, rougit brusquement. Qu'était-ce que ce chagrin causé par lady Audley et qui allait séparer pour toujours sir Michael de sa jeune femme? Ils ne s'étaient pas querellés, l'harmonie avait constamment régné entre Lucy Audley et son généreux mari. Ce chagrin venait donc d'une découverte soudaine, il cachait donc le déshonneur. Robert Audley comprit la signification de cette rougeur.

— Vous offrirez à votre père de l'accompagner partout où il voudra, Alicia, dit-il. Vous êtes son soutien naturel dans un moment comme celui-ci, mais vous l'aiderez mieux en ne cherchant pas à pénétrer le secret de sa douleur. Votre ignorance des détails sera la garantie de votre discrétion. Ne dites à votre père que ce que vous pouviez lui dire avant qu'il se remarie. Soyez pour lui ce que vous étiez avant que cette femme s'interpose entre lui et vous.

— Je le serai, murmura Alicia, je le serai.

— Vous éviterez naturellement de prononcer le nom de lady Audley. Si votre père garde le silence, soyez patiente; s'il vous semble parfois que sa douleur ne finira qu'avec sa vie, soyez encore patiente et souvenez-vous que le seul moyen de le guérir, c'est de lui faire espérer à force de soins qu'il existe sur terre une femme qui l'aimera jusqu'à son dernier jour et de toutes les forces de son âme.

— Oui, Robert, oui, mon cher cousin, je m'en souviendrai.

Mr Audley embrassa sa cousine sur le front. C'était la première fois depuis qu'il avait dit adieu aux bancs du collège.

— Ma chère Alicia, dit-il, vous me rendrez heureux en agissant ainsi. J'ai été en quelque sorte l'instrument du malheur de votre père. Laissez-moi espérer que ce malheur ne sera pas éternel. Rendez mon oncle au bonheur, Alicia, et je vous aimerai comme jamais frère n'a aimé une sœur au cœur brave. Et l'affection d'un frère n'est pas sans valeur, Alicia, bien qu'elle soit très différente de l'adoration enthousiaste de ce pauvre sir Harry.

Alicia avait la tête baissée et dissimulait son visage à son cousin pendant qu'il parlait; mais, quand il eut fini, elle la releva et le regarda bien en face avec un sourire qui rendait plus brillants ses yeux pleins de larmes.

— Vous avez bon cœur, Robert, dit-elle, et j'ai eu tort de m'emporter contre vous parce que…

La jeune fille s'arrêta tout à coup.

— Parce que quoi, ma chère cousine? demanda Mr Audley.

— Parce que je suis une sotte, Robert, dit promptement Alicia; mais n'importe, je ferai ce que vous voudrez et ce ne sera pas ma faute si mon père n'oublie pas ses chagrins avant peu. J'irais au bout du monde avec lui si je pensais que le voyage lui fît plaisir. Je vais tout préparer. Pensez-vous qu'il parte ce soir?

— Oui, je ne crois pas qu'il veuille rester une nuit de plus sous ce toit.

— Le train-poste part à neuf heures vingt, dit Alicia; nous devons quitter la maison dans une heure si nous voulons le prendre. Je vous reverrai avant notre départ, Robert?

— Oui, Alicia.

Miss Audley courut vers sa chambre et appela sa servante pour l'aider à faire les préparatifs de ce voyage dont elle ne connaissait pas la destination finale.

Elle se dévoua corps et âme à la tâche que lui avait confiée Robert. Elle aida la femme de chambre à garnir les sacs de voyage et la dérouta fort en mettant ses robes de soie dans des cartons à chapeau et ses souliers en satin dans son nécessaire de toilette. Elle parcourait ses appartements dans tous les sens, rassemblant matériel à dessin, partitions, ouvrages d'aiguilles, brosses à cheveux, bijoux et parfums, comme si elle se préparait à embarquer pour quelque île sauvage où les ressources du monde civilisé étaient ignorées. Elle pensait sans cesse au chagrin inconnu de son père et peut-être un peu à la figure sérieuse et à la voix grave de son cousin Robert, qui s'était montré à elle sous un nouveau jour.

Mr Audley monta, lui aussi, au premier étage et se rendit au cabinet de sir Michael. Il frappa à la porte et attendit la réponse avec inquiétude. Au bout d'un moment, pendant lequel le cœur du jeune homme battit bien fort, le baronnet vint ouvrir lui-même. Robert vit que le valet de son oncle s'activait au gros travail de préparer le voyage précipité de son maître.

Sir Michael s'avança dans le corridor.

— Avez-vous encore quelque chose à me dire, Robert? demanda-t-il d'une voix calme.

— Je viens seulement savoir si je puis vous être utile. Vous partez ce soir pour Londres?

— Oui.

— Avez-vous décidé en quel endroit vous séjournerez?

— Oui, je descendrai à l'hôtel Clarendon, j'y suis connu. Est-ce tout?

— Oui, excepté qu'Alicia vous accompagnera.

— Alicia!

— Elle ne peut rester ici, il vaut mieux qu'elle parte aussi, jusqu'à ce que...

— Oui, oui... Je comprends, interrompit le baronnet, mais ne pourrait-elle aller ailleurs? Est-il indispensable qu'elle soit avec moi?

— Elle ne peut aller autre part si rapidement, et elle n'y serait pas heureuse.

— Qu'elle vienne, alors, dit sir Michael, qu'elle vienne!

Il parlait d'une voix étrange, feutrée, avec un effort visible, comme s'il lui était pénible de devoir s'exprimer. Comme si les exigences de la vie lui étaient une torture cruelle qui l'irritaient bien au-delà de son chagrin et lui étaient plus insupportables.

— Très bien, mon cher oncle, alors tout est arrangé. Alicia sera prête pour neuf heures.

— Très bien, très bien, marmonna le baronnet. Qu'elle vienne, la pauvre enfant, qu'elle vienne, si cela lui plaît.

Il soupira en parlant de sa fille sur ce ton de compassion. Il songeait à l'indifférence qu'il lui avait témoignée à cause de la femme enfermée en ce moment dans la bibliothèque.

— Je vous verrai au moment de votre départ, mon oncle, dit Robert ; je vous quitte d'ici là.

— Attendez! dit soudain sir Michael. Avez-vous révélé quelque chose à Alicia?

— Je ne lui ai rien dit, excepté que vous quittiez Audley pour quelque temps.

— Vous êtes très bon, Robert, dit le baronnet d'une voix brisée, vous êtes très bon.

Il tendit sa main à son neveu, qui la porta à ses lèvres.

— Oh! mon oncle, comment pourrai-je jamais me pardonner? Comment pourrai-je cesser de me haïr pour avoir apporté ce malheur dans votre vie?

— Non, non, Robert, vous avez bien agi. J'aurais préféré que Dieu soit assez miséricordieux pour prendre ma misérable vie avant cette nuit, mais vous avez bien agi.

Sir Michael rentra dans son cabinet, et Robert revint lentement dans le vestibule. Il s'arrêta sur le seuil de la chambre où il avait laissé Lucy, lady Audley, alias Helen Talboys, la femme de son ami George.

Elle était étendue sur le parquet à l'endroit même où elle s'était tapie aux pieds de son mari pour raconter son histoire honteuse. Était-elle évanouie, ou gisait-elle là complètement incapable de faire face à la situation? Robert s'en préoccupa fort peu. Il parut dans le vestibule et envoya chercher par un domestique la femme de chambre de milady, l'élégante demoiselle enrubannée qui poussa de hauts cris étonnés et consternés en voyant sa maîtresse.

— Lady Audley est très malade, lui dit-il; conduisez-la chez elle et veillez à ce qu'elle ne sorte pas. Vous voudrez bien rester auprès d'elle sans lui parler ou lui permettre de se fatiguer en parlant.

Lady Audley n'était pas évanouie; elle se laissa aider par la femme de chambre et se releva. Ses cheveux étaient en désordre sur ses épaules et sa gorge, sa figure et ses lèvres avaient perdu leurs couleurs et ses yeux brillaient d'un éclat terrible et surnaturel.

— Emmenez-moi, dit-elle, et laissez-moi dormir, laissez-moi dormir, mon cerveau est en feu.

Au moment de quitter la bibliothèque, elle se retourna et demanda à Robert :

— Sir Michael est-il parti?
— Il part dans une demi-heure.
— Personne n'a péri dans l'incendie de Mount Stanning?
— Personne.
— J'en suis heureuse.
— L'aubergiste, Marks, a été gravement brûlé, il est dans un état critique chez sa mère, mais il se peut qu'il guérisse.
— Tant mieux... Je suis contente que personne n'ait succombé. Bonne nuit, Mr Audley.
— Je vous demanderai demain un entretien d'une demi-heure, lady Audley.
— Quand il vous plaira. Bonne nuit.
— Bonne nuit.

Elle disparut en s'appuyant doucement sur l'épaule de sa femme de chambre, et laissa Robert en proie à une étrange confusion qui lui était très pénible.

Il s'assit devant le foyer où les braises s'éteignaient, et réfléchit aux changements survenus dans cette maison qui avait été un foyer si plaisant pour tous ceux qui y vivaient avant la disparition de son ami. Il était là, broyant du noir devant l'âtre désolé, se demandant ce qu'il fallait faire dans cette crise soudaine. Il restait assis, désarmé et impuissant, perdu dans une sombre rêverie d'où le tira le bruit d'une voiture qui approchait de la porte de la tourelle.

Neuf heures sonnaient à la pendule du vestibule lorsque Robert ouvrit la porte de la bibliothèque. Alicia venait de descendre avec sa servante, une jeune campagnarde aux joues roses.

— Adieu, Robert, lui dit-elle, en lui tendant la main, adieu et Dieu vous bénisse! Vous pouvez compter sur moi pour prendre soin de papa.

— Je n'en doute pas. Dieu vous bénisse, ma chère.

Pour la seconde fois de la soirée, Robert Audley pressa de ses lèvres le candide front de sa cousine; et, pour la seconde fois, ce baiser fut celui d'un père ou d'un frère, et ne ressembla en rien à celui que lui eût donné sir Harry Towers.

À neuf heures cinq minutes, sir Michael parut, suivi de son valet, la mine grave et les cheveux gris comme lui. Le baronnet était pâle, mais maître de lui. La main qu'il tendit à son neveu était froide comme de la glace, mais ce fut d'une voix ferme qu'il dit adieu à Robert.

— Je laisse tout entre vos mains, Robert, lui dit-il au moment de s'éloigner de cette maison qu'il avait habitée si longtemps. Je ne sais pas la fin de cette histoire, mais j'en ai entendu assez. Dieu sait que je n'ai pas besoin d'en entendre davantage. Je laisse tout entre vos mains, mais ne soyez pas cruel. Souvenez-vous combien je l'ai aimée…

Il ne put achever sa phrase, la voix lui manqua.

— Je m'en souviendrai, répondit le jeune homme, et je ferai tout pour le mieux.

Les larmes traîtresses empêchèrent Robert de voir la figure de son oncle ; une minute après, la voiture était loin, et il était assis dans la bibliothèque sombre, où une dernière étincelle rougeoyait dans les cendres. Il réfléchissait à ce qu'il convenait de faire, songeant à la terrible responsabilité qu'il venait d'assumer en se chargeant de la destinée d'une femme malfaisante.

« Bonté divine, se dit-il, Dieu me punit sûrement d'avoir mené une vie si indolente et sans but jusqu'au mois de septembre dernier. C'est sans doute pour que je fasse amende honorable et que j'avoue qu'un homme ne peut choisir le genre de vie qui lui plaît, que la Providence fait peser sur moi cette responsabilité. On ne peut dire : "Je vais prendre l'existence à la légère et me tenir à l'écart des malheureuses créatures égarées qui se lancent avec énergie et courage dans la bataille de la vie." On ne peut dire : "Je resterai sous la tente pendant que la mêlée est furieuse, et je rirai des imbéciles que l'on foule aux pieds dans cette lutte inutile." On ne peut qu'accepter humblement, et en tremblant, la tâche qu'il a plu au Créateur de vous imposer. S'il faut se battre, il n'y a pas à reculer, et malheur à celui qui ne répond pas à l'appel, malheur à celui qui reste dans sa tente, quand le tocsin le convoque sur le champ de bataille ! »

L'un des domestiques apporta de la lumière dans la bibliothèque et ralluma le feu, mais Robert ne bougea pas de son siège auprès du foyer. Il resta assis comme il le faisait souvent à Fig-Tree Court, les coudes appuyés sur les accoudoirs et le menton dans la main.

Au moment où le domestique allait sortir, il releva la tête.

— Puis-je envoyer une dépêche à Londres ? demanda-t-il.

— On peut l'envoyer de Brentwood, monsieur, pas d'ici.

Mr Audley regarda sa montre d'un air pensif.

— On ira à Brentwood, si vous voulez, monsieur, si vous désirez envoyer quelque message.

— J'ai une dépêche à envoyer, Richards, pouvez-vous arranger cela?

— Certainement, monsieur.

— Alors, attendez que je l'écrive.

— Oui, monsieur.

Le domestique apporta de quoi écrire, et mit ce matériel devant Mr Audley. Robert trempa la plume dans l'encre et contempla un instant les bougies avant de commencer. Voici quelle fut sa dépêche:

*Robert Audley, d'Audley en Essex, à Francis Wilmington, de Paper Buildings, Temple.*
*Cher Wilmington, si vous connaissez un médecin ayant l'expérience de cas de folie et auquel on puisse confier un secret, soyez assez bon pour m'envoyer son adresse par le télégraphe.*

Mr Audley mit la lettre dans une solide enveloppe et la tendit au domestique en lui donnant un souverain.

— Veillez à ce que cela soit remis à une personne digne de confiance, Richards, et dites-lui d'attendre la réponse à la gare. Elle devrait arriver dans une heure et demie.

Richards, qui avait connu Robert tout enfant, sortit pour exécuter cet ordre. Dieu nous garde de le suivre à l'office où les domestiques, groupés en cercle devant le feu, discutaient les événements du jour sans y rien comprendre.

Rien ne pouvait être plus éloigné de la vérité que les suppositions de ces dignes gens. Quels indices avaient-ils sur le mystère de cette pièce où une femme criminelle s'était agenouillée aux pieds de son seigneur et maître pour lui raconter l'histoire de sa vie de péchés? Ils savaient seulement ce que le valet de chambre de sir Michael leur avait dit de ce soudain voyage: que son maître était aussi pâle qu'un linge, qu'il parlait avec une voix étrange qui ne ressemblait en rien à la sienne, et en quelque sorte – Mr Parsons le valet – vous auriez pu le faire tomber avec une plume, si vous aviez eu l'idée de le renverser avec une arme aussi faible.

Les gens sensés de l'antichambre décidèrent que sir Michael avait reçu quelque nouvelle inattendue apportée par Robert – ils étaient assez sages pour relier le jeune homme à la catastrophe : la mort de quelque cher et proche parent (les plus vieux serviteurs décimaient un à un les membres de la famille Audley en s'efforçant de trouver qui ce pouvait être), quelque baisse dans les fonds, quelque mauvaise spéculation, ou la faillite d'une banque dans laquelle la plus grande partie de la fortune du baronnet était investie. En général, on penchait pour la faillite d'une banque, et chaque membre de l'assemblée, avec une espèce d'avidité et de sombre plaisir, se jetait sur cette idée, quoiqu'une telle supposition dût entraîner leur propre ruine avec celle de cette généreuse maison.

Robert s'assit près du triste foyer, qui gardait cet air lugubre même maintenant qu'il flambait d'un bon feu. Il écoutait la sourde plainte du vent qui gémissait autour de la maison et soulevait le lierre tremblant des murs qu'il recouvrait. Robert était épuisé car il faut se rappeler qu'il avait été éveillé au milieu de la nuit par l'haleine brûlante du feu et le craquement du bois qui brûlait dans l'auberge du Château. Sans sa présence d'esprit et son sang-froid, Luke Marks aurait connu une mort épouvantable. Il portait encore les marques du danger de la nuit : ses cheveux avaient légèrement roussi sur un côté du front, et sa main gauche était rouge et enflammée. Il s'était brûlé en cherchant à sauver l'aubergiste. Il était exténué aussi par la fatigue et l'excitation, et il s'endormit dans un fauteuil profond devant le feu. L'entrée de Richards, qui rapportait la dépêche, le réveilla.

La réponse était courte : « *Cher Audley, toujours heureux de vous obliger. Alwyn Mosgrave, M. D., 12, Saville Row. Fiable.* » Le nom et l'adresse, c'était tout ce que contenait la dépêche.

— Il faudra porter une autre lettre à Brentwood demain matin, Richards, dit Mr Audley en repliant le papier, et je serais bien aise que ce soit avant le petit-déjeuner. Le porteur aura un demi-souverain pour sa peine.

Richards s'inclina.

Mr Audley souhaitait que l'homme parte aussitôt que possible, aussi décida-t-on qu'il irait à six heures.

— Ma chambre est-elle prête, Richards?

— Oui, monsieur, votre ancienne chambre.

— Très bien. Alors, je vais me coucher. Apportez-moi un grog aussi chaud que possible, et attendez que j'aie la dépêche.

Cette deuxième dépêche invitait très fermement le docteur Mosgrave à se rendre immédiatement au château d'Audley pour affaire très sérieuse.

Quand la dépêche fut écrite, Mr Audley jugea qu'il avait fait tout ce qu'il pouvait. Il but son grog dont il avait grand besoin car il avait été glacé jusqu'aux os par ses aventures pendant l'incendie. Il but lentement le pâle liquide doré, et songea à Clara Talboys, à cette jeune fille sérieuse, dont le frère était maintenant vengé par l'humiliation de celle qui l'avait fait périr. Avait-elle entendu parler de l'incendie de l'auberge? C'était probable, Mount Stanning était un endroit si petit. Mais avait-elle su qu'il avait couru un grand danger, et qu'il s'était signalé en sauvant un rustre enivré? Je crois bien que, même au coin de ce feu solitaire, et sous le toit que venait d'abandonner pour longtemps celui qui en était le maître, Robert Audley eut la faiblesse de lâcher la bride à son imagination, de la laisser s'envoler vers les pins qui se dressaient sous le ciel froid de mars, et de songer aux beaux yeux bruns qui ressemblaient tant à ceux de son ami perdu.

## 37

## L'avis du docteur Mosgrave

Lady Audley dormait. Elle dormit profondément d'un bout à l'autre de cette longue nuit d'hiver. Souvent, les criminels dorment ainsi la veille de leur supplice, et sont arrachés à leur paisible sommeil par le geôlier de la prison qui vient les éveiller.

La partie était jouée et perdue. Je ne crois pas que lady Audley aurait rejeté une seule carte, ni manqué de tendre un piège si elle l'avait pu. Le jeu de son adversaire avait été meilleur et il avait gagné.

Elle était plus tranquille maintenant qu'elle ne l'avait été depuis ce jour – si peu de temps après son second mariage – où elle avait lu que George Talboys était de retour des mines d'or australiennes. Elle pouvait se reposer maintenant qu'on la connaissait sous son pire jour. Il n'y avait plus rien à découvrir. Elle s'était débarrassée du terrible fardeau d'un secret presque insupportable, et son naturel égoïste et sensuel avait repris son emprise sur elle. Elle dormait paisiblement blottie dans son lit moelleux, sous le doux monticule de son couvre-lit de soie et à l'ombre des grands rideaux en velours. Elle avait ordonné à sa femme de chambre de coucher dans la même chambre qu'elle et de laisser la lampe allumée toute la nuit.

Ce n'était pas qu'elle eût peur d'être visitée par des spectres dans le calme de la nuit. Elle était trop complètement égoïste pour se soucier de ce qui ne pouvait la blesser, et elle n'avait jamais entendu dire qu'un esprit pouvait causer une douleur physique. Elle avait craint Robert Audley, mais elle ne le craignait plus maintenant. Il était allé le plus loin qu'il pouvait, et elle savait qu'il n'irait pas plus avant, de peur d'attirer un déshonneur éternel sur le nom qu'il vénérait.

« Ils vont me faire interner quelque part, je suppose, se dit milady, c'est tout ce qu'ils peuvent me faire. »

Elle se regarda comme une espèce de prisonnière d'État dont on prendrait soin. Une sorte de second Masque de fer qu'on enfermerait dans un endroit confortable. Elle devint indifférente au sort qui l'attendait. Elle avait vécu cent vies en quelques jours et avait épuisé sa capacité à souffrir, pour quelque temps du moins.

Le lendemain matin, elle prit une tasse de thé vert très fort et quelques morceaux de toasts avec autant de calme que le condamné qui fait son dernier repas, pendant que les geôliers le surveillent de peur qu'il avale un morceau de l'assiette ou une cuillère, ou qu'il commette un acte de violence en vue et d'échapper ainsi au bourreau.

Elle déjeuna, prit son bain, et émergea de son luxueux cabinet, les cheveux parfumés, dans la plus délicieuse insouciance des préparatifs du matin. Elle regarda fixement l'ameublement coûteux autour d'elle, avec insistance et envie, avant de se détourner pour sortir. Mais elle n'eut pas une tendre pensée pour l'homme à l'origine de tout cela, qui avait donné des preuves muettes de son amour à travers chaque précieux jouet éparpillé autour d'elle dans la profusion et la splendeur. Lady Audley songeait au prix que cela avait coûté et que, très probablement, à sa grande peine, toutes ces richesses allaient bientôt cesser d'être à elle.

Elle se regarda dans la psyché avant de quitter la pièce. Le repos d'une longue nuit lui avait rendu son teint délicatement rosé et l'éclat naturel de ses yeux bleus. Le feu terrible qui brillait en eux la veille avait disparu et lady Audley eut un sourire de triomphe en contemplant le reflet de sa beauté. Le temps n'était plus où ses ennemis auraient pu la marquer au fer et détruire les charmes qui avaient causé tant de mal. Quoi qu'on lui fasse, on ne pourrait lui retirer sa beauté, pensait-elle. Ils étaient impuissants pour lui dérober cela.

C'était une belle journée de mars, brillante et ensoleillée, mais d'un soleil déprimant. Lady Audley s'enveloppa d'un châle des Indes qui avait coûté cent guinées à sir Michael. Elle pensait que c'était une bonne idée de porter ce vêtement coûteux, parce que si on l'emmenait à la hâte, elle aurait du moins sur elle quelque chose de son ancienne splendeur. Qu'on se rappelle les dangers auxquels elle s'était exposée pour avoir une belle maison et des meubles superbes, des voitures et des chevaux, des bijoux et des dentelles, on ne s'étonnera pas qu'elle s'accroche avec ténacité à des babioles et des colifichets en ses heures de désespoir. Si elle avait été Judas Iscariote, elle aurait gardé les trente pièces d'argent jusqu'à la dernière heure de sa vie remplie de honte.

Mr Robert Audley déjeuna dans la bibliothèque. Il resta longtemps assis devant son thé solitaire, fumant sa pipe d'écume et méditant sombrement sur la tâche qui l'attendait. « J'en appellerai à l'expérience de ce docteur Mosgrave, se dit-il. Les médecins et les avocats sont les confesseurs de ce siècle prosaïque. Il me viendra en aide, assurément. »

Le premier train venant de Londres arrivait à Audley à dix heures et demie, et, à onze moins cinq, Richards, serviteur à la mine grave, annonça le docteur Alwyn Mosgrave.

Le médecin de Saville Row était grand, âgé de cinquante ans environ. Il était mince, avait le teint cireux, les yeux gris pâle, comme s'ils avaient été bleus jadis et s'étaient affadis avec le temps. Malgré toute la puissance de la médecine, le docteur Mosgrave n'avait pu engraisser ou se donner des couleurs. Sa figure était curieusement impassible et très attentive à la fois. C'était la physionomie d'un homme qui avait passé la plus grande partie de sa vie à écouter les autres et avait mis de côté son individualité et ses passions dès le début de sa carrière.

Il s'inclina devant Robert Audley, prit une chaise en face de lui et présenta son visage concentré au jeune homme. Robert s'aperçut que le regard du médecin avait perdu son expression d'attention tranquille et devenait sérieux et inquisiteur. « Il se demande si c'est moi le malade, se dit Robert, et il inspecte ma physionomie pour y découvrir les symptômes de la folie. »

Les paroles du docteur Mosgrave vinrent confirmer cette supposition.

— Ce n'est pas pour vous que vous désirez me consulter? dit-il d'un ton d'interrogation.

— Oh! non.

Le docteur Mosgrave regarda sa montre, un chronomètre de cinquante guinées, qu'il portait négligemment dans sa poche comme si c'était une pomme de terre.

— Il est inutile de vous rappeler que mon temps est précieux. Votre dépêche m'a annoncé que mes services étaient requis pour un cas... dangereux, sinon je ne serais pas venu ce matin.

Robert Audley, qui regardait tristement le feu et se demandait comment il aborderait la question, avait eu besoin qu'on lui rappelle la présence du médecin.

— Je vous remercie, docteur Mosgrave, d'avoir répondu à mon appel, dit-il en faisant un effort pour se ressaisir. Je dois vous consulter pour un sujet qui me chagrine plus que je ne saurais le dire. Je veux implorer votre avis dans un cas des plus difficiles et je m'en rapporterai entièrement à votre expérience, qui, seule, peut nous sauver d'une position cruelle et compliquée, moi et ceux qui me sont chers.

L'air affairé du docteur Mosgrave fit place à un air d'intérêt en écoutant Robert Audley,

— La confession du malade au médecin est, je crois, aussi sacrée que celle du pécheur au prêtre ? demanda Robert avec un grand sérieux.

— Aussi sacrée.

— On ne peut la violer sous aucun prétexte ?

— Sans aucun doute.

Robert Audley regarda de nouveau le feu. Que devait-il révéler de l'histoire de la seconde femme de son oncle ?

— J'ai cru comprendre, docteur Mosgrave, que vous aviez consacré une partie de votre existence au traitement de la folie.

— Oui, je ne traite pratiquement que des maladies mentales.

— Vous devez alors entendre parfois d'étranges et même de terribles révélations ?

Le docteur Mosgrave s'inclina.

Il avait l'air d'un homme qui pouvait garder, en sécurité dans son cœur impassible, les secrets de toute une nation, sans souffrir le moins du monde du poids d'un tel fardeau.

— L'histoire que je vais vous conter n'est pas la mienne, dit Robert après une pause. Vous m'excuserez donc, si je vous rappelle que je ne puis la révéler qu'autant que le secret sera convenu entre nous.

Le docteur Mosgrave s'inclina de nouveau, un peu plus sévèrement peut-être.

— Je suis tout ouïe, Mr Audley, dit-il froidement.

Robert Audley rapprocha sa chaise de celle du médecin et commença à voix basse cette histoire que lady Audley avait racontée la veille, agenouillée dans cette même chambre. La figure du docteur Mosgrave, tournée vers Robert, n'exprima aucune surprise à cette étrange révélation. Il sourit une fois, un sourire grave et calme, quand Robert en arriva à cette partie du récit qui avait trait au complot de Ventnor, mais il n'eut pas l'air étonné. Robert acheva l'histoire à l'endroit où elle avait été interrompue par sir Michael. Il ne dit rien de la disparition de George Talboys, ni des soupçons horribles qu'elle avait fait naître. Il ne parla pas non plus de l'incendie de l'auberge.

Le docteur Mosgrave secoua la tête d'un air grave quand Robert eut fini.

— Vous n'avez plus rien à me dire? demanda-t-il.

— Non, je ne crois pas qu'il soit nécessaire d'en dire davantage, répondit Robert, assez évasivement.

— Vous voudriez prouver que cette dame est folle, et n'est donc pas responsable de ses actes, Mr Audley? dit le médecin.

Robert Audley fixa le médecin avec étonnement. Comment avait-il si promptement deviné son désir secret?

— Oui, si cela était possible, je voudrais lui trouver cette excuse.

— Et éviter le scandale d'un procès, n'est-ce pas, Mr Audley? dit le médecin.

Robert frissonna en s'inclinant en signe d'adhésion à cette remarque. Ce n'était pas seulement un procès qu'il redoutait, c'était la cour d'assises qui hantait ses cauchemars. Combien de fois s'était-il réveillé, angoissé par la honte, avec la vision d'un tribunal bondé et de la femme de son oncle dans le box des accusés, entourée de toutes parts de figures avides.

— Je ne pense pas que mes services puissent vous être de quelque utilité, dit tranquillement le médecin. Je verrai cette dame, si vous le voulez, mais je ne crois pas qu'elle soit folle.

— Pourquoi?

— Parce que rien de tout ce qu'elle a fait ne prouve la folie. Elle a fui de chez elle parce qu'elle n'y était pas bien, et qu'elle voulait trouver mieux. Il n'y a pas de folie là-dedans. Elle a commis le crime de bigamie pour obtenir une position et une fortune, ce n'est pas de la folie. Quand elle s'est trouvée dans une situation désespérée, au lieu de recourir à des moyens extrêmes, elle s'est servie de moyens intelligents et elle a tramé un complot qui demandait du calme et de la réflexion. Tout cela n'est pas de la folie.

— Mais la tache de la folie héréditaire?

— Elle peut se transmettre jusqu'à la troisième génération, et reparaître chez les enfants de cette dame, si elle en a. La folie ne se transmet pas forcément de mère en fille. Je voudrais vous venir en aide si je le pouvais, Mr Audley, mais il n'y a pas de preuves de folie dans l'histoire que vous m'avez racontée. Aucun jury anglais n'accepterait que l'on plaide la démence dans un cas comme celui-ci. Ce que vous avez de mieux à faire, c'est de renvoyer cette dame à son premier mari, s'il veut la reprendre.

Robert tressaillit à ces mots.

— Son premier mari est mort, dit-il enfin, du moins il a disparu depuis quelque temps et j'ai mes raisons pour le croire mort.

Le docteur Mosgrave vit le mouvement de Robert, et remarqua qu'il était mal à l'aise en parlant de George Talboys.

— Le premier mari de la dame a disparu, dit-il en appuyant sur ces mots, et vous pensez qu'il est mort?

Il s'arrêta un instant et contempla le feu, ainsi que l'avait contemplé Robert quelques moments auparavant.

— Mr Audley, reprit-il tout à coup, il ne doit pas y avoir de demi-confidence entre nous. Vous ne m'avez pas tout dit.

La figure de Robert exprima toute la surprise qu'il éprouvait à ces paroles.

— Je ne serais pas de force à lutter contre les difficultés de mon métier, dit le docteur Mosgrave, si je ne voyais pas où finit la confiance et où commence la réserve. Vous ne m'avez appris que la moitié de l'histoire de cette dame, Mr Audley. Il faut que je sache le reste avant de me prononcer. Qu'est devenu le premier mari de cette dame?

Il adressa cette question d'un ton décisif, comme s'il devinait que la réponse serait la pierre angulaire de l'édifice qu'il explorait.

— Je vous ai déjà dit, docteur Mosgrave, que je ne le savais pas.

— Oui, répondit le docteur, mais votre figure m'a révélé ce que vous m'avez caché, que vous avez des soupçons.

Robert Audley garda le silence.

— Si vous voulez que je vous serve, il faut me faire confiance, Mr Audley. Le premier mari a disparu : quand et comment ? Je veux connaître l'histoire de cette disparition.

Robert réfléchit quelques instants avant de répondre, mais peu à peu il releva sa tête, qui s'était courbée dans une attitude pensive, et il dit au médecin :

— Je vais vous faire confiance, docteur Mosgrave. Je vais m'en remettre entièrement à votre honneur et votre bonté. Je ne vous demanderai pas de faire tort à la société, mais seulement de sauver un nom sans tache de la honte et de la dégradation, si vous le pouvez, en conscience.

Il raconta l'histoire de la disparition de George et de ses propres doutes, Dieu sait avec quelle réticence.

Le docteur Mosgrave l'écouta aussi tranquillement qu'auparavant. Robert termina en faisant un appel à tous les bons sentiments du médecin. Il le supplia d'épargner le généreux vieillard qui avait fait le malheur de sa vieillesse en faisant confiance à une femme pernicieuse.

Il était impossible de lire sur la figure attentive du docteur Mosgrave une conclusion quelconque. Il se leva quand Robert eut fini, et regarda de nouveau sa montre.

— Je n'ai plus que vingt minutes à vous accorder, dit-il. Je vais voir la dame, si vous voulez. Vous dites que sa mère est morte dans une maison de fous ?

— Oui. Voulez-vous que lady Audley soit seule ?

— Oui, seule, s'il vous plaît.

Robert sonna la femme de chambre de milady, et le médecin fut conduit par l'élégante jeune femme à l'antichambre octogonale puis au joli boudoir avec lequel elle communiquait.

Dix minutes après, il revint dans la bibliothèque où l'attendait Robert.

— J'ai causé avec cette dame, dit-il calmement, et nous nous sommes très bien compris. La folie est là ! Elle est à l'état latent et peut ne jamais paraître ou seulement une fois ou deux dans sa vie. Ce serait des accès de démence dans sa phase la plus violente, aigus et brefs, et ne surgissant que sous une pression mentale extrême. Cette dame n'est pas folle, mais elle a cette tache héréditaire dans son sang. Elle a la ruse de la folie et toute la prudence de l'intelligence. En un mot, Mr Audley, elle est dangereuse !

Le docteur Mosgrave fit un tour ou deux dans la pièce avant de reprendre la parole.

— Je ne discuterai pas les probabilités des soupçons qui vous torturent, Mr Audley, dit-il tout à coup, mais je ne vous conseille pas de faire un esclandre. Ce Mr George Talboys a disparu, mais vous n'avez pas de preuves de sa mort. Si vous pouviez le prouver, vous n'auriez rien contre cette dame, en dehors du fait qu'elle avait un motif puissant pour se débarrasser de lui. Aucun jury du Royaume-Uni ne la condamnerait pour si peu.

Robert Audley interrompit vivement le docteur Mosgrave.

— Je vous assure, mon cher monsieur, que ce que je redoute le plus au monde, c'est la nécessité de tout révéler et la honte qui s'ensuivrait.

— Sans doute, Mr Audley, répondit le médecin un peu fraîchement, mais vous n'espérez pas que je pardonne avec vous une des plus graves offenses faites à la société. Si j'avais des raisons suffisantes pour croire que cette femme a commis un crime, je ne souffrirais pas qu'elle échappe à la justice, même si l'honneur de cent familles en dépendait! Mais comme ces raisons n'existent pas, je vous aiderai de mon mieux.

Robert Audley serra la main du médecin dans les siennes.

— Je vous remercierai plus tard quand je serai en état, dit-il avec émotion, je vous remercierai en mon nom et celui de mon oncle.

— Je n'ai plus que cinq minutes et il faut que j'écrive à quelqu'un, dit le docteur Mosgrave, souriant devant l'énergie du jeune homme.

Il s'assit à un bureau et écrivit rapidement pendant sept minutes environ. Quand il s'arrêta, il avait rempli trois pages de papier.

Il mit sa lettre sous enveloppe et la tendit à Robert sans la cacheter. L'adresse était celle-ci:

*Monsieur Val,*
*Villebrumeuse,*
*Belgique.*

Mr Audley promena ses regards inquiets de l'adresse au docteur. Ce dernier mettait ses gants avec autant d'attention que si cette opération eût été pour lui l'affaire solennelle de sa vie.

— Cette lettre, dit-il en réponse au regard inquisiteur de Robert, est pour M. Val, un de mes amis qui est propriétaire et directeur d'une excellente maison de santé à Villebrumeuse. Nous nous connaissons depuis longtemps et il consentira volontiers à recevoir lady Audley dans son établissement. Il prendra sur lui la responsabilité de sa vie à venir, et ce ne sera pas une vie mouvementée!

Robert Audley voulut parler et remercier de nouveau le docteur, mais un geste d'autorité du docteur Mosgrave empêcha toute effusion.

— Du moment où lady Audley mettra le pied dans cette maison, dit-il, sa vie d'action sera finie. Tous ses secrets le resteront pour toujours! Quels que soient les crimes qu'elle a commis, elle n'en commettra plus. Si vous lui creusiez une tombe dans le cimetière voisin pour l'y enterrer vivante, vous ne la sépareriez pas plus complètement du monde. En ma qualité de physiologiste et d'honnête homme, je ne crois pas que vous puissiez mieux rendre service à la société que de l'enfermer, car la physiologie est un mensonge, si la femme que j'ai vue il y a dix minutes peut être laissée libre au milieu de ses semblables. Elle m'aurait sauté à la gorge et étranglé avec ses petites mains si elle l'avait pu, pendant que je causais avec elle.

— Elle devinait donc le but de votre visite?

— Elle le savait. « Vous me croyez folle comme ma mère et vous venez me questionner, m'a-t-elle dit. Vous cherchez des signes de l'affreuse tache héréditaire dans mon sang. » Adieu, Mr Audley, ajouta à la hâte le médecin, je suis en retard de dix minutes et je n'ai pas de temps à perdre si je veux attraper le train.

## 38

### Enterrée vivante

Robert Audley s'assit dans la bibliothèque avec la lettre du médecin devant lui, et songea à ce qu'il lui restait encore à faire.

Le jeune avocat s'était constitué le dénonciateur de cette femme coupable. Il avait été son juge et maintenant il était son geôlier. Tant qu'il n'aurait pas porté à son destinataire la lettre qui était là devant lui, tant qu'il n'aurait pas abandonné sa charge à la garde du médecin de la maison de fous, le terrible fardeau pèserait sur ses épaules, et son devoir ne serait pas accompli.

Il écrivit quelques lignes à milady pour la prévenir qu'il allait la conduire à un endroit d'où elle ne reviendrait pas, et qu'elle ne devait pas perdre de temps à faire ses préparatifs. Il lui disait qu'il désirait partir dans la soirée si cela était possible.

Miss Susan Martin, la femme de chambre, trouva pénible d'avoir à faire tant de malles en aussi peu de temps, mais milady l'aida dans sa tâche. Cela lui semblait excitant et amusant de plier et d'empaqueter soies et velours, de rassembler bijoux et chapeaux. Ils n'allaient donc pas lui enlever ce qu'elle possédait, se disait-elle. Ils allaient l'envoyer au loin dans quelque exil, mais même l'exil n'était pas sans espoir, car dans n'importe quel coin du globe elle saurait, à l'aide de sa beauté, former une petite cour, conquérir de vaillants chevaliers et des sujets dévoués. Elle travailla donc de son mieux en dirigeant et en aidant sa femme de chambre, qui flairait la ruine dans ce départ précipité et ne déployait pas beaucoup de zèle. À six heures du soir, elle envoya dire à Mr Audley qu'elle était prête à partir quand il le voudrait.

Robert avait consulté un indicateur des chemins de fer et découvert que Villebrumeuse n'était pas desservi par le rail. On ne pouvait s'y rendre que par la diligence depuis Bruxelles. Le bateau pour Douvres partait du pont de Londres à neuf heures et Robert pouvait facilement l'attraper, par le train de sept heures qui arrivait à Shoreditch à huit heures un quart. En passant par Douvres et Calais, ils seraient à Villebrumeuse le lendemain, dans l'après-midi ou dans la soirée.

À quoi bon les suivre dans leur triste voyage de nuit? Milady occupa une des étroites couchettes de cabine, confortablement enveloppée dans ses fourrures. Elle n'avait pas oublié ses zibelines russes, même dans cette heure de honte et de malheur. Son âme vénale aspirait trop ardemment à toutes les belles choses si onéreuses qui lui avaient appartenu. Elle avait caché de fragiles tasses à thé et des vases de Sèvres et de Dresde dans les plis de ses robes de soie. Elle avait enfoui ses bijoux et ses coupes dorées parmi son linge; elle aurait arraché les tableaux des murs et la tapisserie des Gobelins de ses fauteuils si elle avait pu. Elle avait pris tout ce qui pouvait s'emporter, et elle suivait Robert Audley d'une allure soumise et boudeuse qui n'était que l'obéissance abattue du désespoir.

Robert Audley se promenait sur le pont du bateau à vapeur au moment où les horloges de Douvres sonnèrent minuit, et la ville se montra bientôt comme un croissant lumineux qui éclairait la sombre immensité de la mer. Le bateau filait à toute allure sur les flots houleux vers les côtes de France, et Robert Audley poussa un long soupir de soulagement à l'idée que son œuvre serait bientôt achevée. Il pensait à la misérable créature, seule et abandonnée dans sa cabine. Mais alors qu'il la plaignait le plus, ce dont il ne pouvait s'empêcher parce que c'était une femme et qu'elle était impuissante, le visage de George lui revint en mémoire, tel qu'il l'avait vu le jour de son retour des antipodes, et ce souvenir lui rappela l'horrible mensonge qui avait brisé le cœur de son ami.

« Pourrai-je jamais lui pardonner? se dit-il; pourrai-je jamais oublier la figure de George, blême et hagarde, dans ce café où il lisait le *Times*? Il y a des crimes pour lesquels il n'y a pas de pardon et celui-ci est du nombre. Quand bien même je ramènerais George à la vie demain, je ne pourrais pas guérir la blessure de son cœur, je ne pourrais pas ramener l'homme qu'il était avant de lire ce mensonge. »

Il était déjà tard, le lendemain, quand la diligence ébranla le pavé inégal de la rue principale de Villebrumeuse. La vieille ville ecclésiastique, morne et sans intérêt, paraissait plus triste encore sous ce demi-jour grisâtre. Les réverbères, allumés de bonne heure et placés à de grandes distances, ajoutaient encore à l'obscurité des rues. Ils ressemblaient à ces vers luisants qui rendent plus sombres les coins de la haie par leur présence. La ville belge, privée de tout commerce, était une retraite ignorée, portant les traces de l'oubli et de la décadence sur chaque façade de maison dans les rues étroites, sur chaque toit décrépit et chaque cheminée branlante. Il était difficile d'imaginer pour quelle raison on avait bâti les maisons si rapprochées, au point que la lourde diligence frôlait les passants sur le trottoir, les forçant à se rejeter sur les devantures des boutiques, car il y avait du terrain de construction de reste derrière la vieille ville. Des voyageurs très critiques auraient pu se demander pourquoi les rues les plus étroites et les plus inconfortables étaient précisément les plus actives et les plus peuplées, tandis que les rues plus vastes et les plus aérées étaient vides et désertes. Mais Robert ne songeait à rien de tout cela. Il était assis dans un angle de la vieille calèche et regardait milady assise dans l'angle opposé. Il se demandait quelle était l'expression de cette figure qui se cachait avec tant de soin sous le voile.

Ils avaient eu pour eux seuls le coupé de la diligence pendant tout le trajet, car les voyageurs n'étaient pas nombreux entre Bruxelles et Villebrumeuse, et la diligence avait été conservée plutôt comme une tradition du passé que comme une entreprise profitable à ses propriétaires.

Milady n'avait pas dit un seul mot pendant toute la route, excepté pour refuser les rafraîchissements que Robert lui avait offerts aux relais. Le cœur lui manqua lorsqu'ils quittèrent Bruxelles, car elle avait espéré que son voyage finirait là, et elle s'était détournée du paysage monotone, remplie de dégoût et de désespoir.

Elle leva enfin les yeux quand la voiture fut secouée en arrivant sur une grande place pavée, autrefois l'entrée d'un monastère. C'était maintenant la cour d'un hôtel lugubre au sous-sol infesté de rats qui se querellaient et couinaient même quand le soleil brillait dans les chambres au-dessus.

Lady Audley frissonna en descendant de la diligence au milieu de cette sombre cour. Robert était entouré de portiers qui se disputaient l'honneur d'emporter ses bagages et discutaient entre eux du choix de son hôtel. L'un d'eux courut chercher une voiture de louage sur la demande de Robert. Il reparut bientôt, en poussant de grands cris et en faisant claquer son fouet avec un bruit qui retentissait comme quelque chose de diabolique dans l'obscurité. Il ramenait une paire de chevaux si petits qu'on les aurait modelés à partir d'un seul cheval de taille normale.

Robert laissa milady dans la salle, sous la garde d'une servante somnolente, pendant qu'il se rendait dans un autre endroit de la ville. Il y avait des formalités à remplir avant de faire interner la femme de sir Michael dans la maison indiquée par le docteur Mosgrave. Robert devait voir une foule d'importants personnages, prendre de nombreux engagements, montrer la lettre du médecin anglais, et signer et contresigner pas mal de papiers, avant d'emmener la cruelle femme de son ami dans cette demeure d'où elle ne devait plus sortir. Plus de deux heures furent employées à tous ces arrangements, et quand le jeune homme revint à l'hôtel, il trouva lady Audley fixant d'un air absent deux bougies, une tasse de café à laquelle elle n'avait pas touché devant elle.

Robert fit monter milady dans la voiture de louage et prit place en face d'elle.

— Où me conduisez-vous? lui dit-elle enfin. Je suis lasse d'être traitée comme un enfant désobéissant que l'on met dans un cabinet noir pour le punir d'une faute. Où me conduisez-vous?

— Dans une retraite où vous aurez le temps de vous repentir du passé, Mrs Talboys, répondit gravement Robert.

Ils avaient laissé les rues pavées et débouché, d'une grande place désolée où s'élevaient au moins une demi-douzaine de cathédrales, dans un boulevard éclairé par des lanternes où les branches sans feuilles s'agitaient en tremblant comme des spectres décharnés. De chaque côté du boulevard, il y avait des maisons imposantes dont les grandes portes cochères étaient surmontées de grands pots remplis géraniums. La voiture roula pendant trois quarts de *mile* environ sur ce boulevard sablé, et vint s'arrêter devant une porte cochère encore plus ancienne et plus massive que toutes celles qu'ils avaient dépassées.

Milady poussa un petit cri en regardant par la portière. Une énorme lanterne brillait au-dessus de cette porte désolée, une très grosse structure de verre et de fer, où vacillait une flamme sous les assauts du vent de mars.

Le cocher sonna et une petite porte en bois sur le côté fut ouverte par un homme à cheveux gris. Il jeta un coup d'œil sur la voiture et se retira. Il reparut trois minutes après derrière les montants doublés de fer qu'il avait déverrouillés et ouverts en grand, laissant apercevoir une cour pavée déserte et sinistre.

Le cocher fit entrer ses chevaux dans cette cour et amena la voiture jusqu'à la porte principale d'une grande maison en pierre grise, avec plusieurs rangées de fenêtres. Nombre d'entre elles étaient faiblement éclairées et ressemblaient aux yeux pâles de veilleurs fatigués de contempler l'obscurité de la nuit.

Milady, attentive et froide comme les étoiles dans ce ciel d'hiver, regarda ces fenêtres d'un œil sérieux et pénétrant. À l'une d'elles, masquée par un mauvais rideau d'un rouge fané, elle aperçut l'ombre d'une femme coiffée d'une façon bizarre, une créature agitée qui passait et repassait sans cesse.

La femme de sir Michael mit soudain la main sur le bras de Robert et lui montra cette fenêtre.

— Je sais où vous m'avez amenée, lui dit-elle. C'est une maison de fous.

Mr Audley ne lui répondit pas. Il n'avait pas bougé de la portière pendant qu'elle lui parlait. Il l'aida tranquillement à descendre de voiture, lui fit gravir quelques marches et la conduisit dans le vestibule de la maison. Il tendit la lettre du docteur Mosgrave à une femme entre deux âges, l'air aimable et très proprement vêtue, qui sortit d'une petite pièce donnant sur le vestibule, très semblable au bureau d'un hôtel. Cette femme adressa un sourire à Robert et à lady Audley. Après avoir remis la lettre à un domestique, elle les invita à entrer dans son agréable petite chambre munie de rideaux d'une teinte gaie et lumineuse, et chauffée par un poêle microscopique.

— Madame est-elle fatiguée ? demanda la Française avec un air de grande sympathie et en avançant un fauteuil à milady.

« Madame » haussa les épaules avec lassitude et parcourut l'appartement d'un regard observateur qui n'indiquait pas une très vive satisfaction.

— Quelle est cette maison, Robert Audley? s'écria-t-elle avec fureur. Me prenez-vous pour une enfant pour vous jouer ainsi de moi et me tromper de la sorte? Quel est cet endroit? Est-ce qu'il s'agit bien ce que j'ai dit tout à l'heure?

— C'est une maison de santé, milady, et je ne cherche pas à me jouer de vous, ni à vous tromper, dit le jeune homme gravement.

Milady réfléchit un moment en regardant Robert.

— Une maison de santé... répéta-t-elle. Oui, en France on gère mieux ces choses-là, mais en Angleterre, on appelle cela une maison de fous. N'est-ce pas, madame, que c'est une maison pour les fous? dit-elle en français en se retournant vers la femme et en tapant du pied sur le plancher.

— Ah! mais non, madame, répondit-elle avec un petit cri de protestation, c'est une maison très agréable, où l'on peut s'occuper...

Elle fut interrompue par l'arrivée du directeur de cet agréable établissement, qui parut l'air rayonnant, un sourire radieux sur le visage, tenant la lettre du docteur Mosgrave.

Le directeur se déclara enchanté de faire la connaissance de Robert. Il n'y avait rien sur terre qu'il ne fût prêt à faire lui-même pour monsieur, et rien sous les cieux qu'il ne s'efforcerait d'accomplir pour lui, en sa qualité d'ami d'une connaissance aussi distinguée que le célèbre docteur anglais. La lettre de Mr Mosgrave l'avait brièvement mis au courant du cas, et il se chargeait volontiers de prendre soin la charmante et très intéressante madame... madame...

Il frotta ses mains poliment, et regarda Robert. Celui-ci se souvint alors pour la première fois qu'il lui avait été recommandé de présenter lady Audley sous un nom d'emprunt.

Il feignit de n'avoir pas entendu la question du directeur. C'est une chose qui paraît facile, de choisir entre mille le premier nom venu, mais Mr Audley semblait avoir oublié tous les noms qu'il connaissait, en dehors du sien et de celui de son ami perdu.

Le directeur s'aperçut peut-être de son embarras, et comprit sa raison. En tout cas, il vint à son secours en se tournant vers la femme qui les avait reçus et murmura quelque chose à propos du numéro 14 *bis*. La femme prit une clé suspendue avec plusieurs autres au-dessus de la cheminée et une bougie qui se trouvait sur une planche dans un coin de la chambre, et l'ayant allumée, elle traversa le hall carrelé et s'avança vers un escalier glissant en bois ciré.

Le médecin anglais avait informé son collègue de Belgique que la question d'argent ne devait nullement le préoccuper dans tous ses arrangements pour le bien-être de la dame anglaise confiée à ses soins. Conformément à ces instructions, M. Val avait choisi pour sa nouvelle pensionnaire un appartement magnifique : l'antichambre était dallée en marbre blanc et noir, mais sombre comme une cave ; le salon était meublé de draperies en velours austères, non dénuées d'une certaine splendeur funèbre qui ne portait pas particulièrement à l'élévation de l'esprit ; la chambre à coucher renfermait un lit si bien fait qu'on ne voyait pas comment s'y glisser à moins de déchirer la couverture avec un canif.

Milady contempla tristement ces appartements qui paraissaient assez déprimants à la lueur de la bougie. Cette flamme solitaire et pâle, ressemblant elle-même à un esprit, était multipliée par ses pâles reflets qui brillaient partout dans l'appartement : dans les profondeurs sombres des boiseries et des parquets cirés, dans les vitres, dans les glaces, dans les grandes étendues de choses brillantes qui ornaient les pièces et que milady prenait pour de coûteux miroirs, mais qui n'étaient en réalité que de méchantes imitations en étain bruni.

Au milieu de toute la splendeur fanée du velours usé, des dorures ternies et du bois ciré, elle se laissa tomber dans un fauteuil et enfouit son visage dans ses mains. Leur blancheur et l'éclat tremblant des diamants qui les couvraient étincelaient dans la chambre faiblement éclairée. Elle resta assise sans un mot, sans un geste, désespérée, maussade et fâchée, tandis que Robert et le médecin français se retiraient dans une chambre à côté et parlaient à voix basse. Mr Audley n'avait que fort peu de chose à ajouter à ce qui avait déjà été dit pour lui par le médecin, et avec bien plus d'élégance. Après s'être creusé la tête, il remplaça le nom auquel lady Audley avait droit par celui de Taylor, un nom simple et sûr. Il dit au directeur que cette Mrs Taylor était une parente éloignée qui avait en elle les germes de la folie de sa mère, comme le docteur Mosgrave l'en avait informé. Elle avait donné quelques preuves de dérangement d'esprit, mais qu'elle n'était pas folle dans la vraie acception du mot. Il le pria de la traiter avec beaucoup d'égards et de compassion, de lui accorder tout ce qui serait raisonnable, mais il insista auprès de M. Val pour qu'il ne la laisse jamais sortir de la maison et du domaine sans la surveillance de quelqu'un de très fiable, qui répondrait de sa sécurité. En outre, puisque M. Val était protestant, ainsi qu'il avait compris – M. Val s'inclina avec assentiment –, il trouverait quelque ministre bienveillant qui viendrait prodiguer à cette dame les conseils et les consolations dont elle avait grand besoin, ajouta Robert plein de gravité.

Tel fut, en résumé, avec les arrangements nécessaires pour la question d'argent qui serait réglée régulièrement par Mr Audley, sans l'intermédiaire de personne, l'échange entre le directeur et Robert, qui dura environ un quart d'heure. Lady Audley était toujours dans la même attitude lorsqu'ils revinrent dans la chambre, ses mains jointes couvrant toujours sa figure. Robert se pencha pour lui chuchoter à l'oreille.

— Vous vous nommez dorénavant Mme Taylor. Je ne crois pas que vous souhaitiez être connue sous votre véritable nom.

Elle secoua la tête pour toute réponse et n'écarta pas ses mains de son visage.

— Madame aura une servante pour elle seule, dit M. Val. Tous ses désirs seront satisfaits, tous ses désirs raisonnables, mais cela va sans dire, ajouta-t-il avec un curieux mouvement d'épaule. Nous ne ménagerons pas nos efforts pour que son séjour à Villebrumeuse lui soit agréable. Les pensionnaires dînent ensemble quand elles le veulent. Je dîne moi-même parfois à leur table ; mon adjoint, un homme intelligent et digne, toujours. Je demeure avec ma femme et mes enfants dans un petit pavillon sur le domaine, mon adjoint réside dans l'établissement. Madame peut compter sur tous mes efforts pour assurer son confort.

M. Val aurait continué longtemps encore sur le même ton, en se frottant les mains et en regardant radieusement Robert et la personne confiée à ses soins, quand madame se leva tout à coup, furieuse, et laissa tomber ses mains chargées de bijoux, lui enjoignant de se taire.

— Laissez-moi seule avec l'homme qui m'a amenée ici, cria-t-elle les dents serrées, laissez-moi !

Elle montra la porte avec un geste impérieux si rapide que la soie drapée sur son bras fit un bruit lorsqu'elle tendit la main. Les brèves syllabes françaises sifflaient à travers ses dents pendant qu'elle les débitait. Elles semblaient mieux convenir à son ton et à sa disposition d'esprit que l'anglais familier qu'elle avait parlé jusqu'ici.

Le docteur français leva les épaules et s'en alla dans le noir vestibule en murmurant quelque chose à propos d'une « belle diablesse » et, d'un geste digne, de « Mlle Mars[1] ».

Lady Audley se dirigea rapidement vers la porte qui séparait la chambre à coucher du salon, la ferma et, la main sur la poignée, elle se retourna vers Robert Audley.

---

1. Sans doute Anne-Françoise-Hippolyte Boutet, dite « Mlle Mars », comédienne française (1879-1847).

— Vous m'avez conduite dans une tombe, Mr Audley, s'écria-t-elle. Vous avez usé lâchement et cruellement de votre pouvoir pour m'enterrer vivante.

— J'ai fait ce que me commandaient la justice envers les autres et la compassion envers vous, répliqua tranquillement Robert. J'aurais mal agi à l'égard de la société si je vous avais laissé la liberté, après la disparition de George Talboys et l'incendie de l'auberge du Château. Je vous ai amenée dans une maison où vous serez traitée avec bonté par des gens qui ne connaissent pas votre histoire et n'auront aucune raison de vous railler ou de vous faire des reproches. Vous mènerez ici une vie calme et tranquille, madame, comme celle que se choisissent bien des femmes meilleures que vous dans ce pays catholique et qu'elles endurent heureusement jusqu'à la fin. La solitude de votre existence ne sera pas plus grande que celle de la fille d'un roi qui, pour échapper aux malheurs de son temps, alla s'ensevelir dans une retraite pareille à celle-ci. Ce sera une expiation bien légère que je vous impose pour tous vos crimes, une faible pénitence à laquelle je vous soumets. Vivez ici et repentez-vous. Personne ne s'en prendra à vous, personne ne vous tourmentera. Repentez-vous ! Je n'ai que cela à vous dire.

— Je ne peux pas ! s'écria-t-elle, écartant ses cheveux de son front et fixant ses yeux dilatés sur Robert Audley. Je ne peux pas ! C'était bien la peine d'être belle, de comploter et de ne pas dormir la nuit en songeant au danger pour en arriver à un pareil résultat. Puisque je devais finir ici, il aurait bien mieux valu renoncer à tout, lors du retour de George Talboys en Angleterre, et ne pas résister à la malédiction qui pesait sur moi.

Elle saisit à pleine main les boucles dorées de ses cheveux, comme si elle avait voulu les arracher de sa tête. Elle lui avait servi si peu, après tout, cette glorieuse chevelure, cette belle auréole d'or qui faisait un contraste si exquis avec l'azur de ses yeux bleus! Elle détestait sa beauté. Elle se détestait elle-même.

— Je rirais de vous et je vous défierais, si j'osais, reprit-elle. Je me tuerais pour vous défier, si j'en avais le courage. Mais je suis une pauvre et pitoyable lâche, je l'ai toujours été. J'ai eu peur de l'horrible héritage de ma mère, peur de la pauvreté, de George Talboys, de vous.

Elle se tut un moment sans quitter sa place près de la porte, comme si elle avait résolu de retenir Robert aussi longtemps qu'elle le voudrait.

— Savez-vous à quoi je pense? dit-elle tout à coup. Savez-vous à quoi je pense en vous regardant à la lueur de cette bougie? Je pense au jour où George Talboys disparut.

Robert tressaillit en l'entendant prononcer le nom de son ami perdu, il devint pâle dans l'obscurité et sa respiration se fit plus forte et plus rapide.

— Il était debout face à moi comme vous l'êtes maintenant, continua milady. Vous avez dit que vous renverseriez la maison de fond en comble et que vous déracineriez les arbres du jardin pour trouver le cadavre de votre ami. Vous n'auriez pas eu besoin de prendre tant de peine, George Talboys est au fond du vieux puits, dans le bosquet derrière l'allée des tilleuls.

Robert Audley leva les mains au-dessus de sa tête en poussant un cri d'horreur.

— Mon Dieu, dit-il après une horrible pause, toutes mes affreuses suppositions n'étaient donc rien à côté de l'épouvantable vérité?

— Il vint à moi dans l'allée des tilleuls, reprit lady Audley du ton dur et obstiné avec lequel elle avait raconté son histoire. Je savais qu'il viendrait et je m'étais préparée de mon mieux pour cette rencontre. J'étais décidée à le corrompre, à le cajoler, à le défier, à tout faire plutôt que d'abandonner la richesse et la position que j'avais conquises pour revenir à la vie d'autrefois. Il vint, et me reprocha le complot de Ventnor. Il déclara que jamais de sa vie il ne me pardonnerait le mensonge qui lui avait brisé le cœur. Il me dit que je lui avais arraché le cœur, l'avais piétiné, et qu'il ne lui en restait plus pour avoir pitié de moi. Il avoua qu'il m'aurait tout pardonné sans cette méchanceté calculée et froide. Il dit tout cela, et bien plus encore, et que rien ne pouvait plus le détourner du projet qu'il avait conçu : celui de me traîner devant l'homme que j'avais trompé et de me forcer à tout confesser. Il ne savait pas que j'avais sucé la folie en suçant le lait de ma mère. Il ne savait pas qu'il était possible de me rendre folle. Il me poussa à bout comme vous l'avez fait. Il fut sans pitié, comme vous. Nous étions dans le bosquet au bout de l'avenue des tilleuls. J'étais assise sur la margelle en ruine du puits. George s'appuyait contre le treuil inutilisé dont l'axe en fer rouillé et mal ajusté cliquetait chaque fois qu'il changeait de position. Je me levai enfin et je me tournai vers lui pour le provoquer. Je lui déclarai que s'il me dénonçait à sir Michael, je le proclamerais fou ou menteur et je le mettais au défi de convaincre l'homme qui m'aimait, aveuglément comme je le lui dis, et qu'il n'avait aucun droit sur moi. Au moment où j'allais le quitter après lui avoir dit tout cela, il me saisit par le poignet et me retint de force. Vous avez vu les bleus que ses doigts ont laissés sur mon poignet, vous les avez remarqués et vous n'avez pas été dupe de mes explications. Je l'ai compris, Mr Audley, et j'ai vu que vous étiez un homme à craindre.

Elle s'arrêta comme pour donner à Robert le temps de parler, mais il attendit sans rien dire, impassible, qu'elle achève son récit.

— George Talboys me traita comme vous m'avez traitée, reprit-elle d'un ton acerbe. Il jura que s'il existait un témoin pour constater mon identité, ce témoin fût-il à l'autre bout de la terre, il irait le chercher pour me confondre. Ce fut alors que je devins folle. Ce fut alors que je retirai l'axe branlant du bois tout rabougri et que je vis mon premier mari tomber dans le puits en poussant un cri horrible. On raconte que ce puits est très profond, je ne sais pas si c'est vrai. Je suppose qu'il est à sec, car je n'entendis pas le bruit de l'eau, juste un bruit sourd et sinistre. Je me penchai pour regarder et je ne vis qu'un trou noir. Je m'agenouillai et j'écoutai, mais le cri ne se répéta pas. Je suis restée là un quart d'heure, et Dieu sait combien ce quart d'heure me parut long.

Robert Audley prononça un mot horrifié quand l'histoire fut terminée. Il se rapprocha de la porte devant laquelle se tenait Helen Talboys. S'il y avait eu une autre issue pour sortir, il en aurait profité volontiers. Il se recroquevillait devant tout contact même momentané avec cette terrible femme.

— Laissez-moi passer, s'il vous plaît, lui dit-il d'une voix glacée.

— Vous voyez que je n'ai pas peur de vous faire ma confession, reprit Helen Talboys, et cela pour deux raisons. La première, parce que vous n'oserez pas vous en servir de peur de tuer votre oncle en me traînant au banc des criminels. La seconde, c'est que la loi ne m'infligerait pas un châtiment plus affreux que cet emprisonnement à vie dans une maison de fous. Je n'ai donc pas à vous remercier de votre indulgence à mon égard, Mr Audley, car je sais exactement ce qu'elle vaut.

Elle s'éloigna de la porte et Robert passa devant elle sans un mot, sans un regard.

Une demi-heure après, il était dans un des principaux hôtels de Villebrumeuse, assis devant un souper arrangé avec soin, incapable de manger. Il ne pouvait même pour un moment chasser de son esprit l'image de son ami traîtreusement assassiné dans le bosquet d'Audley.

## 39

## Hanté par un fantôme

Jamais dormeur emporté par la fièvre dans le pays des rêves n'a paru plus étonné en présence d'un monde irréel que Robert Audley alors qu'il regardait d'un air absent les vastes plaines et les peupliers rachitiques entre Villebrumeuse et Bruxelles. Était-il possible qu'il soit de retour à la maison de son oncle sans la femme qui y avait régné pendant près de deux ans en maîtresse souveraine ? Il lui semblait qu'il avait emmené lady Audley et l'avait fait disparaître secrètement et sans autorisation, et qu'il lui fallait maintenant rendre compte à sir Michael du sort de cette femme que le baronnet avait si tendrement aimée.

« Que lui dirai-je ? pensait-il. Vais-je lui avouer la vérité, l'horrible, l'effroyable vérité ? Non, ce serait trop cruel. Il ne résisterait pas à cette épouvantable révélation. Et pourtant, si je lui laisse ignorer l'étendue de la scélératesse de cette misérable femme, il peut croire, peut-être, que j'ai été trop dur avec elle. »

Tout en réfléchissant de la sorte, Robert Audley, assis dans la diligence miteuse, regardait sans le voir le paysage sans agrément qui se déroulait sous ses yeux. Il se disait qu'une page importante de sa vie avait été arrachée, maintenant que la sombre histoire de George Talboys était finie.

Que devait-il faire ensuite ? Une foule de pensées affreuses se précipitaient dans son esprit tandis qu'il se rappelait ce que les lèvres pâles de Helen Talboys lui avaient révélé. Son ami, son ami assassiné, gisait caché au fond du puits d'Audley à moitié écroulé. Depuis six mois il était là, sans sépulture, dissimulé dans l'obscurité du vieux puits du couvent. Que fallait-il faire?

Faire mener des recherches pour trouver les restes de son ami, c'était amener infailliblement une enquête de police. Ne pas révéler l'histoire du crime de lady Audley devenait quasi impossible. Prouver que George Talboys avait trouvé la mort à Audley, c'était, presque à coup sûr, prouver que milady avait été l'instrument de cette mort mystérieuse. Car on savait que le jeune homme était allé la rejoindre dans l'allée des tilleuls le jour de sa disparition.

— Mon Dieu! s'exclama Robert, prenant conscience de l'horreur de sa position, mon ami doit-il rester à tout jamais dans cette sépulture non consacrée parce que j'ai fermé les yeux sur les méfaits de la femme qui l'a assassiné?

Il comprit qu'il ne trouverait aucun moyen d'éluder cette difficulté. Il pensait parfois que peu importait à son ami de reposer dans un tombeau sous un monument de marbre admiré de tous, ou d'être enseveli dans cet obscur endroit caché dans un fourré du château d'Audley. Parfois aussi, il était saisi d'horreur à l'idée du tort fait à la victime et il souhaitait avoir des ailes dans sa hâte d'achever son voyage pour réparer cette cruelle injustice.

Il arriva à Londres dans la soirée du deuxième jour après son départ d'Audley. Il se rendit tout droit à l'hôtel Clarendon pour demander des nouvelles de son oncle. Il n'avait pas l'intention de rencontrer sir Michael, n'ayant encore rien décidé de ce qu'il allait lui dire, mais il était très anxieux de savoir comment il avait supporté l'épouvantable choc qu'il venait de subir.

— Je verrai Alicia, pensait-il, et elle me racontera tout ce qui concerne son père. Il n'y a que deux jours que sir Michael a quitté Audley. Il est peu probable qu'il y ait déjà une amélioration.

Mr Audley ne devait pas voir sa cousine ce soir-là. Les domestiques de l'hôtel Clarendon lui annoncèrent que sir Michael et sa fille étaient partis dans la matinée pour Paris avec l'intention de se rendre à Vienne.

Robert fut très satisfait de cette nouvelle qui lui accordait un répit bienvenu. Il valait décidément bien mieux ne rien dire au baronnet sur la culpabilité de son épouse jusqu'à son retour en Angleterre, lorsque sa santé serait rétablie et qu'il aurait retrouvé ses esprits.

Mr Audley se fit conduire au Temple. Son appartement, qui lui avait toujours paru triste depuis la disparition de George Talboys, l'était plus encore cette fois-ci. Car ce qui n'était jusque-là qu'un noir soupçon était devenu une horrible certitude. Il ne lui restait plus la moindre lueur d'espérance. Ses pires terreurs n'avaient été que trop bien fondées.

George Talboys avait été assassiné cruellement et traîtreusement par la femme qu'il avait aimée et pleurée.

Mr Audley trouva chez lui trois lettres qui l'attendaient. Il y en avait une de sir Michael et une d'Alicia. La troisième avait été écrite par une personne dont le jeune avocat connaissait parfaitement l'écriture, quoiqu'il ne l'ait vue qu'une fois. Il rougit en voyant l'adresse, et prit la lettre avec autant de soin que si elle avait été une créature vivante, sensible à son toucher. Il la tourna et retourna en tous sens, examina le timbre, la couleur du papier, puis il la glissa sous son gilet en souriant d'une étrange manière.

« Quel être déraisonnable je suis, se dit-il. N'ai-je donc tant ri des stupidités des hommes faibles que pour devenir plus stupide qu'aucun d'eux? Cette belle créature aux yeux bruns! Pourquoi a-t-il fallu que je la rencontre? Pourquoi Némésis m'a-t-elle conduit à cette maison sans joie dans le Dorset? »

Il ouvrit les deux premières lettres. Il était assez fou pour garder la dernière pour la bonne bouche, comme un mets délicat à manger après les plats substantiels d'un dîner ordinaire.

La lettre d'Alicia lui disait que sir Michael avait enduré son calvaire avec tant de calme, qu'elle aurait préféré l'explosion du désespoir à cette désolante tranquillité. Face à cette situation difficile, elle avait fait appeler secrètement le médecin de la famille et l'avait prié de faire, comme par hasard, une visite à son père. Il y avait consenti ; et, après être resté une demi-heure avec le baronnet, il avait dit à Alicia qu'il n'y avait pour le moment aucun danger sérieux, mais qu'il fallait tirer sir Michael de cette torpeur et le forcer, même malgré lui, à prendre du mouvement.

Alicia avait aussitôt suivi ce conseil, et reprenant sur son père tout l'empire d'enfant gâtée qu'elle avait exercé autrefois, elle lui avait rappelé la promesse qu'il avait faite jadis de la conduire en Allemagne. Elle était parvenue très difficilement à lui arracher son consentement, mais dès qu'elle l'avait eu, elle avait pressé le départ, et elle annonçait à Robert qu'elle ne ramènerait son père chez lui que lorsqu'elle lui aurait fait oublier ses chagrins.

La lettre du baronnet était très courte. Elle renfermait une demi-douzaine de chèques en blanc sur les comptes bancaires de sir Michael Audley.

*Vous aurez besoin d'argent, mon cher Robert,* lui disait-il, *pour les dispositions que vous jugerez convenables à l'égard de la personne que je vous ai confiée. J'ai à peine besoin de vous dire que vous ne devez pas reculer devant la dépense. Rappelez-vous seulement, et je vous le dis pour la première et dernière fois, que je ne veux plus jamais entendre le nom de cette personne. Je ne veux pas connaître la nature des arrangements que vous avez pris. Je suis sûr que vous avez agi en conscience et avec compassion. Je ne veux rien savoir de plus. Toutes les fois que vous manquerez d'argent, vous puiserez sur mes fonds la somme dont vous aurez besoin, mais ne m'en faites pas connaître l'emploi.*

Robert Audley poussa un long soupir de soulagement en repliant cette lettre. Elle le soulageait d'un devoir bien pénible à remplir et lui traçait la marche à suivre relativement à George Talboys.

Son âme reposerait en paix dans sa tombe ignorée et sir Michael Audley ne saurait jamais que la femme qu'il avait aimée était marquée au sceau du crime.

Robert n'avait plus à ouvrir que la troisième lettre, celle qu'il avait placée sur son cœur pendant qu'il lisait les autres. Il déchira l'enveloppe, la tenant soigneusement et tendrement comme tout à l'heure.

La lettre était aussi courte que celle de sir Michael. Elle ne renfermait que ces quelques lignes :

*Cher Mr Audley,*
*Le pasteur a rendu deux fois visite à Luke Marks, l'homme que vous avez sauvé dans l'incendie de l'auberge du Château. Il est dans un état très préoccupant chez sa mère, près d'Audley, et l'on ne croit pas qu'il vive longtemps. Sa femme est à ses côtés et ils ont tous deux témoigné le désir que vous veniez le voir avant sa mort. Venez donc sans retard, je vous prie.*
*Votre amie sincère,*

*Clara Talboys*

*À la cure de Mount Stanning, le 6 mars.*

Robert Audley replia respectueusement le papier et le replaça sous son gilet à l'endroit où l'on croit communément que se trouve le cœur. Il s'assit ensuite dans son fauteuil favori, bourra sa pipe et la fuma en réfléchissant devant le feu aussi longtemps que dura le tabac. À voir le regard indolent de ses beaux yeux gris, on devinait que la rêverie dans laquelle il était plongé n'avait rien d'ennuyeux. Ses pensées s'envolaient avec les nuages de fumée bleutée, et l'entraînaient dans un monde irréel et lumineux, où la mort, la douleur et la honte n'existaient pas. Ce monde, créé par l'omnipotence de leur amour, n'avait pour habitants que Clara Talboys et lui.

Quand le tabac turc fut entièrement consumé et les cendres secouées sur la grille du foyer, le rêve s'enfuit vers cette région enchantée qu'habitent les visions de choses qui n'ont jamais été et qui ne seront jamais. Là, elles sont enfermées et gardées par quelque génie sévère qui, de temps à autre, tourne les clés et ouvre les portes de son trésor pour la satisfaction passagère de l'humanité. Mais le rêve s'évanouit et le pesant fardeau des tristes réalités retomba sur les épaules de Robert plus tenace qu'aucun vieil homme de la mer[1].

« Que peut me vouloir ce Marks? se demanda le jeune avocat. Il a peut-être peur de mourir avant de m'avoir fait sa confession, et il veut m'avouer ce que je sais déjà, l'histoire du crime de milady. Je savais qu'il était dans le secret, j'en ai eu la certitude le premier soir où je l'ai vu. Oui, il le connaissait et en usait à son profit. »

Robert Audley était étrangement réticent à l'idée de retourner dans le comté d'Essex. Comment revoir Clara Talboys, maintenant qu'il connaissait le sort de son frère? Combien de mensonges il faudrait inventer, combien de subterfuges pour lui cacher la vérité? Et pourtant, serait-ce avoir de la pitié pour elle que de lui raconter cette horrible histoire dont le récit jetterait un voile de deuil sur sa jeunesse et détruirait toutes les espérances qu'elle caressait au fond de son cœur? Il savait, par sa propre expérience, avec quelle facilité on espère en dépit de tout, alors même que l'espoir est mort, et il ne pouvait se faire à l'idée que le cœur de la jeune fille soit anéanti comme le sien en apprenant la vérité.

« Non, mieux vaut qu'elle espère en vain jusqu'à la fin, se disait-il, mieux vaut qu'elle passe sa vie à chercher à découvrir le sort de son frère perdu que de m'entendre

---
1. Allusion à l'une des aventures de Sindbad le Marin.

lui révéler l'affreux mystère par ces mots : "Nos craintes les plus horribles sont réalisées, votre frère bien-aimé a été lâchement assassiné dans la fleur de sa jeunesse". »

Mais Clara Talboys lui avait écrit pour le prier de venir sans retard dans le comté d'Essex. Comment refuser d'obéir, quelque pénible que soit le voyage qu'on lui demandait de faire ? Et puis, l'homme était mourant et il voulait le voir. Ne serait-ce pas cruel de refuser d'y aller sans retard ? Il regarda sa montre : neuf heures moins cinq minutes. Il n'y avait pas de train pour Audley au départ de Londres après huit heures et demie. Mais il y avait le train de Shoreditch qui partait à onze heures et arrivait à Brentwood entre minuit et une heure du matin. Robert décida qu'il prendrait ce train et ferait à pied le trajet entre Brentwood et Audley, c'est-à-dire un peu plus de six *miles*.

Il avait longtemps à attendre avant qu'il soit temps de quitter le Temple pour se rendre à Shoreditch. Il demeura assis au coin de son feu à réfléchir tristement aux étranges événements qui avaient rempli sa vie depuis un an et demi, qui s'interposaient comme des ombres courroucées entre ses habitudes paresseuses et lui, l'impliquant dans des projets qui n'étaient pas les siens.

« Ciel ! se dit-il en fumant une seconde pipe, est-ce bien moi qui flânais ici toute la journée en lisant Paul de Kock, en fumant mon doux tabac turc ? Moi qui avais l'habitude d'entrer à moitié prix pour être derrière les loges au milieu de la foule et voir une nouvelle farce avant de finir ma soirée en prenant une côtelette et une pinte d'*ale* chez Evans ? Moi dont la vie était comme un manège sans embûche ? Moi qui étais un des garçons bien assis sur les chevaux de bois, pendant que d'autres enfants couraient pieds nus dans la boue, travaillant dur dans l'espoir de chevaucher à leur tour quand leur tâche serait finie ? Dieu sait que j'ai depuis cette époque fait l'expérience de la vie ; et, maintenant, il faut que je tombe amoureux et que je vienne grossir de mes piteux soupirs et de mes gémissements le chœur tragique qui chante éternellement les misères humaines. Clara Talboys! Clara Talboys! Se cache-t-il dans vos grands yeux sérieux quelque lueur de compassion? Que diriez-vous si je vous avouais que je vous aime aussi franchement, aussi sincèrement que j'ai déploré le sort de votre frère; que la force nouvelle et le but que m'a tracé mon amitié pour l'homme assassiné deviennent plus encore plus forts quand il s'agit de vous et me charge au point de m'étonner moi-même? Que me répondriez-vous? Ah! Dieu seul le sait. Si elle aimait la couleur de mes cheveux, ou le son de ma voix, elle m'écouterait peut-être. Mais se croirait-elle forcée de m'écouter longuement, parce que mon amour pour elle est pur et sincère, parce que je serais solide, honnête et que ma fidélité serait inébranlable? Pas elle! Elle en serait touchée peut-être, elle me témoignerait un peu de pitié, mais ce serait tout. Si une jeune fille avec des taches de rousseur et des cils pâles m'adorait, cela m'ennuierait; mais si Clara Talboys avait la fantaisie de fouler aux pieds ma grossière personne, je regarderais cela comme une faveur de sa part. J'espère que la pauvre petite Alicia rencontrera un bel Allemand aux cheveux blonds pendant son voyage! J'espère... »

Ses pensées s'égarèrent et se perdirent. Comment espérer quoi que ce soit, ou pensant à quelque chose quand le souvenir de son ami sans sépulture le hantait comme un spectre? Il se souvenait d'une histoire morbide, hideuse, et pourtant délicieuse, qui lui avait glacé le sang lors d'une soirée d'hiver, l'histoire d'un homme, sans doute obsédé, que hantait l'esprit d'un parent sans sépulture qui ne trouvait pas le repos. Cette histoire allait devenir vraie pour lui? L'esprit de George Talboys allait-il le hanter?

Il écarta ses cheveux avec ses deux mains et jeta un regard nerveux tout autour de sa chambre douillette. Il se dessinait des ombres dans un coin qu'il n'aimait pas beaucoup. La porte de son cabinet était entrouverte ; il se leva et la ferma à clé avec un bruit sec.

— Je n'ai pas lu Alexandre Dumas et Wilkie Collins pour rien, murmura-t-il, je connais toutes les ruses des esprits. Ils se glissent par la porte dans votre dos, viennent coller leurs faces livides aux vitres, et ouvrent leurs grands yeux quand il commence à faire noir. C'est une étrange chose qu'un ami bon et généreux, qui n'aurait jamais fait une action mesquine de sa vie, soit capable de n'importe quelle petitesse du moment qu'il devient un fantôme. Demain je ferai installer le gaz et je demanderai au fils aîné de Mrs Maloney de dormir dans le vestibule. Il joue les airs populaires avec un morceau de papier et un peigne, et sa compagnie me sera très agréable.

Mr Audley se promena de long en large pour tuer le temps. Il était inutile de partir de chez lui avant dix heures, et même là, il arriverait à la gare une demi-heure trop tôt. Il était fatigué de fumer. L'influence du doux narcotique est assez agréable en elle-même, mais il faut être bien misanthrope pour ne pas souhaiter, après une demi-douzaine de pipes, la présence d'un ami qu'on puisse regarder rêveusement à travers les volutes gris pâle et qui puisse vous renvoyer un regard amical en retour. Ne pensez pas que Robert Audley n'avait pas d'amis parce qu'il était souvent seul dans son appartement. Le but solennel qui avait pris une telle importance dans sa vie l'avait éloigné de ses anciennes connaissances, et c'était pour cette raison qu'il était seul. Il avait laissé tomber ses vieux amis. Comment aurait-il pu participer avec eux à des soirées pour boire de bons vins ou à d'agréables petits dîners arrosés de vin de Loire, de chambertin, de pommard et de champagne ? Comment aurait-il pu rester à écouter leur bavardage insouciant sur la politique et l'opéra, la littérature et les courses, le théâtre et la science, les scandales et la théologie, alors que son esprit était tourmenté par le fardeau horrible de ses terreurs et de ses soupçons qui le poursuivaient nuit et jour ? C'était impossible ! Il s'était éloigné d'eux comme s'il avait été un officier de police souillé par ses mauvaises fréquentations, impropre à la compagnie d'honnêtes gentlemen. Il s'était retiré de tous ses repaires familiers et s'était enfermé dans son appartement solitaire, avec pour seul compagnon son esprit troublé en permanence, jusqu'à devenir aussi mal à l'aise que les hommes les plus forts et les plus sages confrontés à une solitude continuelle.

Dix heures sonnèrent enfin à l'église du Temple, à Saint-Dunstan, à Saint-Clément-le-Danois et à nombre d'autres églises dont les flèches s'élevaient au-dessus des toits au bord du fleuve. Mr Audley, qui avait mis son chapeau et son pardessus depuis une demi-heure, sortit du petit vestibule en fermant la porte derrière lui. Il se renouvela mentalement la promesse de faire coucher Parthrick (c'était le nom que Mrs Maloney donnait à son fils aîné) dans le vestibule. Ce jeune homme devait entrer en fonction la nuit suivante, et si l'esprit de l'infortuné George Talboys apparaissait, il aurait à passer sur le corps de Parthrick avant d'arriver jusqu'à la chambre de Robert.

Ne riez pas du pauvre Robert, parce qu'il était devenu hypocondriaque après avoir entendu l'horrible histoire de la mort de son ami. Rien n'est plus léger et plus fragile que ce point d'équilibre invisible sur lequel s'appuie la raison. Tel est fou aujourd'hui qui sera demain sain d'esprit.

Fleet Street était tranquille et solitaire à cette heure tardive, et Robert Audley, étant d'humeur à voir des spectres, aurait été peu étonné de voir le docteur Johnson en goguette se dirigeant vers l'ouest, ou l'aveugle Milton cherchant son chemin à tâtons pour descendre les marches de l'église de Saint-Bride.

Mr Audley héla un fiacre à l'angle de Farringdon Street, qui le mena rapidement vers Finsbury Pavement, à travers le marché de Smithfield et un labyrinthe de rues boueuses.

« Personne n'a jamais vu de revenant en fiacre, se dit Robert, et Dumas lui-même n'a pas eu cette idée. Non qu'il ne soit capable d'en faire un roman si l'idée lui en venait. Un revenant en fiacre! Voilà un titre qui sonne bien. L'histoire pourrait être celle de quelque lugubre gentleman en noir qui prendrait un véhicule à l'heure, se montrerait pointilleux sur le prix de la course, entraînerait son conducteur dans des faubourgs solitaires, au-delà des barrières, et se rendrait de toute manière fort désagréable. »

La voiture roulait bruyamment sur le sol pavé et trempé aux abords de Shoreditch. Elle déposa Robert aux portes de la gare sans attrait. Il y avait très peu de voyageurs pour ce train de nuit, et Robert se promena librement de long en large sur le quai de bois, lisant les énormes affiches dont les lettres avaient un air funèbre à la triste lueur du réverbère.

Il eut pour lui seul tout un wagon. Pour lui seul? N'avait-il pas convoqué à ses côtés cette ombre qui, de tous les compagnons, est le plus tenace? L'ombre de George Talboys le poursuivit jusque dans le coin de son compartiment de première classe. Elle était derrière lui quand il regardait à la portière, mais aussi loin devant lui et la locomotive qui se hâtait, dans ce fourré vers lequel le train avançait à toute allure, près de cet endroit caché et non sanctifié où les restes de l'homme mort reposaient, négligés et à l'abandon.

« Il faut que je donne une tombe décente à mon ami, se dit Robert, tandis qu'un vent froid soufflait sur le paysage plat et lui faisait l'effet de la respiration glacée qui se serait échappée des lèvres d'un mort. Il le faut ou bien je mourrai de quelque panique comme celle qui m'a saisie ce soir. Je dois le faire, quel que soit le danger et à n'importe quel prix, quand bien même je devrais arracher la coupable de sa retraite et l'amener au banc des criminels. »

Il fut soulagé quand le train s'arrêta à Brentwood, quelques minutes après minuit. Une seule personne descendit avec lui à cette petite gare : c'était un paysan costaud qui était allé au théâtre voir une tragédie. Les campagnards vont toujours voir des tragédies. Les vaudevilles légers ne sont pas faits pour eux. Ces pièces avec de jolis petits salons, ornés d'une lampe à modérateur et de fenêtres à la française, où l'intrigue se déroule entre un mari confiant, une femme coquette et une soubrette rusée qui passe son temps à épousseter les meubles et à annoncer les visiteurs, ne font pas leur affaire. Pas de ces productions sans consistance. Ce qu'ils veulent, c'est une bonne tragédie en cinq actes dans laquelle leurs aïeux ont vu jouer Garrick et Mrs Abington, où eux-mêmes peuvent se souvenir d'Eliza O'Neill[1], cette belle créature dont les épaules et le beau cou devenaient cramoisis de honte et d'indignation quand l'actrice jouait Mrs Beverley, et que Stukeley l'insultait dans sa pauvreté et son malheur. Je ne crois pas que les O'Neill modernes jouent aujourd'hui leurs rôles avec autant de sensibilité. En tout cas, cette sensibilité n'a plus de charme pour le public depuis l'apparition de Mlle Rachel et du genre nouveau qu'elle a créé.

Robert Audley jeta tout autour de lui un regard désespéré en quittant la jolie petite ville de Brentwood et descendit la colline jusqu'à la vallée qui allait le mener à cette autre colline où la malheureuse auberge du Château avait si longtemps lutté contre son ennemi, le vent, pour finir par se consumer comme une feuille sèche sous les efforts combinés du feu et du vent.

« C'est une promenade désagréable que celle que je vais faire, pensa Robert en regardant la route qui s'étendait devant lui, aussi peu fréquentée qu'une piste dans le désert. Une promenade bien déplaisante pour un pauvre malheureux, qui plus est entre minuit et une heure, par une triste nuit de mars, avec si peu de lune qu'on pourrait croire qu'elle n'existe pas. Je suis pourtant bien aise d'être

---

1. Acteurs réputés.

venu. Si ce pauvre diable est mourant et veut me voir, j'aurais été un misérable si je m'étais dérobé. De plus, elle désire que je le fasse, et que puis-je faire d'autre que lui obéir, Dieu me garde ! »

Il s'arrêta contre la barrière en bois qui entourait le jardin du presbytère de Mount Stanning, et regarda les fenêtres de l'habitation à travers une haie de lauriers. Il n'aperçut aucune lumière et il s'éloigna volontiers, n'ayant eu d'autre consolation que celle d'un long regard sur la maison qui abritait la femme désormais maîtresse de son cœur. Un monceau de ruines s'élevait à la place où jadis l'auberge du Château avait lutté contre les vents. La froide bise se jouait librement au milieu des quelques fragments qui avaient subsisté, et soulevait en tourbillons qui répandirent un nuage de cendres et de petits morceaux de bois calciné sur Robert Audley au moment où il passait.

Il était une heure et demie quand le voyageur entra dans le village d'Audley, et ce fut là seulement qu'il se rappela que Clara Talboys ne lui avait donné aucun renseignement sur la position exacte du cottage où se mourait Luke Marks.

« C'est Dawson qui a recommandé de transporter le malheureux chez sa mère, se dit Robert un instant après, et c'est probablement lui qui l'a soigné. Il pourra m'enseigner le chemin du cottage. »

Cette réflexion amena Robert à la porte de la maison où Helen Talboys avait vécu avant son second mariage. La porte du cabinet du médecin était entrouverte et il y avait une lumière. Robert entra et jeta un coup d'œil. Le médecin préparait une drogue à son comptoir d'acajou, son chapeau près de lui. Vu l'heure tardive, il était sans doute rentré depuis peu. On entendait le ronflement sonore de son aide qui couchait dans un cabinet à côté.

— Je vous demande pardon de vous déranger, Mr Dawson, dit Robert, quand le chirurgien leva la tête et le reconnut ; mais je suis venu voir Marks, dont on m'a dit qu'il allait très mal, et je voudrais que vous m'indiquiez le chemin du cottage de sa mère.

— Je vais vous le montrer, Mr Audley, répondit le médecin. Je m'y rends à l'instant.

— Marks va donc bien mal ?

— Il ne peut pas aller plus mal, et le seul changement à attendre, c'est celui qui calmera pour toujours ses souffrances.

— Voilà qui est étrange, s'écria Robert. Il m'avait semblé que ses brûlures n'avaient rien de dangereux.

— Et vous ne vous étiez pas trompé. Si ses brûlures eussent été sérieuses, je n'aurais pas recommandé de l'éloigner de Mount Stanning. C'est le choc qui l'a mis dans cet état. Sa santé était minée depuis longtemps par ses habitudes déréglées et la frayeur a fait le reste. Il a eu une très forte fièvre les deux derniers jours. Ce soir, il est plus calme ; mais, avant demain soir, je crains qu'il n'ait cessé de vivre.

— Il a demandé à me voir, m'a-t-on dit, reprit Mr Robert Audley.

— Oui, répondit le médecin négligemment ; une fantaisie de malade, sans doute. Vous l'avez arraché aux flammes et avez fait de votre mieux pour lui sauver la vie. J'imagine que, rustre et grossier comme il est, il y pense beaucoup.

Ils étaient sortis du cabinet dont le médecin avait fermé la porte à clé. Il y avait de l'argent dans la caisse, sans doute, car l'apothicaire du village n'aurait pas craint que le plus hardi voleur mette sa liberté en péril pour des pilules bleues, de la coloquinte, des sels et du séné.

Le médecin guida Robert le long d'une rue silencieuse et s'engagea tout à coup dans un sentier au bout duquel le jeune avocat aperçut une lumière pâle, qui devait éclairer la chambre du malade. Ses reflets étaient faibles à cette heure avancée de la nuit. Elle brillait à la fenêtre du cottage où Luke Marks gisait sous la garde de sa mère et de sa femme.

Mr Dawson souleva le loquet et entra dans la salle commune du cottage, suivi de Robert Audley. Cette pièce était vide et éclairée par une chandelle dont le suif dégouttait sur la table. Luke Marks était dans la chambre au-dessus.

— Dois-je lui dire que vous êtes ici? demanda Mr Dawson.

— Oui, oui, s'il vous plaît, mais prenez des précautions pour le lui annoncer. Si vous pensez que cette nouvelle puisse l'agiter, j'attendrai; je ne suis pas pressé. Vous m'appellerez quand je pourrai monter.

Le chirurgien inclina la tête en signe d'assentiment et gravit doucement l'escalier étroit qui menait à l'étage. C'était un homme bon que ce Mr Dawson, et il fallait qu'il le fût pour être le médecin des pauvres de la paroisse et les soigner gratis avec douceur, sans jamais leur faire subir aucune de ces cruautés mesquines très difficiles à prouver devant le conseil de santé pour les pauvres, mais pénibles tout de même pour ceux qui souffrent.

Robert Audley s'assit sur un fauteuil en bois tourné devant le foyer sans feu, et regarda fixement, l'air abattu, les objets qui l'entouraient. Quoique la salle fût petite, les coins en étaient sombres dans la faible lueur de la chandelle. Le cadran décoloré d'une vieille pendule se dressait devant lui et semblait le fixer d'un air mal assuré. Les bruits affreux qui s'échappent d'une pendule après minuit sont trop connus pour que je les décrive. Le jeune homme écoutait dans un silence impressionné le tic-tac monotone, pesant, qui semblait compter les dernières secondes de vie accordées au mourant et les voir fuir avec une satisfaction sinistre. Encore une minute de partie! Une autre, une autre minute, semblait dire la pendule jusqu'à ce que Robert ait envie de lui jeter son chapeau dans l'espoir d'arrêter le son répétitif et mélancolique.

Il fut enfin tiré de ses réflexions par la voix du chirurgien, qui parut au sommet de l'escalier pour lui dire que Luke Marks était éveillé et le verrait volontiers.

Robert obéit à cet ordre. Il monta doucement et ôta son chapeau avant de se courber pour passer la porte basse de l'humble et rustique chambre. Il ôtait son chapeau en présence de ce paysan ordinaire, parce qu'il savait que la mort, cette terrible visiteuse, rôdait autour de cette pièce, impatiente d'être admise.

Phoebe Marks était assise au pied du lit, les yeux fixés sur la figure de son mari. Aucune expression de tendresse ne se lisait dans ses regards, mais une vive anxiété, terrifiée, qui montrait que c'était l'arrivée de la mort elle-même qu'elle craignait, plus que la perte de son mari. La vieille mère du malade faisait sécher du linge auprès du feu et préparait un bouillon que son fils ne prendrait probablement jamais. Luke Marks avait la tête appuyée sur un oreiller; sa figure grossière était d'une pâleur mortelle et ses grandes mains inquiètes erraient sur la couverture. Phoebe lui avait fait la lecture, car une Bible était encore ouverte au milieu des fioles qui encombraient la table auprès du lit. Tout était propre et bien rangé dans la chambre; le goût de l'ordre et de la régularité avait toujours été le trait distinctif du caractère de Phoebe. La jeune femme se leva dès que Robert parut sur le seuil et se précipita au-devant de lui.

— Laissez-moi vous parler un moment, monsieur, avant d'écouter Luke, lui dit-elle dans un murmure pressé. Je vous en supplie, laissez-moi vous parler d'abord.

— Qu'est-ce qu'elle dit encore, celle-là? demanda le malade dans un grondement étouffé qui mourut sur ses lèvres en un son rauque.

Les ombres de la mort s'appesantissaient sur ses yeux, mais ils jetaient encore sur Phoebe un regard vif de mécontentement.

— Qu'est-ce qu'elle fabrique? répéta-t-il. Je ne veux pas de complots ni de plans contre moi. Je veux causer à Mr Audley moi-même et quoi que j'aie fait, j'en répondrai. Si j'ai fait du mal, je veux essayer de le défaire. Qu'est-ce qu'elle dit?

— Elle dit rien, Luke, mon chou, répondit la mère, s'approchant du lit de son fils qui, bien que rendu plus intéressant par la maladie, ne semblait pas justifier cette tendre épithète. Elle raconte seulement au gentleman comment tu vas, mon joli.

— Ce que j'ai à dire, je le dirai qu'à lui, souviens-t'en grogna Mr Mark. Et je lui aurai rien dit si c'était pas pour ce qu'il a fait pour moi l'autre nuit.

— Sans doute, mon chou, répondit sa mère pour le calmer.

L'intelligence de la vieille était un peu bornée, et elle n'attachait pas plus d'importance aux mots impatients que prononçait son fils en ce moment qu'à ses divagations pendant son délire. Cet horrible délire dans lequel il s'était vu d'abord enseveli sous des montagnes de briques et de mortier enflammés, puis précipité au fond d'un gouffre, puis suspendu en l'air par des mains géantes sorties des nuages pour l'arracher du sol et le jeter en plein chaos, et bien d'autres terreurs extravagantes qui s'agitaient dans son cerveau malade.

Phoebe Marks avait emmené Mr Audley sur le palier, qui avait trois à quatre pieds de large et était à peine assez grand pour les contenir tous deux, sans qu'ils se poussent contre le mur blanchi à la chaux ou dans l'escalier.

— Oh! monsieur, je voulais vraiment vous parler, s'écria Phoebe avec empressement. Vous rappelez-vous ce que je vous ai dit en vous trouvant sain et sauf la nuit de l'incendie?

— Oui, oui.

— Je vous ai fait part de mes soupçons, auxquels je crois encore.

— Oui, je m'en souviens.

— Mais je n'en ai jamais parlé à personne d'autre que vous, monsieur, et je crois que Luke a oublié tous les incidents de cette nuit, tout ce qui s'est passé avant l'incendie lui est sorti de la tête. Il était déjà ivre quand mila... quand elle est venue à l'auberge et je crois qu'il a été si abasourdi et effrayé que tout s'est effacé de sa mémoire. En tout cas, il ne soupçonne rien, car il en aurait parlé. Mais il est fort en colère contre milady; il dit que si elle lui avait procuré une place à Brentwood ou à Chelmsford tout cela ne serait pas arrivé. Aussi, ce que je vous demande, monsieur, c'est de ne pas en dire un seul mot à Luke.

— Oui, oui... Je comprends, j'y veillerai.

— J'ai appris que milady avait quitté le château d'Audley.

— Oui.

— Pour ne jamais y revenir?

— Jamais.

— Mais elle ne sera pas maltraitée, n'est-ce pas?

— Non, elle sera bien traitée.

— J'en suis bien aise, monsieur. Pardon pour toutes ces questions; milady était très bonne pour moi.

La voix de Luke, faible et enrouée, se fit entendre à l'intérieur, demandant avec colère ce qu'elle avait à bavarder. Phoebe mit un doigt sur ses lèvres et ramena Mr Audley dans la chambre.

— Je n'ai pas besoin de toi, dit d'un ton décisif Marks à sa femme quand elle rentra dans la chambre, je n'ai pas besoin de toi. Tu n'as pas à écouter ce que j'ai à dire. Je ne veux voir que Mr Audley et je ne veux pas que tu rôdes à la porte à écouter, tu entends? Descends et reste en bas jusqu'à ce qu'on ait besoin de toi. Tu peux aussi emmener ma mère. Non, ma mère peut rester, j'aurai besoin d'elle tout à l'heure.

La main affaiblie du malade montra la porte à Phoebe et elle sortit très docilement en disant à son mari:

— Je ne veux rien entendre, Luke. Mais j'espère que tu ne parleras pas mal de ceux qui se sont montrés généreux envers nous.

— Je parlerai comme il me plaira, lui répondit Marks. Je n'ai pas d'ordre à recevoir de toi. Tu n'es pas le pasteur, à ce que je sais, ni l'homme de loi.

Le gérant de l'auberge du Château n'avait subi aucune transformation morale sur son lit de souffrances, qui avaient été trop rapides et trop cruelles. Peut-être quelques faibles rayons de lumière, qui n'avaient jamais éclairé sa vie, s'efforçaient-ils de percer faiblement les sombres obscurités de l'ignorance qui remplissaient son âme? Peut-être quelque demi-rancune, quelque demi-repentir obstiné le portaient-ils à faire quelques rudes efforts pour racheter une vie égoïste passée à boire et à faire le mal? Quoi qu'il en soit, il essuya de la main ses lèvres blanches et, jetant un regard sérieux sur le jeune avocat, il lui désigna une chaise à côté du lit.

— Vous vous êtes joué de moi, Mr Audley, dit-il tout à coup. Vous avez essayé de me faire parler, vous m'avez tourné et retourné en tout sens, avec vos façons de gentleman, vous m'avez sondé encore et encore jusqu'à croire que vous en saviez autant que moi. Je n'avais pas lieu de vous être reconnaissant, pas avant l'incendie l'autre soir, mais je le suis maintenant. Je ne me montre pas reconnaissant en général, peut-être bien parce que ce qu'on me donne, c'est presque toujours ce que je ne veux pas. On me donne de la soupe, de la flanelle, du charbon. Mais, Seigneur, ils vont ensuite le crier sur les toits et j'ai envie de tout leur renvoyer. Mais un gentleman comme vous, qui se met en danger pour sauver une brute d'ivrogne comme moi, mérite bien qu'on lui dise au moins merci avant de mourir. Je vous remercie donc, Mr Audley, car je vois à la figure du docteur que je n'ai pas longtemps à vivre.

Luke Marks tendit sa main gauche – la droite avait été brûlée et était entourée de linges – et serra faiblement celle de Robert.

Le jeune homme prit la main rude et ratatinée dans les siennes et la pressa cordialement.

— Je n'ai pas besoin de remerciements, Luke Marks, dit-il, je vous ai rendu ce service avec plaisir.

Marks ne répondit pas tout de suite. Il était couché tranquillement sur le flanc et regardait Robert en réfléchissant.

— Vous aimiez bien la personne qui a disparu au château, n'est-ce pas, monsieur? demanda-t-il enfin.

Robert tressaillit en entendant parler de son ami mort.

— Vous l'aimiez beaucoup ce Mr Talboys, m'a-t-on dit? répéta Luke.

— Oui, oui, c'était un de mes bons amis, répondit Robert avec un peu d'impatience.

— J'ai entendu raconter aux domestiques du château l'effet que produisit sur vous l'annonce de sa disparition, et le maître de l'auberge du Soleil disait que vous n'auriez pas été plus secoué si ç'avait été votre frère.

— Oui, oui; je sais, je sais, dit Robert. Mais ne parlez plus de cela, je ne puis vous dire combien ce sujet m'est pénible.

L'esprit de son ami sans sépulture devait-il le hanter à tout jamais? Il venait rendre visite à un mourant pour le réconforter, et même là il était poursuivi par cette ombre implacable et tout lui rappelait le crime qui avait troublé sa vie.

— Écoutez-moi, Marks, dit-il sérieusement, j'apprécie toute votre gratitude, et je suis très content de vous avoir rendu service. Mais avant d'en dire plus long, laissez-moi vous faire une demande solennelle. Si vous m'avez fait venir pour me révéler le secret de la disparition de mon ami, je vous supplie de m'épargner et de vous épargner ce récit horrible. Vous ne m'apprendrez rien que je ne sais déjà. Je le tiens de la bouche même de la femme qui était jadis en votre pouvoir. Ne parlons donc plus de cela, vous ne pouvez rien me dire que je ne sache.

Luke Marks regarda la figure sérieuse de son visiteur, et un faible sourire illumina pour un instant les traits hagards du mourant.

— Ainsi, je n'ai rien à vous révéler que vous ne sachiez déjà ? demanda-t-il.

— Rien.

— Alors, ce n'est pas la peine que j'essaye, dit le malade d'un ton pensif. Mais vous a-t-elle tout dit ? reprit-il après une légère pause.

— Marks, je vous prie de vous taire sur ce sujet, répondit Robert presque sèchement, je vous ai déclaré que je ne voulais pas en entendre parler. Les secrets que vous connaissez vous ont servi à avoir ce que vous vouliez. Vous étiez payé pour garder le silence, gardez-le jusqu'à la fin, cela vaut mieux.

— Vous croyez ? Ferais-je réellement mieux de me taire jusqu'à la fin ? murmura Marks impatiemment.

— Je le crois, vraiment. Vous avez monnayé ce secret et vous avez été payé pour le garder. Ce serait plus honnête de ne pas manquer à votre promesse et de garder le silence.

— Vraiment, dit Mr Marks avec une grimace effrayante. Mais si milady avait eu son secret, et moi le mien ? Qu'en serait-il ?

— Que voulez-vous dire ?

— Supposez que j'avais depuis longtemps des aveux à faire et que je m'en fusse abstenu parce que milady ne me traitait pas assez bien, parce qu'elle me donnait de l'argent comme on jette un os à un chien, pour l'empêcher de mordre. Supposez qu'à cause de ce manque d'égards, j'aie gardé mon secret et demandez-vous si je dois toujours me taire.

Il est impossible de décrire le sourire de triomphe que grimaça cette figure effrayante.

« Il n'a pas sa raison, se dit Robert, je dois être patient avec lui. C'est bien le moins que je sois patient avec un moribond. »

Luke Marks contempla quelque temps Robert avec ce rictus triomphant. La vieille femme, fatiguée d'avoir veillé son fils, s'était assoupie sur une chaise auprès du feu où bouillait la soupe qu'elle avait préparée.

Robert Audley attendit très patiemment qu'il plût au malade de parler. Le moindre bruit arrivait distinctement à son oreille à cette heure creuse. Les cendres qui s'échappaient de la grille, le craquement menaçant du charbon qui brûlait, le tic-tac de la vieille horloge à l'étage en dessous, les sourds gémissements du vent (qui paraissait être la voix d'une *banshee*[1] criant son avertissement funèbre à ceux qui veillaient le mourant), la respiration rauque du malade, chaque son s'entendait séparément et retentissait comme un sombre message dans le silence solennel de la maison.

Robert avait caché sa figure dans ses mains, et songeait à ce qu'il allait devenir maintenant que l'histoire de George Talboys était finie, et que sa femme coupable était enfermée dans une maison de fous en Belgique. Qu'allait-il devenir ?

Il ne pouvait se rendre auprès de Clara Talboys, car il voulait garder pour lui le secret horrible qu'on lui avait révélé. Comment oserait-il l'aborder avec l'intention de ne rien lui dire ? Comment pourrait-il regarder ses yeux et ne pas lui avouer toute la vérité ? Il sentait que toute sa force faiblirait devant ce regard calme et pénétrant. S'il devait garder le secret, il ne devait plus la revoir. Tout lui révéler, c'était empoisonner la vie de la jeune fille. Pouvait-il, pour un motif égoïste de sa part, lui raconter la terrible histoire ? Ou pouvait-il imaginer que s'il lui racontait, elle souffrirait que son frère assassiné repose non vengé et oublié dans sa tombe non consacrée ?

Ainsi prisonnier de difficultés qui lui paraissaient tout à fait insurmontables, son caractère naturellement facile

---

1. Messagère de mort, dans le folklore celtique.

rendu amer par le fardeau qu'il portait depuis trop longtemps, Robert Audley regardait sans espoir la vie qui s'étendait devant lui, et il s'avouait qu'il aurait été préférable pour lui de périr dans l'incendie de l'Auberge du Château.

« Qui m'aurait regretté ? se dit-il. Personne, excepté ma pauvre Alicia, et encore, son chagrin n'aurait duré que le temps d'un printemps. Clara Talboys aurait-elle pleuré ma mort ? Non ! Elle n'aurait regretté en moi que l'instrument nécessaire à la découverte du sort de son frère... Elle n'aurait... »

## 40

### Ce que le mourant avait à dire

Dieu sait où les pensées de Robert auraient pu le conduire s'il n'avait été tiré de sa rêverie par un brusque mouvement du malade, qui se redressa sur son lit et appela sa mère.

La vieille femme fit un soubresaut et se tourna tout endormie vers son fils.

— Qu'as-tu, Luke? lui dit-elle avec douceur. Il n'est pas temps encore de prendre ta potion. Mr Dawson a dit de te la donner deux heures après son départ, et il n'y a pas encore une heure qu'il est parti.

— Qui vous dit que c'est la potion que je veux, s'écria Marks avec impatience, j'ai quelque chose à vous demander, ma mère. Vous souvenez-vous du 7 septembre dernier?

Robert tressaillit et regarda le malade avec inquiétude. Pourquoi revenait-il sur ce sujet défendu? Pourquoi insistait-il en rappelant la date de l'assassinat de George? La vieille femme secoua la tête de l'air d'une personne dont les pensées sont confuses.

— Mon Dieu, Luke, dit-elle, comment peux-tu me faire de semblables questions? Ma mémoire s'est envolée depuis sept ou huit ans et je ne peux pas me rappeler le quantième du mois ou des choses de ce genre. Une pauvre femme qui travaille ne se souvient pas de ces choses.

Luke Marks haussa les épaules d'un air contrarié.

— Vous n'êtes pas fichue de faire ce qu'on vous demande, dit-il d'un ton irrité. Est-ce que je ne vous avais pas dit de vous en souvenir? Ne vous avais-je pas prévenue qu'un temps viendrait où il vous faudrait servir de témoin et jurer sur la Bible?

La vieille femme secoua la tête désespérément.

— C'est probable, puisque tu le dis, Luke, ajouta-t-elle avec un sourire conciliant, mais ça ne me revient plus en tête, mon chou. J'ai perdu la mémoire il y a neuf ans, monsieur, ajouta-t-elle en se tournant vers Robert, et je ne suis qu'une pauvre créature.

Mr Audley plaça sa main sur le bras du malade.

— Marks, dit-il, je vous le redis, ne vous souciez pas de cela. Je ne vous demande rien, je ne veux rien entendre…

— Et si je veux parler, moi, s'écria Luke fébrilement, si je ne veux pas mourir avant d'avoir révélé ce secret pour lequel je vous ai fait venir? Je vous ai fait venir pour cela, pour tout vous dire, à vous et pas à elle… Oh! Non, pas à elle, j'aurais mieux aimé mourir dans le feu, dit-il en grinçant des dents. Je lui ai fait payer ses insolences, je lui ai fait payer ses grands airs et ses manières, mais elle n'a rien su. Je la tenais dans mes mains et j'en profitais, j'avais mon secret qu'elle ignorait, et elle me payait pour me taire. Mais elle me traitait avec tant de mépris, moi et les miens, qu'elle m'aurait pu me payer vingt fois plus, ça n'aurait rien changé.

— Marks, Marks… au nom du ciel, dit Robert sérieusement, calmez-vous. De quoi parlez-vous? Quel est ce secret que vous cachiez à lady Audley?

— Je vais vous le dire. Ma mère, donnez-nous à boire, dit Luke, essuyant ses lèvres desséchées.

La vieille femme remplit une tasse de tisane rafraîchissante et l'apporta à son fils.

Il but avec avidité, comme s'il avait senti que la mort arrivait à grands pas et qu'il devait la gagner de vitesse.

— Restez où vous êtes, dit-il à sa mère, en lui montrant une chaise au pied du lit.

La vieille femme obéit et s'assit humblement en face de Mr Audley. Elle tira ses lunettes de son étui, en nettoya les verres, les plaça sur son nez, et regarda placidement son fils, comme si elle espérait que sa mémoire soit stimulée par cette opération.

— Je vous poserai encore une question, ma mère, dit Luke, et ce serait étrange que vous ne puissiez y répondre. Vous vous rappelez quand je travaillais chez le fermier Atkinson. C'était avant mon mariage, j'habitais encore avec vous.

— Oui, oui, répondit Mrs Marks, en acquiesçant triomphalement, ça je m'en souviens, mon cher. C'était à l'automne dernier, au moment où nous ramassions les pommes du verger et où tu as acheté un gilet neuf à ramages. Je m'en souviens, Luke, je m'en souviens.

Mr Audley se demandait où aboutirait ce préambule et combien de temps il lui faudrait rester assis auprès de ce malade, à écouter une conversation qui ne signifiait rien pour lui.

— Si vous vous souvenez de tout cela, peut-être n'aurez-vous pas oublié le reste, ma mère, dit Luke. Vous rappelez-vous que j'ai amené quelqu'un chez nous un soir où le fermier Atkinson finissait de rentrer son maïs ?

Une fois encore, Robert sursauta, et cette fois, il regarda attentivement le malade et écouta avec un vif intérêt, le souffle suspendu, ce que disait Luke Marks, quoiqu'il comprît à peine à quoi cela pouvait aboutir.

— Je me rappelle que tu as ramené Phoebe pour prendre une tasse de thé ou manger un morceau, répondit la vieille femme avec une grande animation.

— Au diable Phoebe ! Qui vous parle d'elle ? s'écria Marks. Qu'est-elle pour qu'on s'en occupe ? Vous rappelez-vous que j'ai amené après dix heures un monsieur trempé jusqu'aux os, couvert de boue et de vase des pieds à la tête ?

Il avait le bras cassé et l'épaule affreusement enflée. Il était méconnaissable et il fallut couper ses habits pour les lui enlever. Il restait assis près du feu de la cuisine, regardant les charbons d'un air stupide sans savoir où il était, et qui il était. Il a fallu s'occuper de lui comme un bébé, le laver, le sécher, l'habiller, et lui faire avaler de l'eau-de-vie avec une cuillère en le forçant à desserrer les dents pour le faire revenir à la vie ? Vous vous rappelez de cela, ma mère ?

La vieille femme acquiesça et marmonna quelque chose pour prouver que tous ces détails lui revenaient, maintenant que son fils les lui avait rappelés.

Robert Audley poussa un cri terrible et tomba à genoux à côté du lit du malade.

— Mon Dieu ! s'écria-t-il, merci de votre bonté extraordinaire ! George Talboys est vivant !

— Attendez, dit Marks, n'allez pas si vite. Mère, donnez-moi cette boîte en fer qui est sur l'étagère à côté de la commode.

La vieille obéit et, après avoir fouillé au milieu de tasses ébréchées, de boîtes en bois sans couvercle et de tout un tas de vaisselle et de chiffons, elle en retira une petite boîte à priser en étain, avec un couvercle coulissant, d'aspect assez malpropre.

Robert était toujours agenouillé auprès du lit, la figure cachée dans ses mains. Luke ouvrit la boîte.

— Il n'y a pas d'argent, dit-il, et c'est bien dommage ; s'il y en avait eu, il n'aurait pas duré longtemps. Mais il y a quelque chose qui vaut peut-être plus que de l'argent pour vous, et je vais vous le donner, monsieur, pour vous prouver qu'une brute comme moi a de la reconnaissance pour ceux qui lui témoignent de la bonté.

Il retira deux papiers pliés qu'il mit dans la main de Robert.

C'étaient deux feuilles arrachées à un agenda, sur lesquelles on avait écrit au crayon, et l'écriture parut très étrange à Robert. Elle était raide et griffonnée, comme celle d'un paysan.

— Je ne connais pas cette écriture, dit Robert en dépliant rapidement le premier des deux papiers. Qu'est-ce que cela a de commun avec mon ami? Pourquoi me le montrez-vous?

— Lisez d'abord, vous me questionnerez ensuite, dit Marks.

Le premier papier que Robert Audley avait déplié contenait les lignes suivantes, de cette écriture si bizarre:

*Mon cher ami,*

*Je vous écris dans un état d'esprit totalement confus, comme jamais aucun homme n'en a connu sans doute. Je ne puis vous dire ce qui m'est arrivé. Sachez seulement qu'il m'est arrivé quelque chose qui me fait quitter l'Angleterre, le cœur brisé, pour chercher un endroit où vivre et mourir inconnu et oublié. Je vous conjure de m'oublier. Si votre amitié avait pu m'être utile, je n'aurais pas manqué d'y recourir. Si vos conseils avaient dû m'aider, je me serais confié à vous. Mais ni l'amitié ni les conseils ne peuvent rien pour moi, et tous mes souhaits en ce monde se bornent à invoquer pour vous la bénédiction de Dieu et à vous supplier de m'oublier.*

*G. T.*

Le second papier était adressé à une autre personne, et son contenu était encore plus court que celui du premier.

*Helen,*

*Que Dieu ait pitié de vous et vous pardonne ce que vous avez fait aujourd'hui, comme je vous le pardonne moi-même. Vivez en paix. Vous n'entendrez plus parler de moi. Pour vous et pour le monde, je suis, à partir d'aujourd'hui, ce que vous avez voulu que je sois. Ne craignez pas que je vous importune, je quitte l'Angleterre pour n'y jamais plus revenir.*

*G. T.*

Robert Audley regardait ces lignes d'un air égaré. Elles n'étaient pas de l'écriture habituelle de son ami, et pourtant elles portaient ses initiales et tout laissait croire qu'elles venaient de lui.

Il examina attentivement la figure de Luke Marks en se disant qu'on se jouait de lui peut-être.

— Ceci n'a pas été écrit par George Talboys, dit-il.

— Si, répondit Luke Marks, c'est bien sa main qui a écrit chaque mot. Seulement, il a écrit de la main gauche parce qu'il avait le bras droit cassé.

Robert Audley releva la tête et son visage perdit aussitôt son expression soupçonneuse.

— Je comprends, dit-il, je comprends… Dites-moi tout. Racontez-moi comment mon pauvre ami fut sauvé.

Il ne pouvait à peine réaliser que tout ce qu'il avait entendu était vrai. Il pouvait à peine croire que cet ami, qu'il avait si amèrement pleuré, allait encore lui serrer la main dans un futur heureux, quand les ombres du passé auraient été dissipées. Il était médusé et abasourdi, encore incapable de comprendre qu'un espoir nouveau surgissait devant lui.

— Dites-moi tout, je vous en supplie. Dites-moi tout, pour que j'essaye de comprendre si je le peux.

— Je travaillais chez Atkinson en septembre dernier et j'aidais à rentrer le maïs, dit Luke Marks, et comme le plus court chemin de la ferme au cottage était celui des prairies à l'arrière du château, je passais toujours par là. Phoebe, qui connaissait l'heure de mon retour, venait quelquefois m'attendre à la porte du jardin près de l'allée des tilleuls pour causer avec moi. Quelquefois elle ne venait pas, alors je franchissais le fossé à sec qui sépare le potager des prairies pour aller boire un verre de bière avec les domestiques ou souper avec eux.

Je ne sais pas ce que Phoebe faisait dans cette soirée du 7 septembre, mais je me souviens très bien de la date parce que le fermier Atkinson m'avait payé mes gages en une fois ce jour-là et avait exigé un reçu. Bref, elle n'était pas à la porte, et comme je tenais beaucoup à la voir, parce que je partais le lendemain pour travailler dans une ferme près de Chelmsford, je fis le tour du jardin et je franchis le fossé. Neuf heures avaient sonné à l'horloge d'Audley pendant que j'étais dans la prairie entre la ferme d'Atkinson et le château; il devait donc être neuf heures un quart quand j'arrivai dans le potager.

Je traversai le jardin et je pris par l'allée des tilleuls. Le chemin le plus rapide pour aller chez les domestiques passait par le bosquet à côté du puits désaffecté. La nuit était noire, mais je connaissais l'endroit, et les lumières aux fenêtres des domestiques brillaient rouges et rassurantes dans les ténèbres. En arrivant près du puits, j'entendis un bruit qui me donna la chair de poule. C'était un gémissement, celui d'un homme qui souffrait et qui devait être caché parmi les buissons. Je n'avais pas peur des revenants, ni de rien en général, mais il y avait quelque chose dans ces gémissements qui me glaça jusqu'à la moelle, et je restai pétrifié une bonne minute sans savoir que faire. Les gémissements se firent entendre de nouveau et je me mis à chercher dans les buissons. Je trouvai un homme couché sous des lauriers, et comme ma première idée fut qu'il était là pour commettre un méfait, j'allais le saisir au collet et le conduire à la maison lorsqu'il me prit lui-même par la main sans se lever de terre. Il me regarda très sérieusement, le visage tourné vers moi, et me demanda qui j'étais et quels étaient mes rapports avec les gens du château. Quelque chose dans sa manière de parler me fit penser aussitôt que c'était un gentleman, bien que je ne le connaisse pas du tout et qu'il me soit impossible de voir sa figure. Je lui répondis donc poliment.

— Je veux partir d'ici, me dit-il, sans être vu de personne, que ce soit clair. Je suis là depuis quatre heures de l'après-midi, à moitié mort, mais je ne veux pas qu'on me voie.

Je lui répondis que c'était facile ; mais ma première idée me revint. Il n'avait peut-être pas de bonnes intentions, puisqu'il tenait à se retirer sans être vu.

— Pouvez-vous me conduire quelque part où on pourra me sécher mes vêtements sans que tout le monde le sache ?

Il s'était assis en parlant, et je vis que son bras droit était cassé et le faisait souffrir. Je lui montrai son bras en lui demandant ce qu'il avait.

— Il est cassé, mon garçon ; mais ce n'est pas grand-chose, ajouta-t-il comme en se parlant à lui-même. Un bras se raccommode, tandis qu'un cœur brisé, c'est autre chose.

Je lui dis que je le conduirais au cottage de ma mère et qu'il y serait le bienvenu et pourrait sécher ses habits.

— Votre mère peut-elle garder un secret, me demanda-t-il ?

— Elle le garderait assez bien si elle s'en souvenait ; vous pourriez lui raconter ce soir tous les secrets des francs-maçons, et de tous les clubs ou associations de bienfaisance, que demain elle n'en saurait plus rien.

Ces paroles le rassurèrent et il se mit sur ses jambes en s'appuyant sur moi, car ses membres étaient tellement contractés qu'il en avait presque perdu l'usage. Je sentis quand il me toucha que ses habits étaient mouillés et couverts de boue.

— Est-ce que vous êtes tombé dans la mare, monsieur ? lui demandai-je.

Il ne me répondit pas, il n'eut même pas l'air de m'avoir entendu. Je m'aperçus alors en le voyant debout que c'était un homme très grand et bien fait. Il me dépassait de toute la tête.

— Conduisez-moi au cottage de votre mère et faites sécher mes habits, vous serez bien payé pour votre peine.

Je savais que, la plupart du temps, on cachait dans le mur du jardin la clé de la porte en bois, et je lui fis prendre ce chemin. Il pouvait à peine marcher au début et ce n'est qu'en s'appuyant lourdement sur moi qu'il réussit à avancer. Je lui fis passer la porte sans la refermer à clé. J'espérais que le hasard serait avec moi et que le jardinier qui avait la garde de cette clé ne s'en rendrait pas compte car il était assez négligent. Je lui fis traverser les prairies pour l'amener ici, toujours à l'écart du village, et par les champs où il n'y avait pas un chat pour nous voir à cette heure de la nuit. Et je l'ai fait entrer dans la pièce du bas où ma mère était occupée à préparer mon souper.

Je fis asseoir cet inconnu dans un fauteuil devant le feu, et je pus alors l'examiner. Je n'ai jamais vu personne en pareil état. Il était tout couvert d'une vase verdâtre, ses mains étaient écorchées et pleines de contusions. Je lui enlevai ses habits comme je pus, et il resta assis à fixer le feu, aussi désarmé qu'un enfant, poussant de temps à autre un soupir pesant, comme si son cœur allait éclater.

Le voyant dans un état si fâcheux, je voulus aller chercher Mr Dawson et j'en discutai avec ma mère. Mais il m'entendit, malgré son air bizarre, et me jetant un regard aigu et rapide, il refusa car il ne voulait être vu de personne en dehors de nous. Je proposai d'aller lui chercher un peu d'eau-de-vie et il accepta. Il était près de onze heures quand je quittai l'auberge, onze heures pétantes quand je fus de retour.

J'avais eu une bonne inspiration en allant acheter de l'eau-de-vie, car il frissonnait de tous ses membres et la tasse s'entrechoquait contre ses dents. Je dus lui en verser quelques gouttes de force, tant elles étaient serrées, avant qu'il puisse boire. Finalement, il tomba dans une espèce de stupeur, un état d'hébétude, et il commença à piquer du nez devant le feu. Aussi je me levai pour aller lui chercher une couverture dont je l'enveloppai puis je le fis s'allonger dans le lit clos à côté.

J'envoyai ma mère se coucher et je restai près du feu jusqu'au lever du jour. Il s'éveilla alors brusquement et dit qu'il devait absolument partir, à la minute même. Je le suppliai de ne même pas y penser et lui dis qu'il ne devrait pas bouger avant un moment. Il insista et, bien qu'il fût chancelant et ne puisse se tenir droit deux minutes de suite, il ne changea pas d'idée. Il me demanda de l'aider à remettre ses habits que j'avais séchés et nettoyés de mon mieux pendant qu'il dormait. Je finis par y arriver, mais ses vêtements étaient très abîmés et il avait un air misérable avec son visage blême, son front entaillé par une grande coupure que j'avais nettoyée et fermée par un linge. Il ne put mettre son manteau qu'en le boutonnant au cou car il ne pouvait pas enfiler la manche sur son bras cassé. Mais il supporta tout, même s'il poussait quelques grognements de temps à autre. Avec ses écorchures et ses contusions sur les mains, la coupure sur son front, ses membres raidis et son bras cassé, il avait de quoi grogner. Quand il fit grand jour, il était habillé et prêt à partir.

— Quelle est la ville la plus proche d'ici sur la route de Londres? me demanda-t-il.

— Brentwood, lui répondis-je.

— Eh bien! si vous voulez m'accompagner jusque-là et me mener chez un chirurgien qui arrangera mon bras, je vous donnerai un billet de cinq livres pour toutes vos peines.

J'y consentis volontiers, et je lui proposai d'emprunter une charrette à un voisin pour le conduire, parce que la distance était de six *miles*. Il secoua la tête en refusant. Il ne voulait personne dans le secret; il préférait marcher. Il marcha effectivement et vaillamment, même si chaque pas le faisait souffrir, mais il tint bon jusqu'au bout comme il l'avait fait jusque-là. Je n'ai jamais vu quelqu'un aussi résistant de toute ma vie. Il devait parfois s'arrêter et d'appuyer contre une barrière pour reprendre haleine, mais il repartait ensuite, et nous finîmes par arriver à Brentwood. Là, je le conduisis chez un chirurgien qui mit son bras dans une attelle, ce qui prit un bon moment. Le médecin voulait qu'il reste à Brentwood jusqu'à ce qu'il aille mieux, mais il ne voulut pas en entendre parler. Il devait retourner à Londres sans perdre une minute. Aussi le chirurgien fit-il de son mieux pour son confort et il lui mit le bras en écharpe.

Robert Audley tressaillit. Il venait de se rappeler que, lorsqu'il était à Liverpool, le commis auquel il s'était adressé pour demander des informations lui avait dit que, parmi les passagers partis à bord du *Victoria Regia*, figurait un jeune homme portant le bras droit en écharpe.

— Quand son bras fut arrangé, continua Luke, il demanda un crayon au chirurgien. Le chirurgien sourit en branlant la tête et lui dit qu'il ne pourrait pas écrire de la main droite.

— C'est possible, reprit-il, mais de la gauche, je pourrai peut-être.

— Voulez-vous que j'écrive pour vous?

— Non, merci, c'est pour affaire confidentielle, et je vous serais obligé de me donner deux enveloppes.

Pendant que le chirurgien allait chercher les enveloppes, il tira de sa poche avec sa main gauche un carnet dont la couverture était sale et humide; mais l'intérieur était resté assez sec et il déchira deux feuilles de papier. Il eut bien de la peine à griffonner ce qu'il voulait écrire. Il y parvint cependant et il glissa les deux morceaux de papier dans les enveloppes qu'il cacheta. Il fit une croix sur l'une d'elles. Il paya ensuite le chirurgien, qui l'engagea à rester à Brentwood jusqu'à ce que son bras aille mieux; mais il s'y refusa en disant que c'était impossible. Il me demanda de l'accompagner à la gare, où il me donnerait ce qu'il m'avait promis.

Je le suivis donc à la gare. Nous arrivâmes assez à temps pour le train qui s'arrête à Brentwood à huit heures et demie, il nous restait cinq minutes. Il me conduisit dans un coin du quai et me demanda si je voulais porter ces lettres à destination, ce que j'acceptai.

— Très bien, dit-il. Savez-vous où est le château d'Audley?

— Certainement, ma fiancée y est soubrette.

— De qui?

— De la nouvelle lady Audley, celle qui était institutrice chez Mr Dawson.

— Très bien, dit-il, cette lettre-ci, qui est marquée au crayon, est pour lady Audley. Mais il faut lui remettre en mains propres, sans que personne ne vous voie.

Je promis de suivre ses instructions et il me remit la première lettre.

— Cette autre est pour Mr Robert Audley, le neveu de sir Michael. Le connaissez-vous?

— J'ai entendu dire que c'était un monsieur, mais qu'il était affable et franc avec ses inférieurs – c'est vrai que je l'ai entendu dire, monsieur, ajouta Luke entre parenthèses.

— Maintenant, écoutez. Vous donnerez cette lettre à Mr Robert Audley qui demeure à l'auberge du Soleil.

Je lui dis que c'était d'accord, que je connaissais l'auberge depuis toujours. Il me donna alors la seconde lettre, qui n'avait rien sur l'enveloppe, et le billet de banque qu'il m'avait promis, puis il me souhaita le bonjour en me remerciant de mes services et monta dans un wagon de deuxième classe. La dernière chose que je vis fut sa figure meurtrie et blanche comme un linge, le front barré par un pansement.

— Pauvre George! Pauvre George! s'écria Robert.

— J'allai tout droit au village d'Audley et j'entrai à l'auberge du Soleil où je demandai après vous, car je comptais remettre ces deux lettres fidèlement, avec l'aide de Dieu! Mais l'aubergiste me dit que vous étiez parti pour Londres dans la matinée. Il ne savait pas quand vous reviendriez ni en quel endroit vous habitiez à Londres, quoiqu'il dit que ce devait être dans les environs de Law's Court, Westminster Hall, Doctor's

Commons ou quelque chose de ce genre. Que devais-je donc faire ? Je ne pouvais vous envoyer la lettre par la poste, ne connaissant pas votre adresse, ni vous la remettre, puisque vous étiez parti, et on m'avait bien précisé de n'en parler à personne. Je me décidai donc à la garder jusqu'à ce que vous reveniez.

Je résolus d'aller le soir au château d'Audley pour voir Phoebe et savoir par elle s'il m'était possible de voir milady, car je savais qu'elle pourrait m'arranger cela si elle voulait. Je n'allai pas travailler ce jour-là, bien que j'aurais dû, et je flânai jusqu'au crépuscule. Je gagnai alors la prairie où j'étais presque sûr de trouver Phoebe m'attendant à la porte de bois en me guettant.

J'allai avec elle dans le bosquet et comme nous approchions du puits où nous avions l'habitude de nous asseoir les soirs d'été, Phoebe devint tout à coup pâle comme un spectre et recula en me disant :

— Non, pas là, pas là !

— Pourquoi donc ? lui demandai-je.

Elle me répondit qu'elle ne savait pas pourquoi, mais qu'elle se sentait nerveuse, ce soir, et qu'elle avait entendu dire qu'il était hanté. Je lui dis que c'était des bêtises, mais vrai ou pas, elle ne voulait pas aller au puits. Aussi nous sommes revenus à la barrière et elle s'est mise à bavarder. J'avais à peine causé quelques instants avec elle, que je m'aperçus qu'elle avait quelque chose, et je lui demandai ce qui l'inquiétait.

— Je ne sais pas ce que j'ai ce soir, me répondit-elle, je ne suis pas comme de coutume. C'est peut-être à cause de ma frayeur d'hier.

— Quelle frayeur ? Ta maîtresse t'a-t-elle fait des reproches ?

Elle ne me répondit pas tout de suite, mais elle sourit de la manière la plus étrange que j'aie jamais vue.

— Non, Luke, ce n'est pas cela, dit-elle ensuite, personne ne pourrait être plus amicale avec moi que milady

Elle ferait n'importe quoi, ou presque, pour moi, et je crois que si je lui demandais de m'acheter une ferme ou un fonds d'auberge, elle y consentirait.

D'où venait ce revirement d'idées? Phoebe m'avait dit, quelques jours avant, que milady était égoïste et dépensière, et que nous n'aurions pas de longtemps ce que nous voulions.

— Voilà un changement qui m'étonne, repris-je.

— Il y a de quoi, en effet, ajouta-t-elle avec le même sourire.

Là-dessus, je me tourne vivement vers elle et lui dis:

— Oh! je vois ce que c'est, Phoebe. Tu me caches quelque chose qu'on t'a dit ou que tu as découvert. Si tu veux agir de la sorte avec moi, tu as tort, je t'en avertis.

Elle me rit au nez.

— Qu'est-ce qui a pu te mettre des idées pareilles dans la tête, Luke?

— Ce sont les idées que tu y as mises, et je te le répète, je ne supporterai pas qu'on se moque de moi, et si tu veux garder des secrets à ton futur mari, il vaut mieux que tu en trouves un autre, car s'il doit y avoir des secrets entre nous, nous ne serons jamais mari et femme.

Là-dessus, Phoebe se mit à gémir un peu, mais je n'y pris pas garde et je commençai à l'interroger sur milady. J'avais en poche la lettre pour elle et je cherchais un moyen de la lui remettre.

— Peut-être n'es-tu pas la seule à avoir des secrets ou à te faire des amis, Phoebe, lui dis-je. Il est venu hier un monsieur qui voulait voir milady, un grand monsieur à barbe brune, n'est-ce pas?

Au lieu de me répondre, Phoebe éclata en larmes en se tordant les mains, et se mit dans tous ses états sans que je puisse comprendre pourquoi. Mais petit à petit, je lui tirai les vers du nez. Elle me dit qu'elle était assise la veille à la fenêtre de sa chambre qui est en haut de la maison et surmonte l'allée des tilleuls. Elle avait vu milady se promener avec un monsieur inconnu. Ils avaient marché longtemps, jusqu'à ce que, peu à peu…

— Arrêtez, s'écria Robert, je sais le reste.

— Phoebe me raconta tout ce qu'elle avait vu et ce qui s'était passé entre elle et milady quand cette dernière était rentrée chez elle. Il paraît que Phoebe, sans tout lui dire, lui avait donné à comprendre qu'elle savait son secret, et que, dorénavant, sa maîtresse était en son pouvoir jusqu'à la fin de ses jours. Vous voyez donc que milady et Phoebe croyaient que le gentleman tranquillement assis dans le train parti de Londres était mort au fond du puits. Si je donnais la lettre, milady apprendrait qu'il n'en était rien, et nous perdions Phoebe et moi une bonne occasion de nous établir. Je gardai donc la lettre en me disant que si milady se montrait généreuse, je lui avouerais tout et je la rassurerais. Mais elle ne fut pas généreuse. L'argent qu'elle me donna, elle me le donna comme on jette un os à un chien. Quand elle me parlait, il était facile de voir que ma figure lui déplaisait et les paroles grossières ne lui coûtaient rien. Ma bile s'échauffa et je gardai mon secret. J'ouvris les deux lettres et je les lus ; mais je n'y compris pas grand-chose, et je les cachai. Personne ne les a vues jusqu'à ce soir.

Luke Marks avait fini son histoire et il était fatigué d'avoir parlé si longtemps. Il resta immobile dans son lit, regardant Robert d'un air inquiet, comme s'il s'attendait à des reproches, car il avait vaguement conscience que ce qu'il avait fait était mal.

Robert ne lui adressa pas de reproches. Il ne se sentait pas capable de faire un sermon.

«Le pasteur lui parlera demain et le tranquillisera, se dit Robert, et si le malheureux a besoin d'un sermon, il vaut mieux qu'il vienne de lui. Que lui dirais-je ? Sa faute lui est revenue en pleine figure, car si lady Audley avait été rassurée, elle n'aurait pas mis le feu à l'auberge du Château. Comment oser après cela essayer de diriger son existence ? Comment ne pas reconnaître la main de Dieu dans cette étrange histoire ? »

Il considéra bien humblement les suppositions qu'il avait faites et en vertu desquelles il avait agi. Il se souvint de la confiance implicite qu'il avait eue dans les pitoyables lumières de sa propre raison, mais il se consola en songeant qu'il avait essayé le plus simplement et le plus honnêtement de faire son devoir envers les morts aussi bien qu'envers les vivants.

Robert Audley demeura auprès du mourant jusqu'au jour. Luke Marks avait sombré dans un sommeil lourd un peu après avoir fini son histoire. La vieille femme avait somnolé à son aise pendant la confession de son fils, et Phoebe était couchée dans le lit clos en bas. Le jeune avocat veillait seul dans la maison.

Il ne pouvait dormir ; l'histoire qu'il venait d'entendre l'absorbait complètement. Il remerciait Dieu d'avoir sauvé son ami et il lui tardait de l'avoir retrouvé pour aller dire à Clara Talboys : « Votre frère est vivant, je sais où il est. »

Phoebe remonta à huit heures et reprit sa place au chevet du malade. Robert alla se reposer à l'auberge du Soleil. Depuis trois nuits, il n'avait pris que quelques moments de repos en train, en bateau ou en diligence, et il était harassé de fatigue. Il faisait presque nuit quand il s'éveilla d'un sommeil lourd et sans rêves, et il se prépara pour le dîner dans la chambre que George Talboys avait occupée, quelques mois auparavant.

L'aubergiste le servit à table et lui annonça que Luke Marks était mort à cinq heures de l'après-midi.

— Il est parti assez soudainement, dit l'hôtelier, mais très calmement.

Robert écrivit ce soir-là une longue lettre à Mme Taylor, par l'entremise de M. Val, à Villebrumeuse, et cette lettre racontait à la coupable, qui avait porté tant de noms différents et ne devait plus en changer, le récit fait par le mourant.

« Ce sera peut-être, pensa-t-il, un soulagement pour elle d'apprendre que son mari n'a pas péri à la fleur de son âge, en admettant toutefois que son égoïsme lui permette d'éprouver un peu de pitié pour la douleur d'autrui. »

## 41

## Retrouvé

Clara Talboys retourna dans le Dorset pour dire à son père que son fils unique était parti pour l'Australie, le 9 septembre et que, très probablement il était encore vivant. Il reviendrait implorer son pardon pour la seule faute réelle qu'il eût commise en contractant ce mariage qui avait exercé une si fatale influence sur sa jeunesse.

Mr Harcourt Talboys fut assez dérouté. Junius Brutus ne s'était jamais trouvé dans une position pareille et Mr Talboys, ne voyant aucun moyen de sortir d'embarras en imitant son modèle, se montra volontiers naturel pour une fois dans sa vie et avoua que le sort de son fils l'avait vivement inquiété depuis le jour de sa conversation avec Robert Audley. Il serait très heureux d'ouvrir ses bras à l'enfant prodigue quand il rentrerait en Angleterre. Mais quand devait-il rentrer? Et comment se mettre en communication avec lui? C'était là la question. Robert se rappela l'annonce qu'il avait fait insérer dans les journaux de Melbourne et de Sydney. Si George était revenu vivant dans l'une de ces deux villes, comment se faisait-il qu'il n'eût pas eu connaissance de cette annonce? Se serait-il montré indifférent aux inquiétudes de son ami? Mais encore une fois, il était tout à fait possible que George Talboys n'ait pas vu l'annonce. Comme il voyageait sous un faux nom, ni les passagers ni le capitaine du navire n'avaient pu l'identifier dans la personne dont il était question dans l'annonce. Quel parti prendre ? Fallait-il attendre patiemment que George, fatigué de son exil, revînt vers ceux qui l'aimaient, ou bien faudrait-il adopter quelque mesure pour hâter son retour ?

Robert était en défaut ! Peut-être qu'au milieu de l'indicible soulagement qu'il avait éprouvé en apprenant que son ami n'était pas mort, il n'était pas capable de voir au-delà de ce fait miraculeux.

Dans cette situation d'esprit, il partit pour faire une visite à Mr Talboys, qui avait lâché la bride à ses bons sentiments au point d'inviter l'ami de son fils dans sa maison carrée de briques rouges à l'atmosphère un peu guindée.

L'histoire de George n'inspirait que deux sentiments à Mr Talboys : un soulagement bien naturel et le bonheur de savoir son fils sain et sauf ; et le regret de n'avoir pas été lui-même le mari de milady et d'avoir ainsi le plaisir d'en faire un exemple édifiant.

— Ce n'est pas à moi qu'il appartient de vous blâmer, Mr Audley, pour avoir soustrait cette coupable à la justice et vous être ainsi joué des lois de votre pays. Je peux seulement remarquer que si cette femme m'était tombée entre les mains, elle aurait été traitée différemment.

On était mi-avril lorsque Robert se trouva de nouveau sous ces pins où ses pensées s'étaient égarées si souvent depuis sa première rencontre avec Clara Talboys. Il y avait maintenant, dans les haies, des primevères et des violettes, et les ruisseaux qui, lors de sa première visite, étaient durs et glacés comme le cœur de Mr Harcourt Talboys, avaient dégelé, tout comme le cœur de ce gentleman, et couraient gaiement au milieu des buissons épineux sous le capricieux soleil d'avril.

On donna à Robert une chambre d'un style sévère et un cabinet de toilette sans attrait. Tous les matins, il s'éveillait sur un matelas à ressorts métalliques qui lui donnait l'impression de dormir sur quelque instrument de musique.

Le soleil, en pénétrant à travers les stores blancs, éclairait les deux urnes en laque placées au pied de son lit en acier bleu, jusqu'à ce qu'elles brillent comme deux petites lampes en cuivre de la période romaine.

Une visite à Mr Harcourt Talboys ressemblait plus à un retour vers l'enfance et les années de pension qu'à la façon dont un sybarite conçoit les joies de l'existence. Fenêtres sans rideaux, descentes de lit étroites, bruits de cloche tôt le matin, serviteurs intransigeants en rang dans la salle à manger pour assister à la prière, cette maison rappelait par trop « les institutions privées, où les fils de bonne maison se préparent à l'armée et à la marine ».

Mais même si la maison de briques rouges avait été le palais d'Armide, et les serviteurs qui la peuplaient une légion de houris, Robert n'aurait pas été plus content de l'habiter.

Il s'éveillait au son d'une cloche matinale et faisait sa toilette aux premiers rayons du soleil, qui brillent sans vous égayer et vous font cligner de l'œil sans vous réchauffer. Il rivalisait de courage avec Mr Harcourt Talboys en se plongeant dans l'eau froide dont il émergeait comme ce gentleman lui-même, lorsque la cloche du hall sonnait sept heures. Il se joignait au maître de maison dans sa promenade d'avant déjeuner, sous les pins rectilignes.

Une troisième personne assistait généralement à cette promenade, Clara Talboys, qui marchait à côté de son père, plus belle que le jour parfois un peu maussade et nuageux, alors qu'elle était toujours fraîche et pleine d'éclat, sous son large chapeau de paille avec ses rubans bleus qui flottaient. Mr Audley aurait été plus fier d'attacher à sa boutonnière un morceau de ces rubans que n'importe quelle décoration.

On parlait souvent de George dans ces promenades du matin et Robert Audley prenait rarement place à la longue table du déjeuner sans se rappeler la matinée où il s'était assis pour la première fois dans cette salle pour raconter cette histoire, et avait détesté Clara Talboys pour sa froideur. Il savait à quoi s'en tenir maintenant. Il savait qu'elle était aussi bonne que belle. Mais avait-elle découvert combien elle était aimée de l'ami de son frère ? Robert se demandait parfois s'il ne s'était pas déjà trahi, si l'influence magique qu'elle avait sur lui ne s'était pas révélée par quelque regard imprudent, par le tremblement incontrôlé de sa voix, qui n'était plus la même quand il s'adressait à elle.

La vie ennuyeuse qu'on menait à la maison carrée était égayée de temps en temps par un dîner formel auquel assistaient quelques campagnards chargés de se supporter mutuellement, et par des visites matinales qui faisaient irruption dans le salon et y restaient une heure, au grand embarras de Mr Audley. Le jeune homme se montrait surtout malveillant pour les jeunes gens au teint frais et coloré qui accompagnaient, dans ces occasions, leurs mères ou leurs sœurs.

Évidemment, il était impossible que ces jeunes gens puissent voir les beaux yeux bruns de Clara sans devenir amoureux d'elle. Il était, par là même, impossible que Robert ne les déteste pas furieusement comme des rivaux impertinents et intrus. Il était jaloux de tout ce qui approchait sa bien-aimée. Il était jaloux d'un veuf de quarante-huit ans qui avait de l'embonpoint, d'un baronnet âgé à la moustache rousse, des vieilles femmes du voisinage que Clara Talboys visitait et soignait, et des fleurs de la serre auxquelles elle consacrait son temps au lieu de s'occuper de lui.

Tout d'abord, il y avait eu entre eux beaucoup de cérémonies ; mais peu à peu, ils étaient devenus familiers et amis en causant des aventures de George. L'intimité était venue ensuite, et au bout de trois semaines, miss Talboys rendait Robert heureux en lui reprochant d'avoir mené si longtemps une vie inutile et d'avoir négligé les occasions de montrer ses talents.

Quel bonheur d'être sermonné par la femme qu'il aimait! Quel bonheur de pouvoir s'humilier et se déprécier devant elle! Comme l'occasion était belle pour lui laisser entendre que, si sa vie avait été sanctifiée par l'objet de ses vœux, il aurait fait tout son possible pour être autre chose qu'un flâneur sans but sur des sentiers faciles. Et que, béni par des liens qui auraient donné à chaque heure de sa vie un but solennel, il aurait mené bataille sérieusement et sans céder un pouce. Il faisait des circonvolutions pour insinuer mélancoliquement que ce n'est qu'ainsi qu'il ferait une visite impromptue aux jardins du Temple, par quelque après-midi ensoleillée, quand la rivière brille placidement dans le soleil bas et que les enfants sont rentrés pour le thé.

— Croyez-vous donc, disait-il, que je lirai des romans français et que je fumerai du tabac turc jusqu'à soixante-dix ans, miss Talboys? Ne pensez-vous pas que le jour viendra où ma pipe me paraîtra nauséabonde, les romans français plus stupides qu'à l'ordinaire, et la vie si monotone que je ne serai pas fâché d'y renoncer d'une façon ou d'une autre?

Je dois dire que pendant que le jeune avocat se permettait ces lamentations hypocrites, il avait déjà vendu en esprit tous ses biens de célibataire, y compris la collection complète des éditions Michel Lévy et une demi-douzaine de pipes montées en argent, donné une pension à Mrs Maloney, et dépensé deux ou trois mille livres pour l'acquisition d'un coin de terre verdoyant abritant un joli cottage dont les fenêtres rustiques seraient encadrées de clématites et de pervenches se reflétant dans l'eau violette du lac.

Il va sans dire que Clara Talboys était loin de découvrir la portée de toutes ces lamentations mélancoliques. Elle engageait Mr Audley à lire beaucoup, à s'intéresser vraiment à sa profession et à considérer la vie avec sérieux. C'était une existence difficile et austère qu'elle recommandait à Robert, où il pourrait s'efforcer d'être utile à ses semblables et se faire une réputation.

« Je consentirais bien à ce qu'elle me propose, se disait-il, si j'étais certain d'être récompensé de mes efforts, si elle voulait partager mon sort et me soutenir dans la lutte par sa présence aimante. Mais si elle m'envoie mener cette bataille et qu'elle épouse quelque hobereau balourd pendant que j'ai le dos tourné ? »

Avec un caractère irrésolu comme le sien, il est probable que Mr Audley aurait gardé son secret, craignant de parler et de briser le charme de cette incertitude qui, sans être toujours pleine d'espoir, était très rarement complètement désespérée, s'il n'avait pas été poussé à tout avouer sous l'impulsion d'un moment de relâchement.

Il était depuis cinq semaines à Grange Heath et il sentait que les convenances ne lui permettaient pas de rester plus longtemps. Il fit donc ses préparatifs et son sac de voyage, et un beau matin du mois de mai, il annonça qu'il partait.

Mr Talboys n'était pas homme à se lamenter en termes passionnés sur le départ de son invité, mais il exprima ses regrets avec une froide cordialité qui, chez lui, équivalait aux plus chaudes protestations d'amitié.

— Nous nous sommes bien entendus, Mr Audley, lui dit-il ; vous avez bien voulu trouver de votre goût notre existence calme et réglée. Vous vous êtes même conformé aux usages de la maison avec une complaisance que je regarde comme un compliment à mon égard.

Robert s'inclina. Il remerciait la chance qu'il avait eue de ne jamais se rendormir après la cloche du matin ou d'être entraîné loin des horloges à l'heure du déjeuner de Mr Talboys.

— J'espère donc, reprit Mr Talboys, que vous voudrez bien nous honorer de vos visites toutes les fois que vous en sentirez le désir. Le gibier abonde dans mes propriétés, et mes fermiers seront pleins d'égards pour vous s'il vous plaît d'apporter un fusil et de chasser.

Robert accepta avec empressement cette aimable invitation. Il déclara qu'il n'aimait rien tant que tirer le perdreau et qu'il serait très heureux de profiter de ce privilège offert avec tant d'obligeance. Il ne put s'empêcher de jeter un coup d'œil vers Clara en parlant de la sorte. Elle baissa légèrement les yeux et une légère rougeur illumina son beau visage.

Cette journée était la dernière que le jeune avocat passait dans ce paradis, et bien des heures ennuyeuses, des jours, des nuits, des semaines et des mois devaient s'écouler avant que septembre lui donne une excuse pour revenir dans le Dorset. Pendant cette longue absence, les jeunes hobereaux couperosés ou les gros veufs de quarante-huit ans pourraient en profiter. Il n'était donc pas étonnant qu'il soit soucieux par cette belle matinée, et que sa compagnie soit si peu agréable pour miss Talboys.

Mais le soir, après dîner, quand le soleil baissa à l'horizon et que Mr Harcourt Talboys s'enferma dans son cabinet pour régler ses comptes avec son homme d'affaires et un fermier, Mr Audley devint un peu plus aimable. Il se plaça à côté de Clara dans l'embrasure d'une des grandes fenêtres du salon et regarda les ombres du soir qui grandissaient à mesure que les rayons du soleil couchant devenaient de plus en plus roses. Il était heureux de se trouver en tête à tête avec elle, bien que sa joie fût troublée par l'ombre du train express qui allait l'emporter à Londres le lendemain. Il ne pouvait s'empêcher d'être heureux en sa présence, oubliant le passé et ne craignant pas l'avenir.

Ils parlèrent du sujet qui leur avait toujours servi de trait d'union, de ce frère disparu, et Clara était très mélancolique ce soir-là. Comment ne pas être triste en se rappelant que si George vivait, ce dont elle n'était pas sûre, il errait solitaire dans le monde, loin de ceux qui l'aimaient, portant partout avec lui le souvenir de sa vie anéantie ?

— Je ne comprends pas, dit-elle, comment papa peut si bien se résigner à l'absence de mon pauvre frère ; car il l'aime, Mr Audley, vous avez même dû vous en apercevoir. Mais comment accepte-t-il si tranquillement son absence? Si j'étais un homme, j'irais en Australie, je le trouverais et je le ramènerai ici, si toutefois il est encore de ce monde, ajouta-t-elle à voix basse.

Elle détourna la tête et regarda le ciel qui s'assombrissait. Robert posa sa main sur le bras de la jeune fille. Cette main tremblait malgré lui, et sa voix aussi quand il parla.

— Faut-il que j'aille à la recherche de votre frère? demanda-t-il.

— Vous! s'écria-t-elle en le regardant gravement à travers ses larmes. Vous, Mr Audley! Croyez-vous donc que je pourrais vous demander un pareil sacrifice pour moi ou pour ceux que j'aime?

— Et pensez-vous, Clara, qu'un sacrifice me paraîtrait trop pénible, s'il était fait pour vous? Pensez-vous que je refuserais de partir, si je savais que vous m'accueilleriez au retour en me remerciant de vous avoir servi fidèlement? J'irai d'un bout à l'autre de l'Australie pour chercher votre frère si vous le désirez, Clara, et je ne reviendrai qu'après l'avoir trouvé, m'en remettant à vous pour récompenser mes peines.

Sa tête était penchée et elle resta quelques instants sans rien dire.

— Vous êtes bon et généreux, Mr Audley, dit-elle enfin, et je sens trop bien tout le prix de votre offre pour trouver les mots pour vous remercier. Mais ce dont vous parlez ne peut se faire. En vertu de quel droit vous imposerais-je un tel sacrifice?

— En vertu du droit qui fait de moi votre esclave pour toujours, que vous le vouliez ou non, du droit de l'amour que je vous porte, Clara, s'écria Mr Audley, se jetant à genoux, assez maladroitement, il faut l'avouer, et s'emparant d'une petite main qu'il couvrit de baisers passionnés. Je vous aime, Clara, je vous aime. Vous pouvez appeler votre père et me faire sortir de cette maison si vous voulez, mais je vous aimerai tout de même, toujours, que cela vous plaise ou non.

La petite main s'éloigna de la sienne, mais sans brusquerie, et elle s'appuya un instant toute tremblante sur les cheveux noirs de Robert.

— Clara... Clara... murmura-t-il d'une voix suppliante, faut-il que j'aille en Australie chercher votre frère?

Pas de réponse. Je ne sais comment cela se fait, mais, en pareil cas, le silence est ce qu'il y a de plus agréable. Chaque moment d'hésitation est un aveu tacite, chaque pause une tendre confession.

— Irons-nous tous deux, voulez-vous, ma bien-aimée? Irons-nous comme mari et femme, pour ramener votre frère avec nous?

Mr Harcourt Talboys parut un quart d'heure après. Il trouva Robert Audley tout seul et dut entendre une révélation qui le surprit beaucoup. Comme tous les gens autonomes, il voyait très peu ce qui se passait sous son nez. Il était persuadé que c'était sa société et le mode de vie spartiate et régulier qui régnait chez lui qui avaient charmé son invité et l'avaient retenu dans le Dorset.

Il fut donc un peu déçu, mais il ne le laissa pas trop voir et se montra passablement content de la tournure qu'avaient prise les affaires.

— Il n'y a plus qu'un point pour lequel j'ai besoin de votre consentement, mon cher monsieur, dit Robert lorsque tout fut réglé. Nous passerons notre lune de miel en Australie, si vous le permettez.

Mr Talboys fut pris à l'improviste. Il essuya quelque chose comme une larme qui parut dans ses yeux gris et tendit la main à Robert.

— Vous allez à la recherche de mon fils, dit-il. Ramenez-le et je vous pardonnerai volontiers de m'avoir enlevé ma fille.

Robert Audley partit pour Londres, afin de libérer son appartement dans Fig-Tree Court, et s'informer des navires qui étaient en partance de Liverpool pour Sydney en juin.

Ce n'était plus le même homme : nouveaux espoirs, nouvelles préoccupations, nouveaux projets et nouveaux buts, sa vie avait changé du tout au tout. Le monde entier lui apparaissait rose et radieux, et il se demandait comment il avait pu le trouver si triste et d'une teinte si neutre autrefois.

Il était resté à Grange Heath jusqu'après le déjeuner et, quand il rentra chez lui, il faisait déjà sombre. Il trouva Mrs Maloney qui frottait l'escalier, suivant son habitude de chaque samedi soir, et il lui fallut traverser une atmosphère saturée de vapeur au savon qui rendait la rampe graisseuse sous sa main.

— Vous avez beaucoup de lettres, dit la blanchisseuse en se relevant et s'adossant contre le mur pour laisser passer Robert ; il y a aussi des paquets et un monsieur qui est venu plusieurs fois, et vous a attendu ce soir, parce que je lui ai dit que vous m'aviez écrit d'aérer votre chambre.

— Très bien, Mrs Maloney, vous me servirez à dîner avec une pinte de sherry aussitôt que vous voudrez, et voyez si mes bagages sont là.

Il monta tranquillement chez lui pour voir qui était son visiteur. Ce ne devait pas être un personnage important. Un créancier peut-être, car il avait tout laissé en plan en se rendant à l'invitation de Mr Talboys ; et depuis lors, il s'était trouvé trop bien dans le paradis sublime de l'amour pour se souvenir de choses aussi terre à terre que des notes de tailleurs non réglées.

Il ouvrit la porte de son salon et entra. Les canaris chantaient leurs adieux au soleil couchant et les derniers reflets du jour se jouaient parmi les feuilles des géraniums. Le visiteur, quel qu'il fût, était assis le dos tourné contre la fenêtre et la tête penchée sur la poitrine ; mais il sursauta quand Robert entra et le jeune homme poussa un cri de joie et de surprise en tombant dans les bras de George Talboys, son ami perdu.

Mrs Maloney dut commander un dîner plus copieux à la taverne qu'elle honorait de sa pratique, et les deux amis veillèrent tard dans la nuit au coin de ce feu qui avait été si longtemps solitaire.

Nous savons tout ce que Robert avait à dire. Il évoqua sans insister le sujet qui causait une peine cruelle à son ami ; il parla très peu de la misérable femme qui terminait sa vie malfaisante dans un faubourg retiré d'une ville belge oubliée.

George Talboys parla très brièvement de cette radieuse journée de septembre où il avait laissé son ami endormi au bord de l'eau, pendant qu'il allait reprocher à sa femme l'infâme complot qui lui avait brisé le cœur.

— Dieu m'est témoin que, du moment où je tombai dans le puits, connaissant la main perfide qui m'avait poussé là où je pouvais mourir, ma première pensée fut de sauver la femme qui m'avait trahi et avait voulu me tuer. Je me retrouvai sur mes pieds au milieu de la vase, mais mon épaule était meurtrie et mon bras s'était cassé en donnant contre un des côtés du puits. Je restai hébété pendant quelques minutes, mais je me ressaisis, car je comprenais que je respirais la mort au fond de ce trou noir. Mon expérience australienne allait m'être utile, je grimpais comme un chat. Les pierres du puits étaient inégales et accidentées et je pus remonter en posant mes pieds dans les interstices, m'appuyant du dos contre la paroi opposée et m'aidant de mes mains malgré ma fracture. Ce ne fut pas chose facile, Robert, et je me demande pourquoi l'homme qui s'était si souvent déclaré fatigué de la vie a pris tant de peine pour la conserver. Il me fallut plus d'une demi-heure je pense, pour arriver en haut du puits, et ce fut pour moi une éternité de souffrances et de périls. Il m'était impossible de sortir du jardin avant la nuit et je m'étendis épuisé et faible sous des buissons pour attendre la nuit. L'homme qui m'a trouvé là vous a dit le reste, Robert.

— Oui, mon pauvre ami, oui, il m'a tout dit.

George n'était jamais retourné en Australie. Il avait effectivement pris place à bord du *Victoria Regia*, mais il avait changé de destination en route et avait été transbordé sur un autre navire de la même compagnie. Il était allé à New York, où il était resté tant que l'exil lui avait été supportable et que la solitude ne lui avait pas fait regretter ses amis.

— Jonathan m'a très bien reçu, Robert, j'avais assez d'argent pour satisfaire à mes désirs très modérés, et quand il aurait été épuisé, j'avais l'intention de repartir pour les mines de Californie. Les amis ne m'auraient pas manqué si j'avais voulu, mais quelle sympathie pouvait trouver mon cœur blessé chez des gens qui ne connaissaient pas mon chagrin? J'ai soupiré après une de vos poignées de main, Robert, cette main amie qui m'avait guidé au plus sombre de ma vie.

## 42

## En paix

Deux années se sont écoulées depuis la soirée de mai où Robert a retrouvé son vieil ami, et le joli cottage rêvé par Mr Audley est devenu réalité. Entre Teddington Locks et Hampton Bridge, au milieu d'une forêt de verdure, se trouve une maison de bois dont les fenêtres à treillis donnent sur la rivière. Là, parmi les lis et les joncs sur la rive en pente, un beau garçon de huit ans joue avec un bébé qui se penche sur les bras de sa nourrice pour regarder d'un œil étonné cet autre bébé dans l'eau profonde et tranquille.

Mr Audley commence à être connu dans la région, et s'est distingué dans la grande affaire de Hobbs contre Nobbs. Il a soulevé les éclats de rire de la cour par son compte rendu délicieusement comique de la correspondance amoureuse de Nobbs. Le beau garçon aux yeux noirs est le fils de George Talboys. Il apprend le latin à Eton et pêche les têtards dans l'eau claire qui coule sous les frais ombrages, derrière les murs tapissés de lierre de son collège. Mais il vient très souvent au joli cottage voir son père, qui y demeure en compagnie de sa sœur et de son beau-frère ; et il est très heureux auprès de son oncle Robert, de sa tante Clara et du joli bébé qui fait ses premiers pas sur la pelouse. Cette pelouse descend en pente douce jusqu'au bord de l'eau, où se trouve un petit chalet suisse qui sert de garage à bateaux et un débarcadère où George et Robert amarrent leurs légers canots.

Il vient encore d'autres personnes au cottage près de Teddington. On y voit une brillante jeune fille au cœur gai et un vieux gentleman à barbe grise, qui a survécu au malheur de sa vie et l'a surmonté en véritable chrétien.

Il y a plus d'un an qu'une lettre, bordée de noir et écrite sur papier étranger, est arrivée pour Mr Robert Audley, lui annonçant la mort d'une certaine Mrs Taylor. Cette dame avait expiré paisiblement à Villebrumeuse, après une longue maladie que M. Val appelait une « maladie de langueur ».

Un autre visiteur apparaît au cottage pendant cet été 1861. C'est un jeune homme franc et bon, qui lance le bébé en l'air, joue avec George, et s'entend surtout à faire manœuvrer les bateaux qui sont toujours en mouvement quand sir Harry Towers est à Teddington.

Il y a un joli petit fumoir rustique dans le chalet suisse. Pendant les soirées d'été, les hommes vont y fumer, et c'est là que Clara et Alicia viennent les chercher pour prendre le thé et manger des fraises à la crème sur la pelouse.

Le château d'Audley est fermé, et c'est une vieille gouvernante rébarbative qui est toute-puissante dans la maison où retentissait autrefois le rire musical de milady. Un voile recouvre le portrait préraphaélite et la moisissure que redoutent les artistes s'étend sur les Wouvermans, les Poussin, les Cuyp et les Tintoret. On montre souvent la maison à des visiteurs curieux, quoique le baronnet n'en sache rien, et ces visiteurs admirent le boudoir de lady Audley, posant de nombreuses questions sur la jolie femme aux cheveux blonds qui est morte à l'étranger.

Sir Michael n'a aucune envie de revenir à l'ancienne demeure où il a rêvé d'un bonheur impossible. Il reste à Londres jusqu'à ce qu'Alicia devienne lady Towers. Il ira alors habiter une maison qu'il a récemment achetée dans le Hertfordshire, tout près du domaine de son gendre. George Talboys est très heureux auprès de sa sœur et de son ami. Il est jeune encore, et il n'y aurait rien d'impossible à ce qu'il trouvât quelque jour une autre femme qui le consolerait du passé. Cette sombre histoire s'efface un peu chaque jour et un temps viendra où le voile de deuil jeté sur la vie du jeune homme par la cruauté de sa femme aura complètement disparu.

Les pipes d'écume et les romans français ont été donnés à un jeune homme du Temple qui avait été l'ami de Robert pendant sa vie de garçon ; et Mrs Maloney reçoit une petite pension, payable par trimestre, pour prendre soin des canaris et des géraniums.

J'espère que personne ne verra d'objection à ce que mon roman finisse en laissant tout le monde heureux et en paix. Si mon expérience de la vie n'est pas très longue, elle a du moins touché à bien des choses, et je suis de l'avis de ce grand roi philosophe qui disait que jamais, dans sa jeunesse ni dans son âge mûr, il n'avait vu « le juste abandonné, ni sa postérité mendiant son pain ».

## Table

*Préface* ............................................................................ 7

1. Lucy .......................................................................... 15
2. À bord de l'*Argus* ................................................... 29
3. Reliques cachées ...................................................... 43
4. À la une du *Times* .................................................. 53
5. La pierre tombale à Ventnor ................................... 61
6. N'importe où, n'importe où hors du monde ....... 69
7. Un an plus tard ........................................................ 77
8. Avant l'orage ........................................................... 93
9. Après l'orage ........................................................... 109
10. Introuvable .............................................................. 119
11. La marque sur le poignet de milady .................... 125
12. Toujours introuvable .............................................. 133
13. Sombres rêves .......................................................... 139
14. Le soupirant de Phoebe ......................................... 149
15. Sur le qui-vive ......................................................... 159
16. Robert Audley reçoit son congé ............................ 173
17. À l'auberge du Château ......................................... 185
18. Robert reçoit une visite inattendue ...................... 189
19. La méprise du serrurier ......................................... 197
20. Ce qui était écrit sur le livre ................................. 207
21. Mrs Plowson ............................................................ 213
22. Le petit Georgey quitte son ancien logis ............. 223
23. Au point mort .......................................................... 239
24. Clara ......................................................................... 255
25. Les lettres de George .............................................. 265

| 26. | Enquête rétrospective | 275 |
| 27. | Jusque-là et pas plus loin | 295 |
| 28. | En commençant par l'autre bout | 309 |
| 29. | Le secret de la tombe | 323 |
| 30. | Dans l'allée des tilleuls | 335 |
| 31. | Préparer le terrain | 355 |
| 32. | La requête de Phoebe | 369 |
| 33. | Une lueur rouge dans le ciel | 385 |
| 34. | Le porteur de nouvelles | 405 |
| 35. | Milady avoue la vérité | 423 |
| 36. | Le calme après la tempête | 441 |
| 37. | L'avis du docteur Mosgrave | 455 |
| 38. | Enterrée vivante | 467 |
| 39. | Hanté par un fantôme | 481 |
| 40. | Ce que le mourant avait à dire | 505 |
| 41. | Retrouvé | 523 |
| 42. | En paix | 535 |

## Collection
### «Classiques d'hier et d'aujourd'hui»

Elizabeth von Arnim, *La Bienfaitrice.*
Jane Austen, *Emma.*
Jane Austen, *Mansfield Park.*
Jane Austen, *Northanger Abbey.*
Jane Austen, *Orgueil et Préjugés.*
Jane Austen, *Persuasion.*
Jane Austen, *Raison et Sentiments.*
Mary Elizabeth Braddon, *La Trace du serpent.*
Anne Brontë, *Agnès Grey.*
Anne Brontë, *La Dame du manoir de Wildfell Hall.*
Charlotte Brontë, *Villette.*
Wilkie Collins, *La Pierre de lune.*
Wilkie Collins, *Le Secret.*
Charles Dickens, *De grandes espérances.*
Charles Dickens, *Le Mystère d'Edwin Drood.*
Charles Dickens, *La Mystérieuse Lady Dedlock* (*Bleak House*, t. 1).
Charles Dickens, *Le Choix d'Esther* (*Bleak House*, t. 2).
George Eliot, *Silas Marner.*
Henry James, *Lady Barberina.*
Franz Liszt, *Chopin.*
Amelia Opie, *Adeline Mowbray.*
Ann Radcliffe, *Les Mystères d'Udolpho.*
Stendhal, *La Chartreuse de Parme.*
Frances Trollope, *La Veuve Barnaby.*
Mary Webb, *La Renarde.*

*Cet ouvrage a été composé
par Atlant'Communication
au Bernard (Vendée)*

*Impression réalisée par*

*La Flèche
en septembre 2013
pour le compte des Éditions Archipoche*

*Imprimé en France*
N° d'édition : 270
N° d'impression : 3001129
Dépôt légal : octobre 2013